100 MITOS SOBRE A REVOLUÇÃO RUSSA

REGIANE BERTINI

LINOTIPO DIGITAL

2021

100 MITOS da REVOLUÇÃO RUSSA

REGIANE BERTINI

Linotipo Digital

Copyright © Regiane Bertini, 2021
Todos os direitos reservados

EDITORES: Laerte Lucas Zanetti e André Assi Barreto
COORDENADOR DE PRODUÇÃO: Laerte Lucas Zanetti
CAPA: Caroline Rego
DIAGRAMAÇÃO E PROJETO GRÁFICO: Spress
REVISÃO DE TEXTO E PROVAS: André Assi Barreto
REVISÃO TÉCNICA: Teresa Malatian
IMAGEM NO COLOFÃO: Fotografia de Virgínia Woolf por George Charles Beresford, 1902.

Dados Internacionais de Catalogação na Publicação (CIP)
Angélica Ilacqua CRB-8/7057

Bertini, Regiane
    100 mitos da Revolução Russa /Regiane Bertini. — São Paulo : Linotipo Digital, 2021
    488 p.

    ISBN: 978-85-65854-28-3

    1. Revoluções - Rússia - História I. Título

21-5416   CDD 947.0841

Índices para catálogo sistemático:
1. Revoluções - Rússia - História

Este livro segue as regras do Acordo Ortográfico da Língua Portuguesa, em vigor desde 01/01/2009.

Nenhuma parte desta publicação pode ser reproduzida ou transmitida de qualquer forma ou por quaisquer meios sem a permissão por escrito dos editores.

2021
Todos os direitos desta edição reservados à Linotipo Digital Editora e Livraria Ltda.
Rua Álvaro de Carvalho, 48, cj. 21
CEP: 01050-070 – Centro – São Paulo – SP
www.linodigi.com.br – 55 (11) 3256-5823

Sumário

Apresentação dos editores 7

Introdução 13

I. A GRANDE MENTIRA

1. Mito da Rússia Feudal 19
2. O mito de que a fome gera revoluções 76

II. A GRANDE TRAIÇÃO

3. Mito de que o luxo gera revoluções 101
4. Follow the Money 117
5. Mito da opressão tzarista 132
6. Socialismo policial 149
7. Mito do Domingo Sangrento 160
8. Mito do Encouraçado Potemkin 171
9. Mito do revolucionário bonzinho 191
10. Senhores da guerra 204
11. O milagre russo 216
12. Alexander Guchkov, o homem que destruiu a Rússia ...229

13. A verdadeira Alexandra Feodorovna 244

14. Quem foi Rasputin? 254

15. Desventuras de um pacifista 271

16 Pão e paz 287

17 Revolução popular ou golpe militar? 299

18 Um certo Kerensky 312

19 Destruição do exército 326

III. O GRANDE SAQUE

20. O trem selado 337

21 Mito do russo malvado 352

22. Amigo da onça 371

23. Guerra civil ou invasão estrangeira? 389

24. Terror Vermelho 405

25. A maior pilhagem da história 425

26. Comunistas e banqueiros 445

27. O maior troféu militar que o mundo já conheceu! .. 461

28. Considerações finais 474

Apresentação dos Editores

Acontecimento de notável magnitude, a Revolução Russa de 1917 motivou inúmeros estudos e interpretações, porém, nenhum deles ainda definitivo sobre o tema. Sempre se pode argumentar que todo estudo histórico é provisório, pois permanece à espera de novos documentos, novas questões e novas interpretações, o que é particularmente válido para o tema de grande relevância política abordado neste livro. Desperta controvérsias e paixões, dadas as grandes modificações que trouxe para a sociedade russa e para a ordem política mundial, sem contar o componente altamente emocional que envolveu o desfecho trágico da dinastia Romanov com o assassinato do czar Nicolau II e sua família pelos revolucionários.

Poucos temas da História do Ocidente foram tão estudados quanto este, em suas diversas dimensões políticas, sociais, econômicas e culturais. Desde os primeiros eventos ocorridos em São Petersburgo em 1905, vem sendo revisitado não apenas pelos historiadores russos, mas também de outros países, especialmente do mundo anglo-saxão. Motivou reflexões, relatos biográficos e autobiográficos, interpretações e análises diversas, algumas das quais se tornaram referências clássicas. Certas interpretações até mesmo tornaram-se mitos. Essa é a abordagem escolhida por Regiane Bertini para apresentar aos leitores uma revisão historiográfica fundamentada em novos aportes bibliográficos, que procura desconstruir afirmações consagradas ao longo de décadas.

Seu ponto de partida está na definição do próprio conceito dessa Revolução, a qual remonta aos acontecimentos que marcaram a história com o chamado Domingo Sangrento. Em visão de largo alcance, sua análise se estende até o período da Guerra Civil instalada após a tomada do poder pelos bolcheviques. Estabelece um diálogo com os primeiros relatos desses eventos grandiosos feitos por jornalistas, observadores estrangeiros e participantes dos acontecimentos dramáticos notáveis pela violência dos confrontos e pelo extenso número de mortes, em um território convulsionado não só internamente, mas também em decorrência da participação na Primeira Guerra Mundial. Contexto interno e externo estiveram assim imbricados a ponto de ser difícil distinguir quais interesses prevaleciam no jogo político das primeiras décadas do século XX.

Cabe aqui uma menção aos inúmeros relatos existentes sobre esses acontecimentos, muitos deles elaborados por aqueles que, perplexos, testemunharam o que haviam observado, sentido e mesmo experimentado enquanto participantes com diferentes graus de envolvimento das jornadas que puseram fim à Monarquia na Rússia. De diferentes posições políticas, deixaram um extenso conjunto de obras que proporcionam ainda atualmente um amplo e variado panorama do processo revolucionário, dos quais foram porta-vozes. Sem dúvida, muitos deles ainda à espera de crítica histórica por terem sido escritos no calor da hora.

Desde o início, a motivação política modelou as interpretações, que colocaram em pauta o entendimento do sentido dessa Revolução. Afinal, quem fez a Revolução e com quais objetivos? Esta é a questão primordial à qual o livro *100 Mitos da Revolução Russa* apresenta uma resposta. Teria sido ela iniciada e conduzida por intelectuais politizados? Qual o papel nela desempenhado pelo povo russo, entendido aqui como camponeses e operários? Quais circunstâncias externas motivaram, possibilitaram e contribuíram para a grande reviravolta de 1917? Qual a participação das poderosas forças econômicas do Ocidente no processo?

Os anos 1930, consolidada a liderança de Stalin, as políticas implantadas na União Soviética foram acompanhadas pelo combate à liberdade de pensamento e expressão de que resultou a imposição de uma interpretação oficial da Revolução, referendada pelo partido bolchevique e obrigatoriamente utilizada nas escolas da Rússia e das demais repúblicas da URSS, onde os debates foram abolidos e o ensino sobre o tema padronizado. Essa questão constitui uma das preocupações centrais do livro de Regiane Bertini, que aborda o ensino do tema em aulas de História para além dessas fronteiras e se estende a outros territórios, inclusive ao Brasil.

Uma onda revisionista das interpretações acompanhou o surgimento da Guerra Fria e a desestalinisação, nos anos 1960, motivando releituras anticomunistas entre historiadores ingleses e norte-americanos preocupados em responder as questões do porquê, como e por quem foi desencadeada a Revolução Russa. Ao mesmo tempo, timidamente, intérpretes soviéticos começaram a fazer revisões dos relatos e das análises sobre os acontecimentos. Mas foi sobretudo a partir do lento e contínuo processo de abertura política na URSS que novas interpretações surgiram e se beneficiaram do crescente acesso às fontes documentais guardadas nos arquivos soviéticos. Sua abertura possibilitou a elaboração de inúmeros trabalhos possibilitados pela ruptura do sigilo e da censura impostos pelo governo soviético sobre os documentos dessa época. A reescrita da História da Revolução Russa tem sido feita constantemente até os dias atuais, sob novos prismas.

Novos registros memorialísticos, fichas policiais, correspondências de exilados deram ensejo a estudos que procuraram levar em conta as múltiplas vozes da história, as múltiplas dimensões da análise e da narrativa histórica, utilizando novo embasamento conceitual e informações inéditas, cruciais para a compreensão do complexo processo revolucionário. Operários, camponeses, soldados, nobres exilados ergueram suas vozes e deram seus testemunhos que permitiram um outro olhar sobre as lideranças bolcheviques.

A queda do Muro de Berlim e a dissolução da URSS constituem outro marco desse processo revisionista, e motivaram a escrita do presente livro ora apresentado aos leitores. Nele, a autora procura responder às grandes questões atinentes ao tema, dialogando com bibliografia e fontes inéditas no Brasil, escritas e publicadas na Rússia, cujo acesso foi possível por meio das traduções por ela realizadas. Sem dúvida, suas análises despertarão polêmica justamente pela intenção de desconstruir mitos consagrados sobre essa História apaixonante. Para essa desconstrução, foram escalados autores russos de peso, sendo os principais:

Boris Nikolaevich Mironov é o predileto da autora. Seus focam pouco em opiniões, análises e juízos de valor e mais em número números e gráficos de natureza econômica. Nascido em 21 de setembro de 1942, é historiado, cliometrista, especialista em sociologia histórica, história social, econômica e demográfica da Rússia, história antropométrica e metodologia de pesquisa. É considerado um dos pioneiros da criação da sociologia histórica da Rússia. Doutor em Ciências Históricas e professor da São Petersburgo State University. Autor de cerca de 400 obras, dos quais mais de cem artigos foram publicados nas principais revistas internacionais em inglês, chinês, alemão, francês, espanhol, japonês e outras línguas. Duas de suas monografias — *A História Social da Rússia no Período do Império* e *Bem-estar da População e a Revolução na Rússia Imperial* — foram traduzidas para o inglês e o chinês.

Vladimir Rostislavovich Medinsky tratas das questões culturais e sobre os preconceitos que o Ocidente tem em relação a Rússia. Nascido em 18 de julho de 1970, é escritor, estadista e político. Assessor do Presidente da Federação Russa desde 24 de janeiro de 2020. Fez ciências políticas no Instituto Estatal de Relações Internacionais de Moscou do Ministério das Relações Exteriores da Federação Russa (MGIMO). É doutor em Ciências Políticas.

Seymour Becker é historiador americano, especialista em história política. Especializou-se especificamente no tema do Império Russo do final do século XIX e início do século XX. na Ásia Central, política e ideologia imperial russa e soviética, a nobreza russa. Bacharel em História no Williams College, Doutor em História (PhD) pela Universidade de Harvard.

Stéphane Courtois, historiador francês especializado no tema do comunismo, além de ser o diretor do CNRS, ou Centre National de la Recherche Scientifique, da Universidade de Paris.

Sean McMeekin, nascido em 1974, Idaho, é um historiador americano que estudou história na Stanford University e na University of California, Berkeley, bem como em Paris, Berlim e Moscou. Também obteve bolsa de pós-doutorado em Yale e foi membro do Remarque Institute na New York University. Atualmente é professor de história no Bard College, estado de Nova York.

Tatiana Mikhailovna Timoshina é outra autora que confere ênfase à economia. Graduada pela Faculdade de Economia da Universidade Estadual de Moscou (MV Lomonosov Moscow State University) em Economia Política e doutorado na mesma universidade em História da economia.

Oleg Rudolfovich Ayrapetov, trata do assunto da traição interna contra o Imperador, de seus próprios generais e políticos. É um historiador e professor russo. Graduado no Departamento de História da Universidade Estadual de Moscou. Assessor do Escritório de Relações Interregionais e Culturais com Países Estrangeiros da Administração Presidencial da Rússia. Vice-Reitor de Ciências, da Universidade Estadual de Moscou.

Boris Ivanovich Kolonitsky, o maior especialista russo sobre Rasputin. Doutor em Ciências Históricas. Professor da Faculdade de História da Universidade Europeia de São Petersburgo, principal pesquisador do Instituto de História de São Petersburgo da Academia Russa de Ciências.

Vyacheslav Alekseevich Nikonov descreve detalhadamente os eventos de 1917. Historiador russo, também escritor, cientista político, estadista e político, neto de V. M. Molotov, deputado da Duma Estatal. Membro do *Presidium* do Conselho Geral do partido "Rússia Unida". Doutor em Ciências Históricas.

Vladlen Georgyevich Sirotkin é especialista em todas as fraudes financeiras, traições e desvio de dinheiro de Lenin e seus correligionários. Doutor em Ciências Históricas.

Por fim, entre muitos outros que a autora se serviu, Igor Viktorovich Zimin trata das questões pessoais do Imperador. Doutor em Ciências Históricas.

Entre os temas polêmicos abordados, estão as respostas apresentadas às questões cruciais: O que teria sido a Revolução de 1917? Uma crise de autoridade imperial do czar? Uma manobra das potências ocidentais? Um movimento espontâneo? Qual o papel desempenhado pelos líderes, em especial Lenin? Qual o impacto da Primeira Guerra Mundial na queda do czarismo? Quais fatores possibilitaram a tomada do poder pelos bolcheviques?

Essas e muitas outras questões estão à espera do olhar do leitor para este livro que apresenta novas e instigantes perspectivas analíticas certamente do interesse dos estudiosos do tema e dos descendentes dos imigrados russos no Brasil e seus descendentes, integrantes do grande fluxo migratório que buscou abrigo em diversos países, em decorrência dos turbulentos eventos da Revolução Russa.

Laerte Lucas Zanetti
André Assi Barreto

Introdução

Não há nada mais conveniente para um escritor que começar seu trabalho com uma afirmação incontestável, na qual possa basear toda sua obra. Melhor ainda quando essa premissa é familiar ao leitor. E o que poderia ser mais simples e verossímil que o modo de garantir o "pão nosso de cada dia"? Por isso considerei conveniente começar este livro com a seguinte afirmação: para sobreviver é necessário dinheiro. Embora esse fato seja quase sempre ignorado em nossos livros de história, contestá-lo é algo impraticável.

Por mais que uma pessoa seja sonhadora, idealista e filantrópica, ela sempre precisará de dinheiro para se alimentar, comprar roupas, abrigar-se do frio e da chuva. O princípio é o mesmo para qualquer empreitada que possamos realizar, como comprar um carro, uma casa, uma roupa nova e essas coisas básicas que tornam a nossa vida confortável. Embora as minhas observações sejam entediantes ao leitor, não vejo outra forma de chegar ao meu objetivo, que é esclarecer a questão central do livro: quem patrocinou a revolução russa?

Responder a apenas uma pergunta pode parecer simples, porém me senti frustrada ao encontrar poucas luzes nas literaturas que estavam ao meu alcance. Se precisamos trabalhar duro para conseguir dinheiro e encher nossa geladeira, imagine então iniciar e manter uma revolução. Eu não estou falando apenas da vida de luxo dos "pais da revolução". Ainda que ignoremos a limusine com chofer de Trotsky[1] ou a vida abastada de Lenin e sua família na Suíça, continuaremos com o mesmo dilema: de onde veio o dinheiro da revolução russa?

---

[1] Leon Trótski (nascido Liev Davidovich Bronstein [1879-1940]) foi um intelectual e revolucionário marxista ucraniano, participou da guerra civil e foi o organizador do Exército Vermelho.

Sabemos que a maioria dos revolucionários eram profissionais que para "libertar o povo" ganhavam até 600 vezes mais do que um operário. Suponhamos que esses bravos guerreiros da liberdade fossem voluntários da causa, mesmo assim teríamos os honorários da comida, das roupas, dos sapatos. Essa pessoa não poderia ter outro emprego, pois seria impossível romper com a antiga ordem apenas nos finais de semana e feriados. O armamento também é algo polêmico, pois, a título de exemplo, se uma pistola custa 2000 reais, apenas uma bala de pistola custa 3 reais e uma bala de metralhadora 10 reais, como seria viável manter uma guerra sem uma fonte de financiamento? Outro tema pouco discutido é a influência desses revolucionários. Se para conseguir uma arma para a nossa segurança pessoal é necessário preencher vastos formulários e dar inúmeras justificativas para essa aquisição, imagine para comprar milhares delas em um curto espaço de tempo.

Para melhor elucidar o raciocínio, imaginemos uma situação real. Suponhamos que você queira destituir um governante. O que você faria? Compraria um tanque de guerra M1 Abrams US$ 4.35 milhões e colocaria em sua garagem ou faria o que estivesse ao seu alcance e tentaria derrubar os aviões de caça de uma força aérea com coquetéis molotov? Agora sabemos por que as pessoas revoltadas com a miséria e a corrupção se limitam apenas a desabafos e declarações do tipo "esse país não tem jeito".

Outro aspecto ignorado é o controle da mídia e outros meios eficientes de comunicação. Se alguém quisesse derrubar um governo, teria de unir e sincronizar todos os atos de terrorismo, guerras, greves, passeatas e outros movimentos populares. Também precisaria criar, justificar, focalizar e padronizar um discurso. Se uma revolta não possuir objetivos e estatutos claros, muitos outros movimentos podem se misturar a ele e logo suas propostas serão tão heterogêneas e confusas que, para a opinião pública, não passarão de queixumes sem sentido ou apenas uma desculpa para vandalismo. Sem contar o risco de perder o controle de suas atividades para outros aventureiros, de dissidentes internos, ou, o que é pior, para facções rivais. Para isso, é preciso manipular boa parte dos jornais, revistas, sindicatos, associações de bairro e outros. O controle da informação dá a falsa sensação de unanimidade de opinião, o que traz a legitimidade indispensável para qualquer discurso. Do contrário, todas as divergências ao governo não passarão de mera conversa de bar.

Levando em conta todos esses aspectos econômicos de uma revolução somos obrigados a considerar que para derrubar um governo é necessário dinheiro, influência e controle da mídia. Quem possui essas três características está muito longe de ser um operário ou um camponês. Os verdadeiros "Pais da Revolução" estavam associados a nações ininmigas, banqueiros estrangeiros e milionários gananciosos que buscavam ampliar suas fortunas com os despojos de um Império destruído.

Finalmente essas questões, sempre envoltas em discursos político e especulações, poderão ser respondidas de modo científico e racional. Com o fim da União Soviética, foram disponibilizados documentos até então inacessíveis ao grande público. Neste livro o leitor terá acesso a mais de 100 anos de segredos que prometem mudar todos os seus paradigmas a respeito da história russa. Tudo isso de uma forma simples e divertida.

Outra novidade desse livro é que a grande maioria das fontes são de autores russos, como o leitor notará por meio das notas de rodapé e outras referências, algo que contribui para eliminar antigos preconceitos e estereótipos e que certamente, se não for inédito, é bastante atípico mesmo para a literatura crítica acadêmica do assunto. Isso permite que os russos participem do ato de contar a sua própria História.

1. Mito da Rússia Feudal

1.1 EXISTE FEUDALISMO FORA DA IDADE MÉDIA?

A melhor forma de se desvendar um mito é, primeiramente, não criar novos. Ao considerarmos que boa parte dos mitos surgiu de anacronismos e do vicioso hábito de substituir dados numéricos por apelos emotivos, seria conveniente começarmos este livro com um capítulo que prioriza dados econômicos, que são verificáveis.

Para isso, vamos começar a esclarecer um dos mais bizarros mitos da revolução. **MITO NÚMERO 1 "o mito da Rússia feudal"**. Esse mito parecia-me obscuro até mesmo quando cursava o segundo grau, pois o mesmo livro que afirmava que o feudalismo se caracterizava por um poder descentralizado, em que a figura do rei era apenas simbólica e possuía uma agricultura de subsistência, também sustentava que a Rússia tinha um governo autocrático e que a agricultura era voltada para a exportação. E ainda hoje podemos ver exemplos do mesmo erro.

Mas, afinal, o que é esse "feudalismo" que deveria estar na Idade média mas é utilizado indevidamente até o século XX? Existe feudalismo fora da Idade Média?

Na verdade, o termo "feudalismo", apesar de ser usado por mais de dois séculos, nunca foi reduzido a um conceito que permitisse aos historiadores defini-lo de maneira inequívoca. Diferentes escolas dão significados muito distantes uns dos outros. O próprio conceito de feudalismo nunca foi usado na Idade Média. Ele foi cunhado por publicitários e pensadores da França pré-revolucionária do século XVIII, para caracterizar a "ordem feudal absolutista", ou seja, sistema que julgavam ser de dominação da nobreza e da Igreja. Mas, com o tempo, o conceito de feudalismo perdeu o impulso polêmico e foi introduzido na consciência histórica. A ciência histórica do século XIX tratou o feudalismo de diferentes formas: como um estado de fragmentação política, uma forma de propriedade da terra, como um modo específico de organização militar, ou seja, inserida em um contexto socioeconômico.

No caso da ciência histórica marxista, este conceito está ligado a um significado muito mais amplo, o feudalismo é interpretado como a formação de classes antagônicas, inseridos em um inevitável fluxo histórico-mundial, situado na fase seguinte ao sistema escravista e anterior ao capitalismo. Nela a propriedade feudal da terra assume o papel de monopólio da classe dominante (senhores feudais) e está intimamente ligada à exploração dos produtores diretos (os servos).

O pesquisador francês Yuber Metivier, citado por Tchudinov (2007), em particular, escreveu sobre interpretação marxista: "os economistas e historiadores soviéticos até o final do século XX usavam o termo 'feudal' apenas como um clichê, considerando que este regime poderia muito bem existir sem estar propriamente no tempo histórico feudal". Ou seja, para ser feudal não é necessário estar na Idade Média, na verdade para um marxista esse termo é bem elástico.

A partir dessa generalização, muito subjetiva, o historiador soviético NI Kareev interpretou como feudal até mesmo a monarquia francesa do século XVIII. Na verdade, para ele, toda a evolução do estado francês, por quase mil anos, foi embalada em um esquema bastante simples: substituir "o absolutismo antigo" do Império Romano para "feudalização" política, que se prolongaria da Idade Média até os tempos modernos. Para um historiador soviético isso não era anacronismo ou falta de pesquisa, era uma obrigação patriótica. Quem fugisse a ela jamais teria seu livro publicado. Em 1934, a União Soviética começou o seu segundo encontro de reestruturação radical do sistema de educação em história. Nesse encontro foram definidas, pela cúpula do partido, as diretivas que deveriam ser seguidas pelos futuros historiadores. Podemos ter uma amostra disso nas observações feitas na sinopse de um livro sobre a história moderna, assinado por Stalin, Kirov e A.A. Jdanov, em que eles escrevem: "Seria bom se desprender dos velhos chavões como 'ordem feudal absolutista'(...) Seria melhor substituí-los com as palavras 'ordem pré-capitalista ou, melhor ainda, ordem feudal absolutista' (...) Recomendação de um nível tão elevado, é claro, era de natureza obrigatória"[23].

---

[2] Para valorizar a pesquisa e consulta praticamente inédita de fontes diretamente russas, optamos por manter a notação original em russo das obras consultadas pela autora, bem como a tradução para o português da referência em auxílio ao leitor não-familiarizado com o idioma original. Para obras mencionadas mais uma vez, segue-se a norma da ABNT e emprega-se *idem, ibidem* e *opus citatum* (nota dos editores, doravante "N. dos E.").

[3] ЧУДИНОВ, Александр Викторович; Французская революция: история и мифы. Москва: Наука, 2007 [TCHUDINOV, Alexander Viktorovich, *A Revolução Francesa: História e*

1.1.1 O mito de que as relações trabalhistas na Rússia eram atrasadas

Um dos erros mais frequente no estudo da história são os anacronismos, por isso é de bom senso familiarizar o leitor com a época em questão, pois não seria justo comparar o ambiente de trabalho de um operário russo do século XIX com a de um projetista da Google.

Vamos começar a nossa viagem histórica com a questão do trabalho, que nessa época não era nada fácil. Em muitos lugares, as fábricas eram locais precários e desconfortáveis. Os salários recebidos pelos trabalhadores eram muito baixos e o trabalho infantil e feminino era empregado até mesmo em funções pesadas e insalubres, como a mineração e a siderurgia.

Nesse contexto a liberdade entre os trabalhadores também é algo bem controverso. Alguns autores afirmam que na Rússia a servidão durou muito tempo, isso não é confirmado quando comparado com outras nações. Na Rússia, a servidão durou mais ou menos dois séculos e meio, o que não foi muito comparado com a Inglaterra, que durou de 1086 a 1781, o equivalente a 695 anos. Na Inglaterra do ano de 1743, 53,7% dos camponeses eram servos, na Rússia de 1763, 53% dos camponeses eram servos, o que nos mostra um número praticamente idêntico. Nos últimos anos antes de sua abolição na Rússia, uma minoria da população era de servos, apenas 1/3.

Também há o equívoco de que as relações trabalhistas na Rússia eram atrasadas. Isso não é verdade se levarmos em consideração o contexto global. O fim da servidão na Rússia foi decretado em 1861, o fim da escravidão nos EUA, por exemplo, só ocorreu em 1865, na Espanha em 1886 e, no Brasil, vergonhosamente, apenas em 1888. Se a Rússia manteve a servidão por dois séculos e meio, o Brasil manteve a escravatura por 388 anos e, os EUA, por 244 anos. Como podemos criticar a servidão em um mundo que tolera a escravatura? Talvez essa visão deturpada da história venha de um preconceito latente que ignore os negros como parte do povo ou até como seres humanos, mas felizmente não compartilho desse pensamento e dedico aos negros todos os cuidados e respeito que lhes cabem. Também não devemos ignorar que os servos possuíam praticamente os mesmos direitos civis que as outras pessoas e não foram vítimas de discriminação após o fim da servidão, isso não ocorreu nos EUA, onde até os anos 60 os negros tinham direitos e tratamento diferenciados dos brancos[4]. Também devemos lem-

....

Mitos. Moscou: Nauka, 2007].
[4] ПУЗАНОВ, Владимир Дмитриевич. Владимир Пузанов; Мифы и предрассудки царской России. Переформат,16.12.2011. Disponível em: <http://pereformat.ru/2011/12/mify-o-rossii/>. Acesso em: 05/04/2015.
[PUSANOV, Vladimir Dmitrievich, *Mitos e preconceitos da Rússia tzarista*, 2011. Disponível em: <http://pereformat.ru/2011/12/mify-o-rossii/>. Acesso em: 05/04/2015].

brar que em 1861, ano da libertação dos servos, eles eram apenas 18% da população da Rússia, já no Sul dos EUA, até 1865 mais de 60% da população eram escravos.

Embora o século XIX seja pródigo em inovações tecnológicas, não o foi no campo moral. Nos EUA a saúde dos escravos das plantações foi muito pior do que a dos brancos. Condições insalubres, nutrição inadequada e inflexível e o trabalho duro tornaram os escravos altamente suscetíveis a doenças. Mas o pior medo dos escravos era serem levados aos leilões e separados de suas famílias. Avós, irmãs, irmãos, primos, de uma hora para a outra, todos poderiam encontrar-se dispersos à força, para nunca mais se verem. Mesmo se eles ou seus entes queridos nunca fossem vendidos, os escravos conviviam com o medo constante de um dia isso acontecer. As mulheres negras suportavam constantemente a ameaça de exploração sexual. Não havia garantias nem leis para protegê-las de serem sexualmente perseguidas, acossadas, violadas ou usadas, a longo prazo, como concubinas por mestres e supervisores. Como os homens com autoridade se aproveitavam dessa situação, o abuso foi generalizado. Mesmo que uma mulher parecesse concordar com a situação, na realidade ela não tinha outra escolha. Homens escravos, por sua vez, eram muitas vezes impotentes para proteger as mulheres amadas.

Na Inglaterra também podemos presenciar uma tardia preocupação na preservação dos direitos básicos da liberdade humana. Além de ganharem muito dinheiro com o tráfego de escravos da África, os britânicos ainda lucravam com escravos brancos. Vendiam seus próprios cidadãos para os Estados Unidos, fato que ocorreu entre 1751 e 1774.

Prisioneiros ingleses também eram vendidos como escravos para fazendeiros australianos. Eles eram negociados sob o martelo, a um preço de 40 libras. O número total de escravos brancos até 1884 foi de aproximadamente 30 mil pessoas[5].

Na Inglaterra, mesmo os cidadão honestos e cumpridores da lei poderiam ser privados de sua liberdade e usados como escravos, pois no ano de 1834 foi criada a lei dos pobres, que instituía que os desempregados, os desabrigados e os órfãos perderiam sua liberdade e seriam prisioneiros em uma *workhouse*. Esses indivíduos, compulsoriamente encarcerados, não eram presidiários, porque não cometeram nenhum crime e nem prejudicaram ninguém, na verdade eram escravos do Estado.

---

[5] МЕДИНСКИЙ, ВладимирРостиславович; О русскомпьянстве, лени и жестокости. Москва: ОлмаМедиаГрупп, 2015.
[MEDINSKY, Vladimir Rostislavovich, *Sobre a embriaguez, preguiça e crueldade russa*. Moscou: Grupo Olma Media, 2015].

As *workhouse* eram bem piores que as senzalas brasileiras, pois nelas os negros ainda tinham uma boa chance de manter sua família unida, tinham uma alimentação razoável e às vezes até podiam escolher suas roupas e andar pela cidade, o que não acontecia com os cativos brancos. As famílias que nela deram entrada foram quebradas, homens e mulheres eram alojados em seções separadas e não era permitido se misturarem, os maridos eram separados das esposas e as mães dos filhos.

Na admissão, a roupa dos cativos era retirada e armazenada. Eles eram lavados, tinham seus cabelos cortados e recebiam uniformes da *workhouse*. O trabalho era das 4 da manhã até às 10 horas da noite. Um mínimo absoluto foi gasto em alimentação e a atitude mesquinha de seus tutores forçavam os internos a passar fome. Além disso, os castigos corporais eram frequentes.

Na Inglaterra, gerações cresceram à sombra do cativeiro. Milhares de pessoas viviam em constante temor de que algum acidente ou doença pudessem atingi-los, levando-os a miséria e àquele lugar onde os maridos seriam separados de suas esposas e mães de seus filhos. Pessoas que testemunharam o vizinho indo para o reformatório nunca esqueceram o que viram. Esse regime de terror só foi abolido em 1929, mas, por falta de lugar onde abrigar os pobres, perdurou-se até 1950. Ou seja, 89 anos após o fim da servidão na Rússia. É difícil acreditar que verdades tão cruéis foram omitidas e hipóteses tão bizarras possam ter algum crédito.

1.1.2 O mito de que a Rússia não acompanhou a Revolução Industrial

Uma das mais exaustivas tarefas para um pensador idealista é encontrar uma teoria que explique a realidade, pior do que isso apenas a missão dos materialistas que buscam encontrar alguma realidade que possa explicar suas teorias. Esta é a pesada cruz que, logo ao se formar, muitos dos jovens historiadores brasileiros são obrigados a carregar.

Dentre todas as dificuldades vivenciadas pelos teóricos marxistas, sem dúvida a mais ingrata é comprovar a eficiência de um sistema político que se mostrou um fracasso em todas as partes do mundo. Para isso, nada melhor do que recorrer à dialética[6]. Segundo eles, o fracasso da experiência socialista na Rússia

---

[6] A dialética apresenta vários sentidos dentro da história do pensamento ocidental, remontando aos filósofos gregos antigos. Em contexto de pensamento marxista, a palavra deve ser compreendida a partir da sua herança hegeliana. Soluções dialéticas envolvem o processo posterior (*post hoc ergo propter hoc*) de revisão de premissas para adequar-se a uma nova síntese explicativa. No caso dos fracassos do comunismo, sem ter antevisto a possibilidade antes dos experimentos comunistas, os apologetas da doutrina marxista afirmam que as ocorrências históricas falharam porque não seguiram as etapas históricas devidas, sendo que, supostamente, deveriam ter sido antecedidas por um estado

se deve a sua "imaturidade" histórica, pois essa pulou o capitalismo e pegou um atalho direto do feudalismo para o comunismo, isso explicaria, com sucesso, a má vontade dos camponeses quanto a requisições abusivas e a falta de compromisso dos operários em receber seus salários em um dinheiro inflacionado sem nenhum valor.

Essa ardilosa evasiva é provavelmente a origem do mito da Rússia feudal. É um subterfúgio totalmente condizente com a lógica interna da teoria marxista, porém não corresponde à realidade. Mesmo assim, podemos encontrar nos livros didáticos o **MITO NÚMERO 2, o mito de que a Rússia não acompanhou a Revolução Industrial.**

De acordo com cálculos do famoso estudioso anglo-americano Paul Kennedy, citado por Nikonov (2011), o desempenho geral do desenvolvimento industrial da Rússia estava em **quarto lugar no planeta**, atrás apenas da Alemanha, Grã-Bretanha e Estados Unidos, e ultrapassou até mesmo a França. Com certeza isso é uma prova irrefutável de que a Rússia se espraiou na Revolução Industrial. A seguir temos uma tabela com as porcentagens da participação individualizada dos países no mercado industrial mundial:

TABELA 1

	1880	1900	1913
Inglaterra	22,9	18,5	13,6
EUA	14,7	23,6	32,0
Alemanha	8,5	13,2	14,8
França	7,8	6,8	6,1
Rússia	7,6	8,8	8,2
Austro-húngaro	4,4	4,7	4,4
Itália	2,5	2,5	2,4

Fonte: a autora.
[НИКОНОВ, Вячеслав Алексеевич, Крушение России. 1917 Москва: Астрель, 2011].

No período entre 1890 e 1913, a indústria russa quadruplicou seu desempenho. Sua renda não é apenas quase ao par com os rendimentos provenientes

---

de capitalismo avançado. Nesse sentido, a suposta condição feudal russa seria a explicação para o insucesso do comunismo. Contudo, isso não demoveu nenhum comunista de perpetrar a revolução; a explicação, portanto, é apenas um rearranjo dialético de natureza *ad hoc* que visa salvar a doutrina de sua evidente refutação prática, consequência da sua inápcia teórica (N. dos E.).

da agricultura, mas os bens cobertos por ela era quase 4/5 da demanda interna por artigos manufaturados. Veja a contribuição de cada setor no PIB: agricultura - 54%, indústria e construção - 28,7%, transportes e comunicações - 8,9% e comércio - 8,4%.

Por quase 15 anos, no período anterior à Primeira Guerra Mundial (1914-1918), o crescimento médio anual do produto nacional bruto na Rússia foi maior do que na Europa Ocidental, salientou o ex-diretor do Instituto de História Russa, o acadêmico Andrei Sakharov (citado por Nikonov [2011]). Seu crescimento ficou atrás apenas dos Estados Unidos. Na indústria de algodão e açúcar, atingiu de quarto a quinto lugar no mundo. Na indústria de petróleo, na virada do século XIX ao XX, era o líder mundial, estabelecendo na região de Baku um grande centro petrolífero[7].

No final do século XIX ao início do século XX, a Rússia era uma das maiores potências têxteis do mundo, com grandes fábricas de tecidos como chita, algodão e cetim. No início o algodão era comprado dos Estados Unidos, mas, posteriormente, com o advento da guerra civil americana, o fornecimento de algodão para a Rússia foi drasticamente interrompido, o que forçou a Rússia a desenvolver sua própria produção de algodão nas províncias da Ásia Central[8].

Já em 1725, um alto-forno foi lançado em Nizhniy Tagil, da fábrica N. Demidova, ele foi o maior do mundo. E em 10 anos a Rússia, em termos de produção de ferro-gusa, tomou a posição de primeiro lugar no mundo e o manteve até o início do século XIX. O ferro mais barato das fábricas estatais dos Urais era exportado para a Inglaterra, onde foi utilizado na Revolução Industrial[9].

A rede ferroviária na Rússia abrangia 1067 km, dos quais o Grande Siberian Way (8000 milhas) foi a mais longa do mundo. Na Rússia czarista, no período de 1880 a 1917. Ou seja, por 37 anos foram construídas 58.251 km de ferrovias, o que dá um aumento médio anual de 1.575 km. Ao longo dos 38 anos de poder soviético, ou seja, até o final de 1956, foram construídos apenas 36.250 km, o que dá um aumento anual de apenas 955 km. Devo acrescentar que a Russian Railways, em comparação com outras companhias, oferecia aos seus passageiros o transporte mais barato e confortável do mundo[10].

---

[7] НИКОНОВ, Вячеслав Алексеевич ; Крушение России. 1917. Москва: Астрель, 2011. [NIKONOV, VyacheslavAlekseevich, *O colapso da Rússia*, 1917. Moscou: Astrel, 2011].

[8] МЕДИНСКИЙ, Владимир Ростиславович; О русской грязи и вековой технической отсталости. Москва: Олма Медиа Групп, 2015.
[MEDINSKY, Vladimir Rostislavovich, *Sobre a imundície e o atraso técnico da Rússia antiga*. Moscou: Grupo Olma Media, 2015].

[9] БРЮХАНОВ, Владимир Андреевич; Заговор графа Милорадовича. Москва: Астрель, 2004.
[BRYUKHANOV, Vladimir Andreevich, *Conspiração do conde Miloradovich*. Moscou: Astrel, 2004].

[10] БРАЗОЛЬ, Борис Львович; Царствование императора Николая II в цифрах и фактах (1894-1917 гг.).Нью-Йорк : Исполнительное бюро Общероссийского монархического фронта, 1959.

Na virada do século foi o início de uma nova etapa na produção industrial russa. Foram desenvolvidos os setores elétricos, químicos, automobilísticos, aeronáuticos e a construção de submarinos. A primeira tentativa de criar um carro russo ocorreu na primeira metade do século XIX. O primeiro carro russo com motor de combustão interna e capacidade de 2 litros foi apresentado na exposição Nizhny Novgorod, em 1896, mas não causou muito interesse. No entanto, até o final do século, já havia inúmeras fábricas de automóveis, produzindo algumas centenas de unidades de automóveis por ano. Por exemplo, em 1910, em uma corrida com uma carga de 5 pessoas no complexo trajeto de São Petersburgo - Nápoles (mais de dez mil km). O carro russo não revelou falhas. A produção da aeronave começou em 1910. Por ordem do Departamento Militar 1910-1917, foram fabricados 1300 aviões[11].

Na Exposição Mundial em Chicago (1895), Paris (1900) os produtos das indústrias Morozov foram premiados com o Grand Prix. Até mesmo o mais respeitado jornal inglês, *The London "Times"*, prestou respeito à indústria russa ao escrever: "De acordo com especialistas, algumas fábricas na Rússia são as melhores do mundo, não só em termos de dispositivos e equipamentos, mas também em termos de organização e gestão"[12].

Em relação aos mitos da indústria, também há o argumento de que a Rússia só possuía pequenas indústrias de produção artesanal.

Como vimos no exemplo, esse mito também surgiu para convencer de que a Rússia não era capitalista e justificar o malogro do marxismo, mas, como sempre, não se trata de um fato. A maior parte dos produtos russos era produzida por máquinas. Por exemplo, nas empresas têxteis, as grandes fábricas representavam 16,4%, mas nelas trabalhavam 68,8% de todos os trabalhadores dessa área, e essas empresas forneciam 75,7% de produtos têxteis produzidos no país. Não havia espaço para os artesãos neste regime.

Às vésperas da Primeira Guerra Mundial, o número total de trabalhadores na Rússia atingiu mais de 15 milhões. Destes, 56,6% trabalhavam em grandes indústrias (o número de 500 trabalhadores), o resto estava distribuído em empre-

---

[BRAZOL, Boris Lvovich, *O reinado do Imperador Nicolau II em números e fatos (1894-1917)*, Nova York: Secretaria Executiva da Frente Monarquista de Toda a Russia, 1959].

[11] ШАЛЯПИНА, Елена Леонидовна; Россия В период царствования Императора Николая II: Некоторые факты. Санкт-Петербург. Переформат,2013. Disponível em:.<rodnayaladoga.ru/index.php/ istoriya-i-sovremennost/75 -rossiya-v-period-tsarstvovaniya-imperatora-nikolaya-ii-nekotorye-fakty >. Acesso em: 04/01/2016.

[SHALIAPINA, Elena Leonidovna, *Rússia Durante o reinado do Imperador Nicolau II: alguns fatos*. São Petersburgo, 2013. Disponível em:.<rodnayaladoga.ru/index.php/ istoriya-i-sovremennost/75 -rossiya-v-period-tsarstvovaniya-imperatora-nikolaya-ii-nekotorye-fakty >. Acesso em: 04/01/2016].

[12] ВЛАДИСЛАВ, Анатольевич Бахревский; Савва Мамонтов.Москва:Молодая гвардия, 2000.

[VLADISLAV, Anatolyevich Bakhrevsky; *Savva Mamontov*, Moscou: Jovem Guarda, 2000].

sas (de 100 trabalhadores) e apenas uma pequena parte dos trabalhadores pertencia à produção em pequena escala[13].

Ao contrário do que muitos imaginam, esse cenário não é algo positivo. O predomínio de grandes corporações não é um sinal de progresso, mas da existência de cartéis, monopólios, protecionismo, sindicatos e leis reguladoras que inibem os pequenos investidores. Infelizmente essa era a realidade. O Império Russo não só tinha uma ausência de dispositivos legislativos e administrativos que impedissem a criação e o funcionamento de associações de monopólio, como uma parte considerável deles atuou com o consentimento e o apoio direto do governo. Esse foi o caso do "monopólio industrial-militar", que, como veremos a seguir, foi a causa da ruína do Império.

TABELA 2

A PROPORÇÃO DA INDÚSTRIA TRANSFORMADORA NA RÚSSIA DO INÍCIO DO SÉCULO XX

Formas industriais	%
Grandes indústrias	70,9
Pequenas indústrias rurais	20,9
Pequenas Indústrias urbanas	8,2

Fonte: a autora.
[АНФИМОВ, Андрей Матвеевич; Россия 1913 год. Статистико-документальный справочник. Санкт-Петербург.: РАН, Институт Российской истории, 1995].

1.1.3 O mito de que a industrialização russa provinha de capital estrangeiro

A tendência em atrair capital é positiva, embora nossa protecionista diga o contrário, um país que atrai muitos investimentos estrangeiros é considerado um mercado confiável e estável. As nações, de modo geral, fazem de tudo para atrair investidores, pois esse dinheiro, direcionado para o setor produtivo, aumenta a riqueza nacional, cria novas fábricas e empregos, melhora as condições econômicas, eleva o padrão de vida, possibilita padrões salariais mais elevados. A implantação de melhores meios de transporte facilita a obtenção de moeda es-

---

[13] ГРИГОРЬЕВИЧ, Механик Александр. Триста лет — полет нормальный. Эксперт, Москва, №43 (632), 10 ноября 2008.
[GRIGORIEVICH, Merranic Alexander. "Trezentos anos é um voo normal". Especialista, *Moscou*, nº 43 (632), 10 de novembro de 2008].

trangeira e amplia a poupança e a acumulação de capital de todos os cidadãos. Todos ficam mais ricos. Mesmo o dinheiro que não é aplicado em setores produtivos, como o utilizado para financiar os déficits orçamentários do governo, é positivo, pois quando os estrangeiros financiam parte do déficit sobram mais recursos para investimentos produtivos e sociais.

Muitas vezes o investimento estrangeiro é tratado como um símbolo de *status*. Países ricos exportam dinheiro e países pobres os adquirem por meio de juros abusivos. Neles podemos ver a livre circulação de recursos como algo predatório, "um tem que se dar mal para o outro sair bem", para uma história governada pela luta, é impossível ricos e pobres terem os mesmos interesses. Felizmente o mundo não é assim, exportar capital não é monopólio das grandes potências, empresas brasileiras como Gerdau, Vale, Ultra e o maior frigorífico do mundo, JBS, têm grandes investimentos no exterior.

Utilizar-se do capital estrangeiro não é um símbolo de atraso, mas é a melhor forma de se livrar dele. O investimento externo constituiu-se em um fator preponderante de auxílio para o desenvolvimento. As estradas de ferro da maioria dos países da Europa e também as dos Estados Unidos foram construídas com a ajuda do capital britânico. A Europa e o Japão destruídos pelas guerras necessitaram desse tipo de investimento e nem por isso perderam sua autonomia.

Esses fundos não geram a desigualdade entre as nações, muito pelo contrário. Segundo Mises, "uma maior igualdade econômica é a industrialização. E esta só se torna possível quando há maior acumulação e investimento de capital"[14].

Mesmo considerando o capital estrangeiro algo positivo, podemos constatar que a Rússia imperial não dependia desse dinheiro em suas receitas, pois essa equivalia apenas a 5,58% das receitas do orçamento[15].

Agora quanto ao **MITO NÚMERO 3, o mito de que a industrialização russa provinha de capital estrangeiro,** podemos constatar que na realidade o capital estrangeiro desempenhou papel significativo no desenvolvimento da indústria russa, mas não decisivo. O total dos investimentos estrangeiros na indústria não foi mais do que 9-14% de todo o capital industrial. Dos equipamentos e bens de capitais necessários na indústria nacional 63% eram fabricados no país e apenas pouco mais de um terço eram importados do exterior. No início do século XX, a participação de proprietários de empresas estrangeiras em edifícios comerciais representaram apenas 11,3%. Este número não é maior do que nos principais países da Europa Ocidental e sugere a inclusão do Império Russo no

---

[14] MISES, Ludwig von, *As seis lições*. São Paulo: Instituto Ludwig von Mises Brasil, 2009.
[15] НОБЕЛЬ, Альфред; РОТШТЕЙН, Адольф; СПИТЦЕР, Герман; ДИЗЕЛЬ, Рудольф; Россия и мировой бизнес: дела и судьбы. Москва: РОССПЭН, 1996.
[NOBEL, Alfred; ROTSHTEIN, Adolf; SPITZER, Herman; DIESEL, Rudolph, *Rússia e mundo dos negócios mundiais: transações e destinos*. Moscou: ROSSPEN, 1996].

âmbito da tendência mundial de internacionalização do capital. É importante notar que o investimento doméstico nos anos 1908-1913 é 2,2 vezes maior do que o investimento total (interna mais externa) no período anterior, ou seja, em 1900-1908, respectivamente[16].

Muitas vezes é afirmado, erroneamente, que a divida pública atingiu níveis alarmantes. Mas na verdade, a dívida pública cresceu a um ritmo relativamente moderado comparado com outros países. Em 1907, foi gasto ao serviço da dívida na Rússia 19% das receitas do governo (na França - 31%, Itália e no Japão - 30%, na Áustria-Hungria de 22%, a Grã-Bretanha 19%, Alemanha - 5% e EUA - 3%)[17].

Outro equívoco relacionado ao anterior é o **MITO NÚMERO 4, o mito de que a Rússia não era competitiva no mercado mundial.** Muitas vezes é transmitida a imagem de que em matéria de comercio internacional, a Rússia era um país atrasado que só vendia trigo e comprava todo o resto dos bens de consumo. Não é bem assim, pois, economicamente, a Rússia foi o único país no mundo que se aproximou da autossuficiência[18].

A Rússia não só competia no mercado, mas essa interação era vantajosa, possuía grande superávit comercial que lhe proporcionou uma colossal reserva de ouro. Por meio de um comércio favorável e da confiabilidade econômica que atraiu investidores britânicos e franceses na compra de títulos do governo, a Rússia havia acumulado a maior reserva estratégica de ouro da Europa. Em 1914, cerca de 1,7 bilhão de rublos (850 milhões dólares), ou cerca de 1.200 toneladas. Os rublos russos, extraordinariamente, foram totalmente conversíveis, com o valor nominal de todas as notas de papel em circulação, apoiada por 98% de ouro. Atualmente nenhum país é capaz de tamanha façanha.

Considerando a frequência da fome durante a era comunista, é ainda mais surpreendente para ser lembrado hoje que, antes da guerra, a Rússia era a maior exportadora mundial de alimentos, em 1913 enviava cerca de 20 milhões de toneladas de grãos para o exterior, um superávit que, sob o regime bolchevique, nunca se aproximou[19].

---

[16] ЗЫКИН, Дмитрий Эндшпиль; Как оболгали великую историю нашей страны.Санкт-Петербург: Питер, 2014.
[ZYKIN, Dmitry Endipil, *Como eles caluniaram a grande história de nosso país*, São Petersburgo: Peter, 2014].
[17] МИРОНОВ, Борис Николаевич; Благосостояние населения и революции в имперской России: XVIII — начало XX века. Москва: Весь Мир, 2012.
[MIRONOV, Boris Nikolaevich, *O bem-estar da população e revoluções na Rússia imperial: XVIII - início do século XX*, Moscou: Ves Mir, 2012].
[18] ZYKIN, Dmitry Endipil, *op. cit.*
[19] MCMEEKIN, Sean. *History's greatest heist: the looting of Russia by the Bolsheviks.* Michigan: New Haven and London, 2009.

A Rússia produzia 80% da produção mundial de linho e forneceu 50% de todos os ovos de importação mundial. Durante a Primeira Guerra Mundial – de 1914 a 1918 – a colheita de grãos dobrou (BRAZOL, 1959). Em 1913, a colheita russa de grãos foi maior do que a da Argentina, Canadá e Estados Unidos juntos. Durante o reinado do Imperador Nicolau II, a Rússia foi o principal sustento da Europa Ocidental[20].

Bem diferente do paraíso soviético, que não supria nem seu consumo interno e era forçado a importar 9 milhões de toneladas dos Estados Unidos, 5 milhões do Canadá e 4 milhões da Argentina. Boa parte dessas importações era paga com empréstimos externos e com a utilização das reservas de ouro[21].

No final da era soviética as importações atingiram enormes somas, em 1985-1986 as importações de cereais foi 3,6 vezes maior que as exportações de 1909-1913 do período tzarista[22].

Também não devemos afirmar que o capital estrangeiro deu origem à indústria russa. O início da industrialização na Rússia surgiu de um modo bem singular, não foi algo tão espontâneo como nos outros países, pois era baseada em grandes indústrias estatais. Esse processo começou no século XVI, onde já havia uma indústria desenvolvida e artesanato. Especialmente no setor de armas e artilharia, algo que acelerou o processo de unificação e a demarcação das atuais fronteiras. Em termos de produção de armas de fogo e outras armas, em matéria de qualidade e diversidade, a Rússia era, naquela época, talvez, um dos líderes europeus. O tamanho do parque de artilharia era de duas mil armas, o que é superior com relação a outros países europeus, e todas as armas eram de produção nacional. Grande parte do exército (cerca de 12.000 pessoas) até o final do século XVI estava equipada com armas de pequeno porte de produção nacional. Perto das vitórias alcançadas nesse período (a captura de Kazan, a conquista da Sibéria, e assim por diante), foi devido à qualidade e o sucesso do uso de armas de fogo. Seria impossível conceber a conquista de um território de cerca de 17 milhões de quilômetros quadrados sem um apoio tecnológico industrial, não seria viável ganhar uma guerra jogando feixes de trigo nos inimigos.

Em meados do final do século XVII, uma série de novas empresas surgiu: indústrias siderúrgicas, fábricas de têxteis, vidro, fábricas de papel, etc. Além disso, também havia produção e desenvolvimento de produtos de couro, que, em

---

[20] BRAZOL, Boris Lvovich, op. cit.
[21] ФИЛИППОВ, Александр Васильевич; Новейшая история России, 1945—2006 гг. Москва:Просвещение, 2007.
[FILIPPOV, Alexander Vasilievich, História contemporânea da Rússia, 1945-2006, Moscou: Prosvechenie, 2007].
[22] MIRONOV, Boris Nikolaevich, op. cit.

grande parte, foram exportadas, inclusive para países europeus[23]. Houve também um grande número de tecelagens. Algumas das empresas da época eram bem grandes: por exemplo, uma das fábricas de tecelagem, em 1630, foi localizada em um edifício de dois andares que abrigava máquinas operadas por mais de 140 funcionários[24]. Na primeira metade do século XVIII, o Imperador Pedro, o Grande, começa a desenvolver a exploração das jazidas de minério de metal. Foi nessa época que o engenheiro de minas, Kozma Frolov, construiu para a mineração de ouro a maior estrutura hidráulica do mundo. A produção de ouro e prata que fornece recursos para a indústria bélica (a produção de armas, pólvora, velas, sapatos de pano)[25].

Isso já é o suficiente para termos uma noção correta de como foi o início e o desenvolvimento da indústria russa. Agora é possível seguir para os aspectos políticos.

1.1.4 O mito do Tzar absolutista ou autocrático

Uma das maiores, dentre tantas, esquisitices de alguns livros é sustentar, na mesma frase, que a Rússia feudal tinha um soberano autocrático. Isso é extremamente incongruente se levarmos em consideração a teoria da linearidade histórica, que tem como um de seus cânones que o absolutismo marca o fim da Idade Média e é a principal característica do renascimento. Se existia concentração de poder como poderia ser feudal?

Esses argumentos não são enganosos apenas na afirmação de que o tzar era absolutista, mas também é errôneo se considerarmos que o conceito de absolutismo, em si, é uma falsificação histórica, anacrônica e mal intencionada. Em consideração a isso, primeiramente devemos destacar nunca existiram monarquias absolutistas, no sentido extremo do termo, ou seja, com poderes ilimitados.

---

[23] ПОКРОВСКИЙ, Михаил Николаевич; Русская история с древнейших времен. Том 1. Москва: Госиздат, 1922.
[POKROVSKY, Mikhail Nikolaevich, *História da Rússia desde os tempos antigos*. Volume 1: Moscou: Gosizdat, 1922].
[24] СТРУМИЛИН, Станислав Густавович; Очерки экономической истории России. Москва: Наука, 1960, p. 297-298.
[STRUMILIN, Stanislav Gustavovich, *Ensaios sobre a história econômica da Rússia*. Moscou: Nauka, 1960, p. 297-298].
[25] КЛЮЧЕВСКИЙ, Василий Осипович; Русская история. Полный курс лекций. Том I-III, Москва: Харвест. 2002.
[KLYUCHEVSKY, Vasily Osipovich, *História russa. Curso completo de palestras*. Volumes I-III, Moscou: Rarbest. 2002].

Embora a generalização de absolutismo hoje seja reconhecida por boa parte dos historiadores, esse termo era completamente desconhecido entre os reis e ministros dos séculos XVI e XVII. A rigor, o conceito "absolutismo" é um anacronismo criado no início do século XIX. Para ser mais exato, é um termo cunhado em 1823 para aplicar, pejorativamente, ao governante contemporâneo Fernando VII de Espanha. Entretanto, esse neologismo difundiu-se apenas a partir de meados desse mesmo século. Esse conceito foi criado por historiadores "progressistas", com um escopo ideológico, pois era uma forma de associar os rivais políticos a um passado repleto de ideias empoeiradas e instituições ultrapassadas, que resistiam à influência do Iluminismo.

O início do século XIX deu origem a todos os "ismos" políticos: o nacionalismo, socialismo, comunismo, capitalismo, conservadorismo, liberalismo, etc. Termos que impregnaram nossos cérebros com estereótipos e anacronismos, dificultando em muito nossos conhecimentos a respeito da história. Os efeitos colaterais dos "ismos" foram a militância, o dogmatismo, o emotivismo e o preconceito, que muitas vezes querem converter a ciência histórica em um modo divertido de transmitir um discurso político. A vida dos gauleses, bretões e visigodos não tem mais importância didática, agora são é apenas um adereço para tornar mais palatáveis fundamentos e pontos capitais de uma doutrina.

Portanto, com tantas escolas e vertentes ficou difícil definir o que é o absolutismo. Segundo o dicionário Priberam da Língua Portuguesa é: "sistema de governo em que o poder do chefe é absoluto", "sistema político cujos governantes têm o poder absoluto, ou seja, sem restrições". "Método ou doutrina governamental que determinada que o chefe deve tomar todas as decisões, sendo que apenas os seus desejos são seguidos; Designação de poder ilimitado e completo". Entretanto, um governante com poderes ilimitado jamais existiu não só na Europa mais em nenhuma parte da terra.

Após a Idade Média, as monarquias passaram a interferir ativamente na administração, tornando-se presença mais ativa na vida dos sujeitos, mas, mesmo assim, não eram "absolutas". A expressão de uso corrente à época foi "potestas absoluta", e possuía uma acepção muito diferente do que normalmente lhe é atribuída, definia a proeminência do governante, possuía a prerrogativa de maior autoridade, mas não o direito do mando sem barreiras. Os monarcas só possuíam um poder soberano, exceto na política externa, militar e assuntos religiosos de Estado, para além destas fronteiras sua influência era limitada. Não poderiam invadir algumas áreas da vida dos cidadãos, como seus costumes e leis.

Mesmo no Antigo Império Romano, tão conhecido pelos seus abusos, o poder e a autoridade dos Imperadores romanos, ainda que de fato conhecessem poucas restrições, não deixavam de estar cerceados do ponto de vista jurídico, na medida em que mesmo em pleno auge do regime imperial persistiam as estruturas de raiz republicana, incluindo-se, entre elas, uma pluralidade de magistrados inferiores e instituições como a do Senado, e, pelo menos em teoria, a república era sempre soberana e o poder do Imperador não passava do primeiro cidadão. E muitas das bizarrices como nomear cavalos e matar familiares não passam de boatos descritos por autores ligados ao Senado de Roma, que sempre foram hostis ao poder dos soberanos, e buscavam ridicularizar seu oponente. Boatos e fofocas não são verdades históricas.

Um exemplo da limitação do poder dos Imperadores romanos é que eles não tinham autoridade para inflacionar a moeda. Quanto tentavam adulterar o valor do dinheiro, alterando pesos ou a composição do metal, tinham que ser bem discretos e realizar o embuste por pouco tempo, do contrário eram mortos ou depostos. Bem diferente da república brasileira na década de 80, que lançavam dinheiro sem lastro no mercado, de forma criminosa, e ainda chamavam de "especuladores" quem não aceitasse as tais "moedas podres". Com certeza, um Imperador como o ex-presidente José Sarney não viveria muito na antiga Roma.

Até mesmo o rei da Pérsia, Xerxes I, narrado por Hollywood como um verdadeiro Deus, não estava acima das leis. Temos alguns exemplos ilustrativos nos livros de Ester e Daniel em que o Rei persa se viu impotente para ajudar seus protegidos diante da lei dos Medos e Persas. "Por fim, aqueles homens foram juntos falar com o rei; eles disseram ao rei: 'Ó rei, lembre-se que, segundo a lei dos medos e dos persas, não se pode mudar nenhuma proibição ou decreto emitidos pelo rei'" (Daniel 6:12).

Outros termos polêmicos são as definições de "monarquia constitucional" e "monarquia parlamentarista" em contrapartida com as "monarquias tradicionais". Essas definições do século XIX privilegiam um poder centralizado em detrimento a autonomia dos governos provinciais que nos séculos XVI e XVIII eram muito mais proeminentes do que na nossa época. Bem diferente do papel subalterno exercido pelos atuais municípios, os governos provinciais possuíam grande autonomia e gozavam de grande simpatia da população por agirem mais de acordo com os costumes locais do que por leis positivas. A constituição, tão louvada pelos intelectuais, nunca desfrutou das mesmas simpatias populares que as leis consuetudinárias. As leis positivas eram ininteligíveis e inapropriados aos interesses e ideais políticos, econômicos e religiosos das comunidades. Os historiadores do século XIX têm menosprezado a importância dos órgãos consultivos locais, não pelo fato de no início do período moderno eles serem considerados inadequados, mas porque em 1850 estavam muito otimistas com os ideais de unificação nacional. Assim as perspectivas provinciais contestavam seu ponto de vista e tornava necessário criar um padrão adequado para as novas entidades nacionais. Ao mesmo tempo, nas universidades europeias foram introduzidas disciplinas históricas com ênfase no nacionalismo.

Quanto ao **MITO NÚMERO 5**, o mito do tzar absolutista ou autocrático se estabeleceu no ano 1850[26]. A criação desse título foi, em grande parte, um instrumento da mídia inglesa para desprestigiar seu oponente político, em suma, fazia parte do "Grande Jogo". Na verdade, o Imperador russo tinha maior autonomia em assuntos militares e de relações estrangeiras, mas, tratando-se de questões internas suas funções se limitavam à escolha dos ministros e convocações de eleições, o mesmo poder concedido aos monarcas modernos. Um exemplo disso é a atual rainha da Inglaterra, que, oficialmente, é também chefe de Estado. Ela tem por funções, entre outras coisas, sancionar leis, declarar guerra, caso necessário, nomear o primeiro-ministro (após as eleições gerais). No entanto, a maior parte dessas ações não são praticadas. O poder dos monarcas em convocar novas eleições é muito importante e não raro solucionam graves tensões políticas. Esse foi o caso de Filipe VI da Espanha que dissolveu o parlamento em 26 de junho de 2016, seis meses após as eleições. Ou seja, os monarcas modernos mantêm os mesmos poderes e continuam contribuindo para o bom funcionamento do Estado.

Voltando à época em questão, podemos constatar que a influência de Nicolau II era tão restrita que ele nem mesmo poderia participar das reuniões da Duma[27], apenas fazer visitas. As visitas do Imperador a Duma eram raríssimas e, quando ocorria, era um acontecimento polêmico, noticiado em jornais e causava estranhamento e sobressalto aos membros da Duma. A única maneira do soberano saber dos assuntos discutidos em assembleia seria por meio de informantes dentre os políticos ou pelos jornais[28].

Posteriormente, os historiadores soviéticos também se apropriaram do chavão, um exemplo é N. I. Kareyev, segundo ele, a essência do absolutismo se manifesta na "total submissão de toda a vida nacional à Coroa que considerava apenas seus direitos e seus interesses, identificando-os com os direitos e interesses do Estado, que tinha como o único juiz, o próprio monarca" e "O estado absolutista dos tempos modernos chefiado por uma monarquia ilimitada se esforçava para ser tudo em todos". O absurdo dessas afirmações não é o fato de um monarca, que por uma tradição, pudesse se utilizar da denominação honorífica de único juiz. Ou que o próprio Estado, buscando legitimidade e estabilidade social, pudesse se utilizar dessa convenção simbólica, mas tanto Kareyev como muitos historiadores atuais

---

[26] ХЕНШЕЛЛ, Николас; Миф абсолютизма: перемены и преемственность в развитии западноевропейской монархии раннего Нового времени. Москва: Алетейя, 2003.
[HENSHELL, Nicholas, *O mito do absolutismo: mudanças e continuidade no desenvolvimento da monarquia da Europa Ocidental no início do período moderno*, Moscou: Aleteya, 2003].
[27] Duma Estatal do Império Russo foi uma assembleia legislativa do final do Império Russo (N. dos E.).
[28] TCHUDINOV, Alexander Viktorovich, *op. cit.*

estavam convencidos de que o Imperador conseguiu ser absolutista de fato[29]. Se, atualmente, com todos os avanços nos sistemas de comunicações e informática isso já é algo tecnicamente impraticável, imagine ser o "único Juiz" em um território de 17 milhões de quilômetros quadrados com a tecnologia da época. E é por isso que os governos provinciais tinham tanta autonomia.

Um exemplo prático da distinção entre o alegórico e o efetivo pode ser visto na preparação do Código de Leis de 1832, onde foi dada a primeira definição legal do sistema estatal do Império Russo. No artigo 1º define o caráter do Imperador como o "soberano, autocrático e ilimitado", já no artigo 47 assinala que a implementação do "poder autocrático do Imperador está sujeita ao princípio da legalidade, o Império Russo deve ser gerido em uma base sólida de leis positivas, instituições e estatutos que delimitem o poder autocrático". Aqui o título de autocrático tem a conotação de proeminência e não de um poder irrestrito. Isso é muito semelhante à denominação de "soviete supremo" dada aos posteriores presidentes, apesar da designação de supremo, não tinha total autonomia no governo.

Para que possamos nos situar melhor no contexto da época, um resumo de alguns importantes aspectos da história política da Rússia. No Código de Lei de 1649, podemos ver os mais representativos órgãos estatais como a Duma Boyarda, que era uma assembleia legislativa, e os órgãos distritais, que eram os ZemskySobor. A partir de 1860-1870, o Imperador Alexandre II aumentou a autonomia desses governos distritais criando o Zemstvo (1864) e conselhos municipais (1870). Além do Senado como o mais alto órgão de justiça administrativa foram estabelecidas nessas províncias órgãos locais de justiça administrativa. Esses órgãos provinciais tratavam de assuntos rurais e urbanos referentes à justiça administrativa local e, o mais importante, cuidava de certos setores, tais como a presença de assuntos militares, pagamento de imposto, fábrica, e assim por diante. Essa política social visava a destruição de privilégios e da equação da população em matéria de direitos individuais e o resultado foi uma nova queda no valor do *status* de nobreza.

Esses governos tinham seus membros escolhidos por eleições e não despertavam muito o interesse dos nobres, pois não havia benefícios significativos (nem mesmo eram isentos de pagar impostos e taxas). Quanto aos eleitos, em todas as questões relacionadas com a ordem pública, taxas e impostos, poderiam pôr em prática seus interesses, em outros assuntos da vida camponesa teria de ser levada em conta a vontade da comunidade. Em termos de agricultores eleitos, esses teriam sempre de servir a comunidade e cumprir as exigências da assembleia geral dos

---

[29] КОЛОНИЦКИЙ, Борис Иванович; Трагическая эротика: Образы императорской семьи в годы Первой мировой войны. Москва: Новое литературное обозрение, 2010.
[KOLONITSKY, Boris Ivanovich, *Tragédia erótica: Imagens da Família Imperial durante a Primeira Guerra Mundial*. Moscou: Nova Revisão Literária, 2010].

chefes de família. Na prática, verificou-se que nem agricultores eletivos nem indivíduos nunca tomavam qualquer decisão sem reunirem-se. Assim, a comunidade tinha considerável autonomia a partir da coroa e do poder dos latifundiários.

Os eleitos precisavam do apoio da opinião pública não só para se reeleger, mas porque no caso de abuso de poder eles eram ameaçados pelos camponeses de linchamento. Como regra, os eleitos agiam como protetores da comunidade, seus organizadores e intercessores. Os Zemstvo também tinham a função policial de supressão de comportamento antissocial; delitos, agitações, detenção de vagabundos e desertores, expedir passaportes; banimento da comunidade para os "maus" ou "perversos", comportamento criminoso. Os policiais também eram eleitos pela comunidade, portanto, para continuar no cargo, não poderiam cometer abusos e precisavam ser cordiais.

Como podemos observar, a comunidade é capaz de resolver problemas complexos. Mesmo assim ainda havia conflitos entre os agricultores, proprietários e o Estado. Na verdade, todas as revoltas de camponeses tinham base jurídica, eram motivadas pelas diferenças entre as leis e os costumes, pois o que parecia justo para os camponeses, não parecia certo diante da lei[30].

Também temos o **MITO NÚMERO 6, o mito de que na Rússia imperial não havia eleições.** Sim, havia eleições com voto secreto na Rússia, a principal delas era a eleição para a Duma Estatal, que seria similar ao parlamento. É claro que o voto era censitário, o contrário seria impossível, já que o voto aberto a mais da metade da população não existia na época. Não podemos culpar alguém de fazer algo que não existe. Até mesmo os EUA, um país republicano, que deveria ser um exemplo de liberdade, estavam atrasados em matéria de eleições, a Rússia teve eleições universais 48 anos antes dele.

Eleições universais é algo bem recente, só foi instaurada na França em 1946, Islândia 1920, Alemanha 1935, Canadá 1960, Inglaterra 1968, Argentina 1947, EUA 1965, Emirados Árabes 2011, África do Sul 1994, Kuwait 2005, Chile 1935 e Brasil 1931.

A eleição mais importante realizada no Império era para a Duma Estatal, parlamento russo, composto dos mais diversos estratos da população. Por exemplo, nas eleições de 1907 foram eleitos 509 deputados, dentre eles: 169 camponeses, 32 operários, 20 sacerdotes, 25 nobres, 10 pequenos empregados privados (caixeiros, garçons), 1 poeta, 24 funcionários públicos (incluindo 8 do judiciário), 3 oficiais, 10 professores assistentes, 28 professores, 19 jornalistas, 33 advogados, 17 empresá-

---

[30] МИРОНОВ, Борис Николаевич; Социальная история России периода империи (XVIII— НАЧАЛО XX в.). Том I е II С.-Петербург: Дмитрий Буланин, 2003.
[MIRONOV, Boris Nikolaevich, *História social da Rússia durante o período imperial (XVIII - INÍCIO do século XX)*. Volumes I e II. São Petersburgo: Dmitry Bulanin, 2003].

rios, 57 nobres proprietários de terras, 6 gerentes de fábricas. Para se eleger não era necessário comprovar estudo, 1% dos deputados citados era de analfabetos[31].

Algo realmente benéfico nas eleições russas era a não obrigatoriedade de filiação a um partido político, eram possíveis candidaturas autônomas, portanto, era possível entrar na política sem estar com o "rabo preso", ou seja, não ser escravo de nenhum interesse corporativo. Para os que não contavam com dinheiro para a sua campanha, poderiam contar com a ajuda de um partido político. Haviam partidos conservadores e progressistas, de direita e esquerda. Portando os partidos políticos de esquerda não eram clandestinos. Como afirmam alguns livros didáticos: "Não havia partidos políticos legalizados, embora as agremiações clandestinas fossem bastante atuantes". "Havia na Rússia diversos partidos ligados ao comunismo, todos na clandestinidade". Podemos ver na tabela abaixo que existia partidos ligados ao comunismo. Mesmo envolvidos em assassinatos, terrorismos, extorsões de operários e empresários, o Partido Russo Socialdemocrata dos trabalhadores, ao qual pertencia Lenin, era legalizado e participou de todas as eleições, obtendo um número considerável de votos.

TABELA 3

Partidos	Duma I	Duma II	Duma III
PRST (partido de Lenin)	10	65	19
Partido Socialista Revolucionário	-	37	-
Partido Popular Socialistas	-	16	-
Partido dos Trabalhadores	107	104	13
Partido Progressista	60	-	28
Partido dos Cadetes	161	98	54
Autonomistas	70	76	26
Partido dos Outubristas	13	54	154
Partido Nacionalista	-	-	97
De direita	-	-	50
Sem partido	100	50	-

Fonte: a autora [Em consulta a: Аврех А.Я. П.А. Столыпин и судьбы реформ в России. — М.: Политиздат, 1991. — 286 c].

[31] АВРЕХ, Арон Яковлевич; Государственная дума. Советская историческая энциклопедия: Москва: Советская энциклопедия, 1963.
[AVREKH, Aron Yakovlevich, *A Duma de Estado. Enciclopédia histórica soviética*, Moscou: Enciclopédia soviética, 1963].

1.1.5 O mito da Rússia com imensos latifúndios nas mãos dos nobres

Ao continuar tentando desvendar o mistério do motivo de alguns livros afirmarem que a Rússia do início do século XX era feudal, deparei-me com este fragmento: "poucos conseguiram se livrar do antigo regime, permanecendo sob o julgo dos nobres, sem acesso à terra e a liberdade". Aqui temos uma analogia entre o "antigo regime" e a concentração de terras pelos nobres. Essa setença nos remete ao silogismo: se na Idade Média as terras eram da nobreza e na Rússia também, logo a Rússia era medieval à época da revolução de 1917. Por isso temos que evitar as generalizações e analisar esse mito com calma. Vamos começar com o **MITO NÚMERO 7, o mito de que os camponeses não tinham acesso a terra.**

Isso não é verdade, é claro que nas aldeias existiam pessoas pobres, que incluem os camponeses sem terra e gado, mas eles são relativamente poucos. Em 1917, na parte europeia da Rússia a percentagem de famílias sem-terra foi de 8,1% e sem gado 13,5%. Na Sibéria, não existiam camponeses sem terra e apenas 6,1% não tinha gado. Lembre-se que em 2008-2010 a proporção de pobres em países modernos Ocidentais, incluindo os Estados Unidos, é estimada em 14-15% da população ativa[32].

Segundo Richard Pipes[33], famoso historiador liberal, professor de Harvard, em contraste com a Inglaterra, Espanha, Itália, França, onde a grande maioria das terras estava nas mãos de grandes proprietários. Até a revolução de 1917. "A Rússia foi um exemplo clássico de um país de pequenas propriedades". A ironia da história é que foi após a vitória dos revolucionários que os camponeses foram arrebanhados à força em grandes fazendas coletivas. Os que resistiram foram mortos ou enviados para o exílio. Os historiadores modernos estimam que o número de vítimas da coletivização fosse de aproximadamente 10 milhões[34].

A questão agrária, na verdade, sempre foi uma das grandes preocupações no reinado de Nicolau II, nele foram criadas diversas políticas públicas que possibilitaram o acesso a terra à maioria da população. Apenas entre 1906-1914 foram distribuídos mais de 31 milhões de acres de terra para mais de três milhões de pessoas[35].

---

[32] MIRONOV, Boris Nikolaevich, *op. cit.*
[33] PIPES, Richard. *História Concisa da Revolução Russa*. Rio de Janeiro: Best Seller, 2008.
[34] ПУЗАНОВ, Владимир Дмитриевич; Мифы и предрассудки царской России. Переформат,16.12.2011. Disponível em:.<http://pereformat.ru/2011/12/mify-o-rossii/>. Acesso em: 05/04/2015.
[PUSANOV, Vladimir Dmitrievich, *Mitos e preconceitos contra a Rússia tzarista*, 2011. Disponível em: <http://pereformat.ru/2011/12/mify-o-rossii/>. Acesso em: 05/04/2015].
[35] ТИМОШИНА,Татьяна Михайловна; Экономическая история России: Учебное пособие. Москва: ЗАО Юстицинформ, 2009.
[TIMOSHINA, Tatiana Mikhailovna, *História econômica da Rússia*, livro didático. Moscou: ZAO Yusticinform, 2009].

1. MITO DA RÚSSIA FEUDAL

Em seu governo foi autorizado ao Nacional Camponesa Land Bank a maior instituição do mundo de empréstimos de terra e empréstimos aos camponeses para comprar as terras dos latifundiários e revendê-las aos camponeses em condições extremamente favoráveis. Forneceu empréstimos a longo prazo, de até 90% do valor da terra, a juros baixos de 4,5% ao ano. O resultado dessas políticas foi que, em 1914, mais de 80% da posse das terras aráveis na Rússia europeia estava nas mãos dos camponeses.

Para os camponeses que estavam dispostos a deixar a parte europeia da Rússia, a fim de obterem benefícios fiscais, receberiam do Estado plenos direitos de propriedade de um lote e 15 hectares por pessoa ou 45 hectares por família. O governo também arcaria com os custos do transporte de todos os equipamentos para o local de assentamento e mais 200 rublos por família, o que não era uma pequena quantia, mas sim o equivalente a 5 salários mensais de um operário. Na Sibéria, foram construídos armazéns estatais e trazidas máquinas agrícolas e implementos para abastecer a população a preços extremamente baixos. Nessas áreas foram construídas estradas, escolas, igrejas e hospitais. Em 1913, 2 milhões de famílias receberam lotes. Para este trabalho complexo foi mobilizado um exército de mais de 7.000 topógrafos e agrimensores.

Esta medida teve um enorme sucesso, em um curto prazo, o agronegócio siberiano floresceu, permitindo a exportação de um grande número de produtos rurais para a parte europeia da Rússia e para o exterior, especialmente manteiga e ovos.

Assim, às vésperas da Revolução de Fevereiro, os camponeses, com base em propriedade e locação, tinham 100% das terras aráveis na parte asiática da Rússia e cerca de 90% do total da Rússia europeia.

Poucos meses antes da primeira Guerra Mundial, 13% das terras pertencentes à comunidade se mudaram para propriedades individuais. Na véspera da revolução, a Rússia estava pronta para se tornar um país de pequenos proprietários[36].

Outro engano trazido pelo mito da Rússia feudal é a supervalorização dos recursos financeiros e do papel político da nobreza. Devido à obrigatoriedade de nomear "um cara mal", para inserir na imprescindível luta de classes, muitos historiadores "satanizaram" a nobreza. Foi criado o estereótipo de uma nobreza latifundiária, egoísta e cruel. Mas como nunca um ser humano é igual ao outro, os nobres não seriam uma exceção a sua espécie, possuíam profissões, rendas, personalidade e temperamentos singulares. O que dá origem ao **MITO NÚMERO 8, o mito de que havia imensos latifúndios nas mãos dos nobres.**

Na verdade, às vésperas da Revolução, dos 107 mil nobres, apenas 8% eram proprietários de terras.

---

[36] SHALIAPINA, Elena Leonidovna, *op. cit.*

De meados do século XIX até o começo do século XX, a nobreza tinha sofrido um grande declínio financeiro decorrente de dois aspectos desfavoráveis: o governo limitou o volume de dinheiro em circulação e endureceu as condições para a obtenção de empréstimos. Isso privou os nobres de um capital vital para o recrutamento de empregados, para compra de máquinas e gado. Em 1885, para os nobres, era praticamente impossível obter crédito de longo prazo nos bancos. Outro fator importante foi a queda mundial dos preços dos grãos, ocorrida entre 1876 a 1896. Dessa forma, podemos observar esse empobrecimento na tabela a seguir:

Terras da aristocracia entre 1877-1905, em %:

TERRAS DA ARISTOCRACIA	1877	1905
Nobres Sem Terra	26-31	61-62
Proprietários 1-100 acres	34-36	22-23
Proprietários 101-1000 acres	27-29	13
Os proprietários de mais de 1.000 acres	8-9	3

Em 1877 apenas 9% dos nobres eram grandes latifundiários e em 1905 esse número caiu ainda mais, chegando a 3%. Ou seja, uma parcela minoritária da nobreza era composta por grandes proprietários de terras, o que contraria totalmente o conceito de nobreza russa disseminado nas escolas brasileiras.

Outra mudança ocorrida no final do século XIX foi um forte e rápido crescimento da demanda do campesinato para o aluguel e compra das terras de seus vizinhos nobres. Para a maioria dos proprietários foi mais rentável arrendar a terra do que gerir suas próprias fazendas, de modo que até o final do século, quase três quartos de todas as terras dos nobres foram arrendadas aos camponeses. Na virada do século, os trabalhadores agrícolas, tanto temporários como permanentes, representaram apenas 10% do número de pessoas empregadas na agricultura. Outro equívoco é o **MITO NÚMERO 9, o mito de que a nobreza Russa vivia no luxo.**

Na realidade as casas dos nobres não possuíam arquitetura neoclássica e nem o nababesco. Para esclarecer melhor, prefiro me guiar pelos relatos dos contemporâneos. Segundo esses relatos, os visitantes ocidentais ficavam espantados com a simplicidade dos nobres russos. Em 1840, o viajante alemão Barão Von Gaksthauzen observou que uma casa senhorial típica era construída às pressas, e mesmo depois de pronta continuava primitiva, seu interior era mobiliado de forma despretensiosa, dando a impressão de abrigo temporário e não um lar permanente. E esse padrão foi caracterizado por uma lista de pessoas influentes. Na década de 1880, Leroy-Pain comenta o mesmo fenômeno:

> Nunca houve no Ocidente algo semelhante entre a nobreza e a terra. Ao contrário do resto da Europa, a nobreza local não se identifica com a terra. Os nomes da nobreza de forma alguma estavam relacionado com os nomes de suas propriedades ou ligados a essas áreas como era o caso dos Alemães e Franceses. Para esses 'von' não há nada como a casa orgulhosa de um aristocrata europeu, herdeiro do feudalismo; Na Rússia não há nada semelhante a estes elos medievais, encravados de modo firme na terra, tão parecido com o poder arrogante dessas famílias. Parece que a natureza russa se opôs à criação de tais bloqueios, não houve locais ou materiais adequados. Não havia pedras nem montanhas, no topo das quais eles poderiam construir fortalezas para suas famílias, nem uma pedra a partir da qual eles poderiam construir. Só haviam casas de madeira, que poderiam ser queimadas até o chão.

No censo de 1882, a população urbana de Moscou possuía 2.413 nobres, dentre eles 15,5% prestavam serviços na indústria, no comércio e em empresas de transporte, outros 15% eram profissionais liberais e 4,9% estavam abaixo da linha da pobreza, sendo empregadas domésticas, prostitutas e pessoas sem uma ocupação definida. Torna-se óbvio que mais de um terço de todos os nobres que viviam em Moscou, em 1882, viviam de modo semelhante a qualquer outra pessoa[37].

Em 1897, 15,3% da nobreza de ambos os sexos era analfabeta. Devido à pobreza, quase metade dos aristocratas não poderiam se casar. Mesmo funcionários casados tinham dificuldades de criar seus filhos, e, muitas vezes, transferiam essas despesas ao Estado, mandando seus filhos para o corpo de cadetes e suas filhas para os internatos.

Além do patrimônio, a nobreza também perdeu grande parte de sua representação política. Em 1903, foi realizado um levantamento dos governantes de dez províncias. Dentre 584 chefes rurais foram encontrados apenas 21% de nobres qualificados. Em 1905, e nos anos seguintes, esse número continuou a diminuir[38].

---

[37] СЕЙМУР, Беккер; Миф о русском дворянстве. Дворянство и привилегии последнего периода императорской России. Москва: НОВОЕ ЛИТЕРАТУРНОЕ ОБОЗРЕНИЕ, 2004.
[SEYMUR, Becker, *O mito da nobreza russa. Nobreza e privilégios no último período da Rússia imperial.* Moscou: NOVA REVISÃO LITERÁRIA, 2004].
[38] MIRONOV, Boris Nikolaevich, *op. cit.*

1.1.6 Devaneios de Adalbéron

Acredito que pelo menos uma vez na vida todos já imaginaram como seria um mundo perfeito. As crianças imaginam uma cidade onde tenha sorvete de graça, os adultos sonham com gasolina mais barata e os idosos só desejam possuir saúde e a vitalidade dos jovens. Não seria diferente para Adalbéron de Laon. Ele só não sonhava como compartilhava suas ilusões por meio de seus escritos.

Adalbéron imaginava uma sociedade à imagem e semelhança de Deus. Se a natureza divina era trina, a sociedade também deveria ser, e, por isso, ele imaginou três ordens sociais: o clero (a "Igreja das orações"), nobres e cavalaria (a "Igreja das lutas"), e, a terceira, o povo trabalhador (a "Igreja da labuta"), esta última apoia as outras, e todas apoiam todo o edifício da humanidade. Porém, como a maioria dos sonhos, os devaneios de Adalbéron nunca se tornaram realidade. Mesmo na Idade Média, as interações econômicas e sociais eram bem mais complexas. Um exemplo disso eram os cavaleiros templários, simultaneamente guerreiros, monges e comerciantes. Mas não podemos condenar Adalbéron, pois ele apenas buscava criar um modelo perfeito e nunca teve a pretensão de fornecer uma descrição histórica da Idade Média. Convenhamos, os medievais não viam nenhuma necessidade de se descrever e nem tinham curiosidade de saber o que pensariam deles 1000 anos depois.

No ano de 1030, essas teorias eram apenas divagações harmoniosas, as três ordens se completavam, trabalhavam juntas para um bem comum. Apenas 800 anos depois é que foi feita a releitura de Adalbéron substituindo o termo ordens por estruturas sociais e a pacífica relação de reciprocidade entre as ordens foi trocado por um regime de opressão. Foi nessa época que surgiu o modelo de pirâmide social, em que os camponeses ficavam na base, os militares no meio e o clero no cume. No século XIX foram feitos os últimos acréscimos, o termo ordem foi substituído por classes sociais.

A ideia de pirâmides sociais, "monstros iluministas" surgidos de sonhos do século IX com interesses do século XVIII, encontrou grande acolhimento no mundo acadêmico, sempre causando confusão, formalismos, reducionismos, prejulgamentos e aversões. No caso da pirâmide utilizada no estudo da sociedade medieval incita ao pressuposto de que na Idade Média apenas os camponeses trabalhavam e as outras classes eram ociosas. Esse preconceito é muitas vezes trazido para o período moderno, definindo os militares e religiosos como uma classe intrinsecamente parasitária, como demonstrado na figura anterior (o camponês carregando o soldado e o padre). Esse preconceito gerou equívocos, pois sabemos que o exército brasileiro tem cumprido importantes missões como levar medicamentos e assistência médica a comunidades isoladas, defender as fronteiras dos traficantes, contrabandistas e na luta contra o terrorismo. Recentemente, em

2008, ajudou centenas de famílias nas inundações em Santa Catarina. A Igreja também teve grande importância na ciência, filosofia, contabilidade e medicina. Foram os criadores do nosso atual conceito de filantropia. Na economia, os escolásticos da Escola de Salamanca foram os criadores do liberalismo econômico e não a burguesia de Glasgow, como se imagina.

E esses preconceitos nos levam ao **MITO NÚMERO 10, o mito de que os militares e clérigos russos eram grandes proprietários de terras e a elite da sociedade.**

Em 1903, mesmo entre os tenentes-generais, apenas 15,2% eram proprietários de terras. Mesmo as patentes mais altas do exército, 58,7% não tinham propriedades, 95% dos coronéis não tinham a posse da terra. O salários dos oficiais mais subalternos eram menores ou iguais ao salário médio de um trabalhador em São Petersburgo, um capitão ganhava por mês 43,5 rublos (convertido e corrigido: US$ 543 ou R$ 1.903*), um tenente 41,25 rublos (US$ 515 ou R$ 1.804), um operário de 21,7 - 60,9 rublos (US$ 271 – US$ 761 ou R$ 949 – R$ 2.664)[39].

Assim, acabamos de presenciar a pirâmide russa perder a "barriguinha", mas e quanto ao topo? Será os clérigos russos eram grandes proprietários de terras e a elite da sociedade? Grande parte desse mito está na visão reducionista de muitos estudiosos ateus, generalizam todas as Igrejas aos moldes do Catolicismo. E se os conhecimentos desses estudiosos sobre o catolicismo eram estereotipados e preconceituosos, os relativos a ortodoxia são nulos.

Se os padres católicos eram celibatários que destinavam todos os seus recursos para a instituição da Igreja, os popes ortodoxos eram pais de família que priorizavam, além de Deus, suas esposas e filhos. Nesse contexto, seria difícil pensar em terras da Igreja. Vamos supor que, hipoteticamente, um sacerdote, por meio da venda de velas para velhinhas camponesas, adquirisse um plantel de 523 mil cabeças em 500 mil hectares. Quando o suposto "Pope Rei do Gado" morresse, o seu plantel e suas terras seriam distribuídos entre seus filhos, que não necessariamente exerceriam a mesma profissão do pai. Aqui podemos ver que mesmo levando em consideração uma hipótese absurda a pirâmide de Adalberón sempre daria cambalhotas na Rússia.

Quanto à questão da riqueza do clero, podemos dizer que existem muitos tipos de riquezas. Eles eram culturalmente ricos, possuíam uma formação acadêmica abastada, eram guardiões de um grande patrimônio histórico e artís-

---

[39] ВОЛКОВ, Сергей Владимирович; Почему РФ - еще не Россия. Невостребованное наследие империи. Москва: Вече, 2010.
[VOLKOV, Sergey Vladimirovich, *Por que a Federação Russa ainda não é a Rússia. O legado não reclamado do Império*. Moscou: Veche, 2010].
*Destes 1890 até 1910 o rublo equivalia à metade do dólar. Em 1910 o dólar valeria 25,00 dólares modernos. Eu estou considerando que cada real equivale a 3,5 dólares atuais.

tico, mas em matéria de dinheiro, deixava muito a desejar. Entre 1903-1917 a média mensal de um sacerdote era de 25-41.6 rublos (convertido e corrigido: US$ 312 - US$ 520 ou R$ 1.093- R$ 1.820), igual a um operário. Isso não correspondia em nada a sua formação acadêmica e não era gratificação suficiente para tantas privações e esforços. O cargo mais alto da Igreja, o de bispo, ganhava 125 rublos (US$ 1562 ou R$ 5.468), igual a um médico e um pouco mais do que um professor ginasiano RUB 100 rublos (US$ 1.250 ou R$ 4.375). Outros cargos mais baixos do clero estavam em situação ainda pior, os diáconos ganhavam 25 rublos (US$312 ou R$ 1.093), os cantores ganhavam 12,5 rublos (US$ 156 ou R$ 546)[40]. Com isso, podemos concluir que estar sentado no cume da pirâmide não era nem um pouco confortável. Outro erro ocasionado pelo paralelo entre a Idade Média e a Rússia está na formação dos membros do clero. O alto clero medieval, em sua maioria, era proveniente de famílias ricas e proeminentes, por isso desfrutavam de respeito e influência. Já na Rússia, os sacerdotes eram substituídos pelos seus filhos. O clero era uma "classe fechada" quase hereditária. Em 1790, a participação dos representantes de outros grupos foi responsável por cerca de apenas 0,8% do total. O livre acesso ao clero foi proibido, não por lei, mas por costume, e cada clérigo estava ligado a sua posição em tempo integral servindo sua paróquia. Era uma geração reservada a Deus, situação muito similar aos levitas descritos na Bíblia. Por seu isolamento e miséria, muitas vezes eram tratados com indiferença, e até desdém, pelos nobres e pela alta sociedade. A imagem dos religiosos na Rússia sempre esteve associada ao nativismo, o amor genuíno a pátria, à simplicidade das camadas mais pobres da sociedade. Imagem esta repudiada pelos intelectuais russos que buscavam a ocidentalização do país e tinham vergonha da cultura e folclore de seu povo.   Os membros da Igreja não eram tiranos que tiravam a liberdade do povo, muito pelo contrário, nem mesmo sua própria liberdade era respeitada. A partir de 1719, os sacerdotes estariam restringidos a suas igrejas e congregações, e não seria permitida a alteração do local de serviço e seu estado sem a permissão das autoridades espirituais e temporais. Os clérigos foram proibidos de se envolver em quaisquer atividades de negócios como o comércio e a indústria; até mesmo alugar suas casas. Foram proibidos de participar de reuniões, de intervir nos assuntos mundanos, de intermediar pedições, ir ao teatro, jogar cartas, fumar, dançar ou assistir a danças, cortar a barba e os cabelos, obrigados a usar roupas modestas, principalmente cores escuras e cortes especiais (roupões e túnicas).

---

[40] ЛЁВИН, Олег Юрьевич; Религиозная жизнь Кирсановского уезда. 1800-1917 гг. Тамбов: Издательский дом ТГУ им, 1998.
[LEVIN, Oleg Yurievich, *Vida religiosa do distrito de Kirsanovsky. 1800-1917*. Tambov: editora TSU, 1998].

Até 1725, os clérigos tinham de pagar impostos e eram convocados para o serviço militar obrigatório. Só em 1823, tiveram o direito ao voto em condições de igualdade com os demais. Em 1804, a lei reconheceu o direito do clero para adquirir propriedades de terra sem servos, no entanto, por causa da pobreza, não poderiam ter esse direito amplamente exercido. Apenas na década de 1860 o espaço do quintal do clero rural entrou em sua propriedade privada, ao mesmo tempo ele recebeu o pleno direito de adquirir e alienar bens móveis e imóveis (terrenos, casas, etc.).

Durante a primeira metade do século XVIII até o século XIX, em termos de educação, os sacerdotes ultrapassavam a elite governamental da Rússia, mas a sua renda era de 4 a 5 vezes inferior até mesmo a dos oficiais juniores. Na primeira metade do século XIX, ela melhorou um pouco e se tornou 1,5 a 2x menor. Por isso, muitos sacerdotes se ressentiam em expor sua esposa e filhos à pobreza e privações da vida espiritual, e por ter muito estudo e preparo, juntaram-se a intelectuais e outros grupos profissionais. Por exemplo, em Moscou, em 1882, dos 6.319 integrantes do clero apenas 40% pertenciam ao ministério de adoração, o restante era composto por funcionários públicos, professores, médicos, escritores e artistas, 450 trabalharam por contrato, 356 estavam em hospitais e asilos, e 134 mantiveram-se entre os elementos das subclasses. Essas condições adversas fizeram com que a proporção do clero na população do país diminuísse lenta e continuamente (de 1,9% em 1719 para 0,5% em 1913).

A Igreja não era cumplice do Estado, como muitas vezes é afirmado. Após as reformas de Pedro, com o Sínodo em 1721, foi abolido o Patriarcado Russo e as decisões da Igreja russa foram subordinadas aos gregos. Em 1726, a gestão dos bens da Igreja foram transferidos para as instituições do Estado, o que torna risível o termo "terras da Igreja" usado com muita frequência.

Outro engano sobre o clero é afirmar que os clérigos russos eram parasitas ociosos. Os sacerdotes tiveram de suportar não só o serviço pastoral, mas também realizar algumas funções fiscais e de cartório: a realização de registros de nascimentos, elaboração de relatórios anuais sobre matrimônios, natalidades e óbitos; informação sobre os impostos sonegados; lidar com discordantes; ler para a população decretos reais durante os cultos da igreja; cumprir o papel de tabelião; os sacerdotes eram obrigados a informar a administração dos dissidentes e a propagação de superstições. Note-se que estas responsabilidades do clero não são remuneradas, no entanto, se não forem bem realizadas havia punições, não excluindo a corporal. Esses esforços e responsabilidades onerosas não tinha nada a ver com o papel de pastores, pregadores, sacerdotes, e, muitas vezes, eram avessos a essas funções[41].

[41] KOLONITSKY, Boris Ivanovich, *op. cit.*.

1.1.7 Mito sobre os camponeses

MITO 11

Agora, finalmente, vamos fechar nossa pirâmide pelo piso térreo. Como viviam os camponeses? Comecemos com o **MITO NÚMERO 11, o mito de que as condições de vida dos camponeses russos eram péssimas.** Quando tratamos de condições de vida, é sempre necessário ressaltar que os avanços da tecnologia dos últimos cem anos trouxeram muito mais conforto e lucros para os agricultores. Como isso não deve ser ignorado, não irei usar como referência os agricultores modernos, mas sim os camponeses coetâneos que viviam em outros países da Europa. Dessa forma, farei uso dos relatos de europeus que viveram por muito tempo na Rússia e tiveram a oportunidade de comparar o nível de vida dos russos com os de outros povos da Europa.

O croata Yuri Krijanitch (1618-1683) viveu na Rússia por mais de 15 anos e tinha um bom conhecimento da vida russa, nesse momento, observou maior riqueza e um alto padrão de vida da população de Moscou e da Rússia, em relação aos seus vizinhos mais próximos: "a terra russa é mais rica e superior aos lituanos, poloneses e suecos".

Ao mesmo tempo ele observou que as classes superiores eram inferiores em termos de riqueza e nível de vida aos estados do Oeste e Sul da Europa, Espanha, Itália, França. No entanto, as classes mais baixas, os agricultores e moradores da cidade, de acordo com Krijanitch, "a vida na Rússia é muito melhor e mais confortável do que dos países ricos".

Krijanitch, embora tenha sido crítico com muitas tradições russas, ao mesmo tempo escreve que tanto as pessoas pobres como as ricas na Rússia, ao contrário da Europa Ocidental, pouco diferem na sua mesa, pois "comem pão de centeio, peixe e carne". Como resultado, Krijanitch conclui que "em nenhum dos reinos as pessoas comuns não vivem tão bem, e em nenhum lugar tem tantos direitos, como aqui".

No século XVIII, de acordo com os contemporâneos, os padrões de vida dos camponeses russos foram maiores que em muitos países da Europa Ocidental. De acordo com as observações do viajante francês Gilbert Roma, que viajou pela Sibéria em 1780, afirmara que os camponeses siberianos viviam melhor que seus homólogos franceses. O inglês John Parkinson (1567-1650) observou que camponeses russos vestiam-se muito melhor do que os italianos, e durante as campanhas do Exército Russo no exterior, entre os anos de 1813 a 1814, os soldados foram surpreendidos pela pobreza dos camponeses polacos e franceses em comparação com os russos.

Pushkin Radishchev conhecia as aldeias russas e tinha um profundo intelecto, segundo ele:

Fonvizin (dramaturgo do Iluminismo Russo) no final do século XVIII viajou na França, ele diz que, em boa consciência, o destino do camponês russo parecia-lhe um destino mais feliz do que a do fazendeiro francês. Acredito ... Deveres geralmente não são pesados; todos pagam os impostos; existem obrigações trabalhistas definidas por lei; as dívidas não são ruinosas (exceto nas imediações de Moscou e São Petersburgo, onde a multiplicidade industrial aumenta a ganância dos proprietários) ... Ter uma vaca em toda a Europa é um sinal de luxo; aqui não ter uma vaca é um sinal de pobreza.

O relato de Pushkin é confirmado por estrangeiros. O capitão da marinha britânica Thomas Cochrane (1775-1860) viajou pela Rússia por quatro anos e escreveu, em 1824, "a posição dos camponeses locais é muito melhor do que a classe na Irlanda". Cochrane observou também que na Rússia "há uma grande abundância de produtos, que são bons e baratos", bem como "enormes rebanhos" nas aldeias. Outro viajante inglês em 1839 escreveu que os russos vivem muito melhor do que as classes mais baixas, não só em Portugal mas também na Inglaterra e na Escócia[42].

O explorador contemporâneo inglês William Tuck, autor de um livro sobre o reinado de Catarina II, afirmava que:

> os impostos eram moderados, os bens eram baratos, a comida era variada, as pessoas estavam satisfeitas com as boas leis, este Império proporciona à qualquer um que cumpra os requisitos de sua categoria, fundos suficientes para alcançar o bem-estar. A maioria dos cidadãos russos vive melhor do que a grande maioria da população da França, Alemanha, Suécia e alguns outros países. Isto é verdade para todas as classes.

O pesquisador alemão August von Haxthausen (1792-1866), reconhecido especialista em agricultura da Rússia e da Europa Ocidental, ao estudar o campo sociológico das relações agrárias na Rússia em 1843, observou que "não há país onde os salários supriam tão bem as necessidades básicas como na Rússia".

Outro erro comum é acreditar que os camponeses russos passavam fome. Esse tema sempre foi muito explorado por conta de sua dramaticidade. No caso dos marxistas, possibilita uma desculpa "plausível" para as atrocidades da revolução. Mas, além de não possuir dados factíveis, esse mito é refutado tanto por pesquisadores ocidentais como D. M. Wallace, J. Mavor, G. Robinson, John. Maynard, bem como estudiosos russos como M. Karpovich, G. Pavlovsky, P. N

---

[42] КРИЖАНИЧ, Юрий; Политика. Москва: изд-во "Новый свет", 1997.
[KRIZHANICH, Yuri, *Política*. Moscou: editora "Novo Mundo", 1997].

Milyukov e outros. De acordo com D. M. Wallace, embora a posição dos servos russos fosse pesada, ainda era melhor do que a dos agricultores ingleses.

A situação mundial desses agricultores era pesada não por falta de terra, ou por impostos elevados, mas sim pela baixa produtividade do trabalho na agricultura. A pobreza no campo foi observada em todos os países europeus, na era pré-industrial (antes do final do século XVIII), e a Rússia não foi exceção a esta regra.

Conforme dados do mesmo autor, a alimentação na Rússia consistia principalmente de pão e produtos hortícolas com a adição de carne. Era uma alimentação monótona, mas não passavam fome, tinham uma média de 3000 calorias e 75-80 gramas de proteínas por dia. Segundo estudos atuais, as calorias adequadas para que um homem adulto mantenha o seu peso constante é de, aproximadamente, 2500 calorias e 56 gramas de proteínas por dia, portanto era mais que o necessário.

No século XVIII a posição dos camponeses russos deteriorou-se, na primeira metade do século XIX recuperou-se, e na segunda metade do século XIX se tornaram ainda melhores, bem como no resto da Europa. O livro especificamente dedicado à história do campesinato russo, Blum, cita um estudo do francês Le Pleya, cientista que estudou a vida dos camponeses e trabalhadores russos, em visita à Rússia, na década de 1840. Este afirmava que os camponeses russos comiam melhor do que seus homólogos suecos, ingleses, franceses e eslovacos.

Na verdade, os camponeses tinham picos de trabalho (4-5 meses) apenas durante o plantio e na colheita, época que era bem desgastante, porém, no resto do ano tinham uma rotina tranquila. Não havia muito a ser feito depois do plantio, a não ser uma pequena manutenção e esperar a colheita. Durante o inverno, uma das poucas tarefas que poderia ser realizada era o processamento do linho, época em que o plantio era inviável.

Por isso não podemos dizer que os camponeses russos trabalhavam muito, pois, na verdade, trabalhavam menos da metade do tempo de um trabalhador brasileiro moderno. Para termos uma ideia, tivemos no ano de 2016, no Brasil, um total de 254 dias úteis, na Rússia atual, no mesmo ano, tivemos um total de 247 dias úteis, já para os camponeses russos do início do século XX foram de 83,6 dias nas províncias de Tambov que não possuía terra preta, 73,9 dias nas províncias de Tambov de terra preta, de 70 a 102,5 dias em quatro distritos da província de Smolensk, de 104 dias no distrito de Volokolamsk e na província de Moscou, 86 dias em Starobelsk, na província Kharkov, de 90 dias no distrito de Vologda.

Se parece que a agenda camponesa era confortável, devo esclarecer que os dados anteriores são baseados apenas nos feriados *previstos*, mas a qualquer momento a Comissão de anciãos, conciliadores e camponeses poderiam adicionar um feriado, portanto, um dia não-útil ao calendário. Vejamos alguns relatos da época sobre esse fato: «São celebrados tais feriados, que não são encontrados em qualquer calendário, como o dia do Santo Príncipe Boris e Gleb, que de acordo com a superstição dos camponeses o pão não pode ser processado porque a adição deste dia certamente pode ser danoso" (Kiev, Podolsky, Província Volyn.). "No dia de Constantino, não se pode trabalhar, porque é a festa do rei na cidade" (província de Voronov em Tambov). "Os dias do Passeio, em nossa região, foi considerado feriado devido algumas decisões curiosas da reunião da aldeia". "Além dos feriados já existentes, eles criam os seus próprios, por exemplo, todos são proibidos de trabalhar no dia em que a princesa foi coroada Imperatriz" (Moscou, Tambov, província de Kostroma).

Outro exemplo é o caso de uma aldeia onde, no mês de julho, exigiu-se que ninguém trabalharia por 10 dias, por ocasião da vinda do ícone de São Nicolau Mozhaiskogo, localizado na catedral de Volokolamskl: "aqueles que trabalharam na época, foram sujeitos a uma multa bem conhecida".

Entre os anos de 1872 a 1873 foi criada uma comissão para estudar a situação da agricultura e o aumento do número de feriados que eclodiam em todo os lugares, sem o consentimento das autoridades da Coroa. "O número de feriados aumentou significativamente. Antes os proprietários e gerentes sabiam o número de feriados, e agora não conseguem nem manter o controle do mesmo, porque em cada aldeia são criados dois ou três feriados por ano; e cada um tem a duração de 3 a 4 dias" (Yaroslavskaya, província de Kostroma).

> No distrito de Volokolamsk foram feitos todos os esforços a fim de reduzir o número de feriados; foram dadas ordens das autoridades de Bern; o capitão da polícia enviou circulares, que alertavam: não proíbam seus companheiros de aldeia de trabalhar em feriados. Mas nada disso deu certo. Os agricultores combinaram entre si que quem trabalhasse nos feriados seriam severamente penalizados.

> A maior parte dos feriados recém-criados aconteciam durante o verão, a partir de 23 de abril á 23 outubro" (Província Vitebsk). "É muito tempo. Antes da libertação dos camponeses os senhorios não permitiam que os camponeses celebrassem tais feriados por mais de um dia. Ao mesmo tempo, com um aumento da embriaguez entre os camponeses, estes feriados são uma desculpa para parar de trabalhar e entrar em bebedeiras e farras, durante vários dias. Há agricultores que celebram esses feriados por uma semana inteira (Província Kostroma).

Esses aumentos abusivos no número de feriados, observados nas citações anteriores, devem ser interpretados da seguinte maneira: as necessidades básicas dos camponeses são atendidas com um menor número de dias de trabalho devido à maior eficiência do trabalho e a diminuição de sua carga fiscal, possibilitando maior tempo de descanso sem acarretar perdas no bem-estar. Também devemos lembrar que nessa época novas tecnologias possibilitaram a melhoria na qualidade e quantidade do cultivo. Entraram em uso as máquinas de debulhar, houve o aumento da área de cultivo por meio da compra ou arrendamento de terrenos, foram aplicados novos métodos de cultura de centeio que antes não existiam na província, sucederam melhorias em ferramentas, equipamentos, fertilizantes, novas rotações de culturas e o plantio direto. Eventos como estes melhoraram muito a vida dos camponeses.

Talvez para a mentalidade moderna essa prática de criar dias de folga pareça pura perda de tempo. Mas essas comemorações não se limitavam apenas a diversões, canções e danças, elas tinham uma função social muito importante. Essas celebrações solidificavam a solidariedade, caridade, união e companheirismo. Nessas ocasiões eram solucionadas as contradições, os conflitos eram discutidos e resolvidos[43].

1.1.8 Mito do leste sem lei

Outro engano é achar que os servos eram mercadorias que pertenciam aos seus senhores e estes poderiam matá-los, torturá-los, insultá-los e oprimi-los sem a mínima represália. Ou seja, os servos eram como objetos ou animais, não havia leis para eles. Com base nessa visão *hollywoodiana* de Idade Média, a Rússia é tachada de medieval, pois, segundo eles, os servos, os camponeses e os operários não tinham direitos.

Primeiramente não devemos esquecer, de que os servos não eram escravos. Portanto, os servos russos tinham direitos e seus senhores não podiam torturá-los e matá-los.

Tratar de um mito sobre a servidão pode parecer fuga do tema, pois quando ocorreu a revolução russa a servidão tinha acabado há mais de meio século. Culpar a servidão como precedente da revolução seria como culpar Getúlio Vargas por alguma crise atual. Embora isso não faça nenhum sentido, muitos livros fazem associações entre a servidão e os acontecimentos de outubro. Por isso darei alguns esclarecimentos sobre a questão dos direitos dos servos.

A maior crítica à servidão na Rússia está no fato de os servos estarem presos a terra, porém esse aspecto negativo não tem peso quando comparado a outros países. Até o final da Revolução Industrial, os ingleses estavam firmemente ligados ao local de seu nascimento, ninguém poderia viver em outra paróquia, aliás, sob pena de prisão, sem uma permissão por escrito. Essa licença era neces-

---

[43] PUSANOV, Vladimir Dmitrievich, *op. cit.*

sária até mesmo para uma simples viagem do agricultor à cidade. Essa lei vigorou entre muitas cidades ainda no século XIX[44].

É verdade que na Rússia os servos tinham direitos limitados comparados a outros grupos da população, no entanto, um servo poderia processar e ser uma testemunha no tribunal, tinham o direito de, com o consentimento do proprietário de terra, mudar-se para outras classes. E ao contrário da opinião popular, e da literatura, os camponeses legalmente e factualmente até 1861 tinham o direito de reclamar de seus senhorios e, ativamente, utlizavam-se desse direito. Ao contrário de muitos países da Europa (como a Polônia, onde o assassinato de um servo não era considerado um crime de Estado, eram apenas sujeitos à disciplina da Igreja) a lei russa protegia a vida e a propriedade dos camponeses dos abusos dos proprietários de terras. O assassinato de um servo era considerado um crime grave. O código de 1649 dividia o grau de responsabilidade do proprietário para o homicídio de servos em culposo e doloso. No caso de homicídio culposo (sem intenção de matar), o nobre era preso até novas ordens do rei. Quando o homicídio era doloso, o culpado de assassinato premeditado era executado, independente de sua origem social. Durante o reinado de Elizabeth, quando a pena de morte na Rússia foi efetivamente abolida para a nobreza, os responsáveis pela morte de seus camponeses eram enviados para a prisão.

O governo acompanhou de perto as atitudes dos latifundiários para com os camponeses. Catherine II, em 1775, autorizou o governador geral a processar os proprietários por maus-tratos aos seus camponeses, as penas incluiam o confisco de propriedades pelo Conselho de Curadores. Alexander I, em 1817, punia os proprietários estatizando as suas terras. Durante os anos de 1834 a 1845, o governo levou a julgamento 2838 nobres aos quais 630 foram condenados. Durante o reinado de Nicolau I, 200 propriedades eram anualmente confiscadas. Nesse mesmo período, na Rússia, a porcentagem de camponeses condenados por desobediência aos seus senhorios era a mesma porcentagem das de latifundiários condenados por abusos de poder sobre os camponeses.

Também não podemos esquecer a força do direito consuetudinário, segundo Pushkin Radishcheva "manter um servo sob grilhões, no porão, esfarrapados, descalços, com fome, com sede é considerado para seu senhorio uma vergonha perpétua"[45].

Agora, voltando à época de nossos estudos, e quanto ao proletariado? Eles tinham direitos trabalhistas? Essa questão será respondida pelo **MITO NÚME-**

---

[44] MIRONOV, Boris Nikolaevich, *op. cit.*
[45] ГОРЯНИН, Александр Борисович; Мифы о России и дух нации. Москва: Pentagraphic, 2001. [GORYANIN, Alexander Borisovich, *Mitos sobre a Rússia e o espírito da nação*. Moscou: Pentagraphic, 2001].

RO 12, o mito de que a classe operária não era amparada por qualquer tipo de legislação trabalhista.

De fato, o desenvolvimento industrial no Império Russo foi acompanhado por um aumento significativo no número de trabalhadores nas fábricas, cujo bem-estar econômico, bem como a proteção da sua vida e saúde, teve especial interesse no Governo Imperial.

Note-se que já no século XVIII, durante o reinado da Imperatriz Catarina II (1762-1796), pela primeira vez no mundo foram publicadas leis em relação às condições de trabalho, no qual foram proibidos o trabalho de mulheres e crianças nas fábricas e criada uma jornada diárias de 10 horas, entre outros. O Código da Imperatriz Catarina, impresso em francês e latim, em sua publicação na França e na Inglaterra, foi considerado "sedicioso".

ANO	JORNADA DE TRABALHO DIÁRIA
1897	11,5
1900	11,2
1904	10,6
1905	10,2
1913	10
1914	9,7
1915	9,7
1916	9.9
1917	8,9
1918	8,5
1919	8.3
1920	8.6

Dados de: ШУМАКОВ, Сергей. Как жил русский рабочий до революции? РусскогоПортала Disponível em:< http://www.opoccuu.com/rab1913.htm.

Durante o reinado do Imperador Nicolau II, antes da convocação da primeira Duma, foram emitidas leis especiais para garantir a segurança dos trabalhadores nas indústrias de mineração, ferrovias e fábricas que, em seu processo de produção, pudessem causar riscos à vida e saúde dos trabalhadores como, por exemplo, fábricas de pólvora. O trabalho infantil antes da idade de 12 anos foi proibido, e os jovens e mulheres não poderiam trabalhar no período noturno entre 21:00-05:00. Em 1882, uma lei especial regulamentou o emprego de crianças entre 12 e 15 anos. O artigo 1897 proibiu, para todos os funcionários, o emprego de mais de 11,5 horas por dia. No sábado, dias antes de feriados e no período noturno não era permitido mais de 10 horas. Neste momento, na maioria dos países europeus ainda não existia restrições legais ao tempo de trabalho masculino. O artigo de 1903 punia empreendedores responsáveis por acidentes no local de trabalho.

No caso dos operários displicentes em suas funções o tamanho das deduções de multa não poderia exceder um terço do salário. O dinheiro dessas penalidades era guardado em um fundo especial projetado para atender as necessidades dos próprios trabalhadores.

Também possuía vantagem em relação aos seus coetâneos ocidentais em relação aos dias úteis. Na Rússia, a maioria dos estabelecimentos industriais parava de trabalhar durante a colheita e fenação. Os trabalhadores tinham o mesmo número de feriados que os camponeses, e esses feriados não eram definidos por lei e sim por costumes. Em algumas fábricas e usinas existia enorme variedade de feriados e dias de folga. Durante o ano de 1900, algumas empresas não funcionaram durante 117 dias. Sob estas condições, os trabalhadores, mesmo se quisessem, não podiam trabalhar durante todo o ano e na maioria dos casos realmente trabalhavam 200-230 dias por ano. Até a década de 1890, o número total de dias de trabalho ainda era estabelecido por um acordo entre trabalhadores e empregadores; mesmo quando esse número aumentou atingiu no máximo 286-288 por ano, então se estabilizou, e desde 1905, sob a influência do movimento operário, começou a diminuir e, em 1913, ascendeu a 276, mas os feriados dos trabalhadores russos foram ainda mais do que os seus homólogos no Ocidente, que tinham 280-300 dias úteis por ano.

Na época de Nicolau II, a carga horária era de dez horas por dia, igual ao que o socialista utópico Robert Owen (1771-1858) instituiu em suas fábricas.

A existência de sindicatos de trabalhadores foi reconhecida por lei em 1906. Mas a maior vantagem da Rússia czarista em comparação ao sistema marxista está na possibilidade dos trabalhadores recorrerem a greves. O que seria impossível sob o governo de Khrushchev, bem como sob Stalin e Lenin[46].

Devemos lembrar que a classe operária tinha garantia de assistência social. No reinado de Nicolau II foram construídas milhares de moradias e criadas instituições para os pobres, que procuravam aliviar a sua situação.

Nas fábricas com mais de 100 trabalhadores, foram introduzidas assistência médica gratuita, abrangendo 70% do número total das fábricas (1898). Em 1903 entrou em vigor a lei que indenizava as vítimas de acidentes na produção.

---

[46] MIRONOV, Boris Nikolaevich, *op. cit.*

Com relação ao seguro social dos trabalhadores na Rússia, após 1912, não era pior do que na Europa e nos EUA. Muito antes de 1912, os indivíduos que trabalhavam em condições de periculosidade (mineração e metalurgia) já possuíam seguro social do Estado. Mas só em 1912, em detrimento dos empresários, e à custa do Estado, o seguro se tornou obrigatório para todos os funcionários e suas famílias, no caso de perda da capacidade de trabalho, incluindo a velhice[47]. Até o momento a legislação social do Império foi sem dúvida a mais progressista do mundo. Até mesmo William Howard Taft, o então presidente dos Estados Unidos, dois anos antes da Primeira Guerra Mundial, declarou publicamente, na presença de vários integrantes dos altos escalões russos: "Seu Imperador criou leis trabalhistas perfeitas, como nenhum outro Estado democrático não pode se orgulhar"[48].

1.1.9 Um monstro na academia

O mito da Rússia feudal, embora não tenha respaldo histórico, conquistou hegemonia nos livros de História e sua repetição e unanimidade lhe garantiu uma suposta veracidade. A fonte de toda essa fraude pode ser considerada a obra *História da Revolução Russa*, de Léon Trotsky. A importância dessa obra não estava nos títulos acadêmicos do autor que se limitava a uma faculdade incompleta de matemática, nem por ser uma testemunha fiel dos fatos, pois era sujeito ativo em crimes de guerra e extermínio em massa de civis. Todo o encanto dessa obra estava em sua versatilidade, pois esta serviu tanto para os propósitos da esquerda, como para camuflar os interesses escusos do ocidente. O que explica perfeitamente o fato de Trotsky, um déspota sanguinário criador do "Terror Vermelho", ser muitas vezes ovacionado tanto pela esquerda e tratado com brandura pela direita.

O livro em questão foi escrito em um momento de estrema fragilidade das utopias comunistas. A experiência marxista na Rússia fracassou em todos os aspectos. Nesse momento, Trotsky tenta esconder a inviabilidade do marxismo e justificar seus terríveis crimes, utilizando-se de argumentos preconceituosos e falaciosos. Na obra, ele sustentava que a Rússia era atrasada histórica e culturalmente, por isso não tinha condições de gerir o comunismo. Podemos ver isso no seguinte fragmento: "O aspecto essencial e o mais constante de história da Rússia, é a lentidão da evolução do país, tendo como consequências uma economia atrasada, uma estrutura social primitiva, um nível de cultura inferior".

---

[47] SHALIAPINA, Elena Leonidovna, *op. cit.*
[48] КИСЕЛЕВ, Игорь Яковлевич; "Трудовое право России". Москва: Изд-во НОРМА. 2001. [KISELEV, Igor Yakovlevich, *Direito trabalhista na Rússia*. Moscou: Editora NORMA. 2001].

Trotsky também afirmava que por causa de seu atraso cultural, intelectual e econômico a Rússia deturpou as teorias ocidentais que seriam perfeitas em sua essência, por exemplo: "Um país atrasado, aliás, rebaixa frequentemente o que ele pede emprestado o pronto a usar no exterior para adaptar à sua cultura mais primitiva".

Embora esses argumentos fossem confusos, falaciosos e tendenciosos, foram aceitos por muitos academicos com grande euforia. Léon Trotsky, o responsável pela execução de dezenas de milhares de reféns e prisioneiros, pela morte de centenas de milhares de operários e camponeses rebeldes entre 1918 e 1922, pela deportação e o extermínio dos cossacos do Rio Don em 1920 e pela orgia de requisições que gerou a grande fome de 1921, que causou a morte de cinco milhões de pessoas, não só saiu impune de uma inevitável condenação por crimes de genocídio, como ganhou o direito de escrever a história com o sangue de milhares de pessoas inocentes. Para dar voz a essas vítimas, vamos começar com o **MITO NÚMERO 13, o mito de que a Rússia era tecnologicamente atrasada.**

A tecnologia no Império Russo é algo muito pouco divulgado. Os únicos cientistas vulgarmente conhecidos no ocidente são Dmitri Mendeleiev (1834-1907), criador da tabela periódica, Alexander Stepanovich Popov (1859-1906), inventor do rádio, Ivan Pavlov (1849-1936), criador do behaviorismo e Lev Semenovich Vygotsky (1896-1934), criador do construtivismo. Para alguns estudiosos esses quatro gênios da ciência realizaram suas pesquisas sentados em meio a uma plantação de trigo, cercados por espigas e camponeses maltrapilhos vestidos de trapos. Algo bem inverossímil, pois toda pesquisa só pode ser realizada em um ambiente acadêmico bem estruturado.

Na realidade, em matéria de desenvolvimento, a Rússia não era diferente do resto da Europa. Nos séculos X-XI, a Rússia experimentou uma grande evolução urbana, já no século XI existia água encanada e sistema de esgoto em Novgorod (no século XVII, em Moscou). Na época também já existiam critérios sanitários na manipulação de alimentos e nos procedimentos das forças armadas. No século XVI, Ivan IV emitiu um tratado que indicavam regras sobre a higiene da casa, a lavagem da louça e da comida. Foram publicadas cartilhas, de práticas de cidadania para crianças, com dicas sobre higiene pessoal e prevenção de doenças. Em 1581 foram criadas farmácias.

Com a Alemanha, a Rússia foi um dos primeiros países a se preocupar com a higiene. Em 1865, as faculdades médicas e cirúrgicas de São Petersburgo, Kiev e Kazan se pronunciaram sobre a organização dos serviços de saúde. A primeira estação sanitária foi inaugurada em 1891, em Moscou.

Outro aspecto pouco divulgado é o pioneirismo russo em matéria de iluminação elétrica. Tudo isso graças ao engenheiro elétrico russo Pavel Yablochkov (1847-1894), um engenheiro militar, inventor e empresário que criou a "vela

Yablochkov", um dispositivo de iluminação elétrica. Essa iluminação foi testada pela primeira vez na primavera de 1874, sendo aplicada no trajeto de trem entre Moscou a Crimeia.

Em 15 de abril 1876, na exposição de dispositivos físicos em Londres, Yablochkov exibiu sua vela. Durante a exibição, a luz elétrica, levemente azulada, iluminou a grande sala e deixou uma grande multidão encantada. As velas de Yablochkov superaram todas as expectativas. A imprensa mundial, em particular, as francesa, inglesa e alemã, traziam as manchetes: "Você deverá ver uma vela Yablochkov"; "A invenção do russo aposentado engenheiro militar Yablochkov - uma nova era na tecnologia"; "A luz chega até nós a partir do Norte, na Rússia"; "A luz do norte, a luz Russa - o milagre do nosso tempo"; " a Rússia - o local de nascimento da eletricidade" etc.

Passaram a ser fabricadas diariamente mais de 8000 velas. A iluminação elétrica com uma rapidez excepcional conquistou a Bélgica, Espanha, Portugal, Áustria, Grécia e Suécia. Na Itália, iluminou as ruínas do Coliseu, a Rua Nacional e Piazza Colonna em Roma, bem como nas praças, ruas, portos, lojas, teatros e palácios em outros países.

O radiante "mundo russo" ultrapassou as fronteiras da Europa, estava em San Francisco, na Filadélfia; nas ruas e praças do Rio de Janeiro e nas cidades do México. Elas apareceram na Índia e Burma. Mesmo o Xá da Pérsia e o rei do Camboja colocaram a "luz russa" em seus palácios.

Na Rússia, pela primeira vez o Teatro Bolshoi foi iluminado por luzes artificiais, o jornal *Novo Tempo*, em sua edição de 6 de dezembro, relata esse momento:"De repente, acendeu a luz elétrica, imediatamente no salão se espalha a luz branca, mas não fere os olhos, é uma luz suave em que as cores, a pintura e a saúde dos rostos das mulheres mantiveram a sua naturalidade, como na luz do dia. O efeito foi impressionante".

A iluminação russa foi substituída por completo em 1879 quando Thomas Edison, na América, criou a lâmpada incandescente, que substituiu as lâmpadas de arco. Mesmo assim, essa descoberta não perdeu sua importância, pois foi uma fonte de inspiração para Edison criar sua lâmpada moderna. Nenhuma das invenções no campo da engenharia elétrica recebeu tão rápida e generalizada aceitação como as velas Yablochkov. Foi um verdadeiro triunfo de engenheiros russos.

Mas a iluminação não foi o único avanço no campo elétrico, a eletrificação nos transportes também foi algo bem precoce na Rússia. Já em 1876, Fedor Pirotsky realizou experiências em transmissão de energia elétrica ao longo dos trilhos, e em 1880 foi instalado o primeiro bonde experimental em São Petersburgo, este poderia levar 40 pessoas a uma velocidade de 10-12 km/h. Nota-se que a Rússia não era um local de trevas, mas trouxe literalmente luz ao mundo. Vejamos alguns exemplos de tecnologia russa:

· Em 1552, Ivan Fyodorov: primeira impressora de livros da Rússia, editor do primeiro livro impresso exatamente datado em russo;
• Em 1586. Andrew Chokhov: excepcional mestre em sino, o criador do Tsar Cannon (o maior calibre de Bombarda na história);
• Em 1746, Andrew Nartov: politécnico inventor, criador de bateria rápida circular e da primeira arma com mira telescópica.
• Em 1752, Leonti Shamshurenkov: o inventor do primeiro carro "automovido";
• Em 1799, Yefim, Miron Cherepanov: os criadores das primeiras locomotivas industriais e ferrovias russas;
• Em 1802, Vasily Petrov: pela primeira vez provou a possibilidade do arco contínuo para iluminação;
• Em 1832, Semen Korsakov: o inventor do dispositivo mecânico, "máquinas inteligentes", para recuperação de informação e classificação, um pioneiro do uso de cartões perfurados para o computador;
• Em 1838, Boris Jacobi: o criador das primeiras minas marítimas de produção em série do mundo;
• Em 1854, OttomarGern: inventor do primeiro submarino com o corpo fusiforme;
• Em 1864, Michael de Britney: construtor do primeiro tipo moderno quebra-gelo de metal do mundo ("Pilot");
• Em 1877, Ivan Alexander: o criador do primeiro submarino com "torpedo automotor". Inventou a fotoestereoscópica;
• Entre 1825 e 1890, Alexander Mozhajskij: um dos pioneiros da aviação;
• Em 1883, Ilya Mechnikov: ganhador do prêmio Nobel e pioneiro da embriologia, imunologia, gerontologia; proposto pela primeira vez o uso de probióticos para fins médicos;
• Em 1847-1921, Nikolai Zhukovsky: o construtor do primeiro túnel de vento da Rússia, pioneiro em modelagem de aviões na Rússia;
• Em 1902, Sergey Prokudin-Gorsky: um pioneiro da fotografia em cores, na Rússia. Anunciou pela primeira vez a criação do método utilização três cores fotos. Em 1905 patenteou um sensibilizador, muito superior aos desenvolvidos por químicos estrangeiros
• Em 1913, Gleb Kotelnikov: inventou o paraquedas-mochila;
• Em 1907, Ivan Adamyan: inventor do sistema de três cores eletromecânicas. Tecnologia da TV a cores.

Indiferente a isso, Trotsky também afirmava que a indústria russa era atrasada, veja esse trecho: "Rússia, no seu conjunto, saltou as épocas do artesanato corporativo e da manufactura, vários desses ramos industriais também saltaram certas etapas da técnica que tinham exigido, no Ocidente, dezenas de anos".

Também existiram grandes inventores russos no campo da indústria:

• 1711-1765, Mikhail Lomonosov, fundador da ciência do vidro, reviveu a arte do esmalte e métodos desenvolvidos para a produção de vidro de todas as cores. Um dos fundadores da porcelana russa;
• Em 1763, Ivan Pozunov criou o primeiro motor a vapor de dois cilindros do mundo. Tinha a capacidade de 1,8 hp e era o único motor capaz de trabalhar em um eixo comum, o que, pela primeira vez, permitiu-lhe funcionar sem o uso de energia hidráulica, ou seja, incluindo um lugar completamente seco;
• 1753-1803, Nikolay Lvov foi um dos pioneiros no controle de temperatura em alto-forno, ou seja, aquecimento combinado à ventilação;
• Em 1802, Ossip Kritchevski inventou o leite em pó;
• Piotr Sobolewski foi um dos pioneiros na iluminação a gás na Rússia, em 1812 inventou a termolâmpada;
• Em 1832, Paul Schilling construiu o primeiro telégrafo eletromagnético. Também é conhecido por desenvolver, em 1812, o método de detonação elétrica em minas;
• Em 1834, Boris Jacobi inventou o primeiro motor elétrico que trabalha com veio rotativo;
• 1845-1905 - VilgodtOdhner criou uma das calculadoras mecânicas mais populares do século XIX;
• Em 1855, o empresário russo Franz San Galli inventou o Radiador de aquecimento;
• AndreiVlasenko, em 1868, construiu a primeira colheitadeira do mundo. Feita de madeira e acionada por cavalos, apresentava um desempenho 20 vezes maior do que o trabalho braçal dos camponeses.
• Em 1877, Fyodor Blinov inventou o trator de lagartas rastreadas;
• Em 1881, Nikolai Benardos criou a solda elétrica e foi um dos precursores da máquina de lavar;
• Em 1888, Ogneslav Kostovich inventou a ignição elétrica;
• Em 1888, Dmitry Lachinov propôs, pela primeira vez, um processo eletrolítico para a preparação e produção industrial de hidrogênio e oxigênio e utilizou a explosão de oxigênio enriquecido na metalurgia e indústria de vidro. Também é pioneiro na transmissão de energia, em longa distância, pelas linhas de transmissão de alta tensão;

- Em 1878, Paul Golubitsky criou o primeiro telefone anti-interferência (multipolar), foi um dos pioneiros da telefonia em massa nas cidades e ferrovias;
- Em 1889, Mikhail Dolivo-Dobrovolsky criou a corrente trifásica, foi um dos pioneiros da eletrificação em massa;
- Em 1891, Vladimir G. Shukhov desenvolveu o refinamento (ou craqueamento) permitindo obter até 70% mais gasolina do que a destilação simples. Esse processo foi desenvolvido e aplicado na indústria em 1891;
- Em 1903, Aleksandr Loran inventou o primeiro extintor de espuma do mundo;
- Serguei Lébedev obteve a primeira amostra de borracha sintética em 1910. Seu livro "O estudo na área de polimerização de hidrocarbonetos etilênicos", publicado em 1913, tornou-se referência para a síntese industrial de borracha;
- O perfumista russo Ernest Beaux 1881-1961 foi o criador do mais famoso perfume do mundo, o Chanel Número 5, e Cuirer de Russie e outros produtos da Chanel;

Outro mito relacionado à tecnologia é o mito do milagre tecnológico soviético, dentre outras coisas. O que nos leva ao **MITO NÚMERO 14, o mito de que a Rússia Imperial era cientificamente atrasada.**

Desde a Idade Média, com base nos conhecimentos bizantinos, os russos se empenham em astronomia. Com esse mesmo espírito científico, em 1692, o Arcebispo Atanásio montou na torre do sino, em Kholmogory, perto de Arcanjo, o primeiro observatório de astronomia da Rússia. O próximo observatório apareceu em 1701, em Moscou, na Escola de Navegação, na Torre Sukharev. Este observatório era supervisionado por Belopolsky, considerado como o fundador da Astro Espectroscopia russa. Este ramo da astronomia está principalmente envolvido no estudo da composição e do movimento dos corpos celestes.

Em 1827, a Academia cientifica de St. Peterburgo decidiu criar um novo observatório astronômico. Esta decisão foi aprovada por Nicolau I que inaugurou o Observatório Pulkovo, em 21 de junho de 1835, sua biblioteca continha 15.000 volumes e cerca de 20.000 panfletos de astronomia. Após sua inauguração, a qualidade dos equipamentos do Observatório Pulkovo estava em primeiro lugar no mundo. Isso foi reconhecido, até mesmo pelo famoso astrônomo americano Simon Newcomb (1835-1909), que afirmava que a Rússia era a "capital astronômica do mundo".

Nesse observatório, o astrônomo Vasily Yakovlevich Struve, em 1837, publicou um estudo sobre 2710 estrelas duplas. Curiosamente, o astrônomo inglês William Herschel (1738-1822), cujos estudiosos consideravam o fundador do estudo de estrelas binárias, investigou apenas 500 destas estrelas. Nos primeiros anos do Observatório Struve não só continuou seu excelente trabalho sobre estrelas duplas como lançou uma série de estudos importantes no campo da determinação da distância das estrelas. Outras importantes obras de Struve foram a respeito da definição da absorção de luz no espaço. Em 1847, publicou seu famoso livro *Esboços de astronomia estelar*, que criticava os métodos incorretos de Herschel. Nessa obra, chega à conclusão de que o Sol não é o centro de um sistema solar gigante, e sim uma estrela comum. Para apreciar esta descoberta brilhante, devemos ter em mente que, fora da Rússia, apenas em 1930 foram repetidas experiências similares sobre a absorção de luz. Em 1885, o Observatório de Pulkovo ganhou um refrator gigante de 30 polegadas, o maior do mundo, e mais uma vez Pulkovo foi considerado o maior e melhor observatório do mundo. Pulkovo trouxe fama mundial à Rússia, sendo que seus catálogos de estrelas são os arquivos mais precisos em todo o mundo.

Vejamos alguns exemplos da evolução da Astronomia Russa:

• 1671-1729, Basil Korchmin: fundador dos foguetes de artilharia naval na Rússia e inventor do primeiro lança-chamas moderno. Esses foguetes foram testados em Moscou em janeiro de 1707, em uma ameaça real de um ataque de tropas suecas na capital, eles subiram a uma distância de 1 km;

• 1711-1765, Mikhail Lomonosov: inventou o telescópio de visão noturna e um telescópio refletor (pelo qual descobriu a atmosfera de Vênus). Criou a teoria molecular-cinética do calor, que, em muitos aspectos, antecipou o conceito moderno da estrutura da matéria e alguns dos princípios da termodinâmica. Também criou um protótipo de helicóptero;

• 1818-1871, Konstantin Konstantinov: foi o criador do foguete de pêndulo balístico, autor do primeiro e grande trabalho sobre a tecnologia de foguetes. Em 1846-1847 começa a se envolver na pesquisa sistemática de foguetes, sendo o primeiro a dar sua contribuição nesta área;

• 1857-1935, Konstantin Tsiolkovsky: o fundador da astronáutica teórica. Foi o autor do conceito de foguetes espaciais, foguete de vários estágios e um elevador espacial. Ele também criou a fórmula da velocidade dos foguetes[49].

Como podemos concluir, a Rússia não era um país atrasado, muito pelo contrário, nos últimos dez anos do reinado de Nicolau II foi feito um projeto nacional, com a construção de uma redes de escolas em todo o país, para garantir a disponibilidade de escolas para todas as crianças do Império com um raio de 3 milhas. Durante o reinado de Nicolau II, a Rússia foi incluída entre os

---

[49] АРТЁМОВ, Владислав Владимирович; Русские учёные и изобретатели Великие русские. Москва: РосмэнПресс, 2003.
[ARTYOMOV, Vladislav Vladimirovich, *Cientistas e grandes inventores russos*. Moscou: RosmanPress, 2003].

cinco países mais desenvolvidos em nível de tecnológico, ciência, educação e indústrias de alta tecnologia⁵⁰.

1.1.10 Xenofobia não é ciência

O terceiro aspecto pontuado por Trotsky é o atraso cultural, como podemos ver neste trecho: "O aspecto essencial e o mais constante de história da Rússia, é a lentidão da evolução do país, tendo como consequências uma economia atrasada, uma estrutura social primitiva, um nível de cultura inferior"⁵¹. Esse trecho expressa bem todo o escárnio de um algoz por suas vítimas. É uma tentativa cruel de desumanizá-las, para justificar seu posterior roubo e extermínio. Incrivelmente, esse discurso não gerou comoção nem estranheza no ocidente, séculos de propaganda russófobica criaram um solo fértil para futuras mentiras. Esse argumento preconceituoso e sem fundamento histórico nos leva ao **MITO NÚMERO 15, o mito de que a Rússia tinha um nível de cultura inferior.**

A Rússia Imperial era um Estado multicultural, com um rico folclore, tradições seculares e inesgotável criatividade. Podemos perceber nas vestimentas, culinária, danças, música, artesanato, manifestações religiosas, festas populares, dentre outros aspectos. Nessas expressões populares, notamos a predominância e a vivacidade das cores, a jovialidade dos movimentos, o esmero com os detalhes e a felicidade e otimismo na vida.

A cultura russa é admirada em todo o mundo, criações imortais estão presentes nos clássicos da literatura, música, pintura e outras formas de arte que se tornaram obras-primas e entraram para a história da cultura mundial.

A beleza da cultura russa pode ser vista deste os achados arqueológicos dos antigos povos eslavos, mas seu reconhecimento internacional originou-se nos séculos XVIII-XIX. Neste período, a Rússia tornava-se uma potência mundial iluminada. Em São Petersburgo, foi criado o Museu Hermitage (2º maior do mundo), com sua coleção mundialmente famosa de obras de arte, o Museu Russo, a Galeria Tretyakov e uma coleção enorme de tesouros históricos recolhidos nos mosteiros.

Quanto à literatura secular, ela apareceu na Rússia apenas no século XVII. No século XVIII, surgiu uma galáxia de escritores seculares e poetas, entre eles os poetas Vasily Trediakovsky, Antíoco Cantemir, Gavril Derzhavin, Mikhail

---

⁵⁰ САПРЫКИН, Дмитрий Леонидович; Образовательный потенциал Российской Империи. Москва: ИИЕТ РАН, 2009.
[SAPRYKIN, Dmitry Leonidovich, *O potencial acadêmico do Império Russo*. Moscou: IIET RAN, 2009].
⁵¹ TROTSKY, Leon. *História da Revolução Russa*. Vol. 1. São Paulo: ed. Sundermann, 2017.

Lomonosov; escritores Nikolai Karamzin, Alexander Radishchev; dramaturgos Alexander Sumarokov e Denis Fonvízin. Posteriormente, no século XIX, teríamos na poesia nomes como Alexander Pushkin, Mikhail Lermontov, Alexander Blok, Sergey Yesenin, Anna Akhmatova, Vladimir Mayakovsky e muitos outros. Já na prosa temos escritores como Fyodor Dostoevsky, Leo Tolstoy, Ivan Bunin, Vladimir Vladimirovich Nabokov, Ivan Turgenev, Anton Chekhov e muitos outros. No campo da literatura a era do tzar Nicolau II foi uma das maiores expressões da cultura mundial. Não admira que Paul Valery[52] destacou como grandes conquistas da humanidade a cultura greco-romana, o renascentismo italiano e a literatura russa do século XIX.

No Império Russo originou-se uma das maiores coleções de pinturas que contava com mais de 200 pintores famosos. Essa tradição teve início com os mestres bizantinos. Ao mesmo tempo, a Rússia criou seu próprio estilo e tradições. A mais completa coleção de ícones está localizada na Galeria Tretyakov. Em 1757, foi inaugurada a Academia Imperial de Artes, em 1896 foi inaugurado o Museu de Arte de Nizhny Novgorod do Estado do Império Russo, um dos museus mais antigos da moderna Rússia.

Os primeiros retratos realistas apareceram na Rússia no século XVII, um dos grandes mestres do realismo russo foi Levitsky e Borovikovsky. A pintura russa seguiu as tendências globais em circulação na primeira metade do século XIX com: Kiprensky, Bryullov e Ivanov. Na segunda metade do século XIX houve um florescimento da pintura voltada a temas russos com a Criativa União dos Artistas da Rússia. Na virada dos séculos XIX-XX foi criada a associação "Mundo da arte". Seus membros eram Mikhail Vrubel, Kuzma Petrov-Vodkin, Nikolai Roeriche e Isaac Levitan.

A Rússia também se destacou na música clássica, óperas e balés. A música clássica russa contém como patrimônio criativo grandes compositores como Mikhail Glinka, Modest Mussorgsky, Alexander Borodin, Nikolai Rimsky-Korsakov, Pyotr Tchaikovsky (meu predileto), Sergei Rachmaninoff, Alexander Scriabin, Igor Stravinsky, Sergey Prokofiev, Aram Khachaturian e outros.

A Rússia possui obras clássicas conhecidas em todo mundo, incluindo balés: "O Lago dos Cisnes", "Quebra-Nozes", "A Sagração da Primavera", a ópera "Boris Godunov", "Eugene Onegin", "Ivan Susanin", suíte "Quadros de uma Exposição", "Scheherazade".

No caso do teatro russo, teve início por volta do século XI. Porém, os planos para a criação de um teatro da corte apareceu pela primeira vez no reinado

---

[52] Ambroise-Paul-Toussaint-Jules Valéry (Sète, 30 de outubro de 1871 — Paris, 20 de julho de 1945) foi um filósofo, escritor e poeta francês da escola simbolista cujos escritos incluem interesses em matemática, filosofia e música.

de Mikhail Fedorovich, em 1643. Entre o século XIX e o início do XX surgiu uma nova estética, MV Lentovsky, Stanislavsky e Nemirovich-Danchenko foram grandes nomes em inovações estéticas no teatro. Este foi o tempo de artistas talentosos como: Shchepkina, Shumsky, Mochalov, Sadowski, Samarin, P. Stepanova, S. Vasiliev e E. N. irmãs Samoilov e seu irmão Vasily Samoilov, e antes de seus pais Vasily Mikhailovich e Sofya Samoilov, entre outros.

Poucas pessoas sabem que o cinema é nascido em Odessa. No verão de 1893, o engenheiro Odessa Joseph A. Timchenko, um mecânico autodidata da Universidade Novorossiysk (Odessa), inventou e construiu o primeiro aparelho de tomada de imagens em movimento do mundo. Em 7 de novembro de 1893, o jornal *Odessa Folha* publicou um anúncio no *hall* de entrada do hotel France: "Abriu uma exposição de arte de fotos ao vivo, que são movidos por um carro elétrico". Este evento teve lugar dois anos antes da exibição pública de filmes dos irmãos de Lumière.

Os primeiros dispositivos cinematográficos surgiram na Rússia no início de abril de 1896, apenas 4 meses após as primeiras sessões cinematográficas parisienses. Em maio de 1896, foi realizada a primeira demonstração de "Cinématographe Lumiere" no teatro russo "Aquarium" em São Petersburgo. Em maio, Camille Cerf fornece o primeiro documentário russo sobre as celebrações em honra da coroação de Nicolau II. Assim, o cinema tornou-se rapidamente um passatempo da moda, cinemas permanentes começaram a aparecer em muitas grandes cidades da Rússia. O primeiro cinema permanente aberto em São Petersburgo surgiu em maio de 1896, na Nevsky Prospect .

O primeiro filme russo foi Stenka Razin, rodado em 1908. Outro longa de sucesso foi "Defesa de Sevastopol" (1911), encenado em conjunto por Alexander Khanzhonkov e Vasily Goncharov. O tema geral dos primeiros filmes russos foram adaptações de fragmentos de obras clássicas da literatura russa "A canção do Comerciante Kalashnikov", "Idiota", "A Fonte de Bakhchisarai", canções populares ("mercantes") ou cenas ilustradas da história da Rússia ("A Morte de Ivan, o Terrível", "Pedro, o Grande"). Em 1913, o rápido crescimento da indústria do cinema acompanhou o aumento geral da economia russa. Inicia-se a formação de novas empresas cinematográficas, incluindo a maior empresa delas I. N. Yermolyeva, entre os quais rodou mais de 120 filmes de sucesso como "A Dama de Espadas" (1916) e "Pai Sérgio". A maioria das fontes modernas concordou que no Império Russo foram gravados cerca de 2700 títulos de filmes, mas sobraram apenas 300 fragmentos significativos desses filmes. O primeiro desenho animado russo foi "Pierrô, o pintor", de Alexander Tchiriev, em 1907.

Quanto à arquitetura russa, ela segue a tradição do Império Bizantino. Posteriormente, a primeira fase do desenvolvimento do barroco russo remonta ao ano de 1680 até 1700. Esse barroco, apesar da influência europeia, possui elementos russos e tem como principal tributário Mikhail Zemtsov. Em meados do século XVIII, é liderado por D. V. Ukhtomsky e I. F. Michurin. Na década de 1760 o barroco é substituído, gradualmente, pelo classicismo, que é associado aos nomes de arquitetos como Andrei Voronikhin e Andreyan Zakharov. Obtendo formas criativas, Ivan Aleksandrovich Fomin, em 1910, tornou-se o mestre neoclássico de São Petersburgo. Outro mestre do neoclassicismo foi Vladimir Shchuko. Em São Petersburgo surge "o estilo neo-russa' que é encontrado principalmente nos edifícios religiosos. Esse estilo é representado por Vladimir Pokrovsky, Stepan Krichinsky, Andrew Aplaksin e Herman Grimm. Nesse mesmo estilo foram construídos também alguns prédios de apartamentos, um exemplo típico é a casa Cooperman, construída pelo arquiteto AL Lishnevskim[53]. . Bem diferente da arquitetura soviética, que era projetada em um escritório em Detroit, pelo americano Albert Kahn, a Rússia imperial tinha seus próprios arquitetos e estilos.

Como vimos, a cultura russa é muito rica, porém, mesmo que não fosse, seria algo impróprio divulgar isso em um livro com finalidade de desmerecimento de um povo. Imagine escrever, ou mesmo falar, que a cultura nordestina é inferior, que os afrodescendetes são porcos, ou pior, que os povos indígenas são brutos, atrasados e chulos. Embora esse argumento não combine com o temperamento brasileiro, podemos encontrá-los em livro, e, por incrível que pareça, esse absurdo é apresentado aos jovens na apostila do 3º ano do Ensino Médio distribuídas pelo estado de São Paulo. Veja o trecho: "A convivência das pérolas e dos porcos, uma elite tão civilizada com uma sociedade tão bruta, atrasada e chula".

Na segunda metade do século XX, após o nazismo alemão, estabeleceu-se uma regra informal, segundo a qual os povos não devem ser julgados de forma categórica. Falar mal de uma nação é chauvinismo, preconceito ou racismo. Exaltar uma nação também é chauvinismo, preconceito ou racismo. Por isso, é necessário muita cautela para não sermos mal interpretados ao falar sobre "caráter nacional".

Para começar, temos que frisar que não existe um caráter nacional, pois uma nação é constituída por indivíduos e cada indivíduo possui um caráter singular. Cada ser é único, em sua totalidade física, mental e espiritual. Cada um possui o seu padrão de percepção, emoção, motivação e comportamento, fazendo com que cada pessoa seja diferente, o que torna impossível a coleta de dados que possam ser direcionados à descoberta de verdades compulsoriamente atreladas e restritas a uma Lei Universal. Ou seja, o caráter nacional nunca poderá ser considerado exatamente uma ciência.

O máximo que podemos especular seria um conjunto de características psicológicas específicas, que se tornaram mais ou menos típicas de uma comuni-

---

[53] ИЛЬИНА, Татьяна Валериановна; История Искусств: Отечественное искусство» Учебник. Москва. "Высшая Школа" 2000.
[ILYINA, Tatiana Valerianovna, *História das Artes: Arte nacional*, livro didático, Moscou, 2000].

dade sócio-étnica, nomeadamente segundo as condições econômicas, históricas, geográficas, culturais e ambientais da sua existência. Essas características refletem-se, em parte, na psique dos representantes de dada nação, sem conduto alterar as qualidades particulares de cada indivíduo. Os elementos nacionais não qualificam um povo como superior ou inferior, é apenas um elemento de autoconsciência; é a representação que um povo faz de si mesmo. Muitas dessas peculiaridades são passadas de geração em geração e criaram historicamente um conjunto de representações psicológicas estáveis de dados grupos étnicos, que define a maneira usual de seu comportamento e o curso típico de suas ações, que se manifesta em sua relação com o ambiente social, para com mundo, para os seus próprios e de outras comunidades étnicas.

Segundo esse critério, muito menos pretensioso, podemos conhecer um pouco mais sobre esse povo gentil e hospitaleiro que já tive a oportunidade e o prazer de conhecer pessoalmente.

De grande importância para a formação da mentalidade e cultura russa foi a adoção do cristianismo na sua versão Oriental (Bizantino). O resultado do batismo da Rússia não foi apenas sua entrada no mundo "civilizado", mas também seu crescimento como autoridade internacional, o fortalecimento das relações diplomáticas, comerciais, políticas e culturais com outros países cristãos. A partir desse momento, a Rússia decidiu sua posição geopolítica entre Oriente e o Ocidente, seus inimigos e aliados, por isso a expansão do Estado russo teve lugar no leste. Esse também foi o nascimento da russofobia, pois o ocidente medieval nunca toleraram nações que não se sujeitavam à Roma.

No caso dos russos do final do século XIX e início do século XX, os camponeses possuíam uma forte espiritualidade e uma elevada moral. A embriaguez entre os camponeses era um caso extraordinário. Já no início deste século, a maioria absoluta dos camponeses bebia apenas nos grandes feriados. Histórias sobre orgias camponeses são ficções posteriores à revolução. Na primeira metade do reinado de Nicolau II, houve uma considerável redução no consumo de bebidas alcoólicas *per capita*. Durante os anos de 1894-1904 diminuiu de 7,4 litros a 7 litros, um dos mais baixos expoentes da Europa. Neste momento, na Rússia, o consumo de álcool foi seis vezes menor do que na França, cinco vezes menor do que na Itália, três vezes menor do que na Inglaterra, duas vezes menor do que na Alemanha. A Rússia tem sido tradicionalmente um dos países mais sóbrios da Europa, perdendo apenas da Noruega e ficando em penúltimo lugar no mundo, em consumo *per capito* de álcool durante os três séculos, dos séculos XVII ao início do século XX[54].

---

[54] MEDINSKY, *op. cit.*, 2008.

Quanto a serem porcos, um adjetivo usualmente associado à falta de higiene, também não faz parte da cultura russa. Enquanto na Europa Ocidental, na Idade Média, a Igreja Católica chegou a proibir oficialmente os banhos, como uma fonte de corrupção e infecções, na Rússia Ortodoxa os banhos eram vistos como fonte de saúde. Giles Fletcher[55], o embaixador da Rainha Britânica Elizabeth, relata que os russos do século XVI tomavam banho de duas a três vezes por semana. Isso, em uma época em que era costume tomar banho a cada seis meses. Acredita-se que Luís XIV deva ter tomado de 2 a 5 banhos completos durante os seus 77 anos de reinado. A Rainha da Espanha, Isabel de Castela (final do século XV e início do século XVI), reconheceu ter tomado banho apenas duas vezes na vida, no nascimento e no dia do casamento.

Enquanto nos palácios russos de São Petersburgo existia em seus arredores casas de banho, banheiras, lavatórios e os seus cortesãos e servos poderiam regularmente ir para o banho. Em Versalhes, havia apenas um banheiro que era de uso pessoal do rei. O restante dos habitantes era obrigado a usar penicos. Um dos autores franceses escreve que "no século XVI pilhas de excrementos humanos poderiam ser encontrados na varanda do Louvre". No mesmo período em que Londres, Paris ou Lisboa jogavam lixo e dejetos humanos nas ruas, no entanto, em Novgorod, já no século XIV, eram utilizadas fossas. Sabe-se que a limpeza das fossas e remoção de fezes era realizada duas vezes por ano: em abril e em outubro[56].

É difícil colocar a honestidade de um povo em dados numéricos, mas a taxa de criminalidade russa foi baixa em comparação com outros países europeus, e pouco mudou ao longo de décadas. De 1825 a 1830 havia, respectivamente, 562 e 650 crimes por 100 mil habitantes, isso é 4 vezes mais baixa do que na França e 7,6 vezes menor do que na Inglaterra. No final dos séculos XIX-XX as taxas de criminalidade na Rússia em relação aos países da Europa ocidental era pequena, e até diminuiu em 1900 a 1913.

Em termos de honestidade, as classes mais pobres não eram desonestas, muito pelo contrário, eram as mais dignas. A relação entre a participação dos representantes de determinadas profissões e o número total de pessoas condenadas por crimes é o seguinte: entre 1858-1897, o primeiro lugar pertencia aos comerciantes (2.0), o segundo aos burgueses e artesãos (1,7), o terceiro aos no-

---

[55] Giles Fletcher (1548, Watford, Hertfordshire - 1611, Londres) - poeta e diplomata inglês, autor da descrição do reino russo no século XVI. Irmão do Bispo de Londres, tio do poeta John Fletcher.
ФЛЕТЧЕР, Джайлс. *О государстве русском*. Москва: Захаровъ, 2002 [FLETCHER, Giles. Sobre o Estado russo. Moscou: Zakharov, 2002].
[56] МЕДИНСКИЙ, Владимир Ростиславович; О русском рабстве, грязи и «тюрьме народов». Москва: Олма, 2008.
[MEDINSKY, Vladimir Rostislavovich, *Sobre a escravidão russa, a sujeira e a "prisão dos povos"*. Moscou: Olma, 2008].

bres e funcionários públicos (1,5), o quarto para os camponeses (0,9), o quinto o clero (0,3-0,4). Aqui, os camponeses têm um pequeno índice de criminalidade em relação a todas as classes, exceto o clero[57].

1.1.11 O mito de que a população da Rússia era uma grande massa ignorante e analfabeta

> É claro que não devemos chamar os analfabetos de porcos, brutos, atrasados e chulos. Não se deve medir o caráter ou a inteligência de uma pessoa pela sua formação acadêmica. Já conheci pessoas analfabetas que, apesar de sua humildade, eram agradáveis e inteligentes. Dessa forma, podemos afirmar com segurança que um baixo grau de instrução e temperamento suíno independem. O que nos leva ao **MITO NÚMERO 16, o mito de que a população da Rússia era uma grande massa ignorante e analfabeta.**

Esse mito provavelmente nasceu em 1932 com um artigo de Stalin, que comentava sobre os avanços soviéticos na área da educação. Nele, os historiadores soviéticos se utilizam de dados anteriores ao reinado de Nicolau II para fazer essa afirmação, usar dados anacrônicos era uma forma comum de manipular informações na URSS. Os dados reais do período em questão mostram o contrário. Aqui está uma tabela com a taxa de alfabetização entre recrutas no Império Russo:

TABELA 5

Ano	1875	1880	1885	1890	1896	1900	1905	1913
% Analfabetos	79%	78%	74%	69%	60%	51%	42%	27%

Военно-статистический ежегодник за 1912 год. СПб., 1914. С.372-375. Приводится по изданию: Россия. 1913 год. Статистико-документальный справочник. — СПб. БЛИЦ, 1995. С. 288

Conforme a tabela mostra, em 1913, 73% dos recrutados eram alfabetizados, e em 1916 já eram 80%. Como pode ser visto, a alfabetização no governo de Nicolau II cresceu muito rapidamente, de modo que em 1926 era esperada a alfabetização quase universal.

Em um censo realizado no verão de 1917 pelo Governo Provisório, 75% da população masculina da parte europeia da Rússia eram alfabetizados.

Também não devemos afirmar que a revolução resolveu o problema do analfabetismo.

---

[57] MIRONOV, Boris Nikolaevich, *op. cit.*

Na verdade, depois da revolução, o número de analfabetos aumentou. E, em 1927, no XV Congresso do PCUS, a Vice-Comissária do Povo da Educação, Nadejda Krupskaya, reclamou que o número de recrutas analfabetos do ano de 1917 era inferior ao de 1927. A própria esposa de Lenin disse que era uma vergonha para as autoridades soviéticas retrocederem com a alfabetização do país em dez anos. Apenas depois da Segunda Guerra Mundial, os bolcheviques foram capazes de superar o analfabetismo em massa, que eles próprios criaram após o outubro de 1917. A taxa de analfabetismo na URSS foi de 32,9%, em 1959, de 22,4%, em 1970, e de 11,3%, em 1979[58].

Outra fonte normalmente utilizada para desabonar a educação no período do Império é a comparação com as potências ocidentais, estes números também não levam em conta os habitantes das colônias como Índia, Burma, Egito, Sudão, África do Sul, etc. Bem diferente da Rússia, que tinha em conta toda a população, incluindo a Ásia Central, o Cáucaso, as estepes e as tribos da Sibéria[59].

Nicolau II incentivava o estudo no país, ele não queria uma população ignorante. De 1894 até 1914, o orçamento destinado à educação nacional aumentou em 628%, o número de cursos superiores 180%, ensino médio 227%, escolas para meninas 420% e escolas públicas 96%[60]. Durante o reinado de Nicolau II, as despesas com educação aumentaram de 25,2 para 161,2 milhões de rublos, ou seja, mais de 6 vezes[61]. . Em 1908, a educação primária tornou-se obrigatória. Desde então, a cada ano cerca de 10.000 escolas eram abertas. Em 1913, o seu número ultrapassou 130 mil. Se não fosse a revolução, a formação inicial obrigatória teria sido um fato consumado em toda a Rússia czarista. No Conselho em 1920, constatou que 86% dos jovens entre 12 e 16 anos de idade sabiam ler e escrever. Não há dúvida de que eles foram ensinados a ler e escrever no regime pré-revolucionário[62].

Às véspera da Primeira Guerra Mundial, foram inscritos 40-45 mil pessoas em universidades, cursos superiores de engenharia e escolas técnicas milita-

---

[58] РОМАНОВ, Борис Семенович; Грамотность и образование в Российской Империи. Переформат, 2010-03-16 01:13. Disponível em: <http://www. belrussia.ru/page-id-1087.html>. Acesso em 15de julho de 2016.
[ROMANOV, Boris Semenovich, *Alfabetização e educação no Império Russo*, 2016. Disponível em: <http://www.belrussia.ru/page-id-1087.html>. Acesso em 15de julho de 2016].

[59] ШАМБАРОВ, Валерий Евгеньевич; Нашествие чужих. Заговор против империи. Москва: Алгоритм, Эксмо, 2007.
[SHAMBAROV, Valery Evgenievich, *Invasão estrageira. Conspiração contra o Império*. Moscou: Algoritmo, Eksmo, 2007].

[60] МУЛТАТУЛИ, Петр Валентинович. Мифы и правда о российском императоре Николае II. Екатеринбург: Изд-во Храма-Памятника на Крови во Имя Всех Святых, 2011.
[MULTATULI, Piotr Valentinovich, *Mitos e verdades sobre o Imperador russo e Nicolau II*. Ecaterimburgo: Editora do Templo-Monumento ao Sangue em Nome de Todos os Santos, 2011].

[61] MIRONOV, Boris Nikolaevich, *op. cit*.

[62] SHALIAPINA, Elena Leonidovna, *op. cit*.

res. Enquanto isso, no Império Alemão foram escritos apenas 25 mil especialistas. Nas instituições de ensino superior de outros grandes países europeus (Reino Unido, França, Áustria-Hungria) os números eram ainda menores.

O nível da formação era o mesmo dos seus congêneres europeus, prova disso é que, entre outras coisas, muitos engenheiros emigrantes russos tiveram grande sucesso nas carreiras, criaram indústrias e escolas tecnológicas na Europa Ocidental e América do Norte. Basta mencionar Sikorsky, SP Tymoshenko, V. K. Zvorykina, V. N. Ipateva, A. E. Chichibabina. Às vésperas da Primeira Guerra Mundial, a Rússia ainda é inferior à Alemanha na formação universitária de humanas, mas visivelmente superior no campo da educação técnica. A Rússia entre 1904 e 1914 (com os EUA) tornou-se um líder mundial na área do ensino técnico, ultrapassando a Alemanha[63].

Quanto ao ensino superior, não era um luxo disponível apenas aos nobres. Longe disso, podemos constatar que as instituições de ensino superior do Império eram bem acessíveis. Um exemplo disso é o *número de mulheres matriculadas* nessas instituições, no início do século XX, nesse quesito, a Rússia estava em primeiro lugar na Europa, se não no mundo inteiro. Também se deve notar que tanto nos Estados Unidos como na Inglaterra, o custo anual no ensino superior estava na faixa de 750 a 1.250 dólares, já na Rússia czarista, os estudantes pagavam de 25 a US$ 75. E, em muitos casos, os estudantes pobres eram isentos de quaisquer anuidades[64].

Em 1914, os estudantes de estratos mais baixos (os trabalhadores, pequenos comerciantes, camponeses, etc.) tinham 80% de participação em escolas secundárias técnicas, de mais de 50% em universidades técnicas e mais de 40% em outras universidades. Além disso, a proporção de estudantes dos estratos mais baixos estava aumentando a cada ano. A participação dos agricultores em 1914 foi cerca de 10%, nas universidades técnicas mais de 21%, já durante o período soviético, em 1977, eram apenas 10%. Para efeito de comparação, na Rússia de 1978, o número de alunos de baixa renda que ingressaram em universidades era cerca de 30%. Também podemos confrontar esses números com a nossa atual realidade, em 2015, na USP, o número de integrantes oriundos de escolas públicas era de apenas 35,1%.

No Império Russo, o número de pessoas com ensino superior no período de 1913-1914 era de 112-136 mil, o número de especialistas com grau técnico em 1913 era de 190 mil. O número decientistas e professores universitários em 1914 foi de 10,2 mil, até a revolução foi de 11.600 pessoas. O corpo docente

---

[63] ВОЛКОВ, Сергей Владимирович. Интеллектуальный слой в советском обществе. Москва.: Инион, 1999.
[VOLKOV, Sergey Vladimirovich, *A camada intelectual na sociedade soviética*. Moscou: Inion, 1999].
[64] SAPRYKIN, Dmitry Leonidovich, *op. cit.*

das universidades no ano 1916 foi de 6.655, com 135.842 estudantes. Assim, desde 1917, o número total de pessoas com ensino superior poderia chegar a 250-270 mil.

TABELA 6

Composição dos estudantes universitários em 1900 e 1914.	1900 Absoluto	%	1914 Absoluto	%
Funcionários filhos da pequena nobreza e oficiais	8054	52	12833	36
Filhos de honrados cidadãos, comerciantes, burgueses, lojistas, camponeses, cossacos.	3428	22.1	17744	49,7
Filhos de clérigos	1457	9.4	3677	10.3
Estrangeiros	2551	16,5	432	1.2
Outro	-	-	1009	2.8
No total	15490	100	35695	100

Таблица составлена А.Е.Ивановым по данным «Отчета Министра народного просвещения за 1913 год». Пг., 1916, ведомость № 6.

TABELA 7

Composição dos estudantes de instituições de ensino superior técnico em 1901-1914.	1900 Absoluto	%	1414 Absoluto	%
Funcionários filhos da pequena nobreza e oficiais	1886	36,1	2383	24,6
Filhos de honrados cidadãos, comerciantes, burgueses, lojistas, camponeses, cossacos.	2955	58,8	6963	71,7
Filhos de clérigos	108	2.1	232	2.4
Estrangeiros	151	3.0	126	1.3
Outro	151	3.0	126	1.3
no total	5030	100	9704	100

Извлечение из отчета Министра народного просвещения за 1901 г. СПб., 1902. С. 579-699; Отчет Министра народного просвещения за 1913 г. Пг., вед. 16

Não é verdade que a construção do socialismo enfrentou o problema de transformar uma massa ignorante em intelectuais. Quanto a isso, podemos constatar que o número de intelectuais no Império Russo em 1913 era cerca de 3 milhões de pessoas, maior do que em 1926, que eram de 2,6 milhões. Em 1928, o ensino superior da URSS contava com 233 mil pessoas, já o Império contava com 250 a 270 mil pessoas.

A "preocupação com os cientistas", tão pregada pelos bolcheviques, aplicava-se apenas a uma ou duas dúzias de especialistas mais relevantes para as autoridades. Os milhares restantes partilhavam o destino de toda a camada intelectual. Muitos foram exilados, não trabalhavam nas áreas de sua especialidade ou estavam desempregados, um destino indulgente se comparado aos milhares que foram vítimas da fome e do terror vermelho[65].

1.1.12 O mito de que o Império Russo não tinha nenhuma mobilidade social

Segundo alguns historiadores, uma característica do feudalismo é a estratificação social. Portanto, se a Rússia, para os dialéticos, era feudal, ela obrigatoriamente teria que ter estratificação social, mesmo que essa afirmação não tenha nenhum embasamento. Esse equívoco, puramente teórico, nos leva ao **MITO NÚMERO 17, o mito de que o Império Russo não tinha nenhuma mobilidade social.**

Na realidade, a Rússia não só tinha mobilidade social, como era o único país europeu onde, nos séculos XVIII-XIX, o ingresso para a nobreza aumentou de forma constante, de modo que até o início do século XX, 80-90% das famílias nobres eram provenientes das classes mais baixas. Normalmente, o processo de transição para a classe alta ocorreu durante as últimas duas ou três gerações, por vezes mais lentas, mas muitas vezes (no serviço militar) mais rápidas.

Havia três formas de se entrar para a nobreza, a primeira, era como funcionário público. A segunda forma de crescer, e a mais eficiente, era no exército. Entre 1875 a 1884, 60% de todos os casos de elevação à nobreza era o resultado de atribuição de medalhas. De 1882 a 1896, este número aumentou para 72%. Tanto para militares como para os civis foi mais fácil ganhar títulos de nobreza do que promoções.

A terceira forma de alcançar a nobreza seria por meio do comércio e indústria. Títulos nobiliárquicos eram concedidos em troca de serviços sociais.

---

[65] SHAMBAROV, Valery Evgenievich, *op. cit.*

Como resultado destas alterações, desde meados do século XIX, a nobreza adquirida teve um aumento mais elevado do que a nobreza hereditária. No censo de 1897, dentre 486.963 habitantes, foi constatado um aumento de 76% na nobreza adquirida, enquanto a nobreza hereditária cresceu apenas 45-25%[66].

Se de 1700 a 1900 a população no geral aumentou em 6 vezes, a nobreza teve um aumento direto de 40 vezes.

Podemos ter como exemplos dessa realidade o caso da carreira do servo Voronikhin, que construiu a Catedral de Kazan, o grande comandante naval russo Admiral Makarov, filho de um soldado e neto de um servo. E a ascensão do camponês, que se tornou o Patriarca Nikon (em algum momento – o co-regente real do estado), e o enriquecimento da família Strogonoff[67].

Também temos Savva Vasilievich Morozov (1770-1860), um servo que foi o fundador de um grande Império industrial. Seu filho Savva Timofeevich Morozov ganhou o título hereditário de cidadão honorário. Ele ocupou o quinto lugar na lista, compilada pela revista *Forbes*, dos grandes comerciantes e industriais mais ricos da Rússia (1914). Ao descrever a evolução da família Morozov, Fyodor Chaliapin descreve:

> E até mesmo o camponês russo, tendo escapado da vila de sua juventude, começa a forjar o seu bem-estar futuro como comerciante ou industrial em Moscou. Negocia mel no mercado Khitrov, vende tortas ... se diverte gritando com seu colegas e seus olhos oblíquos maliciosamente veem a vida de outro ponto de vista, uma vez que esta unido, e é isso que tanto une a vida familiar para ele. Muitas vezes ele dorme com vagabundos ... congelando, morrendo de fome, mas sempre alegre, ele não se queixa pois tem esperanças para o futuro ... E então, eis que, ele já havia comprado uma loja ou uma pequena fábrica. E então, suponho, ele foi o primeiro comerciante da corporação. Espere - seu filho mais velho comprou o primeiro Gauguin, o primeiro Picasso e Matisse o que foi um privilégio á Moscou. E nós, os esclarecidos ... torcemos o nariz e criticamente dizemos: 'tirano' ... este pequeno tirano, por sua vez, silenciosamente acumulou os maravilhosos tesouros de arte, criou galerias, museus, teatros de primeira classe, construiu hospitais e abrigos em toda Moscou (Fyodor Chaliapin, "máscara e alma")[68].

---

[66] SEYMUR, Becker, *op cit*, 2004.
[67] MEDINSKY, Vladimir Rostislavovich, *op. cit.*
[68] ПОТКИН, Владимир Иванович; На Олимпе делового успеха: Никольская мануфактура Морозовых. Москва: Главархив, 2004.
[POTKIN, Vladimir Ivanovich, *Sobre o Olimpo do sucesso comercial: a Manufatura Morozov Nikolskaya*. Moscou: Glavarchiv, 2004].

Também devemos lembrar que o aumento da nobreza só não foi maior porque nem todos queriam títulos. Na época, muitos intelectuais consideravam a nobreza algo ultrapassado e por isso escondiam suas origens aristocráticas. O famoso empresário PP Ryabushinsky, em discursos, em 1912, declarou: "Agora, na Rússia, é hora dos comerciantes tomarem-se a principal classe, é hora de ter orgulho, de vestir o título de 'comerciante russo' e não perseguir o título degenerado de cavalheiro russo"[69].

Não só havia mobilidade entre os aristocratas, mas também em outras classes, como é o caso da burguesia. Entre os comerciantes de Moscou, entre 1795 a 1815, ocorreu um aumento de 60% no número total de comerciantes. Em 1815 a 1857 aumentou 40%. Além disso, muitos comerciantes foram para outras cidades ou para outros comércios. A alta mobilidade foi observada em todos os lugares. Em São Petersburgo, em apenas 8 anos, a comunidade de comerciantes, que incluía em 1847, 6.389 pessoas do sexo masculino, por várias razões perdeu 33% dos seus membros e ganhou 29% de novos membros, os veteranos em 1855 eram de apenas 70%[70].

Com os camponeses não foi diferente, o número de camponeses em ascenção social, em 1860 a 1897, foi de 58%[71]. . Também podemos ter provas de mobilidade social nos relatos de conteporâneos. O ex-servo FD Bobkov (1831-1898), em uma visita a sua antiga casa, a qual não tinha visto há 18 anos, em 1875, escreveu em seu diário: "No verão fui para minha aldeia natal. (...) Sim, lá aconteceram uma série de mudanças. Alguns senhores, devido à sua preguiça e vida ociosa, se tornaram mais pobres, e os camponeses, graças à sua energia, se aproveitaram da situação e agora vivem bem".

O segundo fator no aumento do nível de vida dos camponeses, de acordo com os memorialistas, estava na segurança proporcionada pela custódia dos latifundiários. Quando os camponeses se encontravam em dificuldades, de acordo com a lei, depois de uma má colheita de alimentos, após a perda de gado e após o incêndio, recebiam assistência efetiva dos latifundiários. Segundo Kabeshtov, "diferentes solicitações de pão, doações de dinheiro e madeira para construção de casas quase sempre são satisfeitas".

Mesmo antes de 1861, os servos tinham oportunidades de mudar de vida. Muitos proprietários, para pagar suas dívidas e por interesses próprios, permitiam que seus servos montassem fábricas e comercializassem, para que posteriormente trouxessem seus lucros em troca da liberdade.

---

[69] TIMOSHINA, Tatiana Mikhailovna, *op. cit.*
[70] MIRONOV, Boris Nikolaevich, *op. cit.*
[71] SEYMUR, Becker, *op cit*, 2004.

Segundo o relato de Artynov, seus ancestrais distantes: "nos tempos de Pedro comprou terras à direita das margens de Tarakanovka (em São Petersburgo). Os descendentes atuais (1880) já em suas terras, estavam engajados em sua criação de peixes e caranguejos comerciais". Assim, os servos e seus descendentes quase 200 anos depois eram donos de uma lucrativa terra em São Petersburgo. Mesmo com tantas vantagens, seu proprietário não quis se aproveitar de sua servidão, pois não era costume expropriar os servos.

Durante a marcha pela Rússia, em 1843, A. Haxthausen parou em uma vila em Yaroslav. Lá os servos compravam, à vontade, sua liberdade com seus próprios salários. Ele descobriu que o Príncipe Kozlovsky vendia a liberdade para seus servos por 50 mil rublos. Nesta ocasião, Haxthausen exclamou:

> essa coisa é incrível, a servidão russa! Segundo a lei o Príncipe Kozlovsky poderia se apropriar não só de todas as suas terras e de sua família, mas todos os seus bens, no entanto, ele só exigia esses 50 mil rublos, que eles lhe pagavam. Por que, ele não pegava o dinheiro para si e não mantinha os camponeses na mesma servidão? Nenhuma lei não iria impedi-lo disso. Mas o costume proíbe-o de fazê-lo, e o costume era mais forte do que qualquer lei!72.

Na primeira metade do século XIX, pai e filho: Efim A. e E. Miron Cherepanov eram servos do conhecido milionário Demidov. Mesmos sob o julgo da servidão, eles foram os construtores das primeiras locomotivas e estradas de ferro da Rússia

Também temos o caso de Joseph Timchenko, que nasceu na aldeia de Okop, era filho de um servo e se tornou um empresário, acadêmico e inventor no ramo da óptica e mecânica, sendo um dos pioneiros do cinema. O maior exemplo de ascensão ao mundo acadêmico foi o de Mikhail Vasilyevich Lomonossov, filho de camponeses, quando jovem caminhava de Arkhanguelsk a Moscou para continuar os estudos. Em pouco tempo, tornara-se um dos membros mais ativos da Academia de Ciências de São Petersburgo, desenvolvendo trabalhos nos mais diversos campos do conhecimento: geografia, física, química, biologia, astronomia e química, entre outros. Faz diversas descobertas que serão depois confirmadas por cientistas da Europa ocidental. Um dos principais exemplos é a experiência de calcinar metais em recipientes fechados, realizada em 1760, que seria repetida por Antoine Lavoisier, 13 anos depois, servindo de base para a descoberta da Lei da Conservação da massa. Escreveu a primeira gramática russa, foi o primeiro cientista russo a alcançar projeção mundial, enciclopedista e poeta,

---

[72] MIRONOV, Boris Nikolaevich, *op. cit.*

além de pesquisador na área das máquinas voadoras. Pela sua devoção a ciência, seu nome foi encaminhado à Universidade Estatal de Moscou.

Os casamentos também foram uma forma de ascensão social. Segundo os dados sobre o número de casamentos de representantes de diferentes classes sociais, no biênio de 1764 a 1820, na cidade de Perm, na província de Yekaterinburg, maior centro industrial da Rússia, as classes mais abertas foram o clero e a nobreza, sendo realizado entre eles o maior número de casamentos com outras classes de 82,7 a 78,4%, já as classes urbanas foram de 37,3 a 59,2%[73].

Assim, podemos finalizar o mito da Rússia feudal, e chegar à conclusão de que essa falácia não é apenas fruto da ignorância de dados numéricos e estatísticos, mas são vícios de uma corrente tendenciosa.

---

[73] MIRONOV, Boris Nikolaevich, *op. cit.*

2. O MITO DE QUE A FOME GERA REVOLUÇÕES

2.1 Reais consequências da fome

MITO 18

Neste capítulo, prosseguiremos com mais esclarecimentos a respeito dos fatores econômicos e o contexto histórico do Império Russo, começando pelo **MITO NÚMERO 18, o mito de que a fome gera revoluções.**

Como já foi elucidado na introdução, para se criar uma revolução são necessárias três coisas: dinheiro, influência e controle da mídia. O registro de algum faminto que tivesse ao menos uma dessas três coisas é, no mínimo, difcultoso. O que explica, então, que muitos artigos repitam teimosamente que a fome foi um dos fatores que desencadeou a Revolução Russa. Será que alguém, um dia, conseguiu tirar tanques de guerra de estômagos vazios? Antes de esclarecer melhor essa questão, acredito que é interessante analisar a fome em si, não só em suas necessidades corpóreas, mas como o estado de espírito que ela provoca no indivíduo vítima dela e na sociedade que testemunha esse fenômeno. A fome gera revolta, é verdade, porém essa revolta é tão vazia como o estômago de quem dela sofre e tão impotente como sua sorte. A fome mata aos poucos o indivíduo, e junto a ele mata sua revolta, seu orgulho, sua fé nas pessoas e sua autoconfiança. É por isso que quando um empresário precisa de mão de obra para furar uma greve, com quem conta? Com um jovem intelectual, sustentado pelos pais, ou com os famintos?

Quando se está na miséria e se pode ouvir os lamentos de fome de seus filhos, todo o orgulho desvanece. Para conseguir alguma renda as pessoas são capazes de reiterar o modo de produção que as oprimem servindo como fura-gre-

2. O MITO DE QUE A FOME GERA REVOLUÇÕES

ves, espionando e delatando seus colegas de trabalho. Os famélicos são vítimas e escravos do sistema. Voltando à época em questão, podemos perceber que outros países beligerantes, que também passavam por uma grave escassez de alimento, não tiveram revoluções. Havia muitas pessoas subnutridas na Grã-Bretanha, cujos navios com os alimentos, vindos do exterior, um após o outro, eram afundados por submarinos alemães. O primeiro-ministro britânico David Lloyd George (1863-1945) escreveu: "No outono de 1916, o problema da alimentação se tornou mais grave e ameaçador". A França também tinha sérios problemas de produção, pois metade de seu território estava ocupada pelos alemães, e muitas indústrias estavam em zonas de combate. Trotsky, que estava retornando em 1917 para a Rússia, por meio da Suécia, escreve que neste país nórdico e neutro, ele se "lembrava apenas de cartões de pão"[74].

Mas voltando à Rússia, podemos notar que os famintos não estavam presentes nas fileiras dos revoltosos. Em 1907, 70% dos revolucionários não ultrapassava a idade de 23,6 anos, 32% eram nobres (em 1886 - 24,2%), 37,5% estudantes, 11,3% alunos do ensino secundário, 7,6% professores, 4,6% seminaristas, 4,2% profissionais liberais e 0,6% militares. Pobres e proletários nem são visíveis na lista[75]. Ao constatarmos que "libertar o mundo da opressão" é coisa da *high society*, somos transportados a mais uma polêmica questão: qual então era o papel da fome na história russa?

Na Rússia, o fenômeno da fome teve um papel muito mais conservador do que lhe é atribuído. Era utilizada sistematicamente, por muitos regimes comunistas, para abafar rebeliões ao invés de provocá-las. A conhecida "arma da fome" era efetivada pelo regime, por meio do controle total dos estoques de alimentos disponíveis e por um sistema de racionamento por vezes bastante sofisticado. A distribuição de alimentos era realizada em função do "mérito" e do "demérito" de uns e de outros.

Trotsky, como nenhum outro símbolo da violência do poder bolchevista, foi responsável por crimes hediondos, incluindo o genocídio em massa do povo russo, em particular, dos cossacos. Ele organizou a fome em massa em muitas áreas. O esquema era simples: as regiões que se mostrassem hostis ao sistema não receberiam alimento e teriam quase toda a sua produção requisitada. Os suprimentos eram controlados, para que os produtos não fossem importados ou produzidos numa determinada área. Assim a fome abrangia na Ucrânia, os territórios

---

[74] СТАРИКОВ, Николай Викторович. 1917: Революция или спецоперация, Москва: Яуза, 2007. [STARIKOV, Nikolay Viktorovich. *1917: Revolução ou operação especial*, Moscou: Yauza, 2007].
[75] Гуревич, Виктор Натанович. В зубах у Зубатова (к истории политических провокаций) В Российской еврейской энциклопедии, Москва, № 6(129), Июнь 2010 года.
[Gurevich, Victor Natanovich. *Nos dentes de Zubatov (sobre a história das provocações políticas)* Enciclopédia Judaica Russa, Moscou, nº 6 (129), junho de 2010].

do Don e a região do Volga. Para obter uma estimativa muito suavizada do número de vítimas da fome, organizada por Trotsky, nos anos de 1921 a 1922, ela ultrapassou os 5 milhões de pessoas.

Usar a "arma da fome" para acabar com as revoltas, mostrou-se um instrumento muito eficiente. A mortalidade criada pelas requisições de alimentos começou a aumentar em fevereiro de 1921. Em dois ou três meses, os tumultos e as revoltas contra o regime na província de Samara haviam praticamente terminado. Temos um bom exemplo do real efeito da fome, em uma descrição da época, feita por um funcionário do governo:

> Hoje, explicava Vavilin, não há mais revoltas. Assistimos a um novo fenômeno: multidões de milhares de famintos cercam pacificamente o Comitê Executivo dos Sovietes, ou do Partido, e esperam, durante dias, não se sabe por que, miraculosa chegada de alimentos. Não conseguimos expulsar essa multidão, na qual a cada dia, as pessoas morrem como moscas. [...] Creio que há pelo menos 900 mil famintos na província.

Em janeiro de 1921, um relatório destacava, entre as causas da fome, que preponderava na província de Tambov, a "orgia" de requisições do ano de 1920. De acordo com o relato coletado pela polícia política, era evidente, aos mais humildes, que "o regime soviético quer matar de fome todos os camponeses que ousem fazer-lhe resistência"[76]. O fato exposto no último parágrafo é uma prova irrefutável da passividade causada pela fome. Essa fome não era provocada por uma tragédia climática ou pelo cultivo inadequado da terra, mas era fruto de uma ação deliberada e proposital de lideranças soviéticas. Se considerarmos que o povo se levantou contra o regime do tzar por causa da falta de alimento, então por que o mesmo povo, apenas cinco anos depois, não se rebelou contra Trotsky? Se a fome é tão revolucionária, por que 900 mil pessoas não invadiram o Comitê do Partido e se resignavam a morrer passivamente em suas portas? É igualmente inexplicável o fato de não ter acontecido uma revolução por parte das vítimas do Holodomor. Por que Stalin não foi deposto e nem mesmo criticado pela mídia pelo genocídio causado pela fome, provocada e não socorrida, de seis milhões de ucranianos em 1932-1933?

Essas perguntas podem ser respondidas por meio da neurociência. Segundo o psicólogo Martin Seligman (1942-)[77], da Universidade da Pensilvânia, esse sentimento de impotência e incapacidade para enfrentar situações gera um com-

---

[76] COURTOIS, Stéphane et. al.. *O Livro Negro do Comunismo - Crimes, Terror e Repressão*, Rio de Janeiro: Bertrand Brasil, 1999.

[77] Seligman, M. E. P. (1992). *On development, depression and death*. New York: Freeman, 1975.

portamento passivo, que é definido como "desamparo aprendido". O desamparo aprendido é um comportamento em que um organismo forçado a suportar estímulos aversivos, dolorosos ou desagradáveis "aprende" que seu comportamento não controla mudanças ambientais relevantes. Quando percebe que essas mudanças ocorrem de modo independente de seu comportamento, tende a se tornar menos responsivo a esse ambiente, portanto, não toma ações para evitar o estímulo negativo. Dessa forma, segundo a psicologia. a fome não causa revoluções e sim apatia.

2.1.1 O mito de que há fome na Rússia

Agora que sabemos que a fome não foi uma das causas da revolução, vejamos o **MITO NÚMERO 19, o mito de que faltava alimento na Rússia**.

Sobre a questão do bem-estar social, o escritor britânico M. Bering, antes da Primeira Guerra Mundial, salientou: "Talvez mais do que nunca, houve para a Rússia um período materialmente tão próspero como este, ou onde a grande maioria das pessoas, tinha aparentemente poucos motivos para descontentamento".

Considerando a frequência de fome durante a era comunista, é ainda mais surpreendente para ser lembrado hoje, que antes da guerra a Rússia era o maior exportador mundial de alimentos, em 1913 mobilizava o transporte de 20 milhões de toneladas de grãos no exterior, tinha um superávit que o regime bolchevique nunca se aproximaria[78]. A produção de grãos em 1913 era o equivalente a 8,7 toneladas por hectare, esses números só foram atingidos 45 anos depois, em 1956-1960. A produção de pão, carne e outros produtos alimentares *per capita* só foi atingida em 1950-1960. Até 1914, a Rússia era a maior exportadora de alimentos do mundo, enquanto na década de 1920, quase nada foi exportado. Nos anos 1970, inicia-se uma enorme importação de grãos que prosseguiu até o final da era soviética. Em 1985-1986 as importações de cereais foram 3,6 vezes maiores que as exportações 1909-1913[79].

Em 1913, a colheita russa de cereais foi maior do que a da Argentina, do Canadá e dos Estados Unidos juntos. Durante o reinado do Imperador Nicolau II, a Rússia foi o principal sustento da Europa Ocidental. Ela fornecia 50% dos ovos de

---

[78] MCMEEKIN, Sean. *History's greatest heist : the looting of Russia by the Bolsheviks*. Michigan: New Haven and London, 2009.
[79] МИРОНОВ, Борис Николаевич; Благосостояние населения и революции в имперской России: XVIII — начало XX века. Москва: Весь Мир, 2012.
[MIRONOV, Boris Nikolaevich; *O bem-estar da população e as revoluções na Rússia imperial: XVIII - início do século XX*. Moscow: Ves Mir, 2012].

importação do mundo⁸⁰, 20,4% da safra mundial de trigo, 51,5% de centeio, 31,3% cevada, 23,8% de aveia e 10,1% da produção mundial de açúcar de beterraba⁸¹.

As exportações correspondiam a 1.120.100 mil francos e as importações a 207,28 milhões de francos, portanto o superávit era de 912,9 milhões de francos⁸².

Antes da Revolução, entre o período de 1896 a 1915, foram realizadas pesquisas sobre o consumo de alimentos entre os camponeses. Para obter informações sobre este assunto foram pesquisadas 13 províncias da Rússia Europeia. Essa pesquisa destacou o consumo dos seguinte conjunto de produtos: pão, batatas, legumes, frutas, laticínios, carne, peixe, manteiga, óleo vegetal, ovos e açúcar. Esse estudo constatou que os agricultores recebiam em média 2.952 kcal por dia. Entre os homens adultos, pertencentes ao agrupo dos camponeses pobres, o consumo era de 3.182 calorias por dia, já entre os camponeses médios era de 4500 kcal e dos ricos era 5662 kcal. Segundo estudos atuais, as calorias adequadas para que um homem adulto mantenha o seu peso constante é de aproximadamente 2500 kcal por dia, portanto, os camponeses russos tinham mais que o necessário.

De acordo com a pesquisa já citada, em 1905 a população rural possuía, a cada 100 pessoas, em média, 39 cabeças de gado, 57 de ovinos e caprinos e 11 suínos, isso dá um total de 107 animais por 100 pessoas. É claro que a distribuição de gado não era a mesma, pois algumas pessoas eram mais ricas, outras mais pobres. Mas seria estranho dizer que em muitas famílias camponesas não havia uma única vaca ou um porco.

Também devemos lembrar que no primeiro censo agrícola da Rússia, realizado em 1916, descobriu-se que, em comparação com 1913, o número de cavalos aumentou em 16%, de gado em 45%, de ovelhas em 83%. Do contrário do que se imagina, durante a guerra, a situação não se deteriorou.

Quando se trata da dieta dos cidadãos do Império russo, não podemos descartar a pesca e a caça, embora, nessas áreas, só se possa ter estimativas aproximadas. Assim, em 1913, a caça comercial, em dez províncias europeias e seis siberianas, foi de 3,6 milhões peças de aves selvagens. Em 1912, em 50 províncias da Rússia europeia, a pesca comercial ascendeu a 580,28 milhões de quilos. É

---

⁸⁰ БРАЗОЛЬ, Борис Львович; Царствование императора Николая II в цифрах и фактах (1894-1917 гг.).Нью-Йорк : Исполнительное бюро Общероссийского монархического фронта,1959.
[BRAZOL, Boris Lvovich; *O reinado do Imperador Nicolau II em números e fatos (1894-1917)*. Nova York: Secretaria Executiva da Frente Monarquista de Toda Rússia, 1959].
⁸¹ ЗЫКИН, Дмитрий Эндшпиль; Как оболгали великую историю нашей страны. Санкт-Петербург: Питер, 2014.
[ZYKIN, Dmitry Endpil; *Como eles caluniaram a grande história do nosso país*. São Petersburgo: Peter, 2014].
⁸² РЫБАС, Святослав Юрьевич. Столыпин.Москва:Молодая гвардия, 2009.
[RYBAS, Svyatoslav Yurievich. *Stolypin*, Moscou: Molodaia Gbardia, 2009].

óbvio que o peixe foi extraído não só para o comércio, mas também para uso pessoal e, portanto, a captura total foi significativamente maior.

Em relação a outros países, os valores de pães e batatas, arrecadados anualmente por habitante, são os seguintes: EUA 1287,7 Kg, Rússia 774,25 Kg, Alemanha 570,5 Kg, França 635,7 Kg[83]. Em 1913, o consumo médio de carne alcançou uma média de 70,4 kg por pessoa ao ano, nos EUA era de 71,8 ao ano. Houve maior consumo de carne nos centros urbanos, uma média de 88 Kg por habitante. Em Moscou 87 Kg, em São Petersburgo 94 Kg, Vladimir, em Logde 107 kKg e em Voronezh 147 kg. O consumo de açúcar também aumentou mais do que duplicou para 9 kg por ano[84].

Outroa falácia em relação à fome é a de que os russos passavam fome porque a maior parte da produção era exportada. Essa crença não é conhecida no Brasil, porque nunca um brasileiro questionou o real motivo do maior produtor de grãos do mundo ter falta de pão, mas na Rússia essa questão foi levantada. Por isso, por volta de 1930, os historiadores stalinistas afirmaram que, embora a Rússia produzisse muito, o governo exportava toda a produção. Porém, esse mito não tem nenhuma confirmação nas estatísticas de produção, transporte e exportação de grãos. No gráfico é possível ter uma amostra de que a exportação de pão não era uma ameaça[85].

2.1.2 O mito dos salários baixos na Rússia

Um dos mitos mais prevalentes, mais no Ocidente, inclusive, que na própria União Soviética, é o **MITO NÚMERO 20, o de que os salários no Império russo eram baixos**.

Esse fato é contestado até mesmo nos livros soviéticos. O historiador soviético Strumilin, em seu livro de 1966 (auge da Guerra Fria), destacou que os salários reais dos trabalhadores russos são menores do que os trabalhadores americanos e maiores do que na Bélgica, França e Alemanha, e quase o mesmo que na Inglaterra[86].

MITO 20

---

[83] ZYKIN, Dmitry Endpil, op. cit.
[84] MIRONOV, Boris Nikolaevich, op. cit.
[85] ДАВЫДОВ, Михаил Абрамович; 20 лет до Великой войны. Российская модернизация Витте-Столыпина. — Санкт-Петербург: Алетейя, 2016.
[DAVIDOV, Mikhail Abramovich; *20 anos antes da Grande Guerra. Modernização russa de Witte-Stolypin*. São Petersburgo: Aleteya, 2016].
[86] MIRONOV, Boris Nikolaevich, op. cit.

Vejamos na tabela a seguir o índice dos salários reais dos trabalhadores da indústria na Rússia, EUA, Inglaterra, Alemanha, França e Bélgica, em 1900, 1909-1911 e 1913.

TABELA 8

	Salário anual em 1900	Salário anual em 1909-1911	Salário anual em 1913
Rússia	-	-	85
EUA	100	100	100
Inglaterra	80	58,8	-
Alemanha	64	40,0	-
França	64	35,9	47,5
Bélgica	-	33,0	41,5

Fonte: a autora.
Dados extraídos de: СТРУМИЛИН, Станислав Густавович; Очерки экономической истории России и СССР. Москва:Наука, 1966.

Nem mesmo os líderes soviéticos faziam questão de esconder a verdade sobre os salários na época imperial. Khrushchev lembrou que até 1917, trabalhando como mecânico na mina de carvão de Donetsk, viveu materialmente melhor do que na década de 1930, onde era um funcionário de alto escalão do partido em Moscou.

> (...) trabalhando como um simples mecânico, ganhava 45 rublos. Quando o preço do pão preto era 2 copeques, do branco 4 copeques, um quilo de gordura era 22 copeques, o ovo no valor de um copeque, sapatos, o melhor Skorohodovskie era 7 rublos. Em comparação. quando eu liderei o Partido dos Trabalhadores, em Moscou, não dava para comprar a metade, mesmos estando em um alto escalão.

E em um segundo relato, Khrushchev admite francamente que na década de 1930, "Outras pessoas se mantinham de forma é ainda pior do que eu". É claro que os trabalhadores comuns e funcionários receberam muito menos do que o secretário do Comitê do Partido de Moscou. Também não devemos esquecer que Khrushchev não pertencia a uma aristocracia operária altamente qualificada, em 1917, ele tinha apenas 22 anos e não tinha qualificação, ele simplesmente não tinha tempo para isso. Em 1909, um contemporâneo relatou que: "apenas um mau mecânico recebe 50 RUB. por mês e um bom mecânico recebe de 80-90 RUB por mês". Consequentemente, o jovem Khrushchev não recebeu como um representante da aristocracia operária, ele era "mau mecânico".

Convertendo e corrigindo o salário do jovem Khrushchev para reais, teríamos um salário equivalente a R$ 1.968,75 e para um operário de elite o salário seria de R$ 3.937,05, algo bem similar aos salários atuais no Brasil[87]. É claro que se tratando de salários, apenas corrigir e converter não significa muito, além da margem de erro, ocasionada pela dificuldade em corrigir décadas de inflação e outras intervenções cambiais, esse processo ignora o custo de vida, que é o fator mais relevante para mensurar, com exatidão, os salários. Por isso achei conveniente trocar o volúvel papel-moeda por espécie. Para isso, vou escolher 3 produtos básicos para a subsistência: carne, pão e moradia. O salário tido como referência será o do jovem Khrushchev, um operário iniciante. Esse salário será comparado com um operário russo da década de 30. Também será comparado com a atual realidade brasileira, e, para isso, teremos como comparativo o atual salário mínimo e o salário de um operário brasileiro (aproximadamente R$ 3.000,00). Primeiramente, vamos estipular o salário em carne, assim, usaremos como parâmetro o moderno quilo da carne que equivale a R$ 25 e o pão R$ 5. A moradia do exemplo inicial é um apartamento de 100m², no centro de Moscou (área mais valorizada da Rússia), teremos como equivalente moderno um apartamento da mesma metragem em um bairro nobre de São Paulo, que tem o custo mensal de aluguel de R$ 3.000,00.

TABELA 9

Salário mensal em espécie	Carne	Pão	Apartamento 100m
Operário russo-1914	100 Kg	300 pães	½ do salário
Operário russo - 1930	20 kg	37 pães	———
Operário russo - 2016	———	—————	4 salários
Salário mínimo brasileiro 2016	35 kg	176 pães	3,4 salários
Operário brasileiro - 2016	120 kg	600 pães	1 salário

Como pudemos notar na tabela anterior, o poder de compra na Rússia imperial é muito superior ao da Rússia da década de 30 e, mesmo quando comparado ao poder de compra dos operários modernos, não deixa muito a desejar[88]. Principalmen-

---

[87] Destes 1890 até 1910, o rublo equivalia à metade do dólar. Em 1910 um dólar valeria 25,00 dólares modernos. Considere-se que cada real equivale a 3,5 dólares modernos.
[88] . ПУЗАНОВ,Владимир Дмитриевич.Хрущёв в молодости, или мифы о царской России. 13.12.2011.Disponível em:. <http://vip-arhitektor.livejournal.com/27446.html>. Acesso em: 05/04/2015.

te, quando levamos em consideração as inovações tecnológicas ocorridas durante 102 anos no campo da pecuária, como genética, fármacos e produção de ração animal, que diminuíram, em muito, o custo da produção de carne. Nem devemos esquecer que o pão, citado no exemplo, é um pão industrializado, pois um pão caseiro seria o dobro do preço, o que igualaria ainda mais os números. Outro aspecto interessante é que embora a engenharia tenha sofrido avanços notáveis no campo da construção civil, o preço dos aluguéis no Império russo mostram-se os mais acessíveis.

Também devemos levar em consideração que, em 1914, os trabalhadores russos gastam com alimentação apenas 44% do salário. No entanto, na Europa, no mesmo período, o percentual do salário gasto em comida era muito mais elevado, de 60 a 70%[89].

Ao analisar os salários do início do século XX, além da inflação e do real poder de compra, também temos que prestar atenção aos dados adulterados. Esse é o caso dos relativos à renda *per capita*. Um exemplo disso era a Inglaterra, que, embora concentrasse o lucro de seu Império colonial, em seus dados contava apenas os cidadãos ingleses, ignorando a população das colônias e apêndices. Ou seja, a real renda *per capita* inglesa deveria adicionar a população da Índia, Burma, Egito, Sudão, África do Sul etc. Isso acontecia com todas as nações imperialistas: França, Alemanha, Itália, Holanda etc., com exceção da Rússia, que adicionava a população de nações coligadas como a Sibéria, Lituânia, Finlândia etc. Por isso devemos relativizar esses dados não só pela sua inautenticidade, mas também porque os números relativos à renda *per capita* privilegiam países com população mais velhas e ignoram as desigualdades sociais[90]. Problemática essa que nos remete ao próximo mito. O mito de que a desigualdade social gerou a revolução russa.

2.1.3 O mito da desigualdade social e dos impostos exorbitantes

A desigualdade social sempre foi tratada como um grande problema, mas, na prática, ela não é, em si mesma, um problema. Ao contrário do que prega o

---

[Puzanov, Vladimir Dmitrievich, Khrushchev em sua juventude, ou mitos sobre a Rússia tzarista. 13.12.2011.Disponível em:. <http://viparhitektor.livejournal.com/27446.html>. Acesso em: 05/04/2015].

[89] ШУМАКОВ, Сергей. Как жил русский рабочий до революции? Русского Портала. Disponível em: < http://www.opoccuu.com/rab1913.htm.>. Acesso em: 10 out 2016.
[SHUMAKOV, Sergey. *Como o trabalhador russo vivia antes da revolução?* Disponível em: <http://www.opoccuu.com/rab1913.htm.>. Acesso em: 10 out 2016].

[90] ШАМБАРОВ, Валерий Евгеньевич; Нашествие чужих. Заговор против империи. Москва: Алгоритм, Эксмо, 2007.
SHAMBAROV, Valery Evgenievich. *Invasão estrageira. Conspiração contra o Império.* Moscou: Algoritmo, Eksmo, 2007.

credo marxista, não é a riqueza de uns que gera a pobreza de outros. Muitas vezes é exatamente o contrário, grandes riquezas geram emprego, impostos e investimestos. A única coisa realmente relevante para os pobres é o seu poder de compra, que independe do estatus social de outras pessoas. Um exemplo disso é a China, que, em 30 anos, teve um crescimento assombroso, tirando 680 milhões de pessoas da miséria, dando-lhes renda e acessos a bens e serviços nunca sonhados por uma população que passava fome nas plantações de arroz. Porém, a desigualdade chinesa também aumentou nesse mesmo período. Além dos miseráveis que subiram de vida, criou-se uma classe política e empresarial de super ricos, que concentra cada vez mais riqueza. Praticamente todo mundo está melhor, ainda que alguns poucos tenham ganhado mais do que a maioria.

Os EUA são mais desiguais que o Senegal, mas todos preferem morar nos EUA. O Canadá é mais desigual que o Afeganistão, que é uma das nações mais igualitárias do mundo.

O Brasil segue sendo um dos países mais desiguais do mundo, mas não é nem de longe o mais pobre. O pobre brasileiro, por pior que seja sua condição de vida, está melhor que o pobre indiano, apesar de viver numa nação muito mais desigual. Pelo mesmo índice, o Canadá é mais desigual que Bangladesh, a Nova Zelândia é mais desigual que o Timor Leste, a Austrália é mais desigual que o Cazaquistão, o Japão é mais desigual que o Nepal e a Etiópia[91]. Portanto, as únicas pessoas que se beneficiam desse debate inútil são os políticos, que, sob o pretexto de redistribuir a riqueza nacional, apropriam-se de grande parte do "fruto do trabalho da população".

A inviável tarefa da redistribuição já foi intentada centenas de vezes, mas o máximo que se pode garantir é uma tributação abusiva, que gera desemprego e aumento de preços, algo muito mais danoso aos pobres do que aos ricos.

Vulgarmente, a desigualdade social é explicada por meio de uma simples fórmula de subtração. Para muitos, uma pessoa tem muito porque tira de outras que ficam com pouco. No entanto, a economia não é como uma gangorra que, se um abaixa, o outro levanta, muito pelo contrário, a decadência dos ricos gera a quebra dos meios de produção e, por conseguinte, o desemprego, que é danoso aos pobres (os dois caem). A decadência dos pobres tira o poder de compra de boa parte da população, sem mercado consumidor as empresas fecham, o que é danoso aos ricos (os dois caem).

Uma economia saudável pode beneficiar a todos, ricos e pobres, empresários e trabalhadores. Para Simon Kuznets (1901-1985), "o crescimento é como a maré alta: levanta todos os barcos". Ou seja, levanta tanto um transatlântico, como uma jangada.

---

[91] FONSECA, Joel Pinheiro. Em vez de culpar a desigualdade, pense em criar mais riqueza. Instituto Ludwig Von Mises Brasil. São Paulo, 14 jan 2015. Disponível em: <http://www.mises.org.br/Article.aspx?id=2007.html>. Acesso em: 3 nov. 2015.

Em um cenário normal apenas esses argumentos já encerraria o **MITO NÚMERO 21, o mito de que a desigualdade social gerou a Revolução Russa,** mas para excluir qualquer contra-argumento, vamos criar uma realidade hipotética. Suponhamos que o povo russo fosse mesquinho e invejoso e que o simples fato de ver alguém bem o deixava mal. Será que a população, apenas movida pela inveja, seria capaz de fazer uma revolução?

Os números provam que mesmo em um ambiente moralmente perturbado isso seria inviável. No coeficiente de desigualdade social CTBA, a Rússia, no início do século XX, apresentava o índice de aproximadamente 6,3, que era muito menor do que nos países da Europa Ocidental. Por exemplo, nos Estados Unidos, o coeficiente em 1913-1917 era de 16-18, em 1929 era 18, em 1950, era 16 e em 1970 era 18. A desigualdade de riqueza existente no Reino Unido era enorme, chegou a atingir 22,5. Em outros países europeus a desigualdade foi menor do que nos Estados Unidos, mas maior do que na Rússia.

Em 1901-1904, 1% dos russos, os mais privilegiados, possuíam cerca de 14% do rendimento nacional; na mesma proporção, um por cento dos norte-americanos em 1913 obtinham cerca de 25%, no Reino Unido 43%, na Prússia 30%, na Dinamarca 30% e na Noruega 32% do rendimento nacional[92].

A partir disso, podemos concluir que a desigualdade de renda na Rússia imperial não é um fator relevante para o desencadeamento da Revolução Russa.

Também temos o **MITO NÚMERO 22, o mito de que os impostos na Rússia imperial eram exorbitantes.**

Na verdade, os impostos na Rússia imperial foram os mais baixos em todo o mundo:

TABELA 10

Habitante por rublo	Rússia	Áustria	França	Alemanha	Inglaterra
Imposto direto	3,11	10,9	12,25	12,97	26,75
Imposto indireto	5,98	11,28	10,00	9,64	15,86

Podemos notar na tabela anterior, que a carga de impostos diretos na Rússia foi quase quatro vezes menor do que na França, mais de 4 vezes menor do que na Alemanha e 8,5 vezes menor do que na Inglaterra. Os impostos indi-

---

[92] MIRONOV, Boris Nikolaevich, *op. cit.*

retos na Rússia foram em média metade do que na Áustria, França, Alemanha e Inglaterra[93].

Na Rússia quase não havia impostos, principalmente na acepção moderna do termo. O sistema fiscal se limitava, principalmente, ao imposto especial sobre consumo, direitos aduaneiros e impostos sobre propriedade. O conceito de "imposto de renda" era desconhecido dos cidadãos e empresários russos[94].

2.1.4 O mito das péssimas condições de vida

Quando falamos em condições de vida, não podemos desconsiderar o período histórico e comparar a Rússia antiga com o período atual, isso seria injusto. A tecnologia enriqueceu o mundo, em 1820, aproximadamente 95% da população mundial vivia na pobreza, com uma estimativa de que 85% vivia na pobreza "abjeta". Em 2015, menos de 10% da humanidade continua a viver em tais circunstâncias.

O início do século XX também foi marcado por uma série de problemas sociais, a vida não era fácil, nem mesmo na América. A Rússia não seria diferente, também tinha seus desafios, porém esses problemas não eram maiores do que no restante da Europa, muito pelo contrário, muitas vezes, em alguns aspectos, eram menores. Enquanto no resto da Europa as pessoas se amontoavam em navios superlotados para tentar uma vida melhor na América, a proporção de russos, que tinham ido para o exterior, foi simplesmente insignificante (em 1909 - 0,06%), enquanto na Suécia e na Noruega um em cada cinco habitantes emigraram, na Grã-Bretanha e na Itália um em cada dez, na Alemanha um em cada quinze. Mesmo sendo pequeno, o principal fluxo de emigrantes da Rússia era constituído por pessoas consideradas de nacionalidade "não-russas". Pessoas que sofreram perseguições por razões políticas eram cerca da metade dos que saíram, os poloneses eram cerca de um quarto e o restante era de lituanos, judeus, etc. A Rússia não só tinha um pequeno número de emigrantes, como também atraia muitos imigrantes. Em meados do século XVII, apenas em Moscou, no subúrbio Kukui, viveram 20 mil europeus, principalmente alemães, mas também holandeses, escoceses, franceses, suíços, italianos, dinamarqueses e irlandeses. E o processo continuou: entre 1828 e 1915, segundo as estatísticas de Vladimir Kabuzanom, imigraram para a Rússia 4,2 milhões de estrangeiros, 1,5 milhão oriundos da Alemanha e da

---

[93] МЕДИНСКИЙ, Владимир Ростиславович; О русской грязи и вековой технической отсталости. Москва:Олма Медиа Групп, 2015.
[MEDINSKY, Vladimir Rostislavovich. *Sobre a imundície e o atraso técnico na Rússia antiga*. Moscou: Grupo Olma Media, 2015].
[94] BRAZOL, Boris Lvovich, *op. cit.*

Áustria-Hungria 0,8 milhão. Até o início da Primeira Guerra Mundial, o nosso país era o segundo maior centro de imigração, perdendo apenas dos EUA e à frente do Canadá, Argentina, Brasil e Austrália. Isso prova que a Rússia era um país atraente para muitos povos que buscavam melhores condições de vida. O que contraria, totalmente, o conceito de país mais pobre da Europa, vulgarmente transmitido pelos livros[95]. E não devemos esquecer que diferente da URSS o Império não possuia uma mentalidade «isolacionista» e "xenofóbica". Em contraste com o regime comunista na URSS, o poder imperial não considerava «o meio ambiente hostil", não se separava nem ideologicamente ou politicamente do resto do mundo e, portanto, não interferia com qualquer tipo de emigração ou viagens. No final do XIX e início dos séculos XX, milhões de pessoas viajaram ou se mudaram para o exterior, bem diferente do perído republicano, em que, até hoje, exige-se passaportes até mesmo para o trânsito entre cidades dentro do próprio país[96].

É claro que existiram pessoas miseráveis, mas a miséria não era generalizada. Em geral, no final do século XIX, apenas cerca de 10% dos habitantes pertenciam as camadas mais pobres, e mesmo dentre esses pobres, apenas cerca de 20% estavam em estado de pobreza permanente. Entre os camponeses, de meados do século XIX, apenas 24% e em 1912, 31% não possuíam cavalos e eram sem-terra[97]. Ao contrário do que vulgarmente se afirma, a revolução não melhorou o nível de vida na Rússia. O que nos leva ao **MITO NÚMERO 23, o mito de que a revolução melhorou o nível de vida na Rússia.** O acadêmico Vladimir Polevanov, em suas pesquisas comparativas entre o poder de compra do salário médio dos trabalhadores do ano de 1913, em comparação aos da União Soviética, chegou à conclusão de que o nível salarial na URSS atingiu seu pico no final de 1927, mas, em seguida, diminuiu de forma constante, e em 1940 o poder de compra do salário médio na União Soviética já era 1,5 vezes menor do que em 1913, alcançando em 1947 o mínimo absoluto de 2,5 vezes menos do que em 1913. O nível de vida dos trabalhadores em 1913 foi alcançado novamente apenas em 1950[98].

---

[95] МЕДИНСКИЙ, Владимир Ростиславович; О русском рабстве, грязи и «тюрьме народов». Москва: Олма, 2008.
[MEDINSKY, Vladimir Rostislavovich; *Sobre a escravidão russa, a sujeira e a "prisão dos povos"*. Moscou: Olma, 2008].

[96] ВОЛКОВ, Сергей Владимирович; Почему РФ - еще не Россия. Невостребованное наследие империи. Москва: Вече, 2010 г.
[VOLKOV, Sergey Vladimirovich. *Por que a Federação Russa ainda não é a Rússia. O legado não reclamado do Império*. Moscou: Veche, 2010].

[97] MIRONOV, Boris Nikolaevich, *op. cit.*

[98] ПОЛЕВАНОВ, Владимир Павлович; Россия: цена жизни. «Экономические стратегии», № 1, 1999, с102-103.
[POLEVANOV, Vladimir Pavlovich. *Rússia: o preço da vida. "Estratégias econômicas"*, Nº. 1, 1999, p. 102-103].

Outro fator relevante para avaliarmos o nível de vida é a questão habitacional, é dela que trata o **MITO NÚMERO 24, o mito de que os operários viviam em péssimas condições.**

Sabemos que o déficit habitacional não é algo recente, no início do século XX era um problema generalizado. A especulação imobiliária, o crescimento da população, a urbanização desordenada, o êxodo rural e técnicas de engenharia civis obsoletas foram um desafio mundial. Como não seria diferente, a Rússia enfrentava, e ainda enfrenta esse problema. Mas, para resolver esse problema, Nicolau II agiu com muita determinação, foram construídas milhares de moradias e foram criadas instituições para os pobres, que procuravam aliviar a sua situação[99]. Desde o final do século XIX, a tendência geral foi a construção de habitações operárias por empresas públicas e privadas. Nessa época também foi aperfeiçoado o *design* dessas moradias. Um exemplo de empresas que se preocupavam com o bem-estar de seus funcionários foi a fábrica de cerâmica Borovichi; seus proprietários, os irmãos Kolyankovskie, construíram para seus funcionários, na aldeia Velgiya, casas térreas de madeira com saídas e jardins separados. Os trabalhadores podiam comprar estes imóveis com empréstimo imobiliário, pagando um montante de apenas 10 RUB. Assim, em 1913 apenas 30,4% dos trabalhadores viviam em apartamentos alugados, o restante, 69,6%, tinham moradias próprias.

Em um artigo publicado em São Petersburgo, no *Krasnaya Gazeta*, em sua edição de 18 de maio de 1919, foi afirmado que no ano de 1908 os trabalhadores gastavam com habitação apenas 20% dos seus ganhos. As habitações da época não eram pequenas, o apartamento dos mestres de fábrica e funcionários de cargos mais elevados tinham em média 56,44 metros por ocupantes e os dos trabalhadores 16 metros por ocupantes.

Um dado curioso é que durante a revolução muitos mestres foram baleados ou fugiram deixando 400.000 apartamentos vagos. Os trabalhadores não ocuparam esses apartamentos, porque os gastos apenas para aquecê-los valia mais do que todo o salário de 1918[100].

Outro aspecto importante é que muitos dos trabalhadores, antes da Revolução, possuíam sua própria terra ou terras de sua família. Infelizmente, não temos dados relevantes para todas as regiões do país, mas em uma média de 31 províncias, a proporção desses trabalhadores era de 31,3%. Em Moscou essa proporção foi de 39,8%, em Tula 35,0%, Vladimir 40,1%, da Kaluga 40,5%, Tambov 43,1% e 47,2% Ryazan[101].

---

[99] SHUMAKOV, Sergey, *op. cit.*
[100] *Idem.*
[101] РАШИН, Адольф Григорьевич; Формирование рабочего класса в России: Историко-экономические очерки. Москва: Издательство социально-экономической литературы, 1958.

Outro aspecto importante para avaliarmos o nível de vida são as condições de trabalho, devemos lembrar que no início do século essas condições nem sempre eram satisfatórias, mas também não eram o inferno descrito vulgarmente. Como seria impossível citar todas as fábricas russas, podemos destacar um exemplo a fábrica de fiação e tecelagem Ramensk, inaugurada em 1828. Em 1868 foi ampliada para um edifício de cinco andares. A tecelagem abrigava 80 teares mecânicos com proteção contra incêndios. Ao mesmo tempo, foi construído uma fábrica de gás que era alimentada por tubos subterrâneos de ferro fundido. As oficinas eram bem ventiladas e tinham grandes janelas.

A fábrica possuía uma vila operária com ruas pavimentadas e calçadas para pedestres.

Ao longo das ruas foram plantadas árvores. Cada casa possuía fossas para esgoto e o lixo era jogado em uma gaveta. As famílias poderiam manter criações de animais, nos arredores do pátio da fábrica. P. S. Malyutin, o proprietário, acreditava que, para desenvolver a produção era necessário não apenas força física, mas também alertar os trabalhadores de que deveriam saber ler e escrever. Com o advento de um maquinário mais complexo na produção, essa questão foi muito importante. Portanto, em 1859, foi organizada uma escola para os filhos e filhas dos operários. Também havia um prédio de dois andares que servia como hospital, maternidade, farmácia, laboratório e sala de cirurgia. O hospital localizava-se próximo a uma floresta de pinheiros, para garantir assim tranquilidade e ar puro. Existiam saunas onde a temperatura nas câmaras poderia ser ajustada. Os pacientes tinham quatro refeições e todos os trabalhadores faziam um *checkup* anual[102]. Esses benefícios não são vistos nem mesmo nas mais renomadas empresas atuais.

2.1.5 O mito de Pareto

No início do século XX, foram amplamente investigadas quais seriam as possíveis causas das revoluções. Um desses estudiosos foi o sociólogo Vilfredo Pareto (1848-1923), que apresenta a revolução como um processo de circulação das elites e que ocorre quando as autoridades são incompetentes e não tem vita-

---

[RASHIN, Adolf Grigorievich. *Formação da classe trabalhadora na Rússia: ensaios históricos e econômicos*. Moscou: Editora da literatura socioeconômica, 1958].
[102] Раменская бумагопрядильная и ткацкая фабрика. Великий труженик. 19/09/2016. Disponível em: <http://palata-npr.ru/o-regione/ramenskij-rajon/2016/01/28/ramenskaya-bumagopryadilnaya-i-tkaczkaya-fabrika.-velikij-truzhenik/>. Acesso em: 23 out 2016.
[Ramensk, "fiação e tecelagem de papel. Um excelente trabalho". 19/09/2016. Disponível em: <http://palata-npr.ru/o-regione/ramenskij-rajon/2016/01/28/ramenskaya-bumagopryadilnaya-i-tkaczkaya-fabrika.-velikij-truzhenik/>. Acesso em: 23 out 2016].

lidade. Segundo ele, essa elite impede a ascensão de pessoas competentes e enérgicas e com isso a sociedade perde o equilíbrio e surge uma revolução.

Pareto acreditava que as revoluções tinham uma função positiva, era como vasos sanguíneos que traziam o novo suprimento de sangue.

Essa interpretação, muito questionável, nos leva ao erro de afirmar que as revoluções ocorrem devido à incompetência dos governantes. Esse engano é muito popular no Brasil, vulgarmente, as causas das revoluções cubana, mexicana, francesa e russa são atribuídas não tanto aos méritos dos revolucionários, mas à incompetência econômica dos governos depostos. Algo bem contraditório quando contextualizado. No atual quadro mundial, os governos incompetentes são os mais estáveis e duradouros. Governantes competentes como os da Suíça, Suécia e Noruega permanecem no poder por no máximo oito anos, já ditadores ineptos, muitas vezes permanecem muito tempo no poder, vejamos alguns exemplos: Fidel Castro (Cuba) 49 anos, José Eduardo dos Santos (Angola), 32 anos, Heodoro Mbasogo (Guiné Equatorial) 32 anos, Robert Mugabe (Zimbábue) 31 anos. Outro exemplo é a Coreia do Norte, que mesmo com líderes economicamente inábeis, não tem greves nem manifestações, e a Coreia do Sul, mais rica, os têm. Isso nos leva a crer que a única forma de uma pessoa se livrar de um déspota incompetente seria construir um barco e fugir para Miami.

A teoria de Pareto também se desfaz ao analisamos os quadros econômicos que precederam as revoluções. Na Inglaterra, a partir de meados do século XVI, antes da Revolução e da guerra civil, houve um período de rápido crescimento econômico, que trouxe progresso tanto para a agricultura como para a indústria. A França pré-revolucionária era a segunda potência mundial e tinha um crescimento econômico maior do que na Inglaterra. A Alemanha, no período anterior à Revolução de 1848, passava por um fantástico crescimento industrial e econômico. O mesmo foi observado fora da Europa, em países como o Irã e a Índia. O México, antes de 1910, era o país com maior crescimento econômico da América Latina. Tinha uma política liberal que atraiu investidores estrangeiros, que, protegidos pelo governo, investiram na indústria e na exploração de matérias-primas, foi dado um forte impulso à mineração e modernizou a indústria têxtil, possibilitando o desenvolvimento do sistema ferroviário. Em 1910, já existiam 24 000 quilômetros de linhas ferroviárias[103].

Também devemos lembrar que Cuba, durante a década de 1950, antes da revolução castrista, tinha uma renda *per capita* maior do que a de diversos países europeus, como a Itália. Sua capital possuía mais salas de cinema que Nova York e um número impressionante de estações de rádio (160), aliado a uma taxa de difusão de rádio próxima dos 90% e estava em 5º lugar em número de televisões *per capita* do mundo.

---

[103] MIRONOV, Boris Nikolaevich, *op. cit.*

Em 1958, a renda *per capita* média de um cubano era o equivalente a 11.300 dólares anuais, em valores atualizados. Para efeito de comparação, a renda média de um britânico, na mesma época, equivaleria a 11.800 dólares atuais. O salário pago na indústria do país girava em torno dos 6 dólares por hora, era o mesmo valor pago aos trabalhadores noruegueses e dinamarqueses. De fato, Cuba tinha o 8º maior salário industrial do mundo. Nas fazendas, o pagamento era de US$ 3 por hora, o 7º maior do mundo. Antes do socialismo havia pleno emprego e os cubanos desempregados somavam somente 7% da população, a menor taxa de desocupação da América Latina. Ainda em 1958, Cuba tinha a segunda maior taxa de carros *per capita* da América Latina, eram 24 veículos para cada mil habitantes. O país tinha uma taxa de 2,6 telefones para cada 100 habitantes. Era a maior taxa de toda América Latina.

A medicina e o acesso à saúde também eram avançados, e, ao que tudo indica, as tão alardeadas condições de saúde que atualmente existem no país só foram possíveis graças aos avanços realizados antes do governo castrista. Com uma taxa de mortalidade infantil de 3,76, Cuba figurava como o país latino com as melhores condições de saúde para as crianças. A mortalidade anual também era uma das menores do mundo: cerca de 5,8 mortes anuais por mil habitantes, número melhor que o registrado nos Estados Unidos (9,5) e no Canadá (7,6) no mesmo período. Existiam 190 habitantes para cada cama de hospital, um número um tanto à frente da média dos países desenvolvidos cujo índice situava em torno de 200 habitantes por cama. O número de médicos também era expressivo, existia um médico por 980 pessoas, uma taxa que na América Latina só perdia para a Argentina[104].

Como vimos nos casos anteriores, a revolução não é algo positivo, pois troca políticos competentes e instruídos por paramilitares que só confiam na violência. Como esse novo governo não tem legitimidade, seus líderes não se sentem obrigados a cumprir com qualquer tipo de lei, assim não respeitando os mais básicos direitos dos cidadãos, nem mesmo o direito a vida.

Outro aspecto negativo das revoluções é o inchaço do aparelho estatal. Isso ocorre devido ao desmantelamento do conceito de constitucionalidade, assim um insurgente não tem autoridade moral de repreender sedições e motins, pois uma revolução carrega consigo a legitimidade da luta pelo poder. Para evitar novos motins, o Estado se arma de um gigantesco aparato policial que onera e oprime a população sem nenhum benefício econômico ou social.

Também não podemos esquecer que os custos de uma revolução são altíssimos, o que leva os revolucionários a esvaziar os cofres públicos e espoliar o povo para satisfazer seus ambiciosos patronos.

---

[104] Spotniks. "Cuba antes e depois da Revolução". 23.02.2015. Disponível em: <http://spotniks.com/como-era-cuba-antes-da-revolucao/>. Acesso em: 2 dez 2016.

2. O MITO DE QUE A FOME GERA REVOLUÇÕES

Por essas e outras razões afirmo que os postulados de Pareto são falaciosos e que todos os axiomas subsequentes a ele serão incorretos. Esse é o caso do **MITO NÚMERO 25, o mito de que Nicolau II era incompetente.**

Notemos, a seguir, alguns dados concretos.

A Rússia, sob Nicolau II, estava passando por um período sem precedentes de prosperidade material. Entre 1894-1914 sua economia teve o maior crescimento do mundo, proporcionando riqueza social e bem-estar para a população. Durante os anos de 1894 a 1914, o orçamento do Estado aumentou em 5,5 vezes, reservas de ouro 3,7 vezes. A moeda russa era uma das mais fortes do mundo. Neste caso, as receitas do governo cresceram sem qualquer aumento da carga fiscal. O aumento da produção de grãos foi de 78%. A produção de carvão aumentou em 325%, a de cobre em 375%, minério de ferro em 250% e óleo em 65%. O crescimento das ferrovias ascendeu a 103% e da frota mercante em 39%. O crescimento global da economia russa, mesmo nos anos difíceis da Primeira Guerra Mundial, foi de 21,5%.

De 1894 até 1914, o orçamento da educação nacional aumentou em 628%, o aumento no número de escolas superiores foi de 180%, escolas médias em 227%, escolas para meninas em 420% e escolas públicas em 96%[105].

No período de 1880 a 1913, o ritmo de crescimento da produção industrial era o mais alto do mundo e representava uma média de 9% ao ano[106].

Do início do século XX até 1909, a produção de locomotivas cresceu 24,6% e a produção de vagões até 1913 cresceu 220,7%.

No geral, as estatísticas mostram que no período de 1909 a 1913 houve um aumento considerável no valor dos fundos industriais. Em edifícios, o crescimento foi de 31,9% e em equipamentos foi de 28,9%. A produção de produtos petrolíferos aumentou 4,9%, de ferro fundido, 61,4%, de aço 57,0% e 51,4% de laminados.

No setor agrícola, o crescimento mais rápido foi nos Urais, onde os equipamentos e implementos agrícolas foram em média 25% maiores do que no resto da Europa. Do início do século até 1910 as receitas com a produção de grãos aumentou em 86% e na produção de gado 108%.

No que diz respeito à situação da agricultura, a coleção total de cereais (trigo, centeio, cevada, aveia, milho, painço, trigo mourisco, ervilhas, lentilhas,

---

[105] МУЛТАТУЛИ, Петр Валентинович. Мифы и правда о российском императоре Николае II. Екатеринбург: Изд-во Храма-Памятника на Крови во Имя Всех Святых, 2011.
[MULTATULI, Piotr Valentinovich. *Mitos e verdades sobre o Imperador russo e Nicolau II.* Ecaterimburgo: Editora do Templo-Monumento ao Sangue em Nome de Todos os Santos, 2011].

[106] ТИМОШИНА,Татьяна Михайловна; Экономическая история России: Учебное пособие. Москва: ЗАО Юстицинформ, 2009.
[TIMOSHINA, Tatiana Mikhailovna. *História econômica da Rússia.* Livro didático. Moscou: ZAO Yusticinform, 2009].

feijões, soletrado) de 1909 a 1913 teve um aumento de 13,7%. E durante os anos de 1905-1914, a Rússia foi responsável por 20,4% da safra mundial de trigo, 51,5% de centeio, cevada 31,3% e 23,8% de aveia. A produção de açúcar teve um aumento, entre 1909 e 1913, de 6,7% e açúcar refinado de 86,4%. O aumento com relação a máquinas e equipamentos agrícolas foi de 17,9%[107]. Devido às grandes obras de irrigação no Turquestão, a colheita de algodão em 1913, aumentou em 388%, abrangendo todas as necessidades da indústria têxtil russa.

No período entre 1890 e 1913, a indústria russa quadruplicou a sua produtividade e os bens cobertos por ela eram quase 4/5 da demanda interna por artigos manufaturados. Quatro anos antes da Primeira Guerra Mundial, o número de sociedades anônimas recém-fundadas aumentou em 132%, enquanto o capital investido neles quase quadruplicou.

De 1850 a 1913, os salários reais dos agricultores aumentou 3,8 vezes e os dos trabalhadores industriais em 1,4 vezes. Na Rússia europeia, de 1865 a 1913, o número de depositantes aumentaram em 159 vezes. Em 1909 a 1913, o número de clientes dos bancos aumentou para 33%. Em 1913, o número de trabalhadores com contas bancárias atingiu 7,6 milhões, entre eles as mulheres representavam cerca de 43% e os homens 57%[108].

O Império Russo era o líder na produção e processamento de petróleo, foi o maior fornecedor desse produto para o mercado mundial. Isso foi facilitado pelo fato dessa matéria-prima ser de 4 a 5 vezes mais barata do que o petróleo americano[109].

Dessa forma, podemos concluir que, com a preservação das tendências de desenvolvimento que existiam nos anos de 1900 a 1914, inevitavelmente em 20 a 30 anos a Rússia conquistaria a primazia na Europa. O economista francês, Terry, escreveu: "Nenhuma das nações europeias não alcançou os mesmos resultados". O professor da Universidade de Edimburgo, Charles Sarolea, escreveu em seu artigo "A verdade sobre os czares":

> Um dos ataques mais frequentes contra a monarquia russa foi à afirmação de que era reacionário e obscurantista, que era o inimigo do iluminismo e do progresso. Na verdade, ele foi, com toda certeza, o governo mais progressista na Europa ... em visita a Rússia em 1909, eu esperava encontrar em toda parte vestígios do sofrimento depois da guerra japonês e dos tumultos de 1905. Em vez disso, eu vi

---

[107] MIRONOV, Boris Nikolaevich, *op. cit.*

[108] *Idem.*

[109] КУНГУРОВ, Алексей Анатольевич; Как делать революцию. Москва: Самиздат, 2011. [KUNGUROV, Alexey Anatolyevich. *Como fazer uma revolução*. Moscou: Samizdat, 2011].

uma recuperação maravilhosa, a reforma agrária ... um salto industrial gigante e crescente, o fluxo de capitais para o país, e assim por diante[110].

Estes dados reais induzem qualquer leitor de mente aberta a concluir que, durante o reinado do Imperador Nicolau II, a Rússia alcançou um alto grau de bem-estar. Além disso, mesmo na primeira Guerra Mundial, o que exigiu enorme esforço de forças populares e é acompanhado por grandes perdas no exército, não impediu o desenvolvimento progressivo do poder econômico do Estado russo. Uma política fiscal prudente e comedida tornou possível salvar o Tesouro do Estado e as reservas de meio bilhão de ouro, que garantiram a estabilidade do rublo, não só dentro do Império, mas também no mercado internacional de câmbio. E este, por sua vez, permitiu fazer encomendas multimilionárias de suprimentos no exterior para o exército e, ao mesmo tempo, foi um grande estímulo para o desenvolvimento da indústria nacional, mesmo nos difíceis anos de guerra.

Agora é ridículo falar sobre algumas "conquistas da revolução" e "os ganhos de outubro." A abdicação do Imperador Nicolau II foi a maior tragédia na história da Rússia desde mil anos. Essa fatalidade terminou com a propagação dos ideais totalitários da Internacional Socialista, o colapso do Exército Imperial russo, o vergonhoso tratado de Brest-Litovsk, o sem paralelo crime de regicídio, a escravidão de milhões de pessoas e a destruição do maior Império continuo do mundo[111].

2.1.6 O mito malthusiano da revolução

Para os neomalthusianos, o intenso crescimento populacional seria o responsável pelo avanço da fome, da pobreza e subdesenvolvimento de um país. Segundo eles, uma população numerosa seria um obstáculo ao desenvolvimento e levaria ao esgotamento dos recursos naturais, ao desemprego e à pobreza. Por muito tempo foi propagandeado no Brasil a crença de que se o crescimento da população diminuísse, seríamos um país rico e próspero. Mas atualmente essa teoria tem perdido crédito e só são defendidas por uma minoria de ecossocialistas. Por isso o **MITO NÚMERO 26, o mito de que a revolução foi causada por uma crise demográfica**, que não é conhecido no Brasil. Na Rússia, pouquíssimos pensadores, como é o caso de S. A. Nefedov, aderem à interpretação de Malthus. Mas, embora pouco divulgado, esse mito existe e merece ser desvendado.

---

[110] TIMOSHINA, Tatiana Mikhailovna, *op. cit.*
[111] BRAZOL, Boris Lvovich, *op. cit.*

Primeiramente, esclarece-se o leitor acerca da falácia contida na premissa de que o mundo está superpovoado. Ao redor do globo, há enormes espaços de terra totalmente desabitados. Canadá, Austrália, África, Rússia, EUA e Brasil possuem uma inacreditável quantidade de espaços abertos e não povoados. No Brasil, apenas 0,2% do território está ocupado por cidades e infraestrutura. Com efeito, toda a população do planeta caberia confortavelmente no estado americano do Texas. E se toda ela fosse para o estado do Amazonas, a densidade populacional seria equivalente à da cidade de Curitiba.

O segundo equívoco dos neomalthusianos é que o crescimento da população não gera pobreza. Aqueles que se preocupam com uma superpopulação tendem a ver os seres humanos como nada mais do que meros consumidores de recursos. A lógica é simples: os recursos são finitos; os seres humanos consomem recursos,. logo, menos seres humanos significa mais recursos disponíveis. Esse é o cerne de todas as ideias contrárias à expansão populacional. Porém, o erro desse silogismo está no fato de os seres humanos não serem apenas consumidores. Cada consumidor é também um produtor. Por exemplo, eu só consigo almoçar (consumir) porque produzi (trabalhei) e alguém me remunerou por isso. E foi justamente essa nossa contínua produção o que aprimorou sobremaneira o nosso padrão de vida desde o nosso surgimento até a época atual. Todos os luxos que usufruímos, todas as grandes invenções que melhoraram nossas vidas, todas as modernas conveniências que nos atendem, e todos os tipos de lazer que nos fazem relaxar foram produzidas por uma mente humana.

O terceiro erro dos neomalthusianos é que a queda da natalidade não gera riquezas, mas é algo alarmante e causaria o colapso do sistema de seguridade social, pois uma população declinante simplesmente não terá mão de obra jovem para pagar a aposentadoria dos idosos. Também não podemos esquecer que se as gerações mais jovens estarão em número reduzido, a força de trabalho vai declinando e, por conseguinte, toda a produção. Se a força de trabalho encolhe, máquinas e equipamentos deixam de receber manutenção, começam a se deteriorar-se e caem em desuso. Fábricas são abandonadas, empreendimentos imobiliários não são vendidos e os imóveis ficam desocupados. Tudo isso resulta em menos crescimento econômico, menos criação de riqueza, e menos prosperidade para todos. Menos pessoas significa menos atividade econômica[112].

Quando comparada a casos reais, a teoria neomalthusiana faz ainda menos sentido. Um exemplo disso é Cingapura, embora seja o país mais populoso do mundo, com densidade demográfica de 7.664 hab/km², é uma nação próspe-

---

[112] WILLIAMS, Walter Edward; ALBRIGHT Logan. "O mundo está superpovoado? Não. E isso será ruim para o futuro". *Portal Instituto Ludwig Von Mises Brasil*. 16/05/2014. Disponível em: <http://www.mises.org.br/Article.aspx?id=1861>. Acesso em: 19 de jan. de 2017.

ra e rica, já países como a Etiópia, com uma densidade demográfica de 75 hab/ km², é um país pobre e com baixo nível de vida. É claro que existem países pouco povoados e ricos, como é o caso do Canadá e da Austrália, mas isso só prova ainda mais que prosperidade e demografia são aspectos independentes.

Voltando ao mito em questão, a revolução não foi causada por uma explosão demográfica. Se atualmente a Rússia é o país mais desabitado do mundo, imaginemos na época. Hoje, a Rússia tem a densidade demográfica de 8,2hab/ km², algo inexpressível comparada à japonesa, de 336,8hab/km² ou mesmo a do Brasil, com suas florestas e pantanais, que é de 23,8 hab/km².

E, finalmente, o argumento irrefutável, o de que a produção de grãos no Império Russo estava crescendo ainda mais rápido do que a população[113].

---

[113] MIRONOV, Boris Nikolaevich, *op. cit.*

ОПЕРАЦИЯ ГРАНДИОЗ. II

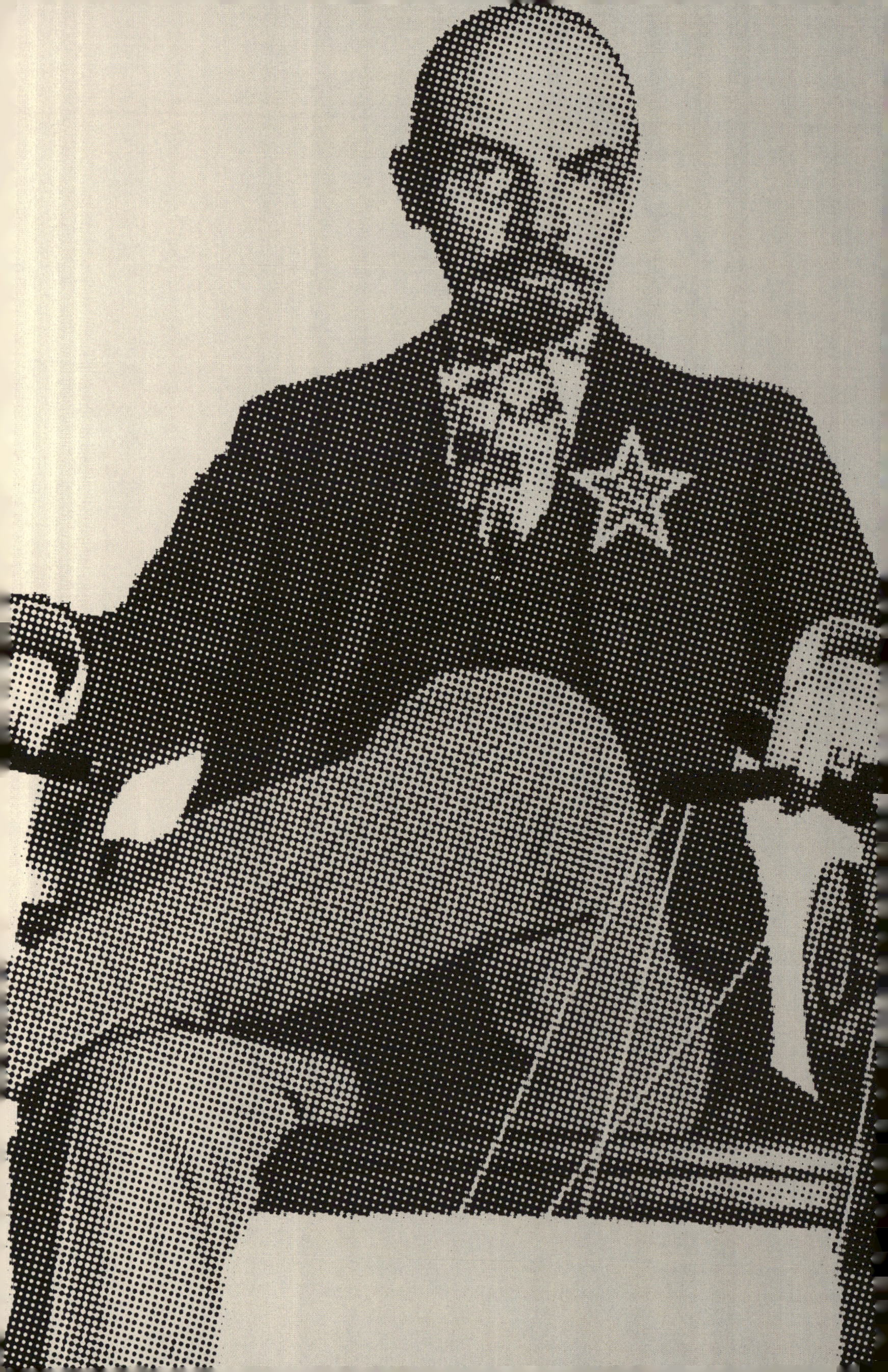

3. Mito de que o luxo gera revoluções

3.1 Beleza não é luxo. É uma necessidade

Muitos absurdos têm sido ditos e escritos ao respeito do luxo. Tem sido posta a objeção de que é injusto que alguns gozem da enorme abundância, enquanto outros estão na penúria. Porém, poucos conseguem perceber que o luxo de hoje é a necessidade de amanhã. Cada avanço surge primeiro como um luxo de poucos ricos, para, então, tornar-se uma necessidade julgada como indispensável por todos. O consumo de luxo dá à indústria o estímulo para descobrir e introduzir novas coisas. É um dos fatores dinâmicos da nossa economia. A ele devemos as progressivas inovações, por meio das quais o padrão de vida de todos os estratos da população se tem elevado gradativamente. Uma inovação industrial começa como extravagâncias de uma pequena elite; porém, com o tempo, torna-se uma necessidade até que, no final, transforma-se em um item massificado e indispensável a todos. Aquilo que antes era apenas um bem supérfluo de luxo passa a ser, com o tempo, uma necessidade.

Um dos efeitos benéficos da desigualdade da riqueza existente em nossa ordem social é que ela estimula vários indivíduos a produzirem o máximo que conseguirem para tentar ascender ao padrão de vida dos mais ricos. Essa foi uma das principais forças-motrizes que fez com que a humanidade enriquecesse[114].

....

[114] Instituto Ludwig Von Mises Brasil. *Atacar o luxo é atacar o futuro padrão de vida dos mais pobres*. Disponível em:<http://www.mises.org.br/Article.aspx?id=2116>. Acesso em: 6 mar. 2017.

MITO 27

Infelizmente, poucos se deram ao trabalho de examinar o luxo de forma racional e, infelizmente, sentimentos baixos, como a inveja, criaram uma pseudociência que dificultaram em muito o estudo da História. É desse mal que surge o **MITO NÚMERO 27, o mito de que o luxo gera revoluções.**

Em uma análise econômica e científica, podemos constatar que a parcela dos gastos públicos destinada com artigos de luxo era insignificante quando comparada ao montante total da receita de um país. Também não devemos esquecer que a beleza e sofisticação dos palácios não tinham como propósito o prazer e o conforto do rei, mas sim mostrar a credibilidade e a solvência do Império para os visitantes estrangeiros. No caso da Rússia não poderia ser diferente, seria no mínimo estranho o soberano de um Império que dominava metade da Europa, 1/3 da Ásia e 1/9 da área terrestre do mundo, morar em uma cabana. Por isso, o tzar tinha uma série de protocolos sociais, nem sempre agradáveis, como é o caso da cerimônia de casamento de Nicolau II e Alexandra Feodorovna. Na ocasião, o vestido era tão pesado que a noiva, depois de se ajoelhar, não conseguia mais subir sozinha e o Imperador teve que pegá-la pelo braço e ajudar a se levantar. Em suas memórias, o Imperador relata um de seus comentários para com sua esposa (1894): "Eu mal posso esperar o momento em que você possa se livrar deste vestido estúpido". Após a cerimônia de casamento, na hora do jantar, a noiva tinha as orelhas tão doloridas, por causa do peso dos brincos, que no meio do banquete teve que tirá-los. Após o jantar, a Imperatriz tinha uma grande tiara de diamantes e pérolas e um vestido de baile branco, decorado com bordados de ouro. A governanta teve de ajudá-la a despir-se. A cabeça da Imperatriz doía, e o peso do vestido de casamento sobre os ombros causaram hematomas.

Apesar disso e do cansaço, os noivos não ganharam nenhum benefício pessoal com seus esforços, ao contrário das crenças populares, os reis não possuem as joias que ostentam nas cerimônias. Portanto, logo após a noiva se despir, todas as joias que adornavam o casal foram devolvidas para a Sala de Diamantes do Palácio de Inverno.

quedo mesmo modo que os reis não eram donos de suas joias, também não eram donos de seus palácios. Não poderiam vendê-los ou alugá-los, só possuíam o usufruto desse imóvel, assim como, por exemplo, o presidente em relação ao Palácio da Alvorada ou a Casa Branca.

O primeiro a organizar o armazenamento dos tesouros nacionais foi Pedro I, e m dezembro 1719, sendo armazenados em um cofre de três fechaduras com acesso restrito. Apenas três funcionários tinham acesso a essas joias: o Presidente da Câmara, o Conselheiro do Rei e o Tesoureiro, cada um tinha uma chave. Naturalmente, para abrir o cofre era necessária a presença simultânea dos três oficiais. Portanto, o Imperador não tinha acesso às joias e nem poderia usá-las sem autorização dos três oficiais[115].

3.1.1 O mito de que os monarcas são mais onerosos do que os presidentes

Também existem impressões equivocadas em relação às festas na corte, que, por incrível que pareça, leva muitos estudiosos a crerem que esse tipo de evento pode desequilibrar a economia de uma nação.

No entanto, podemos ter exemplos recentes de que as festas são totalmente inofensivas para os governantes. Segundo o jornal *O Globo*, no Brasil, entre 2007 e 2010 foram desembolsados R$ 144,6 milhões em festas. Posteriormente, no primeiro mandato do governo Dilma, foram gastos R$ 302,7 milhões. Somente para uma festa, a comemoração do ano "Brasil em Portugal", foi desembolsado R$ 1 milhão[116]. Esses gastos inúteis, de forma alguma incomodaram o povo, muito pelo contrário, os últimos três presidentes, que exageraram em gastos com festas, foram reeleitos. Também podemos afirmar que os *"Os bailes cintilantes de cristais e pratarias"* não são um agravante para a reputação de um governante. Segundo revelou a colunista Mônica Bergamo, da *Folha de São Paulo*, em 2016, foram adquiridos, para cozinha do Planalto, itens de prata que somam R$ 215 mil. As compras incluem 22 recipientes para conservar a temperatura dos alimentos, com valor orçado superior a R$ 4.300 cada peça, 10 colheres de servir com valor unitário de R$ 303. Além disso, a compra ainda inclui cinco espátulas de R$ 1,166, preço individual. A presidente que investiu nos já citados cristais e pratarias cintilantes também foi reeleita.

Os exemplos anteriores nos levam a pensar que é enganoso supor que os monarcas são mais onerosos do que os presidentes. Muitos dos preconceitos em relação à monarquia são frutos não apenas das correntes positivistas, mas também de exageros e ficções da mídia. Frequentemente, nos cinemas e novelas, os reis são figuras caricatas, frívolas, esbanjadoras e egoístas. Por isso, muitas pessoas acreditam que matar ou depor um rei é uma maneira legítima de regular os gastos públicos. Isso é um erro, não só do ponto de vista ético e hu-

---

[115] ЗИМИН, Игорь Викторович; Царские деньги. Доходы и расходы Дома Романовых. Повседневнаяжизнь. Москва: Центрполиграф, 2011.
[ZIMIN, Igor Viktorovich]. *O dinheiro tzarista. Receitas e despesas da casa dos Romanov*. Vida cotidiana. Moscou: Tsentrpoligraf, 2011].
[116] CASADO, José. "Dilma custa ao Brasil o dobro de Elizabeth II ao Reino Unido". *Jornal O Globo*, Rio de Janeiro, 18/10/2015. Disponível em: http://oglobo.globo.com/brasil/dilma-custa-ao-brasil-dobro-de-elizabeth-ii-ao-reino-unido-17807156..Acesso em: 2 maio 2017.

manitário, mas também do econômico, pois os presidentes gastam mais do que os monarcas.

A seleção de governantes por meio de eleições populares torna praticamente impossível que uma pessoa inofensiva chegue ao topo. Alguns governantes conseguem conquistar suas posições por causa de sua eficiência em serem demagogos moralmente desinibidos. Assim, a democracia muitas vezes garante que alguns homens perigosos cheguem ao poder.

Em particular, a república promove um aumento imprudente em taxas sociais, isso resulta em gastos e impostos continuamente crescentes, inflação do papel-moeda e um aumento regular da dívida pública. Como os governos republicanos têm como prioridade apenas um mandato de quatro anos, eles nunca promovem políticas de desenvolvimento a longo prazo e nem se preocupam em criar dívidas ou déficits.

O processo eleitoral também é algo problemático, não só pelos gastos milionários desperdiçados em campanhas políticas, mas pelos compromissos escusos que os candidatos prometem aos doadores de recursos de suas campanhas e lobistas. Frequentemente, isenções de impostos, empréstimos, contratos sem licitações e subsídios são mais custosos à economia do que qualquer capricho aristocrático.

Esses estadistas não possuem cortesões, no entanto, proveem algumas ONGs, mal-intencionadas, que formam fileiras de aduladores muito mais numerosos e caros. A grande maioria dessas organizações nunca teve qualquer utilidade social, são criadas apenas para fazer panfletagem, atormentar os inimigos políticos de seus patrocinadores, desunir as massas, criar comoção e defender obras e gastos inúteis do governo.

Na monarquia os soberanos pensam em seus descendentes e não em um curto mandado, o que o inibe de fazer dívidas. Eles possuem estabilidade, o que os isenta de fazer conchavos e prometer benefícios e cargos públicos em troca de segurança. Quanto a isso, um poder moderador pode controlar o modo despótico com que os políticos controlam seus próprios salários, cartões corporativos e benefícios arbitrários.

Outro ponto, que não devemos ignorar, são os gastos com ex-presidentes. Na república são muitas as famílias a sustentar. Um levantamento feito em 1992 pelo jornal *Miami Herald* mostrou que, naquele ano, os Estados Unidos tiveram um gasto de mais de US$ 20 milhões em pensões de seus ex-presidentes ou suas viúvas, sem contar o gasto com a proteção oferecida pelo Serviço Secreto, estimada na época em US$ 18,5 milhões. No Brasil não é diferente. Nossos ex-presidentes gastam em média R$ 3 milhões por ano dos cofres públicos. Eles têm direito legal a empregar oito servidores às custas do erário, além de dois carros oficiais com motoristas.

O resultado de todas essas irracionalidades pode ser facilmente constatado.

Conforme foi possível observar, os presidentes contemporâneos são muito mais custosos do que a atual rainha da Inglaterra e o rei da Suécia. Também foi possível calcular o salário convertido e atualizado de Nicolau II. Esse dado nos leva a concluir que não haviam exagero de gastos durante o governo de Nicolau II.

3.1.2 O mito do monarca perdulário

Após a Revolução de Fevereiro, uma das primeiras tarefas do Governo Provisório foi desacreditar a Família Imperial. Para isso era preciso convencer as pessoas de suas extravagâncias e de seu luxo. Deste então, muitas especulações têm sido feitas a esse respeito, um exemplo disso foi o portal *US Selebrity Net Worth*, que sem nenhum registro documental avaliou a fortuna do Imperador em US$ 300 bilhões e o colocou como a quinta pessoa mais rica do milênio.

Na verdade, com base em fontes documentais, em 1° de maio de 1917 os Romanov possuíam, em títulos remunerados, 12.110,600 rublos, em contas correntes 358 128 e em dinheiro 3083 rublos. Somando um total: 12.471,811 rublos. O que equivale a 1,13 milhão de dólares.

Existem muitos boatos afirmando que o Imperador tinha contas clandestinas no exterior. No entanto, podemos notar que o modo de vida dos sobreviventes Romanovs não deu motivos para falar sobre qualquer riqueza colossal que conseguiu manter no exterior. A filha de Alexander III, a Grã-Duquesa Xenia e Olga, viveu no exílio de modo bastante modesto. A Imperatriz Maria Feodorovna teve uma vida simples na Dinamarca, o que nos leva a pensar que se realmente houvesse uma fortuna, em contas no exterior, com certeza seus parentes mais próximos não iriam ignorá-la[117].

O tema da fortuna dos reis sempre atraiu a atenção de historiadores ocidentais. A investigação mais minuciosa foi conduzida pelo financista britânico e historiador William Clarke. Em Seu livro *The Lost Fortune of the Tsars* (1994) que se tornou um *bestseller*. Depois de pesquisar em diferentes países e arquivos de vários bancos, Clarke não encontrou quaisquer contas de ouro ou títulos, mas encontrou o oposto. Descobriu que ao subir ao trono em 1894, uma parcela significativa do dinheiro pessoal da família Romanov armazenada no Banco da Inglaterra foi transferida de volta para a Rússia. Naquela época não era fácil tal transação bancária, o processo durou vários anos e terminou em 1900.

Em 26 de fevereiro de 1929, foi convocada uma Comissão de ex-funcionários e associados da Família Real para investigar possíveis patrimônios dos

---

[117] ZIMIN, Igor Viktorovich, *op. cit.*

Romanov no exterior. Essa comissão, a partir de dados coletados, obteve como veredito inequívoco: "O Imperador e sua esposa não tinham ativos no exterior, mas as filhas do Imperador tinham cerca de um milhão de marcos cada uma, no banco Mendelssohn, em Berlim. O ex-assessor do Ministro das Relações Exteriores Boris Nolde salientou que, na Primeira Guerra Mundial, estes valores foram confiscados, e, posteriormente, como não foram reclamados, foram submetidos a todos os efeitos da inflação e em 1938 se transformaram em uma quantia ínfima. A soma foi realmente ridícula: menos de 25 mil libras. Dividido entre todos os herdeiros, estes fundos não representavam qualquer coisa. A Grã-duquesa Xenia Alexandrovna nem sequer quis sua parte[118].

No que se refere aos ativos totais (terras, minas, imóveis, comércios, empresas, ações etc.) de Nicolau II, em 1914 atingiu 100 milhões de rublos, algo em torno de 12,5 bilhões[119] de dólares atuais. Uma fortuna adquirida durante séculos que não faz nem sombra diante daquela de empresários como Mark Zuckerberg (criador do Facebook), com US$ 56 bilhões, ou Bill Gates, criador da Microsoft, com US$ 86 bilhões.

Nicolau II recebia uma dotação anual do orçamento do Estado para de cerca de 11 milhões de rublos, algo que, como vimos no último gráfico, era pouco, quanto comparado aos orçamentos de presidentes como Dilma e Obama. Somando esse valor com o provento de seus ativos pessoais, temos um montante igual a 20 milhões de rublos. O dinheiro é enorme, mas não para o tzar russo, pois a sua posição também lhe atribuía muitas despesas.

Dois milhões por ano gasto em apoio à arte russa. Assim, a Academia de Belas Artes, embora financiada pelo Tesouro, precisava de mais recursos. Os membros da Família Imperial, incluindo seus administradores, apoiavam financeiramente muitos artistas. Artistas russos, com grande sucesso em Paris, só retornaram à Rússia por causa do patrocínio imperial. Vale ressaltar que foram gastas grandes que grande quantidade de dinheiro foi gasto com pinturas, outras obras de arte e livros raros.

As principais contribuições foram em caridade. A sociedade da Cruz Vermelha encerraria suas atividades, mas com a doação de 150 mil rublos continuou em funcionamento. A Imperatriz Maria Feodorovna também patrocinou muitas Instituições médicas, construção de asilos, da escola Tretyakov Arnold para surdos, várias instituições de ensino, sociedades artísticas e prestava ajuda aos pobres.

---

[118] Будницкий, Олег Витальевич. Царское наследство. Знание-сила, Москва, издательства «Знание-сила», 2002, n. 7. (901), p. 37-38,
[Budnitsky, Oleg Vitalievich. *Herança real. Conhecimento é poder*. Moscou, ed. "Conhecimento é poder", 2002, n. 7. (901), p. 37-38].
[119] Destes 1890 até 1910, o rublo equivalia à metade do dólar. Em 1910, o dólar valeria 25,00 dólares modernos.

3. MITO DE QUE O LUXO GERA REVOLUÇÕES

Nos vinte anos do reinado de Nicolau II, foram construídas mais de 10.000 igrejas ortodoxas e 250 mosteiros, muitas com os fundos pessoais do Império.

Durante a Primeira Guerra Mundial, foram doados 200 milhões de rublos para as necessidades dos feridos, os deficientes e suas famílias, para a manutenção de hospitais e várias instituições de caridade.

Nicolau II acompanhava atentamente a sua própria saúde e era um excelente atleta, ele apoiou o desenvolvimento dos esportes na Rússia. Em 1911, alocou, de seu próprio dinheiro, 5000 rublos para a "Sociedade heroica de Educação Física".

Também era necessário separar recursos para presentes e gratificações. Em primeiro lugar, foram inúmeros presentes e gratificações para seus empregados e pessoas de seu convívio. Ele também dava dinheiro para o funeral dos parentes de seus servos, as viúvas de funcionários falecidos, pagava os custos de tratamentos médicos e de transporte para suas viagens.

Assim, as doações de Nicolau II ocuparam um lugar significativo no seu governo. No entanto, a própria nomenclatura das doações é definida como uma forte tradição "do que é necessário sacrificar" das suas predileções pessoais. Por exemplo, Nicolau II assumiu as ofertas tradicionais de Alexander III para as árvores de Natal para as crianças pobres (1903 - 300 rublos; 1913-1000 rublos).

Também não podemos esquecer que os tzares, em suas viagens para o exterior, não contavam com sigilosos cartões corporativos, pois tinham que dar conta de todos os seus gastos. Um exemplo divertido disso é o episódio descrito por A. A. Vyrubov, quando Nicolau II reclama para Vyrubov que ele está ansioso para comprar meias coloridas para seu traje de tênis.

Quando a companheira espantada perguntou:, "qual é o problema?", o Imperador respondeu que, assim que ele reflete sobre quantas pessoas estarão envolvidas em torno desta compra insignificante, levantou as sobrancelhas, encolheu os ombros e então imediatamente perdeu todo o desejo da compra. Segundo ele, era necessário um mínimo de dez pessoas para aprovar a compra das novas meias de tênis. Quando Vyrubov, no dia seguinte, deu-lhe as cobiçadas meias coloridas, que ela comprou na loja, o rei ficou muito feliz.

Também devemos salientar que o Imperador não possuía carruagens tão pomposas, como as descritas em alguns livros, mas gostava de carros e chegou a ter 10 veículos. O que não é muito para um chefe de Estado, principalmente se considerarmos que atualmente é fornecido 8 carros para os presidentes e 2 carros para os cinco ex-presidentes[120].

Muito se tem escrito sobre o luxo e opulência da vida dos Romanov. De fato, a corte era deslumbrante, mas o esplendor não chegava aos aposentos dos filhos do Imperador. No Palácio de Inverno, em Czarskoe Selo, Gatchina e Pe-

---

[120] ZIMIN, Igor Viktorovich, *op. cit.*

terhof, foi possível visitar esta área até 1922 e constatou-se que as crianças dormiam em camas removíveis com almofadas duras e colchões finos. O chão era coberto com um carpete modesto e não existiam cadeiras nem sofás, sendo que a única mobília da divisão eram alguns bancos, pequenas mesas e estantes em que se guardavam livros e brinquedos.

3.1.3 O mito do presidente do povo

Muito da aversão e desconfiança das pessoas em relação aos monarcas se deve a sua origem abastada. De um modo geral, as pessoas acham que o cargo mais alto do governo deveria ser exercido por uma pessoa do povo e não por um membro da elite. E é de senso comum que o melhor representante do povo seria um presidente. Afinal, qualquer um com muito carisma e um belo sorriso poderia ser um presidente. Mas o que seria esse carisma? Podemos ter a resposta a essa pergunta na entrevista de Joseph Kennedy (1888-1969), pai de John Kennedy (1917-1963). Nela o repórter pergunta:

— Como você conseguiu criar um filho tão maravilhoso! – O quê?! –Gritou velho Joseph. – Sim com todo o meu dinheiro eu poderia eleger como presidente o hipopótamo do zoológico!

John F. Kennedy sempre procurou esconder a riqueza de sua família, mas em 1960 foi para a Casa Branca e se tornou o presidente, cuja fortuna pessoal era de pelo menos US$ 400 milhões. E o capital da sua família era muito mais do que um bilhão.

Atualmente, o presidente dos EUA é eleito pelo preço de US$ 500 milhões. E este é apenas os custos diretos de sua campanha. Assim sendo, isso é uma democracia ou uma plutocracia?

Os presidentes podem ter, é claro, o intelecto de Kennedy, a sabedoria de Roosevelt e talvez a falta de escrúpulos de Truman. Mas a questão é apenas uma: quanto dinheiro eles podem dispor em suas campanhas eleitorais? Talvez por essa questão, os Estados Unidos é um país governado por oligarcas. São apenas os milionários que são nomeados ou nomeiam os seus fantoches no Congresso e no Senado. Infelizmente, a plutocracia parece ter se tornado parte inseparável da democracia[121].

---

[121] МЕДИНСКИЙ, Владимир Ростиславович; О русском рабстве, грязи и «тюрьме народов». Москва: Олма, 2008.

3.1.4 O mito de que os ovos de Fabergé causaram a revolução

Como já vimos, o luxo não causa danos à economia, muito pelo contrário, em muitos casos traz até lucros. Segundo a *BBC Brasil*, a Família Real britânica gera 500 milhões de libras (ou cerca de R$ 2,9 bilhões) com turismo. Mas por que, mesmo assim, tem-se repetido por séculos que o luxo gera revoluções? Na verdade esse mito foi criado para esconder as verdadeiras causas dos déficits nos Impérios, a saber, a guerra.

A guerra é a forma mais eficiente de privatizar o dinheiro público, é a grande causadora da dívida pública e de todas as crises decorrentes dessa. E como os barões da guerra também são proprietários de boa parte da mídia, é fácil transmitir os mito sobre o luxo como uma verdade e mais fácil ainda introduzi-lo como fato histórico em nosso sistema de ensino. Infelizmente, esse é o caso, por exemplo, do caderno do aluno, adotado pelo Estado de São Paulo. Nele o autor propõem uma pesquisa *"sobre as relações entre a Revolução Russa e o luxo da corte dos Romanov"* e sugere *"procurar informações sobre ovos de Fabergé"*. O autor também manda imprimir imagens desses ovos. Isso proporciona um toque bem sentimental, comovente e invejoso, para um assunto que deveria ser objetivo, pragmático, racional e científico. O que é bem peculiar de certos autores que procuram deixar seus livros "divertidos" por meio de explosões emotivas, discursos apaixonados e antagonismos. Muitas vezes nessas obras sentimentos baixos, como a inveja, são encarados como luta de classe ou atitude política. Sentimentos mesquinhos ao ponto de conceber que foram os ovos de Fabergé os causadores da revolução russa.

Realizando o exercício proposto, pelo já citado caderno, só que me utilizando de uma análise crítica e um pouco de atividade cerebral, descobri que os ovos de Fabergé custavam em torno de dois a quatro mil dólares e que o mais caro foi o Ovo de Inverno de 1913, que custou 25,000 rublos, o que atualmente equivale a US$ 12,500. Ou seja, os ovos mais baratos tinham o preço de um televisor de última geração e o mais caro tinha o preço de um carro popular. Portanto, afirmar que ovos de Fabergé causaram a revolução é o mesmo que dizer que o Brasil pode ter uma revolução porque o presidente Temer comprou uma TV 3D ou um Gol 1.0. Também podemos notar esses absurdos quando se trata da revolução francesa. Em vez de culpar a evasão fiscal, a inflação induzida e os problemas da dívida nacional alguns estudiosos colocam como causa da revolução as festinhas de Versalhes e os chapéus da rainha como causas da revolução.

Não é a toa que a História exalta tanto os reis guerreiros, que são ovacionados como monarcas fortes e decididos e trata os pacifistas como fracos e inde-

....
[MEDINSKY, Vladimir Rostislavovich. *Sobre a escravidão russa, a sujeira e a "prisão dos povos"*. Moscou: Olma, 2008].

cisos. A guerra é a forma mais eficiente de tornar privado o que é público. Não eram apenas os grandes banqueiros, como John Law (1671-1729), que se deleitavam com os dispendiosos gastos de guerra. Qualquer um que tivesse poucos escrúpulos e muito espírito empreendedor poderia enriquecer. Como era o caso de Chatelain, um noviço de um convento que, por meio de uma empreiteira militar, criou para si uma empresa de abastecimento de grãos para o exército e acumulou uma fortuna de mais de 10 milhões de libras. Samuel Bernard (1651-1739), o banqueiro que alcançou 30 milhões e Bouret fornecedor de produtos militares que reuniu 40 milhões enquanto os irmãos Montmartel possuíam 100 milhões de libras. Mas essas mesmas batalhas que acumularam tantos heróis e milionários foram a ruína da França. Após a Guerra de Sucessão Austríaca e imediatamente depois da Guerra dos Sete Anos, em 1763, a dívida nacional francesa era de 2,324 bilhões de libras, ou 7,3 vezes a receita anual, com pagamentos de juros no montante de 160 milhões de libras por ano, que era quase metade do orçamento anual do país. E com o posterior ingresso na Guerra de Independência dos EUA a situação só veio a piorar. Para pagar suas pendências o governo precisou emitir mais moeda, gerando inflação e prejudicando mais as pessoas comuns, que não podem mais arcar com produtos de primeira necessidade, que antes eram oferecidos com facilidade, pois os salários muitas vezes não estão ligados à inflação, o que gera fome e um forte mal-estar social. Por isso seria absurdo culpar a construção do palácio de Versalhes por ajudar a ocasionar uma revolução, pois só os juros anuais com guerras já excedia o valor do palácio.

Para citar mais alguns exemplos divertidos sobre como os ovos de Fabergé são peças artísticas inofensivas para um monarca, vejamos o caso da guerra do Iraque. Segundo o pentágono, os gastos armamentistas com a guerra do Iraque chegaram a 350 bilhões de dólares. Suponhamos que o presidente quisesse gastar esse dinheiro em objetos de luxo, ele poderia construir 175 palácios de Versalhes, se gostasse de algo mais exótico faria 1750 Taj Mahals, se optasse pelo colossal ergueria 70 pirâmides de Gizé, se lhe agradasse algo moderno faria 218 Brasílias e, finalmente, se quisesse algo mais clássico nada melhor que 125.000.000 de ovos de Fabergé.

Com isso, podemos perceber que só a análise crítica nos leva a verdade e que a preguiça mental, o sensacionalismo, a inveja e o preconceito nos levam a falsas premissas. Nicolau II, segundo o historiador Sergei Sergeevich Oldenburg, e muitos outros historiadores e estadistas da Rússia, afirmavam que ele não gostava de festas, dos barulhentos cerimoniais, e que isso para ele era um fardo. Ele não era como todos os demagogos que se utilizam de artifícios e toda a publicidade da mídia. Em relação ao vestuário, se valia de frugalidade e modéstia em casa. Os funcionários que estavam com ele desde os seus primeiros anos, diziam: "Suas roupas eram modestas. Ele não gostava de extravagâncias e do luxo". Mesmo após o assassinato em Jekaterinburg foi encontrado nas calças militares do rei, no interior do bolso esquerdo, uma etiqueta que marcava: "Made4 AB gust-1900", isso aconteceu em 8 de outubro de 1916.

3.1.5 O mito da "luta de classes"

Como vimos nesse capítulo, a aversão ao luxo não tem bases materiais, o que nos induz a buscar uma causa psicológica. Sendo assim, a intolerância à nobiliarquia pode ser explicada pelo seu oposto, o culto à miséria. Muitas pessoas vitimistas procuram encontrar sempre um culpado para os seus problemas. Segundo o psicólogo João Alexandre Borba, muitos estadistas se aproveitam disso e, em seus discursos políticos, afirmam que tiveram uma vida difícil, que os pais trabalharam muito para colocar a comida na mesa, que a família passou fome etc. Esse método de campanha é muito utilizado no Brasil devido ao "coitadismo" de boa parte da população. O político espera que o povo fique comovido com sua história, que se sinta mais próximo dele e, com isso, conquiste o seu voto. E essa é só mais uma forma de como essa "síndrome" é utilizada para prender a atenção e tentar conquistar a simpatia das pessoas. Por isso, muitas vezes, os governantes não são escolhidos por critérios racionais como, por exemplo, competência e honestidade, o que causa prejuízo a todos. Dentre as implicações associadas à "síndrome de coitadismo" temos o **MITO NÚMERO 28, o mito de que a luta de classes gerou a Revolução Russa.**

Segundo os marxistas, a luta de classe não só gerou a Revolução Russa, mas todas as revoluções e mudanças econômicas da História. Ou seja, a História não seria conduzida por engenhosidade, inteligência, solidariedade, cooperação, diplomacia e empatia, mas, grosso modo, pelos conflitos de interesses entre ricos e pobres. Esses mesmos autores afirmam que o interesse dos hipotéticos *opressores* e *oprimidos* são completamente antagônicos e inconciliáveis entre si. Será isso verdade? Em um exemplo real seria no mínimo estranho. Imagine o caso de empresários e proletários. Seria quimérico imaginar que uma corporação tenha o mesmo interesse de seus concorrentes e seja inimiga de seus colaboradores. Na verdade, a maior motivação de um gestor é destruir a concorrência, pagar pouco a seus fornecedores, possuir o monopólio e angariar a mão de obra mais especializada. Ou seja, os empresários odeiam outros empresários, mas gostam de funcionários competentes.

Podemos presenciar essa lógica na frase de Henry Ford: "o segredo de meu sucesso é pagar como se fosse perdulário e comprar como se estivesse quebrado". Ou seja, ele era avarento com os fornecedores, mas generoso com os funcionários, o que lhe trazia vantagens financeiras. Avesso ao conceito de que a opressão ao proletário é lucrativa, Ford pagava bem aos empregados, o dobro registrado até aquele momento em qualquer outra empresa. E foi mais além, reduziu a jornada laboral de 9 para 8 horas diárias em 5 dias de trabalho por semana. Como resultado, deteve-se a alta rotatividade de empregados, e os melhores mecânicos de Detroit foram atraídos para Ford. Desta forma os custos com treinamentos eram mínimos, e ganhava-se em mão de obra qualificada fazendo com que a produtividade ultrapassasse todos os limites conhecidos. Outra inovação foi a repartição do controle acionário da empresa com seus funcionários, ou seja, participação nos lucros. Ele acreditava que empregados satisfeitos produziam mais e melhor. Ford via vantagens em ser aliado de seus funcionários, ele afirmava: "Quando você paga bem aos seus homens, pode conversar com eles".

Como vimos não há vantagens em oprimir outras classes, mas é muito lucrativo oprimir sua própria classe, o que na linguagem dos negócios é chamado de "vencer a concorrência". É nesse momento que devemos nos perguntar quem é o oprimido e quem é o opressor? A única luta movida pelos empresários é a luta pelo monopólio. Cartéis e campanhas publicitárias são modos eficientes de oprimir outros empresários. Quando uma corporação consegue subsídios estatais está oprimindo, porque obriga todos os outros setores da indústria a pagar mais impostos para manter esse incentivo. Devemos lembrar que o governo não produz nada apenas pega de uns para dar a outros.

Se a luta entre a indústria e o proletário é algo inverossímil, a luta entre a burguesia e a nobreza agrária não seria mais verossímil. A título de exemplo, a Revolução Francesa, segundo os marxistas, foi ocasionada pela ascensão da burguesia industrial que era mais rica que a nobreza rural. Teoria que tem um pequeno "furo", se a indústria era mais lucrativa que a agricultura, o que impedia um nobre de se tornar empresário?

Na verdade, grandes propriedades de terras ajudavam os nobres a serem empresários, pois elas forneciam capital para investimentos na manufatura. Um exemplo disso é a indústria pesada, na França da década de 1780, nela, mais de 50% das empresas metalúrgicas pertencia à nobreza e mais de 9% à Igreja. Foi durante este período que a família nobre Wandel fundou a famosa fábrica de aço em Le Creusot, que em 1787 realizou a primeira fundição com coque da França. Na década de 80 começou a fabricar os primeiros motores a vapor.

Também eram os nobres e clérigos, vulgarmente tachados de conservadores, os verdadeiros inimigos do rei. O centro da oposição, chamados "partido patriótico", era composto pelo Marques Lafayette, abade EJ Sieyès, bispo Charles Maurice de Talleyrand-Périgord, o Conde Mirabeau, conselheiro do Parlamento, A. Duport e outros membros da elite culta. Um papel

3. MITO DE QUE O LUXO GERA REVOLUÇÕES

ativo na campanha de panfletagem também foi realizado pelo Duque Filipe de Orleans[122].

Em síntese, o grande problema em restringir a evolução histórica a uma luta de classe está no fato do ser humano ser muito complexo para confinar todas as suas aspirações em uma classe. A busca de identidade e singularidade é parte inerente da alma humana. Nem sempre isso é bom, visto que o individualismo pode ser extremamente nocivo. O desejo de riquezas de uns poucos indivíduos tem maior influência histórica do que os interesses de uma classe. Como veremos ao longo deste livro, uma pessoa ambiciosa é capaz de mergulhar o seu país em um "mar de sangue" em troca de uma conta na Suíça.

3.1.6 Uma nobre amizade tem grande valor

Em 1839, o duque de Leuchtenberg se casou com a filha mais velha de Nicolau I, grã-duquesa Maria Nikolaevna, e permaneceu a serviço da Rússia. Dentre os *hobbies* do jovem Duque, o predileto era praticar experimentos para a indústria eletroquímica e de mineração. No Palácio de Inverno, equipou um laboratório de experiências em galvanoplastia. O duque, com base em suas experiências, introduziu uma nova tecnologia para a produção de figuras tridimensionais e criou muitas inovações na metalurgia. Logo, seus estudos científicos geraram um projeto de negócios relacionado com a construção de uma fábrica no subúrbio de São Petersburgo. Nesta fábrica foram feitas as primeiras locomotivas a vapor russas[123]. E era assim na Rússia, a indústria estava literalmente dentro do palácio. Portanto, é difícil falar em luta de classes na Rússia, pois esse país, como muitos outros, fugia das regras engessadas da dialética marxista. O que nos leva ao **MITO NÚMERO 29, o mito de que na Rússia a burguesia queria depor a nobreza.**

Com certeza, ao se tratar da história russa, esse mito não procede, pois lá a servidão não conflitava com os interesses da manufatura, sendo que o decreto de 7 de janeiro de 1736 regulamentou o trabalho servil nas empresas[124]. E como já vimos, muitos servos não só trabalhavam, como fundavam e presidiam empresas.

---

[122] ЧУДИНОВ, Александр Викторович; Французская революция: история и мифы. Москва: Наука, 2007.
[CHUDINOV, Alexander Viktorovich. *A Revolução Francesa: História e Mitos*. Moscou: Nauka, 2007].
[123] ZIMIN, Igor Viktorovich, *op. cit*.
[124] АЛЕКСАНДРОВИЧ, Тесля Андрей; КОВАЛЬЧУК, Михаил Александрович; Земельная собственность в России: правовые и исторические аспекты XVIII - первая половина XIX вв. Монография. Хабаровск: Изд-во ДВГУПС, 2004.

Esse era o caso de E. Miron Cherepanov, servos do conhecido milionário Demidov, que mesmo sob o julgo da servidão, foram os construtores das primeiras locomotivas e estradas de ferro da Rússia.

Na Rússia, não havia luta de classes entre a burguesia e a aristocracia, porque a aristocracia, muitas vezes, também era burguesia. Esse era o caso da família Yusupov, pertencentes a uma longa linhagem aristocrática, que contava com propriedades tanto no setor agrário como industrial. Também não devemos esquecer que os nobres tinham maior facilidade em obter ações de empresas público-privadas. Esse era o caso da Russian Railways que contava como acionistas da empresa muitos altos funcionários do governo e aristocratas: Príncipe Obolensky, que se tornou vice-presidente da sociedade, o Conde Stroganov e a Princesa E. M Dolgorukaya.

Mesmo os empresários "plebeus" não possuíam nenhum recalque em fazer amizade com os nobres, muito pelo contrário, todos queriam um "amiguinho" de "sangue azul". Uma vez que as decisões sobre a atribuição de concessões eram feitas "no topo", os empresários precisavam de pessoas com conexões vitais na corte imperial para fazer *lobby* por seus interesses. A partir de então, os cortesãos começaram a vender a coisa mais valiosa que possuíam: sua influência e conexões na corte imperial.

O Grão-Duque Nikolai Nikolaevich (o Velho), irmão mais novo de Alexander II, foi o primeiro dos grandes príncipes a regatear sua influência e posição. O Grão-Duque barganhou, para ele e alguns protegidos, a concessão de minas de ouro no leste da Sibéria e outras duas minas na região de Amur. Também pressionou o Comitê de Ministros para construir uma ferrovia em favor de uma determinada pessoa em troca de 200.000 rublos.

O Príncipe Alexander I Baryatinsky ganhou 700.000 rublos para intervir na concessão e construção da ferrovia Sevastopol-Konotop. E o petróleo ainda não havia trazido enormes receitas e não era um recurso estratégico. Mas, mesmo assim, alguns dos funcionários do governo começaram a ver claramente suas vantagens. O que levou o Príncipe Gorchakov a reivindicar as regalias da extração de petróleo.

Com certeza essa aliança entre milionários e políticos prometia trazer grandes vantagens para todos aqueles que buscavam tornar privado o que é público. E todos os recursos estatais seriam saqueados se estes planos não esbarrassem em uma pessoa, o Imperador. Se os políticos e lobistas não tinham a mínima consideração com o dinheiro do povo, tudo era diferente com os tzares. Eles eram

---

[ALEXANDROVICH, Teslya Andrey; KOVALCHUK, Mikhail Alexandrovich. *Propriedade da terra na Rússia: aspectos legais e históricos do sec. VVIII – a primeira metade do século XIX*. Monografia. Khabarovsk: Editora da FVGUPS, 2004].

muito diligentes com os cofres públicos e, às vezes, chegavam até mesmo a ser avarentos como foi o caso narrado pelo então, General Nikolay Alekseevich Yepanchin, no episódio:

> Alexander III era muito frugal em gastar o dinheiro público, e que mesmo as pequenas despesas do cotidiano do parlamento atraiam a sua atenção. Assim, o Imperador chamou a atenção para a quantidade significativa de frutas, chocolates e guloseimas consumidas durante as recepções no palácio. Às vezes, os hóspedes eram poucos, e as despesas com bebidas eram muito grandes. O Imperador, certa vez em uma conversa com KP Pobedonostsev, mencionou que, por ocasião de uma pequena recepção no palácio, recentemente, foi demonstrado na conta muitas guloseimas, frutas, chocolates, e assim por diante.

Nicolau II também herdou o lado "pão-duro" da família, um exemplo é que, conforme suas filhas cresciam, ele mandava alongar os vestidos, para economizar com roupas novas. Esse comportamento zeloso com os gastos públicos era o segredo dos Romanov terem permanecido tanto tempo no poder. Os tzares tinham grande interesse em manter o país rico e o povo feliz, pois eles não queriam que seus filhos herdassem um Estado quebrado.

E se os soberanos se preocupavam até com os pequenos gastos, não ignorariam os abusos cometidos pelos nobres. Alexandre II tentou manter "pulso firme" nos casos de corrupção em concessões, usando todo o poder do aparato estatal para lidar com eles da maneira necessária. Isso ficou evidenciado no diário do ministro do Interior, P. Valuev. Por exemplo, 31 de março de 1867, o ministro escreveu: "O Imperador tem me instruído a cuidar das concessões da empresa Novosiltsova, em Taman, e os campos de petróleo do Cáucaso". Alexander III também proibiu os nobres de interferirem nas concessões de terras e locais de petróleo em Baku. Ele proibiu muitas coisas, mas a prevaricação sempre encontra novos caminhos e gradualmente são encontradas maneiras de se obter vantagens, não na forma de concessões, mas sob a forma de pedidos de empréstimos "reforçados" extraídos dos cofres públicos.

Alexander III, como um homem honesto, era muito hostil com os acordos do serviço público para com as empresas privadas. Como resultado, em 1884, adotou-se um regulamento sobre o procedimento de acordos entre o serviço público e as associações, empresas comerciais e industriais, bem como com as instituições de crédito público e privado. Estes regulamentos proibiam os dignitários de se intrometer nos assuntos de gestão das sociedades anônimas. A proibição foi colocada a todos os funcionários, sem exceção. O cumprimento estrito destas regras seria monitorado pelo Ministério da Corte Imperial.

Uma das primeiras tentativas de "romper" com o decreto e promover um "trabalho clandestino", para beneficiar lobistas, foi feita na gestão de P. P. Durnovo. De acordo com um memorialista, "apesar de sua enorme fortuna, ele aspirava novas aquisições. Desta forma, Durnovo tornou-se um membro do conselho dos negócios, recém-criado. Alexander III foi muito hostil com o trabalho clandestino de natureza comercial, do serviço público para com a iniciativa privada. Sobre este assunto foram publicadas orientações sobre aqueles que detêm quaisquer posições significativas não fazerem acordos comerciais". Alexander III tinha proibido a ele pessoalmente e obrigou P.P. Durnovo a renunciar suas armações ou deixar o cargo público. Durnovo, ofendido, imediatamente renunciou.

De acordo com os estudiosos modernos, a proibição realmente seguiu de forma muito rigorosa até fevereiro de 1917[125].

Mas ao buscar frear a ambição dos altos dignitários e da poderosa elite empresarial e financeira, o Imperador fez muitos inimigos. A honestidade e vigilância dos tzares enfureciam todos que buscavam saquear o dinheiro do povo e os recursos nacionais, dentre estes estavam muitos dos "respeitáveis executivos" como Leonid Krasin, Alexande Gutchkov, Vladimir Ryabushinsky, Sasha Morozov, Schmidt, Putilov e outros, que mostraram os seu lado mais obscuro. Para se apropriar do poder político, e, por conseguinte, do lucro, não se inibiram em patrocinar terroristas, corromper a polícia, os sindicatos, o exército e os políticos. Esses elegantes "homens de negócios", que alimentavam o terror e foram os responsáveis por tantas mortes, são os "barões da revolução", a verdadeira e única causa de uma revolução.

[125] ZIMIN, Igor Viktorovich, *op. cit*.

4. Follow the Money

4.1 Barões da revolução

Como constatamos na introdução desse livro, os elementos necessários para uma revolução são dinheiro, influência e controle da mídia, atributos que só um grupo muito restrito pode possuir. Mesmo entre os super ricos, não são todos que estão dispostos ou conseguem arcar com os custos de uma revolução. Mesmo assim, até hoje, o que prevalece nos livros de História é a visão romântica e sonhadora de que o promotor da revolução foi o povo. O que nos leva ao **MITO NÚMERO 30, o mito de que o promotor da revolução foi o povo.**

Do ponto de vista de um cineasta, ou segundo uma estética literária, é mais atraente imaginar o povo nas ruas com forquilhas, vencendo metralhadoras, morteiros, granadas, blindados, aviões e a artilharia pesada. No entanto, fora das telas de cinema isso não seria possível, não só do ponto de vista tático-militar, mas porque um grande número de pessoas jamais se organizaria espontaneamente. A dificuldade em unir o povo, sem o uso da mídia, está no fato dos pobres utilizarem a maior parte de seu tempo e recursos para a preservação de sua existência. Por isso a difícil missão de "salvar o mundo da opressão" é sempre reservada aos filhos dos empresários, nobres, latifundiários e banqueiros. Temos o exemplo do representante russo da internacional, o banqueiro Utin e do tesoureiro de Lenin, o empresário Leonid Krasin (1870-1926). Também não faltam nobres como Aleksandr Ivanovitch Herzen (1812-1870), Mikhail Bakunin (1814-1876), Dmitry Pisarev (1840-1868), Pyotr Lavrovich Lavrov (1823-1900), Nikolay Mikhailovsky (1842-1904) e Georgi Valentinovitch Plekhanov (1856-1918). Em 1870, em São Petersburgo, 38% dos revolucionários eram filhos de latifundiários, e

24% eram funcionários públicos de famílias nobres[126]. Como podemos perceber a revolução não era desejo popular e sim um capricho do *high society*. Mas afinal o que era a vontade do povo?

No início do século XX, a preferência partidária na Rússia era bem vaga no eleitorado, a maioria manteve-se politicamente indiferente. A proporção de cidadãos organizados em partidos não ultrapassou 0,5% do total da população[127]. Em decorrência disso, seria inconcebível definir a vontade popular baseada em dados confiáveis. Mesmo assim, muitos intelectuais não se constrangem em se autoarrogarem como porta-vozes da vontade do povo e afirmam que atos terroristas e cruéis contam com a cumplicidade e apoio popular.

Um exemplo disso era o grupo terrorista chamado "a vontade do povo", um nome extremamente pretensioso se levarmos em consideração que o grupo terrorista que assassinou o Imperador tinha, em 1861, cerca de 300 pessoas. Ou melhor, os arrogantes revolucionários que se achavam donos do povo russo caberiam dentro de 7 ônibus. Para termos uma ideia dos números, no Facebook, o grupo "Mãe de Cachorro Também é Mãe!" possui 70.979 seguidores, isso quer dizer que a quantidade de pessoas que querem assumir sua maternidade de canídeos é 236 vezes maior do que os que desejaram estripar Alexandre II. Não obstante, muitos historiadores consideram mais a vontade tirânica de Dmitry Vladimirov Karakozov, um membro da nobreza, e assassino do Imperador, que a tristeza sincera de milhares de pessoas que participaram do enterro de Alexandre II.

Os grupos terroristas sempre procuravam exagerar a sua relevância e representatividade, um exemplo disso foi Nechayev, que alegava possuir milhões de seguidores, mas na verdade só tinha 87 pessoas envolvidas. Dizem que até mesmo Karl Marx sucumbiu à sua farsa.

Em suas memórias, Ivanchina Pisarev descreve alguns proprietários de terras, que em suas propriedades criaram uma espécie de "base" populista. Estes homens tinham uma visão extremamente simplista de nação. O resultado foi, é claro, completamente nulo. Pois os ideais dos abonados intelectuais eram incompreensíveis aos camponeses, não é só porque alguém veste roupas brancas camponesas, que podem ser considerados os "heróis mascarados" do povo. Acontece que o povo não reconhecia seus companheiros populistas. Verificou-se, por exemplo, que entre os rapazes camponeses solteiros ninguém os escutava. Os jovens da aldeia não participavam de reuniões mundanas e eram análogos à assembleia ge-

---

[126] Беккер,СЕЙМУР;Миф о русском дворянстве. Дворянство и привилегии последнего периода императорской России. Москва: Новое Литературное Обозрение, 2004.
[SEYMUR, Becker. *O mito da nobreza russa. Nobreza e privilégios no último período da Rússia imperial*. Moscou: NOVA REVISÃO LITERÁRIA, 2004].

[127] НИКОНОВ, Вячеслав Алексеевич ; Крушение России. 1917. Москва:Астрель, 2011.
[NIKONOV, Vyacheslav Alekseevich. *O colapso da Rússia. 1917*. Moscou: Astrel, 2011].

ral. Os populistas foram tratados com desconfiança pelos trabalhadores e os camponeses também não os respeitavam. Enquanto isso, a situação era exatamente o oposto com o rei. Os populistas acreditavam que no meio rural as pessoas não gostavam do rei, no entanto, os camponeses não gostavam de seus senhorios, odiavam as autoridades locais, mas o rei era bem visto. De qualquer forma, os populistas, no princípio, não se preocupam em mentir. Em muitas memórias, escritas por populistas, eram encontradas queixas como estas: "que o homem ignorante, logicamente, não pode perceber a verdade". Em geral, os populistas não eram hostilizados pelos camponeses, eram tratados com completa indiferença, o que os ofendia muito mais[128].

De acordo com Witte, em discussão na Comissão, Bulygin reconheceu que "a única coisa na qual você pode confiar no atual estado revolucionário da Rússia é nos camponeses, os camponeses são o reduto conservador do Estado, e, portanto, a lei eleitoral deve ser baseada principalmente no campesinato"[129].

Nos periódicos dos camponeses, escrito em 1819, por N. I. Zaborsky, lê-se: "28 de julho, o Imperador Alexander Pavlovich e sua comitiva que cruzou de São Petersburgo a Arkhangelsk. [...] O nosso povo o saudou com entusiasmo. [...] E assim nós, os moradores do norte, tivemos a honra de assistir ao nosso soberano, suave e simples".

Segundo Bobkov, com a notícia da morte de Nicholas I,

estavam todos tristes e em silêncio. Eu fui a uma igreja e durante a leitura do manifesto todos choravam. Em seguida, começou o juramento ritual. Percebi que todos juravam sinceramente, do fundo do coração, expressando total empenho e vontade de dedicar a sua vida ao Tzar e a Pátria. Todos sinceramente rezaram e prestaram votos para que Deus concedesse um reinado de sucesso ao trono do Imperador.

Em 1858, em Nizhny Novgorod, quando Alexander II chegou com sua esposa: "As pessoas eram incontáveis. Havia sussurros e falatórios de camponeses. Vi que essas pessoas simples fervorosamente queriam pelo menos um olhar do monarca adorado. [...] Havia alegria e entusiasmo em todos os rostos, era, portanto, verdadeiramente tocante e cativante"[130].

---

[128] ЩЕРБАКОВ, Алексей Юрьевич. 1905 год. Прелюдия катастрофы. Москва: ОЛМА Медиа Групп,*2011*.
[SHCHERBAKOV, Alexey Yurievich.*1905. Prelúdio de uma catástrofe*, Moscou: OLMA Media Group, 2011].

[129] ПАЙПС, Ричард; Русская революция. Москва: Захаров, 2005. — Т. 1 [PIPES, Richard. *Revolução Russa*. Moscou: Zakharov, 2005 - T. 1]

[130] МИРОНОВ, Борис Николаевич; Благосостояние населения и революции в имперской

Outro exemplo de que os camponeses preferiam o Imperador aos seus senhores locais foi o curioso caso relatado a seguir.

No final de janeiro de 1917, durante uma estada do tzar em Tsarskoie, o coronel Mordvinof viu chegar ao palácio, pelas sete horas da tarde, um velho, vestido de camponês, que queria falar com o soberano. Dizia que tinha um assunto importante e só confiava no tzar. Não disse o motivo a ninguém. Cinco pessoas o inquiriram, entre elas um conselheiro do Imperador e até mesmo seus ministros. Mordvinof anunciou o estranho visitante ao soberano. Nicolau II sorriu e disse: "– É tenaz, o vosso camponês, mas por agora, é-me impossível recebê-lo, como vedes. E apontava-lhe com a mão, uma montanha de papéis".

Mordvinof voltou a procurar o camponês e insistiu em saber o assunto. O velho hesitou, mas decidiu falar. Em seguida, depois de ter olhado para o coronel, de forma perscrutadora, cochichou-lhe ao ouvido com voz agitada:

– Querem praticar uma violência... prender o Czar e enviar a Czarina e os filhos para um convento... Em seguida, vão encarcerar todos os ministros... Isto deve começar daqui a três semanas, o mais tardar...Vieram-nos dizer, para nós o ajudarmos... Imediatamente vim aqui, sem perder tempo, para prevenir o nosso paizinho, o Czar... Mas, que Ele não se inquiete, somos numerosos, salvá-lo-emos...

Em vão, Mordvinof tentou saber do camponês qualquer coisa precisa, mas não obteve senão afirmações vagas:
"– Acreditai-me, sabemos tudo; durante três dias viajei para prevenir o Czar... nós o sustentaremos..."[131].

4.1.2 Profissão: revolucionário

Quando olhamos para a vida de luxo dos revolucionários no exterior, sempre surge a dúvida:. como pessoas sem emprego, que nada produzem, vivem nos lugares mais caros da Europa, comem, bebem e se vestem? E assim por muitos e muitos anos! Por um longo tempo eles dedicaram-se à elaboração cuidadosa das teorias que em 1917 quebraram a Rússia em pedaços. Certamente todos, Zinoviev, Bukharin, Lenin e Trotsky estavam escondidos, distantes da pátria-mãe querida, com uma pensão enorme, o que lhe permitiu financiar os exilados? Afinal,

---

России: XVIII — начало XX века. Москва: ВесьМир, 2012.
[MIRONOV, Boris Nikolaevich. *O bem-estar da população e revoluções na Rússia imperial: XVIII - início do século XX*. Moscou: Ves Mir, 2012].
[131] JACOBY, Jean. *O Czar Nicolau II e a Revolução*. Porto: Educação Nacional, 1933.

os revolucionários eram centenas, mas nenhum deles morreu de fome. Em suas memórias só vemos as histórias sobre a vida sentimental sob as pontes parisienses e cercas de Bruxelas. Assim, de onde aparece o dinheiro?

Com certeza os revolucionários tinham padrinhos bem generosos. Afinal, Lenin viajou, durante seus muitos anos de exílio, por praticamente toda a Europa! E esse épico não apenas durante um ano ou dois, mas com poucas interrupções entre 1900 a 1917! Aliás, ele não ia sozinho. Muitas vezes, os familiares responderam ao seu amável convite. Por exemplo, no final de julho de 1909, Lenin, sua irmã Maria, sua esposa Elizabeth V. Krupskaya e sua sogra, se hospedavam em um hotel na vila de Bonbon, perto de Paris. E elas não vieram apenas para uma visita, vieram para morar com ele permanentemente no estrangeiro. Em Genebra, Londres, Paris e Cracóvia, Elizabeth V. Krupskaya estava sempre junto. Mas como os afazeres domésticos era algo indigno para a esposa do líder do proletariado, eles tinham uma empregada.

Em 1908, o casal Ulyanov mudou-se para Genebra e depois para Paris. Em 19 dezembro de 1908, Lenin mandou uma carta para a sua irmã, Anna: "Vamos agora, do hotel para a nossa nova casa. Achamos um apartamento muito bom, luxuoso e caro." O apartamento era realmente excelente: quatro quartos, *closets*, instalações sanitárias e gás, algo raro no início do século XX. Em Paris, Lenin viveu durante quatro anos e sempre com um bom nível de vida. Quem foi tão amável com Lenin para lhe pagar quantias tão grandes[132]?

Outro famoso revolucionário, Lev Davidovich Trotsky, também não seguia o arquétipo do quimérico revolucionário marxista. Não era um operário nem um camponês, sua família era de latifundiários muito ricos da região de Kherson. O pai possuía terras onde trabalhavam centenas de trabalhadores, sua mãe era de uma família de grandes empresários em Zhivotovsky.

Trotsky foi enviado por Friedrich Adler, com todas as comodidades, para Londres. Posteriormente ele recebe um convite de Parvus, para ele e sua esposa irem a Munique, onde se estabeleceram em uma mansão[133]. Em Nova Iorque, Trotsky vivia em um luxuoso apartamento e possuía uma limusine com chofer[134].

....

[132] СТАРИКОВ, Николай Викторович. Кто финансирует развал России? От декабристов до моджахедов. Москва: Питер, 2010.
[STARIKOV, Nikolay Viktorovich. *Quem está financiando o colapso da Rússia? Dos dezembristas aos Mujahideen*. Moscou: Peter, 2010].
[133] ШАМБАРОВ, Валерий Евгеньевич; Нашествие чужих. Заговор против империи. Москва: Алгоритм, Эксмо, 2007.
[SHAMBAROV, Valery Evgenievich. *Invasão estrageira. Conspiração contra o Império*. Moscou: Algoritmo, Eksmo, 2007].
[134] SUTTON, Antony. *Wall street y los bolcheviques: los capitalistas del comunismo. La financiación capitalista de la Revolución Bolchevique*. Buenos Aires: La Editorial Virtual, 2007.

Os gastos não se limitavam apenas a despesas com os "pais da revolução", ainda eram realizados congressos, conferências e outras atividades. Este é também um artigo muito caro. Por exemplo, o Segundo Congresso do Partido, aberto em Bruxelas e encerrado em Londres (porque a polícia belga apresentava riscos). Todos os delegados se mudaram para Londres. Havia mais de 40 pessoas. Onde é que os "pobres" conseguiram dinheiro para viajar em grupo para a Europa? Quem pagou para todos os hotéis e deu dinheiro para alimentação e viagens?

No Brasil, nenhum livro cometeu a blasfêmia de colocar em dúvida a santidade da revolução, então, nos livros brasileiros não há nada a respeito da procedência do dinheiro da revolução, nem mesmo é levantada essa questão. No entanto, os russos, mesmo vivendo sob um regime autoritário, questionaram-se a respeito disso. Dessa forma, agora vamos a quatro mitos russos sobre a origem do dinheiro, o primeiro é o **MITO NÚMERO 31, o mito de que o dinheiro usado na revolução provinha de doações populares, assaltos a banco e falsificação de papel moeda.** Sabemos que todos partidos possuem filiados que contribuem com doações, Mas lembremos que os partidos extremistas da época possuíam poucos membros. Este número de pessoas não era o suficiente para pagar, a longo prazo, o alojamento de tantos exilados no exterior. E como o pagamento era voluntário, as doações eram sempre pequenas e inconstantes[135].

4.1.3 Roubar banco não dá dinheiro, só fama

"Roubar banco não dá dinheiro, só fama", diz um dos maiores assaltantes do Brasil. Na prisão, Monstro e Charuto falaram com exclusividade ao *Domingo Espetacular*.,. Rolídio Brasil de Souza Gama, o Monstro, um dos maiores assaltantes de bancos do país, está preso em São Paulo. Ao lado dele está o comparsa Cláudio Alexandre da Silva, o Charuto. Os dois são suspeitos de integrar uma quadrilha que teria roubado uma fortuna equivalente a R$ 20 milhões. Para Monstro, que sempre levou uma vida discreta e sem luxo, os assaltos a banco não deixam os ladrões tão ricos quanto se pensa:

— Isso aí não dá dinheiro não, meu. Isso só dá fama, banco só dá fama. Entendeu? [...] Essa vida aqui é uma vida de ilusão. Quando você acorda, você já não tem mais nada. É que nem um sono, você vai dormir, você dorme. Quando você acordar, acabou, acabou seu sono. Não tem mais seu sono?

— Não tem um dia da nossa vida que a gente não se arrepende, chefe. [Se pudesse] voltaria atrás, aos meus 21 anos, e viveria outra vida.

---

[135] STARIKOV, Nikolay Viktorovich, *op. cit.*

Esse pequeno relato, que conta a desastrosa escolha de Rolídio, aparentemente não possui nenhuma relação com a Revolução Russa, mas, no entanto, poderia muito bem ilustrar que o dinheiro usado na Revolução não provinha de assaltos a banco.

Alguns livros russos afirmam que os bolcheviques tiravam seus recursos de expropriações, termo usado para designar o constrangedor ato de assaltar bancos. Realmente os bolcheviques em um plano desenvolvido por Krasin e aprovados por Lenin assaltaram um trem e alguns bancos, mas tal como nosso pesaroso Rolídio, não obtiveram lucros.

Os números das cédulas roubadas foram relatados pelo governo russo para todos os bancos e trocá-las no Império Russo apresentava grandes dificuldades. Por isso, o bolchevique M. N. Liadov costurou o dinheiro no colete, viajou para o exterior, onde deveriam ser facilmente trocados em bancos estrangeiros. Mas como era óbvio, após a primeira troca, o governo russo enviou a lista de numeração do dinheiro roubado também no exterior. Decidiu-se fazer uma troca simultaneamente em várias cidades europeias. No início de janeiro 1908, por iniciativa de Krasin, esta operação realmente foi realizada em Paris, Genebra, Estocolmo, Munique e outras cidades. Surpreendentemente, no entanto, foi um fracasso, pois todos os bolcheviques que foram para os bancos trocar as notas acabaram sendo presos.

Os revolucionários não perderam apenas o dinheiro, que foi parar nas mãos da polícia, mas tiveram grandes danos a sua imagem, pois a imprensa estrangeira agora escreveu abertamente que as expropriações em Tiflis foi um trabalho dos bolcheviques. Aqui, no caso russo, eles não tiveram o dinheiro, só a fama. Uma indesejável fama.

Outra possível proveniência dos recursos bolcheviques é a falsificação de papel moeda. Realmente houve essa tentativa, mas tal como as expropriações, também foi um fracasso.

Em 1906, os bolcheviques em São Petersburgo e Moscou desenvolveram um plano para imprimir dinheiro falso. Este foi um projeto de Krasin, que por volta de 1907 conseguiu papel-moeda alemão com marcas d'água para impressão de moeda falsa. No entanto, este plano se tornou conhecido. Em Berlim, as prisões foram feitas, o papel confiscado e este projeto, como Bogdanov, recordou mais tarde "Não se concretizou apenas em razões aleatórias, mas puramente técnicas".

O último mito sobre as aquisições de dinheiro bolchevique vem do próprio tesoureiro do partido, Leonid Krasin, o elegante diretor da Siemens. Ele afirmava que conseguiu dinheiro para o partido com peças teatrais em Baku. Mas qualquer artista sabe que o teatro não consegue se pagar, sempre depende de financiamento externo, geralmente subsídios estatais. Alias, não existe arte rendável, a não ser, talvez, o cinema, quanto é comercial[136]. Por isso, é inverossímil achar que os lucros do teatro financiaram a revolução. E se torna ainda mais ridículo se considerarmos o local onde eram realizados os eventos. Baku, capital do Azerbaijão, hoje é uma cidade moderna, mas na época não tinha uma vida cultural agitada. Sua população era constituída de fanáticos islâmicos, suas mulheres usavam burca e cobriam todo o corpo, o cabelo e o rosto. Podemos ter uma ideia de seus costumes no filme soviético *Sol branco sobre o deserto*. Definitivamente, os Azerbaijanos não eram uma plateia adequada e com certeza não dariam audiência aos "infiéis" comunistas.

4.1.4 Quem patrocinou a Revolução?

Os patrocinadores não só dos distúrbios de 1905, mas dos golpes de Estado de fevereiro e outubro de 1917 foram dois: *empresários e nações inimigas*. Naturalmente, essa constrangedora situação é algo que os revolucionários escondem em suas memórias e que os livros ignoram. No entanto, essa informação possui implicações graves, pois ela define não só o comportamento, decisões e ações dos revolucionários, como o próprio rumo da revolução, pois quem paga, ou seja, quem torna algo possível, assume também a liderança do projeto. Portanto, seria muita inocência, de nossa parte, acreditar que esses "profissionais da revolução" vão ignorar as pretensões de seus ricos patrocinadores para beneficiar terceiros, como camponeses e operários, que não tinham nada a oferecer.

A revolução de 1905 não foi um movimento popular, e uma das fontes em que podemos constatar essa afirmação é a lista de assinaturas do "Manifesto de outubro". Todos os integrantes desta lista eram ricos.

Outra fonte que também indica a ausência de operários e camponeses nos ideais outubristas é a composição do partido. O partido da "União de 17 de Outubro", os outubristas, que representavam os ideais da revolução de 1905, era composto por: 53,22% de nobres hereditários e de 21,99% de comerciantes e cidadãos com títulos hereditários. De acordo com a "ocupação", os outubristas eram 48,96% funcionários públicos, 31,02% representantes da indústria e comércio, 14,2% gerentes, diretores, membros do conselho, e assim por diante[137].

Como podemos ver o manifesto outubrista era exclusividade do *high society* e as manifestações e greves eram demandas dos empresários e aristocratas

---

[136] COSTA, Cristina. *Censura, repressão e resistência no teatro brasileiro*. São Paulo: Fapesp, 2008.
[137] ПАВЛОВ, Дмитрий Борисович; ОТЕЧЕСТВЕННАЯ ИСТОРИ. «Союз 17 октября» в 1905 - 1907 годах : Численность и социальный состав. Москва: Наука, 1993. - № 6. - С. 181 - 185.
[PAVLOV, Dmitry Borisovich. *HISTÓRIA NACIONAL*. "União de 17 de outubro" em 1905 - 1907: *número e composição social*. Moscou: Nauka, 1993. - No. 6. - P. 181 – 185].

que se utilizavam de seus próprios operários e criaram sindicatos para atingir seus objetivos.

Isso ocorreu porque as pretensões dos empresáriosentravam em conflito com a austeridade fiscal defendida pelo Imperador. Como vimos no capítulo anterior, à elite empresarial e funcionários públicos, que ocupavam funções estratégicas, os revolucionários se uniram para apoderar-se dos recursos da nação. Assim, os patrimônios, pertencentes ao povo, eram roubados por meio de subsídios, empréstimos e concessões. Eles também almejavam acabar com a concorrência estrangeira. Para isso, utilizavam-se de revolucionários profissionais para causar instabilidade e poder chantagear o soberano, para que este cedesse aos seus interesses políticos e econômicos.

No caso dos distúrbios ocorridos em 1905, de acordo com hesitantes e modestas estimativas, mais de duzentos empresários investiram nos revolucionários milhões de rublos. E os mais radicais paralisaram suas fábricas para criar um movimento operário em massa[138].

Militantes bolcheviques tinham muitos simpatizantes entre a alta sociedade. Muitas vezes armazenavam suas bombas (bombas de fabricação caseira, uma ameaça a eles próprios), nas casas dos generais, e até mesmo nos grandes palácios[139].

Esse foi o caso de Sawa Timofeevich Morozov, principal patrocinador do Partido Bolchevista. O proprietário-gerente da corporação "Savvy Morozova Filho e Co" (indústria têxtil) e das fábricas da Joint Stock Company United "S. T. Morozov, Krehl e Ottman" (indústria química). Também construiu estruturas para o processamento de ácido acético, madeira e álcool metílico, acetona, álcool desnaturado, carvão vegetal e o sal de ácido acético. Esse megaempresário presidiu a comissão de fábricas de Novgorod, era um membro do Conselho de Comércio e Fábricas de Moscou e foi eleito para a Sociedade de câmbio de Moscou. Mas o que nem todos sabiam é que esse executivo bem-sucedido também financiava o terror, sendo o responsável pela morte de milhares de seres humanos.

A vida revolucionária de Sawa Morozov começa na Feira Industrial Russa, em 1880, onde ele teve uma discussão com Witte, o ministro da economia. O conflito com Witte estava relacionado com a recusa do governo em estender o prazo dos empréstimos bancários a suas indústrias. Depois disso tornou-se hostil ao governo e defendia uma política desenvolvimentista e protecionista sob o provinciano lema "A Rússia para os Russos". Após 1890 ele começou a adotar uma

---

[138] MIRONOV, Boris Nikolaevich, *op. cit.*
[139] ЭДЕЛЬМАН, Ольга Валериановна. Профессия —революционер. Логос философско литературный журнал 5 (56) 137-153, 2006.
[EDELMAN, Olga Valerianovna. "Profissão – revolucionário". *Revista literária e filosófica*. Revista literária nº5 (56) 137-153, 2006].

ideologia radicalista de extrema esquerda e em 1901 começa a patrocinar o Partido Bolchevista. Financiou a publicação do jornal bolchevique *Faísca*, o primeiro jornal bolchevique legal *Vida Nova* e "*Luta*". Morozov contrabandeou literatura proibida em suas fábricas e mantinha prensas tipográficas para esse tipo de atividade. Em 1905, escondeu da polícia um dos líderes bolchevique N. E. Baumana. Morozov era amigo de Maxim Gorki e Leonid Krasin.

Com os distúrbios de 1905, sua militância esquerdista se tornou ainda mais tenaz. Neste período, aliciou o Ministro da Administração Interna, A. G. Bulygin, e não demorou para manipular a parte mais ativa dos comerciantes de Moscou.

P. A. Buryshkin, em 1905, criou na Duma de Estado a Comissão Bulygin, junto aos representantes da indústria de Moscou. Em 14 de março de 1905, junto a todas as organizações empresariais, A. G. Bulygin elaborou uma "petição, que indicava a importância do espaço ocupado pela indústria no Estado e argumentou que as assembleias devem ser realizadas por representantes eleitos da indústria". Em outras palavras, eles falaram sobre a necessidade de criar uma associação permanente de entidades empresariais. Esta declaração foi assinada por nove membros da classe mercantil, incluindo os seus líderes: S. T. Morozov e P. P. Riabouchinsky. Buligin representava uma delegação especial formada por T. S. Morozov, E. L. Nobel e N. S. Avdakov[140]. As solicitações dos empresários foram ouvidas, mas esse êxito só foi possível graças ao trabalho de revolucionários profissionais, o coronel Motodziro Akashi.

4.1.4 Seguindo o dinheiro japonês

Follow the Money, o título desse capítulo, indica a única forma de um historiador alcançar seu objetivo de forma racional. Dessa forma, prosseguiremos nossos estudos seguindo o rastro do dinheiro bolchevique. Nesse sentido, podemos constatar que, além dos empresários, os revolucionários tinham como segunda fonte de renda os inimigos de guerra da Rússia. No caso da revolução de 1917 o dinheiro provinha da Alemanha, já no caso de 1905 as verbas eram japonesas. O Japão tinha interesses em desestabilizar a Rússia, por meio do terror, porque nessa época ambas disputavam territórios no oriente asiático.

Não é nenhum segredo que a inteligência japonesa, durante a guerra russo-japonesa, tinha contatos com os revolucionários russos de todos os matizes, e não pouparam fundos para a organização de greves e manifestações. Hoje, a maio-

---

[140] ФЕДОРЕЦ, Анна Ильинична; Савва Морозов. Москва: Молодая гвардия, 2013 [FEDORETS, Anna Ilyinichna. *Savva Morozov*. Moscou: Guarda Jovem, 2013].

ria dos historiadores russos concorda que a revolução de 1905 foi, em grande parte, inspirada pelos serviços secretos japoneses. Tomemos como exemplo o famoso japonês comunista Sen Katayama, enterrado perto da parede do Kremlin e, oficialmente, sabe-se que organizador do partido comunista japonês.

No meio da guerra russo-japonesa, no 2º Congresso Internacional de Amsterdam, em 1904, Plekhanov abraçou publicamente a ideologia japonesa. Sabe-se que Katayama era um amigo pessoal de Lenin. Oficialmente, Katayama foi o segundo filho de uma família de camponeses pobres. Mas, na verdade, Katayama veio do clã Iwasaki, que eram os fundadores da corporação "Mitsubishi". Tentando contornar esta questão espinhosa de sua vida, seus biógrafos elaboraram memórias fictícias. Na realidade, Katayama viajou o mundo e se formou na Universidade de Yale. Na época, ele era reconhecido como uma encarnação viva da ideia de fraternidade universal dos trabalhadores e da solidariedade proletária. E foi um dos fundadores da III Internacional Comunista.

As vésperas da guerra, o chefe da inteligência japonesa na Rússia, o coronel Motodziro Akashi, sugeriu a ideia de seu governo: desestabilizar a situação no Império Russo até possibilitar um golpe de Estado. Ele contou com os partidários do padre George Gapon, que instigaram o "Domingo Sangrento" em 9 de janeiro de 1905, bem como as milícias do partido social-revolucionário. Para colocar em prática as suas ideias, Akashi queria comprar armas na Europa para levá-las para a Rússia, em seguida, chamar os separatistas das periferias oeste do Império e os grupos de oposição no centro do país.

Tudo isso exigiu enormes custos e parecia uma aposta. Mas a situação crítica em 1905 deve-se ao esforço e ao dinheiro dos japoneses. As atividades subversivas japonesas na Rússia forneceram um milhão de ienes (cerca de US$ 35 milhões em preços de 1990). Para conseguir esse dinheiro, ocorreu uma verdadeira batalha entre os partidos revolucionários.

Nota-se que Akashi estava no mesmo Congresso, em Amesterdã, em que Plekhanov e Katayama se abraçaram. Isso foi em fevereiro de 1905, quando os japoneses estavam no limite dos recursos. Akashi ajudou muito o trabalho dos revolucionários, comprando um grande lote de armas e enviando para a Rússia pelos barcos "John Grafton" e "Siriuo". O "Grafton", que tinha como destino a Finlândia, encalhou em águas russas, mas o "Siriuo" (8500 rifles e 1,2 milhão de cartuchos de munição) chegou em segurança à Geórgia.

No caso da rebelião armada no mar Negro, os japoneses não estavam apenas interessados nessa rebelião, mas foram eles que a organizaram. Podemos constatar isso no relatório do coronel Akashi ao Chefe do Estado-Maior Japonês, General Yamagata, em 12 de abril de 1905: "Grandes revoltas vão começar em junho, e a oposição está fazendo novos esforços para adquirir armas e explosivos".

Os cientistas, que se referem às fontes japonesas, acreditam que o coronel Akashi forneceu, apenas para Lenin, cinquenta mil ienes, uma parcela separada foi alocada para a publicação do jornal bolchevique *Avante*. Só a Conferência de Genebra custou ao QG Japonês ¥ 100.000. Akashi, posteriormente, admitiu: "Nós tivemos que fazê-los (dar dinheiro aos comunistas) para fazer negócios, para tranquilizá-los, e, claro, tivemos que fazer tudo isso em um ambiente de privacidade excepcional".

O coronel estava satisfeito com os resultados da conferência, pois todos os acontecimentos revolucionários subsequentes relativos ao terrorismo na Rússia (assassinar GI Bobrikov, o Governador-Geral finlandês, o Grão-Duque Sergei Alexandrovich, o governador geral de Moscou; VK von Plehve, o ministro do Interior, bem como o levante no encouraçado "Potemkin") poderiam ser atribuídos a seus méritos. O maior navio de contrabando de carga, "Sirius", atingiu o seu destino e os destinatários. E o tempo da chegada do "Sirius" coincidiu com o início dos protestos, antigoverno, armados no Sul do Cáucaso[141].

Outro artifício japonês foi incentivar movimentos separatistas. Pois, se a Rússia estivesse preocupada em manter suas fronteiras no Ocidente poderia abrir mão de terras menos importantes no Oriente. Assim, em fevereiro de 1904, o coronel M. Akashi entrou em contato com o chefe da Resistência Finlandesa, o Partido Socialista Georgiano e a Liga dos poloneses.

No início de julho, o futuro líder da independência da Polônia, Jozef Pilsudski, continuou as negociações com o Japão. Em um memorando do Ministério dos Negócios Estrangeiros japonês, demonstra que foram dados à Pilsudski, para as atividades de inteligência e sabotagem no exército russo, 20.000 libras (cerca de 200 mil rublos).

Para conseguir seus objetivos, além do terror os japoneses também se utilizavam da desinformação. Em 27 de janeiro de 1904, no Banco Estatal de Saint-Petersburg, foram encontrados folhetos com o histérico chamado "Resgatem seu dinheiro".

4.1.5 Quem perdeu pode ganhar

O tempo passa e a inteligência japonesa começa a manifestar-se de forma mais ativa: 1º de julho, patrocina movimentos grevistas nas ferrovias, por

---

[141] ШИГИН, Владимир Виленович; Мятеж броненосца «Князь Потемкин-Таврический». Правда и вымысел. — Москва: Вече, 2014.
[SHIGIN, Vladimir Vilenovich. *O motim do navio de guerra "Príncipe Potiomkin-Tavrichesky"*. *Verdade e ficção*. Moscou: Veche, 2014].

três dias foram interrompidos o tráfego na estrada de ferro siberiana. Com certeza, o dinheiro faz muita gente sair dos trilhos e foi o que aconteceu. Pois nas ferrovias se acumularam 2400 carros com cargas militares para as tropas. Em dezembro 1904, seguido por novos atos de sabotagem, o número de vagões detidos subiu para 5200[142].

Outra atitude sem sentido foi a insistência das manifestações contrárias à guerra, já que as disputas com o Japão era algo distante e não prejudicavam a distribuição de alimentos e nem trouxeram reflexo algum a rotina das cidades.

O inimigo não estava de pé sobre o território russo. Nem os soldados inimigos pisoteavam os campos, queimavam plantações, destruíam cidades e aldeias. A guerra não foi travada apenas longe, mas muito longe do território Russo, na China e na Coreia. Olhe para o mapa e verá um enorme espaço entre o teatro de guerra e os grandes centros vitais do Império Russo. As distâncias eram de 6000 milhas. Por isso a guerra para os cidadãos russos era como uma campanha no Iraque ou, no Afeganistão, para os americanos ou britânicos modernos. Na vida cotidiana não era perceptível. O fato de que há uma guerra só era notado pelos jornais.

Em 1905, o país não tinha escassez de pão, nem desapareceram o sabão, a manteiga e as salsichas. Não foram escritas nas memórias de coetâneos nada sobre os problemas alimentares durante a luta com o Japão. Não havia fome, sem filas, sem inflação galopante. Em suma, nada que possa causar descontentamento generalizado.

A morte de cada soldado russo ou oficial é uma tragédia. Mas vamos por um momento deixar de lado o aspecto moral de qualquer guerra, associada a inúmeras mortes, e comparar estas perdas com o número de mortes em conflitos na história humana. Por exemplo, durante a Guerra da Crimeia. Os números de baixas foram de 153 mil pessoas. Houve descontentamento, mas não houve revoluções. Aqui também temos o exemplo recente das perdas das tropas soviéticas no Afeganistão, que, em dados oficiais, foram de 14.433 soldados e 20 civis mortos, 298 desaparecidos e 54 feridos. E por que a União Soviética não entrou em colapso[143].

Na prática os japoneses fizeram mais progressos nos bastidores do que nos campos de batalha, pois, na realidade, o Japão estava perdendo a guerra. O que nos leva ao **MITO NÚMERO 32, o mito de que a Rússia perdeu a guerra contra o Japão.**

MITO 32

---

[142] СТАРИКОВ, Николай Викторович. Кто убил Российскую Империю?, Москва: Яуза, 2006. [STARIKOV, Nikolay Viktorovich. *Quem matou o Império Russo?* Moscou: Yauza, 2006].
[143] STARIKOV, Nikolay Viktorovich, *op. cit.*

Efetivamente, a Rússia não perdeu a guerra. Em 23 de agosto de 1905, foi assinado um tratado de paz entre o Japão e Rússia e não um termo de rendição. E mesmo após a guerra, a maioria dos generais russos reclamou que o Japão em breve seria derrotado. Os recursos de um Império enorme mal foram afetados, ele poderia facilmente renovar o exército. Mas o Império Japonês, não poderia, portanto, não havia motivos plausíveis para terminar tão rapidamente os conflitos por meio de acordos de paz[144].

Também é importante lembrar que os recursos humanos do Japão são muito modestos. Durante a batalha de Lyaoyan, os japoneses perderam 24 mil soldados (20% do total), enquanto os russos 15 000 (9% da composição) do exército. Em uma das últimas batalhas da guerra, Mukden, que foi realizada em fevereiro de 1905, o exército russo tinha 330 mil homens, e os japoneses 270 mil. O total de perdas russas em mortos, feridos e prisioneiros compõe cerca de 89 mil pessoas, enquanto os japoneses perderam 71.000 . No caso dos mortos e feridos, o exército russo tinha 59 mil, enquanto os japoneses tinham 70 mil. Mas essas perdas poderiam ser compensadas pelo exército russo, e os japoneses não. Ao passo que as guarnições russas funcionavam a "pleno vapor". A qualidade das tropas inimigas diminuía, pois oficiais de quadros e oficiais não comissionados foram mortos. As reposições eram mal treinadas, e o mais importante, os japoneses começavam a render-se voluntariamente, o que não foi observado antes. O esgotamento dos japoneses foi tão grande que após a Mukden, até a conclusão da paz, durante seis meses, eles não realizaram qualquer ofensiva! A Revolução Russa impediu o ataque, por isso será compensado todos os custos de seu financiamento. Um ano após a eclosão da guerra, os japoneses estavam a apenas 200 quilômetros ao norte. E as forças no outro sentido haviam desaparecido. Já o exército russo estava a cada mês ficando mais forte[145].

Mas, infelizmente, em terras russas, a revolução impediu grandemente a preparação do exército para a guerra. O exército, como lembrou o ministro da Guerra A. F. Rediger, costumava agir como uma força policial: "As tropas continuaram a se mobilizar sem piedade, foram solicitados como sentinelas não só para proteção de bancos, fortunas e prisões, mas também postes telegráficos, escritórios e até lojas de vinhos!" As tropas tiveram que proteger ferrovias e estações de trem, auxiliar a polícia[146].

---

[144] STARIKOV, Nikolay Viktorovich, op. cit.
[145] АЙРАПЕТОВ, Олег Рудольфович; Генералы, либералы и предприниматели. Работа на фронт и на революцию (1907-1917). Москва: Отдельное издание, 2013.
[AIRAPETOV, Oleg Rudolfovich. Generais, liberais e empresários. Trabalho para o fronte e para a revolução (1907-1917). Moscou: edição separada, 2013].
[146] ЗЫКИН, Дмитрий Эндшпиль; Как оболгали великую историю нашей страны. Санкт-Петербург: Питер, 2014.

A vitória russa foi frustrada por terroristas russos da chamada "Revolução de 1905", aqueles que já queriam mudar o sistema político na Rússia, fizeram seus melhores esforços. Suas ações levaram ao fato de que a Rússia teve que assinar um tratado desigual com o Japão.

A posição firme do Imperador levou os japoneses a fazer concessões e a Rússia manteve metade da ilha Sacalina. Os termos e condições do tratado de paz poderiam ser muito mais suaves para a Rússia, mas os revolucionários preparavam, para o verão de 1905, uma grande revolta em São Petersburgo e a margem de manobras de Nicolau II quase desapareceram, sob as ameaças de combates na capital, às greves na Trans-Siberian Railway e outros ataques na Rússia. Por isso foi assinado o acordo com o Japão no qual a Rússia reconheceu a soberania japonesa sobre a Coreia, abandonou a Manchúria, cedeu Port Arthur e a península de Liaodong.

Em razão disso, os japoneses devem mais medalhas aos ambiciosos terroristas russos do que a seus bravos guerreiros. Em três de Setembro de 1905 foi assinado o Tratado de Paz de Portsmouth com o Japão. A guerra chegou ao fim. O coronel Akashi foi chamado de volta a Tóquio. Em sua terra natal, foi merecidamente reconhecido. O Imperador concedeu-lhe a patente de Major-General e lhe deu o título honorário de Barão[147]. [...]

[ZYKIN, Dmitry Endgame. *Como eles caluniaram a grande história do nosso país*. São Petersburgo: Peter, 2014].
[147] SHIGIN, Vladimir Vilenovich, *op. cit.*

5. Mito da opressão tzarista

5.1.1 Analisando números

Em março de 1953, o jornal *New York Times*, na ocasião da morte de Stalin, publicou um artigo intitulado *Stalin Rose From Czarist Oppression to Transform Russia Into Mighty Socialist State* ou, traduzindo, "Josef Stalin da opressão czarista para transformar a Rússia no poderosíssimo Estado socialista". Nesse artigo, o jornal tecia elogios ao ditador e via de maneira positiva como ele "avançou sua socialização e industrialização com vigor e crueldade". De certo, o vigor e a crueldade são adjetivos louváveis para quem assiste esse fenômeno a uma distância de 4.803 milhas náuticas. Baseando-me nessa ilustre fonte, inicio a análise de uma suposta opressão tzarista.

Contrário ao que muitos imaginam, a Rússia tzarista não era um "estado policial", pois para um território imenso possuía apenas 10 mil policiais. Por exemplo, na França, com uma população 4 vezes menor e com um território 30 vezes inferior, havia 36 mil policiais. E isso sem contar as colônias[148]. Também como vimos em capítulos anteriores, os policiais eram eleitos pelo povo e para manter seus postos não poderiam agir de forma arbitrária[149].

Quanto às leis, poucas pessoas sabem que a Rússia foi o país onde a pena de morte foi abolida pela primeira vez. Durante todo o reinado de Elizabeth, 1741-1761, a Imperatriz não assinou uma única sentença de morte, nem mesmo

---

[148] СТАРИКОВ, Николай Викторович. Кто убил Российскую Империю? Москва: Яуза, 2006. [STARIKOV, Nikolay Viktorovich. *Quem matou o Império Russo?* Moscou: Yauza, 2006].

[149] МИРОНОВ, Борис Николаевич; Социальная история России периода империи (XVIII—НАЧАЛО XX в.). Том 1 С.-Петербург: Дмитрий Буланин, 2003. [MIRONOV, Boris Nikolaevich. *História social da Rússia durante o período imperial (XVIII - INÍCIO do século XX). Volume I e II*. São Petersburgo: Dmitry Bulanin, 2003].

os condenados por assassinato. E o que estava acontecendo, ao mesmo tempo, na "esclarecida" e "humanitária" Europa Ocidental? Nos séculos XVIII a XIX, no Ocidente, a pena de morte é aplicada amplamente. Havia adversários da pena de morte, como Voltaire (1694-1778), mas, por outro lado, Montesquieu (1689-1755) reconheceu a pena de morte como uma medida necessária, e, em geral, a sociedade estava de acordo com isso. Em 1764, um educador italiano, Cesare Beccaria (1738-1794), publicou um tratado intitulado *Dos Delitos e das Penas*. Um trabalho polêmico, porque o autor levantou a questão da adequação da pena de morte e deu o exemplo da Imperatriz russa Elizabeth. Nele o autor relata: "Fiquei horrorizado e indignado. A pena de morte, um sinal de uma civilização altamente desenvolvida". E este foi o veredito da maioria dos europeus. Um exemplo dessa posição foi a correspondência do filósofo francês Joseph de Maistre com um diplomata russo, o príncipe Piotr Kozlovsky. O príncipe Kozlovsky foi um forte opositor da pena de morte e Joseph de Maistre opôs-lhe: "Estou convencido de que qualquer nação civilizada deve usar a pena de morte ... A abolição da pena de morte é um sintoma ou uma causa de inferioridade de uma nação como tal". Os outros países europeus, quando receberam a notícia de que a Rússia decidiu abolir a pena de morte, estavam absolutamente certos de que isso conduziria, inevitavelmente, ao colapso do país.

Tudo está perdido! Foi o frenesi histérico no Ocidente. Foi escrito em um despacho secreto. Primeiro, a guerra vai destruir a Rússia, porque os soldados não terão medo de ser fuzilados, e se recusarão em lutar, fugindo do campo de batalha. A oposição deixará de ter medo de ser enforcada nas fortalezas e na primeira ocasião, farão uma revolução. E estupradores e assassinos agirão á céu aberto para matar e estuprar abertamente nas ruas de Moscou.

No entanto, essas expectativas não se realizaram. A Rússia não entrou em colapso, e o exército russo, apesar da abolição da pena de morte, obteve muitas vitórias. Após o reinado de Elizabeth, de 1741 a 1761, a pena de morte retornou, mas os números de executlados eram sempre inferiores ao ocidente. Se contarmos o número de justiçados, em toda a história da polícia política tzarista, o número de vítimas não excederá cinco mil. Agora compare o gentil e bem-letrado francês, em apenas uma noite, a noite de St. Bartholomeu, matou mais de trinta mil dos seus concidadãos. E isso não é surpresa. Quantas pessoas morreram na Espanha, na Holanda ... no total, podemos contar até mesmo centenas de milhares. E se você confrontar a repressão sob Ivan IV, conhecido pejorativamente como "Ivan, o Terrível", com o que estava acontecendo no Ocidente, perceberemos como a russofobia está enraizada nos meios acadêmicos. Podemos ter um exemplo disso por meio de um estudo realizado por sociólogos que buscavam descobrir quais dos governantes russos são conhecidos como despóticos. Na maioria das vezes surgiu o nome Ivan IV, conhecido na Europa e nos Estados Unidos como maníaco e tirano. No entanto, no Ocidente civilizado, ninguém se lembrou da tirania de Henrique VIII de Inglaterra, que de suas esposas, ao contrário de Ivan IV, optou por não enviar no mosteiro, mas no cadafalso. Henrique VIII enforcou 72.000 pessoas, entre elas, infelizes vagabundos que perderam suas terras e os meios de subsistência como agricultores. Isso é mais de 10 vezes o número máximo de mortos de Ivan IV, cerca de 5.000 pessoas, incluindo assassinos e ladrões. Ou Elizabeth da Inglaterra, que executou 89.000 de seus súditos.

Se na Inglaterra foram mortas muito mais pessoas que por Ivan, por que assumir que Ivan é excepcionalmente sanguinário? Talvez seja uma política conciente, pois foi neste momento que a Rússia ganhou acesso ao Mar Báltico e declarou-se uma potência mundial. Como os outros monarcas europeus não conseguiam destrui-lo, começaram a travar uma guerra de informações.

Outro exemplo de guerra de informações é o exagero com que são tratadas as punições penais na Rússia. Lá o exìlio penal não foi destinada à destruição, mas ao isolamento humano temporário. No entanto, para presos políticos, enquanto no resto da Europa eram brutalmente massacrados, na Rússia eram tratados com brandura. O chefe revolucionário Vladimir Lenin foi preso por suas atividades anti-estado e deportado em dezembro 1895. No exílio, Vladimir Ilyich não trabalhava (fora dele também não), o governo czarista pagava todas as suas despesas. Ele tinha um quintal espaçoso, local para cozinhar, banhar-se e lavar. Na época, escreveu artigos antigovernamentais, fazia caminhadas ao ar livre, caçadas e tinha o direito de possuir armas de fogo. Lá ele se casou com Nadezhda, mesmo sem ter um trabalho[150].

Mesmo os brutais dezembristas, grupo terrorista e antissemita que pregava o extermínio dos judeus, a divisão da sociedade russa em castas de acordo com a pureza da raça, a instalação de um Estado policial e o extermínio físico do Imperador e sua família, eram tratados com cordialidade. E assim foi o caso da reação de Alexandre III, em relação aos seus adversários.

Um exemplo da insensatez com que eram tratados os terroristas está presente no livro de ensaios do publicitário polonês Józef Mackiewicz, em que o autor descreve uma entrevista com o terrorista Vladislav Studnitsky, que odiava, de coração, a Rússia e todas as almas russas. Nessa obra, além de escrever banalidades cheias de fanatismos, observações xenófobas e repugnantes, como, por

---

[150] ПРОКОПЕНКО, Игорь Станиславович; Злые мифы о России. Что о нас говорят на Западе?. Москва: Издательство Э, 2016.
[PROKOPENKO, Igor Stanislavovich. *Mitos perversos sobre a Rússia. O que eles dizem sobre nós no Ocidente?* Moscou: Editora E, 2016].

exemplo, que as mulheres russas são piores que prostitutas polacas, ele também dava detalhes de seu exílio na Sibéria. Studnitsky falou que foi levado para uma grande aldeia, em Minusinsk, e lá o exilado socialista recebeu uma casa em que não trabalhava e tinha empregados russos que o serviam em todos os seus caprichos. O governo lhe pagava 8 rublos para despesas, 7 rublos para o apartamento e ainda enviavam para sua casa 10 rublos por mês. Era possível, para ele, fazer longas caminhadas ao ar livre e caçadas. Em Minusinsk havia uma rica biblioteca e ele ganhou uma pilha de livros. Lá escreveu um livro sobre a Sibéria e um artigo no jornal. Segundo o próprio autor: "Bem, você tinha uma vida de luxo! Eu não hesitaria em trocá-la por nossas instalações aqui na Itália"[151].

Outro aspecto surpreendente sobre a ingenuidade do governo tzarista, é pensarmos que os dezembristas não apenas planejavam a eliminação física do jovem Imperador, mas também a eliminação de toda a Família Real, incluindo crianças, e que, mesmo assim, Nicolau I ajudou esses bárbaros. O Imperador não só pagou todas as dívidas dos exilados, mas também seus filhos, às custas do dinheiro público, estudavam nas melhores instituições de ensino do Império. Ele também, por décadas, pagou uma pequena pensão para mães e esposas dos dezembristas. Isso que é retribuir o mal com o bem[152]!

5.1.2 Mito do tzar sanguinário

Um dos mitos que foi em parte desvendado é **o MITO NÚMERO 33, o mito do tzar sanguinário.**

Nicolau II recebeu esse título por causa do "Domingo Sangrento", mas se compararmos as 96 vítimas desse dia com o mesmo fenômeno em outros países, podemos concluir que esse mito não procede. Podemos ter como referência a França, que, em 1848, apenas em Paris foram enforcados, por sanções de cortes marciais, mais de 10.000 pessoas. Enquanto isso, no governo tzarista, durante a revolta polonesa, os feridos foram tratados em hospitais russos e os prisioneiros foram libertados. No caso da nobreza, 30% deles perderam suas propriedades, e apenas os participantes ativos foram banidos para a Sibéria.

---

[151] ВОЛКОВ, Сергей Владимирович. Почему РФ - еще не Россия. Невостребованное наследие империи. Москва: Вече, 2010 г.
[VOLKOV, Sergey Vladimirovich. *Por que a Federação Russa ainda não é a Rússia. O legado não reclamado do Império*. Moscou: Veche, 2010].
[152] ЗИМИН, Игорь Викторович; Царские деньги. Доходы и расходы Дома Романовых. Повседневнаяжизнь. Москва: Центрполиграф, 2011.
[ZIMIN, Igor Viktorovich. *O dinheiro tzarista. Receitas e despesas da casa dos Romanov*. Vida cotidiana. Moscou: Tsentrpoligraf, 2011].

Depois de apenas 18 anos após a guerra russo-polonesa, em 1848, o Imperador austríaco suprimiu a revolta dos húngaros. Como punição aos rebeldes, 100.000 foram espancados e açoitados até a morte, e cerca de 40 mil insurgentes foram fuzilados e enforcados[153].

Também devemos enfatizar que as rebeliões e greves em fábricas de defesa, durante a guerra, em qualquer país, menos na Rússia, eram punidas com a morte. Assim, em 1916, os ingleses suprimiram a revolta em Dublin com a ajuda de fuzileiros navais e artilharia pesada dos návios de guerra. Os rebeldes foram expulsos das ruas por meio de metralhadoras e tanques de guerra (500 mortos e 2.600 feridos). E ninguém, nem mesmo a América, gritou sobre o modo sangrento com que os ingleses abafaram a rebelião. No dia 20 do mesmo ano, os britânicos estavam em tempos de paz, e, mesmo assim, usaram tanques e metralhadoras para reprimir os tumultos de trabalhadores em Manchester[154].

Ao considerarmos que o socialismo foi instaurado na Rússia, por causa da crueldade do Imperador em suprimir greves, podemos concluir que esse objetivo não foi alcançado, pois, em março de 1919, os trabalhadores, cansados de receber seus salários em um dinheiro inflacionado, praticamente sem valor, fizeram uma manifestação pacífica em várias cidades na Rússia. No caso dos trabalhadores de Astracã, as tropas da polícia, quase sem aviso, abriram fogo, com metralhadoras e fuzis, contra os trabalhadores. Os manifestantes fugiram, deixando na área 2.000 homens mortos e feridos. Os feridos foram imediatamente mortos por tiros de revólver. Quase todos os participantes da rebelião foram presos e colocados, pelos comandantes da Cheka[155], em pé no porão do navio "Gogol". Em Moscou, ao ser relatado o levante, prontamente veio à resposta: "Reprimir impiedosamente". Logo que obtiveram essa resposta, medidas extremas foram tomadas. Os trabalhadores foram mortos nos porões da Cheka e seus corpos lançados, a partir de barcas, no Volga. Os cemitérios mal podiam suportar tantos cadáveres. Os corpos seminus e encharcados de sangue eram despejados em pilhas diretamente sobre o solo. Em 13 e 14 de março, os tiros eram apenas para os trabalhadores, porém, mais tarde, as autoridades quiseram punir seus "instigadores" e as execuções continuaram até meados de abril. Depois da Tragédia de As-

---

[153] МЕДИНСКИЙ, Владимир Ростиславович;О русской грязи и вековой технической отсталости.Москва:ОлмаМедиаГрупп, 2015.
[MEDINSKY, Vladimir Rostislavovich. *Sobre a imundície e o atraso técnico da Rússia antiga*. Moscou: Grupo Olma Media, 2015].

[154] История России XX века. Миф о Кровавом воскресенье. Николай Николаевич Смирнов. Воскресенье. Москва,Новое время, 2007.107 серий по (30 мин).
[História da Rússia no século XX. *O mito do domingo sangrento. Nikolai Nikolaevich Smirnov*. Moscou, Novoye Vremya, 2007. 107 episódios de cada (30 min)].

[155] A Theca (ou Cheka) foi a primeira das organizações de polícia secreta da União Soviética. Ela foi criada por um decreto emitido em 20 de dezembro de 1917. É a ancestral do KGB.

tracã, os bolcheviques decidiram desabafar sua raiva sobre todas as greves que varreram o país em março 1919. O número de execuções de grevistas em São Petersburgo, Tula e Bryansk, durante os três primeiros meses de 1919, foram de 138.000 pessoas baleadas. Em junho de 1921, trabalhadores ferroviários entraram em greve por causa da fome em Ekaterinoslav. As multidões de trabalhadores foram metralhadas e 240 pessoas morreram[156].

No caso da pena de morte, os tzares também não se mostram monstros sanguinários. Basta imaginar que em 25 anos, durante o reinado de Alexandre I, 1801-1825, foram executadas em toda a Rússia vinte e quatro pessoas. Ou seja, uma pessoa por ano. Algo surpreendente se considerarmos que 80 pessoas foram condenadas à morte nos Estados Unidos em 2013.

Comparando esses números com a Inglaterra do mesmo período, só em Londres foram executadas 1.300 vezes mais pessoas do que na Rússia[157].

Quanto ao reinado de Nicolau II, no período 1875-1905, foram executadas 484 pessoas, uma média de 30 pessoas por ano. No ano de 1905, no EUA, foram mortas 155 pessoas, cinco vezes mais do que a media anual russa[158].

É claro que durante a Revolução de 1905-1907, o número de execuções foi maior. Mas isso foi uma demanda social, pois a impunidade dos anos anteriores gerou o exterminio em massa de pessoas inocentes por terroristas. No total, para o período 1905-1907, as vítimas eram mais de 17 mil. Infelizmente, os governantes cometeram o terrível erro de negociar com terroristas, e o resultado foi óbvio, no esforço para acalmar o país, o agitou ainda mais. Nicolau II, em 18 de fevereiro de 1905, anunciou a convocação da "Duma", composta por representantes eleitos do povo. Mas ao perceberem a fraquesa e frouxidão dos governantes, em vez de acalmar os extremisntas, essas concessões foram como gasolina lançada ao fogo. Como o diálogo e o bom senso não funcionam com terroristas, Stolypin convenceu Nicolau II a adotar medidas mais duras. Depois de uma semana, instaurou-se um decreto que convocava cortes marciais[159].

Mesmo durante a revolução de 1905 a 1907, com tribunais militares, 1.102 sentenças de morte foram decretadas, mas foram realmente executadas, de acordo com várias estimativas, apenas 683 ou 629[160].

O número de presidiários na Rússia Imperial também era menor do que na Rússia socialista. Podemos constatar isso no gráfico acima.

---

[156] БУНИЧ, Игорь Львович; Золото партии. Историческая хроника. Москва: Эксмо, 2005. [BUNICH, Igor Lvovich. *Partido do ouro. Crônica histórica.* Moscou: Eksmo, 2005].
[157] *Idem.*
[158] ГЕРНЕТ, Михаил Николаевич; История царской тюрьмы. Москва: Госюриздат,1978. [GERNET, Mikhail Nikolaevich. *A história da prisão imperial.* Moscou: Gosyurizdat, 1978].
[159] PROKOPENKO, Igor Stanislavovich, *op. cit.*
[160] GERNET, Mikhail Nikolaevich, *op. cit.*

5.1.3 Mito da prisão dos povos

Outra questão que se encaixa ao tema das liberdades políticas na Rússia é o **MITO NÚMERO 34, o mito de que a Rússia era a prisão dos povos.**

A maioria acredita que esse mito começou com Lenin, em seu artigo "No Orgulho Nacional dos grãos-russos". Nesse artigo Lenin parafraseia Marx, que, por sua vez, pediu emprestado uma imagem vívida de Custine, que criou o selo de "Rússia – uma prisão dos povos".

Esse termo apareceu pela primeira vez no trabalho do escritor e viajante francês Marquês de Custine (1790-1857), no livro "Rússia 1839", publicado pela primeira vez em Paris, em 1843. Em um trecho desse livro podemos ler: "não importa o quão imenso seja este Império, ele não é nada além de uma prisão, e a chave é mantida pelo Imperador". Para o leitor moderno, esta afirmação nos parece um tanto pretensiosa para um país, como a França, que tratava com tamanha crueldade e arrogância suas colônias africanas e americanas. A mesma França, que em pleno século XX, durante os conflitos na Argélia, matava e estuprava mulheres e crianças. Colocava prisioneiros da resistência argelina em campos de concentração, iguais aos nazistas. Cometia mutilações, como cortar as orelhas e o nariz dos insurgentes, e decapitava os prisioneiros. Uma França sem muita moral para julgar.

Porém, não podemos condenar Custine por sua arrogância, pois, em geral, ele não disse nada sobre relações internacionais, mas apenas queria relatar uma suposta repressão interna. Além disso, ele não condena a opressão de povos não russos do Império, ao que parece, ele não sabia nada sobre tal assunto.

Independente dos detalhes de sua origem, o mais importante é que a afirmação de que a Rússia é uma prisão dos povos é falsa. As terras conquistadas pela Rússia não se tornaram colônias no sentido ocidental. O *status* das novas aquisições de terras do Estado russo era mais parecido com as províncias do Império Romano.

Não podemos falar em igualdade absoluta de direitos na Rússia, pois, desde o início, ainda no período do Grão-ducado de Moscou, a tradição de autogoverno local era normal. Isso possibilitava uma lei mais direcionada, não havia uma unificação dos direitos, porque o Império buscava adequar as leis aos costumes e tradições regionais.

Os governos locais das terras conquistadas tinham grande autonomia, nada a ver com os Impérios dos britânicos, franceses e holandeses. Seus Impérios foram criados a fim de enriquecer a si "próprio" em detrimento dos "outros". A política econômica desses países até o século XX foi baseada unicamente na exportação de recursos e de riquezas das colônias para a metrópole. O exemplo mais claro é a pilhagem monstruosa com que os britânicos exerceram sobre a Índia e a ambição dos espanhóis na América do Sul e Central.

5. MITO DA OPRESSÃO TZARISTA

Outro agravante na política colonial ocidental são as doutrinas racistas da superioridade do "homem branco". Por isso, nunca um rei da Inglaterra, ou mesmo um aristocrata do domínio britânico, se casaria com uma indígena ou uma princesa africana. Até mesmo os Rajares indianos não tinham os mesmos direitos que os aristocratas ingleses, nem poderiam se eleger no parlamento para sentar-se na Câmara dos Lordes e se tornarem membros do governo.

A forma como os ingleses tratavam os Hindus ou os chineses revela um abismo infinito entre os Impérios coloniais ocidentais e o Estado russo. Os povos conquistados costumavam receber rapidamente todos os direitos da nobreza russa.

A questão da raça nunca foi importante para os russos. Por exemplo, um tártaro batizado poderia alcançar qualquer cargo, como é o caso de Boris Godunov, o príncipe tártaro. E, de fato, quase um terço da aristocracia russa é de origem tártara. Também temos boa parte da aristocracia russa proveniente do Grão-Ducado da Lituânia e em seguida uma grande mistura de sangue polonês. Isso não impediu o Príncipe Czartoryski Glinski de ficar no trono russo.

Desde o Cáucaso do Norte até os países da Ásia Central, todos tinham o direito à nobreza e ao governo local. Isto levou ao fato de muitos estrangeiros tornarem-se funcionários e oficiais do Império Russo, contribuindo para o desenvolvimento do país. Um deles foi Ciocan Valikhanov, um descendente do filho de Genghis Khan, que se tornou coronel e representante de sua província. Ele formou o Corpo de Cadetes de Omsk. Também não podemos esquecer que 60% do total da formação do exército de Ivan, IV, não eram russos. Além disso, havia muitos oficiais europeus, especialistas militares, como era o caso de alemães, poloneses, holandeses e ingleses. As tropas Tártaras, de Ivan, eram geralmente mais preparadas do que as russas.

Os armênios, tártaros, uzbeques e comerciantes da Mongólia receberam os mesmos direitos que os russos. Os cidadãos da Ucrânia, dos países bálticos, no Cáucaso e na Sibéria, poderiam entrar nas corporações burguesas. Os camponeses dos povos conquistados também se tornaram iguais aos russos e poderiam possuir terras em qualquer área.

O Império Russo nunca se considerou como um domínio estatal sobre os não russos. Esse Império cresceu e intensificou-se devido a novas terras e povos, e acreditava que esses povos deveriam participar em igualdade.

Os armênios e georgianos possuíam suas próprias unidades militares especiais, que estão na gestão operacional do Estado-Maior, mas foram recrutados na Geórgia, por meio de um juramento em georgiano, e entrou em batalha, obedecendo às ordens do mesmo idioma georgiano sob suas próprias bandeiras[161].

---

[161] МЕДИНСКИЙ, Владимир Ростиславович; О русском рабстве, грязи и «тюрьме народов». Москва: Олма,2008.

No censo de 1897, foi constatado que apenas 52,6% dos nobres hereditários tinham como língua materna o russo, enquanto 28,6% o polonês, 2,1% o alemão, 5,9% o georgiano, 5,3% o tártaro, 3,4% lituano e letão, entre outros. Na estrutura de comando do exército, no período de 1735-1739, 33 dos 79 generais e 28 coronéis eram estrangeiros. Em 1840, até 40% da composição dos altos funcionários não eram russos[162].

Muitas vezes os estrangeiros não apenas estavam em pé de igualdade como possuíam privilégios, pagavam menos impostos e não tinham o recrutamento obrigatório[163].

Outro aspecto que não pode ser ignorado é a questão da emigração. Você poderia imaginar um êxodo da liberdade para a prisão? Se levarmos a sério a tese da Rússia como uma "prisão dos povos", como poderíamos explicar a imigração, de outros europeus, perpetuado durante os séculos XVII-XIX. Em meados do século XVII, apenas em Moscou viveram 20 mil europeus, principalmente alemães, mas também holandeses, escoceses, franceses, suíços, italianos, dinamarqueses, irlandeses. Entre 1828 e 1915, segundo as estatísticas, de Vladimir Kabuzan, na Rússia, imigraram 4,2 milhões de estrangeiros. Em geral, da Alemanha 1,5 milhão e da Áustria-Hungria 0,8 milhão. Até o início da Primeira Guerra Mundial, a Rússia era o segundo centro de imigração, apenas superado pelos EUA, à frente do Canadá, Argentina, Brasil e Austrália.

Na Inglaterra, a cultura dos hindus, chineses e africanos era ridicularizada e os católicos irlandeses eram discriminados por sua religião. Na África as tropas de Napoleão entravam a cavalo e bombardeavam mesquitas. Na Rússia, a realidade era bem diferente, a diversidade cultural e religiosa era respeitada. Se os muçulmanos quisessem pregar a sua fé para cristãos eles tinham esse direito. No período de Catherine II, os muçulmanos foram capazes de negociar livremente no exterior. Eles podiam construir mesquitas, professar e propagar sua fé em qualquer lugar, mesmo em São Petersburgo.

Em 1880, os muçulmanos que viviam em São Petersburgo tinham amplas atividades teológicas e jornalísticas. Foi publicado, em 1881, o livreto "Muhammad, o Profeta". Em 1883, na *Gazeta de São Petersburgo*, foi publicada uma série de artigos sob o título "O Islã e o islamismo", em que o autor defendeu o mundo muçulmano e citou alguns princípios em que eles eram superiores à cultura europeia. Em agosto de 1905, foi realizada em Novgorod o primeiro Congresso Muçulmano de toda a Rússia. Posteriormente, por dois anos consecutivos, ocorreu o Con-

---

[MEDINSKY, Vladimir Rostislavovich. *Sobre a escravidão russa, a sujeira e a "prisão dos povos"*. Moscou: Olma, 2008].
[162] MEDINSKY, Vladimir Rostislavovich, *op. cit.*
[163] STARIKOV, Nikolay Viktorovich, *op. cit.*

gresso Pan-Russo dos muçulmanos em São Petersburgo e Novgorod. Em 1904, foi levantada a questão sobre a construção de uma mesquita em São Petersburgo, o Emir de Bukhara doou 312 mil para a compra do terreno.

Quando foi introduzido sistema de serviço militar obrigatório, os representantes de algumas nações não eram obrigatoriamente recrutados. Mas se quisessem servir o exército, o juramento militar seria de acordo com as leis da sua fé. Inclusive, existia uma "Divisão nativa" que era formada exclusivamente a partir de voluntários. Nas medalhas dadas a indivíduos muçulmanos, não foram impressas imagens de santos ortodoxos, elas foram substituídas por águias bicéfalas. No Cáucaso a condecoração - Ordem de St. George - que é respeitosamente chamada de "Jihad".

Havia, apenas na região da Transbaikalia, três tipos de juramento nativos, em um deles era chamado um xamã Buryat, que realizava seus ritos dançando com um pandeiro e evocando espíritos. E as autoridades militares russas não riam e era tudo levado a sério. Em seguida, o xamã faz algumas estranhas manipulações de um pedaço de pão, e chamava para participar da ação o coronel que era comandante do regimento. Em seguida, o xamã picava um pedaço de pão em sua espada. Os pedaços de pão eram levados à boca com a ajuda da espada e comidos. Então, levantando a mão direita, na sua própria língua, era jurada a fidelidade ao Império Russo.

Se houvesse confronto entre colonos russos e nativos, as autoridades locais na maioria das vezes, ficavam do lado dos nativos, por uma razão muito simples: regras consuetudinárias eram as mais importantes. Por exemplo, Garin Mikhailovsky descreve um caso em que os camponeses russos, usando de astúcia, alugaram as terras dos Bashkirs e não pagaram quase nada para eles. De fato, os Bashkirs realmente não conheciam o preço das terras ou as leis. Isso durou até os Bashkirs contratarem um advogado.

Outro equívoco, decorrente do "coitadismo" marxista, que tenta fixar suas posições políticas não por argumentos racionais, mas enternecendo o coração dos estudantes com histórias tristes de pessoas oprimidas. Assim sendo, os livros publicados, necessariamente, enfatizam que as nações conquistadas eram "boazinhas", enquanto os colonizadores russos eram "malvadões". Isso não é verdade, enquanto os ocidentais capturavam os povos de suas colônias para servirem como escravos, na Rússia acontecia exatamente o contrário, aldeões russos eram capturados e vendidos como escravos por suas colônias. Embora pareça absurdo acreditar que existiam escravos loiros de olhos azuis, ou que existiam colônias que oprimiam as metrópoles, tenham certeza, isso é pura verdade. Do contrário do que acreditam os marxistas, também existem pessoas más em países pobres e pessoas boas em países ricos. No Canato de Kazan havia 100 mil escravos russos. Isso é ainda mais grave se considerarmos que a população total desse Canato não era maior que 1 milhão de pessoas. Por isso os Moscovitas tinham sérias razões para controlar essa região.

Outro detalhe esquecido pelos marxistas e suas narrativas vitimistas é que nem sempre o povo desejava independência, pois, muitas vezes, as elites locais, os sultões, cãs, emires e cortesãos agiam de forma tirana para com as pessoas sujeitas a eles. Sobre a conquista do Canato de Kazan, podemos dizer que as elites eram tão criminosas e sanguinárias que apenas os nobres lutavam pela independência.

Em 1555, em Moscou, embaixadores do rei Ediger da Sibéria apelaram para o Imperador Ivan IV, com um arco e reconheceu voluntariamente sua vassalagem com a frase: *"Toma, ó rei, toda a Sibéria debaixo do braço"*. Sobre isso, o rei, é claro, o consentiu. Assim os povos siberianos (não só a Sibéria tártara, mas a Khanty, Mansi e outros povos do Norte) também se juntaram voluntariamente ao Estado russo.

Também existiam sentimentos antirussos nos príncipes locais, entre eles, Khan Kuchum. No entanto, o governo de Khan Kuchum não possuía legitimidade. Em 1563 ele matou o rei legítimo, um descendente da reconhecido da dinastia siberiana. Kuchum também não era uma vítima, ele rompeu relações com Moscou e começaram a invadir as terras Russas da região de Perm. Somente após serem invadidos os cossacos russos atacaram para se defender.

Em 1554, o rei de Astracã Dervis Ali assinou um acordo de união de Astracã com o Estado russo. Isso ocorreu de forma pacífica e voluntária. Astracã manteve a sua autonomia e eram, na verdade, vassalos de Moscou. Típico do sistema medieval.

O mais curioso é que o reino de Kazan, apesar da crueldade com que tratavam os russos, recebeu a proposta de entrar voluntariamente no reino de Moscou, porque havia muitos representantes dos tártaros de Kazan em Moscou. E havia a presença de um poderoso partido pró-russo em Kazan. Em 1551, a maioria dos chefes de Kazan, Kul Sharif e Khuday Kool, votaram a favor do tratado com Moscou. Eles se comprometeram a libertar todos os cristãos, escravizados. Este governo tomou o juramento de fidelidade ao governador russo e realmente anunciou a entrada pacífica dos tártaros de Kazan no estado russo[164].

5.1.4 O sindicato dos príncipes

Muito se fala sobre a importância dos sindicatos nas conquistas trabalhistas, no entanto, o papel representado pelos sindicatos, na Rússia imperial, não foi

---
[164] STARIKOV, Nikolay Viktorovich, *op. cit.*

um avanço, mas um retrocesso. Pois os trabalhadores perderam totalmente sua autonomia e entregaram seus destinos nas mãos de uma instituição governamental. Desde então, os verdadeiros interesses de um trabalhador, que eram econômicos (aumento de salários), foram substituídos pelos interesses das elites. Essas elites transformaram seus funcionários "em peões" de um jogo político para conquistar o poder. Esse foi o caso dos sindicatos, da Rússia, do início do século XX. Um sindicato criado por uma organização aristocrática composta por príncipes e membros da alta sociedade conhecida como "União de Libertação".

A "União de Libertação" era um movimento político ilegal que estava presente em 22 cidades. Foi fundada no congresso de 1903, na Suíça, para conseguir influência política.

O primeiro congresso da "União de Libertação", realizado na Rússia, foi em 1904, em um apartamento privado em São Petersburgo[165]. No início de setembro, de 1904, os membros do Conselho, o príncipe Dmitry Shakhovskoy e o Príncipe Peter Dolgorukov realizaram uma reunião ilegal com os representantes dos Zemstvo, que buscavam desenvolver uma política comum sobre a questão da constituição.

Em 20 de novembro, foi organizado um banquete para iniciar a formação de sindicatos com o objetivo de combiná-los em uma associação para alcançar o poder[166]. Ou seja, os sindicatos russos não foram criados nos subúrbios operários, mas no banquete dos príncipes.

Em dezembro de 1904, no II Congresso, a "União de Libertação" começou a criação dos sindicatos, não para proteger os direitos dos trabalhadores, mas para usurpar o poder vigorante. Em fevereiro, na capital, eles se uniram e criaram o Comitê Central da "União dos Sindicatos", para unir todas as forças antigovernamentais em uma frente única[167].

Criar e controlar a "União dos Sindicatos" possibilitou as elites industriais e políticas comandar boa parte da cadeia produtiva do país. Só assim foi possível manipular os operários e os utilizar como massa de manobra em greves e grandes manifestações.

---

[165] ШАЦИЛЛО, Корнелий Фёдорович; Новое о "Союзе освобождения". Москва: Вече, 1975.
[SHATSILLO, Korneliy Fedorovich. *Novidades sobre a "União de Libertação"*. Moscou: Veche, 1975].

[166] ПАЙПС, Ричард; Струве. Биография. Том 1. Москва: Московская школа политических исследований, 2001.
[PIPES, Richard; Struve. *Biografia. Volume 1.* Moscou: Escola de Estudos Políticos de Moscou, 2001].

[167] ДМИТРИЕВ, Сергей Николаевич; Союз союзов и профессионально-политические союзы в России 1905-1906. Москва: Молодая гвардия, 1992.
[DMITRIEV, Sergey Nikolaevich. *União de sindicatos e sindicatos político-profissionais na Rússia 1905-1906.* Moscou: Guarda Jovem, 1992].

Como a "União de Libertação" manobrava parte relevante da produção, logística, comunicação e mídia, o governo se viu impotente diante de tamanha ameaça. Ameaça essa, maximizada pela situação de litígio nas fronteiras orientais. Assim, o Imperador, coagido diante do risco de caos nacional, foi forçado a ceder as chantagens dos príncipes, assinando o manifesto de 17 de outubro trazido pelo Príncipe Obolensky[168].

5.1.5 Guerra de informações

Nossa impressão diária é, em grande parte, puramente capitalista e só pode ser realizada no país com grande dificuldade. Jornais e revistas são as nossas batalhas, não é rentável para o investimento de capital, e para o serviço público é desinteressante. O capital industrial não entra em uma área onde o destino das empresas depende de contingências imprevistas, onde um grande sucesso junto do público não protege contra uma falha súbita, onde a existência da melhor publicação mobilada pode ser rescindida a qualquer momento, a critério das entidades de imprensa estrangeira. Qualquer atividade comercial exige determinadas garantias básicas de segurança externa, não se pode viver e crescer sob o medo diário da constante extinção ou catástrofe. Prudentes capitalistas não têm nada que fazer, onde estão gravemente condenados a permanecer em uma empresa efêmera, onde não há confiança abaixo do solo, mesmo com chance de sucesso inegável, não há elementos de força e permanência da situação geral... (Vestnik Evropy, 1910, n° 7. Slonim L. Z.)

Embora esse texto narre em detalhes as dificuldades das editoras, negócios privados no campo do jornalismo tinham se expandido e fortalecido. Esse sucesso se deve, muitas vezes, pela mudança das funções de uma editora. Editores e jornalistas às vezes eram profissionais contratados para pactuar com os interesses e convicções dos proprietários das editoras. Alguns membros da alta sociedade, como os banqueiros Polyakov, Albert, os capitalistas Konshins, Ryabushinskys, Morozov, os bancos (o Volga-Kama, o Azov-Don), todos de bom grado investiram na imprensa periódica[169]. O jornal "Gazeta Renânia", que impulsionou a carreira

---

[168] НИКОНОВ, Вячеслав Алексеевич ;Крушение России 1917. Москва: Астрель, 2011. [NIKONOV, Vyacheslav Alekseevich. *O colapso da Rússia em 1917*. Moscou: Astrel, 2011].
[169] ЖИРКОВ, Геннадий Васильевич.Журналистика русского зарубежья XIX–XX веков,. Санкт-Петербург:Изд-во С.-Петерб. ун-та, 2003.
[Zhirkov, Gennady Vasilievich. *Jornalismo da diáspora russa dos séculos XIX - XX*. São Petersburgo: Editora de São Petersburgo. Universidade, 2003].

de Marx, era patrocinado por Gustav Mevissen, proprietário do Banco de Dresden e empresário.

Essa conexão entre interesses econômicos e a manipulação da opinião pública nos leva ao **MITO NÚMERO 35, o mito de que a mídia russa não tinha liberdade.**

Na verdade, nos últimos meses, antes de 17 de outubro, não só os progressistas, mas também os conservadores, transformaram-se em revolucionários. Quem uniu todos os membros da imprensa foi a já citada "União dos Sindicatos", que liderava a "União dos tipógrafos". Ao mesmo tempo, a "União de Imprensas" foi fundada em São Petersburgo, esta aliança foi assistida por quase todos os meios de comunicação. Nestes sindicatos tomaram parte ativa Gutchkof, Lvov, o príncipe Golitsyn, Krasovsky, Stakhoviches, Conde Heiden e outros. Todas essas associações em diferentes cores e diferentes aspirações estavam unidas na tarefa de derrubar o regime existente a todo custo, e, por isso, muitos desses sindicatos reconheciam abertamente a tática de que os fins justificam os meios. Desse modo, para atingir seus objetivos, não se privaram do uso de embustes. Tanto a esquerda, como a direita tornaram-se mentirosos. Quando a Revolução estourou e começou a anarquia, a imprensa de direita, para alcançar seus fins, espalhava mentiras que muitas vezes superavam às da imprensa de esquerda.

Esse tipo de atitude da imprensa não sofreu qualquer tipo de represália ou censura, pois esse comportamento tinha respaldo até nos altos escalões do governo. Quando S. M. Propper se tornou presidente do Conselho de Ministros, ele defendeu a ideia de plena liberdade de imprensa. Todos os tipógrafos admitiam que nunca na Rússia a mídia gozou de tamanha liberdade. Witte admitiu que em seu ministério nunca houve medidas repressivas. Essa liberdade foi usada de forma incorreta, não para informar, mas para espalhar falsos boatos e pânico.

Mas embora as maquinações revolucionárias empobrecessem o país, os redatores e jornalistas enriqueciam. É particularmente visível este fato no caso de Suvorin, o editor do jornal *Nova Era*. Ele juntou uma fortuna de milhões. O homem que começou sua carreira jornalística com um centavo no bolso arrecadou cinco milhões de rublos.

Além de pânico financeiro, os jornais também espalhavam sátiras com mentiras sobre a Família Real[170].

É claro que falar que os intelectuais possuíam liberdade total seria um exagero, pois qualquer um que apoiasse o governo ou fosse contrário à Revolução

---

[170] ВИТТЕ, Сергей Юльевич. Воспоминания. Полное издание в одном томе. Москва: Альфа-книга, 2010.
[WITTE, Sergey Yulievich. *Recordações*. Edição completa em um volume. Moscou: Alpha Kniga, 2010].

e outros axiomas do sindicato da imprensa teriam fortes retaliações. Podemos ter um exemplo disso nas palavras de Berdiaev:

> Na Rússia formou-se um culto especial de santidade ao revolucionário. Esse culto tem os seus santos, sua tradição sagrada, os seus dogmas. Durante muito tempo, todas as dúvidas desta tradição sagrada, qualquer crítica desses dogmas, de natureza direta ou indireta relativa a estes santos levava à excomunhão não só da opinião dos revolucionários radicais, mas também das linhas progressistas.

No final do XIX e início do século XX, segundo um dos líderes da direita dos Democratas Constitucionais, V. A. Maklakova: "O único inimigo da Rússia é o seu governo; cada palavra em favor dele parece ser um crime contra o seu país natal". Com isso podemos concluir que as únicas represálias à liberdade de opinião eram contra as opiniões favoráveis ao governo. Um cientista, um escritor, um artista ou um músico não eram julgados por seus dons, mas sim por seu grau de crenças radicais. Basta remeter ao filósofo V. V. Rozanov, o redator M. O. Menshikov e o romancista Nikolai Leskov, os três, por diferentes motivos, se recusaram a seguir as ordens dos radicais e foram impiedosamente perseguidos pelos mais influentes jornais e editoras. A mesma situação é descrita por L. Ginzburg: "Muitas das grandes personalidades da cultura russa não queriam revolução, e foram condenadas pela revolução".

Os progressistas aplicaram todos os dispositivos disponíveis para atingir seus objetivos, isso incluía a manipulação da consciência das massas, a desinformação e a violência, tudo isso provocando a instabilidade. Mesmo o terror contra a autocracia era apoiado pelos progressistas e esse foi o principal instrumento de luta da intelectualidade. Os progressistas, por meio de seus diários, incentivaram abertamente os jovens a cometerem atividades terroristas antigovernamentais[171].

5.1.5 É Sapo de fora, mas chia

Como já vimos, a "União dos Sindicatos" teve a ideia de incentivar uma greve geral para colocar o governo de joelhos. Neste momento, o Gabinete Central de "União" tomou como instigadores o mais radical dos seus ramos, a União dos empregados ferroviários e trabalhadores do Sindicato dos Engenheiros, que

---

[171] МИРОНОВ, Борис Николаевич; Благосостояние населения и революции в имперской России: XVIII — начало XX века. Москва: Весь Мир, 2012.
[MIRONOV, Boris Nikolaevich; *O bem-estar da população e revoluções na Rússia imperial: XVIII - início do século XX*. Moscou: Ves Mir, 2012].

idealizaram uma greve geral política. Para este fim, eles organizaram um comite especial, deslocancdo o centro da resistência política para as universidades. O governo nunca exerceu censura e controle sobre a educação.

Em agosto e início de setembro de 1905, na Universidade de São Petersburgo, foi discutido pelos alunos a possibilidade de aderir à greve geral. A grande maioria era a favor de abrir as instituições de ensino e não aderir à greve. A votação realizada mostrou que tal apoio a decisão era de 7 alunos contra 1. A mesma decição foi tomada na conferência de estudantes da Rússia, que reunia alunos de 23 instituições de ensino superior, realizada em setembro, onde foi rejeitada a proposta de boicotar as aulas. Como podemos perceber nas universidades russas os alunos não estavam interessados em servir como massa de manobra para os interesses do "sindicato dos príncipes", o que irritou muito os mencheviques que foram obrigados a mudar de estratégia.

A nova estratégia foi formulada pelo menchevique F. I. Danom, que nas páginas do jornal social-democrata *Sparks* exortou os alunos a se voltarem para o público, não para os estudos, mas para fazer a revolução:

> A violação sistemática e flagrante de todas as regras da polícia e dos regulamentos da universidade, a expulsão dos inspetores, supervisores e espiões de todos os tipos, a abertura das portas das salas de aulas a todos os cidadãos que desejam entrar nelas, a transformação das universidades e instituições de ensino superior em locais de reuniões públicas e comícios políticos – que é o objetivo que os alunos devem realizar quando retornarem às salas abandonadas. A transformação das universidades e academias no domínio do povo revolucionário - para que vocês possam formular brevemente os alunos problemáticos. [...] Tal conversão, é claro, transformará a universidade em um dos pontos de concentração e organização das massas.

Após esse discurso autocentrado, foi desrespeitado o desejo da maioria dos alunos e uma minoria militante imediatamente aproveitou a oportunidade para convidar os trabalhadores e até mesmo uma variedade de entidades, que não estão relacionados com a universidade, para realizar reuniões políticas sob seus arcos. Isso foi feito de maneira totalitária e arbitrária. O trabalho acadêmico tornou-se impossível, as universidades tornaram-se "clubes políticos" e os professores e estudantes foram atacados e ameaçados. Coisas semelhantes aconteceram em todas as universidades, incluindo Moscou. Era algo sem precedentes, estudantes radicais chamavam os trabalhadores a greves e revoltas, e a polícia não intervia.

No final de setembro, na Rússia central, ocorre uma nova onda de greves lideradas pela "União dos Sindicatos" e os estudantes radicais, sob suas instruções. As greves, que levaram a uma greve geral em meados de outubro, começaram em

17 de setembro e contaram com o apoio da mídia moscovita. Para iludir os trabalhadores, em primeiro lugar eram levantadas apenas a questão dos salários, mas depois de mobilizados, os alunos davam as manifestações um fundo político.

A universidade de São Petersburgo transformou-se em um foco do movimento grevista, pois lá as reuniões políticas ocorriam sem interferência. Milhares de pessoas aglomeravam-se para as reuniões políticas nas salas de aula. S. N. Trubetskoy, o reitor da Universidade Estatal de Moscou opunha-se à transformação da instituição em um joguete político e em 22 de setembro ordenou o fechamento da universidade (foi o seu último ato na vida, pois uma semana depois, morreu de repente, e seu funeral em Moscou deu origem a uma manifestação política grandiosa)[172].

---

[172] ПАЙПС, Ричард Едгар; Русская революция. Москва: Захаров, 2005 [PIPES, Richard Edgar; *Revolução Russa*. Moscou: Zakharov, 200].

6. Socialismo policial

6.1 O mito da temida Okhrana

Atualmente, no Brasil, o tema da corrupção policial faz sucesso tanto na ficção, representada nas telas do cinema nacional, como factualmente nos telejornais. É triste imaginar que uma instituição tão respeitada pode conter, dentre seus membros, pessoas mal-intencionadas, que deturpam todos os fundamentos da corporação. Infelizmente, policiais corrompidos não são uma exclusividade brasileira e não é um problema atual.

Mas, se no Brasil, onde os policiais desonestos são uma exceção e já causam tantos problemas, imagine-se na Okhrana, onde eles eram uma regra. É sobre essa corporação corrupta que trataremos com toda a atenção em dois capítulos. Iremos começar pelo **MITO NÚMERO 36, o mito de que a Okhrana era temida por todos os que desafiassem o Império.**

Com efeito, na época de Nicolau II, a Okhrana, não só era favorável aos comunistas como também era constituída e chefiada por eles. Pode parecer ridículo, mas, segundo todos os arquivos da polícia secreta que sobreviveram, o número de agentes secretos que estavam infiltrados em partidos revolucionários russos era de 6.500 funcionários de investigação[173]. Sem contar que todos os seus líderes eram membros ou fundadores de partidos comunistas[174].

---

[173] КУНГУРОВ, Алексей Анатольевич; Как делать революцию. Москва: Самиздат, 2011.
[KUNGUROV, Alexey Anatolyevich, *Como fazer uma revolução*, Moscou: Samizdat, 2011].
[174] УДОВЕНКО, Юрий Александрович; Агенты России. Набережные Челны: Издательство Набережные Челны, 2014.
[UDOVENKO, Yuri Alexandrovich, *Agentes da Rússia. Naberezhnye* Chelny: Editora Naberezhnye Chelny, 2014].

Embora essa instituição, oficialmente, tivesse como função resguardar a paz no Império, na prática era tudo bem diferente. Se formos enumerar os crimes da Okhrana, temos o assassinato de grandes funcionários do governo e rivais políticos, a impressão de folhetos subversivos, a criação de grupos revolucionários, a organização de greves e manifestações (ex. O Domingo Sangrento), atentados terroristas, conluio com os inimigos japoneses e com espiões franceses, a tutela e criação de sindicatos e o fornecimento de armas aos revolucionários. Essas atividades criminosas não se limitavam ao território russo, distenderam-se até a Turquia, Alemanha e França.

Durante as revoltas de 1905, a Okhrana era o mais influente grupo revolucionário de esquerda. E o pior de tudo é que essa gigantesca estrutura comunista era bancada com o dinheiro público. Todos sabiam sobre os terríveis crimes cometidos pela Okhrana, mas esses delitos nunca eram punidos, pois seus membros contavam com a cumplicidade dos mais altos escalões do Estado.

O fenômeno que transformou a polícia secreta tzarista em uma organização terrorista é conhecido como "socialismo policial" e começou em 1882, quando George Porfirievich Sudeikin foi nomeado chefe do Departamento de Polícia de São Petersburgo. Este elemento uniu-se a toda sujeira dos altos funcionários do governo, incluindo os ministros do Império russo, que o nomearam como (vice) Ministro do Interior.

No entanto, Dmitry Andreyevich Tolstoy, o ministro do Interior e chefe do Corpo de polícia, se opôs à nomeação de Sudeikin, pois ele conhecia muito bem o seu caráter. Principalmente depois que D. A. Tolstoy recebeu informações sobre uma conversa de Sudeikin com seu assistente Peter Ivanovich Rachkovskiy. Nessa conversa ele orienta seu assistente:

> Se um país não tem revolucionários, os policiais não serão necessários (...). Precisamos fazer o departamento de segurança trabalhar de modo a ter a certeza que o Imperador terá a impressão de que o perigo do terrorismo é extremamente alto, para que ele acredite que só o nosso trabalho abnegado salvará ele e sua família da ruína. E, acredite, com isso nós teremos todos os tipos de favores.

Depois de saber dessa conversa, o Chefe de polícia, Tolstoy, negou-lhe o cargo e por isso G. P. Sudeikin decidiu matá-lo. Para isso contou com a ajuda de Sergei Degayev, um membro da organização revolucionária "Vontade do povo". Mas essa tentativa não deu certo e foi descoberta por todos. É claro que esse "pequeno delito", tentativa de homicídio de um ministro, não foi o suficiente para manchar a reputação de Sudeikin. Ele e seu assistente P. I. Raczkowski fizeram uma carreira meteórica. Tanto que, posteriormente, tornou-se o chefe dos agentes estrangeiros do Departamento de Polícia.

Depois disso, não demorou para que a Okhrana se envolvesse em outro escândalo. O chefe do Departamento de Polícia V. Pleve descobriu que P. I. Raczkowski sabia dos planos para matar o Ministro da Educação Bogolepov, mas não tomou nenhuma atitude. Como resultado Bogolepov foi morto em fevereiro de 1901. Mas nenhuma atitude foi tomada contra ele. Em janeiro de 1904, Raczkowski decidiu matar Pleve, porque este criou uma comissão para investigar suas atividades criminosas. Para realizar essa tarefa, Raczkowski convocou o chefe da organização militar do Partido dos socialistas-revolucionários, Yevno Fishelevich Azev, que, como veremos, teve uma brilhante carreira na polícia[175]. Azev participou das rebeliões de Moscou, Sveaborg e Kronstadt e realizou vinte e cinco assassinatos e tentativas de assassinatos. Para seu crédito, foram computados o assassinato de Pleve, do Grão-Duque Sergei Alexandrovich, do General Bogdanovich, dos agentes da polícia secreta Gapon, o assassinato do grão-duque Vladimir Alexandrovich, de Stolypin, Durnovo, Trepov, do almirante Dubasov, Tchuchnin e de três tentativas de matar o rei[176]. Ele também elevou a fabricação de dinamite, em oficinas de grupos terroristas, a um alto nível qualitativo e quantitativo[177].

6.1.1 O assassinato de Stolypin

Como podemos perceber, na confusa e inacreditável história anteriormente narrada, a polícia secreta do Império era composta pelos mais radicais integrantes de grupos terroristas de esquerda. A polícia eliminava qualquer um que ousasse questionar o seu comportameto delinquente. Esse foi o caso do famoso presidente do Conselho de Ministros Pyotr Stolypin, um dos responsáveis pela reforma agrária e do grande salto econômico na Rússia.

As medidas de Stolypin entravam em conflito com os interesses da Okhrana por três motivos. O primeiro foi por causa de seu programa de reforma agrária, que ofuscava as promessas dos partidos socialistas que tinham como carro-chefe a distribuição de terras aos camponeses. Com o fácil acesso a terra, por modos legais, a revolução e o radicalismo seriam desnecessários. Em segundo,

---

[175] ЖУХРАЙ, Владимир Михайлович; Тайны царской охранки: авантюристы и провокаторы. Москва: Политиздат, 1999.
[ZHUKHRAY, Vladimir Mikhailovich, *Segredos da polícia secreta tzarista: aventureiros e provocadores*. Moscou: Politizdat, 1999].
[176] UDOVENKO, Yuri Alexandrovich, *op. cit.*
[177] СТАРИКОВ, Николай Викторович; Кто финансирует развал России? От декабристов до моджахедов. Москва: Питер, 2010.
[STARIKOV, Nikolay Viktorovich, *Quem está financiando o colapso da Rússia? Dos dezembristas aos Mujahideen*. Moscou: Peter, 2010].

como visto, Stolypin acabou com a impunidade dos extremistas, intensificando as penas por terrorismo e instituindo a pena de morte em larga escala. E, em terceiro, porque Stolypin não tolerava mais as faltas da Okhrana e removeu Raczkowski da liderança do Departamento de Polícia, nomeando outro funcionário para missões especiais do Ministério do Interior.

Por isso as represálias não demoraram por vir. Um grupo extremista constituído principalmente de membros do Partido Socialista Revolucionário, em agosto de 1906, realizou um atentado a bomba contra P. A. Stolypin. O chefe do governo não foi ferido, mas 24 pessoas foram mortas e os filhos de Stolypin foram gravemente feridos. Logo ficou claro o envolvimento dos oficiais de missões especiais com o Partido Socialista Revolucionário. Azefs e Raczkowski admitiram saberem dos planos, mas "não deram valor a isso". Raczkowski deu como desculpas sua saúde, que, segundo ele, "afetou os resultados do trabalho". Rachkovsky não foi preso, mas foi "demitido por causas médicas".

No entanto, a renúncia de Raczkowski do serviço secreto irritou ainda mais a Okhrana, que buscou vingança. Um dos organizadores de tais atos seria Spiridovich Alexander, chefe dos agentes de segurança (sua função era proteger o Imperador, a Família Imperial e altos funcionários do Império, bem como a vigilância dos mais altos funcionários, incluindo a liderança do Ministério da Administração Interna). Em agosto de 1911, pouco antes da fatítica viagem a Kiev, Stolypin diz ao rei que estava descontente com o trabalho dele.

Spiridovich, alguns dias mais tarde, recebeu a informação de que um jovem anarquista de Kiev, Dmitry Bogrov, poderia matar Stolypin durante sua viagem a Kiev. Em vez de neutralizar Bogrov, Spiridovich decidiu usá-lo para matar Stolypin. Ele sugeriu que Bogrov, por meio da Okhrana de Kiev, chegasse bem mais perto de Stolypin, por isso era necessário preparar a "polícia secreta" de Kiev, para que essa garantisse o bom êxito do assassinato. Isso foi fácil, pois o chefe do Departamento de Polícia de Kiev, Nicholas Kulyabko, era o marido da irmã de Alexander Spiridovich, Irina Ivanovna.

Para não expor Bogrov e ajudá-lo a matar Stolypin, ele iria se identificar como "Nikolai Yakovlevich" e entraria na área de proteção especial. Foi-lhe dado um bilhete nominal que lhe permitia caminhar livremente até o teatro e não ser submetido à revista corporal, isso lhe daria a oportunidade de levar armas de fogo ao teatro. Ninguém impediu Bogrov de entrar no teatro. Kulyabko emitiu um bilhete para um ajudante colocar Bogrov em um lugar próximo de Stolypin, na extremidade oposta do corredor, e explicou que isso era necessário "por razões operacionais". Como resultado, em 1º de setembro, de 1911, no teatro de Kiev, Bogrov livremente veio ao encontro de Stolypin e atirou a queima-roupa. No momento do assassinato, o rei e sua Família Real não estavam no salão, embora tivessem planejado participar do evento.

Diante de tantas contradições, e sob pressão da opinião pública, o caso da morte de Stolypin, em 1912, foi revisto pelo Conselho de Inquérito do departamento de Estado. Foi realizada uma investigação contra Spiridovich, Kulyabko e outras fileiras da "polícia secreta", a fim de esclarecer o seu papel no assassinato de Stolypin. No final da investigação, o Conselho de Estado concluiu que Kulyabko "criou as condições para o assassinato de Stolypin" e Spiridovich e desempenhou "omissão ilícita", que "levou ao assassinato de Stolypin".

No entanto, em janeiro de 1913, foi cancelado o julgamento dos líderes da "polícia secreta", cujas ações levaram ao assassinato de Stolypin. Kulyabko foi demitido e nenhuma ação foi tomada contra Spiridovich[178].

6.1.2 Pesca-se melhor em águas turvas

Os serviços de segurança da Rússia, muitas vezes, estavam interessados na existência de terroristas e extremistas políticos dos subterrâneos antigovernamentais de todos os tipos, isso era tão notório que eles estavam envolvidos não só na manutenção, mas também na criação de organizações subversivas. Os benefícios eram demasiados óbvios. Primeiramente, o controle das organizações revolucionárias poderia ser usado para desacreditar ou mesmo eliminar fisicamente os adversários na disputa pelo poder ou propriedades. Em segundo lugar, quanto mais o subsolo político é controlado, menos ele será uma ameaça real. Em terceiro lugar, e o mais importante, se houver uma ameaça terrorista real ou uma mítica ameaça interna, a Okhrana tomaria lugar de destaque na hierarquia do poder por causa de sua indispensabilidade, em seguida, obteria montanhas de dinheiro para fazer um bom trabalho[179]. O último objetivo foi alcançado com primor, pois a estimativa de gastos públicos com os serviços de segurança foram de 50 mil rublos anuais (2 milhões de reais), por policial[180].

Um exemplo dessa disparidade salarial pode ser vista no caso do metalúrgico Roman Malinovsky (introduzido na organização bolchevique por iniciativa de Lenin), que, em 1907, entrou na polícia secreta. Seu salário era ainda maior do que o do governador, um total de 700 rublos (30 mil reais) por mês[181]. Já o salário do já citado vilão Azev era de 12 mil rublos (500 mil reais) por mês.

---

[178] ZHUKHRAY, Vladimir Mikhailovich, *op. cit.*
[179] KUNGUROV, Alexey Anatolyevich, *op. cit.*
[180] ВИТТЕ, Сергей Юльевич. Воспоминания. Полное издание в одном томе. Москва: Альфа-книга, 2010г.
[WITTE, Sergey Yulievich. *Recordações*. Edição completa em um volume. Moscou: Alpha Kniga, 2010].
[181] KUNGUROV, Alexey Anatolyevich, *op. cit.*

Para efeito de comparação, os médicos ganhavam um salário de 80 rublos (3.500 reais), professores do ensino médio 80-100 rublos (4.400 reais), tenente do exército 80 rublos (3.500 reais), um capitão 93-123 rublos (5 mil reais), general 500 rublos (22 mil reais), deputados da Duma 350 rublos (15 mil reais), ministros e membros do Conselho de Estado 1500 rublos (65 mil reais) por mês[182]. Para manter um salário como esse, os ambiciosos agentes da Okhrana seriam capazes de tudo, até mesmo culpar um inocente por suas faltas.

6.1.3 O mito do complô judaico-bolchevique

Como vimos, a Okhrana sempre saía ilesa de seus mais infames atos de traição, crueldade e ilicitude, pois essa contava com o apoio de altos funcionários do governo, no entanto, esse favoritismo não os isentava das reprovações da opinião pública. Por isso foi necessário escolher um "bode expiatório" para assumir as inúmeras transgressões da instituição. A vítima escolhida foram os judeus, o que não era nenhuma novidade, pois desde a Idade Média os nobres contratavam judeus para cobrar os impostos, assim direcionando a raiva do povo[183]. Além do mais, o antissemitismo era a moda da época, inclusive figuras proeminentes como Alexandre Pushkin, Henry Ford, Mikhail Bakunin, Pierre-Joseph Proudhon, Friedrich Nietzsche e eram antissemitas.

Não só para achar um "bode expiatório", mas também para causar caos social, o Governor-General Trepov e Raczkowski passou a confeccionar, nos departamentos de polícia, folhetos de impressão que promoviam *pogroms* contra as "forças das trevas" e, principalmente, contra os judeus. O dinheiro para essas impressões subversivas vinha do fundo do Ministério do Interior. Os *pogroms* eram ataques violentos e maciços a qualquer pessoa que habitava a região por ele selecionada para o ataque, com a destruição simultânea do seu ambiente[184].

Esses fatos nos levam ao **MITO NÚMERO 37, o mito de que houve um complô judaico-bolchevique.** Esse mito não é conhecido no Brasil, mas foi largamente disseminado pela emigração russa. Primeiramente podemos achar o erro em sua própria semântica, se os bolcheviques pregavam o ateísmo, logo, deixariam de ser judeus, que é também uma religião e não apenas uma etnia. Outra acusação infundada é afirmar que haviam muitos judeus revolucionários, pois dentre os representantes dos círculos revolucionários de 18 nacionalidades: 70,8% eram da Rússia, 11,7 % ucranianos, 5,8 % poloneses, 4,9 % judeus e o

---

[182] UDOVENKO, Yuri Alexandrovich, *op. cit.*
[183] SCHEINDLIN, Raymond, *História ilustrada do Povo Judeu*. Rio de Janeiro: Ediouro, 2004.
[184] WITTE, Sergey Yulievich, *op. cit.*

restante eram de armênios e georgianos. Se considerarmos que 4% da população russa era constituída por judeus, esse número não é alto[185]. Também há acusações de que os empresários que patrocinavam os bolcheviques eram judeus. Realmente haviam alguns judeus, como é o caso de Jacob Schiff, que fornecia dinheiro aos bolcheviques, mas ele eram uma minoria. A grande maioria dos pratrocinadores do comunismo era de velhos crentes, como é o caso de Riabushinsky, Putilov, Mamontov, Morozove Nikolai Schmidt.

Outro mito sobre esse tema é o **MITO NÚMERO 38, o mito de que Nicolau II era antissemita.** Isso não é verdade, Nicolau II era uma pessoa de alta cultura, mente aberta e grande sensibilidade ao sofrimento alheio, por isso ele doou grandes quantias de seus fundos pessoais para socorrer judeus refugiados de guerra[186]. Durante seu reinado foram assinadas leis de emancipação aos judeus. Também era permitido a eles, títulos de nobreza e ocupar cargos públicos[187].

Existe o mito de que no reinado de Nicolau II existiam grandes *pogroms* que deram origem a uma emigração maciça de judeus, como podemos ver no seguinte trecho de uma enciclopédia eletrônica: "A palavra tornou-se internacional após a onda de pogrom que varreu o sul da Rússia entre 1881 e 1884, causando o protesto internacional e levando à emigração maciça dos judeus". Esse trecho é errôneo, pois os *pogroms* ocorridos na Rússia não eram necessariamente contra os judeus. Na verdade, os dados de que os motins de outubro de 1905 mataram 4.000 judeus são errôneos. Segundo informações precisas do historiador S. A. Stepanov, morreram 1.622 pessoas, incluindo 711 judeus (43%); feridos 3.544 pessoas, incluindo 1.207 judeus (34%). Em Kiev durante o *pogrom*, 47 pessoas morreram, incluindo 12 judeus (25%). S. A. Stepanov conclui que: "Os pogroms eram dirigidos contra membros de qualquer nação em particular".

Geralmente os dados sobre os *pogroms* são superestimados, como é o caso do ocorrido em Kishinev, em abril 1903. Foi propagado que 500 pessoas morreram nessa ocasião, mas, na verdade, de acordo com o relatório oficial do procu-

---

[185] МИРОНОВ, Борис Николаевич; Социальная история России периода империи (XVIII—НАЧАЛО XX в.). Том 1 С.-Петербург: Дмитрий Буланин, 2003.
[MIRONOV, Boris Nikolaevich, *História social da Rússia durante o Império (XVIII - INÍCIO do século XX)*. Volume 1 São Petersburgo: Dmitry Bulanin, 2003].

[186] ЗИМИН, Игорь Викторович; СОКОЛОВ, Александр Алексеевич; Благотворительность семьи Романовых. XIX – начало XX в. Повседневная жизнь Российского императорского двора. Москва: ЗАО «Издательство Центрполиграф»,2015.
[ZIMIN, Igor Viktorovich; SOKOLOV, Alexander Alekseevich, *Caridade da família Romanov. Sec. XIX - início do século XX Vida cotidiana da corte imperial russa*. Moscou: ZAO "Editora do Centerpoligraph", 2015].

[187] ВОЛКОВ, Сергей Владимирович; Почему РФ - еще не Россия. Невостребованное наследие империи. Москва: Вече, 2010 .
[VOLKOV, Sergey Vladimirovich, *Por que a Federação Russa ainda não é a Rússia. O legado não reclamado do Império*. Moscou: Veche, 2010].

rador A. I. Pollana (que, aliás, era solidário aos judeus), foram, ao todo, 43 mortos e 39 deles eram judeus.

Outro erro do trecho citado anteriormente é que os grandes *pogroms* só ocorreram em 1905, ou seja, 21 anos depois da data das supostas emigrações. Na verdade, nunca houve uma "emigração maciça" de judeus, de 1880 a 1913, a taxa de emigração anual equivalia a 1% da população judaica e sua taxa de crescimento era cerca de 2%. Portanto não se pode falar sobre «imigração em massa», se apenas para esse período o número de judeus na Rússia aumentou em 2,3 milhões. Também não havia relação entre emigração e *pogroms*, pois apenas 1% dos imigrantes judeus era de pessoas pobres e vítimas de *pogroms*. Outro aspecto ignorado é que a dinâmica da emigração de judeus russos aos EUA corresponde exatamente a emigração dos judeus de outros países ao EUA. Além disso, ela coincide com a dinâmica de emigração dos não judeus aos Estados Unidos. Portanto, qualquer indicador da situação econômica singular a emigração de judeus russos não corresponde à realidade.

Outra mentira que não é conhecida no Brasil, mas é muito divulgado na Rússia é que a União do povo russo, mais conhecido como os "Centúrias Negras", eram antissemitas e propagavam *pogroms*. Esse mito foi criado pelos demagogos para traçar um paralelo entre o conservadorismo russo atual, com os "Centúrias Negras", que foi um movimento tipicamente conservador do século anterior, que tentou em vão salvar a monarquia russa de ser destruída na Revolução. Esse paralelo imediatamente cria tensões na oposição, que divulga a quimérica teoria do "fascismo russo" e "antissemitismo russo".

Podemos presenciar um fragmento desse mito no livro "O Pêndulo de Foucault", de Umberto Eco: "União do povo russo, mais conhecido como os Centúrias Negras: a União recrutava criminosos e eles estão envolvidos em massacres, assassinatos e terrorismo".

Os "Centúrias Negras" não eram criminosos, com efeito, sua clientela era bem heterogênea, tinha dentre seus participantes representantes proeminentes da aristocracia, bem como a hierarquia da Igreja, incluindo o futuro Patriarca Tikhon e o Metropolitano Anthony. Mas também havia pessoas simples, como 1.500 trabalhadores da empresa Putilov. Lenin descreve a "União do povo russo" como: "a democracia camponesa dos cetúrias-negras é a mais áspera, mas também a mais profunda".

Outra mentira presente no texto de Umberto Eco é que a "União do povo russo" era uma organização antissemita. A propósito, os representantes mais proeminentes dos judeus estavam entre os organizadores e membros ativos da "União do povo russo". Sabe-se que o fundador dos "Centúrias Negras", editor do seu principal jornal *Moscou News*, era um judeu, V. A. Gringmut. Outro colaborador judeu foi I.Y. Gurlyand, destaque está entre as figuras mais proeminentes dos judeus. Era o filho do rabino-chefe da província de Poltava e carrega a ideia de conexão dos judeus aos primórdios do Estado russo, não abandonando suas aspirações religiosas e nacionais. Assim, muitas figuras relevantes dos "centúrias negras" eram judeus e foram grandes patriotas[188].

6.1.4 O mito dos Protocolos dos Sábios de Sião

Também não é verdade que a Revolução Russa foi um projeto do movimento sionista.

Para derrubar esse argumento basta lembrar que o sionismo era um movimento político que defendia o direito à autodeterminação do povo judeu e à existência de um Estado nacional judaico independente e soberano no território onde historicamente existiu o antigo Reino de Israel. Os judeus não estavam interessados no território russo, pois esse não tinha a menor relação histórica ou religiosa com o povo judeu, muito pelo contrário, eles buscavam abandonar a Rússia e colonizar outro lugar. O sionismo era um movimento regionalista e isolacionista, o que é totalmente discrepante à teoria de que os sionistas queriam dominar o mundo.

Outra lenda inexistente no Brasil, mas com certa força no exterior, é o de que a Revolução Russa foi um projeto presente nos "Protocolos dos Sábios de Sião". Os Protocolos dos Sábios de Sião ou Os Protocolos de Sião é um texto que, supostamente, descreve um alegado projeto de conspiração por parte dos judeus e maçons para atingirem a "dominação mundial por meio da destruição do mundo ocidental". O texto tem o formato de uma ata, que supostamente teria sido redigida por uma pessoa num Congresso realizado a portas fechadas na assembleia em Basileia, no ano de 1898, onde um grupo de sábios judeus e maçons teriam se reunido para estruturar um esquema de dominação mundial.

Na verdade, a única finalidade do congresso sionista da Basileia era a criação do lar nacional judaico, na Palestina, a hegemonia global não era e não poderia ser um discurso do Congresso. Pois, como afirmam os próprios judeus: "Os nossos autênticos protocolos Judaicos estão na Bíblia e nos 'profetas', especialmente em Isaías e Miqueias, que profetizaram sobre a igualdade social, religiosa e a paz mundial". O Dr. Farbshteyn, advogado de Zurique, membro do Conselho Nacional e do Congresso da Basileia, argumentou que os "Protocolos" são falsos e que não há conexão entre o judaísmo e a franco-maçonaria.

---

[188] КАРА-МУРЗА, Сергей Георгиевич ;Манипуляция сознанием. Москва: Эксмо, 2000. [KARA-MURZA, Sergey Georgievich, *Manipulação da consciência*. Moscou: Eksmo, 2000].

O aspecto que mais depõe contra os "Protocolos de Sião" era a preguiça, a falta de conhecimento e de talento, que fizeram com que seus autores se arriscassem a plagiar um texto de Maurice Joly.

O talentoso Maurice Joly era um advogado francês, há muito esquecido, mas espirituoso. O mérito da descoberta da fraude foi do correspondente de Constantinopla, do jornal *The Times*, em 1921.

O livro de Maurice Joly foi lançado pela primeira vez de forma anônima. Na edição de Bruxelas, em 1864, tinha como título "Dialogo aux Enfers Entre Machiavel et Montesquieu", ou "La Politique de Machiavel au XIX-esièkle, contemporainun par". Na última edição de Bruxelas, em 1868, relatou que o autor anônimo da publicação, Maurice Joly, foi condenado a 15 meses de prisão e 200 francos como punição "por incitamento ao ódio e desprezo contra o governo imperial".

O livro de Joly era uma sátira altamente corrosiva e assertiva contra Napoleão III e seu regime. Ele descreve o encontro de dois espíritos, Maquiavel e Montesquieu, no reino das sombras. Eles começam uma discussão. Montesquieu defende os princípios do liberalismo e da democracia. Maquiavel, ao contrário, criticou duramente a democracia e recomendou métodos "maquiavélicos" de luta para consolidar o poder tirânico. O espírito de Maquiavel tinha argumentos bonapartistas, não tinha nenhuma relação a questão judaica. Os compiladores escolheram essa fonte, por causa de seu caráter crítico.

Contestar a autenticidade dos protocolos não é apenas para os historiadores de profissão, mas para qualquer pessoa séria e consciente que conhece sua origem, pois 40% dos "Protocolos" foram retirados diretamente do livro do francês Joly. As partes de autoria do usurpador são confusas e muitas vezes apresentam os judeus falando de si mesmos na terceira pessoa. O que era de se imaginar, uma vez que as descrições "maquiavélicas" de Jolie eram muito finas para os compiladores de polícia.

Essa fraude começou depois da Guerra com o Japão e da primeira revolução. Os agentes da polícia secreta russa precisavam encontrar evidências dos culpados dos distúrbios de 1905 para satisfazer a opinião pública. Assim o departamento de Polícia afirmou ter encontrado um documento armazenado. As pessoas que afirmaram confiscar esse documento foram o "famoso" Chefe da polícia secreta russa em Paris Raczkowski, Manasevich-Manuilov e Matthew Golovinsky, cuja mãe era uma grande proprietária de terras na província de Ufa.

Podemos constatar que os protocolos foram entregues por três pessoas sem nenhuma credibilidade, o primeiro foi Raczkowski, o qual os crimes já conhecemos. O sengundo Manasevich-Manuilov, um corrupto que usava sua posição para chantagear os banqueiros e exigir subornos e, com isso, conseguiu "ganhar" 300 mil rublos. Também era comparsa de Gapon, que participou e elaborou a manifestação que deu origem ao Domingo sangrento. E terceiro foi Matthew Golovinski, que escreveu os protocolos.

A Princesa Radziwil, em uma conversa com a Sra. Henriette Herblet, uma repórter americana, confirmou a declaração de que os "Protocolos" foram compostos por três agentes da polícia secreta russa, Rachkovskiy, Manasevich-Manuilov e Golovinsky, para fazer dos judeus o bode expiatório da revolução. A princesa Radziwill também afirmou que foi em Paris que Golovinsky achou, na Biblioteca Nacional, o livro para fazer a compilação de seu manuscrito.

Dois dos oficiais confirmaram a falsificação, Raczkowski e S. G. Svatiky, em termos gerais, afirmaram que os "Protocolos" foram criados pela ordem de Raczkowski. Os "Protocolos de Sião" foram tratados como uma falsificação, mesmo no Departamento de Polícia por A. A. Lopoukhin, M. I. F. Manuilov-Manasevich e S. Beletskiy. Todos eles falavam dos "Protocolos" como uma falsificação grosseira.

Uma das primeiras pessoas que apareceu em seu serviço foi o diretor do Departamento de Polícia, A. A. Lopoukhin, um assessor próximo a Pleve, o ministro do Interior, uma das principais figuras antissemitas dos círculos governamentais.

Sobre esse assunto, o Príncipe Sergey Dmitrievich Urusov descreve em suas memórias uma conversa com Manuilov: "em diferentes ocasiões, muitas vezes voltei para a questão judaica. Quando começou a falar sobre os "Protocolos", ele sempre falou sobre a sua falsificação, como algo que não está sujeito a discussão. Ao mesmo tempo, rindo, disse ele mais de uma vez que só os idiotas podem acreditar nestes "Protocolos" e que nenhum político que se preze nunca me permitiria falar sobre sua autenticidade. Ele constantemente expressa a crença, de que muito antes da Revolução, quando a mudança de regime estava fora de questão, de que o governo nunca se atreveria oficialmente a admitir a autenticidade dos "Protocolos" e nunca os usaria para seus próprios propósitos. E, de fato, o governo czarista não os utilizou e nem permitiram que qualquer um de seus agentes os usasse.

Atualmente, a discussão sobre a criação dos protocolos parece algo pequeno diante de todos os crimes cometidos pela Okhrana, mas não podemos esquecer que esse manuscrito serviu de inspiração para o movimento do nacional-socialismo alemão. E como é evidente, o livro de Hitler, publicado em 1922, *Mein Kampf* foi imbuído das ideias dos "Protocolos"[189].

---

[189] БУРЦЕВ, Владимир Львович; Протоколы сионских мудрецов.Paris: Oreste Zeluk Editeur, 1938.
BURTSEV, Vladimir Lvovich, *Os Protocolos dos Anciãos de Sião*. Paris: Oreste Zeluk Editeur, 1938.

7. Mito do Domingo Sangrento

7.1 Sindicalismo policial

Sabe-se que um dos fundadores do movimento sindical na Rússia era o chefe do departamento especial da polícia, o coronel Sergey Vasilevich Zubatov. Desde sua juventude, Zubatov estava envolvido em grupos terroristas, mas posteriormente percebeu que seria mais útil para seus companheiros do subsolo trabalhar para o escritório da polícia, onde fez uma grande carreira. Para se infiltrar na polícia, utilizou-se do falacioso argumento de que poderia usar seus conhecimentos dos meios revolucionários para desmantelar as organizações extremistas. É claro que isso era uma meia verdade, pois a polícia secreta não prenderia os verdadeiros conspiradores. As prisões eram apenas uma arma para se livrarem dos moderados liberais, opositores políticos e acabar com potenciais concorrentes na liderança dos grupos revolucionários. Podemos ter o exemplo de Stepan Petrovich Beletsky, o diretor do Departamento de Polícia, que introduziu a ideia estratégica de que as "organizações revolucionárias não são tão perigosas à autocracia do que os grupos de oposição moderada...". Procurando incentivar o desempenho dos radicais extremistas contra os moderados liberais, figuras como Beletsky, a partir desta perspectiva, beneficiaram muito os bolcheviques. As forças policiais travaram uma amarga luta contra os liberais dentre os cadetes (um dos documentos de orientação Kamenev, em 1914, destacava com eloquência o lema "Lutando pela revolução e lutando contra o liberalismo").

É evidente que a burguesia também tentou usar os socialistas radicais, oferecendo dinheiro sob a condição de que eles iriam promover suas atividades incansáveis contra o inimigo comum, o tzar. Isso, é claro, constitui um esboço muito áspero dos principais vetores políticos da luta revolucionária na Rússia no início do século XX[190].

Voltando ao tema do sindicalismo policial, podemos destacar que seu criador, Zubatov, nasceu em Moscou, em 1863. Enquanto ainda estudava na sexta série, ele se envolveu no trabalho do círculo da juventude radical, por isso teve de sair da escola.

O período mais radical de Zubatov coincidiu com a época de mais atividades de "Narodnaya Volya" (vontade do povo), ele era um dos líderes desse círculo, mais tarde, tornou-se um dos fundadores do Partido Socialista Revolucionário. Em 13 de junho de 1886, foi chamado para a polícia secreta e concordou em cooperar sem hesitação. Zubatov criou a biblioteca Mikhina, na qual se agrupavam a juventude radical e se transformou em um ninho de provocação. Zubatov, com a ajuda do Departamento de Polícia de Moscou, forneceu equipamentos de impressão clandestina e clichês, escrevendo folhetos, que eram espalhados em clubes e entre a população.

Em abril de 1898, ele apresentou seus pensamentos em uma nota dirigida ao chefe de polícia de Moscou, D. F. Trepova, e, em seguida, apresentou um relatório ao Governador-Geral o Grão-Duque Sergei Alexandrovich. Tendo recebido a aprovação e apoio das autoridades de Moscovo, Zubatov começou a agir[191].

Ele não só contribuiu para a manutenção do terror como fundou novos grupos extremistas, como era o caso da "União do Norte de socialistas revolucionários", que contribuiu para a fábrica de impressão em Tomsk. O movimento de Zubatov alcançou dois objetivos: fortalecer a autoridade dos policiais entre os líderes da "União dos Sindicatos" e imprensas clandestinas. Como resultado a "União do Norte de socialistas revolucionários", em setembro de 1901, já estavam presentes em Moscou, Petrogrado, Yaroslavl, Nizhny Novgorod, Chernigov e Tomsk. Membros dessa organização estavam envolvidos no atentado a bomba contra o Governador-Geral de Moscou, N. Kulikovsky e no assassinato de Shuvalov, S. Barykov, N. Chernova, General Trepova e Argunov[192].

---

[190] НИКОНОВ, Вячеслав Алексеевич; Крушение России. 1917. Москва: Астрель, 2011.
[NIKONOV, Vyacheslav Alekseevich, *O colapso da Rússia*. 1917. Moscou: Astrel, 2011].
[191] ЛУРЬЕ, Феликс Моисеевич; Полицейские и провокаторы. Политический сыск в России. 1649-1917. Санкт-Петербург: ИнКА, 1992.
[LURIE, Felix Moiseevich, *Policiais e provocadores. Investigação política na Rússia. 1649-1917*. São Petersburgo: InKA, 1992].
[192] УДОВЕНКО, Юрий Александрович; Агенты России. Набережные Челны: Издательство Набережные Челны, 2014.
[UDOVENKO, Yuri Alexandrovich; *Agentes da Rússia*. Naberezhnye Chelny: Editora Naberezhnye Chelny, 2014].

7.1.1 O pop Gapon

George Appolonovich Gapon (1870-1906) nasceu na aldeia da província Belyaki Poltava, em uma família de ricos agricultores. No seminário quase foi expulso por ser rude. Posteriormente foi convidado para servir como sacerdote na casa de abrigo da Cruz Azul, mas logo foi expulso de todos os lugares por arrogância, imoralidade e conduta impura de assuntos monetários.

Como podemos perceber, em seu currículo, Gapon sempre foi um sacerdote problemático e incompetente. Quando conheceu Zubatov, tornou-se agente da polícia.

Gapon recebeu regularmente dinheiro do Departamento de Polícia para a organização, expansão e o funcionamento adequado do seu trabalho. Ele, abertamente, era patrocinado por Plehve, o metropolitano Anthony e o prefeito de São Petersburgo, Foulon.

Em 4 de janeiro, Gapon liderou os movimentos populares, os membros ordinários da "Assembleia" sempre consideraram Gapon seu único líder legítimo. Os trabalhadores ficaram impressionados com o jovem sacerdote. Diziam que ele era divertido e todos entendiam sua linguagem, pois eles desde a infância estavam acostumados a ouvir e obedecer aos *pops*. Gapon não era como os intelectuais, por isso era sempre bem recebido nas fábricas[193].

7.1.2 Mito da manifestação operária

É notório que o verdadeiro *pop* Gapon é bem diferente do apresentado nos livros didáticos. Em nossa literatura, é afirmado que Gapon liderou uma manifestação espontânea do povo e esse ato contrariava os interesses dos poderosos e da polícia, que como resposta lançaram os operários em um banho de sangue.

De fato, a manifestação que deu origem ao "Domingo Sangrento", encabeçada por Gapon, nunca contrariou os interesses das elites, muito pelo contrário, ele era protegido e abastecido por influentes políticos como o Príncipe Pyotr Dmitrievich Svyatopolk-Mirsky (Ministro do Interior do Império Russo), o Grão-Duque Sergei Alexandrovich (Governador-geral de Moscou), o Príncipe Meschersky, Witte Sergey Yulievich (Presidente do Comitê de Ministros), Konstantin Petrovich Pobedonostsev (Procurador do Santo Sínodo, conselheiro particular), Vyacheslav Konstantinovich von Plehve (Ministro do Interior) e Ivan Alexandrovich Fullon (prefeito de São Petersburgo). Com o apoio do prefeito de São Petersburgo, I. A. Fullon, e à custa do Departamento de Polícia, Gapon, em

---

[193] LURIE, Felix Moiseevich, *op. cit.*

agosto de 1903, criou salas de leitura, que se tornaram o centro revolucionário da "Assembleia de fábricas de São Petersburgo", cujo número aumentou de 30 membros, em novembro de 1903, para 1,2 mil em setembro de 1904.

Também devemos destacar que Gapon era uma agente da Okhrana e boa parte de seu trabalho, junto aos operários, era patrocinado pelo departamento de polícia. Portanto é errôneo afirmar que a Okhrana reprimia greves e manifestações.

Efetivamente, Gapon era um membro da Okhrana ao mesmo tempo que estava à frente da "Assembleia". E, de fato, durante todo o tempo da "Assembleia", nenhum dos seus membros foi preso. No final de 1904, a "Assembleia" já tinha 11 departamentos, e o número total de integrantes atingiu 8.000 pessoas.

No outono de 1904, quando o novo presidente do Ministério dos Negócios Internacionais, o príncipe Svyatopolk-Mirsky, chegou ao poder, movimentos revolucionários começaram a brotar no país. Por iniciativa da, já citada, "União da Libertação" iniciou-se uma campanha de petições públicas que exigiam a limitação da autocracia. Em novembro de 1904, Gapon reuniu-se com os membros da "União de Libertação" e prometeu-lhes que induziria os trabalhadores a fazerem uma petição pública.

Em 18 de janeiro, uma petição foi preparada para a apresentação ao Imperador Nicolau II. A petição foi elaborada no apartamento de Gapon[194].

7.1.3 Mito da manifestação pacífica

Em 6 de janeiro (18 janeiro) de 1905, em decorrência da comemoração das festividades da Epifania, perto do Palácio de Inverno, houve uma cerimônia que teve a presença do Imperador. Esta foi acompanhada de 101 salvas de tiros, mas, por equívoco, as armas não foram carregadas com balas de festim. Os projéteis atingiram o Palácio de Inverno, danificando-o. Por ocasião da reforma, Nicolau II saiu de São Petersburgo para Tsarskoe Selo, uma antiga residência da Família Imperial russa, localizada 26 quilômetros ao sul da cidade de São Petersburgo. Isso ficava muito longe de onde, na época, estavam ocorrendo os acontecimentos que dariam origem ao "Domingo sangrento". O que nos leva ao **MITO NÚMERO 39, o mito de que o Tzar ordenou que atirassem na multidão.** Este mito é facilmente refutado, pois o Imperador nem mesmo estava no local do ocorrido, por isso não poderia dar a ordem de atirar.

---

[194] ШИКМАН, Анатолий Павлович; Деятели отечественной истории. Биографический справочник. Москва; АСТ, 1997.
[SHIKMAN, Anatoly Pavlovich, *Personalidades nacionais da história*. Livro de referência biográfico. Moscou; AST, 1997].

A manifestação com destino ao Palácio de Inverno não foi uma surpresa, ou algo contrário às autoridades. Já estava prevista, para 9 de janeiro. E foi informada ao prefeito de Petersburgo, I. A. Fullon, que concordou com a marcha organizada pela "Assembleia de Trabalhadores de Fábrica". Em 8 de janeiro, o chefe do departamento de segurança de São Petersburgo também foi informado de que Gapon e as organizações revolucionárias da capital pretendiam usar a marcha para a Praça do Palácio, para produzir uma manifestação antigoverno. Para isso, fabricaram bandeiras de organizações revolucionárias, que seriam escondidas dos trabalhadores; e só no meio da confusão essas bandeiras seriam levantadas para criar a ilusão de que os trabalhadores estão sob as bandeiras de organizações revolucionárias. Então, os socialistas-revolucionários pretendiam aproveitar a desordem para saquear lojas de armas.

Mas mesmo com tantos avisos, somente no meio da noite, ou seja, às 22:20, no dia anterior ao 9 de janeiro, o Príncipe Svyatopolk-Mirsky veio a Tsarskoe Selo entregar a petição a Nicolau II. Além das demandas econômicas, havia também um ultimato político, exigindo a convocação de uma Assembleia Constituinte, separação da Igreja do Estado e assim por diante. O Imperador, assegurado pelo príncipe Svyatopolk-Mirsky de que não havia perigo, e que as tropas tinham tudo sobre controle e que a manifestação era pacífica, não sentiu a necessidade de voltar a São Petersburgo[195]. É claro que o príncipe não estava dizendo toda a verdade, pois no manifesto, G. A. Gapon fez ao Imperador as seguintes ameaças:

> Agora, senhor, nossas principais necessidades com as quais chegamos a vós... Que vai liderar e jurar cumprir que fareis a Rússia feliz e gloriosa, e vosso nome será impresso nos nossos corações e de nossos descendentes por todos os tempos. Mas se vós não liderar, e não responderes ao nosso pedido, — morreremos aqui, nesta praça, em frente ao vosso palácio. Não temos nenhum outro lugar para ir e não há necessidade. Temos apenas dois caminhos: a liberdade e felicidade, ou o túmulo...[196].

MITO 40

Como pudemos ver nas próprias palavras de Gapon, a manifestação não seria pacífica. Ele faz uma ameaça explícita de que se o Imperador não concordar com suas ordens haverá mortes e violência. O que elucida o **MITO NÚMERO 40, o mito de que no Domingo Sangrento as manifestações foram pacíficas.**

---

[195] МУЛЬТАТУЛИ, Пётр Валентинович; Император Николай II. Человек и монарх. Москва: Вече, 2016.
[MULTATULI, Pyotr Valentinovich; Imperador Nicolau II. Homem e Monarca. Moscou: Veche, 2016].
[196] А. А. Шилов. К документальной истории петиции 9 января 1905 г.. — «Красная летопись», 1925. — № 2.
[A. A. Shilov. Sobre a história documental da petição de 9 de janeiro de 1905 - "Crônica vermelha", 1925. - No. 2].

Muitas das evidências de que a manifestação não era pacífica, foram fornecidas no livro de memórias do próprio Gapon, em que ele confessa que se o Imperador não concordasse com o manifesto a resposta seria violenta. Isso ocorreu na noite de 7 de janeiro, onde ele marcou um encontro com seus colaboradores para tratar da questão da aplicação da «petição» e sobre a marcha de 9 de janeiro. As orientações foram:

> Em nome do povo de São Petersburgo (Gapon disse) daremos a nossa petição ao Imperador, o que me proponho a discutir; mas, ao mesmo tempo afirmando que não vou embora se não obtiver uma promessa solene e imediata de que serão atendidos os dois requisitos seguintes: dar anistia para as vítimas de suas crenças políticas e a convocação de uma reunião nacional. Se eu conseguir, darei com satisfação um lenço branco para Makhno, que trará alegres novas, e vai começar a grande festa popular. Caso contrário, vou jogar um lenço vermelho, e dizer às pessoas que não há rei, e começará a rebelião popular[197].

Gapon também disse na véspera do Domingo Sangrento:

> Se... eles não concordarem, então vamos tomar pela força. Se as tropas dispararem contra nós, nos defenderemos. Parte das tropas vai ao nosso lado, e então vamos organizar uma revolução. Nós providenciaremos barricadas, invadiremos lojas de armas, abriremos as prisões, invadiremos as agências de telégrafo e telefone. Os SRs prometeram bombas... e os nossos levarão"; "Um grande momento vem para todos nós, não se aflijam se as vítimas não estão nas áreas da Manchúria, mas aqui, nas ruas de Petersburgo. O sangue derramado fará a renovação da Rússia.

E, de fato, Gapon não estava blefando, na "manifestação pacífica" foram encontradas 163 armas. Segundo o historiador Semen Leonidovich Fedoseyev, as armas apreendidas durante o Domingo Sangrento, em sua maioria, foram disparadas. Todas as lojas de armas foram saqueadas e a multidão roubou revólveres de policiais.

Outra mentira muito divulgada é a de que no Domingo Sangrento houve uma procissão pacífica em que pessoas marchavam levando cruzes, estandartes e ícones religiosos. Esse mito está presente nos seguintes fragmentos: "Naquele dia, manifestantes se reuniram em procissão até o Palácio Imperial em São Petersburgo".

---

[197] ГЕРАСИМОВ, Александр Васильевич; "Охранка". Воспоминания руководителей политического сыска. Тома 1 и 2, Москва: Новое литературное обозрение, 2004.
[GERASIMOV, Alexander Vasilievich; "Segurança". *Memórias dos líderes da investigação política*. Volumes 1 e 2, Moscou: New Literary Review, 2004].

"Algumas pessoas na marcha ainda levavam cruzes, estandartes e ícones religiosos, outros carregavam bandeiras nacionais e até mesmo retratos do czar. Durante a marcha os manifestantes caminhavam ao som de hinos religiosos e também do Hino Imperial 'Deus Salve o Czar'".

Essa afirmação também é refutada nas próprias memórias de Gapon, em que ele confessa que no caminho para o palácio deu a ordem para os trabalhadores se dirigirem a um dos Templos e roubarem ícones e estandartes: "Eu pensei que seria bom dar a manifestação um caráter religioso e imediatamente enviei os trabalhadores para a igreja mais próxima, para pegar estandartes e ícones, mas se recusaram entregar-nos. Então eu enviei 100 pessoas para levá-los a força e depois de um tempo, eles os trouxeram".

Quanto à petição, Gapon e seus revolucionários de mentalidade semelhante, em particular Rutenberg, sabiam que o tzar não estava em São Petersburgo e que não seria permitido o acesso ao centro, mas precisavam de um conflito. Eles violaram a rota da marcha acordada com a prefeitura e deslocaram-se para o Palácio do Inverno com um objetivo bastante predatório.

Os policiais que vieram ao encontro da multidão tentaram, em vão, convencer seus integrantes a não entrarem na cidade, advertiram repetidamente que de outra forma as tropas teriam que atirar. Quando todas as exortações não levaram a nenhum resultado, um esquadrão do Regimento Cavaleiro-Grenadier foi enviado para forçar os amotinados a retornarem. Neste ponto, o tenente Zholtkevich foi gravemente ferido por um tiro dos manifestantes e o supervisor da ala foi morto. Posteriormente foram dados mais dois tiros, disparados de um revólver, eles não causaram nenhum dano aos homens do esquadrão. Além disso, um trabalhador foi atingido durante o tiroteio, esse tiro foi dado sem a ordem do comandante. Quando o esquadrão encontrou resistência armada, o capitão Von Hein, do regimento Irkutsk, deu o sinal para disparar; repetiu mais de três vezes, não teve efeito, e a multidão continuou avançando. Então foram dados mais de 5 voleios, após os quais a multidão voltou e se dispersou rapidamente, deixando mais de quarenta pessoas mortas e feridas. Estes foram imediatamente assistidos e acomodados nos hospitais de Aleksandrovskaya, Alafuzovskaya e Obukhovskaya.

Posteriormente, os agitadores começaram a espalhar cercas de arame, a construir barricadas e a jogar tijolos e pedras. Também houve disparos de armas de fogo contra a polícia. Em Maly Prospekt, uma multidão de desordeiros se aproximou e começou a atirar. Durante as ações das tropas na ilha de Vasilievsky, as tropas prenderam diversas pessoas por roubo e houve resistência armada por parte de 163 pessoas[198].

---

[198] DZYZA, Alexander Alexandrovich, *op. cit.*

7.1.4 Um folheto profético e seus apócrifos

Quanto ao número de mortos, segundo estatísticas oficiais, foram 96 pessoas, incluindo policiais, além de 233 feridos. Infelizmente, os dados reais nem sempre são utilizados nos livros. Isso nos leva ao **MITO NÚMERO 41, o mito de que no Domingo Sangrento houve milhares de mortos.** O suposto "equívoco" nas cifras dos mortos no "Domingo Sangrento" não é algo atual e por incrível que pareça é anterior ao próprio evento. Por mais bizarro que possa parecer, antes de acabar a manifestação, às 5 horas do dia 9 de janeiro, foram distribuídos folhetos em São Petersburgo, que descreviam um tiroteio na Praça do Palácio, com cerca de duas mil vítimas. Quem distribuiu os impressos sabia exatamente o que iria acontecer e silenciosamente preparou com antecedência toda a tiragem, pois seria impossível, mesmo com a tecnologia moderna, imprimir folhetos tão bem elaborados, com gravuras e cores, em poucas horas.

Naquela época essa façanha era algo ainda mais quimérico, conseguir escrever e replicar milhares de cópias em tão pouco tempo, construir um texto usando clichês de metal letra por letra, especialmente no domingo quando as gráficas não funcionavam. Além disso, como iriam enviar para várias regiões e fornecer aos distribuidores? Obviamente, este folheto provocativo foi feito com antecedência, no mínimo até 8 de janeiro. Ao se observar a brochura é possível constatar que os folhetos citados não eram um trabalho feito às pressas, com ricas gravuras e original colorido (o que requer várias impressões em um mesmo exemplar)[199].

Para um bom historiador, um folheto "profético", que narra com vivacidade um acontecimento futuro, é uma prova material irrefutável de que os ataques aos oficiais foram um ato premeditado. Mas, para um historiador, não tão bom, ou mal-intencionado, esse folheto pode se tornar uma fonte histórica. E não tardou para que o folheto profético criasse seus apócrifos.

Em um artigo de Lenin, publicado em 18 de janeiro de 1905, no jornal Vperyod, que posteriormente foi amplamente lida na historiografia soviética, apresenta a cifra de 4.600 mortos e feridos. Outros números similares foram relatados por outras agências estrangeiras. Por exemplo, a agência britânica *Laffan* informou 2.000 mortos e 5.000 feridos, o *Daily Mail* mais de 2.000 mortos e 5.000 feridos, e o jornal *Standard* cerca de 2000-3000 mortos e 7.000-8.000 feridos. Números absurdos, se levarmos em consideração as armas usadas pela cavalaria.

Também não podemos afirmar que o tzar não teve compaixão da multidão. Não é verdade, não só as medidas repressivas contra os trabalhadores que parti-

---

[199] СТАРИКОВ, Николай Викторович. Кто убил Российскую Империю? Москва: Яуза, 2006. [STARIKOV, Nikolay Viktorovich. *Quem matou o Império Russo?* Moscou: Yauza, 2006].

ciparam da rebelião, não foram levadas a cabo, mas o Imperador doou 50 mil rublos (mais de 200 mil reais) de seus próprios meios, para cada família afetada.

O Imperador demitiu os ministros Svyatopolk-Mirsky e Muravyov, bem como o prefeito de Fullon. Nikolay Alexandrovich criou uma Comissão para a solução de problemas de trabalho, constituídos por trabalhadores eleitos. O tzar também apoiou a ideia de criar o Conselho dos Trabalhadores de Petersburgo, infelizmente, o próprio Conselho estava completamente nas mãos dos revolucionários. Sua criação e atividades foram financiadas pelo talentoso revolucionário Alexander Parvus, e o líder do Conselho foi o revolucionário marxista Lev Trotsky[200].

7.1.5 Como se nada tivesse acontecido

Após os trágicos acontecimentos, Gapon cruzou a fronteira com a ajuda dos revolucionários socialistas no final de janeiro, chegando à Suíça, e se instalou em Genebra, onde entrou em contato com representantes da emigração revolucionária russa.

Em Londres, ele se encontrou com P. A. Kropotkin e criou uma fundação para receber doações para a Revolução Russa. De maio a junho de 1905, Gapon ditou suas memórias, que originalmente foram publicadas em língua inglesa. Ele reuniu-se com G. V. Plekhanov e V. I. Lenin.

Em abril de 1905, em Genebra, realizou-se uma conferência dos partidos revolucionários, cujo objetivo era unir as partes para um levante armado. O revolucionário finlandês K. Tzilliakus, financiado pelo Estado-Maior japonês, doou dinheiro para a realização da conferência.

Por meio de um intermediário, Gapon recebeu 50 mil francos de um enviado japonês para comprar armas e entregar aos revolucionários russos. Em agosto de 1905, Gapon participou do transporte de armas para a Rússia no navio "John Grafton". No entanto, logo veio a notícia de que o navio "John Grafton" encalhou. A maioria das armas estava perdida, o resto foi apreendido pela polícia. Após o fracasso com o "John Grafton", Gapon ficou desiludido com a ideia de um levante armado e começou a pensar em retornar à Rússia[201].

No verão de 1905, teve várias reuniões secretas com Manasevich Manuilov, oficial em missões especiais do presidente do Comitê de Ministros C. Witte. Segundo Lenin, Gapon era descrito como uma pessoa desequilibrada, sem qualquer ideologia política, amante do luxo, farras, dinheiro, joias e presunçoso. Mes-

---

[200] DZYZA, Alexander Alexandrovich, *op. cit.*
[201] SHIKMAN, Anatoly Pavlovich, *op. cit.*

mo assim, no final de dezembro, Gapon voltou para a Rússia e entre os trabalhadores manteve uma aura de popularidade e heroísmo[202].

Depois da tragédia do "Domingo Sangrento", ao planejar uma insurreição armada e de conspirar com os inimigos japoneses, Gapon volta à pátria como se nada tivesse acontecido, uma loucura bem natural na "opressão tzarista".

E como se nada tivesse acontecido, retorna ao Departamento de Polícia[203]. Posteriormente, o Conde Witte entrou em negociações com ele, tinha-lhe prometido 30 mil rublos. No relatório de seus seguidores, Gapon disse que uma pessoa desconhecida doou 30 mil rublos para a publicação de seu trabalho[204].

7.1.6 Queima de arquivo

Em fevereiro de 1906, o trabalhador N. P. Petrov publicou uma carta nos jornais informando que Gapon havia recebido 30 mil rublos do conde Witte. A carta marcou o início da campanha do jornal contra Gapon. Os jornais o acusaram de trair e vender a causa dos trabalhadores. A liderança da "Assembleia" falou em defesa de Gapon, dizendo que o dinheiro foi tomado com o conhecimento dos trabalhadores para compensar as perdas incorridas pelo departamento após o 9 de janeiro. No entanto, a campanha reveladora continuou. Sobre Gapon escreveram panfletos, artigos satíricos, poemas e caricaturas. A sua popularidade estava rapidamente caindo. Os trabalhadores começaram a deixar a "Assembleia". Gapon procurou freneticamente uma maneira de restaurar sua reputação. No final de fevereiro, ele instruiu o jornalista V. M. Gribovsky a elaborar um tribunal público que consideraria as acusações contra ele. Para este tribunal, Gapon prometeu mostrar documentos que o reabilitariam. Ao mesmo tempo, ele instruiu o advogado S. P. Margolin a defender seus interesses. Gapon prometeu dar os documentos do tribunal destacando sua relação com a Witte e outros aspectos das atividades. "Quando eles forem publicados, muitos não ficaram felizes", assegu-

---

[202] СПИРИДОВИЧ, Александр Иванович.Революционное движение в России. Выпуск 1-й Российская Социал-Демократическая Рабочая Партия. Москва,2000.
[SPIRIDOVICH, Alexander Ivanovich. *Movimento revolucionário na Rússia*. Edição do 1º Partido Social-Democrata da Rússia. Moscou, 2000].
[203] ЖУХРАЙ, Владимир Михайлович; Тайны царской охранки: авантюристы и провокаторы. Москва: Политиздат, 1999.
ZHUKHRAY, Vladimir Mikhailovich. *Segredos da polícia secreta tzarista: aventureiros e provocadores*. Moscou: Politizdat, 1999.
[204] СВЕРЧКОВ, Дмитрий Фёдорович ХРУСТАЛЁВ-НОСАРЬ, Георгий Степанович; Опыт политической биографии. Ленинград: Госиздат, 1925
[SVERCHKOV, Dmitry Fedorovich KHRUSTALYOV-NOSAR, Georgy Stepanovich, *A experiência da biografia política*. Leningrado: Gosizdat, 1925].

rou Gapon, e citou um grande nome intimamente associado à adoção do Manifesto de 17 de outubro. Atribuindo grande importância a esses documentos, Gapon concordou com o advogado S. P. Margolin que eles deveriam ser publicados mesmo em caso de morte. Gapon falou sobre sua morte próxima como algo muito provável. O julgamento público de Gapon não ocorreu por causa de seu assassinato. Após o assassinato de Gapon, o advogado Margolin foi para a Europa publicar seus documentos, mas, de repente, morreu com dores de estômago no caminho e os documentos comprometedores desapareceram sem deixar vestígios. Nas últimas semanas de sua vida, Gapon estava ocupado com sua defesa, ele disse que logo atingiria seus acusadores com um golpe pesado[205].

Rutenberg, com medo de que os trabalhadores descobrissem os papéis, enforcou Gapon. Somente em 30 de abril a polícia conseguiu encontrar seu corpo. Gapon foi enterrado em 3 de maio de 1906 no Cemitério da Assunção. A maioria dos trabalhadores não acreditava nas acusações dos jornais. Havia muitas coroas de flores e etiquetas revolucionárias. Foi cantado, em sua memória, o hino a "Liberdade". Sobre o seu túmulo foi colocada uma cruz de madeira com a inscrição "herói de 9 de janeiro de 1905, George Gapon"[206].

---

[205] ZHUKHRAY, Vladimir Mikhailovich, *op. cit.*
[206] LURIE, Felix Moiseevich, *op. cit.*

8. Mito do Encouraçado Potemkin

8.1 O cinema faz história

Quem não ouviu falar sobre o levante no encouraçado da Frota do Mar Negro "Príncipe Patiomkin-Tavrithesky"? Quem não se lembra do famoso filme de Sergei Eisenstein, que se tornou não só um clássico do cinema mundial, mas também o hino de todas as revoluções do mundo. Não é por acaso que a própria revolta no encouraçado Patiomkin muitas vezes se confunde com a arte. Depois de cem anos não há testemunha viva e a memória dos fatos há muito foi esquecida, portanto nós, consciente ou inconscientemente, conhecemos esse acontecimento por meio do famoso filme.

Para quem não assistiu ao filme, o roteiro é o seguinte: depois do almoço, os marinheiros sentiram cheiro de carne estragada. Em seguida, um marinheiro viu pendurada uma carne infestada com vermes e chamou a atenção de seus companheiros para o ocorrido. Os oficiais ouviram as reclamações dos marinheiros e relataram ao comandante. Este subiu ao convés com o médico, que cortou um pedaço de carne e disse que a carne estava boa.

Foi espalhada a notícia de que a tripulação seria alimentada com sopa de carne com vermes. Os marinheiros recusaram-se a comer a sopa. Então o comandante levou a equipe ao convés e avisou que todos teriam de comer a sopa. A fim de não levar o caso ao extremo, os marinheiros mais conscientes, os bolcheviques, liderados por Gregory Vakulenchuka, disseram que concordavam em comer a sopa. Algum tempo depois, de repente, o capitão decide punir severamente todos os marinheiros que não querem jantar. Ordenou que parte da equipe fosse separada para a execução pública no convés. Vakulenchuk tentou prevenir sobre as consequências de tal violência, mas um oficial sênior, irritado, lhe atingiu com um tiro fatal.

A morte de Vakulenchuka serve como um sinal para a insurreição. O amigo e colaborador de Vakulenchuka, o marinheiro Athanasios Matiushenko, imediatamente pega um rifle e mata o oficial superior, em seguida, os marinheiros matam os oficiais odiados e levantam uma bandeira vermelha.

Os marinheiros elegeram uma comissão para guiar o navio e ir para Odessa ajudar os trabalhadores insurgentes. Lá eles organizaram o funeral de Vakulenchuka, onde foram atacados por tropas do governo. Posteriormente, o navio de guerra insurgente "George" junta-se ao Patiomkin.

Durante a semana "Patiomkin" cruza o Mar Negro, causando medo aos poderosos. Em seguida, quando acaba o carvão, eles vão para a Romênia.

Esse é um breve resumo do filme que, no decorrer do tempo, tornou-se a memória visual do fato, mesmo estando muito aquém da verdade. É claro que em hipótese alguma tenho a intenção de criticar, pejorativamente, essa obra. Uma vez que é incontestável a qualidade, originalidade e genialidade desse trabalho. Evidentemente, em momento algum, o roteirista e diretor do filme, Serguei Eisenstein, cometeu qualquer erro em sua produção, visto que um filme não tem o menor compromisso com a verdade e tem como única função o entretenimento. Para alcançar esse fim, seus roteiristas podem se utilizar de monstros, alienígenas, zumbis, vampiros, elfos, fadas e todo o potencial criativo que uma obra de ficção pode fornecer. Por isso, o erro não está no filme, mas nos historiadores que o usaram como fonte histórica.

Com certeza, os nossos pesquisadores não são muito criteriosos com a procedência de seus dados. Um bizarro exemplo disso é que até mesmo o pôster do filme foi usado como fonte. De fato, o encouraçado Potemkin se chamava "Príncipe Patiomkin-Tavrithesky" em homenagem ao Príncipe Grigoriy Aleksandrovich Patiomkin de Tauride. Ele liderou a anexação da região de Tauride e da Crimeia à Rússia. Ele fundou várias cidades, incluindo centros regionais modernos como Kherson (1778), Sevastopol (1783), Nikolaev (1789). Em 1784, recebeu o cargo de marechal de campo. Foi Governador real do principado da Moldávia em 1790 a 1791.

Mas o equívoco que tornou o navio mundialmente conhecido como Potemkin foi um erro de grafia do cartaz, em que o trema foi esquecido e a grafia "Потёмкин" tornou-se "Потемкин", mudando assim o nome do filme de "O encouraçado Patiomkin" para "O encouraçado Potemkin".

8.1.1 Contesto histórico

Em relação à situação da Frota do Mar Negro, de 1904 a 1905, tinha uma boa formação nas fileiras inferiores, graças ao sistema que permitiu, em tempo de guerra, treinar com rapidez e eficiência muitos recrutas e enviá-los para os navios.

Mesmo em condições adversas, todos permaneciam em seus postos. Os membros dos escalões inferiores mostraram-se não só bravos guerreiros, mas também tinham muita iniciativa, tomavam suas próprias decisões. Eventos de pânico ocorreram apenas uma vez no cruzador "Dmitry Donskoy" em 1905.

Não é verdade que a vida no mar fosse repleta de tarefas exaustivas, o trabalho dos marinheiros era muito menor do que os outros ramos do exército. Com exceção dos períodos de carga de carvão e munições, a rotina de um navio era calma e tediosa.

Claro que o serviço na Marinha Imperial Russa não era um paraíso. Como em todas as frotas, houve conflitos. Os oficiais, também, não eram anjos. Embora no início do século XX os castigos corporais já fosse há muito tempo coisa do passado, muitas vezes os marinheiros brigavam, tanto no alto escalão, como no baixo, portanto, não tinha nada a ver com o estrato social. Mas, é certo, que os oficiais nunca saíam impunes em um caso de agressão. Caso um oficial batesse em um marinheiro, o que não eram a regra, embora já tivesse ocorrido, ele seria penalizado. Um exemplo disso é o do tenente A. P. Mordvinov, que deu um golpe no rosto de um condutor e recebeu cinco dias de prisão. Ao mesmo tempo, muitos oficiais e contramestre sofreram agressões físicas de seus subordinados[207]. Portanto a revolta dos marinheiros do encouraçado "Potemkin" não foi por causa dos castigos corporais.

Esse mito é tipicamente brasileiro, está presente apenas em um livro russo[208] e não é retratado no famoso filme de Sergei Eisenstein.

Um mito inusitado, se levarmos em consideração, que já em 1863 foram abolidos os castigos corporais para todos[209].

Quanto ao Patiomkin, em especial, a despeito de todas as acusações contra o comando do navio, nunca houve a menção nas memórias dos *potemkines*, casos específicos de agressões contra marinheiros e oficiais do navio[210].

8.1.2 Mito da carne com vermes

A questão mais emblemática do filme é a cena da carne com vermes, isso gerou uma multiplicidade de mitos sobre questões alimentares, muitas delas sur-

---

[207] ШИГИН, Владимир Виленович;Мятеж броненосца «Князь Потемкин-Таврический». Правда и вымысел. — Москва: Вече, 2014.
[SHIGIN, Vladimir Vilenovich, *O motim do navio de guerra "Príncipe Potiomkin-Tavrichesky". Verdade e ficção.* - Moscou: Veche, 2014].
[208] O livro *Heróis do Patiomkin* de Ponomarev.
[209] МИРОНОВ, Борис Николаевич; Социальная история России периода империи (XVIII—НАЧАЛО XX в.). Том 1 С.-Петербург: Дмитрий Буланин, 2003.
[MIRONOV, Boris Nikolaevich, *História social da Rússia durante o Império (XVIII - INÍCIO do século XX)*. Volume 1 São Petersburgo: Dmitry Bulanin, 2003].
[210] SHIGIN, Vladimir Vilenovich, *op. cit.*

gidas, única e exclusivamente, da imaginação dos autores. Alguns livros didáticos chegam a afirmar quer os marinheiros passavam fome. Mesmo nos relatos dos *potemkines* não é citado nada sobre a falta de comida e sim sobre a qualidade de um item específico de alimento, o que torna ainda mais inverossímil esse mito.

Sobre a questão da fome na marinha, não existem fontes que relatem tal fenômeno e, analisando a lista de subsídios para a marinha para o ano de 1858, temos exatamente a ideia oposta. O conteúdo das fileiras inferiores dos navios russos era (por pessoa por mês): carne 14 quilos, cereais 18 quilos, ervilhas 10 libras, biscoitos 45 libras, óleo 6 libras, sal 1,5 libra, chucrutes 20 xícaras, vodca 28 xícaras, vinagre 4 copos, malte 2 grânulos, tabaco 0,5 libra, sabão (veleiros) 0,25 libra, sabão (navios a vapor) engenheiros e foguistas 1 libra e outras classificações inferiores 0,5 libra. Muito curioso os marinheiros ganharem vodca e tabaco, mas o principal esclarecimento da lista é que os tripulantes não passavam fome. Em 1913, a ração principal era a mesma, tanto na marinha como no exército[211].

Em geral, as normas alimentares sobre os navios da Marinha russa no início do século XX eram muito elevadas. Neste contexto, podemos descartar o estereótipo dos marinheiros magros do filme de Eisenstein. Podemos ver em fotos da época a imagem de marinheiros com rostos incrivelmente grossos e um queixo duplo que torna difícil acreditar que eram subnutridos.

Quanto à nutrição do Patiomkin, em específico, o comandante, no dia do motim, negociou com os pescadores locais o fornecimento de uma abundância de peixes frescos para melhorar o cardápio dos marinheiros. Isso torna o mito citado ainda mais contraditório, pois é difícil acreditar que um oficial tão cuidadoso pudesse ser negligente com a alimentação dos marujos. Se o capitão do primeiro posto – Golikov – realmente não estivesse interessado nas necessidades da equipe, por que ele faria uma viagem separada, para comprar carne e verduras frescas, se ele poderia complementar a sopa com carne enlatada? Seria, é claro, não muito saborosa e nutritiva, mas não acarretaria quaisquer consequências para ele. Mas o comandante do Patiomkin era zeloso, e, portanto, decidiu não só comprar, para seus subordinados, carne fresca, mas verduras frescas (couve, cebola, alho, pepinos), para melhorar e diversificar a mesa dos marinheiros.

Um importante testemunho é o deixado pelo engenheiro mecânico Aleksandr Kovalenko, que era o único oficial a juntar-se aos rebeldes, em suas memórias, publicadas no *Literaryand Scientific Herald*, em 1906, ele descrecve:

---

[211] МАНВЕЛОВ, Николай Владимирович;На вахте и на гауптвахте. Русский матрос от Петра Великого до Николая Второго.Москва: Вече, 2014.
MANVELOV, Nikolay Vladimirovich, *De vigia e na guarita. Os Marinheiros russos de Pedro, o Grande, à Nicolau II*. Moscou: Veche, 2014.

Em geral, os marinheiros viveram muito bem ... a alimentação da equipe normalmente era boa. Eu, como muitos dos oficiais, muitas vezes de bom grado comia a sopa dos marinheiros, houve momentos, no caso da carne, que notei a insatisfação da equipe, mas eles foram isolados e sempre foram uma desculpa para negligenciar o trabalho duro.

Outro mito que se tornou quase um fato oficial foi o **MITO NÚMERO 42, o mito de que a revolta dos marinheiros do encouraçado "Potemkin" foi por causa da carne estragada.** Durante mais de cem anos, a história da carne com vermes é considerada um evento quase axiomático do dia 14 de junho. Alegadamente, a sopa contaminada foi a única razão para a iminente pré-rebelião. Mas devemos notar que no início do século XX, na Frota do Mar Negro, havia grandes dificuldades na preservação de carne. No calor e na ausência de unidades de refrigeração, era muito difícil manter os alimentos frescos. Uma solução para isso eram os alimentos enlatados, mas os marinheiros odiavam. Surgiram problemas com a carne no "Patiomkin", pois o arrefecimento aparentemente ainda não tinha sido colocado em operação. Lembre-se que o navio ainda estava em reformas.

Outro aspecto contraditório no relato dos amotinados é que, segundo eles, a tripulação notou que a carne da sopa estava estragada. Mas como um membro da equipe podia ver o preparo da sopa não está claro, pois o acesso à cozinha de um navio militar é muito limitado. Quanto a carne, foi inspecionada por um médico do navio, que afirmou que não havia vermes. E o último e mais convincente argumento, a carne supostamente estragada, foi consumida sem nenhuma reclamação ou dano à saúde após a morte dos oficiais.

Outro erro comum é afirmar que os marinheiros se recusaram a comer a sopa. Na verdade, eles queriam comer a refeição, mas Matiushenko, com seus cúmplices, proibiram todos de consumir a sopa. Aqueles que tentaram comer em segredo foram espancados e levados para o convés. Posteriormente, Matiushenko e seus rapazes chegaram ao intendente Lutsaev e afirmaram que a equipe reclamava da má-qualidade da sopa e não querem comer. Um tripulante que ousou contrariar as ordens de Matiushenko foi o condutor M. Khandyga, ele foi ameaçado de morte, mas conseguiu escapar rapidamente do Patiomkin na chegada à Odessa. Foi ele quem deu os primeiros detalhes do motim no encouraçado. Segundo ele: "Tentei comer a sopa e o aprendiz de condutor também, mas ele não foi autorizado a fazê-lo". De acordo com ele, a sopa era boa, todo mundo queria comer, mas eles não foram autorizados a fazê-lo. Mais tarde, soube-se que Matiushenko, por si só, não inventou nada. Ele agiu de acordo com as suas instruções transmitidas de Odessa, onde é mencionado que os vermes na carne foram apenas um pretexto para mobilizar a equipe. Observou-se que a decisão de não comer a sopa foi tomada muito antes do jantar. Isto foi confirmado nas memórias de dois tripulantes.

De acordo com o *potemkine* A. S. Ryzhov, aprendiz de condutor: "naquela amanhã o número e o valor dos vermes foram exagerado por todos". Ou seja, eles afirmaram que a sopa estava ruim, porém nem existia a sopa. Isso demonstra que a revolta do Patiomkin não foi decorrente da má-qualidade da comida, mas algo premeditado.

De fato, os acontecimentos de 14 de junho não se desenvolveram de forma alguma espontaneamente e não tinha nenhuma relação com a carne, um marinheiro deixou escapar isso em suas memórias: "O estado de espírito da equipe mudou de repente, nascendo um desejo de apoiar os trabalhadores". Outro participante da revolta, Gunnery Laky, disse que "houve uma reunião secreta na sala das máquinas, onde foi decidido que era o momento de se unirem para lutar contra as autoridades".

Além disso, por incrível que pareça, o comandante de 1° grau do Patiomkin, o Capitão Golikov, certamente sabia da revolta antes do lançamento do navio ao mar. Pois ele recebeu uma carta anônima advertindo que o esquadrão estava planejando um motim em alto mar e em seguida citou os nomes dos rebeldes, mas Golikov não informou o comando da frota. Essa arrogância excessiva e o constrangimento de "lavar roupa suja em público" foi o seu erro fatal.

Duas semanas antes dos acontecimentos fatídicos, o aspirante do encouraçado B.V Bakhtin inesperadamente recebeu uma mensagem anônima e uma pilha de folhetos sobre o motim.

Em 12 de junho, de 1905, o Patiomkin entrou em operação, um dia antes disso ocorreram dois eventos perturbadores. Sob vários pretextos, 50 marinheiros pediram aos comandantes para servir fora do navio de guerra. Eles provavelmente sabiam sobre a preparação do levante e não queriam participar. Em segundo lugar, alguns deles avisaram ao comandante por meio de cartas anônimas sobre o motim planejado e citou o nome dos líderes. No entanto, o comandante do navio de alguma forma deixou ambos os incidentes sem a devida atenção.

8.1.4 Mito da ordem de fuzilamento

Outro momento de grande dramaticidade do filme é quando os rebeldes são cobertos com uma lona e recebem a ordem de fuzilamento. Com certeza sem esse detalhe o filme não faria tanto sucesso. Mas isso nunca foi realizado em nenhum navio, a cena foi inteiramente copiada de um filme *westerns*, de Hollywood, do início do século XX. O próprio Eisenstein se gabava de como ele criou o truque da lona: "Lembro-me – disse ele – o quão desesperadamente o consultor especialista em assuntos navais, um ex-oficial da Marinha, segurou a cabeça quando eu mostrei a cena da lona cobrindo os marinheiros com a ameaça de levar um tiro! Nós rimos... – ele gritou. – Ele nunca fez!".

De fato, nos séculos XVI a XVIII, na marinha britânica, durante as execuções de oficiais e marinheiros rebeldes, realmente era usada uma lona, não para cobrir as cabeças dos condenados, mas para não manchar o chão com sangue.

Portanto, é muito provável que o episódio da lona tenha saído de uma falha na leitura dos inquéritos. O *potemkine* Lebedev realmente afirma que o oficial superior deu a ordem para trazer uma lona e os marinheiros, tomaram isso como um sinal para a revolta. Mas, na verdade, de acordo com a Carta dos navios do início do século XX, a marinha russa, no verão, distribuía as refeições para a equipe no andar superior, os marinheiros comiam sobre uma toalha para não estragar o piso branco. Note-se que nenhum dos homens afirma que a lona é levada para a execução, mas era um sinal de que os marinheiros famintos iriam se sentar para o jantar e o incidente seria resolvido. Foi então que ele gritou para a multidão começar o tiroteio.

Mas isso não é tudo! Lebedev disse que a toalha foi trazida por apenas uma pessoa. Aqueles que assistiram ao filme de Eisenstein veem uma enorme lona arrastada por toda a equipe. É óbvio que uma enorme e pesada lona não poderia ser carregada por uma pessoa. Os marinheiros russos tradicionalmente se intercalavam nas refeições, em grupos de 7 a 10 pessoas, esta tradição foi preservada na Marinha Soviética. Cada grupo usava uma pequena toalha, que cobria o convés durante os jantares de verão. Essa pequena toalha não combina com a descrição da gigantesca lona de Eisenstein.

Relacionado ao tema anterior temos o **MITO NÚMERO 43, o mito de que o comandante do encouraçado deu ordem de fuzilamento contra os rebeldes.**

Quanto à ordem para disparar contra eles, não consta em nenhum documento, inclusive, não há nenhuma menção disso no tribunal. Quanto às regras existentes na Marinha, 30 pessoas só poderiam ser fuziladas diante de uma decisão judicial.

Efetivamente, desentendimentos durante as refeições, já ocorreram na frota russa, no entanto, nunca geraram uma sangrenta carnificina. Para termos ideia do quão foi insensata a decisão de começar um tiroteio, podemos começar com o fato de que, sem uma ordem por escrito do comandante no diário de bordo, ninguém nunca teria iniciado os preparativos para a execução em massa de marinheiros. E nem é preciso lembrar que não havia tais registros no diário de bordo. Além disso, nota-se desde a época de Pedro I, que nunca um marinheiro foi fuzilado. E mesmo diante de tantas evidências de que não haveria execuções, o pseudo-herói Matiushenko ordenou o tiroteio dando origem ao banho de sangue.

8.1.5 Em meio ao tiroteio

Um dos mitos mais surpreendente sobre a revolta dos marinheiros do Patiomkin é que não foi uma revolta de marinheiros, mas de suboficiais.

Analisando os líderes da rebelião individualmente, deve-se notar que estes eram, em sua maioria, oficiais não-comissionados do serviço militar. Em linguagem moderna Matiushenko e Denisenko eram oficiais não-comissionados, tinham o nível similar a um sargento. E o grupo que tomou o navio era composto de veteranos, contramestres e suboficiais. Ou seja, foi um pequeno grupo de pessoas que deram início ao motim, de acordo com as lembranças de testemunhas oculares, apenas cerca de trinta pessoas eram capangas de Matiushenko.

Isso foi possível porque a tripulação estava, em sua maioria, desarmada. Pois, em uma batalha naval do século XX, um revólver não faria a menor diferença. Dado que nos confrontos marítimos apenas canhões são utilizados, não há um combate direto, corpo a corpo como nos filmes de piratas. Também não seria adequado andar em escadas estreitas e em um chão escorregadio armado, visto que, desse modo, um mero escorregão poderia ser fatal. Por isso a equipe do encouraçado foi pega despreparada pelos capangas armados de Matiushenko. Isso pode ser visto nas memórias do *potemkine* S. Tokarev: "Muitos dos oficiais, diante do susto, nem sequer tentaram disparar, o fato é de que nem todos tinham armas. Alguns oficiais resistiram, mas foram baleados. Alguns pularam na água. Outros procuraram refúgio, mas as balas os arrebataram".

Os revoltosos obtiveram armas, segundo algumas fontes, por meio do condutor Medvedev. Ele correu para a sala das máquinas e com um formão e um martelo quebrou a fechadura e roubou a munição. Foi combinado que quando Matyushenkovtsy e seus companheiros chegassem armados ao convés, os demais cúmplices que estavam armados entrariam em confronto.

Neste momento, os oficiais foram pegos de surpresa. Após a captura das duas entradas da plataforma de arma, a situação tornou-se crítica, o acesso ao convés superior foi bloqueado. Ao mesmo tempo, os oficiais estavam a céu aberto, enquanto os rebeldes em abrigos.

Em seguida, um tiro ecoou, o tenente Alexey Neupokoev caiu no convés, os tiros disparados contra o comandante causaram pânico e toda a massa de marinheiros imediatamente se dispersaram nos quartos inferiores. Mais tarde, Matiushenko acusou Neupokoev de atirar em Vakulenchuk, mas esse não foi o caso.

Os rebeldes correram para o convés superior, de modo organizado, gritando: "Matem os que não têm um rifle!". Isto significava que eles estavam prontos para matar não apenas os oficiais, mas todos que não o apoiassem.

Segundo o historiador B. I. Gavrilov: "Os rebeldes ocuparam as posições mais importantes do navio de acordo com um plano previamente combinado. Enquanto os marinheiros revolucionários correram para o combate, mais de 200 pessoas, principalmente recrutas, permaneceram confusos sobre o convés".

Os conspiradores, armados com fuzis, começaram a se reunir no tombadilho, e incentivavam a equipe a continuar o motim. Matiushenko finalmente venceu os oficiais e tornou-se o mestre absoluto do navio. Um total de seis oficiais e oito marinheiros foram mortos durante a revolta. Havia muitos feridos.

8.1.6 Atos brutais

Além dos sete mortos, muitos oficiais estavam feridos, e, mesmo assim, quase todos foram brutalmente espancados. Os oficiais sobreviventes foram trancados em uma das cabines, com ameaças de uma futura execução.

Dr. Smirnov, o médico da equipe que estava desarmado e não apresentava nenhuma ameaça, no início do motim foi ferido no estômago. Em agonia, ele conseguiu chegar a sua cabine e deitou-se na cama. O paramédico tentou socorrê-lo, mas ele foi expulso pelos rebeldes.

Atanásio Matiushenko teve o maior envolvimento na intimidação e execução dos oficiais. A imagem de suas atrocidades parecia tão terrível que nos tempos soviéticos os historiadores têm feito todos os esforços para silenciar suas ações. Eram coisas muito assustadoras até para os padrões revolucionários. De acordo com testemunhas oculares, Matiushenko gritava: "Vamos pendurá-los!".

Embora o assassinato brutal e público dos oficiais tenha sido planejado, antes do início da rebelião, o discurso e o local não foram previamente determinados. O fato é que era necessário para a equipe do Patiomkin derramar sangue para todos tornarem-se cúmplices, impedindo assim que os marujos desistissem da revolta, pois os participantes dos crimes cometidos não teriam nenhuma clemência nos tribunais, e, portanto, agora todos deviam obediência incondicional aos novos líderes.

Após a tomada do poder no navio, os rebeldes trouxeram os condutores para o andar superior. Matiushenko queria matá-los, mas a maioria dos homens disse que seria difícil de conduzir o navio.

No entanto, a morte dos oficiais do Patiomkin não foi algo desejado por todos os marinheiros. Alguns foram forçados a tomar parte na rebelião à força.

Na verdade, os participantes autênticos da rebelião eram apenas um terço do número de marinheiros. A massa oscilante, que atingiu, segundo os cálculos do historiador Y. P. Kardashev, mais de 500 pessoas, durante a rebelião, permaneceram neutras, e, gradualmente, começaram abandonar a obediência para com os líderes da rebelião. Era uma espécie de barômetro, que a cada dia prenunciavam a tempestade contrarrevolucionária. De acordo com testemunhas oculares, o marinheiro Nikita Fursaev correu pelos corredores do navio com seu rifle, gritando: "Quem não tomar seu rifle, será abatido!".

Acredita-se que a oposição ativa ao levante era relativamente pequena e consistiu em 10%, de 60 a 70 integrantes, em sua maioria recrutas. Eles organizavam reuniões secretas, contrarrevolucionárias, chefiadas por D. P. Alekseev. Este grupo, de acordo com as memórias dos *potemkines*, "conduziu uma campanha ativa e estavam envolvidos em provocações e sabotagem".

Então, de uma equipe de 746 pessoas os envolvidos ativamente no levante foram 280-300 pessoas, os que tinham uma posição instável eram cerca de 400 pessoas e os que foram adversários do levante eram 70 pessoas. Os marinheiros revolucionários estavam bem cientes de todos os seus opositores e poderiam, teoricamente, aplicar-lhes medidas mais repressivas. No entanto, eles não fizeram isso, mas, não fora por sua bondade. Simplesmente, eles não queriam que a maioria dos marinheiros que estavam neutros se sensibilizasse com o sofrimento de seus colegas e o apoiassem. No entanto, Matiushenko decidiu livrar-se dos seus principais inimigos, os condutores, mas essa decisão não foi cumprida, pois sem profissionais os marinheiros eram incapazes de controlar o sofisticado equipamento naval.

Outra evidência de que os rebeldes tentaram se livrar de seus oponentes é que, no momento do motim, cinco marinheiros foram mortos e doze ficaram feridos. No entanto, sabemos que em nenhum deles foram atingidos pelas balas dos oficiais. O que nos leva a conclusão óbvia de que os tiros vieram de Matiushenko e seus capangas. Alguns historiadores levantaram a hipótese de que as baixas foram em decorrência de "balas perdidas", mas seria impossível matar e ferir acidentalmente dezessete pessoas. Para os fãs do filme, o fato de Vakulenchuka e Matiushenko serem inimigos é algo surpreendente. Isso nos leva ao **MITO NÚMERO 44, o mito de que Vakulenchuka e Matiushenko eram amigos**.

8.1.7 Mitos sobre Gregory Vakulenchuka

O diretor Sergei Eisenstein, em seu filme, coloca Vakulenchuka e Matiushenko como amigos inseparáveis e que a sua morte foi resultado de perseguição por parte de oficiais armados contra marinheiros desarmados. Desde o início tem sido apresentado como mártir dos rebeldes, um dos líderes do levante, um simpatizante da greve de Odessa e membro de um partido de esquerda. Ele foi nomeado na literatura do período soviético como vítima da tirania. Mas de fato, ele não era um líder do levante, muito menos uma vítima das arbitrariedades dos oficiais. Na verdade, ele foi a primeira vítima da revolta.

    Vakulenchuka gozava de grande prestígio no navio e ele abertamente não só era contra a revolta, mas, com todas as forças, manteve sua equipe apartada das provocações de Matiushenko. Vakulenchuka não era um revolucionário, mas um respeitado veterano, em termos modernos, era um líder informal. Quando o comandante do navio de guerra deu a ordem para jantar ele foi o primeiro a cumprir esta ordem. Como ele era uma autoridade reconhecida, puxou o resto dos marinheiros. Nessa situação, Vakulenchuka foi o principal aliado do oficial superior. Esse comportamento nunca foi explicado pelos historiadores.

    O relacionamento de Vakulenchuka com Matiushenko era abertamente hostil, no entanto, os historiadores reconhecem essa hostilidade como apenas uma abordagem diferente para a hora de início da rebelião. E, assim, eles escrevem que Vakulenchuka e Matiushenko foram quase melhores amigos. Note-se que essa amizade não é mencionada por nenhum dos participantes dos eventos, mas noções vagas sobre a rivalidade explícita é mencionada. Muito provavelmente, no navio de guerra havia dois clãs competindo pela liderança dos marinheiros. Neste caso, no momento da rebelião o clã de Vakulenchuka gozava de muito mais prestígio do que a equipe de seus concorrentes.

    Outro aspecto controverso é a versão oficial do assassinato de Vakulenchuka, segundo muitos historiadores, ele foi mortalmente ferido e com suas últimas forças arrastou-se em estibordo e caiu no mar. Mas seria impossível um homem, com uma grave hemorragia, se rastejar moribundo por mais de dez metros, pois a largura da plataforma do Patiomkin era de 22 metros. Poderia Vakulenchuka, ferido na região do coração, fazer isso sem qualquer ajuda? E por que um oficial atiraria em um marinheiro leal que apaziguava a situação?

    Outro engano é o de que Vakulenchuka era um o bolchevique ou um socialdemocrata, não há nenhuma prova documental.

    Outro mito trazido pelo filme é o **MITO NÚMERO 45, o mito de que o corpo do marinheiro morto no enterro em Odessa era de Vakulenchuka.**

    Esse mito nasceu na manhã de 15 de junho, quando no porto de Odessa os cidadãos que vieram olhar o navio de guerra se depararam com uma terrível surpresa: no final do caís havia uma tenda com um cadáver de um marinheiro. Segundo o filme e muitos historiadores, o corpo era de Gregory Vakulenchuka. Mas, segundo testemunhas dos eventos em Odessa, o nome real do marinheiro era Omelchuk. Esse fato é confirmado nos relatórios sobre o levante.

8.1.8 Mito da democracia revolucionária

Outro acréscimo dos historiadores modernos é o de que no Patiomkin havia uma "democracia revolucionária", isso nos leva ao o **MITO NÚMERO 46, o mito de que "Potemkim" era uma democracia revolucionária.** Na verdade, todas as resoluções do navio eram decididas por Matiushenko e seu círculo íntimo. Outro exemplo do despotismo de Matiushenko foi o "plano de Odessa", plano este elaborado antes mesmo do levante.

Após o navio passar para as mãos dos rebeldes, Matiushenko ouviu as sugestões dos marinheiros de como deveriam proceder. Alguns sugeriram explodir o navio de guerra, outros para ir a um porto estrangeiro. Então, Matiushenko tomou a palavra e anunciou que o encouraçado partiria para Odessa, onde os trabalhadores rebeldes estavam esperando.

Um fato que demonstra não só o comportamento arbitrário, mas também é a maior prova de que o levante foi premeditado, foi quando Matiushenko, sem consultar a tripulação, foi buscar em Odessa, dois membros do partido revolucionário, Abram Berezovsky, apelidado de "camarada Cyril" e Konstantin Feldman, apelidado de "estudante Ivanov". Ambos pretendiam liderar o navio. Para isso vieram vestidos como marinheiros e usaram Matiushenko para reunir a tripulação. A equipe, como resposta, hostilizou Feldman e Berezovsky. Quando Feldman tomou a palavra, eles gritaram; "Abaixo com ele!".

Feldman e Berezovsky foram incumbidos de intensificar o processo de insurreição no encouraçado. Isto é evidenciado pelos materiais de investigação e memórias dos *potemkines*. No momento da liberação do navio de guerra em Sevastopol, a bordo, além dos membros da equipe foram encontrados 30 especialistas em sistemas de artilharia. Todo esse aparato revolucionário não foi algo improvisado e sim um projeto elaborado muito antes da compra da suposta carne com vermes. Pode-se supor que Feldman e Berezovsky estavam a bordo do navio de guerra como emissários do Comitê de Odessa, a sua filiação aos mencheviques não é negada por Feldman durante a investigação.

Outro fato interessante é que, durante as reuniões, representantes dos marinheiros entraram na cabine do almirante e disseram que a equipe se opunha fortemente à presença dos intrusos no navio, apelando para sua remoção. Pela lógica, toda a fraternidade revolucionária teria que sair de mãos vazias, mas Matiushenko conseguiu defendê-los. O próprio Feldman observa com amargura: "Tentamos convencer os marinheiros para desembarcar e se juntar aos insurgentes, mas os homens se recusaram a deixar o navio e ir a terra, para que juntos com os trabalhadores pudessem ocupar a cidade".

A comissão do navio tomou a decisão de não permitir qualquer outra pessoa no navio. Como resultado, não foi possível o ingresso do famoso revolucionário bolchevique Gubelman (Yaroslaovl).

8.1.9 Desembarque em Odessa

Para evitar possíveis conflitos, a Comissão do Patiomkin enviou um comunicado ao cônsul francês e pediu-lhe para transmitir às autoridades da cidade de Odessa a seguinte declaração: "audiência respeitável de Odessa! O comando do encouraçado Patiomkin, hoje, 15 de junho, desembarcará um corpo morto, que será colocado à disposição dos trabalhadores para as cerimônias de costume".

É provável que o desembarque do cadáver fosse um ato puramente político, pois os corpos de todos os outros marinheiros que morreram durante a rebelião foram lançados ao mar. Pois, seguindo as tradições do mar, os cadáveres não devem permanecer no navio, especialmente no calor do verão.

Uma comissão naval decidiu enviar uma delegação às autoridades militares para pedir autorização para o enterro do marinheiro no cemitério da cidade. Matiushenko acrescentou que no caso de recusa o navio irá disparar suas armas.

Outra lenda é a de que havia milhares de pessoas no funeral de "Vakulenchuka". A origem desta lenda procede do jornal de esquerda *Proletariado*, que afirma que o caixão foi acompanhado por milhares de pessoas. Na época soviética, o principal promotor da lenda do funeral em massa foi Feldman, que escreveu em suas memórias sobre uma enorme manifestação de trinta mil trabalhadores.

Na realidade o funeral não causou comoção social. Em uma carta para seu irmão, Hilarion Korolenko, um conhecido escritor, Vladimir Korolenko, descreve o ocorrido: "A carruagem com o caixão prosseguiu a partir da ponte, precedido por um sacerdote, com lamparinas e outros acessórios, e à frente e atrás havia 15 marinheiros do Patiomkin. Havia apenas alguns civis...".

O poeta Alexander Fedorov, de acordo com suas memórias descreve: "marinheiros empoeirados, apenas oito ou dez, andavam atrás do caixão, colocado no carro fúnebre. Alguns estavam vestidos com jaquetas de marinheiro, e um deles estava usando uma capa amarela. Por trás dessa estranha procissão havia uma carruagem, isso era completamente estranho para os rostos que observavam pelas janelas".

Bem diferente do esperado, o enterro do marinheiro não foi um grande ato político, muito pelo contrário, os funerais sempre causam uma sensação de aversão, mas neste caso específico a repulsa era ainda maior, por causa do terrível mal cheiro proveniente da decomposição do cadáver.

Depois do funeral, durante o retorno dos marinheiros da guarda de honra ao navio houve um conflito com a patrulha que monitorava o movimento. Segundo algumas fontes, os homens foram baleados, em outros eles próprios são os primeiros a abrir fogo. Fosse o que fosse, como resultado, dois *potemkines* foram mortos e três feridos.

Quanto à rebelião de Odessa, podemos ter mais detalhes desse evento nas memórias de testemunhas oculares, como é o caso do poeta A. Fedorov:

o funeral do marinheiro não atraiu a atenção dos moradores de Odessa. Com a conivência das autoridades, começaram os tumultos e saques na cidade. No centro da cidade e no porto, os elementos lumpens eram muitos. Durante a noite essa orgia atingiu seu pico. Naquele momento ocorreu algo terrível e começou a pilhagem generalizada. O lúmpen ocupou o porto e o centro de Odessa. Todo mundo estava esperando a noite para começar a ação. E esta noite chegou!.

Segundo B. I. Gavrilov, em seu livro *Na luta pela liberdade*: "Começou saques e incêndios. De acordo com testemunhas oculares, os saques eram obra de excluídos urbanos, vagabundos e ladrões".

Isso nos leva ao **MITO NÚMERO 47, o mito de que durante a rebelião de Odessa os cossacos atacaram uma mãe com seu carrinho de bebê.**

Segundo o guia de evento histórico da URSS, de 1928, e em estudos norte-americanos sobre a rebelião, na verdade, a rebelião não ocorreu durante o dia, mas à noite. Também não ocorreram no local indicado pelo filme, mas muito longe nas ruas dos subúrbios e no porto. Eisenstein viu o episódio da "escadaria" como uma síntese de todos os eventos de 1905 e tinha como propósito instigar o ódio ao governo tzarista por meio da comoção do público. Quem não teria dó de uma inofensiva mãe com o seu bebezinho. Mas, de fato, é muito difícil imaginar uma mãe louca empurrando o seu carrinho de bebê em plena madrugada, no meio do porto, entre saques, brigas de bêbados e esfaqueamentos.

8.1.10 O bombardeamento de Odessa

O bombardeamento de Odessa foi um dos eventos centrais do Patiomkin. De acordo com Matiushenko, o motivo foi à falta de provisões requisitadas das autoridades de Odessa. Algo errôneo, pois todos os requisitos foram cumpridos.

Para decidir sobre o bombardeio da cidade, Matiushenko convocou uma equipe. O primeiro orador foi o eloquente Feldman, que incitou a disparar armas na cidade e, em seguida, dominá-la. Entre os tripulantes as opiniões estavam divididas, a minoria deles queria a destruição da cidade. Apenas uma pequena equipe, Feldman e Berezovsky eram instigadores do bombardeio. Então os capangas de Matiushenko recorreram ao método já experimentado e testado. Demchenko disse que quem fosse contra Matiushenko e seus amigos deveriam sair da multidão e anunciá-lo pessoalmente. Como sempre ninguém teve coragem de desafiar Matiushenko. No final da reunião, Matiushenko ordenou o bombardeamento da cidade e afirmou que os contrários a essa ideia eram traidores e seriam julgados pelo tribunal revolucionário.

Então, às 18 horas e 35 minutos, o Potemkin levantou âncora e entrou no mar a meia milha. Em seguida, o navio de guerra se dirigiu a Odessa e disparou na cidade. Os tiros atingiram o teatro e algumas casas. Felizmente não houve vítimas, pois eles não dispararam as armas de maior calibre, não por piedade mais porque sem os artilheiros os marinheiros simplesmente não foram capazes de disparar, pois o disparo de armas de 305 mm era perigoso para seus executores.

O responsável pela Artilharia do Patiomkin tentou parar o bombardeio da cidade, mas ele foi ferido no rosto e afastado das armas.

Nos tempos soviéticos, para justificar a arbitrariedade do bombardeio, foi dito, que o navio lançou apenas tiros de aviso. Esta é outra mentira, porque eles usaram munição real em bairros residenciais.

A primeira bomba explodiu em uma casa na rua Nezhinskaya. Ironicamente, a casa pertencia ao comerciante Feldman. A segunda bomba atingiu duas casas. Acredita-se que por um feliz acaso não houve vítimas, embora algumas fontes indiquem um ou dois mortos. No entanto, Matiushenko não desistiu da ideia de no dia seguinte conquistar a cidade. É claro que isso não foi possível devido ao ódio generalizado dos habitantes de Odessa para com os *potemkines*. S. Orlicko escreveu que ele ficou chocado com a rapidez da desmoralização dos ideais revolucionários. Qualquer pessoa que ousasse fazer comícios era ameaçada com estribos de carros tanto por senhores como por senhoras. Por isso todos os membros de organizações revolucionárias fugiram da cidade.

Na parte da manhã, Matiushenko novamente decidiu abrir fogo sobre a cidade em chamas, mas desta vez ele não conseguiu, pois estava muito longe do alvo.

8.1.11 Para a Romênia

Depois de deixar Odessa, o navio imediatamente perdeu a disciplina. Matiushenko deparou-se com os olhares de desaprovação da equipe, que o culpavam de mergulhar a todos em uma aventura terrível, destruindo os planos de vida de centenas de pessoas.

Berezovsky incitou o comando a bombardear a cidade e capturá-la, mas a maioria absoluta da tripulação queria ir para a Romênia. Os marinheiros estavam cansados das experiências revolucionárias, podemos presenciar isso nas memórias do *potemkine* I. Lychev:

Em Feodosia no Patiomkin, foi repetido o mesmo pânico de Odessa no momento da traição do George. Uma pequena parte dos homens dirigiu-se para as armas para abrir fogo sobre a cidade, mas sob a pressão da maioria foram forçados a abandonar essa ideia. Durante esse pânico, Feldman, por conta própria, tentou fazer outro discurso revolucionário, mas foi imediatamente ameaçado de ser lançado ao mar, Feldman então se calou.

Durante ida a Romênia, a agitação da equipe se intensificou. Todos sabiam que o jogo acabou, e agora teriam de arcar com as consequências. Outros estavam felizes porque os romenos prometeram não os entregar nas mãos das autoridades russas.

No caminho para as praias romenas, o Patiomkin, não querendo se arriscar mais, descartou sua bandeira vermelha. Agora o jogo terminou, era necessário pensar sobre o seu próprio futuro, e nesta situação é melhor não despertar a raiva das autoridades europeias.

Em 25 de junho, às 8 horas, ancorou o navio, e a equipe anunciou os termos da rendição: o navio seria transferido para as autoridades romenas em boas condições, a equipe em terra levaria apenas seus pertences, à equipe seria garantido o alojamento gratuito e os *potemkines* não se envolveriam em atividades políticas na Romênia. No porto chegou o socialista Rakovski, velho conhecido de Berezovsky. Ele queria oferecer os seus serviços de mediação na entrega de carvão e provisões, mas ao ver a multidão de marinheiros bêbados com raiva, desistiu e voltou calado.

Ao renderem-se, os rebeldes foram entregues às autoridades romenas, divididos em grupos e enviados a partir de Constança para aldeias remotas. Dos 763 tripulantes, 110 voltaram à Rússia. Claro, estes foram os únicos que não participaram da rebelião, e que não derramaram o sangue dos oficiais.

A maioria dos homens estava terrivelmente deprimida e muitos tentaram o suicídio. Todos eles acusavam Matiushenko e os dois estudantes, dos quais ninguém sabia os nomes, do assassinato dos oficiais. A posição dos marinheiros na Romênia era horrível, não encontravam trabalho, sem saber a língua local, morreriam de fome; por isso a maioria voltou para a Rússia.

Quando os primeiros funcionários russos embarcaram no navio de guerra abandonado viram algo terrível, o Patiomkin foi completamente saqueado. Os romenos roubaram tudo que representava algum valor: todas as peças de reposição de máquinas, todos os tipos de instrumentos e ferramentas navais.

8.1.12 "Na briga entre o mar e o Rochedo, quem sofre é o marisco

"Na briga entre o mar e o Rochedo, quem sofre é o Marisco", o mesmo aconteceu na Rússia com os humildes marujos *potemkines*. Usados como massa de manobra foram abandonados e humilhados por seus incitadores, que não apresentaram o mínimo remorso em destruir os sonhos de centenas de jovens. Matiushenko cinicamente os chamou de tolos e covardes. Feldemam, em seu livro, fala sobre com desdém de Matiushenko e despreza o sacrifício dos marinheiros ao citar a "imaturidade do levante". Ele gostava de especular que a razão para a derrota da rebelião foi a falta de determinação dos marinheiros e até mesmo escreveu em um livro sobre "o levante de crianças". Palavras fortes para um Feldemam covarde que tenta fugir do navio às escondidas disfarçado de marinheiro.

Também devemos lembrar que após toda essa aventura Matiushenko saiu ileso, depois de pegar todo o dinheiro da caixa registradora do navio, ele foi salvo pelos seus amigos revolucionários e levado para Suíça.

Mas e quanto ao restante da equipe? Talvez uma carta, da Romênia, enviada pelo marinheiro Gorelov, possa esclarecer: "Eu estava nu e descalço no inverno, e, além disso, sem um pedaço de pão".

E esse foi o destino dos *potemkines*, por serem considerados pelo *high society* da emigração política como uma massa comum de homens iletrados foram descartados. Com a entrega do navio às autoridades romenas, os heróis de ontem tornaram-se imediatamente desnecessários para a política de emigração da Rússia, pois não eram social-democratas, nem mesmo anarquistas. Enquanto significavam um grupo de rebeldes, cumpriam para a revolução um papel temporário, porém, sem o seu navio, não representavam mais qualquer valor, eram apenas um material de resíduos.

Portanto, o destino da grande maioria dos *potemkines* foi imediatamente selado. Para eles só restava estagnação, pobreza, um trabalho penoso e humilhante. Setecentas pessoas desembarcaram em Constança, abandonadas em um país estrangeiro sem nem mesmo saber a língua! Mas logo a situação começou a ficar ainda mais perturbadora, especialmente quando os familiares começaram a escrever, esposas e crianças desesperadas por notícias. A maioria dos homens estendeu a mão para a América, parte se dispersou em toda a Europa, cento e cinquenta almas permaneceram na Romênia. Em pouco tempo os marinheiros se dispersaram pelo mundo inteiro, e, para ganhar a vida, trabalharam duro em fazendas e minas, todos amaldiçoando o dia e a hora que foram persuadidos a tomar parte em uma rebelião sangrenta. Um dos assistentes mais próximos de Matiushenko, o marinheiro Demchenko, morreu perdido nos Pampas argentinos faminto e mordido por mosquitos.

8.1.13 O que aconteceu com Matiushenko?

Após o desembarque em Constança, Matiushenko foi imediatamente separado do resto da equipe, resgatado pelo romeno revolucionário Hera-Dobrogeanu (Konstantin Katz) e levado para a Suíça. Antes de sair, Matiushenko e Denisenko estavam presentes em uma conversa com alguns dos provocadores revolucionários, como o príncipe Khilkov (Khilkov, Mikhail Ivanovich), que planejavam novas ações terroristas, em São Petersburgo. De acordo com as memórias Feldman: "Matiushenko nunca foi conscientemente um social-democrata, embora gostasse de chamar-se assim".

Lenin e Matiushenko tiveram uma reunião, mas não queriam associar-se. As ideias bolcheviques pareciam muito moderadas para o revolucionário impaciente que provou o sabor das revoltas e rebeliões de marinheiros. Por sua parte, Lenin ficou receoso com a sede de sangue de seu interlocutor, o que produziu provavelmente a mais degradante amostra de sua baixa erudição e nível acadêmico.

Matiushenko era mimado e desfrutava de grande atenção e glória por parte da emigração revolucionária, mas não era confiável, seu comportamento grosseiro e ultrajante poderia causar escândalos. De uma pessoa com a personalidade de Matiushenko, era melhor tomar distância. Com certeza, deles não poderia haver benefício.

O anarquista G. Sandomierz descreve Matiushenko, em suas memórias, como um e "sargento sádico". De acordo com as memórias, Feldman Matiushenko vangloriava-se de ter matado sete dos oficiais e cinco marinheiros. De acordo com o funcionário mais antigo do museu do Mar Negro, Vasilevny Paramonov ao lembrar de Matiushenko afirmou: "Este era um homem terrível, um verdadeiro sádico, que tinha prazer em assassinar oficiais desarmados. Foi ele quem começou o conflito, embora não fosse necessário para ninguém".

A princípio todos mostraram grande interesse para o principal "potemkine". Mas, após os primeiros encontros, a maioria perdia o interesse. A moda Matiushenko passou muito rapidamente. Alguns meses depois, Matiushenko brigou com todos os revolucionários de destaque. Um exemplo disso foi quanto ele criticou a vida de luxo de Gorki no exterior, pois ficou irritado ao vê-lo andando pela rua no seu carro. Matiushenko não era como os outros intelectuais de Genebra, achava que a leitura das obras de Marx era uma bobagem e desnecessária, como todos os "intelectuais de óculos". Para ele os verdadeiros revolucionários deveriam ter armas e bombas.

Nas memórias de emigrantes revolucionários que se reuniram com Matiushenko, eles o descrevem, por unanimidade, como o extremamente e inteligente aventureiro dissoluto que amava patologicamente falar sobre seus homicídios. Não é surpreendente que quase todos se afastaram dele. Nos círculos dos emigrados ele rapidamente se tornou pessoa odiosa, e todos desejavam que ele desaparecesse. Em 1907, Matiushenko publicou, na revista *Petrel*, um artigo em que afirmava abertamente que deveriam "pendurar todos os intelectuais moderados, tanto monarquistas como socialistas".

Ele tentou conseguir dinheiro para uma organização terrorista composta por marinheiros, que supostamente iriam para São Petersburgo. Gapon havia prometido dinheiro, mas não lhe deu, porque ele próprio foi enforcado por traição. Curiosamente, Matiushenko tinha planejado organizar um esquadrão de marinheiros armados que iniciariam uma nova revolução na Rússia. Mas esta ideia insana não teve apoiantes.

Mais tarde, em Nova York, ele foi pedir ajuda para sua causa, mas apenas Dr. Kaplan, Zin Oviev e Katz lhe deram atenção, e nos Estados Unidos, os círculos socialistas pediram para que ele se retirasse do país.

Depois de muita agonia de todas as partes, Matiushenko, eventualmente, juntou-se ao "grupo sulista russo de anarquistas e sindicalistas". Lá ele ilegalmente contrabandeou armas para uma nova revolução. Em breve retornaria à Rússia por sugestão do Partido socialista-revolucionário e lá organizaria uma série de ataques terroristas nas províncias do sul. Na verdade esse era um plano do partido para se livrar de Matiushenko, pois ele era tido como indesejável nos círculos de emigrados e todos achavam que ele prejudicava a causa da revolução. Por isso ele foi entregue às autoridades Azev tacitamente pelo Partido socialista-revolucionário.

Em junho de 1907, ele retornou à Rússia sob um nome falso, mas foi capturado como um membro dos anarquistas-sindicalistas. Na prisão foi identificado como o líder dos *potemkines*. No dia 20 de outubro de 1907, sob o tribunal naval, foi condenado a 15 anos de reclusão.

Note-se que após a morte de Matiushenko, nenhuma das partes, incluindo os anarquistas, o colocau nas fileiras dos heróis da revolução.

8.1.14 O que aconteceu com Feldman?

Com o fim da revolta, Feldman foi preso em Sebastopol. Com a ajuda da organização Odessa subornou os policiais para que estes propiciassem sua fuga. A quantia oferecida foi de mil rublos. Livre, partiu para a Alemanha onde desfrutou de uma vida ociosa e confortável com recursos fornecidos pelo empresário alemão Julius Gerson. Com o dinheiro do Partido Social-democrata ele organizou o contrabando na fronteira russo-Romeno Alemã.

Em fevereiro de 1917, Feldman voltou para a Rússia, onde trabalhou com o Vice-Almirante Kolchak, na Frota do Mar Negro e implementou a política do Governo Provisório.

Com a chegada dos bolcheviques ao poder, Feldman serviu fielmente os social-revolucionários. Até mesmo estrelou no filme de Eisenstein como "[...] a si mesmo". A partir desse momento, aparentemente, interessou-se pelas atividades artísticas, ganhando fama como crítico e dramaturgo.

Em 1925, Feldman foi acusado de má-gestão financeira do "Mosfilm". Ele foi processado por roubo, mas isentado por causa de seu passado revolucionário, pois a polícia hesitou em arrastar para o banco dos réus um "herói Potemkine". Em 1937, o momento da verdade veio para Feldman e ele foi preso, mas, de alguma forma, conseguiu sair.

Em 1957, como um veterano da revolução, lançou seu livro sobre o levante. Durante o resto de sua vida relançou o livro e cada vez com um novo nome, ou seja, como um novo livro para economizar nas taxas. O livro foi publicado em 1917, 1920, 1924, 1937, 1938, 1955 e 1964. Também lançou artigos sobre os *potemkines* e intermináveis memórias, e fez palestras (não gratuitas).

Em 1968, Feldman morreu com honras e respeito, rodeado de amigos e colaboradores. Berezovsky, menos afortunado, em 1937 ganhou a recompensa merecida nos porões da NKVD.

8.1.15 Muito mais que um filme

Como pudemos notar, a realidade dos eventos do Patiomkin não combinava com a história narrada por Eisenstein, ou Trotsky. Não era algo que cheirava heroísmo, pelo contrário, foi uma provocação barata, que começou como uma gangue associada a Matiushenko. Então Eisenstein, talvez com a orientação de Trotsky, veio com seu golpe de gênio criar oficiais "malvados", que aparecem com uma lona para abater inocentes e impor obediência à massa. Faz lembrar algo semelhante – a prática de combate bolchevique. Como não recordar aqui a dizimação pública nos regimentos do Exército Vermelho perto de Perm, em 1919? Em seguida, Trotsky e seus companheiros fazem exatamente o que os oficiais do "Patiomkin" fazem no filme.

E é esta a maldade do filme. Em primeiro lugar, a premeditação do assassinato de pessoas inocentes em uma lona instiga a justa ira do público e, assim, justifica o posterior assassinato dos oficiais do filme. Em segundo lugar, a geração que lembra a dizimação sangrenta de Trotsky agora poderia ser confortada pelo fato de que estas execuções terríveis foram uma "resposta social" dos comissários do povo para o mesmo crime. Automaticamente é feita uma estranha analogia, os representantes da monarquia mataram, por isso devem morrer.

Devemos lembrar as palavras de Lenin, este afirmava que de todas as artes, para eles, a mais importante era o cinema. Esta fórmula foi utilizada, não só por Lenin. Ao contrário dos livros, os filmes absorvem não só a mente, mas o subconsciente das pessoas. E assim, para sempre, a cena com uma monstruosa lona foi impressa na memória de todos que já assistiram ao filme, e na URSS havia milhões. Esses milhões agora têm certeza de que a dizimação era algo corriqueiro na marinha russa pré-revolucionária e o bem-humorado Trotsky apenas copiou-os por causa da necessidade de vingança revolucionária, para com os opressores dos *potemkines*.

9. Mito do revolucionário bonzinho

9.1 A falácia do Robin Hood

Por muitas décadas, a cultura vem idealizando a noção de "revolucionário" como um militante dos ideais de liberdade e felicidade do povo, pronto para dar sua vida por ele. E quanto aos seus inimigos, são rotulados como "demônios", reacionários fanáticos e exploradores. Mas a premissa básica é a mesma, os revolucionários são bons. Estes pontos de vista, essencialmente, permanecem em vigor até hoje[212]. E vêm dando origem a uma grande variedade de lendas, como é o caso da premissa de que os revolucionários perseguiam os ricos e protegiam os pobres. Esse é um dos mais hediondos mitos presentes nesse livro. Sua maldade está em tentar justificar o saque e posterior genocídio de uma parcela da população, por meio da promessa de parte da pilhagem para a maioria sobrevivente. Essa crença desperta o que há de pior no ser humano, o nosso primordial instinto antropófago, há muito esquecido em nosso passado pré-histórico.

Esse pensamento é encarnado de maneira poética na lenda de Robin Hood, mas a obra é bem diferente do rascunho. Não havia nada de poético ou heroico nos atos realizados pelo Khmer Vermelho no Camboja, onde 25% da população da época foi exterminada.

---

[212] ЭДЕЛЬМАН, Ольга Валериановна. Профессия —революционер. Логос философско литературный журнал 5 (56) 137-153, 2006.
[EDELMAN, Olga Valerianovna. "Profissão – revolucionário". *Revista filosófica e literária*. Revista 5 (56) 137-153, 2006].

É um fato que os revolucionários não se preocupam com os pobres, na realidade suas únicas preocupações são consigo mesmo e com o partido. Qualquer um que se mostrar um entrave aos planos do partido será destruído, sejam ricos ou pobres. Para ser um inimigo da revolução não é necessário ser violento, basta sua existência não estar de acordo com alguma teoria abstrata e já temos o cenário perfeito para um fuzilamento. Ou seja, os revolucionários primam mais pela pureza de suas especulações acadêmicas do que pela espécie humana. Podemos presenciar isso na seguinte frase do líder da Cheka[213]* Martin Latsis: "Não olhe no arquivo por provas incriminatórias. Você não precisa provar que este ou aquele homem agiu contra os interesses do poder soviético. Pergunte a ele, em vez de qual classe pertence, qual é o seu passado, a sua educação, a sua profissão. Estas são as perguntas que irão determinar o destino do acusado".

Mas não se engane que a ira da Cheka estava direcionada apenas contra a burguesia, este era o significado do Terror Vermelho apenas em sua essência. É claro que, na prática, a política dos bolcheviques estava mais descontentes com o campesinato, em termos absolutos, a maioria das vítimas do terror caía exatamente sobre os operários e camponeses. Isso é evidenciado, principalmente, pelos números de mortos após a supressão de numerosas revoltas, em Ijevsk foram exterminados 7.983 trabalhadores insurgentes e aproximadamente 1,7 milhão de familiares desses trabalhadores. Todos foram baleados pelos bolcheviques.

Como pudemos perceber, os supostos "exploradores" não eram as únicas vítimas da revolução, e podemos constatar isso em números, pois as pessoas pertencentes aos estratos educados correspondiam por apenas 22% do total de vítimas dos bolcheviques. Esta situação é típica de qualquer repressão em larga escala. Por exemplo, durante a Revolução Francesa do século XVIII, os nobres correspondiam por apenas 8-9% de todas as vítimas do terror revolucionário[214].

Outro aspecto que torna a revolução ainda mais cruel para os pobres é que, muitas vezes, como vimos no capítulo anterior, os ricos têm a vantagem de contar com recursos para fugir para o exterior, subornar funcionários para conseguir visto e estrutura para recomeçar uma vida em um país estrangeiro. Já os pobres e a classe média não contam com a mesma sorte.

Outra questão pouco divulgada é que mesmo os mais cruéis ditadores se curvavam à necessidade técnica de manter pessoas especializadas para áreas vitais da economia. Podemos observar isso no texto:

....

[213] Cheka foi a primeira das organizações de polícia secreta da União Soviética. Ela foi criada por um decreto emitido em 20 de dezembro de 1917, por Vladimir Lenin.
[214] ВОЛКОВ, Сергей Владимирович; Почему РФ - еще не Россия. Невостребованное наследие империи. Москва: Вече, 2010 г.
[VOLKOV, Sergey Vladimirovich; Por que a Federação Russa ainda não é a Rússia? O legado não reclamado do Império. Moscou: Veche, 2010].

O mérito do desenvolvimento teórico das disposições fundamentais dos problemas e sua aplicação nas práticas pertencentes", escrito por V. I Lenin. Lá ele explicou a necessidade de manter o patrimônio cultural do capitalismo no interesse da construção do socialismo: "a questão dos especialistas burgueses nas forças armadas, na indústria, em cooperativas, cabe em qualquer lugar, por isso precisamos de mais e mais desses antigos especialistas, incluindo engenheiros, agrônomos, técnicos, profissionais de todos os tipos, científico-educados.

Ao mesmo tempo, escreveu V. I. Lenin, "devemos quebrar qualquer que seja a resistência para que eles comecem a trabalhar no novo quadro organizacional do Estado"[215].

O mesmo não acontecia com as classes iletradas, que se tornaram escravos nas políticas do "socialismo de guerra" e "fazendas coletivas". E como eram de fácil reposição poderiam ser eliminados por qualquer deslize.

9.1.1 Mito do revolucionário carismático

Outra crença muito divulgada nos meios acadêmicos é de que o povo gostava dos revolucionários. Como pudemos constatar anteriormente, os pobres eram as principais vítimas dos revolucionários, tanto antes como depois da Revolução. A violência generalizada dos terroristas não distinguia inimigos de aliados, matou tanto militares como civis, tanto policiais como opositores políticos. O total de vítimas dos revolucionários, a partir de outubro 1905 a outubro 1906, foram 3.611 funcionários do governo. Até o final de 1907, o número de mortos e mutilados ultrapassou 4.500. Dentre espectadores casuais e transeuntes foram mortas 2.180 pessoas e mutiladas 2.530[216]. Os revolucionários não tinham a menor empatia pelo povo russo, porque eram em sua maioria estrangeiros. Os dados sobre a nacionalidade de 7.000 agitadores mais ativos, de 1907 a 1917, constatou que cerca de 60% dos revolucionários eram estrangeiros[217].

---

[215] КАВТАРАДЗЕ,Александр Георгиевич; Военные специалисты на службе республики советов 1917–1920 гг. Москва:Наука, 1988.
[KAVTARADZE, Alexander Georgievich, *Especialistas militares à serviço da República dos Sovietes 1917-1920*. Moscou: Nauka, 1988].
[216] СТАРИКОВ, Николай Викторович. Кто убил Российскую Империю?. Москва: Яуза, 2006.
[STARIKOV, Nikolay Viktorovich. *Quem matou o Império Russo?* Moscou: Yauza, 2006].
[217] МИРОНОВ, Борис Николаевич;Социальная история России периода империи (XVIII—НАЧАЛО XX в.). Том I С.-Петербург: Дмитрий Буланин, 2003.
[MIRONOV, Boris Nikolaevich, *História social da Rússia durante o Império (XVIII - INÍCIO do século XX)*. Volume 1 São Petersburgo: Dmitry Bulanin, 2003].

Além das violências físicas contra o povo, os insurgentes também cometiam extorsões. Em meio aos materiais subversivos recolhidos pela polícia, havia referências quanto ao recolhimento de quotas dos salários dos trabalhadores, era uma taxa de 2% dos salários. Para citar um caso específico, em 29 de novembro de 1904 a polícia revistou o apartamento do agitador mais ativo de Tbilisi, um certo Michael Rukhadze. Lá foi encontrada uma folha com 3 colunas que traziam as notas: "oficial 1", " oficial 2", "oficial 3". Estas folhas foram preparadas para os registros do dinheiro recolhido em segredo para os caixas do Partido Social-democrata. Aqui é necessário esclarecer que os oficiais citados na folha eram policiais subornados pelo partido que extorquiam os trabalhadores. Na oficina de reparos de locomotivas de Tbilisi, havia cinco policiais, que coletavam dinheiro dos representantes da fábrica Rukhadze.

É bem conhecido e não se esconde mesmo nas histórias oficiais que os movimentos operários durante os piquetes de greve espancavam os trabalhadores que não queriam participar do movimento. Às vezes, eles foram ainda mais longe, 12 de janeiro de 1909, em Tbilisi, a polícia fez uma denúncia a sua central em São Petersburgo, de que em uma das manifestações de trabalhadores ferroviários, no mês de outubro 1904, os revolucionários estavam aterrorizando quem fosse contrário à greve. Três pessoas foram gravemente feridas e duas mortas a tiros por não se submeterem aos agitadores.

Muitos, por um sentido de autopreservação, foram forçados a aderir à organização e, por medo de serem mortos, decidiram deixar o serviço nas oficinas da ferrovia Transcaucásia.

Em dezembro de 1903, a mãe de um revolucionário, Sophia Mirakova, que vivia nas montanhas de Tbilisi, informou ao Departamento de Segurança que seu filho Kazar Ivanovich Mirakov, um membro do partido revolucionário, acumulou nos últimos anos vários milhares de rublos para a causa revolucionária. O filho trouxe para casa suas publicações subversivas para armazenamento e, recentemente, trouxe dinheiro de extorsão. Sophia Mirakova, por achar aquilo insuportável, apresentou algumas cópias de folhetos e brochuras que o incriminavam e informou a localização de outro local de publicações ilegais.

Em 1905 e 1906, em uma aldeia de distrito Tskadisi, Racha, província de Kutaisi, viveu Medic Shamshi Lezhav, um estrangeiro membro do Partido Social-democrata Kutaisi (bolchevique), que foi designado para liderar organizações locais que arrecadavam dinheiro para o partido. Esse dinheiro era extorquido dos camponeses, mediante a ameaça de atear fogo em suas casas. Um dos residentes da aldeia admitiu ter levado muitas vezes a quantia de 50 rublos aos chantagistas.

Nem mesmo a polícia tinha capacidade de combater a quadrilha organizada de terroristas social-democratas. Em 1906, o chefe do distrito foi capturado pelos criminosos, que o fizeram tirar o chapéu e as dragonas e o forçaram a andar a pé até a aldeia Ambralauri (na distância de 21 milhas). Ninguém testemunhou o que tinha acontecido com o policial, por medo de retaliações por parte dos terroristas. As testemunhas afirmaram que só iriam depor se primeiro Lezhav fosse preso.

Nos primeiros anos do século XX, o dinheiro do partido era principalmente destinado à literatura subversiva. Mas posteriormente a brigada dos social-democratas do Comitê de Baku, no período de fevereiro a abril de 1907, comprou 80 mil rublos em armas, e agora possuíam 76 revólveres "Mauser", 170 rifles "Browning" e uma grande variedade de bombas que não correspondiam a tais custos.

9.1.2 Mito do revolucionário bonzinho

O próximo mito, que já foi em parte desvendado, é o **MITO NÚMERO 48, o mito de que os revolucionários eram "bonzinhos".**

Os revolucionários, de um modo geral, possuem um enorme fanatismo doutrinário que causa danos de longa duração em seu sistema de valores. Com o tempo, perdem todos os vínculos sociais e se tornam incapazes de distinguir o certo do errado, o que torna um revolucionário ou qualquer vítima de lavagem cerebral, impossibilitado de ser "bonzinho".

A apatia quanto às convenções sociais pode ser percebida nos relatos de Anna Alliluieva, a filha mais velha de uma família de agitadores. Em suas memórias ela narra orgulhosamente sua participação precoce nas batalhas revolucionárias então vividas em Tbilisi e Baku. Narra que, quando criança, seus pais escondiam em suas roupas cápsulas com fulminato de mercúrio, necessárias para a fabricação de bombas. A menina transportava munição, porque as crianças não eram revistadas. A integrante da organização bolchevique, Fedosya Ilinichna Drabkin, afirmou que viajou várias vezes com substâncias explosivas escondidas sob as roupas de sua filha de 3 anos. Havia o perigo de um golpe ou choque acidental. Essas substâncias explosivas eram transportadas em trens de passageiros convencionais, em todo o caminho de Paris a São Petersburgo era necessário sentar-se sem tocar no banco de trás, a fim de evitar a maioria dos choques. O fulminato de mercúrio tem um cheiro forte e sufocante de amêndoas amargas, que causa dor de cabeça. Imagine o pânico dos outros passageiros do vagão quando perceberam o estranho cheiro de química? Será que lhes ocorreu a quanto risco estavam expostos?

Vale lembrar que eles não eram agressivos apenas com os estranhos, ser membro do movimento revolucionário não era algo fácil, pois quando se entrava em uma dessas organizações era difícil de sair. Seus integrantes perdiam a liberdade e eram constantemente vigiados por seus comparsas. E eram severamente punidos por não cumprirem com as expectativas do partido. Por meio dos esforços da polícia, podemos constatar isso pela leitura da própria carta da brigada de Baku. Aqui temos a Seção VIII, que fala a respeito da disciplina: aqueles que devem ser punidos com a morte: 1) Aqueles que revelarem-se incompetentes. 2) Aqueles que não cumprirem as ordens de seu líder. 3) Aqueles que não conseguem manter um segredo que envolve os esquadrões de combate. 4) Aqueles que violam a Carta da brigada de combate, ou desaprovam o programa do partido. 5) Aqueles que desperdiçam o dinheiro com bebidas, e assim por diante. 6) Aqueles que roubam a organização. 7) Também pune todos os espiões, traidores, e assim por diante.

Mergulhados em seus próprios sistemas de classificação, os revolucionários perderam o sentido de como era o mundo exterior. Em grande parte, porque este ponto de vista para eles era inexistente. Para eles ou eram inimigos ou aliados. Também não podemos dizer que eles eram alienados ou lunáticos, muitos deles exerciam com êxito suas funções sociais, entre elas, alunos, engenheiros de sucesso, advogados, médicos. Mas tinham uma vida dupla alimentando a ilegalidade com doações em dinheiro para a Revolução, escondendo folhetos e até mesmo armas.

Os revolucionários não eram apenas um bando de desordeiros e excluídos, a cúpula das organizações terroristas era formada pela alta sociedade. Os bolcheviques mantinham seus armazéns, incluindo armas e bombas, nas mansões dos generais e até mesmo nos grandes palácios.

Soldados da Guarda transportavam munição para os revolucionários e os oficiais carregavam explosivos. Mesmo sabendo do amplo apoio moral e material aos revolucionários, fornecidos pela elite russa, por vezes, ainda nos surpreendemos, ao encontrar novas evidências de quão disseminada e explícita era essa prática. Por exemplo, 1 em fevereiro, de 1905, em Tbilisi, o departamento de polícia descobriu que o Duque Alexander Argutinsky-Dolgorukov e os membros do Conselho Municipal se apropriaram de dois mil rublos de fundos da cidade para fornecer apoio material às vítimas dos motins. Em 16 de dezembro averiguou-se que o mesmo Duque pegou dinheiro do caixa do Comitê de Tbilisi para dar aos bolcheviques[218]. Isso nos leva ao **MITO NÚMERO 49, o mito de que os revolucionários odiavam as elites.**

9.1.3 Flertando com a Revolução

Estudos recentes têm mostrado que os industriais progressistas até 1905 criaram uma grande oposição unificada ao Imperador e, na escolha dos meios para

---

[218] EDELMAN, Olga Valerianovna, *op. cit.*

alcançar isso de bom grado, deram dinheiro para a revolução. De acordo com hesitantes e incompletas estimativas, mais de duzentos empresários investiram na revolução milhões de rublos. Os mais radicais deles paralisaram suas fábricas durante os protestos de 1905 para criar uma grande massa revolucionária e operária. Esses movimentos eram usados para arrancar concessões e reformas do governo.

Não era apenas a esquerda que exaltavam o terror, o jornais de direita incentivavam abertamente os jovens para atividades terroristas antigoverno, glorificando o terror e apontando para sua inevitabilidade:

> Nós precisamos finalmente dizer em voz alta, com clareza solene de que todo o horror, toda a tragédia histórica, todos os atos de assassinatos políticos cometidos e realizadas durante a revolução na Rússia, tem como seus assassinos as melhores pessoas da nação, as portadoras das mais altas qualidades morais e mentais, e de talentos extraordinários[219].

Esse artigo nefasto escrito por uma mente perversa e psicótica em qualquer país democrático do século XXI seria indiciado por apologia ao crime, mas na Rússia "totalitária" artigos como esse circulavam sem restrição.

De acordo com Nikolai Aleksandrovich Berdyaev[220]:

> na Rússia formou-se um culto especial de santidade aos revolucionários. Esse culto tem seus santos, sua tradição sagrada e os seus dogmas. Durante muito tempo, todas as dúvidas desta tradição sagrada, qualquer crítica desses dogmas, ou diretamente relativa a estes santos levou à excomunhão não só da opinião pública revolucionária, mas também de facções radicais e linhas liberais.

Outro discurso radical propagado pelas elites russas era o da expropriação de terras. Os progressistas russos mantinham uma posição muito mais de esquerda do que grupos similares na Europa Ocidental. Um exemplo disso foi a "União de Libertação", criado em 1902, que levou a Câmara, nobres revolucionários, como o deputado Ivan Petrunkevich, o príncipe Dolgoruky, o filósofo Sergei Bulgakov, o advogado Nicholai Kovalevsky e o escritor Nikolai Pechekhonov. Eles não eram somente favoráveis a uma Assembleia Constituinte, mas pela expropria-

---

[219] МИРОНОВ, Борис Николаевич; Благосостояние населения и революции в имперской России: XVIII — начало XX века. Москва: Весь Мир, 2012.
MIRONOV, Boris Nikolaevich, *O bem-estar da população e revoluções na Rússia imperial: XVIII - início do século XX*. Moscou: Ves Mir, 2012
[220] Nikolai Aleksandrovich Berdyaev (1874-1948) - Filósofo neo-cristão ortodoxo russo, representante do existencialismo.

ção dos latifundiários, do governo e da igreja, e sua redistribuição a favor dos camponeses[221]. Como vimos, as políticas do governo quanto à agricultura haviam sido muito bem-sucedidas, mas, segundo N. A. Kablukov, defender os camponeses não era uma necessidade, mas pura demagogia. Segundo ele: "Lutar pela falta de terras tornou-se sinônimo da luta dissimulada contra o Governo e serviu como um marcador que dividia as pessoas entre progressistas e conservadoras, amigos e inimigos". O *slogan* "Terra e Liberdade" não era novidade, nos últimos 50 anos têm sido repetidamente levantada esta bandeira, mas no século XX, com as reformas de Stolypin, havia se tornado obsoleto. No entanto, durante os distúrbios de 1905, esse velho bordão agiu na Duma e na intelectualidade de modo generalizado. Um cientista, escritor, artista, músico ou engenheiro não era julgado por seus dons, mas segundo o seu grau de crenças radicais. Todos que não compartilhassem de ideias radicais foram impiedosamente perseguidos pelos mais influentes jornais e editoras. Essa situação é exatamente descrita por L. Ginzburg: "Muitas grandes personalidades da cultura russa não queriam a Revolução e foram condenados por ela".

No final do XIX e início do século XX, segundo um dos líderes da direita dos Democratas Constitucionais, V. A Maklakov: "O único inimigo da Rússia é o seu governo, cada palavra em favor dele é um crime contra o seu país natal"[222].

Mas o fato é que durante os tumultos de 1905, a violência e o radicalismo era o discurso padrão tanto dos ricos empresários como de seus capangas da esquerda. Mas esse flerte não durou muito. Assim que o Príncipe Obolensky, membro do conselho de estado, conseguiu a assinatura do rei aprovando o manifesto de 17 de outubro, as coisas mudaram.

Na época dos protestos de apoio ao Manifesto de 17 de Outubro, foram realizadas em toda a Rússia confrontos, agitações, carnificinas, greves e *pogroms* antissemitas. Em dezembro de 1905, em Moscou, iniciou-se uma rebelião armada, liderada pelos líderes dos partidos socialistas[223]. Para que isso fosse possível foi necessário muito dinheiro para pagar todos os militantes que estavam sendo usados. O comitê revolucionário pagava para os séquitos ordinários 3 rublos por noite e para os capatazes 100 rublos por mês. Deixe-me lembrá-los que o salário de um trabalhador na época era de aproximadamente 35 rublos por mês.

Em geral, os rebeldes foram cerca de dois mil. Números similares são citados por Leon Trotsky, segundo ele, o número de combatentes da insurreição de Moscou era de 700-800 membros da brigada do partido, 500 social-democra-

---

[221] НИКОНОВ, Вячеслав Алексеевич ;Крушение России. 1917. Москва: Астрель, 2011. [NIKONOV, Vyacheslav Alekseevich, O colapso da Rússia. 1917. Moscou: Astrel, 2011].
[222] MIRONOV, Boris Nikolaevich *op. cit.*
[223] NIKONOV, Vyacheslav Alekseevich, *op. cit.*

tas, 250-300 socialistas-revolucionários, 500 operários armados das ferrovias e 400 *freelances* dos trabalhadores de impressão[224].

Enquanto os empresários precisavam de seus capangas revolucionários, o dinheiro jorrava nos cofres do partido, mas depois que o rei assinou o manifesto, o que fazer com o resíduo da revolução? O que fazer com os 2.000 combatentes com armas, que corriam ao redor de Moscou e queriam seus 100 rublos?

Podemos ter um exemplo dessa situação embaraçosa, quanto ao caso da organização revolucionária de Elisabethpol, a "Sociedade Patriótica". Suas atividades foram encerradas e seu líder Manchikaladze Jibladze reclamou que demitiu seus membros porque não podia pagar os salários de 30 rublos e se viu em uma situação desesperadora, pois sem seus capangas não era mais temido e assim foi procurado pela polícia pelo assassinato de dois policiais, a tentativa de homicídio de um ex-cossaco, roubos e chantagens. Depois da revolução de 1905-1907 todos os trabalhos dos partidos revolucionários entraram em declínio.

Muitos dos profissionais da revolução tinham dificuldades de mudar de profissão, a maioria deles não tinha nenhuma especialização, nunca trabalharam e nem tinha vontade de fazê-lo. Alguns, aparentemente, voltaram à vida monótona e pacífica. Outros cruzaram a linha fina que separa o mundo da clandestinidade dos subterrâneos do crime. Aqui está um exemplo de um proeminente bolchevique de Tiflis, Constantino Homeriky, apelidado de "ossos vermelhos". Ele abandonou o trabalho do partido e se envolveu em chantagens, extorsões e manteve uma gráfica para falsificação de passaportes. No entanto, a maioria dos revolucionários profissionais aguardava, com esperança, a volta de suas atividades subversivas[225]. Esse foi o caso dos bolcheviques.

9.1.4 Mexendo com quem não devia

Os bolcheviques também não saíram ilesos da crise que atingiu todo o submundo revolucionário, só que estes não estavam dispostos a deixar escapar impunimente seus ricos patrocinadores. Com certeza, enganar um bolchevique era uma péssima ideia e, infelizmente, o megaempresário Morozov aprendeu isso da pior maneira possível.

Como já vimos no capítulo dois dessa unidade, Savva Timofeevich Morozov, proprietário de um grande Império industrial, era o principal patrocinador

---

[224] СТАРИКОВ, Николай Викторович. Кто финансирует развал России? От декабристов до моджахедов. Москва:Питер, 2010.
[STARIKOV, Nikolay Viktorovich. *Quem está financiando o colapso da Rússia? Dos dezembristas aos Mujahideen*. Moscou: Peter, 2010].
[225] EDELMAN, Olga Valerianovna, *op. cit.*

do Partido Bolchevique. Também vimos no mesmo capítulo que ele entrou na vida revolucionária por causa da recusa do governo em estender o prazo dos empréstimos bancários a suas indústrias.

Savva Morozov entrou em contato com seus amiguinhos revolucionários por meio de artistas do teatro, pois ele era um grande patrocinador das artes. Os bolcheviques foram os grandes mestres em extrair dinheiro dos bolsos dos burgueses usando seus simpatizantes escritores, artistas, engenheiros e advogados. Morozov fez amizade com o escritor comunista Máximo Gorki (1868-1936), a quem deu grandes quantias financeiras em apoio aos jornais bolcheviques. Ele também teve um caso com a esposa de Gorki, a artista de teatro Maria Andreeva (1868-1953). Gorki parecia ignorar essa situação, afinal, pagando bem, que mal tem?[226]

Alguns autores afirmam que Morozov patrocinava a Revolução por causa dos encantos de Maria Andreeva, mas isso não é verdade, ela era apenas mais um joguete nas mãos de um empresário manipulador que só buscava saciar seus prazeres. Ele usava seus operários para enriquecer, usava Maria Andreeva para se divertir e usava os bolcheviques para se infiltrar na política. Tanto isso é verdade que logo que alcançou seus objetivos, tratou de dispensar os serviços dos bolcheviques negando-se a fornecer mais dinheiro.

Logo que Morozov entrou na política, mudou sua postura revolucionária e passou a defender os valores democráticos liberais. Mas sua pior traição foi em 9 de fevereiro de 1905, quando fez uma petição ao Comitê de Ministros, onde apresentou propostas para resolver o problema do trabalho. O foco principal de seu autor foram mudanças na legislação de fábricas, tendo em vista que a lei deveria reconhecer apenas greves econômicas, enquanto greves políticas seriam proibidas. Isso prejudicava em muito os bolcheviques, que deram uma resposta imediata à afronta. Por ser amigo e fornecer dinheiro aos comunistas, suas fábricas nunca passaram por uma greve, mas logo após mudar de lado e cessar suas doações estourou uma paralização. Isso aconteceu na oficina São Nicolau, em que a greve começou no dia 14 de fevereiro e durou 23 dias. Sawa, quando soube da paralisação em massa dos trabalhadores chegou a Nikolskoye tarde da noite. O arrogante empresário viu-se finalmente impotente diante de uma situação, e, naquele momento, teve a oportunidade de presenciar todo o mal que ele ajudou a criar. Ele não sabia como desfazer aquela situação e entrou em desespero. Em uma fábrica próxima, "Vikulov Morozova", trabalhadores também entraram em greve. Após esses eventos Sawa começou a entrar em depressão, evitava as pessoas e não queria sair de casa preferindo a solidão. O comerciante não queria ver ninguém e não respondia às correspondências. Se alguém conseguisse chegar a sua

---

[226] ФЕЛЬШТИНСКИЙ, Юрий Георгиевич; Вожди в законе. Москва: Терра-Книжный клуб, 1999. [FELSHTINSKY, Yuri Georgievich, *Líderes na lei*. Moscou: Terra-livro Clube, 1999].

casa e falar com o proprietário, afirmavam que viram um homem à beira da loucura.

De acordo com o promotor Olsufyev "uma vez se entra em uma rede revolucionária, é difícil romper com eles. Morozov queria, mas era tarde demais". Em 10 de fevereiro de 1905, Morozov realizou uma breve conversa com L. B. Krasin, tesoureiro dos bolcheviques, que muitas vezes visitou o industrial para arrecadar dinheiro. Aparentemente, Sawa, neste momento, se recusou. Em meados de abril, Krasin e Gorki vieram conversar com Morozov, provavelmente para a mesma finalidade. Segundo o Departamento de Polícia: "Pouco antes de sua partida de Moscou, Morozov brigou com Gorki".

Segundo Olsufyev, que tinha conhecimento de suas últimas semanas de vida, relatou: *"os revolucionários exerceram as chantagens mais descaradas extorquindo dinheiro com isso"*. Savva Morozov não poderia denunciá-los à polícia, pois ele ao patrocinar organizações terroristas também se tornou um criminoso.

Com a insistência da esposa e de sua mãe, em 15 de abril de 1905 fez uma consulta ao médico. Os médicos concluíram que Savva Morozov tinha um "transtorno nervoso geral grave, expresso em excitação excessiva, ansiedade, insônia, estado deprimido, ataques de angústia, etc". Foi recomendado enviá-lo para tratamento na Europa. Savva Morozov, acompanhado por sua esposa e o doutor Selivanovsky, partiu para Berlim e depois para Cannes, onde, em 13 de maio de 1905, foi encontrado morto em um quarto de hotel, com uma bala no peito[227].

O assassino tentou simular um suicídio, mas, segundo sua prima Genia: "Ah, não, eles não o mataram no quarto. Ele foi colocado lá após ser morto. Foi realizada uma encenação completa".

A polícia, que investigava o caso, disse que a bala removida não correspondia ao revólver que estava na cena do crime. Também não é normal alguém se suicidar deitado na cama.

Sua esposa afirmou que pouco antes de morrer ele conversou com um homem de cabelos vermelhos e, provavelmente, este homem era Krasin. Também havia uma carta de suicídio que trazia a seguinte nota: "Da minha morte eu peço que ninguém seja culpado". Essa carta foi uma das maiores provas de que ele foi assassinado, comparações de anotações manuais de Morozov apontaram que, sem dúvida, aquela não era a sua letra e que o documento foi escrito por outra pessoa. Amostras de caligrafia de Krasin são similares à caligrafia da «nota de suicídio de Morozov», o que presume que o texto foi escrito pela mesma pessoa — Krasin. Porém, em última análise, esta questão só pode ser respondida por criminologistas.

---

[227] ФЕДОРЕЦ, Анна Ильинична; Савва Морозов. Москва: Молодая гвардия, 2013. [FEDORETS, Anna Ilyinichna, *Savva Morozov*. Moscou: Guarda Jovem, 2013].

No entanto, a maior prova do envolvimento dos bolcheviques com a morte de Morozov foi uma apólice de seguro no valor de US$ 100.000 em nome de Gorki, algo extremamente suspeito. Provavelmente, ele teve um caso com Maria Andreeva, esposa de Gorki, mas, em último caso, ele faria o seguro em nome da amante, e não do cônjuge traído, o que demonstra que o assassinato não foi apenas um ato de vingança, mas também havia interesses econômicos em sua morte.

9.1.5 O triste fim de Nicholas Schmidt

A misteriosa morte de Morozov não foi um caso isolado e sim apenas o primeiro
passo em direção a um melhor negócio, a herança de Nicholas Schmidt.

Schmidt era um empresário de 23 anos de idade, dono da melhor fábrica de móveis da Rússia, localizada em Moscou. Ele era o filho-neto de Vikulov Eliseevich Morozov, um membro da Dinastia Morozov. Foi Morozov que apresentou Schmidt à Gorki. Lisonjeado com a familiaridade com o famoso escritor, Schmidt, por ele, começou a ajudar os bolcheviques, deu dinheiro para impressão de jornais e para a compra de armas.

Diferente de Morozov, Schmidt era um verdadeiro entusiasta da Revolução. Seu fanatismo foi evidenciado durante o levante de dezembro, em que ele próprio tomou parte ativa. Sua fábrica foi conhecida como "ninho do inferno", por causa dos insurgentes armados que ela abrigava. Por causa disso a polícia foi chamada, Schmidt foi preso e sua fábrica foi destruída pelas tropas do governo. Eis aqui, o que a Grande Enciclopédia Soviética, 1ª ed. escreve sobre Schmidt:

> Um membro proeminente da Revolução de 1905, pertencia ao Partido Bolchevique, foi aluno da Universidade de Moscou. [...] Participou ativamente da elaboração do levante armado de dezembro 1905; comprou uma grande quantidade de armas e criou vários grupos de combate. Deu a Organização bolchevique Moscou (através de Gorki) grandes somas em dinheiro e armamento aos trabalhadores. No meio da insurreição de Dezembro Schmidt foi preso [...]. 13 (26) Fevereiro 1907 (depois de mais de um ano em confinamento solitário) Schmidt foi encontrado morto no hospital da prisão (de acordo com uma versão, ele foi esfaqueado até a morte, mas segundo a administração prisional, ele se suicidou).

Não precisa ter uma maior percepção para adivinhar que Schmidt não foi esfaqueado pela administração da prisão, pois esta pretendia libertá-lo sob fiança. Também não seria possível se suicidar a facadas como um samurai. Mas se Schmidt não foi assassinado pelos policiais e nem praticou haraquiri, quem teria interesse em sua morte?

Essa pergunta é facilmente respondida por um estranho testamento, que doava todas as suas propriedades aos bolcheviques.

Na prisão, Schmidt, durante um almoço informal com o diretor do presídio, informou que sua relação com os bolcheviques não era algo tão harmonioso como aparentava. Inicialmente, ele e Morozov deram subsídios aos revolucionários de forma voluntária, mas com o tempo isso se tornou algo compulsório. Ele afirmou especificamente que: "Sob pressão, eu dei ao escritor Gorki, 15.000 rublos para publicar o jornal 'Nova Vida' e 20.000 rublos para a compra de armas".

Com a morte de Schmidt, o Centro Bolchevique recebeu cerca de 280 mil rublos da herança[228]. O seguro de Morozov e a herança de Schmidt foram o suficiente para sustentar o partido por um bom tempo, mas, como já sabemos, todo dinheiro acaba e quando isso aconteceu os bolcheviques tiveram ajuda de uma fonte inesperada. Porém, isso é outra história.

---

[228] FELSHTINSKY, Yuri Georgievich, *op. cit*.

10. Senhores da Guerra

10.1 Não é nada pessoal, são apenas negócios

Como vimos no primeiro capítulo dessa unidade, a verdadeira causa das dívidas públicas e dos rombos nas finanças das nações não são bailes fulgurantes nem chapéus da rainha, e sim a guerra. Lembremos também que a guerra é a forma mais eficiente de privatizar o que é público e que os astutos barões da guerra nunca perdem a chance de rotular os Imperadores pacifistas como fracos e indecisos.

Com esse pequeno resumo, podemos compreender como algumas vezes a guerra pode se tornar apenas negócios. E quão lucrativo é esse triste comércio de carne humana. Atualmente, nos EUA, a indústria bélica é composta de 14.000 companhias e emprega 3% da mão de obra do país. O dinheiro gasto neste setor é maior do o que PIB da Argentina[229].

Grandes litígios são ainda mais rentáveis, visto que também podem ajudar os barões da guerra a destruírem seus concorrentes, pois, nessas ocasiões, todos os recursos são destinados aos esforços de guerra e as demais empresas, principalmente as de pequeno porte, ficam sem matéria-prima e, por conseguinte, entram em falência. Isso garante lucros em guerra e monopólios na paz.

É claro que os russos não tardariam a perceber isso. Durante a Guerra Russo-Japonesa, os Zemstvo (autogovernos regionais) e administrações municipais foram encarregados de todos os tipos de atividades no domínio dos cuidados de saúde, da logística e do fornecimento das tropas. Com o objetivo de lidar com todos esses problemas, a nível nacional, o Zemstvo e as autoridades municipais formaram a União de Toda a Rússia.

---

[229] MEYER, Carolina. "A indústria de 150 bilhões". *Revista Exame*, São Paulo, 18 de fevereiro de 2011.

Assim, essas associações tornaram-se poderosos fatores na vida da Rússia, envolvendo milhares de pessoas, uma enorme quantidade de dinheiro e influência. Desdea sua criação, eles se basearam principalmente em subsídios governamentais[230]. E esses subsídios não eram poucos.

Como se é previsto, esses gastos astronômicos geraram terríveis danos à economia, e em 1906, o déficit orçamental ascendeu a 785 milhões. Os custos, com a guerra, no mesmo ano, foram de 919,5 milhões. Inclusive, para cobrir esses custos foi necessário contrair um empréstimo externo de 2,25 bilhões de francos (704,5 milhões de rublos)[231]. Mas, o que os economistas viam como uma tragédia os "Barões da Guerra" viam como oportunidades. Por isso as organizações autônomas de guerra, dominadas por empresários e banqueiros, não tinham interesses em se dissolver, e, por meio da mídia, foram propagados *slogans* expansionistas e belicistas[232].

Para conquistar o território do Bósforo, eram lançados muitos bordões para "um chamado aos ortodoxos" e criados romances sobre os "irmãos eslavos oprimidos". No entanto os motivos reais para a guerra eram mundanos e práticos, se a Turquia fosse anexada, em primeiro lugar, iria varrer a concorrência turca no comércio de grãos e, em segundo, dominaria toda a vazão de comércio e produtos para a Pérsia e a Ásia Central[233].

Mas além dos motivos econômicos também havia as questões políticas. Os generais que em tempos de guerra eram personagens influentes nos ministérios e na Duma, já em tempos de paz eram figuras anônimas.

10.1.1 Como criar uma guerra

Não obstante, Nicolau II não dava ouvidos aos apelos belicistas dos generais, empresários, banqueiros e políticos progressistas, pois, como um bom ad-

---

[230] КАТКОВ, Георгий Михайлович ;Февральская революция. Москва: Центрполиграф, 2006. [KATKOV, Georgy Mikhailovich, *Revolução de fevereiro*. Moscou: Tsentrpoligraf, 2006].
[231] АЙРАПЕТОВ, Олег Рудольфович; Генералы, либералы и предприниматели: работа на фронт и на революцию. 1907-1917. Москва: Модест Колеров, 2003.
[AIRAPETOV, Oleg Rudolfovich, *Generais, liberais e empresários: trabalho parao fronte e para a revolução. 1907-1917*. Moscou: Modest Kolerov, 2003].
[232] ЗЕВЕЛЕВА,Александр Израилевич; СВИРИДЕНКО, Юрий Павлович; ШЕЛОХАЕВ, Валентин Валентинович. ПолитическиепартииРоссии: историяисовременность. Москва: РОССПЭН, 2000.
[ZEVELEVA, Alexander Izrailevich; SVIRIDENKO, Yuri Pavlovich; SHELOKHAEV, Valentin Valentinovich. *Partidos políticos da Rússia: história e modernidade*. Moscou: ROSSPEN, 2000].
[233] БУШКОВ, Александр Александрович. Распутин. Выстрелы из прошлого. Москва: ОлмаМедиаГрупп, 2013.
[BUSHKOV, Alexander Alexandrovich. *Rasputin. Tiros do passado*. Moscou: Olma Media Group, 2013].

ministrador, ele sabia dos danos financeiros que isso acarretaria à economia. Como um bom cristão, ele sabia o sofrimento e privações que seu povo passaria e, como bom monarquista, não queria deixar dívidas e inflação para as gerações futuras apenas para promover sua imagem. Por isso Nicolau II era um pacifista. Em maio de 1899, por sua iniciativa, iniciou-se a Primeira Conferência da Paz sobre o Desarmamento, inaugurada em Haia[234]. E ele não foi o único na contramão da guerra. O governo alemão também fez tremendos esforços em favor da paz. O Imperador alemão pessoalmente e por meio de um de seus melhores agentes diplomáticos, principalmente do Baron Von Marschall, deu cada vez mais abertura para negociações de paz.

Sobre isso, o Baron Beyens de Berlim, em 28 de junho de 1912, escreveu: "o Imperador, o chanceler e o Secretário de Estado de Assuntos Estrangeiros (Von Kiderlen-Wächter) são apaixonadamente pacifistas. O Imperador é persistente e não perdeu a esperança de ganhar de volta as simpatias Inglesas, assim como ele conseguiu até certo ponto a confiança do tzar".

Outro pacifista era Francisco Fernando da Áustria-Hungria, o arquiduque da Áustria e herdeiro presuntivo do trono do Império Austro-Húngaro. Era um realista na política, levava a sério manter a igualdade para com os eslavos no seu Império. Ele alertou que um tratamento duro aos países eslavos levaria a Áustria-Hungria a um conflito aberto com o Império Russo, condenando ambos os Impérios à ruína. Esses três pacificadores são muitas vezes considerados como pessoas de vontade fracas por não quererem a guerra. Na verdade, os três soberanos sabiam dos resultados trágicos de tal conflito, também sabiam que a verdadeira fraqueza estava em ceder às chantagens dos "Barões da guerra" e de seus vassalos da imprensa. No entanto, esse cenário perfeito iria mudar quando o indulgente arquiduque Francisco Fernando foi visitar Sarajevo.

O governo sérvio se esforçou em propagar que o ato terrorista que matou Francisco Fernando foi um plano de seis jovens, românticos e impressionáveis, que simplesmente se reuniram e decidiram praticar o atentado. Mas, na realidade, o grupo Mão Negra era promovido e incentivado por organizações pan-eslavistas associadas a políticos sérvios e russos[235]. A "Mão Negra" era subsidiada pelo próprio governo da Sérvia, as bombas e as armas usadas no atentado foram contrabandeadas dos próprios guardas. Mais tarde, quando a guerra começou, os austríacos capturaram o diário de um desses oficiais, onde esta história é descrita em detalhes.

---

[234] ШАМБАРОВ, Валерий Евгеньевич; Нашествие чужих. Заговор против империи. Москва: Алгоритм, Эксмо, 2007.
[SHAMBAROV, Valery Evgenievich, *Invasão de estrangeiros. Conspiração contra o Império*. Moscou: Algoritmo, Eksmo, 2007].

[235] NOCK, Albert Jay, *The myth of a guilty nation*. Montgomey: Ludwig von Mises Institute, 2011.

10. SENHORES DA GUERRA

O contexto em que houve o assassinato do arquiduque era surreal e repleto de contradições absurdas. É impossível descartar o conluio entre os organizadores do desfile e os terroristas. Primeiramente, não havia escolta pessoal para a proteção do arquiduque. Ele veio com um grupo de guarda-costas, mas todos estavam na estação ferroviária. Por que isso aconteceu, ninguém jamais conseguiu responder com clareza. A rota dos carros do desfile foi descrita, em pormenores, por todos os jornais.

Os carros, sem uma única guarda, passaram em meio à multidão, separados da estrada por raros policiais ao longo do percurso. A população local não guardava ressentimento dos austríacos, muito pelo contrário, gritavam "Viva!".

Durante esse percurso foi jogada uma bomba que ricocheteou no teto do carro levantando-o. Várias pessoas ficaram feridas com os estilhaços, mas não houve danos ao arquiduque, que chegou à Câmara Municipal. Imagine se isso acontecesse no Brasil, ou em qualquer outro país, imagine o presidente da Áustria, em visita oficial e em meio às avenidas de Brasília, seja recebido com bombas. Com certeza, a carreata seria cancelada, a multidão seria dispersa, o presidente austríaco seria retirado às pressas da área de risco e mantido em local seguro e isolado até toda a situação ser averiguada. Isso não só no Brasil, mas em qualquer lugar do mundo. É claro, com exceção da Sérvia, onde todos fingiram que nada tinha acontecido, pois com certeza o plano não poderia parar.

Então, por mais absurdo que parecesse, o desfile não foi cancelado, mas o arquiduque quis ir ao hospital para visitar os feridos. Novamente, fugindo da lógica, ao saírem de lá, seu motorista "perdeu-se" no caminho para o palácio onde estavam hospedados e, ao entrar em uma rua secundária, onde, por uma estranha coincidência, havia um terrorista armado o esperando. O desfecho da história, sabemos. Quando o motorista fazia uma manobra, o assassino disparou contra o casal, atingindo Sofia no abdome e Francisco Fernando no pescoço. O arquiduque ainda estava vivo quando testemunhas chegaram para socorrê-lo, mas expirou pouco depois, dirigindo suas últimas palavras à esposa: "Não morra, querida, viva para nossos filhos". O terrorista, que afirmava ter feito aquilo pelo povo, quase foi linchado por este. Se a polícia não tivesse chegado a tempo, o "arauto do povo" seria justiçado pela multidão, que não aprovava tal barbaridade.

Quase um mês depois do assassinato de Francisco Fernando toda a Europa acreditava que aquilo era um pequeno incidente. As pessoas comuns não acreditavam que a guerra eclodiria na Europa. Até que um grupo de generais russos apelou para o orgulho eslavo e a proteção da servia, a qual se negou a cooperar com as investigações do crime.

Os principais instigadores da guerra é um trio bem conhecido, o Conselheiro de Estado Sergey Sazonov, o Chefe do Estado-Maior General Yanushkevich e Grão-Duque Nicolau. Eles queriam a guerra por um único motivo: receber doações da elite empresarial militar. Esse trio unido e resoluto de generais desempenhou o papel do coro na "tragédia grega". O mais triste é que estes generais estavam genuinamente confiantes de que eles iriam vencer a Alemanha em quatro a seis meses e a Áustria-Hungria ainda mais rápido. No entanto, havia também os otimistas que gritavam que o caso vai acabar antes de setembro.

Para tentar apaziguar a situação, em um telegrama, o Kaiser Guilherme II da Alemanha convence Nicolau II a não mobilizar as tropas e não entrar na guerra. A Alemanha pretendia apenas atacar a França. Os franceses, por sinal, também se comportaram com cautela, eles não mobilizaram o exército inteiro, apenas cinco corpos e mesmo assim o mantiveram longe da fronteira "para não ser provocativo".

Em 29 de julho, Sazonov solicitou uma ordem do rei para a mobilização parcial. Nicolau II concorda, mas revoga imediatamente a sua decisão após receber um telegrama do Kaiser. Então, na manhã de 30 de julho, o general Yanushkevich entrega relatórios falsificados ao rei, de acordo com estes relatórios, os alemães começaram uma mobilização geral. Isso era mentira, pois não havia nenhuma mobilização alemã. A Rússia deslocou suas tropas baseada em dados falsos, o que pode ter contribuído para o começo das hostilidades[236].

10.1.2 Grão-duque Nicolau Nikolaevich da Rússia

Em contraste com o pessimista e o derrotismo descrito nos livros didáticos, a notícia da iminente guerra trouxe novo fervor patriótico à população. Na noite de 15 de julho, uma multidão de moscovitas patriotas lotou o centro da cidade. Até as três horas da manhã, gritos de "Viva!" e "abaixo com a Áustria e a Alemanha!" eram ouvidos. Era cantando o hino "Deus salve o Tzar!" acompanhado por gritos de "Viva a Rússia e a Sérvia!". Os manifestantes marcharam para o consulado austríaco e alemão, mas foram dispersos pela polícia montada[237].

Esse grande entusiasmo popular, um tanto exagerado em muitos aspectos, seria um cenário favorável e receptivo para o início da carreira do novo Comandante-em-Chefe dos Exércitos Russos na frente de combate, o Grão-duque Nicolau Nikolaevich da Rússia, tio do Imperador.

Ele foi o terceiro filho do Imperador Nicolau I, tornou-se amplamente conhecido como o líder do exército do Danúbio durante a Guerra Russo-turca de 1877. Na Bulgária foi chamado de Nikolau Nikolaevich, o Glorioso. Ele foi

---

[236] BUSHKOV, Alexander Alexandrovich, *op. cit.*
[237] РУГА, Владимир Эдуардович; КОКОРЕВ, АндрейВладимир. Повседневная жизнь Москвы. Очерки городского быта в период Первой мировой войны. Москва: Астрель, 2011.
[RUGA, Vladimir Eduardovich; KOKOREV, Andrey Vladimir. *Vida cotidiana em Moscou. Ensaios sobre a vida urbana durante a Primeira Guerra Mundial*. Moscou: Astrel, 2011].

condecorado com a Ordem de São George, em 1º grau, e em 1878 tornou-se Marechal General de campo[238]. Esse personagem nos remete ao **MITO NÚMERO 50, o mito de que o Grão-duque Nicolau Nikolaevich era um general competente.**

Essa tese vem com a afirmação de que, sob o comando do grão-duque, a Guarda da cavalaria russa era "a melhor do mundo". Tais argumentos não se fundamentam, pois na Guerra russo-japonesa, a Guarda de cavalaria não participou e a cavalaria "normal" foi ineficiente. Já na Primeira Guerra, a cavalaria estava ultrapassada. Portanto, sua habilidade na cavalaria não era algo importante[239].

Como estrategista deixava a desejar. Quando se tratava da guerra moderna, o Grão-Duque claramente estava no lugar errado. Desde o início das ações militares russas, suas iniciativas são caracterizadas por confusões, ações não sincronizadas e a falta de interação entre as frentes de batalha. Seu excesso de confiança levou a perdas desnecessárias e completamente incompreensíveis. Quando a situação exigia uma retirada estratégica para manter as tropas, o Grão-Duque realizava táticas suicidas, "Nem um passo atrás!"; quando a situação exigia ganhar uma posição ele promovia uma retirada desordenada. Levava sua germanofobia aos extremos. Na Polônia destruiu propriedades privadas e monumentos históricos. O Grão-Duque não conseguia tirar proveito das situações favoráveis em todas as frentes, especialmente no Sudoeste. Ele perdeu a oportunidade de alcançar uma vitória decisiva sobre a Áustria-Hungria já em 1914.

O general Spiridovich fez comentários extremamente negativos sobre as capacidades militares do Grão-Duque: "Nicolau, tem o valor mais decorativo, do que efetivo".

Da mesma opinião era o General N. A Yepanchin: "Durante a primeira Guerra Mundial, quem conduziu o glorioso exército russo não foi um grande Suvorov e sim o insignificante Grão-Duque Nicolau".

Por ter perdido a sua oportunidade decisiva de sucesso na Áustria-Hungria, em 1914, o Grão-Duque apostou, sem pensar na situação militar do momento, em um grande ataque na Alemanha. Enquanto isso, o Imperador Nicolau II oferece um plano totalmente diferente. Aplicar um golpe decisivo na Áustria-Hungria e Turquia, por meio de operações navais anfíbias para aproveitar o es-

---

[238] КОЛОНИЦКИЙ, Борис Иванович; Трагическая эротика: Образы императорской семьи в годы Первой мировой войны. Москва: Новое литературное обозрение, 2010.
[KOLONITSKY, Boris Ivanovich, *Tragédia Erótica: Imagens da Família Imperial durante a Primeira Guerra Mundial*. Moscou: Nova Revisão Literária, 2010].
[239] СУГАКО, Леонид Александрович. Николай николаевич. Великий князь? Веснік Магілёва, Мінск, № 18/1612, стр. 1, 29 февраля 2008г.
[SUGAKO, Leonid Alexandrovich. "Nikolay Nikolaevich. Grão-Duque?" *Vesnik Magileva*, Minsk, n. 18/1612, p. 1, 29 de fevereiro de 2008].

treito do Mar Negro. Se esse plano fosse seguido a guerra poderia ter sido bem diferente.

Nessas circunstâncias, o Grão-Duque Nicolau caiu em um estado de quase pânico. Até o Rev. George Shavelsky, que era seu amigo, citou em suas memórias o seu comportamento nos dias difíceis da primavera e no verão de 1915: "Fomos para o quarto do Grão-Duque Nikolai Nikolaevich. O Grão-Duque estava reclinado na cama, chacoalhando as pernas, sua cabeça estava enterrada em um travesseiro e tremia todo. Ele levantou a cabeça. Seu rosto estava repleto de lágrimas".

Até mesmo os defensores do grão-duque, como, por exemplo, o presidente da Duma M. V. Rodzyanko, foram forçados a admitir: "A crença em Nikolai Nikolaevich começou a vacilar. A má-gestão de seu comando, a ausência de planos e as evacuações nas fronteiras comprovavam sua total incompetência como Chefe de Gabinete do General Supremo"[240].

10.1.3 À beira da loucura

Com seu orgulho ferido, com os nervos abalados e depois de tantos erros, o Grão-Duque foi acometido de um surto paranoico. Desde o final de 1914 ele iniciou uma procura frenética por supostos "espiões", que, segundo ele, eram os causadores de todos os reveses da guerra. Os potenciais espiões poderiam ser todos que tivessem sobrenome alemão. Para ser acima de qualquer suspeita, era necessário ter a cidadania russa desde 1880. Todos os oficiais com nomes alemães foram enviados para a frente caucasiana.

Além disso, ele acreditava que os judeus também são potenciais espiões alemães, por isso, todos eles tinham que ser evacuados. Isso gerou um caos, a parte central da Rússia foi inundada de judeus, poloneses e ucranianos desesperados. As estradas foram obstruídas com refugiados, à deriva, entre eles havia uma epidemia de tifo.

As suspeitas de espionagem também recaíram sobre as tropas, especialmente após a renúncia do ministro Geral da Guerra Suhomlinov, no verão de 1915, e as investigações sobre o seu caso de traição[241].

---

[240] МУЛЬТАТУЛИ, Петр Валентинович. Господь да благословит решение мое... Император Николай II во главе действующей армии и заговор генералов. Санкт-Петербурга: Сатисъ, 2002.
[MULTATULI, Petr Valentinovich. *Deus abençoe minha decisão... Imperador Nicolau II, à frente do exército e a conspiração dos generais*. São Petersburgo: Satis, 2002].
[241] ПРОНИН, Евгений Николаевич. Злой гений России. Москва: Политическая энциклопедия, 2014.
[PRONIN, Evgeny Nikolaevich. *O gênio do mal da Rússia*. Moscou: Enciclopédia Política, 2014].

O chefe do departamento de Polícia Vasiliev, revoltado com a situação, nos fornece uma clara descrição dos fatos:

> Durante as ações de guerra, as autoridades militares imputava-se o direito de excluir da zona de guerra, sem quaisquer formalidades, pessoas supostamente suspeitas, isso gerou uma série de problemas... Centenas de casos similares de expulsão dos residentes de zonas de guerra estavam sob a minha supervisão pessoal; e a maioria das vezes eu só podia balançar a cabeça diante dos métodos primitivos das autoridades militares na realização das investigações necessárias e, em última análise, com esses métodos, pessoas inocentes foram proclamadas espiões.

Todos os judeus, considerados como potenciais traidores, foram despejados, inclusive dos recém-conquistados territórios da Áustria-Hungria. Dezenas de milhares de pessoas e depois centenas de milhares de judeus da Polônia, receberam ordens para sair em 24 horas, sob ameaça de morte, para longe do teatro de operações; toda a massa da população judaica, muitas vezes sem saber o idioma russo, foi forçosamente evacuada para a Rússia, onde era um terreno fértil para as epidemias e o pânico.

Devido à expulsão dos judeus, as relações com os aliados ficaram extremamente complicadas e a imagem da Rússia na imprensa ocidental ficou desgastada.

Mas o terror não se limitava apenas aos judeus, a perseguição aos imigrantes alemães também era impiedosa. Os jornais de Moscou publicavam listas de alemães expulsos. Os *pogroms* cresceram e evoluíram para algo totalmente sem precedentes, durante a noite destruíam todas as lojas "alemãs". A polícia não interferia e durante três dias a multidão destruiu 475 empresas, 207 casas e apartamentos. Também mataram 113 cidadãos da Alemanha e da Áustria-Hungria, 489 russos suspeitos e 90 cidadãos russos com sobrenome alemão. No meio da multidão de bandidos falou-se abertamente sobre mudanças na Família Real, porque Nicolau II interferiu na "limpeza na guerra".

Nicolau II, que até então confiava na condução militar da guerra, sabia que era hora de intervir. Em todo o final da primavera, o Comandante Supremo queixou-se de derrotas militares e falhas no abastecimento do exército. Até o próprio Grão-Duque percebeu que não podia mais ficar no comando: "Pobre N., me confessou, chorando no meu escritório, e até me perguntou, se eu não gostaria de substituí-lo por uma pessoa mais capaz" – escreveu o Imperador[242].

---

[242] НИКОНОВ, Вячеслав Алексеевич; Крушение России. 1917. Москва:Астрель, 2011.
[NIKONOV, Vyacheslav Alekseevich. *O colapso da Rússia. 1917*. Moscou: Astrel, 2011].

10.1.4 Mito de que o Imperador tinha ciúmes de seu general

Como pudemos perceber, a decisão de tirar o Grão-Duque não foi apenas uma decisão acertada, mas algo impreterível. Afinal, seu tio não tinha habilidade para o cargo e, além disso, já não gozava de plena sanidade. Não é verdade que o Imperador demitiu o Grão-duque Nicolau Nikolaevich por ciúmes de sua fama e competência.

Para que haja precisão, a pergunta certa não é "por que o Grão-duque foi demitido", mas, sim, "por que ele foi contratado?". Pois muitas ações de seu tio indicavam que ele não era uma pessoa de confiança. Durante a Guerra Turca de 1877-1878, os preços de todos os suprimentos para o exército foram superfaturados por ele[243].

Além da falta de honestidade o Grão-duque também não era fiel ao Imperador. Nos momentos mais difíceis de seu governo nunca pôde contar com seu auxílio, muito pelo contrário. Sob a pressão de seu tio ele foi coagido a assinar o Manifesto de 17 de outubro de 1905. Nesse momento a credibilidade de seu tio foi substituída por uma atitude cautelosa por parte do Imperador. Até o Almirante Geral Polivanov percebeu e escreveu em seu diário, em 5 de julho de 1908: "Chamou a atenção a atitude fria do Imperador e da Imperatriz para com Grão-Duque Nicolau"[244].

Também devemos lembrar que a paranoia do Grão-Duque, além de criar um completo caos social no país ainda colocou em risco a imagem da Família Real, pois durante seus surtos, acusava seu próprio sobrinho, o Imperador, de traição e espionagem. Seu comportamento ambíguo também se estendia ao campo político. De modo indevido, ele abandonava suas funções militares para intervir em assuntos de Estado, exercendo um "duplo poder", que se manifestava em episódios conflituosos com o ministério[245]. Ao mesmo tempo, estabeleceu laços estreitos com a oposição liberal. Isso se deu principalmente, para obter vantagens pessoais, por meio de contratos de defesa firmados com o capital privado.

Embora acertada, a decisão de destituir o Grão-Duque foi tardia, já que sua paranoia de "espiões" deu uma falsa legitimidade ao golpe de fevereiro de 1917, e, por isso, foi tão fácil de negar a monarquia... Afinal de contas, de acordo com as crenças difundidas, o Imperador é cercado de "espiões", começando com sua esposa, porque ele próprio não seria um "espião". Devido a tantas traições e mentiras, a relação entre ele, seu sobrinho e a Imperatriz Alexandra passou da frieza para uma aberta hostilidade. O Grão-Duque declarou publicamente que a

---

[243] SUGAKO, Leonid Alexandrovich, op. cit.
[244] MULTATULI, Petr Valentinovich, op. cit.
[245] KOLONITSKY, Boris Ivanovich, op. cit.

Imperatriz era supostamente a culpada de todos os problemas, e que a única maneira de evitar ainda maiores misérias seria aprisioná-la imediatamente em um convento[246].

10.1.5 Mito da Imperatriz mandona

No entanto, os vícios de seu tio não foram os únicos motivos que levaram o Imperador a assumir o comando das tropas, o CMIC (Comitê Militar-Industrial Central) e a União dos Zemstivos, com sua conduta repleta de escândalos de corrupção e nepotismo, pesaram muito nessa decisão. O que nos leva ao **MITO NÚMERO 51, o mito de que o Imperador assumiu o comando por influência da Imperatriz e Rasputin.**

Os escândalos de corrupção e peculato, que comprometiam a União do Zemstvo, deram início a uma comissão especial para monitorar os fundos públicos atribuídos a essa organização, o que levou a novas tensões. Para resolver esses conflitos, em 26 de maio de 1915, em São Petersburgo, foi realizada uma conferência de várias associações de industriais. Nela o megaempresário Riabushinsky exigia em um discurso trovejante, que os industriais organizassem a produção de armas e munições. A Conferência aprovou uma resolução sobre a criação, em cada província, das comissões militares-industriais e a formação do Comitê Militar-Industrial Central, o CMIC, a fim de coordenar o trabalho das agências provinciais. Essa nova organização tornou-se um fator político não menos poderoso do que os anteriores[247].

O Comitê Militar-Industrial Central (CMIC) desde o início deu péssimos resultados. Em suma, se não houvesse as empresas estatais e o país dependesse apenas do comitê, o exército teria permanecido sem armas e balas. E essa foi a principal causa das derrotas russas do início de 1915. Pois a produção da CMIC nunca supria os pedidos do governo. É claro que isso não era percebido, pois todas as caixas fornecidas a quase todas as fábricas russas que trabalhavam para a defesa tinham as iniciais do CMIC, o que criou uma falsa noção da extraordinária produtividade desta organização.

No caso da metalurgia, no dia 1 de maio de 1916 foram entregues menos de 1% da ordem total, o que resultou na interrupção do fornecimento de ferraduras, cozinhas de campo e até selas. No início de 1916, o exército deveria receber 65 mil balas, nenhuma foi recebida. Em julho de 1916, forneceram 29 mil balas ao invés de 35 mil, e em agosto esse número foi reduzido para 23 mil. No

---

[246] PRONIN, Evgeny Nikolaevich, *op. cit.*
[247] KATKOV, Georgy Mikhailovich, *op. cit.*

casso do suprimento de minas terrestres, só começaram em outubro de 1916. Ao mesmo tempo, a ordem completa não foi cumprida.

A União do Zemstvo também não conseguiu suprir os pedidos, mas foi um pouco melhor, foram executados 34,5% dos pedidos.

As empresas do comitê militar-industrial durante todo o seu período de existência supriram apenas 6-7%, da defesa nacional.

Além disso, os proprietários de fábricas privadas, que produziram balas de três polegadas, não estavam interessados na transição para a produção de munições pesadas, pois não queriam arcar com os custos nas mudanças na linha de montagem. Mas para que fizessem essa transição, em julho e outubro de 1914, o governo aumentou os empréstimos e forneceu benefícios financeiros. No entanto, continuaram produzindo, predominantemente, balas de três polegadas. Do pedido de armas de seis polegadas nenhuma foi entregue. Pior ainda foram as balas. A fábrica aumentou apenas a produção de munição de 3 polegadas de 150.000 para 175.000 unidades. Não é de se admirar que o comitê, no final de dezembro de 1915, entregou 225 bombas (dos 500 pedidos).

O superfaturamento também era um grande problema, especialmente na metalurgia, de acordo com o General Aleksei Manikovsky, houve uma verdadeira "pilhagem do tesouro".

Também podemos presenciar esse fenômeno em todos os produtos da CMIC. Se compararmos seus preços com as indústrias estatais isso é ainda mais evidente. Por exemplo, a fábrica estatal de Tula forneceu uma metralhadora ao custo de 1.370 rublos, já as empresas privadas por 2.700 até 2.800 rublos. Com a ressalva que estas receberam do governo produtos semiacabados e outros benefícios. O chamado "Tsaritsyn, grupo de fábricas", cumpriu o contrato para o fornecimento de armas de 3 polegadas por 10.600 rublos, já os preços do complexo militar-industrial atingiram até 12.000 rublos. Enquanto a estatal Petrogradsky e Permsky entregaram implementos pelo preço de 5.000 e 6.000 rublos a fábrica privada Putilov, uma das mais poderosas do país, atingiu o preço de 9.000 rublos por arma.

Os explosivos de 3 polegadas nas empresas estatais custavam 9 rublos e nas privadas 15 rublos. As granadas 9 rublos nas estatais e 12 rublos nas privadas. As balas de 6 polegadas 42 rublos nas estatais e 70 rublos nas privadas.

Em agosto de 1915, a fábrica de Putilov recebeu uma enorme encomenda de bombas de 6 polegadas pelo montante de 18.200.000 rublos. A fábrica deveria produzir 260 mil balas a um preço de 70 rublos cada uma. Algo muito caro se levarmos em consideração que as fábricas estatais produziram essas mesmas munições pelo preço de 48 rublos cada.

No entanto, mesmo com tantos lucros, algumas das fábricas privadas não funcionaram a plena capacidade. Por exemplo, a fábrica de Putilov só trabalhou em plena capacidade depois de ter sido estatizada, com substituição completa do antigo gerenciamento da fábrica.

Não obstante tamanha incompetência, o Comitê Militar-Industrial Central e a União dos Zemstivos eram protegidos por um grupo influente do alto comando do exército e da Duma. As fortunas dos "Barões da Guerra" corromperam muita gente de poder e prestígio. Por isso o Imperador não poderia confiar em ninguém e foi forçado a assumir o comando das tropas[248].

---

[248] AIRAPETOV, Oleg Rudolfovich, *op. cit.*

11. O MILAGRE RUSSO

11.1 Quem faz milagre é santo?

A recente canonização da Família Real ainda é um fato muito polêmico. Decidir se Nicolau II era ou não um santo não cabe aos acadêmicos, nem a esse livro, pois é uma questão interna dos cristãos ortodoxos. Porém, uma verdade incontestável, até mesmo para os mais céticos, é que ele fazia milagres, pois de que modo poderíamos descrever a maneira prodigiosa com que o Imperador desarticulou os cartéis da indústria bélica e seus generais corrompidos, levando a Rússia a grandes vitórias e a maior mobilização militar de sua história. São, portanto, compreensíveis as palavras de Winston Churchill sobre o "milagre russo", para descrever o período em que o Imperador assumiu o comando de suas tropas.

Quanto a esse período, o historiador Nikolai Yakovlev descreve em seu livro, por meio de fatos e números, os termos de mobilização militar. Segundo ele, 58% dos trabalhadores foram empregados na indústria bélica. Para este indicador, a Rússia chegou ao nível da Alemanha e da França, deixando para trás a Inglaterra com 46% de seus trabalhadores. De um total de 2.300 empresas pesquisadas, na Rússia, houve um aumento na produção de armas de 100% em 1913, esse número saltou para 230% em 1916 e de equipamentos para 121%. A produtividade por trabalhador nas fábricas de armas também aumentou ao longo dos anos para 176%.

Na batalha em curso, no verão de 1916, a artilharia russa em campo gastava 2 milhões de projéteis por mês, este foi o desempenho mensal que a indústria nacional atingiu no fim de 1916. Em outras palavras, se no início da guerra a Rússia tinha apenas duas fábricas (Zlatoust e Izhevsk), preparadas para a produção de 50 mil cartuchos por mês, até o final de 1916 a produção total no país aumentou em 40 vezes.

É claro que o exército russo ainda estava atrasado em relação aos alemães, na artilharia pesada, vagões, locomotivas e carros, mas o crescimento global foi evidente. Este crescimento é ainda mais surpreendente se considerarmos a terrível derrota que sobreveio ao exército em 1915, durante o comando do Grão-Duque.

Toda essa ascensão ocorreu durante o período de 1916, ou seja, a partir do momento em que Nicolau II assumiu o comando. Esse bom resultado decorre do fato de que o Imperador estava realmente preocupado com as tropas e não com os lucros que poderiam advir com a guerra. Na tabela a seguir podemos constatar o salto de desenvolvimento neste período[249]:

A dinâmica da produção de itens militares da Rússia:

TABELA 11

Categoria (mil)	1914	1915	1916	1917
Armas [1]	0,36	2,1	5,1	4,4
Munição [2]	105	9568	30975	24414
Rifles [3]	134	740	1301	1111
Metralhadoras [4]	0,8	4,2	11,1	11,3
Cartuchos [5]	341	1015	1482	1209
Aeronaves [6]	0,5	1,3	1,9	1,9

[1] Барсуков Е. «Артиллерия русской армии (1900—1917) М, 1948-1959, Т. 2, стр. 172; Race to the Front: Kevin D. Stubbs «The Materiel Foundations of Coalition Strategy in the Great War», p. 123
[2] Барсуков Е. «Артиллерия русской армии (1900—1917) М, 1948-1959, Т. 2, стр. 198
[3] Михайлов В. «Очерки по истории военной промышленности», 1928 — «Итоги работы оружейных заводов в мировую войну»
[4] Kevin D. Stubbs «The Materiel Foundations of Coalition Strategy in the Great War», p. 129
[5] Михайлов В. «Очерки по истории военной промышленности», 1928 — «Итоги работы патронных заводов в мировую войну»
[6] Шавров В. «История конструкций самолетов в СССР до 1938 года», М, 1985, стр. 672

11.1.1 Mito do Imperador despreparado

Qual tipo de monarca era Nikolai Alexandrovich? Ele era considerado, segundo muitas versões, como um Imperador que subiu ao trono muito jovem e inexperiente. Essa premissa nos leva ao **MITO NÚMERO 52**, o mito de que o Imperador era muito jovem e despreparado.

MITO 52

---

[249] МУЛЬТАТУЛИ, Петр Валентинович. Господь да благословит решение мое... Император Николай II во главе действующей армии и заговор генералов.Санкт-Петербурга: Сатисъ, 2002. [MULTATULI, Petr Valentinovich. *Deus abençoe minha decisão... Imperador Nicolau II, à frente do exército e a conspiração dos generais*. São Petersburgo: Satis, 2002].

Em 1894, Nicolau completou 26 anos. Isso não é pouco se considerarmos a idade dos governantes russos entronizados no século XIX. Vejamos alguns exemplos: Alexander I, aos 24 anos; Nicolau I, aos 29 anos; Alexandre II, aos 27 anos; Alexander III, aos 36 anos. Assim, a idade de Nicolau II não era uma exceção. O jovem Imperador, no fundo, parecia-se com seu pai, que herdou o trono aos 18 anos. Também não devemos afirmar que o Imperador não poderia assumir o comando do exército, pois ele não tinha preparo militar.

Na verdade, Nicolau II recebeu o treinamento habitual para todos os herdeiros do trono, sua educação era especializada em duas áreas, legal e militar. É importante notar que, ao contrário de seu pai, Nicolau, desde a primeira infância, sabia que estava destinado ao trono russo, por isso preparava-se para esse papel[250].

Ele, enquanto ainda herdeiro do trono, recebeu um alto nível de formação ministrada por famosos teóricos militares tais como o Gen. M. I. Dragomirov (no treinamento de combate), General Henry Leer (Estratégia e História Militar), General N. A. Demyanenko (artilharia), Paul L. Lobko (administração militar).

Além das noções teóricas, o Imperador também recebeu conhecimentos práticos em assuntos militares. O tratamento do príncipe, no regimento, não foi diferente do resto dos oficiais, era simples, sem luxo. Ele frequentava o refeitório dos oficiais e não fazia nenhuma reclamação; especialmente quando a refeição era um simples lanche, uma vez que em todo o regimento não houve luxo.

Assim, podemos concluir que o Imperador Nicolau II era um soldado profissional, com uma educação militar boa e versátil, inclusive em estratégia e táticas. É claro que ele não tinha educação militar acadêmica e precisava da ajuda de especialistas militares. Mas sua cuidadosa seleção de peritos foi, de fato, mais um de seus pontos fortes como líder militar.

O Imperador, certamente não foi um estrategista excepcional, no entanto ele estava ciente de suas deficiências, por isso sempre buscou bons colaboradores. Esse fato é relatado pelo Almirante Bubnov:

> "O Imperador estava se preparando para uma carreira militar, que ele amava, e seu nível de conhecimento corresponde à formação de um oficial da Guarda, naturalmente, não foi suficiente para a gestão operacional de todas as forças armadas na guerra. Consciente disso, o Imperador confiou as questões práticas ao General Alexeyev e nunca desafiou as suas decisões, nem insistia em suas opiniões, mesmo quando essas opiniões, como na questão do Bósforo, uma área estratégica, eram ideias corretas"[251].

---

[250] МУЗАФАРОВ, Александр Азизович. 11 мифов о Российской империи. Москва: Яуза, 2018. [MUZAFAROV, Alexander Azizovich. *11 mitos sobre o Império Russo*. Moscou: Yauza, 2018].
[251] MULTATULI, Petr Valentinovich, *op. cit.*

11.1.2 Mito do Imperador retrógrado

Outro mito é o de que o Imperador não tinha capacidade de modernizar a Rússia.

Com efeito, o Imperador foi educado pelas melhores autoridades científicas da Rússia. Por isso ele estava inteirado do mais alto nível tecnológico da época. Participou dos projetos do laboratório de Ipatief[252] e dos planos de I. Sikorsky[253]. Também estava ciente da importância da pólvora sem fumaça. Ele viu claramente o papel da aviação na guerra, quando as aeronaves eram consideradas, na época, uma questão para um futuro muito distante[254].

O primeiro voo na Rússia ocorreu em 1910 e já em 1911 os aviões participavam de manobras militares. Os resultados do uso de aviões foram tão impressionantes que o departamento militar imediatamente estabeleceu a aviação militar russa. Os generais russos colocaram o fator humano na vanguarda e em 1910 abriram duas escolas de treinamento de pilotos militares.

Os pilotos militares russos, mesmo em tempos de paz, já tiveram a iniciativa de não apenas realizar reconhecimentos, mas também proteger suas tropas do inimigo. E não é por acaso que o capitão Pyotr Nikolaevich Nesterov ganhou a primeira vitória em combate aéreo em 26 de agosto de 1914. No final de 1914, já eram utilizadas bombas de longo alcance na aviação, por meio dos bombardeiros Ilya Muromets. Em 5 de março de 1916 ocorreu o início da formação de aviões de caça, formados pelos melhores ases russos, que podiam cobrir com segurança o exército contra ataques aéreos.

Os primeiros carros blindados foram criados em 19 de agosto de 1914. Em outubro de 1914, eles entraram em batalha, aterrorizando os alemães. Em 1916, o número de veículos blindados no Exército russo excedeu o dos adversários e era um pouco inferior ao dos aliados[255].

O primeiro combate de submarinos foi realizado pelos norte-americanos em 1864, e na Rússia nem sequer havia protótipos até o final do século XIX. Uma vez no poder, Nicolau II decidiu eliminar a lacuna e criou uma frota de submarinos. Porém, em 15 anos foi criada a mais poderosa frota de submarinos do mundo. Em 1914, já existiam 78 submarinos, alguns dos quais participaram de duas guerras, da Primeira e da Segunda Guerras Mundiais. O último submarino construído no período de Nicolau II só foi aposentado em 1955.

---

[252] Vladimir Nikolaevich Ipatiev (1867-1952). Químico russo-americano, tenente-general do Exército Imperial Russo, doutor em Ciências Químicas, professor
[253] Igor Ivanovich Sikorsky (1889-1972) foi um pioneiro da aviação. Concebeu o primeiro avião quadrimotor.
[254] СОЛОНЕВИЧ, Иван Лукьянович; Великая фальшивка февраля. Москва: Алгоритм, 2007. [SOLONEVICH, Ivan Lukyanovich, *Grande farsa de fevereiro*. Moscou: Algoritmo, 2007].
[255] MULTATULI, Petr Valentinovich, *op. cit.*

Até 1917, o Império Russo abriu mais de 20 fábricas de aviões e produziu 5.600 aeronaves. No período 1913-1917, em apenas 5 anos, Nicolau II trouxe às tropas 12 porta-aviões, equipados com hidroaviões M-5 e M-9. A aviação Naval foi criada a partir do zero[256].

11.1.3 O Imperador na cabeça do exército

Quando o Imperador assumiu o comando do exército sua atitude foi muito bem recebida tanto pela mídia como pelo exército. É claro que os representantes da Duma, que estavam ligados aos cartéis do CMIC, não gostaram da ideia e demonstraram isso explicitamente, mas eram uma minoria em contraste com o otimismo das massas.

A notícia de que o tzar assumiria o comando das tropas foi recebida com grande entusiasmo na mídia. Um exemplo disso é a revista oficial, "Crônicas de Guerra", que publicou uma foto do busto do Imperador em seu uniforme de gala. Em um comentário, a revista declarou: "Depois de Pedro, o Grande é o primeiro Imperador russo a assumir pessoalmente o comando das tropas". Até mesmo o jornal bolchevista *Faísca*, embora com algum atraso, ilustrou, em sua publicação de capa, uma foto do Imperador em um cavalo branco, com seu uniforme caucasiano de cossaco, visitando as tropas. Em seguida havia um artigo com o título: "O Imperador na cabeça do exército", segundo o jornal essa notícia poderia ajudar a criar uma imagem do comandante vitorioso. A "Revista Azul" também publicou sobre a decisão patriótica de Nicolau II.

Em uma publicação oficial do Ministério da corte imperial foi relatado: "Todo o exército russo acolheu com euforia o seu novo líder supremo. (...) Com entusiasmo unânime toda a Rússia recebeu a grande notícia do Imperador no Alto Comando: esse ideal é direito dos russos e foi expresso com satisfação em artigos festivos de toda a imprensa russa".

Algumas publicações conservadoras afirmavam que a adoção do Comando Supremo por parte do Imperador significava o colapso de todas as esperanças de paz pelos alemães, mas "gestão da cabeça coroada do povo russo, vai aumentar ainda mais o moral do exército e não o apoiar será impossível". A mídia internacional também demonstrou um otimismo invejável, o jornal francês *Le Matin* afirmava que a decisão do rei iniciará uma "guerra santa, durante a qual haverá

---

[256] БОРИСЮК, Андрей; Правление Николая II. Цифры, факты и мифы. Politikus.ru. 14-02-2014. Disponível em: <http://politikus/articles/12732-pravlenie-nikolaya-ii-cifry-fakty-i-mify.html> Acesso em: 21 de fev de 2017.
BORISYUK, Andrey, "O reinado de Nicolau II. Figuras, fatos e mitos". *Politikus*. 14-02-2014. Disponível em: <http://politikus/articles/12732-pravlenie-nikolaya-ii-cifry-fakty-i-mify.html> Acesso em:21 de fev de 2017.

milagres", e o jornal britânico *Times* assegurou que o rei à frente do exército eliminará os inimigos internos e externos, e libertará os povos da dominação alemã. Mesmo os mais radicais jornais republicanos franceses se entusiasmaram com a notícia e escreveram sobre o rei e sua unidade com o povo. No jornal, Georges Benjamin Clemenceau[257], em edição sobre Nicolau II e sua decisão de se tornar o chefe do exército, afirmou que o Imperador provou sua unidade completa com o povo e seu grande esforço para proteger o país.

Até um inimigo do Imperador, o Rev. G. Shavelsky, do exército e da marinha, recordou que a notícia de que o Imperador assumiria o Comando Supremo "causou uma felicidade extraordinária em todo o exército e levantou seu espírito".

Um estado de espírito semelhante pode ser percebido em uma carta para um oficial da linha de frente:

> De manhã o grão-duque George Mikhailovich foi agradecer as tropas em nome do soberano. […] É com alegria que percebemos o impacto positivo sobre o espírito das tropas e com a chegada da notícia da posse do soberano no comando. Eu pensei que a popularidade de Nicolau entre eles poderia ofuscar todo o resto, mas eles disseram: isso significa que vamos ganhar a guerra, ou o soberano não aceitaria o comando. Esta ideia simples foi-me passada, e novamente eu acredito na vitória, no triunfo da verdade[258].

Esta posição vinculada a um cálculo prático e específico: se o Imperador decidiu assumir o comando, isso significa que a situação da guerra é boa. Foi generalizada, até nos jornais de oposição, como é o caso do jornal *Novo Tempo*, que escreveu: "O próprio Rei russo tornou-se a cabeça de seus exércitos e dissipou as esperanças dos alemães em miseráveis cinzas […] A liderança da cabeça coroada do povo russo elevará o espírito do exército à grande altura e nada será impossível para ele".

Outro equívoco sobre essa questão é o **MITO NÚMERO 53, o mito de que Nicolau II era inepto no comando militar.**

Logo de início, a chegada do Imperador ao comando foi marcada por notícia de vitórias na frente. A respeito disso, o Barão M. A. Medem, que viveu em São Petersburgo, recebeu uma carta da província de Poltava, de seu amigo próxi-

---

[257] Georges Benjamin Clemenceau (1841-1929) foi um estadista, jornalista e médico francês. Ocupou o cargo de primeiro-ministro da França nos períodos 1906-1909 e 1917-1920. Neste último, chefiou o país durante a Primeira Guerra Mundial e foi um dos principais autores da conferência de paz de Paris, que resultou no tratado de Versalhes, onde tinha dois grandes objetivos: A recuperação de Alsácia e Lorena e a independência da Renânia.

[258] КОЛОНИЦКИЙ, Борис Иванович; Трагическая эротика: Образы императорской семьи в годы Первой мировой войны.М.: Новое литературное обозрение, 2010.
[KOLONITSKY, Boris Ivanovich, *Tragédia Erótica: Imagens da Família Imperial durante a Primeira Guerra Mundial*. Nova revisão literária, 2010].

mo: "Deus abençoou a tempo esta vitória incrível. O Imperador assumiu o comando e o efeito é enorme, toda a Rússia ora [...] Que *bênção para as armas russas. Fortalecido por seu Todo-Poderoso a continuar!!»*. A mesma avaliação foi feita pela Princesa M. A. Gagarinem em uma carta enviada para alguns de seus parentes: "Eu sinceramente alegrei-me com o dia da entrada do rei ao comando do exército. Ela foi marcada por uma vitória brilhante em Tarnopol e 12 mil prisioneiros".

Este tema foi desenvolvido e em alguns jornais da época, como é o caso do *Novo Tempo*, que escreveu em um de seus artigos: "O primeiro dia do Líder Supremo foi marcado pelo comando brilhante que proporcionou a vitória das armas russas em Tarnopol, Trembovli e entre o Dniester e a margem esquerda do Siret".

O abastecimento do exército com o tempo melhorou e a situação na frente logo foi estabilizada, Kiev foi salva de uma invasão alemã e, em alguns lugares, até mesmo as tropas russas contra-atacaram com sucesso inimigo.

Como podemos perceber, o otimismo popular em relação ao comando do Imperador foi bem justificado. Além disso, o carisma tradicional do poder supremo é considerado como o mais importante recurso, por isso as visitas do rei às tropas certamente melhoraram a situação na frente[259]. Pois o Grão-Duque não visitava a frente por medo de ser atingido por uma bala perdida. Até mesmo seu grande fã, o Rev. George Shavelsky, escreveu:

> Com uma observação cuidadosa, do mesmo, era impossível não notar que a sua determinação se perdeu, quando começou o grave perigo. Isso também é evidente nos detalhes e no todo: o Grão-Duque, durante a paz, tenta proteger a sua saúde ao extremo; quando andava de carro não corria mais de 25 km/h, por medo de uma desgraça; ele nunca foi à frente liderar, temendo uma bala perdida; ele não arriscaria qualquer empreitada caso essa ameaçasse sua vida e não tinha nenhuma chance de sucesso absoluto; quando chegou a desgraça ele entrou em pânico.

Diz o mesmo o historiador francês Marc Ferro[260]:

> A reputação do Grão-Duque foi certamente um exagero. Pessoas próximas a ele se lembram de que pelo pretexto de ser um dos principais alvos, tinha o cuidado de ficar longe da frente. Nicolau II era muito mais valente. Nas crônicas de guerra, filmadas pelos britânicos, há trechos onde o Rei visita os soldados feridos na linha de frente. E ele sempre repetia essa mesma atitude, como para se sacrificar, mas nenhuma bala, mesmo a mais louca, nunca lhe fez mal.

---

[259] MULTATULI, Petr Valentinovich, *op. cit.*
[260] Foi especialista em História contemporânea, designadamente da Primeira Grande Guerra e da Revolução Soviética. É um dos principais nomes da 3ª geração da «Escola dos Annales».

Nicolau II também visitava as tropas antes de enviá-las para frente, proferiu discursos para os soldados, o que causou uma forte impressão. Mergulhou em muitas questões relacionadas ao exército. Soube-se, por exemplo, que uma vez ele caminhou 40 milhas em um uniforme de soldado, carregando um rifle e rações a fim de verificar a adequação do novo equipamento[261].

O Almirante Bubnov, geralmente um crítico de Nicolau II, escreveu sobre a sua incrível sensibilidade e capacidade de influenciar positivamente as pessoas ao seu redor:

"Sua simpatia e boa vontade –afirma o almirante– Eu tive a oportunidade de experimentar pessoalmente: uma vez no QG, devido fortes distúrbios do sistema nervoso, eu não conseguia dormir por um longo tempo, o que me irritou muito; ao ouvir isso, o Imperador, por meio de suas experiências, me deu algumas dicas sobre como se livrar da insônia e isso foi feito em meio ao seu "Círculo" depois de um convite para sua mesa. Nessa época, eu não era nada, apenas um oficial ordinário de sua equipe".

O General Barão P. N. Wrangell deixou essas lembranças de seus encontros com o Rei:

Não tive muitas chances de me aproximar do Imperador e falar com ele. Todos os que o conheciam de perto tinham a noção de sua extrema simplicidade e constante boa vontade. Essa impressão foi o resultado dos traços distintivos do Imperador, uma maravilhosa educação e autodomínio. Ele percebia rapidamente a ideia do interlocutor, e sua memória foi excepcional. Ele não só gravava perfeitamente eventos memoráveis, mas também os mapas; de alguma forma, falando das lutas dos Cárpatos, onde eu participei com seu regimento.

Também não podemos esquecer o enorme significado moral da presença do Imperador aos olhos do exército e das pessoas, o Ungido de Deus no Alto Comando. Isto é particularmente evidente durante as visitas do Imperador aos feridos.

Sobre isso, o almirante Grigorovich escreveu: "Quando o Imperador andava na frente das tropas, fortalezas, portos, fábricas e hospitais era agradável perceber o companheirismo e a alegria que ele recebia em todos os lugares, especialmente entre os feridos, que ficavam consolados e recompensados".

---

[261] ДУБЕНСКИЙ, Дмитрий Николаевич; Его Императорское Величество государь император Николай Александрович в действующей армии.Петроград:М-во имп. Двора, 1915.
[DUBENSKY, Dmitry Nikolaevich, *Sua Majestade Imperial, o Soberano Imperador Nicolau Alexandrovich no exército*. Petrogrado: M-in imp. Dvora, 1915].

A Grã-duquesa Olga Alexandrovna, que trabalhava como enfermeira no hospital de Kiev, escreveu em suas memórias:

> a euforia que causou a notícia da chegada de Nicky foi indescritível. Parece que a notícia de sua chegada tem gerado uma onda de patriotismo e entusiasmo. Até os gravemente feridos ignoraram a dor. A expressão em seus olhos era tranquila e suave. Quando Nicky entrou, ele parecia trazer consigo uma aura de unidade, o Rei e Supremo Comandante, disposto ao sacrifício e adoração. Fiquei chocada: aí está, a forte ligação do simples soldado com o Rei, e ao mesmo tempo pareciam inseparáveis. Um aleijado tentou levantar-se, para mostrar que ele estava bem. Todo mundo queria parecer tão saudável quanto podiam para voltar à frente e dar sua contribuição para livrar a Rússia do inimigo.

O Imperador visitou diversas regiões do país, sempre prestigiando a cultura e a religião do local. Certa vez ele achou necessário também visitar o Cáucaso para ver o exército, que, desde os primeiros dias de campanha, ganhou uma série de vitórias brilhantes nos territórios da atual Armênia e na Turquia. Em Kursk, deu assistência aos feridos, doou a província um milhão de rublos para os hospitais. A nobreza recolheu 75.000 rublos para o mesmo fim e até os camponeses recolheram 60.000 rublos e abriram um hospital.

Para tentar identificar as falhas no abastecimento de munições, Nicolau II visitou pessoalmente as fábricas de armas. Ele cumprimentou os trabalhadores. Todos os saudaram com aplausos e um unânime "hurrah". O Imperador seguia de uma oficina para outra, sentava-se nos bancos e ouvia as explicações detalhadas do chefe da fábrica e dos operários sobre o desenvolvimento de diferentes fases do processo de fabricação de metralhadoras, rifles e revólveres[262].

11.1.4 Um mundo despreparado

Há uma crença generalizada de que a Revolução se iniciou porque a Rússia não estava preparada para a guerra. Caso fosse verdade, todos os países beligerantes teriam uma revolução, pois nenhum deles estava preparado. A maioria estava confiante de que a guerra não duraria muito mais que alguns meses e, de certo, acabaria no inverno de 1914. Portanto, o mundo inteiro não estava pronto para

---

[262] АЙРАПЕТОВ, Олег Рудольфович; Генералы, либералы и предприниматели. Работа на фронт и на революцию (1907-1917). Москва: Отдельное издание, 2013.
[AIRAPETOV, Oleg Rudolfovich, *Generais, liberais e empresários. Trabalho para a frente e para a revolução (1907-1917)*. Moscou: edição separada, 2013].

uma guerra tão longa e onerosa, e, por causa disso, houve uma grande falta de munição em todos as frentes. Essa afirmação nos leva ao **MITO NÚMERO 54, o mito de que a Revolução foi causada pela falta de munição.**

A fome de balas não foi apenas uma inabilidade russa, o gasto de balas superou os mais pessimistas pressupostos. O mesmo é evidenciado tanto pelos adversários como pelos aliados da Rússia. O general Ludendorff observou: "Todos os Estados em guerra subestimaram a realidade de um fogo de artilharia altamente concentrado e o gasto de munições". No exército francês, a crise no fornecimento de artilharia já se manifestou em outubro de 1914. Devido à falta de pólvora, os avanços em Verdun foram interrompidos.

De acordo com Lloyd George, que liderou o Ministério das munições: "Embora a falta de equipamento militar tenha sido revelada, na primavera de 1915, em todos ou quase todos os ramos de fornecimento de materiais militares, a necessidade de balas de artilharia à frente, revelou-se especialmente grande". As necessidades do exército britânico foram satisfeitas apenas na campanha de verão de 1916[263]. Assim, a "fome de armas" na França e na Grã-Bretanha surgiu ainda mais cedo do que na Rússia, pois suas reservas antes da guerra eram menores.

A seguir, temos dois gráficos que apontam a produção de munição e armas na Rússia, em que presenciamos a posição de igualdade da Rússia com os outros países. Os gráficos também apontam o crescimento da produção bélica depois da posse do Imperador (no ano de 1916) ao comando do exército[264].

TABELA 12

PRODUÇÃO DE RIFLES (MILHÕES)

País/ano	1914	1915	1916	1917	1918	1914-1916
Alemanha	0,8	0,8	1,2	1,7	2	2,8
Austro-Hungria	0,15	0,9	1,2	1,1	0,2	2,25
Rússia	0,1	0,8	1,3	1,1	-	2,2
Inglaterra	0,1	0,6	0,9	1,3	1,1	1,6
França	0,3	0,5	0,7	0,9	1,1	1,5
Itália	0,2	0,4	0,7	1	1,3	1,3
EUA	-	-	0,65	1,3	2,1	0,65

Kevin D. Stubbs Race to the Front: The Materiel Foundations of Coalition Strategy in the Great, p. 130

TABELA 13

---

[263] MUZAFAROV, Alexander Azizovich, op. cit.
[264] ГОЛОВИН, Николай Николаевич. Россия в Первой мировой войне. Москва: Вече, 2013. [GOLOVIN, Nikolay Nikolaevich. *A Rússia na Primeira Guerra Mundial*. Moscou: Veche, 2013].

PRODUÇÃO DE ARMAS(MILHÕES)

País/ano	1914	1915	1916	1917	1918	1914-1916
Alemanha	0,5	3	18	24	24,4	21,5
França	0,15	4	6	7	7,9	10,15
Inglaterra	0,1	3,2	4,6	6,5	10,7	7,9
Rússia	0,4	2,1	5,1	4,3	—	7,6
Austro-Hungria	0,2	1,5	3,65	4,2	г	5,35
Itália	0,05	1,8	2,4	3	3	4,25
EUA	0,6	0,2	0,4	0,6	4,3	1,2

Kevin D. Stubbs Race to the Front: The Materiel Foundations of Coalition Strategy in the Great, p. 123.

11.1.5 Mito das perdas da guerra

Outro engano muito comum é o **MITO NÚMERO 55**, o mito de que a indústria russa durante a guerra ficou estagnada.

Ao contrário do que se acredita, a indústria do Império durante a guerra não estava caindo aos pedaços, mas sim em um rápido crescimento. Algo surpreendente em relação a outros países que estavam em um sério declínio. Na Alemanha, por exemplo, em 1916, a indústria, caiu para 64% do nível de 1913, na França 76,6%, no Reino Unido 89%, enquanto a indústria russa cresceu 121,5% do nível de 1913. Claro, isso se deve principalmente ao crescimento da produção militar, mas a França, a Alemanha e a Inglaterra também produziam munições[265].

Assim, durante os anos da Primeira Guerra Mundial, a produção da indústria pesada aumentou 29%, e na indústria leve diminuiu 6,5%. Ao mesmo tempo, a produção de produtos militares aumentou a um ritmo particularmente rápido. Também houve crescimento em: máquinas-ferramentas (10 vezes), engenharia elétrica (3,6 vezes), produção de motores (2,2 vezes), produtos químicos cresceu 64%. Se antes da guerra no país existiam 3 fábricas de automóveis, então, nos anos de guerra, foram construídas novas 5. A mineração de carvão aumentou de 1.544 milhões de *poods*[266] em 1913 para 1.744 milhões em 1916. A indústria de algodão e a produção doméstica de fios aumentaram de 17.344.000 *poods* em 1913 para 18.868.000 *poods* em 1915 e para 19.129.000 *poods* em 1916.

---

[265] MUZAFAROV, Alexander Azizovich, *op. cit.*
[266] *Pood* é uma unidade de massa usada na Rússia e é igual a 16,38kg.

Assim, no início de 1917, o exército russo não tinha falta de munição, equipamentos e modelos básicos de armas. A indústria russa conseguiu, com as importações, abastecer de forma eficiente as suas tropas.

Muitas indústrias foram criadas no país neste período. Assim, no início de 1916, foram construídas seis fábricas de automóveis, que deveriam fornecer a produção de até 15 mil veículos por ano. Essas eram as fábricas de automóvel: a Sociedade Russa-Báltica de Carros ("Russo-Balt") em Fili, a qual, na era soviética, produziu veículos sob a marca "YAG" e "YaAZ", e desde 1958 até hoje a empresa é especializada na produção de motores de automóveis. A fábrica "Russian Reno" em Rybinsk, que além de carros deveria produzir motores de aeronaves, assim permitindo que a indústria doméstica de aeronaves finalmente se livrasse da dependência das importações. Foi essa indústria de motores de aeronaves que se tornou a principal base na era soviética. Atualmente, a fábrica é chamada de NPO Saturno e é a principal empresa desse perfil na Rússia. "Aksay", em Rostov, que foi redesenhada na era soviética para a produção de máquinas agrícolas, agora é a maior fábrica da Rússia neste setor."Automobile Moscow Society" (AMO), em Moscou, no início de 1917, foi a primeiraa produzir veículos de transporte. Até 1918, a fábrica conseguiu produzir cerca de 1.300 caminhões "AMO-F-15". Durante a Guerra Civil, a fábrica estava ociosa, as tentativas de restauração começaram em 1924 e foram acompanhadas por uma forte ação de propaganda, no entanto, só foram fabricados 10 caminhões "AMO-F-15". Estes foram pintados de vermelho e exibidos na Praça Vermelha como os primeiros caminhões soviéticos. A sexta fábrica não era privada, mas estatal. Após a Revolução foi abandonada e na década de 1920 foi restaurada. No início da década de 1960 essa fábrica se tornou a espinha dorsal da indústria espacial russa.

Assim, as empresas criadas nos últimos anos do Império Russo, posteriormente, desempenharam um papel importante na industrialização soviética[267].

A esse respeito, também existe o **MITO NÚMERO 56, o mito de que as grandes perdas humanas e materiais da guerra ajudaram a pôr fim ao tzarismo.**

De certo o desgaste de guerra da Rússia não era pior do que no oeste. Na França, por exemplo, a situação era bem pior, pois quase teve sua capital, Paris, invadida pelos alemães. No Império Russo, os alemães não ultrapassaram o território da Bielorússia e não invavadiram as fronteiras do que é a atual Rússia. Rea-

---

[267] ВОЛКОВ, Сергей Владимирович. Забытая война. Журнал Коммерсантъ Власть, Москва, nº 13 от 05.04.2010, стр. 20
[VOLKOV, Sergey Vladimirovich. "Guerra esquecida". *Revista Kommersant Vlast*, Moscou, nº 13 de 05.04.2010, p. 20].

lidade muito mais confortável do que na segunda Guerra Mundial, onde o inimigo invadiu metade do país.

Em termos de recursos humanos, foram mobilizados, na Rússia, apenas 39% de todos os homens com idade entre 15-49 anos, enquanto na Alemanha 81%, na Áustria-Hungria 74%, na França 79%, na Inglaterra 50% e na Itália 72%. As baixas porcentagens por mil soldados na Rússia foram de 115, enquanto na Alemanha foi de 154, na Áustria 122, na França 168 e na Inglaterra 125. Para cada mil homens com idades entre 15-49 anos, a Rússia perdeu 45 pessoas, a Alemanha 125, a Áustria 90, a França 133 e a Inglaterra 62. Finalmente, para cada mil habitantes da Rússia perderam-se 11 pessoas, na Alemanha 31, na Áustria 18, na França 34 e na Inglaterra 16[268].

Na Alemanha, foi requerido o recrutamento total de toda a população masculina entre 15 e 60 anos. O comando militar supremo exigiu que este dever "mesmo com as restrições, seria estendido para as mulheres". Em janeiro 1916 um decreto imperial da Áustria recrutou todos os homens de 50-55 anos e na Turquia até os 50 anos.

---

[268] СТАРИКОВ, Николай Викторович. 1917: Революция или спецоперация. Москва: Яуза, 2007. [STARIKOV, Nikolay Viktorovich. *1917: Revolução ou operação especial*. Moscou: Yauza, 2007].

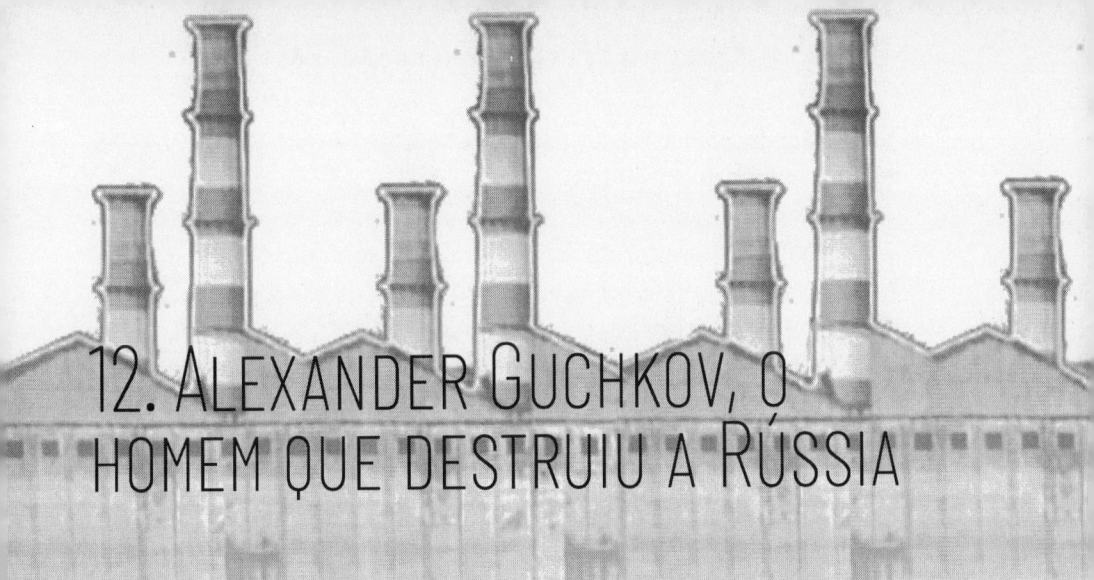

12. Alexander Guchkov, o homem que destruiu a Rússia

12.1 Mito de que a corrupção gera revoluções

Como já vimos, a industrialização russa era dominada por grandes empresas. Esse processo de aumento da concentração de mercado ampliou-se no início do século XX, dando origem ao oligopólio.

Em 1913, apenas 5% dos representantes da indústria empregavam menos de 500 trabalhadores. A ampla onda de monopolização foi após os anos de 1900-1903, inicialmente nos setores de porcelana, faiança e indústria de alimentos. Então, sob o pretexto de parcerias para o comércio, surgiram cartéis em muitos outros setores da economia: petróleo, telhas, pregos, vinho e cobre. Foram criadas grandes *holdings* e o controle acionário ficou muito concentrado. Por exemplo, a "Produgol" representava 75% da extração de carvão e três grupos controlavam mais de 60% da produção de petróleo. Os sete maiores bancos comerciais correspondiam por 55% de todo capital bancário.

Muitos desses empresários, como Putilov, Vyshnegradsky Davydov, Konshin, vieram de agências governamentais. Obviamente, isso criou um vasto campo de conflitos de interesses, pois todos queriam livre acesso aos cofres públicos, especialmente porque o governo era uma das mais importantes fontes de investimentos no país. Podemos presenciar isso em uma declaração do chefe da polícia de São Petersburgo, Globachev Constantine: "o comércio russo antes acostumado a usar todos os tipos de medidas paternalistas do Governo, mesmo em seu auge, não deixavam de pedir todos os tipos de incentivos, subsídios e assim por diante."

Para atingir esse fim, os megaempresários, banqueiros e especuladores, por meio de suas grandes fortunas, foram capazes de corromper funcionários públicos e membros da nobreza ligados a setores estratégicos da política e do exército, criando assim um poder paralelo.

No país emergiram mais de trezentas organizações públicas ligadas a empresários, muitos deles patrocinavam jornais e instituições de ensino. Também se infiltraram na política, esse era o caso do Partido Outubrista, que tinha como membros grandes empresários como irmãos Riabuchinski, Nobel Avdakov, Mukhin, Chetverikov e mesmo o mestre joalheiro Carl Faberge. Este grupo que encarnava o capital nacional russo e era liderado por P. P. Ryabushinsky, A. I. Konovalov e A.I. Guchkov destacamos o último como o personagem central de nossos estudos.

Embora tenha surgido tardiamente neste livro, Alexander Guchkov merece todo o destaque, pois ele foi o maior protagonista de todos os subornos, difamações, mentiras, conspirações e boicotes que causaram a destruição do país.

No início da Primeira Guerra Mundial, Guchkov liderou a formação das comissões de indústrias militares, sindicatos rurais e urbanos (Zemgor), que prestavam assistência integral à frente. Estas organizações, como veremos, serão um dos instrumentos mais importantes na desestabilização do poder imperial.

Neste período, acumularam-se grandes litigâncias entre os cartéis e o Império, pois para evitar as especulações do Comitê Militar-Industrial, o regente aumentou o papel do Estado na gestão da economia de guerra. Para acabar com o monopólio da CMI, o governo criou concorrência entre empresas públicas e privadas. Também tomou medidas polêmicas, como a nacionalização de empresas bélicas insolventes, que, de forma fraudulenta, não cumpriam com seus contratos.

Um exemplo desse conflito, entre cartéis e o poder público, é o caso da Produgol, empresa que monopolizava o mercado de carvão e ditava os preços, até que o chefe do departamento de transporte ferroviário começou a negociar os insumos diretamente com os fornecedores, estabilizando a distribuição de carvão no país. Essa intervenção estatal causou a falência da corporação. Também surgiram investimentos públicos em novas áreas da produção de petróleo, isso fez com que as petrolíferas, como a Nobel, começassem a se preocupar seriamente. Apesar dos fortes protestos da indústria metalúrgica, foram construídas, em ritmo acelerado, novas fábricas estatais. A Sociedade Putilov Works foi nacionalizada, por dívidas. O mesmo destino teve as fábricas russo-bálticas, Nevsky, Vladimir e Posselya.

Embora pareça contraditório, o Império sempre teve uma postura liberal em questões econômicas, mas, infelizmente, por causa da má fé dos cartéis, que impediam a livre concorrência, foi necessário, para fins de defesa, tomar o controle total das atividades comerciais e operacionais da guerra. A engenhosidade e honestidade do Imperador garantiram a queda dos preços, um maior fornecimento de provisões e, por conseguinte, grandes vitórias na fronte. Lamentavelmente, nem todos estavam felizes com esses grandes avanços, a violação da liberdade empresarial durante a guerra foi vista por muitos empresários como outra manifestação das maquinações da autocracia odiada.

Essas evidências levam-nos ao **MITO NÚMERO 57, o mito de que a corrupção no governo gerou a Revolução Russa.** Com efeito, se o governo fosse corrupto e enchesse os bolsos de Guchkov e seus cúmplices, jamais haveria uma revolução. Com certeza haveria um país endividado, uma economia inflacionada e um povo miserável, mas não haveria distúrbios nem críticas nos jornais. E é sobre esse mito que esse capítulo é destinado.

12.1.1 Os jovens turcos

Alexander Ivanovich Guchkov nasceu em 14 de outubro de 1862, em Moscou. Pessoalmente era um homem muito rico, só a fortuna dele na Rússia era muitas centenas de milhares de rublos em ouro. Mas a maior parte desse capital foi colocada no exterior, e ele continuou sendo um rico empresário também durante a emigração após a Revolução de Outubro, uma vez que os Guchkovs venderam suas fábricas têxteis em Moscou, em 1896 e, em 1911, devido à maior rentabilidade de seus ativos financeiros.

Guchkov adquiriu grande fama durante a guerra russo-japonesa, quando foi à Manchúria como Assistente do Comissário Chefe da Cruz Vermelha. Em seu retorno, mudou-se para a arena política, convocando os zemstvos e criticando o exército. Desde então, ganhou fama como líder político e especialista em assuntos militares.

Mas a atenção de Guchkov sobre exército intensificou-se após 1908, quando o Sultão Abdul Hamid II foi deposto por um grupo de oficiais e generais, conhecidos como os "Jovens Turcos" que mantinham laços com a oposição política ao governante do Império Otomano. Deste então ele interpretou esse acontecimento como um exemplo decisivo para a Rússia.

Quanto a esse ponto de vista, Guchkov não fazia questão de manter segredo, em 1908 falou com entusiasmo sobre o trabalho dos Jovens Turcos para corrigir os erros das reivindicações democráticas. Para isso Guchkov criou um grupo com essa mesma ideologia, independente da Duma, onde eram realizadas reuniões privadas com jovens integrantes do alto escalão militar, liderados pelo Gen. Vasily Gurko. Esse círculo consistia em 10 a 12 pessoas, entre eles o General Mikhail Alekseev, que na época assumia a posição de segundo Intendente. Tais encontros, segundo o General Lukomsky, são descritos como: "No final de 1908, com a permissão redigida do General Sukhomlinov, então Ministro da Guerra, o General V. I. Gurko, em seu apartamento privado, reuniu representantes de vários departamentos do Ministério Militar, para informar aos líderes de vários partidos da Duma de Estado e membros da Comissão de Defesa sobre várias questões de interesse e explicar detalhadamente os motivos da necessidade de tal convocação, dentre outras coisas. Os membros da Duma de Estado foram convidados pessoalmente pelo presidente da Comissão de Defesa da Duma para essas reuniões. Essas convocações continham dados secretos que foram considerados impossíveis de divulgar, não só na reunião geral da Duma de Estado, mas também nas reuniões da comissão de defesa"[269].

Note-se que o apelido de "Jovens Turcos" estava longe de ser uma brincadeira, Guchkov realmente pretendia implantar o mesmo sistema na Rússia, um golpe militar com uma roupagem democrática e liberal. E vivenciou esse evento, quando foi a Constantinopla, em 1909, pouco antes do golpe que trouxe ao poder o partido "Unidade e Progresso".

Alguns setores da mídia depositaram grandes esperanças para o futuro desenvolvimento da Turquia, porém, essas expectativas não foram cumpridas pelo governo revolucionário. Isso foi relatado pelo embaixador americano na Turquia: "Os jovens turcos não eram um governo, na verdade, eles eram um partido irresponsável, uma sociedade secreta, de intrigas, intimidações e assassinatos que atingiu a maioria do Estado". Por consequência dos expurgos dos oficiais suspeitos de lealdade ao antigo regime, o exército se desintegrou completamente. Após 4 anos de administração, os jovens turcos perderam completamente sua identidade, quebraram a ligação com as massas e construíram uma ditadura baseada *no autoritarismo partidário*. Possuíam um despotismo muito pior do que o do sultão Abdul-Hamid. A desgraça turca parecia profetizar todo o caos que ocorreriam na Rússia, desde a destruição do exército até o totalitarismo unipartidário.

Mesmo assim, Guchkov tinha o plano real de imitar, em seus pormenores, o golpe de estado turco. Por meio de subornos e promessas, ele aliciou boa parte do alto escalão do exército, mantendo uma constante oposição ao monarca[270].

Também angariou apoio dos empresários, que, por meio do Comitê Militar-Industrial Central, obtiveram grandes benefícios com a guerra. Guchkov colocou amplos esforços para obter o reconhecimento oficial do recém-formado complexo industrial-militar. Quando concluída a sua formação em conferência convocada em Petrogrado, ele foi eleito presidente e seu vice foi o empresário AI Konovalov. Com a ajuda de seu amigo, o general A. A. Polivanova, tornou-se em junho de 1915, o ministro da Guerra e recebeu a aprovação do governo do estado.

---

[269] НИКОНОВ, Вячеслав Алексеевич ; Крушение России. 1917. Москва: Астрель, 2011.
[NIKONOV, Vyacheslav Alekseevich; O colapso da Rússia. 1917. Moscou: Astrel, 2011].
[270] АЙРАПЕТОВ, Олег Рудольфович; Генералы, либералы и предприниматели. Работа на фронт и на революцию (1907-1917). Москва: Отдельное издание, 2013.
[AIRAPETOV, Oleg Rudolfovich, *Generais, liberais e empresários. Trabalho para a frente e para a revolução (1907-1917).* Moscou: edição separada, 2013].

Para Guchkov era muito importante se infiltrar em todas as áreas militares, pois ele argumentava que o sucesso do golpe dependia do apoio do exército. Também acreditava que a revolução de 1905 não deu certo, porque as tropas continuaram fiéis ao Imperador. De fato, os militares possuem o monopólio da força e podem abafar ou incitar facilmente qualquer distúrbio civil, por isso, toda revolução teve o apoio, ou, ao menos, o consentimento das forças armadas. Cartazes e passeatas são apenas acessórios para legitimar a violência de um golpe de Estado. Por isso, crente de que contava com o apoio de grande parte dos generais, Guchkov estava entusiasmado com o sucesso da mudança do regime, mesmo que esse fosse instaurado por meio da violência e sem o apoio popular.

No entanto, na opinião pública a "pessoa sagrada do monarca" ainda era muito forte e a imagem do rei mártir causaria grande comoção popular. Por isso, Guchkov, em parceria com os líderes de organizações amadoras[271]*, não pouparam esforços em propaganda durante os meses anteriores à revolução, esses esforços, definitivamente, foram bem-sucedidos e Guchkov foi fundamental na organização e divulgação de propaganda destinada a desacreditar o rei, sugestionando muitos a acreditar que se não houvesse uma mudança imediata de regime o país perderia a guerra.

12.1.2 A agulhada bússola

Guchkov colocava todas as esperanças de seus planos no controle do exército, de modo que, quando ele soube que o tzar lideraria as tropas, ficou extremamente aturdido pelo golpe que destruía seus sonhos. O presidente da Duma, Rodzianko, também se sentiu frustrado, pois ele já noticiava em toda a parte que seria chamado para constituir um ministério de esquerda. Enganados nas suas ambições, rubros de cólera, Guchkov e Rodzianko, precipitaram-se como um furacão para o Conselho de ministros e mandaram anunciar a sua chegada. Rodzianko então se dirigiu ao Conselho com as mais amargas censuras; exigiu uma ação enérgica contra o tzar, até à ameaça de uma demissão coletiva dos ministros, se o soberano não cedesse. Chamado à ordem por um colega, Rodzianko, perdendo toda a circunspecção, proferiu ameaças inarticuladas e, sem se despedir, correu para o seu carro, gritando com uma voz alta ao porteiro, que lhe entregava a bengala: "Que vá para o diabo, a bengala!". Esta exibição tragicômica do persona-

---

[271] "Organizações amadoras" eram empresas de economia mista, ou, mais precisamente, sociedade de economia mista. É uma sociedade na qual há colaboração entre o Estado e particulares, ambos reunindo recursos para a realização de uma finalidade, sempre de objetivo econômico. Esse é o caso do Comitê Militar-Industrial Central e da União dos Zemstvos.

gem, que, segundo a expressão de um ministro, sofria de uma megalomania aguda, muito pouco se antecipou aos acontecimentos. As exigências de Rodzianko, que tinham feito encolher os ombros ao presidente do Conselho, uma semana depois, eram adotadas pelos seus colegas de Gabinete. Que se passara neste intervalo? A oposição de novo tomara alento. O tzar no exército representava um novo impulso, dado à guerra; era uma esperança nascente, a aurora da vitória. Como Winston Churchill assinalava sobre o caráter e a missão do tzar. "Tinha de ser a agulha da bússola. A guerra ou a paz; a ofensiva ou a retirada; à esquerda ou à direita; democratizar ou fortalecer o seu poder; ceder ou insistir: eis o campo de batalha de Nicolau II. Por que não merecerá ele as honras da vitória?" Vitória esta que não seria benéfica para um futuro golpe de estado. Portanto, era preciso, pois, acelerar os acontecimentos, a Revolução teria que se antecipar à vitória[272].

Nicolau II, que até então confiava na condução militar da guerra, sabia que era hora de intervir. No final de junho, alterou parte do ministério. Foram nomeados Alexander Khvostov (justiça), Grão-Duque Nicolau Scherbatov (Ministro de Assuntos Internos) e Alexander Samarin (Santo Sínodo). Naquele momento, para manter a governabilidade, o Imperador não poderia tomar medidas extremistas, portanto, os novos ministros tinham como ponto em comum serem aceitáveis para a oposição. A Rússia recebeu um governo de maioria progressista, porém, isso não significava que Nicolau II estava do lado de Sazonov, Krivoshein e companhia, pois o soberano lançou sobre eles graves acusações de violações éticas. Krivoshein nunca recebeu a cadeira de primeiro-ministro, a qual buscava ativamente[273].

Se o Imperador foi moderado quanto às questões administrativas, nos assuntos militares proporcionou grandes mudanças, não só o Grão-Duque Nikolai Nikolaevich, mas todos os seus assessores foram removidos com ele. Importantes mudanças foram realizadas no comando da frente, o impopular general Yanushkevich foi demitido de seu cargo de chefe de gabinete e em seu lugar foi nomeado o General Mikhail Vasilyevich Alekseev, que tinha sido anteriormente comandante da Frente Norte-Ocidental[274].

Outra mudança benéfica ocorreu em 10 de março de 1916, quando o soberano substituiu o General Alexei Polivanov pelo General Dmitry Shuvaev, como ministro da guerra, pois o ex-ministro estava favorecendo o trabalho do Comitê Militar-Industrial além da medida.

---

[272] JACOBY, Jean, *O Czar Nicolau II e a Revolução*. Porto: Educação Nacional, 1933.
[273] NIKONOV, Vyacheslav Alekseevich, *op. cit.*
[274] МУЛТАТУЛИ, Петр Валентинович. Господь да благословит решение мое... Император Николай II во главе действующей армии и заговор генералов. Санкт-Петербурга: Сатисъ, 2002. [MULTATULI, Petr Valentinovich. *Deus abençoe minha decisão... Imperador Nicolau II, à frente do exército e a conspiração dos generais*. São Petersburgo: Satis, 2002].

Polivanov tinha uma atitude muito negativa em relação Shuvaev, mas sem dúvida foi ele o mais adequado para o cargo de ministro da Guerra. O que derruba o **MITO NÚMERO 58, o mito de que o tzar admitia ministros incompetentes.**

Segundo o General Vladimir Sukhomlinov: "Em e pouco tempo, Shuvaev fez tanto que em todos os lugares ouviam-se comentários favoráveis a ele. (...) De fato, Shuvaev tinha uma grande dignidade pessoal, era reto, honesto, um trabalhador, era intendente e bem estudado".

Shuvaev teve muito trabalho para restaurar o abastecimento das tropas, ao contrário de Polivanov, que apadrinhava o Comitê Militar-Industrial. Finalmente ele foi honesto em seu trabalho, fato que é reconhecido até mesmo pelos seus opositores. Sobre isso, Michael K. Lemke, em março de 1916, testemunhou: "Quando Shuvaev assumiu, o suborno começou a desaparecer". O general Alexander Samoylo também lembrou: "Ele era um bom administrador e um homem impecavelmente honesto, que foi de grande importância para a luta contra o roubo desenvolvido por traz da guerra".

E foram por essas qualidades que Shuvaeva atraiu as atenções do Imperador, que escreveu: "Tenho certeza de que o bom e velho Shuvaev é a pessoa certa para o cargo de ministro da Guerra. Ele é honesto, não tinha nem um pouco de medo da Duma e conhecia todos os erros e falhas desse comitê industrial". Em suma, o país precisava de um Ministro da Guerra, que fosse, acima de tudo, um intendente e organizador e não um político.

Shuvaev foi cuidadoso ao abastecer os reservatórios do exército e da artilharia. No início do verão de 1916, melhorou além das expectativas a situação militar russa. Se nos primeiros cinco meses de 1915 os gastos militares eram de 311 mil projéteis, para o mesmo período em 1916 subiu para 2.229 mil, em seguida, no começo de 1917, atingiu 3.000 projéteis e 3.500 balas de três polegadas. Suas ações até o final de 1916 ascenderam à produção bélica de 16,5 milhões para 3,5 milhões mensais. Ele até começou, gradualmente, a produzir mais do que o necessário para abastecer a fronte, que era 2,4 milhões por mês.

Até abril de 1917, eram fabricadas apenas projéteis de três polegadas, mas com o tempo muitos progressos foram efetuados no fornecimento de munição. No início de 1917 aumentou 2,5 vezes em comparação com a do início da guerra. A reserva de armas pesadas de todos os calibres atingiu mais de cinco vezes a reserva com que o exército russo começou a guerra.

No entanto, para atingir tais resultados foi necessário entrar em atrito com os tradicionais fornecedores. Por isso, os novos ministros, Shuvaev, Polivanov e Sturmer, iniciaram um ataque sistemático à Comissão Militar-Industrial. O número de pedidos caiu drasticamente, pois o emergente Departamento Militar emitia pedidos diretamente aos fornecedores, ignorando o Comitê.

Guchkov tinha todos os motivos para estar infeliz, pois o governo reduziu sistematicamente o financiamento para o complexo militar-industrial. Se em meados de 1915 até 1º de fevereiro de 1916 (8 meses) o CMI recebeu pedidos de 129 milhões de rublos, ao longo dos 12 meses, de 1º de fevereiro de 1916 até 1º de fevereiro de 1917, a quantidade de ordens deste departamento foi de apenas 41 milhões.

Guchkov entrou em desespero e fez a sua comissão de oposição ao centro do governo. Mas o caso do sequestro da fábrica Putilov foi a gota d'água para os representantes dos cartéis da indústria bélica. A Putilov, destacada anteriormente, não supria os pedidos e superfaturava seus produtos, porém, por causa de sua enorme dívida com o governo, foi estatizada. O chefe do CMI, em 25 de outubro de 1915, em uma reunião da defesa nacional, apresentou um relatório financeiro sobre o estado da fábrica. Seguiu-se que Putilov adquiriu empréstimos de 40 milhões de rublos, mas, devido a atrasos nos pagamentos, a dívida chegou a aproximadamente 180 milhões de rublos. Foi então que houve uma proposta para a estatização. No entanto, a Putilov conseguiu prorrogar sua dívida até 7 de novembro de 1915, quando apresentaram o seu próprio relatório, que continha dados seis vezes menores do que o apresentado por Guchkov. Apesar de sua situação de insolvência, todos os representantes do setor privado da economia, liderada por Rodzianko, votaram contra a estatização. Além disso, o Congresso se opôs fortemente contra o sequestro da Putilov. Mas, inevitavelmente, à empresa foi encampada e em decorrência disso as piores intrigas foram acontecendo tanto nas comissões da Duma como em reuniões clandestinas. Foram exigidos os requisitos mais absurdos para mudar a política interna, como a formação de um "ministério responsável", acompanhado de greves forjadas e um plano de fundo audacioso de difusão de falsos rumores para desacreditar a figura do Imperador e sua família. Começava então a revolução russa[275].

12.1.3 Mito de que o "ministério responsável" era responsável

Por meio das já citadas mudanças no ministério, Nicolau II conseguiu sanar todos os prejuízos trazidos pela corrupção e incompetência das administrações anteriores. No entanto, ganhou o desafeto de um inimigo muito mais perigoso e traiçoeiro do que a própria Alemanha. Esse inimigo era Guchkov, que com a ajuda dos membros do CMI e dos generais traidores prometia vingança. E muitas vezes essas ameaças eram públicas e notórias Em um discurso na Duma, em 25 de outubro de 1915, Guchkov publicamente afiançou que "Antes de morrer eu vou

---

[275] AIRAPETOV, Oleg Rudolfovich, *op. cit.*

prender o rei". No mesmo discurso ele ressaltou a necessidade de travar "um conflito direto com o governo". Também afirmou que iria "incansavelmente travar o país para a derrota completa e o colapso interno e externo". Essas palavras infames contra uma autoridade superior e a confissão do crime de lesa-pátria, em qualquer democracia moderna seriam puníveis com, no mínimo, o afastamento do parlamentar. Porém, na supostamente "autocrática" Rússia imperial, essas cruéis ameaças foram ignoradas.

O Imperador estava ciente da preparação da conspiração de Gotchkov, mas não considerou possível fazer uma tentativa de golpe em uma figura pública proeminente e estava muito confiante na fidelidade do Exército[276]. Mas Nicolau II não contava com o poder e a influência exercida pelo Comitê Militar-Industrial.

Os hospitais dirigidos pela União tornavam-se ninhos de propaganda revolucionária, procurando-se influenciar, sobretudo, a moral dos feridos. No entanto, os delegados não estavam neutros, durante as suas visitas à frente; espalhavam pânico, bisbilhotices e derrotismo. Mentiras eram cuidadosamente relatadas na vanguarda e espalhadas entre as tropas e os oficiais. A União também tinha nas mãos uma das alavancas da guerra: a alimentação do exército. Podia, pois, à sua vontade, criar uma crise de abastecimentos e foi o que fez em fevereiro de 1917, para pôr em marcha o movimento, que originou a primeira revolução.

Na casa do deputado Konovalov[277], eram realizadas reuniões com os chefes da oposição; onde eram ouvidos os delegados que regressavam da frente ou das províncias, onde tinham estado em missão de propaganda; a composição dessas reuniões, às vezes, continha sessenta pessoas, variava demais; permanecendo imutável o núcleo da organização: o príncipe Lvov, Konovalof, Tchelnokof, Riabouchinsky e Boublikof. Um dos membros do núcleo, o deputado Maklakov, certa vez se pronunciou nestes termos:

> O trabalho do *zemgor* na frente dispôs em nosso favor os soldados e os oficiais. As comissões das indústrias de guerra têm nas suas mãos os operários; em todos os conselhos gerais e em todas as municipalidades, temos fieis partidários: o alto comércio e a indústria vão ajudar-nos. Só nos falta sublevar os camponeses; e então poderemos mostrar a Nicolau II uma força que o assustará mais do que os alemães[278].

Em suas memórias, a filha do escritor Alexandre I. Kuprin, recordando os anos da Primeira Guerra Mundial, disse: "Neste momento, a União dos Zemstvo

---

[276] NIKONOV, Vyacheslav Alekseevich, *op. cit.*
[277] Alexander Konovalov, industrial e um dos fundadores do banco Riabuchínski. Financiava o jornal *Manhã da Rússia*.
[278] JACOBY, Jean, *op. cit.*

teve um grande número de baderneiros, enviados a frente, servindo como assistentes. Eles foram chamados de zemgusary". Esses empregados da União usavam uniformes de oficial, mas eram civis. Tinham como função dirigir o corpo de ambulância ou entregar os itens alimentares e de vestuário ao exército. Um contemporâneo, K. Paustovsky, observou: estudantes serviam como voluntários nos trens do hospital e foram autorizados a usar quepe e uniforme de soldado. Os "zemgusary" eram estimulados pelos próprios oficiais a causar desordem no exército.

O bolchevique F. Zezyulinsky, em uma declaração ao jornal *Palavra Russa*, recordou da época em que servindo como "zemgusary", transportou literatura subversiva usando um uniforme de capitão, com o monograma da União dos Zemstvo[279].

Guchkov, como cabeça do Comitê Militar-Industrial, que não escondeu suas pretensões e disse que a principal tarefa do Comitê eram as mudanças políticas.

Em uma conferência realizada pelos Democratas Constitucionais foi apresentada a exigência de um "Ministério das Obras Públicas, de confiança" e o líder do partido, Miliukov, disse que "ministros credíveis da Duma podem permanecer, e o resto teria que ir". É claro que um governo com esse tal círculo de interesses seria mais conveniente do que "responsável". O que nos leva ao **MITO NÚMERO 59, o mito de que o "ministério responsável" era responsável.**

Na verdade, o *slogan* do "ministério responsável" ou do governo de "confiança pública" que começou a desenvolver-se em todo país não passava de um golpe de Estado, que quebraria o sistema existente e transformaria o Poder Supremo, ou seja, o Imperador, em um fantoche obediente dos cartéis[280].

A ideia do "ministério responsável" começou em meados de agosto, em um conselho dos chefes da oposição na casa do deputado Konovalov. Lá foi decidido tentar sem demora um último esforço, para se apoderarem do poder; era preciso arrancar a demissão do gabinete e mandar nomear pelo Tzar, um novo ministério, sob a presidência de Rodzianko ou do príncipe Lvov, com Milioukov nos Negócios estrangeiros, Guchkov na Guerra, Konovalov no Comércio, Maklakov na Justiça. Se o soberano ficasse irredutível, deviam utilizar de uma tenaz campanha de difamação[281].

---

[279] РУГА, Владимир Эдуардович; КОКОРЕВ, АндрейВладимир.Повседневная жизнь Москвы. Очерки городского быта в период Первой мировой войны.Москва: Астрель, 2011.
[RUGA, Vladimir Eduardovich, KOKOREV, Andrey Vladimir. *Vida cotidiana em Moscou. Ensaios sobre a vida urbana durante a Primeira Guerra Mundial*. Moscou: Astrel, 2011].
[280] КОБЫЛИН,Виктор Сергеевич;Анатомия измены. Император Николай II и Генерал-адъютант Алексеев. Санкт-Петербург.: Царское Дело, 2011.
[KOBYLIN, Victor Sergeevich, *Anatomia de uma traição. O Imperador Nicolau II e o general adjunto Alekseev*. São Petersburgo: Tsarskoe Delo, 2011].
[281] JACOBY, Jean, *op. cit.*

É claro que o Imperador não poderia ceder às chantagens, pois permitir que os chefes dos cartéis da guerra ocupassem pontos estratégicos da economia seria um suicídio político. Um atraso em todas as bem-sucedidas medidas de austeridade fiscal exercidas sob sua liderança. Acatar tal ministério seria como dar as chaves dos cofres públicos ao sexteto mais desonesto da Rússia. E o que é pior, ser responsabilizado por esse crime.

Portanto, Nicolau II tinha deveria se manter firme em seus propósitos e foi o que ele fez. À vista que todos os membros do "ministério responsável", foram os grandes responsáveis por todo o peculato, tráfico de influência, subornos e intrigas que sufocavam o Império. E seriam os futuros responsáveis pela destruição do país.

12.1.4 As mentiras de Guchkov

Quem afirma que "mentira tem perna curta" precisa saber mais sobre as estratégias políticas de Guchkov. Pois este fazia de suas mentiras uma arma muito mais eficiente do que todos os canhões alemães. E foi por meio delas que conseguiu destruir todos os que ousaram atrapalhar seus planos. Temos os exemplos de Myasoedov, Sukhomlinov, Shuvaev, Polivanov, Sturmer, Rasputin, Anna Vyrubova, Nicolau II e sua família.

Para tanto se utilizava de um esquema simples. Primeiramente lançava sobre sua vítima uma acusação absurda. Posteriormente, afirmava que tinha em mãos provas documentais irrefutáveis, mas na verdade esses documentos nunca existiram. Tudo não passava de um blefe.

O terceiro passo era divulgar insistentemente todas as suas mentiras nos jornais. E para finalizar ele conduzia um julgamento com base em artigos de jornais que comprava e provas documentais que nunca apresentou. O resultado era de 100% de eficiência, todas as pessoas caluniadas por Guchkov foram condenadas à morte ou passaram por um sofrimento terrível. Em 0% dos casos foram requeridas as provas documentais que ele supostamente tinha, ironicamente, todos esqueciam desse detalhe.

A primeira vítima das mentiras de Guchkov foi o coronel Sergey Myasoedov, falsamente acusado de alta traição e espionagem. Os ataques a Myasoedov tinham como objetivo afrontar o ministro da Guerra Vladimir Sukhomlinov[282]. Em razão de que Sukhomlinov, homem de confiança de Nicolau II, descobriu o complô de Guchkov a lista de nomes dos generais traidores que faziam parte dos "Jovens Turcos". A partir desse momento, Sukhomlinov transferiu os membros deste grupo em diferentes posições distantes da capital, complicando assim sua

---

[282] NIKONOV, Vyacheslav Alekseevich, *op. cit.*

interação uns com os outros. Sukhomlinov escreveu que, depois disso, os meios de comunicação controlados por Guchkov iniciaram uma campanha para desacreditar o ministro da Guerra.

O absurdo da campanha de difamação promovida pela imprensa é que ela conseguiu acusar Sukhomlinov, simultaneamente, de traição e de infiltrar policiais para investigar o exército. Ou seja, ele era criticado por favorecer um "espião" e combater a espionagem ao mesmo tempo.

Myasoedov já tinha sua reputação manchada por Guchkov, que, por volta de 1907, encontrava-se no centro de um escândalo de espionagem, baseado apenas em uma acusação de Kolakovsky, um agente do departamento de polícia.

No final, o caso foi transferido para a corte marcial, assim, Myasoedov não poderia contar com um advogado. Além disso, das dez testemunhas convocadas apenas quatro foram ao tribunal[283].

Sobre a acusação de espionagem militar, havia apenas uma declaração infundada de Kolakovsky. Mas a opinião pública estava tão entusiasmada com essa questão que não havia mais nada além da traição de Myasoedov. O investigador militar, V. Orlov, posteriormente, admitiu que a investigação foi conduzida "sob pressão".

O tribunal, em cerca de apenas 14 horas, afirmou ter provas claras da culpa do acusado, mas não apresentou nenhuma. A decisão do "tribunal" foi firmada, na noite de 19 de março (1 de abril). Myasoedov foi executado por enforcamento[284]. Infelizmente, ele era inocente. Kolakovsky, que era a única prova real de sua traição, mais tarde reconheceu ter tirado o nome de Myasoedov de jornais, sobre o escândalo Guchkov-Myasoedov. Portanto seu testemunho não tinha a menor relevância[285].

Após a guerra, o chefe da inteligência alemã, Walter Nikolai escreveu: "O veredito ... foi um erro da justiça. Myasoedov nunca prestou serviços para a Alemanha". O tenente Bauermeister disse: "Eu nunca em minha vida troquei uma única palavra com o coronel Myasoyedov e nunca encontrei com ele".

Walter Nikolai durante um interrogatório no NKVD em 1945 sobre a questão de Myasoyedov afirmou: "Na Alemanha, não há nada sobre isso. Conheço seu nome apenas como o do oficial mais bem-sucedido da inteligência russa contra a inteligência alemã"[286].

---

[283] ЗЫКИН, Дмитрий Эндшпиль; Как оболгали великую историю нашей страны. Санкт-Петербург: Питер, 2014.
[ZYKIN, Dmitry Endgame, *Como eles caluniaram a grande história do nosso país*. São Petersburgo: Peter, 2014].
[284] AIRAPETOV, Oleg Rudolfovich, *op. cit.*
[285] KATKOV, Georgy Mikhailovich, *op. cit.*
[286] Русская военная эмиграция 20—40 годов. Т. 1, кн. 2. Москва: Гея, 1998 С. 695.
Emigração militar russa 20-40 anos. T. 1, livro. 2. Moscou: Geya, 1998 S. 695.

12.1.5 Mentiras, covardias e traições

Encorajado pelo "caso Myasoyedov", Guchkov usou a mesma tática contra todos que contrariassem seus interesses. Esse foi o caso do General Aleksei Alekseevich Manikovsky, perseguido por defender a necessidade de construir uma fábrica para a produção de metralhadoras. Assim sendo, Guchkov e Rodzianko insistiram em sua demissão sem nem ao mesmo uma única acusação[287].

O êxito e a impunidade dos boatos de Guchkov deram-lhe um grande incentivo para continuar com sua estratégia de forma sistemática e ampliada. A partir de então suas mentiras não se limitariam apenas aos aliados do governo, mas ao próprio Imperador e sua família.

Foi um golpe duro para Nicolau II. Em julho, ele se queixou a Pierre Gilliard,

> Você não tem ideia de como é difícil estar longe das tropas. Parece que tudo suga a energia para fora de mim, e priva a vontade e a determinação. No geral vãos alguns rumores e histórias ridículas e terríveis, e todos acreditam. As pessoas aqui não estão interessadas em nada, além de intrigas e místicas de todas as espécies; em primeiro plano eles têm apenas seus interesses sórdidos[288].

O Imperador, depois de ter descoberto a traição de seus generais, escreveu em seu diário: "Não vejo em redor de mim senão mentiras, covardias e traições"[289].

Muitos coetâneos também estavam indignados com a situação. Esse foi o caso do ministro do Tribunal Fredericks, que, voltando de uma reunião na Duma, disse: "Impressionou-me ver uma gangue de bandidos que estão apenas à espera do momento para atacar os ministros e cortar suas gargantas. Eu nunca estarei entre eles"[290].

O Barão de N. N. Wrangell escreveu em agosto de 1914: "Nesses momentos, as pessoas precisam de algo para alimentar sua imaginação, mesmo que sejam fatos sem fundamentos, eles próprios criam algo sem sentido, que vai passando de boca em boca, até atingir os pilares de Hércules da estupidez".

A capital do Império tornou-se um vasto campo para a produção de rumores fantásticos. O Príncipe Troubetzkoy, em 5 de outubro de 1916, escreveu para o ex-ministro dos Negócios Estrangeiros, S. D Sazonov: "Em Petersburgo,

---

[287] AIRAPETOV, Oleg Rudolfovich, *op. cit.*
[288] NIKONOV, Vyacheslav Alekseevich, *op. cit.*
[289] JACOBY, Jean, *op. cit.*
[290] NIKONOV, Vyacheslav Alekseevich, *op. cit.*

como sempre, há muitos rumores que nascem de manhã e morrem à noite, mas na realidade, ninguém sabe de nada".

Um militar russo na Finlândia, em 1916 assinalou:

> Outubro deste ano pode ser chamado de mês dos rumores. (...) estas 'plateias' foram distribuídas na imprensa e na sociedade criando uma grande quantidade de boatos de todas as formas e estilos. Noventa por cento das conversas públicas começavam com as frases 'Você já ouviu falar?', 'Você sabia?!'.

É claro que esse surto de mentiras só foi possível graças às leis brandas da "Rússia Autocrática", que em plena época de guerra tinha como punição por espalhar informações falsas apenas três meses de reclusão ou multa de até três mil rublos. Um preço módico para jornais patrocinados por megaempresários[291].

Contudo, o mais cruel dessa campanha de difamação é que ela não se limitava apenas ao campo político. Guchkov também atacava os sentimentos mais nobres de suas vítimas, não poupando nem a família do Imperador, imputando denúncias impudicas e infundadas.

O principal alvo das maledicências de Guchkov era a Imperatriz Alexandra Feodorovna. Com isso ele não visava apenas agredir o Imperador, mas eliminar uma astuta oponente que já conhecia seus planos e não pretendia se omitir.

Tratando-se de avaliar o caráter das pessoas, a Imperatriz tinha uma sensibilidade muito mais apurada do que a de seu cônjuge. Era uma mulher inteligente, que sempre esteve ciente dos verdadeiros perigos que cercavam o palácio.

Dentre esses estava Guchkov, o qual a Imperatriz odiava. Em uma de suas cartas ela demonstrava uma grande tristeza por Guchkov não ter morrido em um acidente ferroviário. Quando no início de 1916 ele ficou gravemente doente, a rainha expressou expectativa de que ele não iria sobreviver[292].

Decerto, a aversão da Imperatriz tinha fundamento, não só pelos motivos já vistos nesse capítulo, mas também por uma carta do Príncipe Pyotr Shakhovskoy que relatava: "Guchkov não só deixou os seus laços com membros do comando, mas em todos os sentidos continua a cultivá-los, dentre eles está o General Alexeyev. Com Rodzianko ele adulterou relatórios do governo atribuindo méritos ao Comitê Militar Industrial". Em seguida Shakhovskoy alerta que tais declarações de Guchkov são suficientes para expulsá-los da capital e impedir seu acesso ao exército.

---

[291] КОЛОНИЦКИЙ, Борис Иванович; Трагическая эротика: Образы императорской семьи в годы Первой мировой войны. Москва: Новое литературное обозрение, 2010.
KOLONITSKY, Boris Ivanovich, *Tragédia Erótica: Imagens da Família Imperial durante a Primeira Guerra Mundial*. Moscou: Nova revisão literária, 2010.
[292] KATKOV, Georgy Mikhailovich, *op. cit.*

Alexandra, que entendeu a situação melhor do que muitos outros, escreveu em uma carta ao Imperador: "Estes brutos, Rodzianko, Guchkov, Polivanov *são capazes de algo muito maior do que seria de se esperar, sinto que eles pretendem arrancar o poder das mãos dos Ministros*".

A Imperatriz sabia que os conspiradores estavam preparando um golpe de Estado e procurou por todos os meios para alertar seu marido. Mas o Imperador confiava no seu exército, ele era muito nobre e não podia acreditar que seus assessores poderiam simpatizar com pessoas tão indignas[293].

Diante de tantas mentiras, covardias e traições, tornou-se difícil restaurar o verdadeiro caráter da Imperatriz. Afinal, quem realmente era Alexandra Feodorovna?

---

[293] KOBYLIN, Victor Sergeevich, *op. cit.*

13. A VERDADEIRA ALEXANDRA FEODOROVNA

13.1 O brochezinho do príncipe

Nicolau II, como marido, tinha todas as atenções, todas as delicadezas, todo o respeito de um recém-casado. Era homem de um só amor. Enquanto tantos príncipes são dominados, até na escolha de uma esposa, por interesses políticos e pelas razões de Estado, o Tzar Nicolau II vive o seu romance de amor e casa-se com a mulher que ama. Essa história de amor começa em 1884, quando a bela princesa Isabel de Hesse-Darmstadt desposava o grão-duque Sergio Alexandrovitch, irmão do Imperador. Nessa ocasião, a irmã da noiva, Alice, encantadora e tímida criança de doze anos, encontrara um gentil companheiro, que dançava com ela nas reuniões do palácio: o príncipe Nicolau Alexandrovitch, rapaz de dezesseis anos, de olhos sonhadores. Então, entre estas duas crianças, que mal ousavam olhar-se, esboçou-se um tênue e delicado romance. O príncipe, enchendo-se de coragem, pediu a sua companheira que aceitasse uma lembrança: um broche. No entanto, a pequena Alice, por causa de sua timidez, com o pesar na alma, devolveu o broche. O príncipe sofreu com essa recusa... pequeno drama tocante de um primeiro amor. Dezenas de anos mais tarde, a Imperatriz fala nas suas cartas do "querido brochezinho", e, em plena guerra, as vésperas dos terríveis acontecimentos, escrevia a seu marido: "Há trinta e dois anos, meu coração de criança encheu-se dum profundo amor, por ti"[294].

---

[294] JACOBY, Jean, *O Czar Nicolau II e a Revolução*. Porto: Educação Nacional, 1933.

13. A VERDADEIRA ALEXANDRA FEODOROVNA

A história do "brochezinho do príncipe" com certeza encantaria os sonhadores adolescentes do ensino médio, mas infelizmente muitos historiadores consideram mais digno de nota acreditar que Fidel Castro, o líder da revolução cubana, dormiu com mais de 35 mil mulheres. E é diante de tamanha insensibilidade que adentramos ao **MITO NÚMERO 60**, o mito de que amar a família atrapalha nos negócios de Estado.

Caso esse mito fosse verdadeiro, não há dúvidas de que os líderes comunistas jamais incorreriam nesse erro, pois eles dedicavam à família a mesma violência e desapreço com que tratavam o povo. Podemos exemplificar os casos de Lenin e Trotsky, que não faziam a menor questão de esconderem seus casos extraconjugais. Ou o romantismo rupestre de Stalin, que puxou pelos cabelos a esposa para uma pista de dança. E convenhamos, caso maltrato à família trouxesse progresso à nação, com certeza não ocorreria a grande fome de 1932. Sendo que a esposa de Stalin se suicidou, seu filho caçula, Vasily, morreu devastado pelo álcool aos 41 anos, um de seus filhos morreu de overdose de heroína, uma filha era alcoólatra e a outra foi internada em um manicômio.

Como já constatamos no capítulo anterior, os sentimentos nobres do tzar não atrapalharam o seu governo. A economia russa era a que mais crescia, tinha balança de comércio favorável e a maior reserva de ouro do mundo. No comando, do exército obteve-se grandes êxitos. Portanto, o último mito não tem nenhum respaldo estatístico e se baseia apenas em preconceitos de uma sociedade patriarcal.

13.1.1 Mito da Imperatriz odiada

Outra mentira sobre a pessoa da Imperatriz é o **MITO NÚMERO 61**, o mito de que a Imperatriz Alexandra era odiada pelo povo.

Segundo algumas pessoas próximas à Imperatriz, sua popularidade aumentou no final de 1914 e início de 1915, como resultado de suas atividades patrióticas. Em 10 de outubro de 1914, em Moscou, uma revista publicou uma fotografia de estudantes do ensino médio em manifestação patriótica, por ocasião da mobilização dos alunos para o exército. Nessa ocasião os manifestantes carregavam um retrato da Imperatriz e do Imperador. O entusiasmo patriótico causou uma onda de sentimentos monarquistas, influenciando o respeito não só ao Imperador, mas também à Imperatriz.

É significativo que o aniversário da Imperatriz foi comemorado com euforia em maio de 1915. Naquele dia, Petrogrado foi decorada com bandeiras nos alpendres, varandas e janelas. Casas e lojas exibiam bustos do rei e da rainha. Bandeiras foram exibidas em tribunais militares e vapores comerciais. Em todas as igrejas da capital foram realizadas celebrações de *Te Deum* e unidades militares acompanharam os desfiles da igreja.

13.1.2 Uma enfermeira muito especial

Outro engano é o de que a Imperatriz Alexandra é o **MITO NÚMERO 62, o mito de que Nicolau II cuidava do exército e a Imperatriz Alexandra cuidava da política interna.**

Esse erro, felizmente, já foi corrigido nos atuais livros didáticos, mas há relativamente pouco tempo era bem frequente, podendo ainda ser visto em literaturas mais antigas.

Conforme estudado anteriormente, nem mesmo o Imperador poderia cuidar da política interna. Sua função limitava-se apenas a escolher os ministros, convocar eleições, cuidar de assuntos diplomáticos e militares, contudo o soberano não poderia participar das seções da Duma nem como ouvinte. Portanto, a Imperatriz não poderia governar, uma vez que ela não tinha autorização para entrar no parlamento.

Entretanto, resta ainda entender qual real ocupação de Alexandra Feodorovna. Sua função era restrita a cerimoniais e atuar como patrona de organizações de caridade. Parece uma ocupação simples, mas exige empenho, devoção, abnegação e principalmente amor. Esses requisitos foram realizados com êxito por Alexandra.

A Imperatriz já se envolvia com a caridade muito antes da guerra. Às vezes costurava e bordava trabalhos que seriam vendidos em leilões de caridade. Visitava pessoalmente os pobres e os doentes. Portanto ela e suas filhas já estavam acostumadas com essas tarefas. Alexandra também ganhou experiência em atividades de caridade durante a guerra russo-japonesa. Nessa ocasião, organizou trens hospitalares e abrigos para os soldados feridos e mutilados.

Imediatamente após a eclosão da Primeira Guerra Mundial, a Imperatriz iniciou uma série de novos esforços patrióticos. Os jornais, o clero, as paróquias, as associações, clubes, comitês, instituições e empresas direcionavam suas doações para a associação gerenciada pela rainha. Suas filhas, as grã-duquesas Olga e Tatiana receberam pessoalmente doações para a guerra nos salões do Palácio. Os jornais imprimiam listas de doações dirigidas à rainha.

A imagem da Família Real, em muitos aspectos, ajudou a recolher dinheiro para a guerra e atraiu a atenção do público. O envolvimento pessoal da filha mais velha do rei contribuiu para arrecadar novas doações. As atividades da rainha e suas filhas ajudaram a promover a união do país ao redor do trono.

Em 19 de julho de 1914, abriu um armazém para roupas do exército, no edifício do Palácio de Inverno. As atividades da rainha contribuíram para o crescimento de sua popularidade na alta sociedade, a Princesa Cantacuzeno recordou: "Houve uma corrida para reunir-se em torno da Imperatriz". Foi organizada no palácio salas com máquinas de costura onde trabalhavam voluntariamente mulheres urbanas de diferentes classes, incluindo representantes das famosas famílias aristocráticas. Segundo A. E. Sarin: "Muitas vezes nos corredores de um grande estúdio, você podia ver a rainha sentada em uma máquina de costura".

A imprensa publicou cartas de agradecimento dos chefes militares à rainha: "O número de armazéns de mercadorias, criados pela Imperatriz, logo chegaram a seis. A loja de Moscou foi inaugurada em julho de 1914 no Grande Palácio do Kremlin. No início da guerra Trens especiais e armazéns criados pela iniciativa da rainha trouxeram tudo que era necessário à frente."

Em 1915, foi aberto o hospital no Palácio de Inverno. Foi chamado de Alexei Nikolaevich, comportava mil soldados feridos e doentes. As fotos desse hospital foram publicadas em várias edições ilustradas. O leitor poderia ver como os salões se transformaram em uma enorme e bem decorada enfermaria. No final de setembro 1914, ela criou trens especiais para ajudar na fronte. Também inaugurou novos hospitais.

Porém, Alexandra não estava satisfeita apenas com o papel intelectual e decidiu participar como enfermeira. A Imperatriz com suas filhas mais velhas grã-duquesas Olga Nikolaevna e Tatyana Nikolaevna fizeram um curso especial com o famoso cirurgião V. I Giedroyc. Elas também aprenderam na prática cuidando dos feridos no hospital e posteriormente começaram a fazer seus próprios curativos no hospital.

As princesas, já em agosto de 1914, foram enviadas para a frente com a equipe de enfermagem. Suas ações foram descritas como um exemplo a ser seguido. Até o jornal bolchevique "Iskra" publicou o retrato da grã-duquesa Olga Alexandrovna e acrescentou:

> em toda a história nunca foi visto por oficiais feridos e suas esposas uma mulher tão santa. Ela é a irmã mais modesta e trabalhadora. Trata os feridos, tirando a camisa cheia de larvas, lava as suturas das operações e retira o pus, durante os últimos dez meses, geralmente, fez esse trabalho sujo. Simplesmente, é incomum, ela vai às mercearias para escutar e satisfazer as mais diversas solicitações dos pobres, intercedendo por eles etc.

13.1.3 Uma mulher forte com uma saúde frágil

Tanto hoje como na época em questão era algo habitual as famílias reais envolverem-se com atividades de caridade, no entanto, a interação com os necessitados era algo restrito e distante. Por isso, foi uma agradável surpresa o trabalho da Imperatriz junto aos enfermos. Os soldados feridos ficavam tão maravilhados ao verem a rainha nos corredores do hospital que muitas vezes subestimavam a eficiência dessas visitas. Muitas pessoas acreditavam no dom da cura da Imperatriz. Alguns pacientes escreveram sobre isso, um ferido do 10º Batalhão de Kuban registrou no livro do hospital do palácio: "Os batedores me disseram que a Família Real cura as feridas dos soldados sem drogas. Tratei-me em Kiev, mas não fui curado. Mas felizmente, no Tsarskoye Selo, no hospital do Palácio. Todo o meu tratamento terminou depois que eu vi a Rainha da Rússia no grande palácio".

O cronista oficial do Imperador também comenta as visitas da rainha aos hospitais: "Lá, lá, onde antes eram sofrimento insuportável, gemidos de dor, de repente tudo ficou quieto, como se houvesse um remédio especial que saciasse a todos".

A rainha levava a sério sua função de enfermeira, no entanto, as descrições de seus trabalhos são às vezes exagerados. Infelizmente a rainha não poderia ficar muito tempo com os doentes. A imagem de uma mulher bonita, hábil e dinâmica vestida de enfermeira era apenas um símbolo para auxiliar a cura dos feridos. Pois, apesar de sua boa vontade, a rainha tinha sérios problemas de saúde.

Já em cartas para o noivo ela mencionou dores nas pernas. Desde a infância a futura Imperatriz da Rússia continha muitos diagnósticos decepcionantes: neuralgia, ciática, inflamação do nervo lombar, que atingiu ambas as pernas. Em seguida, a saúde da Imperatriz melhorou, mas, no final de 1914, devido a um aumento de esforço físico e emocional, a saúde da rainha piorou.

Devido à doença, Alexandra não poderia muitas vezes executar uma série de importantes tarefas cerimoniais e era substituída por sua filha mais velha. É difícil imaginar como as informações sobre o estado de saúde da Imperatriz poderia afetar sua imagem. De qualquer forma, a opinião pública via a rainha como uma irmã da Cruz Vermelha saudável, enérgica e incansável.

Mas apesar de suas limitações Alexandra se mostrou uma verdadeira guerreira. Em todos os momentos livres ela tricotava e costurava para os soldados, chapéus, luvas, joelheiras, pijamas. Muitas vezes ela trazia esses trabalhos para seus aposentos, até depois da meia-noite podia se ouvir a máquina de costura.

13.1.4 Mudanças no *status* das mulheres durante a guerra

Como mencionado anteriormente, a imagem da enfermeira durante a guerra tornou-se extremamente popular. As revistas femininas incentivavam suas leitoras a desistir dos luxos, e às vezes até esqueceram a moda durante a guerra.

Era recomendado usar um vestido preto e branco simples e distinto com uma fita da cruz vermelha.

A imprensa russa frequentemente escreveu sobre o heroísmo das mulheres, para salvar os feridos no campo de batalha. Algumas enfermeiras receberam medalhas de heroísmo em combate.

Mulheres de diferentes classes e países sob o signo da Cruz Vermelha tornaram-se o símbolo mais proeminente da mobilização patriótica. Alguns jornais aproveitaram a situação politicamente favorável para fazer *lobby* aos ideais feministas e instaurar uma verdadeira igualdade de direitos, como no exemplo a seguir: "A guerra se transformou em um palco para todos os lutadores, não precisa ler, só basta ouvir sobre esta ou aquela emancipação. Sigamos nós, as mulheres, ao longo deste caminho, tomar o momento auspicioso para essa emancipação".

Embora a contribuição das mulheres fosse bem-vista, outros aspectos advindos dessa iniciativa trouxeram velhos preconceitos à tona. A sociedade patriarcal e machista do início de século XX não admitia os novos papéis e atitudes tomados pelas mulheres. Sobre isso escreveu a imprensa da Europa Ocidental e russa. Para o jornalista e médico Max Nordau, a ação das enfermeiras degenerava a sociedade europeia. Assim, ele observou que as mudanças de atitudes geradas pela guerra transformaram as mulheres em feministas e sufragistas.

Desde o início da guerra, uma multidão de mulheres de diferentes classes sociais queria desempenhar as funções de Irmãs de Misericórdia em hospitais militares. A procura era tanta que a Cruz Vermelha originalmente foi forçada a negar milhares de voluntárias. Muitas delas foram para frente e sem qualquer autorização, entre elas estavam jovens patriotas. Colegiais e normalistas fugiram para o exército, sem o conhecimento de seus pais.

Muitas publicações culpavam as iniciativas patrióticas da rainha pela mudança de comportamento das mulheres russas. Achavam que a conduta de Alexandra e suas filhas poderiam inspirar ativismo feminista. Esse preconceito forneceu material para os discursos antidinástico e antimonarquistas. Por isso, muitas vezes, a Imperatriz foi chamada de traidora, depravada, Rainha-alemã e "esta mulher que governa o país". Parece extremamente importante notarmos, pois essas afirmações estão carregadas de um subconsciente patriarcal que unia mania de espionagem, xenofobia e sexismo. Apenas nesses três elementos eram baseados os rumores que minavam as autoridades do governo.

13.1.5 O mito do "partido alemão"

Em 1º de novembro Pavel Milyukov fez um discurso na Duma em que acusa Sturmer, Vyrubova, Rasputin e a Imperatriz de formar um partido que buscava a paz em separado com a Alemanha. E desde o início foram exigidos de Milyukov documentos que poderiam ser considerados como indícios sérios de suas palavras. Mas como ele não forneceu nenhuma informação credível foi ridicularizado na Duma. No entanto, essa conversa sem sentido, literalmente, explodiu em toda a sociedade[295]. Isso graças à mão de Guchkov, que ajudou a difundir esse discurso entre o povo e o exército[296].

É notório que o "Partido Alemão" nunca existiu. Milyukov posteriormente confessou que suas provas irrefutáveis sobre a traição da rainha foram retiradas de um artigo de revista. Segundo ele, uma revista norte-americana publicou que a Alemanha ofereceu uma proposta de negociações de paz para a Rússia. Ele acrescentou que o artigo era uma reimpressão do jornal suíço *Berner Tagvaht*, o órgão oficial dos bolcheviques na Suíça. Milyukov disse que quando leu parecia plausível, embora não tenha verificado as fontes. O engraçado é que esse artigo foi publicado mais de uma vez, porém quando foi requerida as fontes, este se recusou a apresentar. Também é importante destacar que a diplomacia russa refutou a informação transmitida e logo o jornal deixou de publicar esses rumores. E aqui está outro detalhe divertido, o editor do "Berner Tagvaht" era Robert Grimm. Foi ele quem acompanhou Lenin durante sua famosa viagem pela Alemanha no "trem selado", como se verá adiante. No verão de 1917, Grimm foi pessoalmente à Rússia para promover a paz em separado com a Alemanha. Outro funcionário do *Berner Tagvaht* foi Karl Radek, camarada de Lenin, que mais tarde participaria nas negociações da paz de Brest-Litovsk. Em suma, quem criou o mito do "Partido alemão" foi quem realmente concretizou esse projeto.

Mesmo sem o mínimo fundamento, as revelações de Milyukov, em menos de uma semana, provocariam a queda do primeiro-ministro Sturmer. Mais tarde, o governo provisório nomeou uma comissão de inquérito para uma investigação mais completa das acusações contra o ex-presidente do Conselho de Ministros, porém não tiveram qualquer evidência de sua culpa. Mesmo assim, Sturmer foi marginalizado, enquanto Milyukov estava bem e sem dores na consciência.

O motivo real dessa acusação monstruosa foi uma vingança pelos ataques sistemáticos do primeiro-ministro à Comissão Militar-Industrial.

Depois de eliminar Stunner, a Duma continuou seus ataques, e todos os dias algum funcionário era acusado de traição e espionagem, até mesmo a Impe-

---

[295] КОЛОНИЦКИЙ, Борис Иванович; Трагическая эротика: Образы императорской семьи в годы Первой мировой войны.М.: Новое литературное обозрение, 2010.
KOLONITSKY, Boris Ivanovich, *Tragédia Erótica: Imagens da Família Imperial durante a Primeira Guerra Mundial*. Moscou: Nova revisão literária, 2010.

[296] КАТКОВ, Георгий Михайлович ;Февральская революция. Москва: Центрполиграф, 2006.
[KATKOV, Georgy Mikhailovich, *Revolução de fevereiro*. Moscou: Tsentrpoligraf, 2006].

ratriz não escapou das calúnias descaradas. Assim, Guchkov, Milyukov cuidadosamente preparavam uma receita para o desastre.

Outra crença alusiva ao tema é o **MITO NÚMERO 63, o mito de que o Imperador Nicolau II buscava uma paz em separado com a Alemanha.**

De fato, algumas propostas de paz foram mediadas, principalmente, por meio do Secretário de Estado de Copenhagen e vários parentes alemães da Imperatriz Alexandra. Contudo, nenhuma dessas abordagens teve êxito. A última tentativa fracassada foi no verão de 1916, quando Nicolau II informou ao rei dinamarquês Christian que só discutiria um armistício em um conselho mundial, e as propostas de uma paz em separado não eram desejáveis nem possíveis. No entanto, as negociações para uma paz geral não eram de interesse das autoridades alemãs. Quando o mediador japonês Ushila recomendou um acordo com todos os poderes da Entente, o Kaiser ficou furioso[297].

A última especulação sobre esse assunto é a de que a Imperatriz Alexandra transferiu dinheiro para seus parentes na Alemanha. Essa acusação não tem uma fonte definida, acredita-se que seja um rumor oriundo da "Comissão do General Batyushin". Essa comissão começou quanto Batyushin assegurou o General Alekseyev que todos os fracassos do exército foram por culpa dos banqueiros e industriais. A primeira vítima dessa teoria foi o banqueiro Rubinshtein, acusado de vender títulos russos com juros para a Alemanha, por meio de países neutros, venda de ações da empresa "Yakor" para empresários alemães, a cobrança de altas comissões por transações russas realizadas no exterior etc. A casa de Rubinstein foi completamente revistada e embora nada tenha sido encontrado durante a busca, Rubinstein foi sentenciado a cinco meses de prisão. Em seguida, os irmãos Zhivotovsky foram presos e logo libertados. Wolfson também foi preso. Todos eles foram detidos sem provas.

Essa comissão tinha um caráter criminoso e se utilizava amplamente de todas as práticas predatórias, arbitrariedades, violências, chantagens, ameaças, extorsões, ignorando todas as leis. Para isso, Batyushin tinha toda a polícia à sua disposição[298].

As controvérsias de tal investigação foram lembradas por P. G Kurlov, que, durante a guerra, ocupou o posto de chefe civil na região báltica:

> Eu disse muitas vezes ao tzar que as atividades do general Batyushin eram prejudiciais (...) Ele muitas vezes produziu buscas e prisões sem fundamento junto a

---

[297] KOLONITSKY, Boris Ivanovich, *op. cit.*
[298] ОРЛОВ, Владимир Григорьевич. Двойной агент. Записки русского контрразведчика. Москва: Современник, 1998.
[ORLOV, Vladimir Grigorievich. *Agente duplo. Notas de um oficial russo de contra-espionagem.* Moscou: Sovremennik, 1998].

integrantes do comercio e da indústria e fez apreensões e buscas nos bancos. Suas atividades reduziram a produção russa, assustaram o capital e jogaram o mundo comercial e industrial para a oposição ao governo.

P. G Kurlov também fala sobre a prisão do banqueiro: "se Rubinstein era inocente, seria terrível trancá-lo sob sete chaves por seis meses, até reunir provas, isso parecia uma piada. Eu me dei ao trabalho de escrever ao general Batyushin uma folha sobre o que pelo menos deveria ser estabelecido pela investigação para manter a prisão de Rubinstein. Batyushin ficou muito zangado comigo".

Em 6 de dezembro, Rubinstein foi libertado por falta de provas. Esse assunto naturalmente teria sido encerrado nesse momento. No entanto, surgiu um boato de que Alexandra Feodorovna havia realizado transferências de dinheiro para parentes alemães. Não foi possível obter qualquer evidência comprometedora contra Rasputin e Alexandra Feodorovna, uma vez que as acusações de Rubinstein não tinham a mínima relação com a Imperatriz. As ligações ilícitas entre o banqueiro Rubinstein e Alexandra não foram confirmadas nem pela Comissão de Investigação Extraordinária do Governo Provisório, nem posteriormente pelos bolcheviques[299].

13.1.6 Quem é o fofoqueiro?

Muitos contemporâneos estavam bem conscientes do absurdo dos rumores nos tempos de guerra e se perguntavam sobre a sua origem e autoria. Este assunto foi discutido por diversos jornalistas, e em correspondências privadas. De onde vêm os falsos rumores? Quem se dispõe a inventá-los? – Perguntavam-se muitos jornalistas.

Os representantes da elite instruída russa acreditavam que os rumores são algo rude, ridículo e grosseiro, difundidos principalmente por pessoas vulgares, especialmente os camponeses, semialfabetizados e analfabetos. Em contraste, muitos contemporâneos começaram a acreditar que os principais rumores políticos foram disseminados pelas classes altas e educados da sociedade, como uma forma de oposição. Também foi constatado que, geograficamente, os rumores surgiram nas capitais e em seguida, moveram-se gradualmente do centro político

---

[299] ИЛЬИНА, Ольга. Громкое дело начала XX века: царские заступники или «пляска шакалов». Первое антикоррупционное СМИ. 14.09.2013. Disponível em: <http://pasmi.ru/archive/96140/>. Acesso em: 31 maio 2018.
[ILYINA, Olga. Um caso de destaque no início do século XX: os intercessores reais ou a "dança dos chacais". Primeira mídia anticorrupção. 14.09.2013. Disponível em: <http://pasmi.ru/archive/96140/>. Acesso em: 31 maio 2018].

do país para a periferia. Um bem-informado policial, A. I. Spiridovich lembrou: "... nesse momento, na capital, foram difundidos para as províncias, rumores e fofocas, preparando uma atmosfera necessária para a revolução".

Isso foi escrito também por outros contemporâneos: "os rumores dos centros políticos e culturais espalham-se para as fronteiras do Império." Um morador de Tbilisi, na Geórgia, escreveu a um amigo em Baku: "vieram um monte de jovens da capital e de Kiev. Eles nos dizem coisas que são simplesmente de arrepiar os cabelos. Os alemães estão à frente de quase todas as instituições na Rússia, venderam-nos abertamente". Difamadores e farsantes perceberam que as províncias tinham grande interesse por notícias sensacionalistas.

A. A. Vyrubova, em suas memórias, acusou a aristocracia de São Petersburgo de propagar todos os tipos de fofocas. Ela teria dito: "Hoje estavam espalhando mentiras nas fábricas de soldas Sovereign Empress e todos acreditavam". Em uma conversa com embaixador francês, o Imperador disse: "Este miasma petersburguês senti mesmo aqui, a uma distância de vinte e duas milhas. E os piores odores não saem dos bairros populares. Que vergonha! Que idiotas! Como é possível ser tão desprovido de consciência, patriotismo e fé?". É óbvio que Nicolau II percebeu que todos os tipos de fofocas eram difundidos pela alta sociedade da capital.

Até o historiador marxista Sergei Melgunov escreveu sobre a responsabilidade da elite educada, na fabricação de conjecturas absurdas. Contudo, podemos notar que o próprio Melgunov, durante a guerra, facilitou a propagação das histórias mais fantásticas sobre a Família Real, assumindo a responsabilidade pela publicação do livro de Illiodor "Santo ou demônio", que teve um impacto considerável sobre a política de massas e em seguida sobre a consciência histórica.

Um proeminente pesquisador da história pré-revolucionária, o General Nikolai Golovin, apontou para a possível circulação de rumores políticos "de cima para baixo". O. S. Porshnev, um historiador moderno, sugere que a lenda do "partido alemão" e das "forças obscuras" foram criadas sem a influência crítica da consciência de massa. Para ele foi um embuste da oposição progressista para criar uma imagem negativa da monarquia[300].

---

[300] KOLONITSKY, Boris Ivanovich, *op. cit.*

14. Quem foi Rasputin?

14.1 A vida de Rasputin

Por volta de 1910, pela primeira vez surgiu o nome de Gregory Yefimovich Rasputin na imprensa. Em uma série de jornais (*Moscou News*, *Discurso*, *Novo Tempo*) foram publicadas notas lisonjeiras sobre ele. Como no seguinte exemplo: "Gregory é muito popular em alguns círculos judiciais, o que dá a impressão de um homem justo, com grande inspiração religiosa"[301].

Este artigo retrata bem a personalidade de Rasputin, e essa seria a imagem que teríamos dele se não fossem as fantasias de Guchkov, que lançou na mídia o tema das "forças das trevas". Essa campanha difamatória teve grande impulso em janeiro de 1912, após a publicação de um par de cartas nos jornais. Na mesma época, Guchkov fez um discurso inflamado na Duma, fazendo um pedido formal ao ministro Interior, em nome da "consciência do povo preocupado" sobre o renascimento dos "fantasmas sombrios da Idade Média". Guchkov declarou: "Basta pensar que está no topo... Grigory Rasputin não está sozinho. Está por trás dele uma gangue inteira?" Todos os detalhes desse discurso foram espalhados para o público pelos líderes da imprensa e adquiriram o *status* de verdade nas mentes do público[302].

Rasputin, certa vez, afirmou que "se há amor em você, a mentira não se aproxima", se essa afirmação for verdadeira, com certeza há pouco amor entre as

---

[301] КОБЫЛИН, Виктор Сергеевич; Анатомия измены. Император Николай II и Генерал-адъютант Алексеев. Санкт-Петербург.: Царское Дело, 2011.
[KOBYLIN, Victor Sergeevich, *Anatomia de uma traição. O Imperador Nicolau II e o general adjunto Alekseev*. São Petersburgo: Tsarskoe Delo, 2011].
[302] НИКОНОВ, Вячеслав Алексеевич ;Крушение России. 1917. Москва:Астрель, 2011.
[NIKONOV, Vyacheslav Alekseevich; *O colapso da Rússia. 1917.* Moscou: Astrel, 2011].

pessoas, pois as mentiras de Guchkov ainda vigoram em muitas mídias. Felizmente essas fantasias já foram retiradas dos livros didáticos brasileiros, mas ainda deixaram suas marcas no senso comum, tornando difícil conhecer o Rasputin histórico. Na realidade, a vida de Grigory Rasputin foi a seguinte:

Ele nasceu em 9 de janeiro de 1869, na província de Tobolsk, na cidade de Tyumen. Os antepassados de Rasputin vieram para a Sibéria entre os primeiros pioneiros.

Rasputin, muitas vezes, é retratado quase como um gigante, um monstro com saúde de ferro e capaz de comer vidro. De fato, ele cresceu como uma criança fraca e doente. Desde sua infância, começou a perceber o poder de sua oração, manifestada em relação aos animais e às pessoas. Aos quatorze anos, interessou-se pelas Sagradas Escrituras, era analfabeto, mas tinha uma memória extraordinária e conseguia citar grandes trechos das Escrituras.

Quanto à juventude dissoluta e pecadora de Gregory, acompanhada de roubos de cavalos e orgias, isso nada mais é do que as invenções do jornalista Alexey Varlamov. Um estudo cuidadoso de documentos de arquivos indica que este caso é completamente inventado. Revisando todos os testemunhos dados durante a investigação em Tobolsk, ninguém, nem mesmo o mais hostil à Rasputin, o acusou de roubo.

Rasputin trabalhava no campo nas terras de seu pai. Casou-se aos dezoito anos, em 2 de fevereiro de 1887. Sua esposa era três anos mais velha. Era uma mulher trabalhadora, paciente, submissa a Deus, ao marido e aos sogros. Ela deu à luz a sete filhos, dos quais três morreram.

Ele vivia como todos os camponeses, até que algo aconteceu em seu coração. Parou de beber, fumar e comer carne e passou a peregrinar aos lugares santos. Suas peregrinações não prejudicavam a vida financeira da família, pois, como citado anteriormente, os camponeses trabalhavam em média apenas quatro meses por ano. E ele, como todos os camponeses, trabalhava nas pastagens apenas no verão. No outono e inverno, em vez de frequentar as tabernas, como os outros aldeões, vagava a procura de Deus. Seguia suas convicções sem nunca se esquecer da família, era um pai e marido atencioso, sempre se lembrava de que tinha uma casa e retornava. Grigory estava feliz em suas andanças, mas também estava feliz em casa, onde sua esposa e seus filhos o esperavam com amor.

Com o tempo sua ascensão espiritual se aprimorou, sua fama ultrapassou a vila de Pokrovsky, propagando-se pela Sibéria e posteriormente nas capitais. Uma multidão de pessoas vinha a ele pedir conselhos, assistência, curas e ele tentava ajudar a todos. Sua popularidade crescente entre os camponeses causou descontentamento no clero local. Assim, pela primeira vez, as autoridades espirituais se interessaram por Rasputin antes mesmo dele viajar para São Petersburgo.

Por não ser bacharel em teologia, Rasputin não podia falar livremente sobre Deus. Então, decidiu construir em sua aldeia uma capela. E, para conseguir isso, em 1904 decidiu ir a São Petersburgo e falar sobre esse assunto com o alto clero. O que poderia parecer impossível aconteceu, não só recebeu dinheiro e permissão para construir a igreja, mas entrou para a sociedade petersburguense.

O bispo Sérgio apresentou Rasputin ao Arquimandrita Teófanes, que, à primeira vista, simpatizou-se com ele, mas, alguns anos depois, sua atitude mudaria dramaticamente, pois os ideais pacifistas de Rasputin entravam em conflito com suas convicções expansionistas e o sonho de libertar as nações ortodoxas da opressão estrangeira.

Teófanes tinha uma profunda convicção de que Rasputin era um autêntico representante do povo, por isso achou interessante o Imperador conhecê-lo. Como era o confessor das princesas Militsa Nikolaevna e Anastasia Nikolayevna (Montenegrinas), por meio delas apresentou Rasputin à Família Real.

Embora esse assunto não seja de minha competência, algumas testemunhas afirmam que Rasputin tinha o dom da cura. Na casa de Stolypin explodiu uma bomba e sua filha sofreu ferimentos graves e queimaduras. Rasputin orou e ela imediatamente se recuperou completamente. Mesmo assim, Stolypin nunca acreditou em Rasputin, e acabou perdendo a vida quando negligenciou as advertências do ancião para não ir a Kiev, onde foi assassinado por um esquerdista radical e agente da Okhrana[303].

Também temos o caso de Vyrubova, que era dama de honra da Imperatriz. Ela se feriu em um terrível acidente de trem e encontrava-se à beira da morte quando Rasputin a salvou. Porém, os eventos mais conhecidos eram os relacionados ao filho de Nicolau II, o herdeiro Alexei, que sofria de hemofilia. Uma pessoa que sofre desta doença pode morrer devido a hemorragias. Qualquer corte ou arranhão pode levar à morte. Foi o que aconteceu em 1907, quando o herdeiro, com apenas três anos de idade, teve uma hemorragia grave na perna, nessa ocasião, Rasputin fez uma oração e o sangramento parou. Em outubro de 1912, o herdeiro bateu o quadril gerando um tumor. A temperatura elevou-se chegando a 39,8 graus. Parecia não haver esperança, até que Vyrubova enviou um telegrama a Rasputin, que, no momento, encontrava-se em sua aldeia natal. Logo veio a resposta: "Deus olhou para as tuas lágrimas. Não fique triste. Seu filho vai viver". No dia seguinte, a temperatura do paciente baixou e, dois dias depois, o tumor na virilha estava curado. Em 1915, o nariz do príncipe começou a sangrar. Rasputin foi chamado e novamente o herdeiro teve uma melhora em seu estado de saúde.

---

[303] ЖИГАНКОВ. Олег Александрович; Григорий Распутин: правда и ложь. Москва: Эксмо, 2013. [Zhigankov. Oleg Alexandrovich, *Grigory Rasputin: verdadeiro e falso*. Moscou: Eksmo, 2013].

Sobre essas misteriosas curas só podemos afirmar que não foi por meio da hipnose, pois hemofilia é uma doença genética e a hipnose só cura doenças psicossomáticas. Como ele tratou? Como o fez? Não se sabe até agora, mas os fatos indicam que não eram eventos isolados[304].

Esses prodígios lhe trouxeram imensa fama e centenas de pessoas de todas as classes sociais seguiam para o seu apartamento alugado em São Petersburgo. Havia tantas pessoas para se consultar e pedir ajuda que Rasputin resolver abrir uma instituição filantrópica. Essa instituição, por meio de doações de grandes empresários e banqueiros da capital, ajudou muitas famílias[305].

Dar atenção a tanta gente não era fácil e Rasputin não dispunha de muito tempo para visitar a Família Imperial. Algo irrelevante se considerarmos que o casal imperial também tinha muitas preocupações e não dispunha de tempo para receber hóspedes. Pois, como vimos, a Imperatriz estava muito ocupada com o seu trabalho exaustivo na Cruz Vermelha, tarefa ainda mais extenuante se considerarmos seu péssimo estado de saúde. O Imperador se encontrava fora da capital, cuidando das tropas e detalhes da guerra. Portanto, os encontros entre Rasputin e a Família Imperial eram bem raros, como vimos, até as curas às vezes eram realizadas por telegramas. Gilliard, o tutor do herdeiro, disse que tinha visto Rasputin não mais do que quatro vezes nos últimos três anos antes da Revolução. O Comandante Chefe da Guarda do Palácio também afirmou que raramente via Rasputin[306]. O médico do rei Dr. Botkin, que frequentava todos os dias o palácio durante anos, afirmou ter visto Rasputin no palácio apenas uma vez. O General Resin, que cuidava da segurança do local por sete meses, nunca viu Rasputin. Assim, podemos concluir que os *status* de Gregory como morador do palácio e conselheiro do rei eram meras lendas. O que nos leva ao **MITO NÚMERO 64, o mito de que Rasputin exercia poder sobre a Família Imperial.**

14.1.1 As forças das Trevas

Ainda existem artigos de internet, revistas e livros que propagam a lenda de que Rasputin criou uma "camarilha" que manipulava o Imperador por meio de sua esposa e essas "Forças Obscuras" levaram a Rússia a ruína. Na verdade, o rei tinha pouca fé na capacidade de Rasputin em avaliar as pessoas, ele declarou isso

---

[304] СТАРИКОВ, Николай Викторович. Кто добил Россию? Мифы и правда о Гражданской войне, Москва: Яуза, 2006.
[STARIKOV, Nikolay Viktorovich. *Quem acabou com a Rússia? Mitos e verdade sobre a guerra civil*, Moscou: Yauza, 2006].
[305] Zhigankov. Oleg Alexandrovich, *op. cit.*
[306] KOBYLIN, Victor Sergeevich, *op. cit.*

a sua esposa, em uma carta, datada de 9 de novembro de 1916. Efetivamente, o assassinato de Rasputin não teve qualquer efeito sobre o curso dos acontecimentos. Como conselheiro político, faltava-lhe consistência, pois ele proferiu declarações ambíguas que são passíveis de interpretações diversas. Para o Imperador, ele era um simplório devoto apenas útil para aliviar o sofrimento do príncipe. As sugestões de Rasputin eram frequentemente ignoradas. Como no caso da escolha do Conselho de Ministros, quando tzar formou um gabinete liberal contrariando assim a vontade de Rasputin e da Imperatriz[307]. Outro evento semelhante foi quando Rasputin indicou para o cargo de ministro da Guerra o general Nikolai Ivanov, porém foi nomeado Shuvaev[308]. Recomendou Dobrovolsky como Procurador do Santo Sínodo, mas essa indicação foi recusada[309]. Também devemos lembrar que a nomeação de Protopopof como primeiro-ministro foi uma proposta de Rodzianko e não de Rasputin[310].

Já outros conselhos deveriam ser ouvidos, mas foram ignorados, como na vez em que o ancião pediu para Nicolau II não levar seu filho Alexei a uma campanha na Galiza. Nessa ocasião o herdeiro teve uma terrível hemorragia no nariz[311]. Também há o caso em que ele adverte para os perigos de uma hiperinflação e interrupções no abastecimento de alimentos[312]. Porém os casos mais traumáticos, onde seus palpites poderiam ter salvado a vida e o trono do Imperador, foram quando Rasputin insistiu para que o Imperador fosse cuidadoso ao aproximar-se da França e da Alemanha. E quando mandou dois telegramas para a Rússia não entrar na guerra. Esses últimos conselhos foram tragicamente desconsiderados[313].

---

[307] КАТКОВ, Георгий Михайлович ;Февральская революция. Москва: Центрполиграф, 2006.
[KATKOV, Georgy Mikhailovich, *Revolução de fevereiro*. Moscou: Tsentrpoligraf, 2006].
[308] АЙРАПЕТОВ, Олег Рудольфович; Генералы, либералы и предприниматели: работа на фронт и на революцию. 1907-1917. Москва: Модест Колеров, 2003.
AIRAPETOV, Oleg Rudolfovich, *Generais, liberais e empresários: trabalho para a frente e para a revolução. 1907-1917*. Moscou: Modest Kolerov, 2003.
[309] ЖЕВАХОВ , Николай Давидович; Воспоминания. Том I. Москва:"Родник", 1993.
[ZHEVAKHOV, Nikolay Davidovich, *Memórias*. Volume I. Moscou: "Rodnik", 1993].
[310] JACOBY, Jean, *O Czar Nicolau II e a Revolução*. Porto: Educação Nacional, 1933.
[311] БОХАНОВ. Александр Николаевич; Правда о Григории Распутине. Москва: Русский издательский центр, 2011.
[BOKHANOV. Alexander Nikolaevich, *A verdade sobre Grigory Rasputin*. Moscou: Russian Publishing Center, 2011].
[312] НЕФЁДОВ, Сергей Александрович; Истории России.Факторный анализ. Москва: Общественная мысль, 2011.
[NEFEDOV, Sergey Alexandrovich; *História da Rússia, análise fatorial*. Moscou: Pensamento Público, 2011].
[313] СТАРИКОВ, Николай Викторович. Кто добил Россию? Мифы и правда о Гражданской войне, Москва: Яуза, 2006.
[STARIKOV, Nikolay Viktorovich. *Quem acabou com a Rússia? Mitos e verdade sobre a guerra civil*, Moscou: Yauza, 2006].

Embora Rasputin fosse uma pessoa inteligente e muitas de suas orientações fossem boas, ele nunca teria a capacidade de manipular um país inteiro. Tinha a percepção de um simples camponês, isso o tornava um humanista e pacifista. Porém, também estava bem longe de ser um charlatão ardiloso.

Até mesmo o chefe do governo provisório, Alexander Kerensky, que era inimigo do Tzar, não foi capaz de incriminá-lo. Em sete volumes de materiais da comissão especial de inquérito, nada foi provado. E todos os membros da comissão do Governo Provisório foram unânimes na avaliação da personalidade de G. E. Rasputin, que, segundo V. Rudnev: "Geralmente Rasputin, apesar de seu analfabetismo, não era um homem comum, tinha uma natureza distinta e uma mente afiada... A sua rusticidade externa e simplicidade no tratamento, que às vezes lembravam um santo tolo, foram, sem dúvidas falsas, mas devemos enfatizar sua origem camponesa e falta de instrução"[314].

Mas se na realidade Rasputin era inofensivo, quem criou a lenda do "monge louco", das "forças Obscuras", do "flagelo" dentre outras fantasias? E o que lucraria com isso?

14.1.2 Não é o que parece

Quando pensamos na provável autoria do famoso "monge louco" logo concluímos que é uma armação dos bolcheviques para desacreditar a monarquia, mas nem tudo é o que parece. Isso nos leva ao **MITO NÚMERO 65, o mito de que foram os bolcheviques ou os alemães que criaram os rumores sobre Rasputin.**

As declarações sobre o papel ativo do subterrâneo revolucionário na criação de rumores tiveram sua parcela de verdade. Como é o caso da distribuição, em São Petersburgo, de folhetos bolcheviques durante a guerra, que diziam: "Está consumando-se o que há muito tempo havia sido previsto pelos líderes das classes trabalhadoras: o governo autocrático cometeu um crime monstruoso, a traição do povo russo [...] ele negociou e vendeu o exército russo para burguesia alemã". Uma afirmação risível se considerarmos que foi o próprio Lenin que venderia a Rússia para a burguesia alemã.

No entanto, surpreendentemente, não foram os bolcheviques e outros socialistas que criaram as mentiras sobre Rasputin. Não foram encontradas em

---

[314] ФАЛЕЕВ, Владимир Михайлович; Григорий Распутин без грима и дорисовок. Журнал Чудеса и приключения, N1, Страницы 1 Москва. 1992 год.
[FALEEV, Vladimir Mikhailovich, "Grigory Rasputin sem maquiagem e retoques". *Revista Milagres e aventuras*, N1, páginas 1 Moscou. 1992].

nenhuma das atas do Congresso do Partido propagandas relacionadas a Rasputin. Os socialistas não gostavam desse tipo de panfletagem, pois, às vezes, essas publicações eram claramente obscenas, desafiando até mesmo a moral muito tênue da época revolucionária. As autoridades locais chegavam a proibir a sua propagação. Em Kiev, o Comitê Executivo decidiu confiscar o "Manifesto de Rasputin" e "Cartas das filhas do rei" por causa de seu conteúdo indecente. Em Tiflis, o Comitê Executivo decidiu censurar o "Akathistos Rasputin" porque era um insulto ao "pudor público e aos sentimentos religiosos dos crentes". A imprensa socialista só levantou esse tema depois de fevereiro 1917 e deu pouca atenção a esse assunto, bem diferente dos jornais progressistas que pulicavam esse tema em massa.

Outra teoria coerente é a de que quem inventou o "monge louco" foram os inimigos alemães. Parece totalmente lógico um inimigo de guerra usar a arma da desinformação para desestabilizar o rival. O Grão-Duque Gavril Konstantinovich também acreditava nessa hipótese e escreveu com confiança: "Esses rumores são fabricados na Alemanha, para trazer turbulência à Rússia". Um oficial de inteligência também afirmou em suas memórias que os rumores vieram do Ministério dos Negócios Estrangeiros alemão. Embora ambos tivessem argumentos plausíveis eles estavam errados.

Na guerra de propaganda alemã e Austro-Húngara, Nicolau II, muitas vezes, era personificado como o inimigo oriental, um líder selvagem, cruel, bêbado e um "péssimo rei". Foi criado até um jogo de palavras com o nome do Imperador, de Nikolaus para "die Laus", piolho. A imagem do "rei ruim" apareceu em vários desenhos animados, retratado em cartões-postais, impressos na Áustria-Hungria.

Os alemães não criaram os boatos sobre Rasputin, apenas aproveitaram-se da situação. Em outubro de 1914, a Embaixada da Alemanha na Noruega recebeu um "suspeito russo", o monge Illiodor, um político carismático, ex-amigo de Rasputin, que depois se tornou um grande inimigo. Ele convidou as autoridades alemãs a comprar seu livro "Rasputin, santo e demônio" dirigido contra Rasputin. Porém, os diplomatas alemães foram céticos à sua proposta e recusaram os seus serviços. Contudo, o Estado-Maior alemão interessou-se pelo manuscrito e, em fevereiro 1915, Illiodor foi enviado para Berlim visando novas negociações.

As imagens negativas de Rasputin apareceram pela primeira vez na propaganda alemã, dirigida aos soldados russos. Em março 1916, na frente, foram distribuídos folhetos com uma imagem do tzar, apoiando-se no falo de Rasputin. Em uma caricatura de M. Lemke, Nicolau II foi representado ajoelhado diante de Rasputin. É mencionado que os folhetos foram atirados dos zepelins inimigos. Mas a resposta à essa propaganda é difícil reconstruir, às vezes era inversa, faziam os soldados perceberem que aquele tema era uma invenção alemã, por isso deveriam ser ignorados.

Em alguns campos de prisioneiros de guerra russos, na Alemanha, foi amplamente distribuídas literaturas difamatórias, incluindo coleções de anedotas sobre a corte russa, publicadas por várias editoras de traidores russos que moravam no exterior. A opinião entre os comandantes alemães sobre a propaganda revolucionária alterava de acampamento para acampamento, alguns oficiais alemães eram contra, visto que estas minavam os princípios da monarquia[315].

14.1.3 Golpe da alcova

Até agora, ficou fácil identificar o verdadeiro autor das loucas "rasputiniadas". Se o governo tinha um adversário que nunca poderia esquecer era Guchkov e, se houvesse uma lista de inimigos, este estaria no topo.

É claro que seria errado olhar para a campanha anti-Rasputin exclusivamente como uma conspiração da oposição progressista. Muitos jornais amarelos que estavam prontos para replicar qualquer sensacionalismo por causa do lucro também se beneficiaram. Mas foi apenas uma infeliz coincidência.

A Duma chamou o plano de desestabilizar o Império por meio de mentiras e pornografias de "golpe da alcova." Essa estratégia já vinha sendo posta em prática desde a época em que Stolypin ainda era o primeiro-ministro; nesse período, Nicolau II enviou uma nota ao Departamento de Polícia para que esse resguardasse a sua imagem e a de sua família. Um pedido despretensioso, se levarmos em consideração que até a mais vigorosa democracia abomina o crime de calúnia e difamação, o qual é considerado algo danoso ao mais humilde cidadão. No entanto, infelizmente, na "autocracia" caluniar não é um crime e sim um direito. Portanto, a polícia teve o cinismo de informar que não poderia fazer nada, pois Stolypin deu instruções que não haveria censura na Rússia. Em setembro de 1911, Stolypin foi assassinado e substituído por A. A. Makarov. O jornal *Palavra Russa*, com a iniciativa de Guchkov, escreveu o artigo "ancião". Mais uma vez, Nicolau II exigiu, desta vez para Makarov, "encerrar de uma vez por todas com as provocações sobre Rasputin". E como sempre acontece nos governos "autocráticos", a ordem correspondente passou por governadores, prefeitos, oficiais de justiça e policiais. E adivinha o que aconteceu? Segundo a polícia "o jornal fez uma confusão sobre o abuso escandaloso do ministro do interior". E que as queixas irão para a Duma de Estado. Lá, nada foi feito, pois eram os próprios membros da

---

[315] КОЛОНИЦКИЙ, Борис Иванович; Трагическая эротика: Образы императорской семьи в годы Первой мировой войны.М.: Новое литературное обозрение, 2010.
[KOLONITSKY, Boris Ivanovich, *Tragédia erótica: Imagens da Família Imperial durante a Primeira Guerra Mundial*. Moscou: Nova Revisão Literária, 2010].

Duma que publicavam panfletos escandalosos, como é o caso Prugavin "Elder Leonti," que escreveu "as aventuras de Rasputin". A brochura foi confiscada e destruída. Também foi destruído o artigo do *Moscou News* em que o jornalista A. Novoselov deduz que Rasputin pertencia à seita dos chicotes.

A maldade da imprensa não tinha limites éticos, nem as crianças eram poupadas. No momento da abdicação havia rumores que Rasputin já tinha "escolhido" a filha mais velha do Imperador como amante, na época a princesinha só tinha 14 anos[316].

Mas o golpe mais duro foi quando Guchkov falsificou supostas cartas da Rainha à Rasputin e as lançou ao público com o slogan "expondo as influências das trevas". Em 25 de janeiro de 1912, Guchkov assinou um manifesto contra Rasputin, em nome da facção Outubrista. Os irmãos Gutchkov também publicaram na mídia artigos difamatórios. Por sete dias o jornal *A Voz de Moscou* publicou uma série de artigos escandalosos em que Rasputin era chamado de "corruptor", "enganoso caixote", "chicote", "erotomania" e "charlatão". No jornal *Gazeta Russa* foi escrito um livreto intitulado "Gregory Rasputin e devassidão mística"[317].

Em pouco tempo a fama de Rasputin como um "charlatão", que prevalecia apenas em São Petersburgo, varreu a Rússia, espalhou-se por toda a Europa e cruzou o oceano, onde os jornais e revistas norte-americanos se destacaram em distorcer a reputação do tzar russo e sua Família. O prestígio da dinastia desmoronou e a sociedade cega culpava Rasputin.

O programa concebido para criar um libertino causou pânico até mesmo em antigos admiradores e pessoas honestas. Até os cidadãos mais amigáveis estavam tão aterrorizados que tinham medo até mesmo de admitir que viram Rasputin.

Nem todos foram heroicos o suficiente para sacrificar suas reputações em nome do Imperador. Todos sabiam que por causa desse elevado propósito seriam caluniados, chamados de "Rasputinistas" e pulverizados pela opinião pública. Esse apelido não era apenas algo subjetivo, mas um bordão poderoso que lhe dava a força de vencer qualquer inimigo. Anteriormente, tinha-se de ter um monte de dados, a fim de abalar a posição do ministro, que gozava da confiança do rei e da sociedade, agora basta chamá-lo de "Rasputinista", a fim de privá-lo de toda a confiança. Aos olhos da Duma todos os ministros tachados de "Rasputinistas"; causavam gritos de indignação e seu trabalho era desvalorizado pelo parlamento.

Outro efeito da propaganda anti-Rasputin foi a quebra da governabilidade. Ao ser sustentado que todos os recém-nomeados para um alto cargo eram

---

[316] Иоффе, Адольф Абрамович. .Распутиниада: большая политическая игра. http://www.gumer.info/bibliotek_Buks/History/Article/ioff_rasp.php.Москва 1998. Disponível em: 16 de nov de 2013. IOFFE, Adolf Abramovich. *Rasputiniada: O Grande Jogo Político*. http://www.gumer.info/bibliotek_Buks/History/Article/ioff_rasp.php.Москва 1998. Disponível em: 16 de nov de 2013.
[317] BOKHANOV. Alexander Nikolaevich, *op. cit.*

protegidos de Rasputin, seus projetos políticos eram indeferidos. As pessoas suspeitas ou denunciadas como simpatizantes de Rasputin não foram capazes de ratificar uma única lei. Como boicote, a Duma paralisou todas as suas atividades.

Rasputin não tinha qualquer importância política. Foi, portanto, apenas uma tela para esconder as verdadeiras intenções dos opositores do governo, que era desacreditar o Imperador e a Imperatriz.

Algumas pessoas acreditam que Nicolau II deveria afastar-se do ancião. E muitos chegam a censurá-lo por isso. Mas o Imperador tinha bons motivos para não romper a amizade com Rasputin. Neste caso, entre outros motivos, foi a questão do orgulho do tzar, que não quis ser feito de brinquedo nas mãos da Duma e da imprensa, pois estes, além das pretensões, apoderarem-se do ministério, ainda queriam invadir a privacidade do soberano. Também temos uma questão de escrúpulos, pois como o comportamento de Rasputin na corte era íntegro, seria injusto punir uma vítima de uma fraude[318]. Bem como devemos considerar que a essa altura expulsar Rasputin seria assinar uma sentença de culpa. Além disso, essa medida não seria eficiente, pois logo em seguida seria criado outro "mostro terrível". Basta lembrar que após a morte de Rasputin nada mudou e Protopopof recebeu todos os adjetivos do ancião.

14.1.4 Aventuras no restaurante Yar

Como já vimos em capítulos anteriores, a polícia secreta imperial não gozava de credibilidade. Dentre seus agentes encontravam-se terroristas, bolcheviques, insurgentes e corruptos. Também foram responsáveis pelo assassinato do primeiro-ministro, do prefeito de Moscou e altos funcionários. Estavam por trás de greves, atentados terroristas e tumultos, como foi o caso do "Domingo Sangrento". E não podemos esquecer os conluios com inimigos estrangeiros, como aconteceu na guerra russo-japonesa. O departamento de segurança do Império Russo era a banda mais podre dos funcionários públicos e sempre trabalharam para os inimigos do Estado. Não mereciam nenhum mérito, nunca prestaram qualquer serviço digno de nota e nem desfrutavam de boa reputação.

Por isso Nicolau II não confiava em seus relatórios policiais e conhecia muito bem a capacidade de seus agentes para ameaçar as vítimas, fabricar falsas acusações e ações judiciais[319]. E quando o vice-ministro da Administração Interna e chefe da polícia, Vladimir Dzhunkovsky, em 1915, tomou a iniciativa de vigiar

---

[318] ЖЕВАХОВ, Николай Давидович; Воспоминания. Том I. Москва:"Родник", 1993. [ZHEVAKHOV, Nikolay Davidovich, *Memórias*. Volume I. Moscou: "Rodnik", 1993].
[319] KATKOV, Georgy Mikhailovich, *op. cit*.

Rasputin para reunir provas de sua "conduta desenfreada", Nicolau II natural não se impressionou com esse "comprometimento"[320]. Pois Dzhunkovsky tinha uma posição bem definida, sabe-se que ele trocava correspondências com Guchkov e conhecia seus planos para usurpar o poder, mas não mencionou isso em seus relatórios[321]. Também mantinha relações suspeitas com os bolcheviques. O seu agente mais valioso, Roman Malinovski, fazia parte do Comitê Central dos bolcheviques e era um dos colaboradores mais próximos de Lenin[322]. Outro detalhe comprometedor é que Dzhunkovsky, desde 17 de dezembro de 1917, aposentou-se e recebeu uma pensão, como um oficial leal ao governo soviético. Essa pensão chegou a 3.270 rublos por mês. Se ele realmente fosse um oficial leal ao tzar provavelmente seria preso ou executado pela Tcheka[323].

A primeira tentativa de Dzhunkovsky para difamar Rasputin foi realizada de 1908 a 1909 e não surtiu efeito, pois ele acusava sem citar o nome de uma única testemunha. A segunda tentativa foi o famoso "tumulto" supostamente organizado por Rasputin no restaurante "Yar".

Segundo os relatórios da polícia, Rasputin, em 26 de março, por volta das 11h, visitou o restaurante Yar com a viúva Anisia Reshetnikova Ivanovna, o jornalista Nikolai Soedov e um jovem não identificado. Nessa ocasião, o ancião pagou as despesas, dançou bêbado, mostrou as genitais e finalmente vangloriou-se de sua influência sobre a Rainha.

Habitualmente, os relatórios policiais são mantidos em sigilo até sua averiguação, mas Dzhunkovsky adorava publicidade e esta história fantástica foi publicada no jornal "Notícias Sazonal" por Simon Lazarevic Kugulsky.

Não é difícil de concluir que as "orgias no restaurante Yar" eram falsas, não só por sua absurdez, mas porque no dia e no horário do evento descrito, Rasputin estava na Sibéria e o restaurante Yar localiza-se em São Petersburgo. Só isso bastaria para suplantar o relatório de Dzhunkovsky, no entanto esse documento continha elementos ainda mais absurdos. Por exemplo, segundo o relatório, Rasputin chegou ao Yar acompanhado da viúva Anisia Reshetnikova Ivanovna. Porém,

---

[320] БУШКОВ, Александр Александрович. Распутин. Выстрелы из прошлого. Москва: Олма Медиа Групп, 2013.
[BUSHKOV, Alexander Alexandrovich. Rasputin. Tiros do passado. Moscou: Olma Media Grupo, 2013].
[321] КОЛПАКИДИ, Александр Иванович; Энциклопедия секретных служб России. Москва: АСТ, 2004.
[KOLPAKIDI, Alexander Ivanovich, *Enciclopédia dos serviços secretos da Rússia*. Moscou: AST, 2004].
[322] BUSHKOV, Alexander Alexandrovich, *op. cit.*
[323] СЁМКИН, Александр Николаевич; Зачислить за ВЧК впредь до особого распоряжения. Дело В. Ф. Джунковского в московской Таганской тюрьме. № 5. Москва: Отечественные архивы. 2002. N. 5.
[SOMKIN, Alexander Nikolaevich; Crédito para VChK até novo aviso. O caso de V.F. Dzhunkovsky na prisão Taganskaya de Moscou. No. 5. Moscou: arquivos domésticos. 2002. N. 5].

Dzhunkovsky não averiguou que Anisia já tinha mais de 90 anos de idade e não conseguia andar, nem era capaz de sair de casa, só se deslocar de uma cadeira para outra. Ela também não gostava de festas animadas, como as descritas, era uma senhora devota, conhecida por hospedar peregrinos pobres. Mas, evidentemente, Dzhunkovsky não conhecia os moradores daquela região, só foi avisado de que ela era simpatizante do ancião, por isso errou feio[324]. Outro detalhe importante é que nenhum dos garçons, nem o proprietário do estabelecimento, foram interrogados pela polícia. O que é um disparate completo. Como um profissional como Dzhunkovsky poderia sujar o bom nome da piedosa Anisia baseado apenas em fofocas. Como ele pôde sustentar algo sem qualquer plausibilidade aparente e ainda transmitir ao monarca o seguinte comunicado: "Todos esses fatos coletados sobre Rasputin pareceram-me bastante possíveis para torná-los a base de um relatório"

Com a proteção do Grão-Duque Nikolai, Dzhunkovsky sentiu-se confiante. E após o fracasso da infame "história do restaurante" ele não parou de fabricar insinuações. No início de agosto de 1915 recebeu um relatório de que Rasputin durante uma viagem de barco a vapor, de Tiumen à Pokrovsky, causou tumulto. Segundo a polícia, ele ficou bêbado e forçou um grupo de soldados a cantar uma canção. Então lhes deu dinheiro, levou-os a um restaurante, porém eles não foram autorizados[325]. Também foi alegado que durante a viagem, Rasputin confessou a alguns passageiros que ele aconselhou o Imperador a fazer a paz com os alemães. Posteriormente, ele bateu em um garçom e molestou a esposa de um oficial. Como no caso anterior, esses relatos não têm sustentação, a única testemunha era a esposa do ex-policial Semenov, só que tanto o oficial como sua esposa Semenova não existiam. O único ex-policial de fato encontrado chamava-se Simão Kryazhev, que não presenciou nenhum tumulto. O engraçado dessa investigação é que ela termina novamente sem testemunhas. Não há queixas do garçom nem do capitão, a esposa do ex-policial não pôde ser encontrada e não se sabe se ela e seu marido existiram. No entanto, Dzhunkovsky informou o rei do caso do "barco a vapor".

E essa não seria sua última mentira. A respeito do pseudônimo de "Veniamin Borisov", ele lança uma série de publicações, não apenas no periódico amarelo *Courier*, mas no respeitável *Intercâmbio* e o *Diário Comercial*". Nesses artigos, ele afirma que em Pokrovsky, Rasputin erigiu um altar pagão, onde todos juntos acenderam uma fogueira, rezaram ao fogo, saltaram por ele como índios selvagens e depois ele fez sexo grupal com as mulheres.

Os moradores de Pokrovsky protestaram: não houve altar pagão ou dança no fogo, nem um grupo de orgias. As pessoas mais instruídas da cidade mandaram uma carta para que os jornais se retratassem. Como de costume em tais casos,

---

[324] Zhigankov. Oleg Alexandrovich, *op. cit*.
[325] BOKHANOV. Alexander Nikolaevich, *op. cit*.

as desculpas foram publicadas em uma impressão microscópica na última página e muito tempo depois.

Após vários vexames, Duvidzon ainda não desiste e inicia mais um artigo no jornal *Voz de Moscou* (um dos jornais de Guchkov). Este informava que Xenia vai Tobolsk para testemunhar contra o homem lascivo. Na verdade, Xenia, citada no periódico, não conhecia pessoalmente Rasputin.

Duvidzon, entretanto, não se dá por vencido e afirma que encontrou outra vítima de Rasputin. A estudante Zinotchka, que foi perversamente seduzida quando ela tinha apenas dezesseis anos. Essa informação também provou ser falsa, pois foi provado que a estudante ainda era virgem[326].

Quando Duvidzon lançava seus boatos, ele sabia que cedo ou tarde seriam refutados, mas ele também sabia que publicações sensacionalistas são mais memoráveis do que pequenas notas e erratas. Seu objetivo foi cumprido, até hoje quando é citado o nome de Rasputin ninguém se lembra do filantropo e pacifista, mas das mentiras e do sensacionalismo que prevaleceram.

14.1.5 O monge louco

Um dos mais famosos apelidos pejorativos de Gregory é o de "monge louco", bordão muito conveniente, pois une anticlericalismo e antimonarquismo em duas palavras. Também tem um fundo dramático que atraiu o cineasta americano Don Sharp que, em 1966, rodou o filme "Rasputin, o monge louco". Uma obra que contou com a interpretação de grandes artistas como Renee Asherson e Christopher Lee. Talvez não seja supérfluo citar que este longa foi produzido nos estúdios Hammer, a mesma corporação que ajudou a patrocinar o comunismo na Rússia e na China. Por isso o roteirista do filme ignorou que os monges ortodoxos possuem curso superior de teologia e Rasputin era analfabeto.

Os seguidores de Gregory o chamavam de "Ancião", "mentor espiritual", termos que poderiam ser usados por um leigo. Ele também poderia usar uma bata negra parecida com a dos sacerdotes, mas não poderia em hipótese alguma usar a cruz peitoral nem a *kamilavka*. E de fato ele não usava.

Mas essa prerrogativa não tardaria a protagonizar mais uma mentira de Guchkov, com isso ele criou um novo método de desinformação, a fotomontagem. Esse método não era perfeito, pois a tecnologia fotográfica era algo recente e os profissionais da área não contavam com computadores e editores de imagem. O trabalho nem sempre era satisfatório, para o observador moderno o resultado é ridículo.

---

[326] BUSHKOV, Alexander Alexandrovich, *op. cit.*

O primeiro caso consciente de falsificação ocorreu em janeiro de 1912, impressa no jornal *Voz de Moscou* e *Novos colonos* de Guchkov. A última brochura trazia a fotomontagem de Rasputin em hábito de monge.

É importante destacar que, quando Guchkov trajou Rasputin de monge, ele não tinha a intenção de demonstrar sua insanidade ou lascívia. O propósito era apresentá-lo como um usurpador da autoridade da Igreja, assim criando rixas com os autênticos clérigos.

Acompanhada pelo escândalo, esta publicação provocou uma reação em cadeia, apareceram artigos desse tipo em todos os jornais.

A mesma falsificação fotográfica espalhou-se por toda parte e a ilustração do "Novo colono" foi usada no relatório anti-tsarista do presidente da Duma, M. V. Rodzianko: "Recebi dois retratos de Rasputin: em um deles ele [...] usava um manto monástico, com capuz e com uma cruz peitoral. Reuni todo um volume de documentos acusatórios". E nem um pouco embaraçado, o presidente da Duma apresentou como fonte de suas acusações o jornal *Novo colono*.

No livro de René Fülop-Miller, *Santo e demônio*, publicado no ano seguinte, temos uma montagem da rainha e Rasputin durante o chá. As xícaras cortadas e o bule pintado são perceptíveis. Apesar disso, surpreendentemente, até hoje essa óbvia falsificação é levada em conta e publicada nos livros sobre Rasputin como um documento.

A forma mais grosseira de adulteração era a falsificação direta. Estes foram os chamados "quadros encenados", onde Rasputin não aparecia nas fotos, quem atuava era um sósia. Mas na maioria das vezes os sósias não eram assim tão semelhantes à Rasputin, em geral, eram diferentes. Esse foi o caso da foto mostrada pelo príncipe F. F. Yusupov. Apresentada à Imperatriz, que exibe o ancião envolvido em orgias, ela reconheceu imediatamente a falsificação. Indignada, mandou prender o impostor, mas o soberano achou melhor soltá-lo. Outras vezes, eram mentiras inofensivas, apenas um fotógrafo querendo ganhar uma renda extra, assim, vendia a foto de um cliente parecido. Podemos ver isso em um exemplar da coleção I. E. Filimonov, "Rasputin com crianças", retratando um homem de botas e barba acompanhado de duas crianças, que não tinha nada a ver com Grigory Efimovich.

No entanto, a fraude mais sofisticada é o método de substituição do sentido impresso nas fotos originais. A foto pode ser genuína, mas a interpretação causa distorção e por associação o observador é induzido a outros significados. A falsificação de significados foi amplamente utilizada pelo Presidente da Duma M. V. Rodzianko. Um bom exemplo é uma imagem que foi reproduzida na Rússia, assim como no resto da Europa e na América, em que Rasputin encontrava-se sentado entre convidados da aristocracia. Esse encontro ocorreu após uma missa de Páscoa. Embora houvesse muitos homens na cena, a foto foi maldosamente intitulada "harém", "G. E. Rasputin entre suas fãs", "Rasputin entre suas fãs da alta sociedade" ou como "G. E. Rasputin entre as admiradoras". Uma das mulheres é descrita como a Imperatriz, mas ela nem mesmo estava na ocasião. Esta foto foi amplamente publicada nos jornais e cartões postais. A Família Imperial percebeu dolorosamente tais distorções de significado, muitas vezes embutidas em legendas de fotos na imprensa, interpretando livremente a realidade[327].

14.1.6 Orgias na aldeia

Rasputin foi caluniado de muitas formas: como espião, impostor, manipulador e charlatão. Porém, o vício mais associado a sua imagem é o de cunho sexual. E por isso é de suma importância derrubar o **MITO NÚMERO 66, o mito de que Rasputin era um libertino.**

Na verdade, os médicos afirmaram que Rasputin era mais um impotente do que um maníaco sexual[328]. Ele tinha muitas atenções femininas e apenas os mal-intencionados não o interpretavam de maneira positiva. Algumas mulheres buscaram consolo em suas conversas, outras queriam atenção, outras buscavam cura e, a maioria, era simplesmente curiosa. Ademais, é estranho que, com tantas amantes, Rasputin não tivesse filhos ilegítimos. Também creio que a escolha de uma esposa mais velha e com poucos atributos de beleza e sensualidade também o afasta do estereótipo de um "Don Juan".

Não foi encontrada nenhuma evidência de relacionamentos extraconjugais. O inimigo número um de Rasputin, o monge Heliodoro, por mais que tentasse, não conseguiu citar sequer um único exemplo convincente de uma amante. Só temos o nome de Maria Vishnjakova, filha de um senador e babá no palácio. Ela, sem nenhum laudo médico, acusou Rasputin de estupro. Mas vale lembrar que essa acusação só foi proferida após sua demissão. Ela foi demitida por ser pega na cama com um cossaco. Era uma pessoa sem a mínima credibilidade, possuía distúrbios mentais e admitiu ser ninfomaníaca.

Relatórios da polícia alegavam que Rasputim frequentava saunas com mulheres, encontrava-se com prostitutas na rua, mas nunca foi mencionado um único nome. Isso contradiz diretamente os métodos de trabalho da polícia secreta do Império Russo. De acordo com as instruções, o agente deve fichar todos os suspeitos. E por que nunca um oficial simplesmente parou pelo me-

---

[327] .ФОМИН, Сергей Владимирович; Григорий Распутин: Фотофальшивки. <https://sergey-v-fomin.livejournal.com/2032.html>. Disponível em: 5 jul. 2018.
[FOMIN, Sergey Vladimirovich; Grigory Rasputin: Foto falsificada. <https://sergey-v-fomin.livejournal.com/2032.html>. Disponível em: 5 jul. 2018].
[328] IOFFE, Adolf Abramovich, *op. cit.*

nos uma vez as prostitutas para interrogá-las e apresentar provas de sua identidade? A única vez que conseguiram um nome de uma mulher que frequentava o apartamento foi o da viúva Gushchina, que tinha 71 anos. Isso leva à conclusão de que todas as tentativas de comprometer Rasputin funcionaram de forma bem desajeitada[329].

Outra suposta prova da libertinagem do ancião é a Rasputin praticou orgias em uma sauna. Uma lenda publicada em São Petersburgo pelo jornalista I. F. Manasevich-Manuilov. Ele publicou em seu jornal que na Sibéria, Rasputin reuniu suas fãs, recolheu para si todos os diamantes e vestidos caros. Havia sete mulheres e todos foram à sauna tomar banho juntos.

Essa reportagem trouxe nova revolta aos pacatos habitantes de Pokrovsky, segundo testemunhas da comunidade, o ancião realmente foi à sauna, mas muito antes da chegada das mulheres[330].

Mais uma tentativa de provar a vida licenciosa de Gregory foi por meio da falsificação de correspondências comprometedoras. Um exemplo são as duas cartas, supostamente escritas por Rasputin, publicadas no jornal *Palavra Russa*. No entanto, logo de início foi questionada sua autenticidade.

Em primeiro lugar, o autor, apesar de simular os rabiscos desajeitados de um camponês analfabeto, possui uma ortografia perfeita. Às vezes, o falsificador deslizava acidentalmente em sua caligrafia de costume revelando as letras de um intelectual acostumado com o trabalho de redator.

Se compararmos essas cartas com os documentos pertencentes a Rasputin, até mesmo uma análise superficial, demonstrará uma dissimilaridade absoluta.

Rasputin falou no dialeto siberiano do oeste e o texto possuía as características linguísticas da Bielorrússia. Assim, o estudo da linguagem e escrita das cartas supostamente redigidas por Rasputin provam sua inocência. O fraudador não era um filólogo ou escritor, mas sim um jornalista que está familiarizado com o discurso popular bielorrusso.

No entanto, a publicação foi lida por centenas de pessoas que não conheciam a letra de Rasputin, o que o tornou culpado diante da opinião pública. O jornal não se retratou[331].

---

[329] BUSHKOV, Alexander Alexandrovich, *op. cit.*
[330] BOKHANOV. Alexander Nikolaevich, *op. cit.*
[331] Щуров, Анатолий Павлович. Кто и зачем создавал двойников Григория Распутина. Москва, 9 de ago de 2013 Disponível em: <http://www.zhevakhov.info/?m=201308> Acesso em: 24 abr. 2015. [Shchurov, Anatoly Pavlovich. "Quem e por que criou as ambiguidades sobre Grigory Rasputin". Moscou, 9 de dezembro de 2013. Disponível em: <http://www.zhevakhov.info/?m=201308>. Acesso em: 24 abr. 2015].

14.1.7 Pornografia política

O sucesso do "golpe da alcova" deve-se aos aspectos psicológicos e comerciais da época. Como todos sabem, os produtos de teor erótico são altamente vendáveis, no entanto, no início do século XX, a pornografia ainda era um tabu. Então para enganar os moralistas, foi necessário revestir o material pornográfico com mensagens políticas para que este pudesse ser vendido e lido sem olhares críticos. Uma pessoa que fosse surpreendida em posse de material pornográfico seria rotulada de pervertido. Mas se o mesmo indivíduo estivesse lendo um folhetim obsceno com gravuras eróticas de Rasputin seria apenas um cidadão preocupado com o destino de seu país. E foi por causa dessa cultura hipócrita que as "rasputiniadas" ganharam tamanha notoriedade e garantiram tantos lucros.

Esse fenômeno ficou conhecido como "pornografia política" e era empregado na produção e reprodução dos cartões obscenos com temas políticos, que se utilizavam das técnicas de estúdio fotográfico.

No início de fevereiro de 1917, entre os soldados da linha de frente, foram abertamente distribuídas imagens indecentes da Imperatriz ou do Imperador.

Depois de fevereiro, a história da relação da Imperatriz e Rasputin tornou-se o tema favorito da literatura de tabloide.

Revistas históricas especializadas da época apontaram os erros explícitos dessas publicações. No entanto, isso não teve impacto sobre sua popularidade e, com o tempo, tiveram uma influência considerável sobre a formação de mitos históricos.

Os periódicos também citavam provas "documentais", mas eram óbvias falsificações. Assim, um jornalista petersburguense adulterou um rolo de telégrafo e, em seguida, publicou o "documento" no jornal *República Russa*. As autoridades envolvidas lançaram imediatamente uma investigação e rapidamente descobriram a verdade, no entanto, a opinião pública continuou sob a influência desta publicação.

As "Rasputiniadas" rapidamente ganharam a cena do teatro russo. Esses teatros, na maioria das vezes, são percebidos pelos contemporâneos como "pornografia". Alguns hábeis dramaturgos contemporâneos ficaram indignados com essas performances. Segmentos da imprensa tentaram combater essa prática e uma parte considerável da opinião pública considerava tais representações indecentes[332].

---

[332] KOLONITSKY, Boris Ivanovich, *op. cit.*

15. Desventuras de um pacifista

15.1 Aranhas montenegrinas

A Europa do início do século XX não era um terreno fértil para ideais pacifistas. Todo o imaginário da época estava impregnado de uma narrativa belicista e expansionista. Às vezes esse discurso era focado na expansão territorial e neocolonialismo, como era o caso da Inglaterra, que defendia com orgulho o *slogan* "o Império onde o sol nunca se põe". Ou mesmo para a pequena nação portuguesa, que se gabava de suas posses africanas.

Outras vezes o belicismo era acompanhado de uma roupagem cultural, como no pangermanismo e pan-eslavismo.

Já para a Rússia, seu expansionismo tem raízes religiosas. No imaginário da época, a Rússia seria a herdeira do Império Bizantino. E tinha como missão reconquistar Constantinopla, reaver a Catedral de Santa Sofia e libertar as nações ortodoxas da dominação turca e austríaca. Muitos jornais tratavam com entusiasmo esse tema. Sobre isso E. S. Radzinsky escreveu:

> Em São Petersburgo houve demonstrações intermináveis com o lema Cruz de Santa Sofia. [...] Seria fantástica, uma união entre eslavos ortodoxos, liderados pela Rússia e como sua capital a Constantinopla já resgatada! O coração do antigo Bizâncio, onde uma vez a Rússia aceitou o cristianismo, miragem perfeita, um sonho mágico.

Em outubro de 1908, esse discurso ganhou ainda mais força, pois a Áustria-Hungria anexou à suas fronteiras os territórios dos Bálcãs. A Rússia que se considerava protetora dos eslavos e criou uma forte campanha belicista. Alavancada por grandes personalidades, como era o caso do Bispo Theophanes, o Grão Duque Nicolau Nikolaevich, sua esposa e cunhada, que eram as princesas montenegrinas Milica Nikolaevna e Anastasia Nikolaevna (Stana). Elas eram filhas do rei Nicolau I de Montenegro, por isso tinham muito interesse na independência de seu país natal. Para alcançar seus objetivos, as irmãs montenegrinas não mediriam esforços e nem se importariam em mentir e trapacear. A falta de escrúpulos das irmãs era bem conhecida de Sergei Witte que, ironicamente, as chamou de "montenegrina número 1" e "montenegrina número 2". Ele até criou o apelido "aranhas montenegrinas".

Para salvar seu país, Stana e Milica se aproximaram da família de Nicolau II. Elas conseguiram ganhar a confiança de Alexandra Fedorovna. Em 1905, a princesa montenegrina Anastasia Nikolaevna apresentou à Imperatriz G. E. Rasputin, um ancião originário da aldeia siberiana de Pokrovsky, um homem com raros dons espirituais, conforme já tratamos anteriormente. Ela contava que por meio dele poderia influenciar a Família Imperial e tinha certeza de que poderia dominar um camponês analfabeto como Gregory. Mas Rasputin não queria ser um peão nas mãos dos intrigantes, acabando com as expectativas de seus ex-patronos.

O ancião que foi infiltrado na corte para estimular os sentimentos nacionalistas, religiosos e belicistas era, na verdade, era um ferrenho pacifista.

Em outubro de 1913, o jornal *São Petersburgo* publicou uma conversa com Rasputin a respeito de suas opiniões sobre a política externa. Nessa ocasião, ele faz duras críticas à guerra. Em outra entrevista publicada no jornal *Fumaça da Pátria*, Rasputin novamente se mostra um pacificador: "Não vale a pena lutar, matar uns aos outros e tomar as bênçãos da vida, isso é quebrar a aliança com Cristo e matar prematuramente sua própria alma."

Nesse sentido, V. Barkov descreve a opinião de Rasputin: "Eu ouvi o seu discurso. Ele era contra a guerra, não só contra guerra com a Alemanha, mas via guerra como um pecado".

Varlamov também escreve: "Rasputin, em sua mentalidade camponesa, defendeu que a Rússia deveria manter boas relações com a vizinhança e com todos os grandes poderes, era contra a guerra."

O embaixador francês, Georges Maurice Paléologue, escreveu em seu diário a opinião de Rasputin:

Quarta-Feira, 24 de fevereiro de 1915. A guerra deixa muitos mortos, feridos, viúvas, órfãos, muita destruição, muitas lágrimas ... Pense nos pobres. Nos que não vão mais voltar, cada um deles abandonou cinco, seis, ou dez pessoas chorando em sua aldeia, uma grande aldeia, onde todos estão de luto ... e aqueles que retornam da guerra, em que condições, senhor Deus! Aleijados, com um só braço, cego! Isso é terrível! Por mais de vinte anos na terra russa não vamos colher nada além de tristeza.

O pacifismo do andarilho siberiano teve uma forte reação da facção eslavófila do clero. Indignado, Durnov publicou em sua revista o artigo "Quem é este camponês Grigory Rasputin?", onde ele afirmava que Rasputin era o pior inimigo da Igreja Santa Cristã, da fé Ortodoxa e do Estado russo.

Em 26 de setembro de 1912, o pai das princesas montenegrinas solicitou aos russos participar da guerra contra a Turquia. A Bulgária, a Sérvia e a Grécia prometeram apoiá-lo, caso a Rússia aceitasse a proposta.

Quando a Rússia já estava se preparando para o conflito nos Bálcãs, Rasputin, de joelhos, implorou para que o Imperador não se envolvesse em assuntos militares. Ele disse: "Os inimigos estão apenas esperando a Rússia entrar nessa guerra e se isso ocorrer a Rússia vai sofrer uma desgraça iminente». Tanto os conselhos do Conde Witte como as súplicas de Grigory Efimovich tiveram um grande impacto sobre o Imperador, que resolveu não participar do conflito.

A essa altura, as princesas montenegrinas e seus maridos ilustres mudaram sua simpatia por um ódio amargo por Rasputin. De fato, eles não puderam manipular o "ingrato" Gregory, que não quis participar de seus jogos políticos. O Bispo Theophanes também ficou bem decepcionado, pois ele tinha as mesmas ambições e acreditava piamente no papel messiânico da Rússia em relação aos povos eslavos. Ele achava que a Rússia deveria derrotar os turcos ao sul e os alemães ao oeste criando um Império eslavo.

A coisa mais notável nessa história toda é que este "Quarteto negro", depois de quase cinco anos de devoção ao "ancião Gregory", de repente, sem motivo aparente, tornaram-se difamadores de Rasputin. Foram criadas as insinuações mais sujas, não só contra Rasputin, mas também da Imperatriz Alexandra Feodorovna. E talvez a coisa mais triste dessa história tenha sido que as grandes intrigas e histerias principescas influenciaram o comportamento de muitas pessoas.

15.1.1 Sergey Trufanov

Sergey Mikhailovich Trufanov, o monge Heliodoro, era um líder espiritual e político. De início, dava a impressão de ser um homem piedoso, pois ele recolhia dinheiro para comprar roupas e sapatos aos necessitados, porém, com o tempo, mostrou-se um demagogo.

Sua caridade chamou a atenção de Rasputin, que o ajudou a encontrar patronos para as suas peregrinações e obras assistenciais, a Imperatriz também colaborou financeiramente.

As relações entre Rasputin e Heliodoro eram ótimas até que, em 1905, ele tomou parte ativa nas atividades da "União dos povos russos", bem como na imprensa dos Centúrias Negras. Nessa época, Heliodoro iniciou comícios, que atraíram grandes multidões, e, assim, conseguiu demonstrar seu lado monstruoso, instigando o ódio aos judeus e estrangeiros. Constantemente convocava *pogroms* e insultava funcionários do estado e os membros da Igreja. Recorrendo a um discurso demagógico, falou dos interesses do campesinato sofredor. Dessa forma, Heliodoro adquiriu considerável popularidade, principalmente entre os camponeses.

O discurso sanguinário de Heliodoro era algo inconcebível para a Igreja, por isso o Sínodo proibiu suas atividades literárias. A intolerância religiosa de Heliodoro também era algo inaceitável para Rasputin, pois ele protegia todas as minorias religiosas, e, graças a ele, muitos *pogroms* de judeus foram impedidos. Ele interveio tanto pelos velhos crentes como pelos protestantes. Por exemplo, em 24 de junho de 1915, Grigory Efimovich garantiu a libertação de trezentos batistas. Ele elogiou os assentamentos de protestantes alemães no Volga, até aconselhou os russos a se dar bem com os alemães e tirar deles a experiência de diligência, pureza e desejo de alfabetização[333].

O apartamento de Rasputin era frequentado por muitos judeus que buscavam superar as limitações estabelecidas pelo governo e a sociedade. De acordo com alguns relatos, Rasputin era um estranho para o antissemitismo. Certa vez ele repreendeu um antissemita, com o argumento: "eles são pessoas como nós"[334]. Por isso, quando Heliodoro pediu dinheiro para o jornal antissemita *Trovão e relâmpago*, Rasputin recusou e neste momento os dois se tornaram grandes inimigos[335].

As blasfêmias e apostasias de Heliodoro estavam se tornando cada vez mais perigosas, às vezes ele conseguia reunir até cinco mil pessoas. Seus seguidores eram tão desequilibrados e insanos quanto ele, pois todas as suas pregações eram marcadas por distúrbios e histerias. Heliodoro não aceitava o repúdio da Igreja

---

[333] ЖИГАНКОВ. Олег Александрович; Григорий Распутин: правда и ложь. Москва: Эксмо, 2013.
[Zhigankov. Oleg Alexandrovich, *Grigory Rasputin: verdadeiro e falso*. Moscou: Eksmo, 2013].
[334] ИОФФЕ, Адольф Абрамович; Распутиниада: большая политическая игра. http://www.gumer.info/bibliotek Buks/History/Article/ioffrasp.php. Москва 1998. Disponível em: em 16 nov. 2013.
IOFFE, Adolf Abramovich, *Rasputiniada: O Grande Jogo Político*. http://www.gumer.info/bibliotek Buks/History/Article/ioffrasp.php. Москва 1998. Disponível em: em 16 nov. 2013.
[335] ПЛАТОНОВ, Олег Анатольевич; Жизнь за царя: Правда о Григории Распутине. Санкт-Петербург: Воскресение, 1996.
PLATONOV, Oleg Anatolyevich, *A vida para o tzar: a verdade sobre Grigory Rasputin*. São Petersburgo: Ressurreição, 1996.

por seus atos infames e resolveu renunciar, não apenas a fé Ortodoxa, mas o Cristianismo como um todo. E com a sua peculiar megalomania resolveu criar seu próprio deus. Em dezembro de 1912, Heliodoro foi expulso do monastério e em resposta escreveu a seguinte carta para o Sínodo: "Foi uma pena associar-me com o velho deus ao qual eu acreditava sinceramente, apaixonadamente e devotadamente. Agora eu tenho um novo deus, não o seu".

Foi então que a loucura de Heliodoro alcançou seu clímax ao tentar criar um culto intitulado "Sol e Razão", fundado na aldeia de Maria a comunidade "Nova Galileia", onde iniciou a construção de um templo. Mas as coisas não correram bem, porque os cossacos locais eram indiferentes à nova religião[336].

Foi nesse momento de fracasso que Heliodoro amadureceu seu plano de assassinar Rasputin. A executora desse projeto seria Khionia Guseva, uma discípula da nova religião. Durante 1913, ela visitou duas vezes a Nova Galileia e durante uma conversa com Heliodoro aceitou matar Rasputin.

Em 3 de junho de 1914, Khionia chegou à aldeia de Pokrovsky, onde Rasputin estava naquele momento. Por vários dias ela seguiu Rasputin e, finalmente, em 29 de junho colocou seu plano em ação. Guseva o aguardou perto da igreja. Naquele dia, Grigory se dirigia ao correio para enviar um telegrama à Imperatriz, para que ela ajudasse a manter a Rússia fora da guerra. Nesse momento, Guseva voltou-se a Rasputin para pedir-lhe esmolas. Ele pegou a sua carteira e tirou três rublos, e, neste momento, Guseva esfaqueou o seu estômago. Ela queria esfaqueá-lo novamente, mas ele se esquivou. Grigory pegou um pedaço de pau e bateu no braço da agressora de modo que ela deixou cair a faca. A esta altura chegaram os moradores e prenderam Guseva. Os aldeões queriam linchá-la, mas Grigory os deteve.

Este incidente quase coincidiu com o assassinato do arquiduque Francisco Fernando em Sarajevo. Embora não haja provas do vínculo entre esses dois eventos, é difícil ignorar sua relação, ou seja, o episódio que deu origem à Primeira Guerra ocorrer um dia antes da tentativa de homicídio do maior pacifista russo, o único homem que poderia tentar pacificar o ambiente de guerra que predominava na Rússia.

Nesse momento, mesmo fatalmente ferido, Rasputin enviou dois telegramas da Sibéria para Sua Majestade, pedindo para não começar uma guerra e que isso traria consequências fatais para a Rússia e para a dinastia. De acordo como as

---

[336] ГАРСКОВА, Ирина Марковна; БУЛЮЛИНА, Елена Владимировна;"Вести русскую массу к политической коммуне нужно через религиозную общину". Письмо иеромонаха Илиодора В.И. Ленину.Отечественные архивы,Москва, nº 4, 2005.
GARSKOVA, Irina Markovna; BULYULINA, Elena Vladimirovna; "É necessário levar as massas russas à comunidade política através da comunidade religiosa". Carta de Hieromonk Iliodor V.I. à Lenin. Arquivos nacionais, Moscou, nº 4, 2005.

memórias de Vyrubova, a primeira reação do soberano com as iniciativas de paz de Rasputin foram negativas. Quando chegou o telegrama da Sibéria o Imperador irritou-se com Rasputin[337].

15.1.2 Santo e demônio

Alguns dias após a tentativa de assassinado de Rasputin, Heliodoro fugiu para a Noruega com a ajuda de Maximo Gorki. Lá ele começou a escrever o seu famoso panfleto intitulado "Santo e demônio"[338].

A ideia de escrever um livro difamando os seus inimigos políticos amadureceu no início de 1912, e, para isso, ele se uniria com qualquer um que tivesse os mesmos interesses e pudesse lhe oferecer benefícios financeiros. Constantemente, Heliodoro era visitado por representantes do Reichstag alemão e pelos socialdemocratas alemães Gaza e Scheidemann. Mas os únicos que se interessaram em divulgar tamanha torpeza foram os esquerdistas agrupados em torno de Lenin. No entanto, Heliodoro achou que poderia lucrar chantageando o governo russo e, na primavera de 1916, na capital da Noruega, a cidade de Oslo, mandou secretamente um despacho ao Ministro da Administração Interna, Stunner. Por meio de negociações com os funcionários da agência, Heliodoro exigiu o perdão de seus crimes, o regresso à Rússia e dezenas de milhares de rublos em troca de não publicar seu livro. No entanto, essa proposta foi recusada.

Quem mediou às negociações com o ministro colocou em seu relatório que Trufanov era: "Um homem totalmente sem escrúpulos, pronto para qualquer coisa".

Em meados de 1916, deixou a Europa e mudou-se para os Estados Unidos. Lá trabalhou na revista popular *Metropolitan* e entrou em conflito com alguns funcionários. Neste mesmo período, Sturmer tornou-se Ministro das Relações Exteriores e, por meio de representantes da embaixada, entrou em negociações com Heliodoro, buscando impedir a edição de seu livro.

Heliodoro rapidamente aceitou a proposta para começar as negociações e imediatamente concordou em vender seus documentos comprometedores por 25.000 rublos. A ideia fracassou, pois os representantes russos descobriram que os documentos não eram autênticos. Todos os contatos com Heliodoro foram rompidos, porém ele não se intimidou e não se envergonhou de chantagear até mesmo a Imperatriz Alexandra. No outono de 1916, Heliodoro mandou um telégrafo para a Imperatriz pedindo 20.000 rublos para não publicar o livro, mas

---

[337] Zhigankov. Oleg Alexandrovich, *op. cit.*
[338] *Ibidem*.

ela rejeitou, achando indigno até mesmo responder a proposta. O golpe publicitário novamente falhou.

Ele vendeu alguns fragmentos de seu material para uma rica revista americana, mas os artigos foram menosprezados pelo público americano. O livro "Santo e demônio" foi lançado na íntegra em Nova Iorque somente em 1918, ou seja, um ano após a publicação em São Petersburgo.

Parece incrível que alguns historiadores tenham levado a sério o profeta da seita "Sol e Razão" e colocado seus escritos em suas bibliografias, pois o livro de Heliodoro é tão falso quanto o deus criado por ele.

Na verdade, até a autoria da obra é contestável, pois um monge jamais teria cometido contrariedades teológicas tão brutais. Fica óbvio que o escritor não conhecia a rotina dos conventos. Alguns autores sugeriram que, por sua inabilidade em escrever um livro, Heliodoro pediu a ajuda do jornalista Alexander Prugavin e do jornalista Alexander Amfiteatrov, um especialista em pornografia política.

Anfiteatrov criou um grande interesse no destino de Heliodoro e ambos se correspondiam. Anfiteatrov se promoveu, com agressivas caricaturas dos membros da dinastia, incluindo o rei. Em seguida, seu nome se tornou sinônimo de "jornalismo progressista".

Ao ler o livro "Santo e demônio" é impossível nos livrarmos da ideia de que o autor é, definitivamente, uma pessoa psiquicamente desequilibrada. As visões eróticas de seus personagens são singulares. Rasputin é descrito em cenas de deboche cheias de habilidades cênicas que só poderiam ter sido feitas por um escritor profissional.

A erotomania é tão exagerada que as testemunhas de acusação, citadas no livro, eram desenhadas de forma tão voluptuosa e *voyeur* que você pensaria que foram cúmplices. Às vezes presenciavam uma cena de assédio e não tentavam socorrer a vítima ou reprender o agressor, ficavam estáticas observando, o que tornava os testemunhos ainda mais artificiais.

Outra evidência de que Heliodoro não escreveu o livro foi o trecho em que a monja Xenia foi corrompida pelo "Velho". Algo surreal se considerarmos que em um mosteiro Xenia não podia sair «com uma hora de atraso» sem a permissão da abadessa. Obviamente, uma história como esta só poderia ser escrita por alguém como Anfiteatrov.

A investigação do Governo Provisório não conseguiu estabelecer precisão em qualquer fato citado por Heliodoro. O investigador A. F. Romanov, em uma nota publicada pela revista "Crônica russa", em particular, confirmou:

> O Livro de Heliodoro, *Santo e Demônio*, foi analisado e comissão constatou estava cheio de ficções, muitos telegramas que nunca foram enviados. Os que foram

enviados e constavam uma numeração, a comissão já tinha, não apenas a fita de telégrafo, mas mesmo os originais de todos os telegramas enviados.

As fotografias também foram fraudadas. Um exemplo é a foto em que Rasputin encontrava-se em uma festa; um estudo mais profundo demonstrou que a foto original foi tirada no hospital e posteriormente sofreu uma montagem, que alterou o fundo.

Nesse meio tempo, encontraram a "jovem Xenia", que não era tão jovem assim, com seus quarenta anos. Ela não conhecia Rasputin pessoalmente, tinha o visto apenas duas vezes, de longe, durante suas visitas ao mosteiro, e nada mais. Os dois nunca haviam trocado correspondências[339].

Quanto às supostas cartas da rainha e suas filhas a Rasputin, tinham uma falsidade que poderia ser encontrada a olho nu. A Família Real em 1912 usava expressões particulares e as letras não coincidiam[340].

15.1.3 Uma metamorfose ambulante

Com a chegada dos bolcheviques ao poder, Heliodoro resolveu apoiá-los. Em março de 1919 ele declarou a seguinte nota: "Pela revolução de outubro sou simpático, porque após a Revolução de Fevereiro os fazendeiros, comerciantes e empresários beberam o sangue do povo". Em 1918 a 1919, ele retomou suas pregações, e com a sua peculiar imaginação criou uma comunidade mística em que ele se autonomeou um "Papa Russo, o patriarca da Igreja viva de Cristo". Em seguida, colaborou com F. Dzerzhinsky, um membro da Cheka, em sua propaganda ateísta. Em abril de 1921, trabalhou para a Cheka.

Em 16 de junho de 1921, escreveu uma carta a Lenin onde se intitula Patriarca Heliodoro. Nesta carta ele tece elogios aos avanços da Revolução, critica a ortodoxia e pede ajuda para organizar sua nova religião, que segundo ele está alinhada aos ideais revolucionários. Heliodoro mais uma vez foi ignorado, não obteve nenhuma resposta.

Em 1922, ele foi expulso da União Soviética. Depois de ter todos os seus planos frustrados na Europa, mudou-se para os Estados unidos. Lá Trufanov passou por quase todas as igrejas e seitas conhecidas não excluindo a Ku Klux Klan[341].

---

[339] БОХАНОВ. Александр Николаевич; Правда о Григории Распутине. Москва: Русский издательский центр, 2011.
[BOKHANOV. Alexander Nikolaevich, *A verdade sobre Grigory Rasputin*. Moscou: Centro de Publicação russa, 2011].
[340] PLATONOV, Oleg Anatolyevich, *op. cit.*
[341] GARSKOVA, Irina Markovna; BULYULINA, Elena Vladimirovna, *op. cit.*

Em Nova Iorque trabalhou com saneamento. Ficou na miséria e seus sete filhos chegaram a passar fome. Alguns anos antes de sua morte conseguiu um emprego de zelador em um escritório de uma empresa. Assim este aventureiro terminou seus dias em Nova Iorque no ano de 1952[342].

15.1.4 Os três patetas

Como pudemos perceber até então, os jornais ligados a Guchkov e ao bloco progressista eram a única voz da nação. Suas versões dos fatos eram hegemônicas e qualquer um que fosse caluniado por eles não teria direito de se defender. Eram os progressistas que escolhiam quem seriam os heróis e os vilões. Até que um homem teve a audácia de quebrar o monopólio da mídia.

Esse sempre foi o desejo de Rasputin, organizar um jornal realmente popular. Este jornal seria estranho a qualquer politicagem e suas páginas seriam amplamente abertas às pessoas simples. Essa publicação seria redigida por seus amigos e jornalistas.

Mas para o desespero dos progressistas, Rasputin resolveu colocar em prática seu sonho e afirmou:

> No outono, quando eu voltar para São Petersburgo, vou começar a produzir o meu próprio jornal. Wrestle está comigo, pois ele tem planos em mente, então eu vou dar projeção à causa." "Pensei em publicar um jornal nacionalista, verdadeiro e honesto. Patrocinarei as pessoas que tiverem fé, vou reunir pessoas de bem em uma cruzada e que Deus abençoe[343].

Os progressistas não poderiam se dar ao luxo de permitir a criação de um jornal autônomo, livre e honesto. Rasputin contaria sua versão dos fatos e delataria seus caluniadores. Talvez pudesse relatar os boicotes da Duma, os danos causados aos cofres públicos, alertar o público sobre as conspirações e traições. Se as massas conhecessem as atividades de Guchkov, Miliukov e Rodzianko, a população não só exigiria sua prisão, mas até mesmo correriam o risco de linchamento. Portanto, Rasputin deveria ser morto, pois perder a hegemonia da mídia era algo impensável.

Encontrar colaboradores para o plano de assassinato não seria algo difícil, pois muitos políticos estavam insatisfeitos com o atual governo. Esse era o caso de Vladimir Purishkevich, um membro da Duma, conhecido por seus discursos ri-

---

[342] Zhigankov. Oleg Alexandrovich, *op. cit.*
[343] PLATONOV, Oleg Anatolyevi, *op. cit.*

dículos e sua ausência de autocontrole, ele se tornou famoso por suas cenas escandalosas na Duma. Tem sido relatado, por exemplo, que ele apareceu na Duma ostentando cravos vermelhos nas casas dos botões de sua roupa. Pertencia a União dos Povos da Rússia e tinha um discurso regado por um patriotismo patético e antissemitismo.

Tinha muito a perder com a queda do Comitê Militar Industrial, pois, durante a guerra, Purishkevich dedicou-se ao setor de suprimentos do exército. Ele gerenciava trens hospitalares, a formação do exército, cantinas militares, estações de desinfecção, e assim por diante. Neste sentido, ele dependia das organizações amadoras. Esta atividade muitas vezes o fez entrar em conflito com o governo, e tais conflitos já foram explicados em capítulos anteriores. Em 1916, juntou-se ao Bloco Progressista nos ataques ao governo[344].

Mas Purishkevich ainda era um monarquista até que, em novembro de 1915, o governo cortou os enormes subsídios dados ao seu partido. A partir de então, os Centúrias Negras se tornaram grandes opositores do Estado. Nessa ocasião, Purishkevich escreveu em seu diário: "nosso governo é inteiramente incompetente".

De agora em diante, o furioso líder nacionalista voltou seus olhos a uma revolução contra o poder real e junto de Markov e Dubrovin começaram a se encontrar com os generais traidores[345].

Purishkevich não podia resistir à tentação de assumir o papel de «salvador da Rússia» e lutar contra as «forças obscuras» com o príncipe Felix Yusupov. Às vésperas da Revolução de 1917 os Yusupov eram os homens mais ricos do Império. Ele também tinha grande simpatia pela indústria bélica, pois antes da guerra seus ativos só caiam até que com o começo dos conflitos tiveram uma forte alta. Em 1913 seus rendimentos eram de 229,9 mil rublos e, em 1914, subiram para 378,3 mil rublos[346].

O terceiro conspirador era o Grão-Duque Dmitri Pavlovich, cuja participação e liderança reduziu o risco da empreitada, pois ele era o primo do Imperador Nicolau II. Dmitry Pavlovich tinha grandes expectativas com o sucesso da conspiração, pois Guchkov e seus partidários queriam vê-lo no trono russo após a queda de Nicolau II[347].

---

[344] КАТКОВ, Георгий Михайлович ;Февральская революция. Москва: Центрполиграф, 2006.
[KATKOV, Georgy Mikhailovich, *Revolução de fevereiro*. Moscou: Tsentrpoligraf, 2006].
[345] НИКОНОВ, Вячеслав Алексеевич ;Крушение России. 1917. Москва: Астрель, 2011.
[NIKONOV, Vyacheslav Alekseevich, *O colapso da Rússia. 1917*. Moscou: Astrel, 2011].
[346] РОМАНОВА. Гавриила Константиновича; Великий Князь Гавриил Константинович. В Мраморном дворце. Москва: И. В. Захаров, 2001. С. 132 - 133.
[ROMANOVA. Gabriel Konstantinovich, *Grão-Duque Gabriel Konstantinovich. No palácio de mármore*. Moscou: I. V. Zakharov, 2001.S. 132 – 133].
[347] МЕЛЬГУНОВ, Сергей Петрович. Судьба императора Николая II после отречения. Москва:Вече,2016.

> Esses três aventureiros se autointitulavam os assassinos de Rasputin, mas suas versões absurdas do crime são sua maior prova de inocência. Essa polêmica nos leva ao **MITO NÚMERO 67, o mito de que Purishkevich, Yusupov e Dmitry Pavlovich mataram Rasputin.**

15.1.5 Um crime mal contado

Imediatamente após o assassinado de Rasputin, Purishkevich, na ânsia de fama, foi até o policial que estava perto do Palácio Yusupov, apresentou-se e disse que ele tinha matado Rasputin, "libertado a Rússia daquele monstro. Ele era um amigo dos alemães e queria paz. Agora podemos continuar a guerra. Você também deve ser leal ao seu país e manter a calma".

Para dar mais credibilidade a suas palavras Purishkevich deu ao policial cinquenta rublos. É claro que o policial foi imediatamente para a delegacia, onde relatou tudo. E era essa a função da trindade Yusupov, Purishkevich e Grão-Duque Dmitri Pavlovich, dar uma falsa versão da motivação do crime. Eles poderiam fazer isso, uma vez que a probabilidade de punição era insignificante, pois eles eram parentes próximos do rei e Purishkevich gozava de imunidade por ser um deputado.

Além dessas vantagens, todos os conspiradores gostavam da fama que essa morte lhes trazia. Yusupov e Purishkevich não hesitaram em escrever em suas memórias suas versões malucas do crime. Mas os verdadeiros organizadores do assassinado e da morte de Rasputin não eram de conhecimento do público[348].

Estavam tão eufóricos em assumir a autoria do assassinato que se esqueceram de combinar uma versão em comum da história. O resultado, então, foi que cada um contou a sua versão do crime. Versão essa que não batia com as evidências periciais e não tinha a mínima lógica. Nessa versão, Rasputin mais parecia um personagem de desenho animado em que o vilão comicamente revive após cada golpe mortal.

Apesar das contradições "dos três patetas", de modo geral o depoimento foi o seguinte: Rasputin foi atraído para o palácio Felix Yusupov. Primeiramente, Yusupov trouxe Rasputin ao porão, e lhe ofereceu vinho e bolos envenenados com cianeto de potássio. Rasputin comeu uma incrível quantidade de cianeto do recheio dos doces, mas como ele não era um homem comum, e sim o diabo encar-

---

[MELGUNOV, Sergey Petrovich, *O destino do Imperador Nicolau II após sua abdicação*. Moscou: Veche, 2016].
[348] СТАРИКОВ, Николай Викторович. Кто добил Россию? Мифы и правда о Гражданской войне, Москва: Яуза, 2006.
[STARIKOV, Nikolay Viktorovich, *Quem acabou com a Rússia? Mitos e verdade sobre a guerra civil*, Moscou: Yauza, 2006].

nado, o veneno mortal não fez efeito. Na sequência, Yusupov atirou em seu coração com uma pistola. Rasputin caiu, aparentemente morto, mas, de acordo com sua natureza satânica, acordou. Rasputin envenenado e com um tiro no coração saiu do porão e tentou escalar um muro alto do jardim, mas foi pego pelos assassinos. Felizmente, o grande atirador Purishkevich, levando a arma do príncipe desnorteado, correu atrás de Rasputin e o atingiu com muitos tiros. Depois que o corpo foi amarrado e levado para o carro em que o trio heroico descobriu que o diabólico "velho homem" ainda estava respirando sob a água. Mesmo com uma quantidade brutal de cianeto e cheio de tiros (um deles no coração), assim como um grande ilusionista, Rasputin conseguiu se desamarrar, mas morreu afogado no fundo do rio, nas águas frias de dezembro.

Algum leitor acreditou nessa história? Creio que não. Esta que é considerada a versão clássica do crime, que não tem nada nenhuma relação com a realidade.

Vamos começar com o envenenamento de Rasputin. O primeiro absurdo dessa lenda é que Yusupov insistiu que o cianeto estava em seu armário. Por que manteria tal veneno em sua casa?

Mas esse ainda não é o ponto. A principal discrepância é que Rasputin nunca comia doces. Odiava doces, bolos ou outras delícias de confeitaria. Em suas próprias palavras, ele afirmava: "Eu não como esta escória". Sua filha relatou que em toda a sua vida, ele comia apenas peixes, saladas, pão e carne tão pouco quanto possível. Consequentemente, Yusupov pinta Rasputin com ambas as bochechas cheias de veneno que estavam nos bolos. Outro argumento bem convincente é que 70mg de cianeto de potássio mataria qualquer ser humano e mesmo que tomasse uma dose menor e não morresse, sofreria danos cerebrais e não conseguiria correr e pular muros. E devemos lembrar que durante a perícia não foi encontrado veneno no corpo.

Também há discrepâncias entre o período dos disparos. Em sua autópsia, o professor Kosorotov declara que a causa da morte foi uma hemorragia devido a um ferimento à bala no estômago. O disparo foi efetuado quase à queima-roupa, da esquerda para a direita, atravessando estômago e fígado, com a fragmentação deste último na metade direita. No cadáver também havia um ferimento de bala nas costas, na coluna vertebral, com a fragmentação do rim direito. Na testa havia um ferimento à queima-roupa.

Já no depoimento de Yusupov, mesmo com uma ferida mortal, Rasputin ainda conseguiu sair do porão e correr até a porta.

Em segundo lugar, Purishkevich diz que Rasputin fugiu, recebeu um tiro nas costas e caiu de bruços, mas, segundo a perícia, o terceiro disparo foi na testa. Purishkevich não menciona que ele virou o rosto para o atirador. Também havia uma ferida nas costas, causado por algum instrumento cortante afiado, possivelmente uma faca, talvez tivesse sido a espora de um oficial.

Outra inconsistência é o local do crime. Yusupov lembrou que um policial se dirigiu para o portão onde estava o Rasputin, este não viu o corpo porque estava de costas. Quando o policial perguntou sobre os tiros, Yusupov afirmou que era um convidado bêbado que começou a atirar. E o policial foi embora.

Em um relatório elaborado pelo policial Vlasyuk, a imagem é diferente. Ele relatou que viu no quintal da casa dois homens. Quando eles se aproximaram, percebeu que era o príncipe Yusupov e seu mordomo Buzhinsky. Neste momento, o policial perguntou quem disparou e eles disseram que não ouviram nenhum tiro. Depois que os dois foram embora, o policial entrou no quintal e não encontrou nada suspeito, só então voltou ao seu posto.

Como podemos ver, há um quadro muito diferente. O policial examinou cuidadosamente o quintal e não viu nada. Por que o policial não viu o cadáver, que, de acordo com Purishkevich e Yusupov, simplesmente deveria estar lá? Talvez porque não havia cadáver no quintal?

Também não há evidências de que Rasputin foi assassinado no Palácio Yusupov, do qual Vlasyuk até às seis horas da manhã não tirava os olhos. Outro detalhe importante é que o corpo de Rasputin foi encontrado com um casaco de peles; se ele estivesse dentro do palácio, onde há calefação, teria tirado o casaco. Isso também indica que ele pode ter sido assassinado na rua ou em uma área externa.

Da mesma forma podemos adicionar que os "assassinos" Yusupov e Purishkevich descreveram as roupas de Rasputin incorretamente. Yusupov relatou que ele estava usando uma camisa longa, fora da calça. A camisa era branca com flores bordadas. Já Purishkevich menciona uma camisa creme com bordados de seda. Enquanto isso, o exame do corpo atesta que Rasputin estava usando uma camisa azul, bordada com abas de ouro. Além disso, ele tinha um bracelete de ouro com o monograma real e no pescoço uma grande cruz de ouro, nem Yusupov ou Purishkevich falaram sobre isso.

O afogamento de Rasputin é outra "lenda negra". A partir do relatório da autópsia: não havia nenhum rastro de morte por afogamento. Os pulmões estavam inflados e as vias aéreas não tinham água, nem líquido espumoso. Rasputin já estava morto quando foi lançado na água. O boato foi criado por causa de uma velha tradição russa, que impedem os afogados de serem canonizados. Alguém tentou interromper qualquer tentativa de canonizar Rasputin com o argumento: "ele se afogou! É impróprio, é impossível..."[349].

Após a morte de Rasputin, o grande príncipe Dmitri Pavlovich entrou com recurso e foi perdoado. Mas Nicolau II não estava de acordo com a decisão e es-

---

[349] БУШКОВ, Александр Александрович. Распутин. Выстрелы из прошлого. Москва: Олма Медиа Групп, 2013.
[BUSHKOV, Alexander Alexandrovich. *Rasputin. Tiros do passado*. Moscou: Olma Media Group, 2013].

creveu: "Ninguém tem o direito de matar". Por isso, Dmitri Pavlovich foi imediatamente enviado para a Força Expedicionária russa que estava na Pérsia. F. Yusupov foi enviado para a sua propriedade. Purishkevich rapidamente deixou São Petersburgo e foi para a guerra gerenciar o seu trem-hospital. A impunidade para os assassinos causou uma má impressão. Confirmava a crença enraizada de que havia impunidade na Rússia, e pior, dava a impressão de impotência das autoridades, que não se atreveram a tocar nos responsáveis. O assassinado de Rasputin foi o sinal de que na Rússia agora "tudo é permitido".

Imediatamente após o seu desaparecimento, a lenda de Rasputin desapareceu como fumaça. Nada mudou. A guerra continuou e com firmeza dizia-se ela continuaria até o fim. Como antes, Nicolau II governou sem sucumbir à pressão da oposição da esquerda nem à pressão da direita[350].

A investigação sobre o assassinado de Grigoriya Efimovicha Rasputina durou pouco mais de dois meses, e foi rapidamente interrompida em 17 de março de 1917, por despacho do Ministro da Justiça do Governo Provisório, A. F. Kerensky. Em seu primeiro dia de trabalho no posto de ministro da Justiça, Kerensky dá duas ordens: interromper todas as investigações sobre o assassinato de Rasputin e destruir o corpo do ancião.

Sem dúvida esta é a tarefa mais importante para o novo governo, porque seu corpo era a principal peça de evidência de que o depoimento dos príncipes era falso.

Uma guarnição de soldados desenterrou o caixão com os restos mortais de sua sepultura. Em seguida, ele foi encharcado com gasolina e queimado, e as cinzas foram espalhadas ao vento.

15.1.6 Quem realmente matou Rasputin?

Infelizmente não há resposta para essa pergunta. Com a destruição do corpo, o fim prematuro dos inquéritos, o desaparecimento de todos os vestígios forenses e a morte de todas as possíveis testemunhas será impossível responder essa pergunta.

Apesar disso, existe uma teoria que sustenta que a inteligência britânica matou Rasputin por medo de que ele tirasse a Rússia da guerra. Segundo essa linha de raciocínio, o verdadeiro assassino de Rasputin seria o espião inglês Oswald Rayner, com a ajuda do Capitão John Scale. Oswald Rayner era um amigo de faculdade de Yusupov e permaneceu na Rússia de 1915 a 1918.

---

[350] IOFFE, Adolf Abramovich, *op. cit.*

Essa teoria é baseada no depoimento da filha de John Scale, que na época tinha 91 anos de idade e vivia na Escócia. Ela mostrou uma lista de agentes em São Petersburgo, onde figurava o nome de Rayner. O sobrinho de Oswald Rayner disse que seu tio antes de sua morte revelou que estava no palácio de Yusupov na noite do crime. Ele também tinha um anel feito de bala, que, segundo ele, foi disparado em Rasputin. Os defensores da conspiração britânica apontam como uma das mais importantes evidências a foto de um ferimento no corpo de Rasputin, considerado fatal, pois foi feito por um disparo de uma "Webley-455", arma dos oficiais do exército britânico.

Essa teoria está muito longe de desvendar o mistério da morte de Rasputin. Se o crime realmente fosse realizado pela inteligência britânica, sua execução seria muito mais profissional. Com certeza os príncipes seriam orientados a trocarem sua narração fantástica do crime por uma versão mais simples. Um espião inglês jamais teria cometido tantos erros.

Outro equívoco está na premissa de que se o crime foi cometido com uma arma inglesa o assassino deve ser um inglês. Isso nem sempre é verdade, porque na Rússia Imperial as armas eram vendidas livremente, qualquer russo poderia comprar uma Webley-455 e praticar o delito.

Também foi constatado que parte da polícia também tinha esse mesmo modelo de arma. E como pudemos constatar no capítulo anterior, a polícia secreta russa sempre perseguiu e caluniou Rasputin. Também pudemos constatar que o trabalho da Okhrana sempre foi amador.

A motivação do crime também não condiz com a realidade. Segundo a teoria, os ingleses mataram Rasputin porque tinham medo de que ele pudesse retirar a Rússia da guerra.

De fato, Rasputin era contrário ao ingresso da Rússia no conflito, mas ele também afirmou em carta ao Imperador que, uma vez na guerra, o país deveria seguir até a vitória final. Em momento algum Rasputin faz qualquer menção a um acordo de paz em separado com a Alemanha. Além disso, seria de grande interesse da Inglaterra que a Rússia saísse da guerra, afinal, naquela época, a Alemanha já estava esgotada e poderia ser vencida sem o auxílio dos russos. Primeiramente porque com a vitória da Rússia seus aliados seriam forçados a cumprir os acordos secretos previstos antes do conflito. Esse acordo previa que se a Rússia lutasse até o final da guerra receberia o estreito de Dardanelos e do Bósforo, o que era inimaginável para a Inglaterra, pois assim os russos teriam hegemonia no escoamento de grãos e estariam muito próximos do Canal de Suez[351].

Em segundo lugar, foi transferido para a Inglaterra, durante a guerra, um total de 640 milhões de rublos, sendo que parte desse dinheiro era para a compra

---

[351] STARIKOV, Nikolay Viktorovich, *op. cit.*

de armas, às quais não foram entregues pela Inglaterra. Caso a Rússia fosse vitoriosa, esse dinheiro teria de ser devolvido[352].

Em terceiro lugar, com a vitória, a Rússia estaria confiante e fortalecida trazendo novo impulso ao seu expansionismo. Colocando em risco as colônias britânicas como a Índia, os russos também teriam grande projeção política e passariam a ter liderança em questões diplomáticas mundiais.

É provável que Oswald Rayner tenha criado a história do anel apenas para se exibir para os amigos e parentes.

Para os progressistas, a vitória da Rússia também não seria interessante, porque exaltaria a imagem do "rei general" e o entusiasmo popular interromperia qualquer tentativa de golpe. Quando Purishkevich afirmou que matou Rasputin para que esse não acabasse com a guerra, não estava sendo sincero. Esse era apenas um subterfúgio para esconder o único e verdadeiro motivo para tal ato: preservar o monopólio da informação.

---

[352] АЙРАПЕТОВ, Олег Рудольфович; Генералы, либералы и предприниматели: работа на фронт и на революцию. 1907-1917. Москва: Модест Колеров, 2003.
[AIRAPETOV, Oleg Rudolfovich, *Generais, liberais e empresários. Trabalho para o fronte e para a revolução (1907-1917)*. Moscou: edição separada, 2013].

16 PÃO E PAZ

16.1 Diferenças entre democracia e autocracia

A guerra é um momento delicado na história de qualquer país. É um período em que todos os esforços de uma nação devem concentrar-se em dar apoio logístico aos corajosos soldados que dão suas vidas para o bem comum da pátria. Nesse contexto, colocar interesses pessoais acima desse propósito é mais do que egoísmo, é homicídio, pois, os jovens recrutas estariam sujeitos à morte, sem munição e outros suprimentos. Por isso até a mais diligente democracia enrijece os seus critérios durante a guerra.

Esse foi o caso dos Estados Unidos, que pagou um alto preço para atingir a vitória. Nada poderia deter a máquina de guerra americana. Para assegurar que a mobilização pelo alistamento obrigatório procedesse sem obstáculos, os críticos tinham de ser silenciados. Dessa forma, criou-se o Ato de Espionagem de 15 de junho de 1917, que penalizava todos que tentassem obstruir os serviços de alistamento com multas de até dez mil dólares ou até vinte anos de cárcere. Uma emenda, chamada Ato de Insubordinação, de 16 de maio de 1918, ia além, impondo as mesmas penalidades para qualquer forma de expressão que criticasse o governo, seus símbolos ou sua mobilização de recursos para a guerra. Essas repressões à liberdade de expressão foram apoiadas pela Suprema Corte. O governo também censurava todo material impresso e deportou centenas de estrangeiros sem os devidos processos.

Os governos estaduais e municipais criaram grupos de vigilância, que conduziam buscas e apreensões sem mandatos e detenções secretas de suspeitos de evasão do alistamento militar, entre muitas outras atitudes que não caberiam a tais instâncias. O resultado foi inúmeros casos de intimidação, abuso físico e até o linchamento de pessoas suspeitas de deslealdade ou de demonstrar entusiasmo limitado pela guerra. Descendentes de alemães sofreram perseguições. "Sou um defensor da paz", escreveu Wilson, "mas há coisas magníficas que um país ganha com a disciplina da guerra"[353].

Agora que já sabemos o comportamento padrão de uma democracia em tempos de guerra, vejamos a autocracia. Na suposta "autocracia" tzarista, em tempos de guerra tudo era permitido, greves em fábricas bélicas, expressar críticas infundadas ao governo, achincalhar símbolos nacionais com pornografia, boicotar e superfaturar recursos para a guerra, publicar mentiras e propaganda derrotista nos jornais e revistas. Em suma, na autocracia tudo era permitido!

16.1.1 Grupos de trabalho

Em agosto de 1915, na Duma, fundou-se o "bloco progressista". Esse bloco perseguia a ideia de criar um "ministério responsável" para privilegiar a indústria de guerra. A posição da facção progressista recebeu total apoio dos industriais de Moscou. Assim, em 16 de agosto de 1915, no apartamento de A. I. Konovalov aconteceu uma reunião com representantes de diversas organizações. Nessa reunião, decidiu-se a criação de uma coalizão liderada pelo Comitê Central de Moscou, que efetuaria uma campanha generalizada na Duma, em apoio ao programa do "bloco progressista". O Comitê Central de Moscou deu início à criação de uma rede de alianças em toda a Rússia: os camponeses, cooperativas de trabalhadores, comerciantes e industriais. Tudo isso junto à União dos Sindicatos, cujo objetivo era exercer uma forte pressão sobre o governo.

Os dirigentes do Comitê Militar Industrial (A. I. Guchkov, A. I. Konovalov, P. P. Ryabushinsk) também conseguiram estabelecer contatos com os trabalhadores por meio da criação de Grupos de Trabalho e do Comitê Militar Industrial[354]. Esses grupos de trabalho foram fator decisivo para o sucesso da Revolução de Fevereiro.

Aos olhos dos contemporâneos, o sindicato é algo popular que visa os interesses financeiros dos trabalhadores, mas, na versão dos cavalheiros Guchkov e Konovalov, transformou-se na nova encarnação do Zubatovismo. Lembrou o chefe da polícia de São Petersburgo que, desde o início de sua existência, o Grupo de

---

[353] WILLIAMSON, Kevin Daniel, *O livro politicamente incorreto da esquerda e do socialismo*. Rio de Janeiro: Agir, 2013.
[354] ЗЕВЕЛЕВА, Александр Израилевич; СВИРИДЕНКО, Юрий Павлович; ШЕЛОХАЕВ, Валентин Валентинович. Политические партии России: история и современность. Москва: РОССПЭН, 2000.
[ZEVELEVA, Alexander Izrailevich; SVIRIDENKO, Yuri Pavlovich; SHELOKHAEV, Valentin Valentinovich, *Partidos políticos da Rússia: história e atualidade*. Moscou: ROSSPEN, 2000].

Trabalho estava envolvido exclusivamente em atividades políticas. Eles tinham suas salas de reuniões separadas e mantinham total comunicação com fábricas e empresas. Em suas assembleias gerais tinham pouco interesse nas questões práticas dos trabalhadores, visavam apenas os benefícios de seus fundadores[355].

Além disso, foi criada a União das Cooperativas de Toda a Rússia, o Comitê de Alimentos de Toda a Rússia e iniciadas negociações para a criação da União Camponesa de Toda a Rússia. Consequentemente, os líderes dos progressistas tinham o poder de frear a produção por meio de greves, paralisar a distribuição de alimentos na cidade e criar distúrbios populares por meio da mobilização de seus operários sindicalizados. Por meio dessa organização social já estabelecida, eles colocaram pressão sobre o governo.

Como o soberano não cedeu às chantagens dos progressistas, no final de 1916 e início de 1917, eles recorreram a métodos mais drásticos de luta. Nas reuniões no apartamento de A. I. Konovalov e P. P. Ryabushinsk também havia a presença de Outubristas de esquerda, progressistas, cadetes, nacional-socialistas e os mencheviques, que mais uma vez discutiram a necessidade da criação de uma Comissão para coordenar as ações de vários partidos na luta contra o governo. Nas reuniões, foi discutida abertamente a necessidade de preparar um golpe palaciano e a composição do futuro Governo Provisório. No piso da Duma, havia panfletos progressistas que insistiam que o governante deveria renunciar imediatamente[356].

Esse plano parecia infalível até que um dos conspiradores, infiltrado no ministério, arrependeu-se e resolveu apoiar o Imperador e trabalhar para o bem do país. Esse "malvado arrependido" era Alexander Dmitrievich Protopopov.

16.1.2 O cavalo de Troia

Como já vimos, Nicolau II tinha, teoricamente, o controle militar e diplomático de convocar eleições e escolher ministros. Porém, na prática, não poderia exercer essas funções unicamente de acordo com sua vontade, pois se um ministro escolhido por ele não estivesse em consonância com a Duma, esse seria boicotado. Logo, para manter a governabilidade do país, Nicolau II, obrigatoriamen-

---

[355] АЙРАПЕТОВ, Олег Рудольфович; Генералы, либералы и предприниматели: работа на фронт и на революцию. 1907-1917. Москва: Модест Колеров, 2003.
[AIRAPETOV, Oleg Rudolfovich, *Generais, liberais e empresários. Trabalho para o fronte e para a revolução (1907-1917)*. Moscou: edição separada, 2013].
[356] ZEVELEVA, Alexander Izrailevich; SVIRIDENKO, Yuri Pavlovich; SHELOKHAEV, Valentin Valentinovich, *op. cit.*

te, tinha de entrar em negociação com a Duma. Esse foi o caso da indicação para ministro do Interior do Império Russo.

Nessa ocasião, oIImperador perguntou aos representantes da Duma se eles tinham uma indicação para o lugar de primeiro-ministro. Rodzianko hesitou. Não podia, decentemente, nomear-se a si próprio; felizmente, acudiu-lhe à memória um nome, o do ministro da Marinha, o almirante Grigorovitch, personagem incolor, aterrorizado pelo todo-poderoso Guchkov e que seria apenas uma marionete da coligação. Em seguida, animado por este meio sucesso, Rodzianko atreveu-se a pronunciar o nome do vice-presidente da Duma, Protopopov. O tzar não fez a menor observação, mas tomou algumas notas na sua agenda.

Nesse momento, Rodzianko julgava ter introduzido com Protopopov, um cavalo de Troia no governo[357]. Protopopov tinha tudo para ser um grande colaborador no golpe palaciano. Em 20 de maio de 1914, ele foi eleito Presidente da Câmara da Quarta Duma Estatal e abriu o I Congresso de representantes da indústria metalúrgica. Foi eleito vice-presidente da Duma por unanimidade[358]. Era membro do bloco progressista e da Comissão Industrial Militar. Isto é, tanto na Duma como nos círculos públicos, ele era totalmente leal à oposição.

Protopopov era fiel aos conspiradores até o Imperador convidá-lo para discutir questões políticas. O soberano queria fazer certas concessões, sem alterar os princípios básicos de sua orientação política. Protopopov propôs várias reformas.

Protopopov teve uma boa impressão sobre o Imperador e ele próprio afirmou que ficou "fascinado" com Nicolau II[359].

Todos sabiam que Protopopov foi nomeado ministro por recomendação de Rodzianko e que ambos mantinham uma relação muito amigável. Mas, quando se tornou claro que Protopopov mudou e não iria apoiar a reforma constitucional, ele rapidamente se tornou o "inimigo número um" das "forças progressistas".

Protopopov decidiu usar seu novo cargo, a fim de frustrar todas as tentativas dos progressistas de agir contra o monarca. Para isso, tomou medidas repressivas para fortalecer a autoridade da polícia. Protopopov argumentou que a salvação do Império e da dinastia consistia em uma engenhosa combinação da força policial. Ele impediu as conferências dos sindicatos rurais e urbanos e, durante a greve de 27 de janeiro de 1917, prendeu membros do grupo de trabalho do complexo militar-industrial. Essas prisões foram efetuadas não tanto contra o grupo

---

[357] JACOBY, Jean, *O Czar Nicolau II e a Revolução*. Porto: Educação Nacional, 1933.
[358] AIRAPETOV, Oleg Rudolfovich, *op. cit.*
[359] Кобылин, Виктор Сергеевич; Анатомия измены. Император Николай II и Генерал-адъютант Алексеев. Санкт-Петербург.: Царское Дело, 2011.
[KOBYLIN, Victor Sergeevich, *Anatomia de uma traição. O Imperador Nicolau II e o general adjunto Alekseev*. São Petersburgo: Tsarskoe Delo, 2011].

de trabalho, mas contra o Comitê Militar Industrial e, especialmente, contra a sua cabeça Guchkov. Protopopov também tinha a intenção de organizar uma ação judicial para expor a organização de Guchkov como traidor.

Guchkov rapidamente percebeu o perigo da prisão de membros do grupo de trabalho e apressou-se em exigir a libertação de seus colaboradores, porém não obteve apoio dos líderes da Duma. Miliukov não mostrou qualquer interesse na questão[360]. Guchkov apoiava abertamente as greves; certa vez chegou a propor à Duma liberar 100.000 rublos em assistência às famílias dos grevistas, mas sua proposta não foi aprovada[361]. A manutenção de seu poder de mobilização popular era essencial para que este executasse seus planos de golpe, mas as ações de Protopopov estavam colocando tudo a perder.

Agora Protopopov de aliado passou a ser o pior inimigo dos progressistas e as calúnias que tinham começado paulatinamente, propagaram-se por toda parte. Falava-se de uma ação mais enérgica do governo, de uma dissolução da Duma e até mesmo da prisão dos chefes da oposição.

No entanto, dizia-se que o ministro do Interior, Protopopov, armava a polícia com metralhadoras, com receio de uma insurreição. Este último fato inquietou os conjurados, nessa ocasião. A polícia era fiel ao tzar, e, estando bem armada, poderia abafar a revolta no seu início. Nessas condições, os conspiradores precisavam tomar uma atitude. A Comissão de Defesa nacional exigiu, em alta voz, o desarmamento da polícia e intimou o ministro da Guerra a transmitir esta exigência ao Imperador, mas o general Bieliaeff se recusou energicamente.

Em 3 de janeiro, o presidente da Comissão da Associação geral da Nobreza, Samarine, os vice-presidentes, o príncipe Kourakine e M. Karpov e o grande marechal da nobreza de Moscou, Basilevsky e o marechal de Petrogrado, Samov, reuniram-se na casa de Rodzianko. Nessa ocasião decidiu-se que no caso de uma dissolução da Duma, os representantes da nobreza constituiriam um grupo capaz de tomar a chefia do movimento. Os príncipes Livov, Konovalov, Tchelnokov vieram também trazer a sua adesão.

Em 26 de janeiro, a seção da Comissão Operária presidida por Guchkov preparava greves e desordens na capital para o dia 27 de março. A Duma devia ser invadida por comparsas armados, que reclamariam a queda do governo em nome do povo e colocariam Rodzianko e seu grupo no poder.

O ministro do Interior, Protopopov, tomou medidas enérgicas de segurança, a seção operária foi presa e acusada de traição. Poucos depois, nos princípios de fevereiro, o Imperador substituiu o comandante do exército do Norte e a

---

[360] КАТКОВ, Георгий Михайлович ;Февральская революция. Москва: Центрполиграф, 2006. [KATKOV, Georgy Mikhailovich, *Revolução de fevereiro*. Moscou: Tsentrpoligraf, 2006].
[361] KOBYLIN, Victor Sergeevich, *op. cit.*

área de Pedrogrado foi confiada ao general Khabalov, investido de poderes plenos. Essas decisões lançaram pânico no formigueiro revolucionário.

Em resposta, Rodzianko solicitou uma audiência com Nicolau II, concedida em 10 de março. Nesse encontro, quando Rodzianko começou a criticar seu antigo amigo, Protopopov, o tzar perguntou: "Mas, Protopopov era o vosso vice-presidente, fostes vós mesmo que o recomendaste; por que é que vos desagrada agora?". Atrapalhado, Rodzianko tentou insinuar que Protopopov enlouquecera. O Imperador lhe lançou um olhar irônico: "Sinto ter-me separado de Maklakov, não direis que era doido também?" Quando Rodzianko fez uma vaga alusão às possibilidades de uma revolução, o Imperador interrompeu: "As minhas informações são completamente contrárias. Mas, se a Duma no futuro tiver uma atitude tão inconveniente como da última vez, será dissolvida!". Perante esta resposta, Rodzianko declarou, com insolência: — "Julgo ser meu dever prevenir Vossa Majestade que esta é a minha última audiência." — "Por quê?" — perguntou o tzar. — "Por que a revolução vai começar!"[362].

16.1.3 Reclamando de barriga cheia

Como foi descrito, os progressistas tinham uma imensa capacidade de mobilização popular, controlavam a União das Cooperativas, o Comitê de Alimentos e os Grupos de Trabalho do CMI. Só os Zemstvo influenciavam mais de duas mil fábricas.

Essa imensa estrutura seria utilizada para criar os distúrbios de fevereiro, no entanto, muitos livros ainda insistem em afirmar que a Revolução de Fevereiro foi motivada pela falta de pão. Esse equívoco leva-nos ao **MITO NÚMERO 68, o mito de que a Revolução de fevereiro foi causada pela falta de pão.** Primeiramente, a falta de pão nunca foi motivo para uma revolução. Quanto a isso temos o exemplo da União Soviética na década de 1930, onde milhões de pessoas morreram de fome, mas não houve revolução, nem perigo de rebelião. E é absolutamente incomparável a situação dos moradores da Petrogrado de 1917 com a fome terrível que se abateu durante o cerco de Leningrado. Neste caso, não era apenas a mesma cidade e o mesmo inimigo de guerra, eram ainda, em grande parte, as mesmas pessoas. Mas em 1942, a fome não era motivo para ir às ruas pedir pão.

Também vale ressaltar que a exigência de "pão!" não passava de um *slogan* revolucionário lançado às massas. Não havia falta de pão na Rússia, os recursos de grãos na primavera de 1917 ascenderam a cerca de 3,793 bilhões de toneladas e

---

[362] JACOBY, Jean, *op. cit.*

o consumo era de 3,227 bilhões[363]. A primeira guerra não diminuiu a quantidade de grãos na Rússia, muito pelo contrário, aumentou cerca de 15%, isso devido à proibição das exportações. Em todo período de guerra não havia nenhum sinal de fome nas províncias. A crise de alimentos nas cidades só veio no Governo Provisório por causa do tabelamento de preços.

A crise de abastecimento, que teve seus primeiros sinais no final de 1916 e começo de 1917, não era devido a uma falta de alimentos no país e sim a uma sabotagem. No início da guerra, o governo criou uma infraestrutura de mobilização de recursos por meio dos Zemstvos e transporte ferroviário, dando aos Zemstvo novos poderes para boicotar a distribuição de pão. O diretor-geral do Conselho Especial da Conferência de Alimentos era N. Gavrilov; ele e sua equipe estavam associados ao círculo de oposição. Eles deliberadamente atravancaram o abastecimento das cidades para causar insatisfação nas massas trabalhadoras. Outro membro da conspiração era V. Lomonosov, um dos líderes do Ministério das Ferrovias e organizador direto do bloqueio das entregas de grãos durante à guerra.

No início de 1917, ainda havia mais um agravante, uma tempestade de neve interrompeu as ferrovias já congestionadas. No entanto, essa catástrofe natural não foi o suficiente para causar danos aos estoques de alimentos da cidade. Segundo o parecer do prefeito de Petrogrado e do comandante do Distrito Militar, havia estoque de farinha disponível para 22 dias. Além disso, todos os dias eram entregues um número suficiente de vagões com farinha para a cidade.

De acordo com o chefe da polícia de Petrogrado, as verdadeiras causas da crise de pão em Petrogrado foram principalmente os rumores de uma fome iminente e a introdução desnecessária de cartões de racionamento. Isso levou as pessoas da cidade a comprar grande quantidade de pão para estocar, criando longas filas nas padarias. Isso foi agravado pela presença de cerca de 570 mil refugiados de guerra na capital, pois eles não foram considerados, portanto, não receberam cartões de racionamento.

Para termos um comparativo moderno de como o pânico na capital foi exagerado, em 1917, a taxa do consumo de pão por habitante na Rússia era de 1.600g por semana, atualmente o consumo semanal no Brasil é de 581g, ou seja, três vezes menos que os "famintos russos". Outro parâmetro é o dado pela Organização Mundial de Saúde, que define como consumo adequado 1.162g por habitante.

Em Petrogrado, as vésperas do Fevereiro, o pão foi racionado a 615g por pessoa, era pão de boa qualidade e os trabalhadores e militares receberam 820g.

---

[363] ЗЫКИН, Дмитрий Эндшпиль; Как оболгали великую историю нашей страны. Санкт-Петербург: Питер, 2014.
[ZIKIN, Dmitry Endipil, *Como eles caluniaram a grande história do nosso país*. São Petersburgo: Peter, 2014].

Esses números estão abaixo dos recomentados pela Organização Mundial de Saúde, mas continuam acima dos brasileiros modernos[364].

Além dos boicotes nos mais altos níveis do fornecimento de alimentos, existem dois fatores que podem ter contribuído para que faltasse o pão preto. Foi relatado que algumas padarias em vez de utilizar toda a farinha entregue, transportavam parte para as províncias, onde eram vendidas por preços elevados no mercado negro. Rumores de tais abusos forçaram o General Khabalov a impor uma supervisão mais rigorosa nas padarias[365].

Outra falácia ao se referir ao termo "crise do pão" é que só havia escassez de pão preto, o branco, que era um pouco mais caro, poderia ser encontrado livremente[366].

Consciente dos perigos de sabotagens, rumores e especuladores, o general Korlov escreveu uma carta implorando para que Protopopov ordenasse que todas as padarias militares assassem pão durante a noite até a manhã para disponibilizá-los à população. A carta foi extraviada e nunca chegou ao seu destino.

Em suas memórias, o general Korlov declara:

> Eu dei este conselho, não porque achei que as causas das agitações populares em Petrogrado foram por falta de pão. Eu estava perfeitamente ciente de que havia estoques de pão e também a população receberia o resto dos produtos comestíveis. E que essa reserva seria suficiente para 22 dias, mesmo se assumirmos que durante este tempo a capital não será abastecida por qualquer vagão com alimentos. A exigência de pão, que foi lançada nas massas é um slogan revolucionário.

O general Korlov acertou em sua previsão, embora houvesse farinha disponível para semanas, por causa das grandes filas nas padarias não havia fornos suficientes para assar tamanha quantidade de pão. Por isso, a Comissão decidiu mudar o sistema para cartões[367].

O sistema de cartões realmente era algo desagradável, mas não o suficiente para destituir um governante. Quase em todos os países beligerantes havia racionamento, mas só a Rússia fez disso um motivo de subversão. O que não faz sentido se considerarmos que exatamente no mesmo país houve racionamento e

---

[364] МИРОНОВ, Борис Николаевич; Благосостояние населения и революции в имперской России: XVIII — начало XX века. Москва: Весь Мир, 2012.
[MIRONOV, Boris Nikolaevich, *O bem-estar da população e as revoluções na Rússia imperial: XVIII - início do século XX*. Moscou: Ves Mir, 2012].
[365] KATKOV, Georgy Mikhailovich, *op. cit.*
[366] СТАРИКОВ, Николай Викторович. Кто убил Российскую Империю? Москва: Яуза, 2006.
[STARIKOV, Nikolay Viktorovich, *Quem matou o Império Russo?* Moscou: Yauza, 2006].
[367] ZIKIN, Dmitry Endipil, *op. cit.*

a população não reagiu a tal medida. Temos o exemplo do fracasso das políticas agrícolas N. S. Khrushchev, nos anos de 1962 a 1963, foram estabelecidos cartões para a maioria dos produtos. Em 1963, não houve apenas falta de pão, mas carne, leite e manteiga[368]. Se fosse assim, os cubanos teriam todos os motivos para derrubar o seu governo, pois há 50 anos possuem caderneta de racionamento.

Outro suposto motivo dos distúrbios de fevereiro era a inflação. Podemos presenciar esse erro no seguinte fragmento de um artigo de intermete: "Embora algumas fábricas concordassem com os pedidos de salários mais altos, a inflação em tempo de guerra anulava o aumento".

Embora os preços do início da guerra até o final de 1916 tenham aumentado mais de três vezes em comparação com o período pré-guerra, os ganhos dos trabalhadores, nos dois primeiros anos da guerra, aumentaram ainda mais rapidamente do que os preços dos alimentos, devido a uma escassez de mão de obra e ao rápido crescimento da indústria militar. Em 1914, os trabalhadores gastavam em comida para toda a família 44% dos seus lucros, já em 1915, com a mesma dieta, gastaram 42% e em 1916 era 25% do salário. Apenas em 1917, após a Revolução de Fevereiro, durante o regime provisório, os aumentos dos preços dos alimentos começaram a ultrapassar o crescimento dos salários, mas o potencial absorvido era de apenas 29% dos lucros[369].

Temos o exemplo da fábrica Obukhov, em fevereiro de 1917 seus funcionários receberam entre 225 a 400 rublos por mês, com um salário médio de 300 rublos. De acordo com a mesma fonte, o salário mensal, em meados 1914, foi de aproximadamente 71 rublos. Ou seja, aumentou mais de 4 vezes, compensando totalmente o aumento dos preços[370].

A inflação nunca foi motivo para uma revolução e não é preciso buscar exemplos estrangeiros para ter provas disso. Muitos brasileiros ainda guardam na memória os conturbados anos de 1980 a 1990, quando a inflação galopante chegou a superar os 80% ao mês, ou seja, o mesmo produto chegava a quase dobrar de preço de um mês para outro. Essa tragédia financeira não foi causada por uma guerra ou catástrofe natural, mas foi o resultado da mais profunda incompetência política. E, mesmo assim, não houve revolução no Brasil.

---

[368] ФИЛИППОВ, Александр Васильевич; Новейшая история России, 1945—2006 гг.Москва: Просвещение, 2007.
[FILIPPOV, Alexander Vasilievich, *História moderna da Rússia, 1945-2006*. Moscou: Educação, 2007].
[369] СТРУМИЛИН, Станислав Густавович; Проблемы экономики труда. Москва: Наука, 1982.
[STRUMILIN, Stanislav Gustavovich, *Problemas econômicos e trabalhistas*. Moscou: Nauka, 1982].
[370] МАРЧЕНКО, Андрей; Россия Накануне 1917-го. Опубликовано в газете "Чистый мир", Минск: Издательская деятельность, 2005.
[MARCHENKO, Andrey, "Rússia nas vésperas de 1917". Publicado no jornal *Mundo Limpo*, Minsk: Atividade Publicitária, 2005].

Também temos o exemplo de Nicolás Maduro, que mesmo com uma inflação anual estimada em 1.000.000% continua no poder.

16.1.4 Por que a Revolução de Fevereiro foi em fevereiro

A Revolução de Fevereiro não foi um movimento espontâneo e sim um golpe de Estado programado, com dia certo para começar. Foi o resultado de uma ação coordenada entre o Comitê Militar Industrial, os Zemstvos e o alto escalão militar.

A data foi escolhida porque o golpe não poderia ser realizado após a ofensiva da primavera de 1917, planejada e desenvolvida pelo comando aliado. Depois desse ataque era previsto que o já desgastado inimigo seria derrotado nesse mesmo ano. Assim, a revolução teria o período de um mês para ser executada, ou seja, até primeiro de abril. Caso isso não acontecesse, a vitória seria certa e o Imperador, na posição de supremo general vencedor, seria uma figura inatingível.

A crença de que a Rússia estava prestes a ganhar a guerra levou o alto comando do exército a iniciar uma rebelião contra o rei. Nicolau II, em agosto de 1915, tornou-se o comandante chefe e todos os sucessos militares seriam atribuídos à sua autoridade. A conquista de um território que se estenderia da Polônia até a Turquia estabeleceria a hegemonia russa na Europa Oriental. A conquista da Pérsia e a apreensão do Estreito faria com que Nicolau II ofuscasse a grandeza de Pedro I e Catarina II. Nesse caso, derrubá-los seria simplesmente impensável.

Os motivos dos generais promoverem um golpe de Estado são claros: primeiro, eles queriam ganhar a guerra e, por outro, não queriam dar os louros da vitória a Nicolau II, que não gozava de uma honra especial na elite militar. No caso de uma vitória brilhante, sem um rei, os generais ganhariam poderes políticos consideráveis, que se baseariam na justificativa de serem os "salvadores da pátria"[371].

Esse tema nos leva ao **MITO NÚMERO 69, o mito de que a Rússia estava perdendo a guerra.** Na realidade, às vésperas dos distúrbios de fevereiro, as perspectivas de vitória na guerra eram grandes. Até o final de 1916, a produção total no país aumentou em 40 vezes. Na batalha em curso no verão de 1916, a artilharia de campo russa já estava gastando 2 milhões de projéteis por mês. No início da guerra, a artilharia russa realizava apenas 1000 tiros por arma, e, em 1917, esse número ascendeu a 4000 tiros. É claro que uma vitória, em tal situação, seria muito mais provável. Afinal, as tropas russas, mesmo sem munição, conseguiram lutar e tiveram resultados incríveis! Com alguns rifles, os soldados

---

[371] КУНГУРОВ, Алексей Анатольевич; Как делать революцию. Москва: Самиздат, 2011. [KUNGUROV, Alexey Anatolyevich, *Como fazer uma revolução*. Moscou: Samizdat, 2011].

russos dizimaram o exército austro-húngaro no campo da Galiza e nos desfiladeiros dos Cárpatos e as estatísticas apontam que as tropas alemãs que lutaram na frente oriental tiveram perdas duas vezes mais pesadas do que no Ocidente. Os turcos derrotaram os soldados britânicos, no entanto, foram vencidos pelo exército russo. Nessa ocasião, a Rússia já estava nas fronteiras do Iraque. Em novembro de 1916, na conferência em Chantilly, foi presumido que a guerra acabaria no próximo ano.

Ao contrário do que é dito nos livros brasileiros, na primavera para o verão de 1917, a Alemanha não estava preparando-se para invadir a Rússia. Pelo contrário, o exército alemão estava preparando-se para uma defesa estratégica. Ludendorff escreveu em suas memórias: "Nossa situação é extremamente difícil e quase irreversível, sobre uma ofensiva nem tem o que pensar, tivemos a constituição de reservas em prontidão para a defesa. Não há esperança de qualquer falha da Entente. Nossa derrota parece inevitável..."[372].

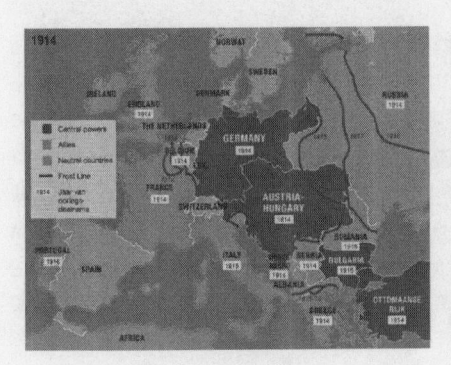

Mapa da Rússia na Primeira Guerra Mundial
· Em 1917 os inimigos não alcançaram as fronteiras da Rússia nem da Ucrânia.
· As principais áreas produtoras de alimentos não foram invadidas.
· Apenas a Polônia e uma pequena área da Bielorrússia foram dominadas.

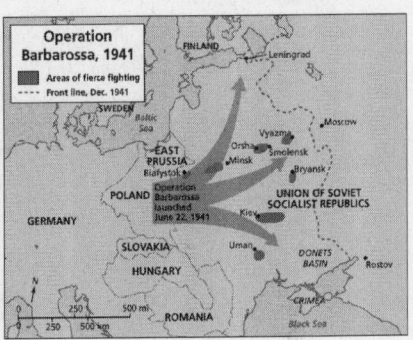

Mapa da Rússia na Segunda Guerra mundial
· Em 1941 mais da metade da Rússia foi invadida.
· Leningrado sofria com o cerco nazista.
· A Bielorrússia e a Ucrânia foram dominadas.
· As tropas nazistas alcançaram o Volga.

Como podemos ver nos mapas anteriores, as forças inimigas não penetraram no que é a atual Rússia, apenas ocuparam parte da Bielorrússia. Além disso, os russos invadiram vários territórios inimigos ampliando seus domínios ao sul, na Transcaucásia até as profundezas do território turco. Essa situação não inspirava o menor medo no sentido de quebrar áreas vitais para os centros importantes do país, situação bem mais confortável do que a dos franceses, que

---

[372] STARIKOV, Nikolay Viktorovich *op. cit.*

tinham metade da sua frente oeste invadida e os alemães estavam perigosamente perto de Paris[373].

Também devemos lembrar que o povo russo é corajoso e determinado, nunca desistiria de sua luta. Mesmo em momentos realmente ameaçadores, os russos combateram até a almejada vitória. Podemos constatar isso no mapa anterior, em que observamos a Rússia, em 1941, durante a Segunda Guerra Mundial. Nessa ocasião, mais da metade da Rússia foi invadida. Leningrado sofria com o cerco nazista, a cidade foi privada de comida, energia e até mesmo água potável. A Bielorrússia e a Ucrânia foram dominadas e as tropas nazistas alcançaram o Volga. Mesmo assim os russos reconquistaram suas terras e marcharam para Berlim.

Outro fator que contribuiu para que a Revolução de Fevereiro fosse antecipada foi a intenção das lideranças do país em realizar eleições. Essas eleições seriam uma manobra rápida e bem-sucedida para desorientar os inimigos de Estado.

Porém, o fator que mais amedrontava os conspiradores era o plano do governo de espalhar, em massa, panfletos políticos incriminando os líderes da oposição e todo o seu grupo. Para isso, foi liberado o montante de cerca de 5 milhões de rublos. A brochura tinha como nome "A verdade sobre os cadetes" e "caixa amarela"; esses panfletos diziam toda a verdade sobre as atividades antirussas das facções da Duma e do bloco progressista em geral. O governo também iria falar sobre a campanha bem-sucedida no Bósforo e o fim da carreira dos falsos democratas, que prejudicam o país. Se esses folhetos tivessem ido a público, talvez a revolução jamais tivesse ocorrido[374].

---

[373] ВОЛКОВ, Сергей Владимирович. Забытая война. Журнал Коммерсантъ Власть, Москва, № 13 от 05.04.2010, стр. 20
[VOLKOV, Sergey Vladimirovich. "Guerra esquecida". Revista *Kommersant Vlast*, Moscou, Nº 13 de 05.04.2010, p. 20].
[374] STARIKOV, Nikolay Viktorovich, *op. cit.*

17 Revolução popular ou golpe militar?

17.1 O golpe militar de fevereiro

A Revolução de Fevereiro não foi um movimento espontâneo, tampouco uma demanda popular. Na verdade, a queda da dinastia Romanov e a Proclamação da República foram o resultado de um golpe militar. O que elucida o **MITO NÚMERO 70**, o mito de que a Revolução de Fevereiro foi uma demanda popular.

Tanto o grupo de Gutchkov, como Rodzianko e até os socialistas sabiam muito bem que não era possível um golpe de Estado sem a adesão e o auxílio dos generais. O tzar era invulnerável no meio dos seus exércitos, apenas uma traição do alto comando poderia provocar a abdicação ou mesmo a morte do soberano. Assim, desde o princípio da guerra, o centro revolucionário procurou assegurar a colaboração dos generais. Para isso, estabelecem-se negociações, provocam-se esperanças e excitam-se ambições. Dessa forma, e pouco a pouco, organiza-se um núcleo militar disposto a contribuir para o golpe de Estado. À frente da organização encontra-se Guchkov e em torno dele os oficiais: Yakoubovitch, Toumanov, Engelhardt, Fiedbich e Tougane-Baranovsky. Porém, como eles tinham pouca importância, era preciso atrair a cúpula do exército. Tal tarefa é consideravelmente facilitada pelas visitas que os deputados faziam à frente. Assim, pouco a pouco acabaram por selecionar um grupo de generais, com os quais podiam contar, e, entre eles estava Polivanov, os generais Krimov, Khogandohov, os comandantes de exércitos Broussilov, Roussky e Alekseev. Esses três últimos são os que mais interessavam aos conjurados, que empregaram todos os seus esforços para fazer-

-lhes ocupar posições estratégicas no momento próprio, permitindo-lhes decidir o destino da monarquia[375].

Escreveu o General Denikin:

> A comunicação entre os oficiais e a Duma existe há muito tempo. O trabalho da comissão de defesa nacional durante a reconstrução da frota e a reorganização do exército após a guerra japonês começou com a discreta participação ativa dos jovens oficiais. Guchkov formou um círculo, que consistia de Savic, Krupensky, representantes e diretores como Earl Bobrinsky, liderado pelo general Gurko. Aparentemente pertencia ao círculo o General Polivanov, que desempenhou um papel importante no colapso do exército.

Posteriormente, o mesmo General Denikin nos dá impressionantes detalhes da conspiração:

> Na estrutura do seguinte círculo estão incluídos alguns membros da extrema-direita, dos círculos liberais da Duma de Estado, o bloco progressista, alguns membros da Família Imperial e os oficiais. As medidas ativas deveriam ter sido precedidas de um último apelo ao Imperador de um dos grandes príncipes. [...] Em caso de falha, na primeira quinzena de março era para as forças armadas parar o trem imperial durante a sua viagem à Petrogrado. Além disso, a proposta era convencer o Imperador a abdicar, e em caso de desacordo, a sua eliminação física. O herdeiro legal, Alex, assumiria e Mikhail seria o regente.

Nos depoimentos de Denikin podemos notar que ele estava ciente da preparação de um golpe de Estado. Também é assustadora a facilidade com que ele fala do assassinato de seu rei, a quem fez um juramento sobre o Evangelho.

Sobre isso, o General Krimov relata: "O golpe é inevitável e, na fronte, é possível senti-lo. Se for decidido esta medida extrema, vamos apoiá-la"[376].

17.1.1 O preço de uma traição

Conforme visto em capítulos anteriores, depois que o Imperador Nicolau II assumiu o exército, em 18 de agosto de 1915, Mikhail Vasilyevich Alekseev

---

[375] JACOBY, Jean, *O Czar Nicolau II e a Revolução*. Porto: Educação Nacional, 1933.
[376] МУЛЬТАТУЛИ, Петр Валентинович. Господь да благословит решение мое... Император Николай II во главе действующей армии и заговор генералов. Санкт-Петербурга: Сатисъ, 2002. [MULTATULI, Petr Valentinovich. *Deus abençoe minha decisão... Imperador Nicolau II, à frente do exército e a conspiração dos generais*. Petersburg: Satis, 2002].

foi nomeado comandante chefe. Neste momento, Alekseev tinha todos os motivos para manter uma dívida de gratidão para com o soberano, pois este lhe deu um cargo que não condizia com suas capacidades limitadas.

O Imperador não lhe concedeu apenas uma promoção e uma oportunidade de entrar para a história, mas também lhe entregou toda a sua confiança. Em uma carta à Imperatriz Alexandra Feodorovna ele escreveu: "Não posso lhe dizer como estou satisfeito com o general Alekseev. Ele é um homem consciencioso, inteligente, humilde e dedicado".

Nicolau II também lhe ofereceu algo inestimável: sua amizade. Alekseev, ao longo do dia, bem como todos os domingos e feriados, almoçava e jantava com o Imperador, onde era convidado de honra. Todas as manhãs, o tzar e Alekseev discutiam durante horas os assuntos da frente. Eles se entendiam bem, e não havia indícios de que o tzar estivesse tentando impor ao seu chefe de equipe quaisquer ideias estratégicas ou táticas. Na verdade, Alekseev era o comandante chefe e cada um de seus empreendimentos era apoiado pelo soberano[377].

Infelizmente, Alekseev não soube aproveitar a chance de entrar na história, contentando-se com pouco. Algumas coisas não têm preço e Alekseev não era uma delas. Ele não era um homem rico, por isso vendeu seu soberano por dinheiro[378].

Alekseev já mantinha relações Guchkov, deste que ocupava o cargo de 2º General da Administração do Estado-Maior, e fazia parte do grupo político russo que se autointitulava "Jovens Turcos". Guchkov encontrava-se com Alekseev e N. I. Ivanov durante a Guerra Russo-Japonesa.

A traição de Alekseev foi, por muito tempo, escondida da literatura da imigração russa, que colocava a culpa do golpe de Estado em uma absurda "conspiração judaica". Era muito importante para a emigração esconder a acusação de que o general tinha participação em uma conspiração antimonárquica, porque poderia desacreditar a ideia de uma "causa branca", pois ele foi o criador do Exército Branco[379].

Há uma série de testemunhas que atestavam a participação de Alekseev como membro iminente da conspiração para derrubar Nicolau II. S. P. Melyunov e Lemke escreveram sobre isso em suas memórias[380]. Lemke, um ex-correspon-

---

[377] КАТКОВ, Георгий Михайлович ;Февральская революция. Москва: Центрполиграф, 2006. [KATKOV, Georgy Mikhailovich, *Revolução de fevereiro*. Moscou: Tsentrpoligraf, 2006].
[378] СОЛОНЕВИЧ, Иван Лукьянович; Великая фальшивка февраля. Москва: Алгоритм, 2007. [SOLONEVICH, Ivan Lukyanovich, *A grande farsa de fevereiro*. Moscou: Algoritmo, 2007].
[379] АЙРАПЕТОВ, Олег Рудольфович; Генералы, либералы и предприниматели. Работа на фронт и на революцию (1907-1917). Москва: Отдельное издание, 2013.
AIRAPETOV, Oleg Rudolfovich, *Generais, liberais e empresários. O trabalho para o fronte e para a revolução (1907-1917)*. Moscou: edição separada, 2013.
[380] MULTATULI, Petr Valentinovich, *op. cit.*

dente de guerra, apontava que em 1916 as relações pessoais e correspondências entre Alekseev e Gutchkov tornaram-se mais intensivas. Em seguida, Lemke começou a suspeitar da existência de uma conspiração, que envolvia Gutchkov, Alekseev e Konovalov.

As relações de Alekseev com o rei permaneceram cordiais até que os contatos com Gutchkov, presidente do CMI, tornaram-se conhecidos por Nicolau II. Quando se tornou pública a correspondência com Gutchkov ele foi obrigado a renunciar[381].

17.1.2 Fabricando uma revolução

Para que o golpe militar tivesse um ar de legitimidade foi necessário simular, por meio de greves e tumultos, uma suposta aprovação popular. Mobilizar pessoas para esse fim era algo simples para Gutchkov, pois ele era presidente do CMI e controlava os grupos de trabalho, dispondo assim de milhares de trabalhadores para seus fins políticos.

Os grupos de esquerda, que se julgavam "líderes do proletariado", assistiam a tudo estarrecidos. Na época, os principais dirigentes dos bolcheviques estavam no exterior, por isso não poderiam estar envolvidos ativamente nos distúrbios de fevereiro. Dentre os exilados estava Lenin, o qual declarou que não viveria para ver a revolução.

O esquerdista S. R. Mstislavsky escreveu: "A revolução pegou a nós e aos membros do partido como as virgens loucas do evangelho, que dormiam".

Melgunov resume tudo no seguinte pensamento: "Seja qual for o papel que os partidos revolucionários gozavam, ainda é inegável que, até o primeiro dia oficial da revolução, ninguém pensava em uma iminente possibilidade de revolução"[382].

O controle dos movimentos trabalhistas não estava nas mãos de radicais extremistas, mas de conceituados membros da Duma e respeitáveis generais.

Em novembro de 1916, foi distribuído nas fábricas de Petrogrado um projeto que solicitava a criação de um governo de "salvação nacional" com base na Duma. Rodzianko visitou pessoalmente as delegações de trabalhadores da Putilovsky, Obukhovsky e outras fábricas com saudações da Duma.

Tal cumplicidade ficou explícita na noite de 26 a 27 de janeiro de 1917, 10 dos seus 11 membros do grupo de trabalho foram presos. Isso irritou profundamente Guchkov; ele que sempre foi extremamente cauteloso em seus planos, naquele momento perdeu a compostura e exigiu: "Aqui somos pacíficos comer-

---

[381] KATKOV, Georgy Mikhailovich, *op. cit.*
[382] SOLONEVICH, Ivan Lukyanovich, *op. cit.*

ciantes e industriais, embora a organização seja militar-industrial, mas fomos forçados a incluir a revolução como o principal ponto do nosso programa prático, mesmo que seja armada"[383].

Nessa ocasião as principais fábricas de Petrogrado estavam nas mãos do general Manikovsky, que coordenava as ações dos conspiradores com a dos líderes dos trabalhadores.

Apesar de ter constatado e informado ao Imperador sobre a preocupante propaganda entre os operários e as enormes somas de dinheiro entregues aos grevistas, Manikovsky não ofereceu resistência, nem mobilizou a polícia[384].

17.1.3 Boicotes por parte dos generais

Em fevereiro de 1917, não havia nenhuma revolução, apenas motins de pão e pequenos distúrbios, que poderiam ser facilmente dissipados, caso o general Khabalov não tivesse desobedecido à ordem direta do Imperador para suprimir a rebelião.

Mas os acontecimentos que transformaram um pequeno distúrbio em uma revolução não foram apenas o reflexo de omissão ou erros do exército, mas de uma operação premeditada de boicotes e traições por parte dos generais responsáveis pela segurança do Imperador.

Um exemplo disso foram as tropas escolhidas para resguardar a capital, a guarnição de Petrogrado não era confiável e, mesmo assim, não foi substituída. Para piorar a situação, quarenta mil dos seus melhores elementos e vinte mil cossacos foram transferidos. Só com essa elite qualquer agitação poderia ser controlada. A guarda de Petrogrado era muito importante, pois ela protegia a monarquia e, consequentemente, definia o destino da Rússia.

Protopopov foi, talvez, o único a informar ao Imperador sobre o estado de espírito da guarnição de Petrogrado e de que a situação na capital era "ameaçadora". Com base nessa informação, o Imperador ordenou ao General Gurko que trocasse as tropas da capital por unidades mais confiáveis. O soberano é ignorado. O prefeito, o general-tenente Khabalov e o general Gurko desobedeceram ao comando do Imperador.

O único contingente fiel ao tzar era a polícia, que no momento encontrava-se quase desarmada e com uma equipe de 10 mil membros contra, pelo menos 200 mil soldados armados da guarnição não confiável.

---

[383] AIRAPETOV, Oleg Rudolfovich, *op. cit.*
[384] MULTATULI, Petr Valentinovich, *op. cit.*

As fábricas e armazéns de Petrogrado estavam cheias de armas e foram praticamente entregues nas mãos do "proletariado". Como isso aconteceu não foi divulgado pelos historiadores soviéticos. Há um ponto vago sobre como os trabalhadores conseguiram capturar 40 mil rifles.

Finalmente, cansado da insubordinação de seus generais, o Imperador decidiu ir pessoalmente à capital, mas antes disso ordenou para enviar a Petrogrado seis divisões de cavalaria, seis regimentos de infantaria mais confiáveis e equipes armadas com metralhadoras. O General Alekseev desacata as ordens de Nicolau II e veta o envio dessas peças. O general Ruza ordenou não só que fosse cancelada qualquer ajuda ao general Ivanov, mas que os escalões já enviados retornassem. Na mesma noite, em nome do Imperador, foi despachada uma prescrição para que as tropas já expedidas fossem detidas nas estações e não embarcassem.

Todas as medidas contra a revolução e o envio de tropas contra os insurgentes foram canceladas em nome do Imperador, mas, para além de sua vontade. Enquanto isso, o próprio Bublikov admitiu: "Seria o suficiente apenas uma divisão disciplinada da frente para esmagar a revolta". Talvez nem mesmo precisasse de tanto, onde a "revolta" se deparava com alguma resistência, dispersava-se como fumaça. Em uma fábrica de tubos e com apenas um tiro toda a multidão de agitadores fugiu, abandonando bandeiras e *slogans*. Assim, podemos supor que 700 cavaleiros de St. George do General Ivanov seria o suficiente para acalmar a situação, porém, não foi permitido que eles permanecessem.

Esses atos de insubordinação e traição por parte dos generais nos levam ao **MITO NÚMERO 71, o mito de que Nicolau II foi negligente quanto aos distúrbios em Petrogrado.**

Como vimos, o Imperador ordenou a transferência para a capital de seis divisões de cavalaria, seis regimentos de infantaria e equipes de metralhadora, mas suas ordens não foram cumpridas[385]. Nessa ocasião o tzar foi muito criticado por estar longe da capital durante um momento dramático, mas temos de relembrar que o soberano estava ocupado com suas obrigações de supremo general, por isso precisava estar perto das tropas.

Também não podemos esquecer que o general Khabalov transmitiu informações incorretas ao soberano, garantindo que tudo estava calmo na capital[386].

Manter o Imperador desinformado da situação na capital não foi uma negligência, mas um ato proposital. Em 25 de fevereiro, já havia informações sobre os tumultos em Petrogrado, essa notícia poderia ser facilmente transmitida,

---

[385] SOLONEVICH, Ivan Lukyanovich, *op. cit.*
[386] КОЛОНИЦКИЙ, Борис. Трагическая эротика: Образы императорской семьи в годы Первой Мировой Войны. Москва: Новое литературное обозрение, 2010.
[KOLONITSKY, Boris Ivanovich, *Tragédia erótica: Imagens da Família Imperial durante a Primeira Guerra Mundial*. Moscou: Nova Revisão Literária, 2010].

pois o escritório de Nicolau II era conectado por telefone ao Tsarskoye Selo e o rei tinha o seu próprio canal para obtenção de informações.

Levando em conta que o Imperador sempre manteve contato telefônico com Petrogrado, por que o QG sempre tratava de questões importantes por telegramas? Não seria mais fácil telefonar? Um exemplo disso é o telegrama enviado por Rodzianko ao Imperador, para nomear um "governo responsável". Por que não telefonar ao soberano?

Outra esquisitice, que geralmente não é contestada, foi o episódio em que Nicolau II recebeu um telegrama de sua esposa Alexandra Fyodorovna. Isso não faz sentido, pois Alexandra tinha uma linha direta ao escritório do Imperador e conversava constantemente com seu marido. Por que a rainha enviaria um telegrama? E a principal questão, saber se esses telegramas realmente pertenciam à rainha. Talvez Nicolau já tivesse sido isolado por telefone da sede e, em seguida, Alexandra, desesperada, decidiu enviar um telegrama?

Outro fato incongruente é que em 27 de fevereiro Alekseev chamou o Grão-Duque Mikhail e ofereceu-lhe a regência. Por que razão? O rei abdicou? Nicolau é deposto? Oficialmente, não, mas nesse caso o comportamento de Mikhail, para dizer o mínimo, é estranho[387].

17.1.4 Tomada do palácio

Em 24 de fevereiro, entraram em greve 197 mil trabalhadores. Havia bandeiras vermelhas e os manifestantes cumprimentavam os soldados que vagavam passivamente, sem comando. Abandonado à própria sorte, Protopopov, como último esforço utilizou as forças policiais. Em toda a Petrogrado, com os seus dois milhões de habitantes, havia apenas 3.500 policiais, essas forças insignificantes foram espalhadas por toda a cidade em patrulhas de 2 a 3 pessoas, além do que, era proibido recorrer a armas.

Rodzianko exigiu ao Imperador um "ministério responsável", disse que na capital havia anarquia. O Grão-Duque Mikhail Alexandrovich repetia as palavras ditas por Rodzianko. Alarmado, o Imperador Nicolau ordenou o envio da brigada de infantaria e cavalaria, à sede, mais foi desacatado.

Em 28 de fevereiro, os últimos defensores da monarquia na capital morreram ou foram confrontados com a impossibilidade de continuar a lutar. À noite, a maioria dos ministros, incluindo Golitsyn, Protopopov e Belyaev, foi presa.

---

[387] ЗЫКИН, Дмитрий Эндшпиль; Как оболгали великую историю нашей страны. Санкт-Петербург: Питер, 2014.
[ZYKIN, Dmitry Endipil, *Como eles caluniaram a grande história do nosso país*. São Petersburgo: Peter, 2014].

Com medo da chegada de tropas para defender o Império, os membros da Duma, Rodzianko e Bublikov, dominaram os meios de comunicação ferroviários com a ajuda de Lomonosov, um bolchevique que tinha grande influência na estrada de ferro.

Certificando-se de que todas as medidas para reprimir a insurgência não serão aceitas, Rodzianko começou a tomar medidas decisivas. Na manhã de 2 de março Rodzyanko informou ao General Ruza que só a abdicação do Imperador seria capaz de pacificar o país. Com as mesmas palavras do ambicioso presidente da Duma o general Alekseev informou o quartel-general. O telegrama foi enviado às 10 horas da manhã e demorou quatro horas para obter uma resposta, o Grão-Duque Nicolau e Brusilov concordaram o Grão-Duque Nicolau e Brusilov concordaram com a abdicação[388].

17.1.5 O trem real

Em 1º de março o comboio de Nicolau II é detido por Alekseev em Pskov. A partir desse momento, o Imperador finalmente percebe que estava preso e não poderia fazer nada. O Dr. Botkin, médico da Família Real, escreveu:

> A revolução começou muito antes do dia em que Guchkov e Shulgin pediram abdicação do Imperador em Pskov. Lá ela já estava estabelecida, naquele dia o Imperador foi realmente um prisioneiro dos conspiradores. Quando o trem real parou na estação de Pskov, o Imperador *não era mais seu mestre. Ele não poderia dirigir o seu trem de acordo com* a sua vontade e discrição, e mais, a parada em Pskov *não foi agendada por ele.*

Quando se lê as memórias do séquito real durante os acontecimentos de Fevereiro de 1917, involuntariamente se é atingido por seu desamparo e desesperança. Nenhum deles fez nenhuma tentativa de ajudar efetivamente o monarca, pelo menos dar apoio moral a ele. Nessas circunstâncias, o único que continuou a resistir e defender a monarquia em si foi Nicolau II.

Os generais passaram para o lado de Rodzyanko e apoiaram o manifesto, que exigia um "governo responsável".

Nicolau II contava com o general Ruza, que seria fiel ao seu juramento, mas quando o trem real se aproximou de Pskov, para sua surpresa, foi tudo diferente. O general Ruza, ao aproximar-se do vagão disse: "Agora é difícil fazer

---

[388] КЕРСНОВСКИЙ, Антон Антонович; История Русской армии. Москва: Шифр, 1992. [KERSNOVSKY, Anton Antonovich, *História do exército russo*. Moscou: Shifr, 1992].

qualquer coisa. Há muito tem sido pressionado por reformas, exigidas por todo o país... mas não escutou... agora tem que render-se à mercê do vencedor". Após o encontro com o Imperador, Ruza solicita um "ministério responsável". É possível imaginar a amargura de Nicolau II, que ao invés de apoio descobriu a profundidade da conspiração[389].

As exigências dos generais eram inaceitáveis, o Imperador sabia que um ministério constituído de corruptos da pior espécie seria um desastre e caso aceitasse ser um Imperador "fantoche", seria responsabilizado por esse desastre.

Em uma de suas recentes declarações em conversa com Ruza, no dia 1º de março de 1917, o monarca explicou que como um líder simbólico poderia se livrar de qualquer responsabilidade pelas ações de seu governo, mas não da responsabilidade moral. Além disso, o Imperador tinha uma profunda desconfiança da integridade dos políticos que afirmavam "desfrutar de um mandato popular".

17.1.6 A falsa renúncia

Em 2 de março, por volta das dez horas, em Pskov, Guchkov e Shulgin aproximaram-se do trem real para legitimar a renúncia de Nicolau II[390]. Essa tentativa inútil de legalizar um golpe militar nos leva ao **MITO NÚMERO 72, o mito de que o governo provisório era legítimo e ao MITO NÚMERO 73, o mito de que Nicolau II renunciou ao trono.**

O Governo Provisório não era legítimo, pois Nicolau II não poderia transferir seu poder para outro governante, nem mesmo para seu filho. A dignidade de Imperador, na Rússia, era perpétua e não havia nenhuma lei na constituição russa que permitisse uma renúncia.

Atualmente, temos um caso semelhante, o do Imperador Akihito do Japão, que desejava se aposentar, por causa de sua avançada idade e condição física. Porém, não abandonou seu posto, já que a Lei de Sucessão japonesa não contempla que o Imperador ceda o posto ainda em vida ao herdeiro.

Mas mesmo que houvesse uma lei de sucessão, o futuro Imperador Alexei Nikolaevich Romanov não foi consultado sobre a possibilidade de conceder seus direitos legítimos ao Grão-Duque Mikhail Alexandrovich. Mesmo que esse fosse consultado ele era menor de idade, dessa forma, não poderia opinar por uma renúncia, tornando assim Mikhail um usurpador e, por conseguinte, sua renúncia

---

[389] MULTATULI, Petr Valentinovich, *op. cit.*
[390] KATKOV, Georgy Mikhailovich, *op. cit.*

inválida. Transferir o título diretamente a Mikhail também não resolveria a situação, pois interromperia a sucessão legítima ao trono[391].

Muitos historiadores consagraram a interpretação desse momento trágico. Confirmam o ato de abdicação ocorrida mediante dois documentos elaborados com o consentimento de Nicolau II entre os dias 2 e 3 de março de 1917. Trata-se de um período conturbado, em que as comunicações entre o czar e os militares que o acompanhavam no trem imperial na fronte e o Estado-Maior do exército foram feitas por telégrafo.

O primeiro passo foi um documento no qual Nicolau II abdicava em favor de seu filho Alexey, que por ser ainda menor de idade, teria como regente seu tio e irmão do czar, o grão-duque Mikhail. Esse documento ainda não assinado foi ditado por ele ao general Rusky e transmitido por telégrafo ao Estado-Maior do Exército que o encaminhou ao general Nicolai Basily, chefe da chancelaria diplomática no Quartel-General do Exército em 2 de março às 19:30 horas (Steinberg e Khrustalev, *A queda dos Romanov*, p. 65). Nesse ínterim, houve mudança de posição do czar motivada por consulta a um médico, cujo diagnóstico o levou a não desejar separar-se de seu filho menor, hemofílico e com pouca expectativa de vida; desistiu dessa solução, mas tentou salvar o trono para os Romanov. Ao receber o documento preparado pela chancelaria, já havia se decidido, riscou o nome do filho e assinou a abdicação. O documento, assim emendado, alterava os termos anteriores e declarava que ele renunciava ao trono em favor de seu irmão. Foi assinado pelo czar com a observação de seu próprio punho explicando a hora da assinatura, 15 horas, para garantir sua autenticidade. Esse mesmo documento, uma vez assinado, foi divulgado rapidamente e logo o povo russo também tomou conhecimento de que Nicolau II havia renunciado ao trono, em favor de seu irmão, o qual pressionado acabou por desistir de ocupá-lo. A renúncia era fato inconteste e a polêmica dirigia-se então à questão de quem ocuparia o trono dos Romanov. Outra solução colocada naquele momento era a possibilidade da extinção da monarquia na Rússia.

Na ocasião, apesar da extrema tensão que dominava o ambiente, o czar mostrou-se contido e não esboçou reação ao se ver abandonado por aqueles que poderiam sustentá-lo, ou seja, os comandantes de seu exército e o ministério composto por nobres por ele designados.

Entre os historiadores que defendem essa interpretação do ato da renúncia está Robert Service, cujos estudos se concentraram neste período da vida de Nicolau e dos Romanov. Consultou o diário do czar, da czarina e de vários protagonistas que com ele interagiram nos últimos meses da sua vida. Em seu livro *O*

---

[391] СТАРИКОВ, Николай Викторович. Кто убил Российскую Империю?. Москва: Яуза, 2006. [STARIKOV, Nikolay Viktorovich, *Quem matou o Império Russo?* Moscou: Yauza, 2006].

Último Tzar, o autor informa que "Nikolai Romanov" manteve diários durante a maior parte de sua vida e neles escrevia de maneira escrupulosa, com regularidade. Ele tomava notas cuidadosas de eventos como jogos de cartas e jantares. Mesmo após a renúncia, já prisioneiro dos bolcheviques, o czar manteve essa prática que permitiu aos historiadores consolidar o conhecimento disponível sobre os eventos da abdicação. Com acesso a documentos nunca investigados, incluindo os diários pessoais do próprio czar, esse autor, que é um dos mais reconhecidos especialistas na História russa, aborda os últimos meses da vida de Nicolau II, que transcorreram entre a abdicação e o assassinato de toda sua família a sangue-frio.

Outro historiador, Edvard Radzinsky, em sua *obra O Último Czar*, segue a mesma linha de interpretação. Realizou extensas pesquisas no Arquivo Estatal Central da Revolução Russa, no Arquivo da Agência Novostil de Informações Russas além de diversas entrevistas com pessoas que tiveram algum contato com testemunhos da época. Consultou o diário de Nicolau II, encontrado entre os documentos contidos no Arquivo dos Romanov, transportado pelo czar em uma mala de couro durante seu exílio e que hoje se encontra no Museu Central da Revolução Russa. Esse diário foi escrito pelo czar durante 36 anos, desde 1882, quando estava com 14 anos de idade. São 50 cadernos completos e um incompleto, mantidos sem interrupção até sua morte. Neles é possível verificar que não houve contestação da renúncia por parte dele ou da czarina, a qual também confirma a assinatura da abdicação pelo seu marido.

Esse diário contém algumas reflexões e registros dos principais acontecimentos de cada dia. Nele o czar afirma, após descrever a traição dos militares em quem confiava: "Foi por essa razão que decidi abdicar em favor de meu irmão"[392]. Depois registrou outro comentário a respeito da recusa do seu irmão a assumir o trono: "Deus sabe quem foi a pessoa que o convenceu a assinar um lixo como esse"[393].

Porém o registro mais importante para a questão aqui abordada é o do dia 2 de março:

> Trouxeram o rascunho do manifesto do quartel. À noite, Guchkov e Shulgin chegaram de Petrogrado, falei com eles e entreguei-lhes o manifesto revisado e assinado. À uma da madrugada, parti de Pskov sob o pesado efeito do que acabara de suportar. Estou cercado de traição, covardia e mentiras[394].

---

[392] SERVICE, Robert. *O último Tzar*. Rio de Janeiro: ed. Bertrand Brasil, 2018, p. 46.
[393] *Ibidem*, p. 49.
[394] *Ibidem*, p. 251.

Segundo Mohammed Essad-Bey, em seu livro *Nicolau II, o prisioneiro da púrpura,* existe unanimidade nos depoimentos de testemunhas oculares dos eventos dramáticos de março de 1917 ocorridos no trem imperial em Pskov. O comportamento do czar naquele ambiente das tratativas da abdicação, embora carregado de tensão, é referido unanimemente como tranquilo, em nenhum momento é questionada a autenticidade da sua assinatura. Ao presidente da Duma, no rascunho do primeiro documento, ele escreveu: "Não há sacrifício que eu não faça para o bem-estar da querida Mãezinha Rússia. Assim sendo, desejo renunciar ao trono em favor do meu filho, sob a regência de meu irmão Miguel" (p. 287).

Ocorre, no entanto, que em consulta a historiografia mais recente, verificamos que a certeza da renúncia é confrontada diante do fato de os documentos a ela relativos poderem ter sido alvo de falsificação, conforme se comenta adiante.

Mesmo levando-se em consideração uma assinatura válida, mesmo que, no fundo, indesejada pelo czar ou uma assinatura forjada, o mito reside na inexistência de suporte legal para o ato, pois não tinha o monarca poder para renunciar, colocando, assim, qualquer governo posterior ao seu afastamento, na ilegalidade, até que nova ordem constitucional originária, decorrente da revolução, fosse constituída.

Foi realizada uma análise grafológica das assinaturas do czar em diversos documentos e chegou a alguns resultados. A declaração de renúncia é praticamente idêntica ao telegrama número 1865, enviado por Alekseev, em 1º de março de 1917. Portanto, podemos deduzir que essa é a origem do documento.

Analisando sem pressa esse papel, nos deparamos com detalhes curiosos, que nos dão indícios de sua falsidade. Por exemplo, as assinaturas do soberano foram feitas a lápis; em 23 anos de mandato, foi o único momento em que o Imperador assinou a lápis.

Outro indício importante pode ser encontrado na assinatura. Foram feitas duas cópias da renúncia, ao sobrepor as assinaturas das duas folhas os autógrafos são absolutamente idênticos, uma proeza impossível para um ser humano. No processo manual de assinatura nunca conseguimos imitar totalmente pequenos detalhes. Uma assinatura idêntica só poderia ser realizada com um modelo, ou através do vidro. Isso explica o motivo da inscrição ter sido feita a lápis.

Existe a hipótese da impossibilidade de o Imperador assinar duas vezes da mesma forma, a qual se apoia em outras assinaturas conhecidas, pertencentes ao monarca. Para isso, nos debrucemos sobre dois documentos famosos. O primeiro é a Ordem de Nicolau II ao Exército e a Marinha, de 23 de agosto de 1915. E o segundo é a assinatura dele em 9 de fevereiro de 1916. Quando sobrepomos os autógrafos, nota-se que eles seguem o mesmo padrão, mas não são idênticos.

Posteriormente, surgiu uma terceira cópia da carta de "renúncia", publicada em 1919, em Nova Iorque, por Lomonosov em suas memórias. A terceira cópia da carta de renúncia é uma falsificação grosseira. A assinatura é bem diferente de todas as outras, todos os detalhes da parte inferior foram omitidos.

Abaixo do documento de renúncia existe uma nota atribuída ao ministro da Corte Imperial, o Conde Fredericks. Porém, o conde garantiu que jamais assinou ou assinaria tal documento e podemos confirmar que ele falava a verdade, porque é humanamente impossível Fredericks, nas três declarações de "renúncia", escrever sete palavras com traços idênticos, em duas fileiras com o mesmo espaçamento, inclinação, lacunas e derrames. Não existe qualquer diferença, mesmo entre as letras e entre a localização das sete palavras. Apenas uma cópia no vidro poderia atingir tal efeito. Outro detalhe importante é que o pequeno texto de Fredericks foi feito a lápis, e depois contornado à caneta[395].

Do ponto de vista estritamente legal, até o dia em que foi promulgada a primeira Constituição após a rRevolução, a Rússia continuou a ser uma monarquia, com um trono vago decorrente do assassinato do Imperador e dos seus sucessores imediatos.

---

[395] МУЛЬТАТУЛИ, Петр Валентинович. Николай II: Отречение, которого не было. Москва: Астрель, 2010.
[MULTATULI, Piotr Valentinovich. *Nicolau II: A renúncia que não existiu*. Moscou: Astrel, 2010].

18 Um certo Kerensky

18.1 Uma nova peça no xadrez

Com frequência, muitos livros didáticos descrevem Alexander Kerensky (1881-1970) como uma pessoa equilibrada, moderada, liberal, burguesa e democrata. Algo totalmente avesso ao Kerensky histórico, um terrorista de esquerda, que não poupava esforços para subjugar seus inimigos. Isso nos leva ao **MITO NÚMERO 74, o mito de que Kerensky era um político moderado.** No caso de Aleksander Fedorovich Kerensky, o envolvimento com o radicalismo e terrorismo era uma tradição familiar. Sua família e a de Ulyanov mantinham relações de cooperação na cidade de Simbirsk; eles tinham um estilo de vida em comum tanto em seu *status* social, como nos interesses. Fyodor Mikhailovich, pai de Kerensky, após a morte de Ilya Nikolayevich, pai de Lenin, apadrinhou as crianças Ulyanov. Em 1887, depois da prisão e execução de Alexander Ulyanov, ele deu a Vladimir Ulyanov (Lenin), irmão de um criminoso político, indicações para a admissão à Universidade de Kazan.

Desde fevereiro de 1900, Alexander Kerensky torna-se um participante ativo em encontros de estudantes, já no segundo ano do ensino médio, fazia discursos inflamados abertos convocando os estudantes a lutar contra o sistema. Se não fosse a alta posição de seu pai, reitor da universidade, esta atitude resultaria em expulsão.

A primeira Revolução Russa produziu uma mentalidade radical em muitos intelectuais e o jovem Kerensky estava envolto nesta atmosfera revolucionária. Nesta época ele ingressou para o Partido Socialista Revolucionário, um grupo terrorista armado. Participou da edição do jornal *Petrel*, que pertencia a esse grupo terrorista, e até mesmo se ofereceu para matar Nicolau II. No entanto, o chefe da organização de combate, Yevno Azev, rejeitou o projeto de assassinato solicitado por Kerensky[396].

Criaram um grupo clandestino, com vários companheiros, orgulhosamente chamado de "Organização da insurreição armada". Um membro dessa organização, o jovem cientista-orientalista N. D. Mironov, filho de um rico comerciante da capital, usou seu dinheiro para produzir folhetos e a preparação de um boletim. Kerensky deu seu apartamento para o armazenamento de materiais impressos, armamentos e concordou em cooperar no boletim.

Kerensky estava associado a extremistas como Karakozov, Perovskaia, Zhelyabov, Sazonov, dentre outros. Dizia-se que seu irmão Boris também entrou para o partido socialista-revolucionário.

Em 23 de dezembro de 1905, na noite de Natal, a polícia revistou seu apartamento. Foram educados e tentaram ficar quietos para não acordar um bebê que estava dormindo no berço, o filho de oito meses de Kerensky. Encontraram uma pilha de jornais, folhetos, uma pasta de couro com a inscrição "insurreição armada" e cópias da proclamação dos intelectuais. Em nome da mesma organização, foi encontrada uma caixa de papelão com papel para hectógrafo, oito instâncias do Partido Social Revolucionário, um caderno com poemas de conteúdo delituoso e munição de revólver[397]. Embora estivesse envolvido com terrorismo e guardasse munição, ele ficou preso por pouco tempo, até abril.

Kerensky foi um acérrimo opositor da monarquia, era um militante republicano, apoiava uma profunda transformação de toda a vida social e econômica em princípios socialistas. Considerou necessário lutar contra o regime tzarista, incluindo métodos ilegais. Como advogado mostrou interesse em assuntos de conteúdo político. Em 1910, tornou-se o principal defensor da organização socialistas-revolucionários do Turquistão, acusados de ações armadas contra o governo. No início de 1912, Kerensky participou do julgamento de membros do partido armênio Dashnak, um grupo terrorista e separatista armênio.

Por meio de seus discursos críticos contra o governo ganhou fama de um dos melhores oradores da esquerda. Na Duma, declarou abertamente que a revolução é o único método de salvação do Estado russo. Era membro da comissão de orçamento do Estado Duma e sempre participou de debates sobre questões orçamentais. Despendeu grandes esforços para unir as tendências populistas de oposição. No verão de 1915, comprometeu-se a preparar o Congresso Russo dos socialistas-revolucionários, trudoviques e socialistas populistas. Alexander

---

[396] САМИН, Дмитрий Константинович; Самые знаменитые эмигранты России. Москва: Вече, 2000.
[SAMIN, Dmitry Konstantinovich, *Os emigrantes mais famosos da Rússia*. Moscou: Veche, 2000].
[397] ФЕДЮК, Владимир Павлович; Керенский. Москва: Молодая гвардия, 2009.
[FEDYUK, Vladimir Pavlovich, *Kerensky*. Moscou: Guarda Jovem, 2009].

Kerensky adotou a Revolução Fevereiro com entusiasmo e desde os primeiros dias era um membro ativo. Em 27 de fevereiro de 1917, a sessão da Duma foi interrompida pelo decreto de Nicolau II. Kerensky, como membro do Conselho Municipal, pediu para não obedecer ao decreto real. No mesmo dia, tornou-se membro do Conselho de Anciãos, formou o Comitê Provisório da Duma e era membro da Comissão Militar, para supervisionar as ações das forças revolucionárias contra a polícia. Nos dias de fevereiro, Alexander Kerensky aproximou-se dos soldados amotinados, prendeu os ministros do governo czarista, confiscou dinheiro e documentos secretos do ministério. Sob a liderança de Kerensky ocorreu à substituição das tropas de Guarda do Palácio Tauride por soldados insurgentes, marinheiros e trabalhadores.

O envolvimento direto de Kerensky determinou o futuro da Rússia. Como republicano convicto, fez todos os esforços para derrubar a monarquia. Sob a sua pressão direta, o Grão-Duque Mikhail Alexandrovich decidiu não assumir o trono[398].

O novo governo revolucionário tinha como seu presidente Rodzianko e, dentre os líderes, parte de todos os principais conspiradores: Milyukov, Guchkov, Lvov e Kerensky. A esquerda também estava com pressa e no mesmo dia criou o Soviete de Petrogrado de Deputados Operários e escolheu seu comitê executivo interino. O presidente do comitê executivo era o líder da facção menchevique da Duma, Chkheidze e os seus adjuntos, eram os mencheviques Skobelev, Steklov, Nahamkes e Kerensky. Assim, Kerensky tornou-se uma ponte entre o Soviete de Operários e Soldados, os Deputados e o Comitê Provisório da Duma, assim assumindo o poder supremo. Nesses dias, ele impulsionará sua carreira tornando-se popular nos dois centros de poder[399].

Mas o que possibilitou Kerensky roubar a revolução de Guchkov foram seus vínculos com o exército. Gutchkov via nos militares russos, que se auto-denominavam "Jovens Turcos", seu apoio, não sabendo que muitos deles já haviam debandado para o lado de Kerensky. Entre os "Jovens Turcos", Kerensky tinha muita popularidade. Era o irmão da esposa do Coronel VL Baranowski. Às vésperas da Revolução, atuou na gestão geral de licitações do Comitê Militar Industrial e, no final de março, foi anexado ao ministério militar. Como membro da Comissão Militar ele realizava visitas regulares ao Departamento de Guerra, o que lhe permitiu conluiar-se com os representantes do exército[400].

---

[398] SAMIN, Dmitry Konstantinovich, *op. cit.*
[399] СТАРИКОВ, Николай Викторович. Кто убил Российскую Империю?.Москва: Яуза, 2006. [STARIKOV, Nikolay Viktorovich. *Quem matou o Império Russo?* Moscou: Yauza, 2006].
[400] FEDYUK, Vladimir Pavlovich, *op. cit.*

18.1.1 Proclamação da República

A atitude mística do poder real foi destruída sob a influência de boatos e fofocas na capital. Isso é frequentemente mencionado nos relatórios do Departamento de Polícia sobre o sentimento de descrédito na dinastia. Tudo isso facilitou a promoção dos republicanos. Nesse contexto, a manutenção do antigo regime seria uma traição contra a própria Revolução.

Kerensky, na noite anterior à revolução, declarou-se um republicano no soviete de deputados operários. Em 2 de março, em uma conferência do Partido Socialista Revolucionário, em Petrogrado, foi planejada a propaganda de uma Assembleia Constituinte republicana.

O principal defensor de uma monarquia constitucional foi Miliukov. Ele ainda esperava que a proclamação de Mikhail ao trono pudesse acalmar a situação. No entanto, Kerensky entrou no governo como um republicano e em menos de um dia ele teve a oportunidade de mostrar o seu ponto de vista, quando participou do debate que antecedeu a abdicação do Grão-Duque Mikhail.

Até mesmo Miliukov, defensor da monarquia, era contraditório em suas falas, em um discurso sobre a dinastia e sua renúncia, chegou a declarar: "do antigo déspota que levou o país à beira do abismo". Ele várias vezes foi interrompido por gritos de: "Mas esta dinastia é inadequada! Viva a República! Abaixo a monarquia"! Miliukov era muito tímido para defender os princípios monárquicos, dizendo:

> Nós não podemos deixar a questão da forma de governo, sem uma resposta e solução. Temos este modelo de monarquia constitucional parlamentar, talvez, outros a veem diferente. Mas se começarmos a discutir sobre o assunto, em vez de alcançarmos uma ação imediata, teremos na Rússia um estado de guerra civil, e isso levará ao renascimento do regime deposto.

No mesmo dia, poucas horas depois Kerensky proclamou ao Conselho um discurso demagógico, muito mais eficaz do que Miliukov com suas observações vagas.

A maioria dos grandes príncipes parecia ter se assustado com a notícia de que o Grão-Duque Mikhail assumiria a regência. Aparentemente, eles se opuseram fortemente a isso, principalmente devido à desconfiança da esposa morganática do Grão-Duque, a condessa Natalia Brasova. A condessa era conhecida como uma mulher ambiciosa e enérgica, que foi muito humilhada devido a sua condição social e, a partir disso, se pode esperar uma vingança.

O Grão-Duque, desde seu casamento morganático, foi desprezado. Ele foi autorizado a viver na Rússia e retomar o serviço no exército por causa da guerra e seu relacionamento com os outros membros da Família Real era tenso. Seu filho mais velho, Kirill, o primeiro na linha de sucessão, era considerado um obstáculo para dirigir a sucessão ao trono, por seu comportamento radical. O Grão-Duque Kirill decidiu comemorar o advento da Revolução à frente da tripulação da Guarda do mar com um laço vermelho, ato considerado inadequado por Rodzianko.

Quando Gutchkov foi relatar aos ferroviários da estação do Báltico a notícia da posse de Mikhail, os trabalhadores queriam pegar o ato de abdicação e rasgá-lo em pedaços. Afinal, é preciso lembrar que foi o quinto dia da rebelião da guarnição de Petrogrado, e a tensão dos que participaram do evento atingiu o limite. Nesse episódio Guchkov não se feriu, mas ficou bem claro que os trabalhadores se opuseram à candidatura de Mikhail.

Muito mais importante foi o impacto da notícia da volta da dinastia sobre as tropas da guarnição de Petrogrado. As notícias da volta dos Romanov ao trono causaram pânico entre os soldados rebeldes, havia suspeitas de que com a restauração de seu poder, os policiais iriam se vingar deles por causa dos ultrajes do motim de fevereiro. O pânico e medo prevaleceram entre os soldados e oficiais e esses sentimentos se espalharam para os círculos da Duma e, principalmente, para o presidente da Duma, Rodzianko.

Rodzianko, disse:

Estamos muito claramente conscientes que o mandato do Grão-Duque iria durar apenas algumas horas, o que levaria a um enorme derramamento de sangue ao redor da capital e implicaria em uma guerra civil total. Ficou claro que o Grão-Duque seria imediatamente morto, junto com sua comitiva, por não ter tropas confiáveis e não poder contar com o apoio militar. O Grão-Duque me fez uma pergunta direta, se eu posso garantir sua segurança se ele assumir o trono, eu tive que dar uma resposta negativa.

Cerca de meia hora depois, o Grão-Duque saiu e disse que sua escolha final coincide com a opinião do presidente da Duma. De acordo com Shulgin, o Grão-Duque não conseguiu finalizar seu discurso porque sufocou-se com suas lágrimas. Kerensky levantou-se e correu para o Grão-Duque, impulsivamente gritando: "Sua Alteza, você é um homem honrado, de agora em diante eu sempre vou insistir nisso" (o que não impediu Kerensky quatro meses depois pedir a prisão do Grão-Duque Mikhail por motivos muito estranhos e totalmente sem provas de atividades contrarrevolucionárias). Ambos os líderes da Duma decidiram apoiar o novo governo e pressionaram o Grão-Duque a assinar um manifesto irregular e criminalmente punível. Contrário à Constituição e sem o consentimento da Duma, declarando o trono vago antes da convocação da Assembleia Constituinte.

Quarenta anos mais tarde Miliokov explicou o motivo de ter concordado com o fim da monarquia. Segundo ele, as tropas da guarnição de Petrogrado, que garantiram a vitória, tinham medo de represálias da polícia. O raciocínio era simples: por causa de uma multidão de soldados indisciplinados, o resto da Rússia seria silenciado, ele ignorou a opinião de milhões de cidadãos russos. Mas a eloquência dos deputados era direcionada a seus próprios interesses ocultos. No caso da abolição da monarquia, os membros do Governo Provisório se tornariam automaticamente o poder supremo na Rússia[401].

18.1.2 Ascenção de Kerensky

A retórica revolucionária de Kerensky lhe garantiu popularidade e autoridade nas massas de trabalhadores e soldados e no ambiente da Duma, onde o governo provisório foi formado. Nos primeiros dias da revolução, Alexander Kerensky tornou-se membro do Soviete de Petrogrado de Operários e Soldados dos Deputados. Na primeira reunião, na noite de 27 de fevereiro de 1917, ele foi eleito vice-presidente do Soviete de Petrogrado. Simultaneamente, o Comitê Provisório da Duma de Estado ofereceu-lhe o cargo de ministro da Justiça. Embora um dia antes no Soviete de Petrogrado afirmou que não participaria do Governo Provisório.

Tornando-se um ministro, Alexander Kerensky viveu no Palácio de Inverno, onde, por demagogia, ordenou a remoção de móveis e itens de luxo de seu escritório. Para suas performances como ministro soviete de Petrogrado vestia uma jaqueta escura de trabalhador, isso antes que as massas de soldados usassem as jaquetas paramilitares cáqui. Mas a principal vantagem de Kerensky eram seus dons oratórios. Ele não tinha medo de falar na frente de uma plateia de milhares de pessoas, e de bom grado foi para os comícios. Seus discursos improvisados, cheios de emoções e histeria, fascinaram o público. A popularidade e peso político de Alexander Kerensky cresceram rapidamente.

Em março de 1917, Kerensky tornou-se um dos membros mais proeminentes do partido socialista-revolucionário. No Governo Provisório, ele tomou uma postura ofensiva e, de acordo com os seus contemporâneos, sua energia suprimia completamente as iniciativas do primeiro-ministro Príncipe G. E. Lvov.

Em 24 de abril, Kerensky ameaçou se retirar de seu posto caso o governo não aceitasse os representantes dos partidos socialistas, os mencheviques, socialistas-revolucionários e socialistas populistas. Em 5 de maio de 1917, o príncipe

---

[401] КАТКОВ, Георгий Михайлович ;Февральская революция. Москва: Центрполиграф, 2006. [KATKOV, Georgy Mikhailovich, *A Revolução de fevereiro*. Moscou: Tsentrpoligraf, 2006].

Lvov foi forçado a cumprir este requisito e criar o primeiro governo de coalizão. Miliukov e Guchkov renunciam e Kerensky recebe o cargo de ministro da Guerra e da Marinha. Em 8 de julho, torna-se o primeiro-ministro, mantendo o cargo de ministro da Guerra e da Marinha, tornando-se o chefe de Estado.

18.1.3 A justiça de Kerensky

Como ministro da Justiça, Kerensky tomou medidas extremistas, tais como a anistia dos presos políticos, o reconhecimento da independência da Polônia e a restauração da Constituição da Finlândia. Ele pessoalmente ordenou a libertação de deputados bolcheviques exilados[402].

Também tomou medidas extravagantes que criaram o caos no país, como acabar com a polícia e criar uma milícia popular. Claro que essa milícia demoraria entrar em vigor e, nesse meio tempo, a população estaria abandonada à própria sorte. Criminosos foram libertados um dia após a eliminação da polícia. Em 3 de março de 1917 foi reorganizado o instituto de magistrados: os tribunais locais eram formados por três membros, um juiz e dois assessores. No dia seguinte, foi abolido o Supremo Tribunal Penal, os tribunais de justiça e tribunais distritais.

Em 12 de março, o governo aboliu a pena de morte não só para os políticos, mas também para crimes militares. Agora espiões alemães, desertores e estupradores não podem ser executados em plena época de guerra[403].

Entretanto, ao mesmo tempo em que era benevolente com terroristas e espiões, não mostrava a mesma atitude com os representantes do antigo regime. A Família Real foi presa sem nenhuma acusação. Qualquer visita aos presos foi proibida, essa regra só poderia ser quebrada com a permissão pessoal de Kerensky. Todas as correspondências da Família Real estavam sujeitas a censura.

O próprio Kerensky não tinha pressa para se encontrar com o Imperador, pois o julgava um "tirano".

O proeminente advogado N. P. Karabchevsky, em suas memórias, relata uma conversa com Kerensky:

— Eu poderia ser útil como um defensor...
— De quem? — Perguntou com um sorriso Kerensky.
— De Nicolau Romanov...
— Eu estou disposto a protegê-lo, se você vai se aventurar a julgá-lo.

---

[402] SAMIN, Dmitry Konstantinovich, *op. cit.*
[403] СТАРИКОВ, Николай Викторович. 1917: Революция или спецоперация. Москва: Яуза, 2007.
STARIKOV, Nikolay Viktorovich. *1917: Revolução ou operação especial*. Moscou: Yauza, 2007.

Depois disso, aconteceu uma coisa completamente inesperada para Karabchevsky. Kerensky recostou-se na cadeira e ponderou por um momento e depois, com dedo indicador, passou a mão esquerda no pescoço, fazendo um gesto enérgico para cima. Karabchevsky percebeu que aquela era uma alusão ao enforcamento.

— Duas ou três vítimas, talvez, sejam necessárias! — disse Kerensky.

Desde a adolescência, Kerensky sonhava em matar Nicolau II, mas sem provas isso o transformaria em mártir, o que era danoso ao incipiente governo. Durante sua primeira visita à Tsarskoye Selo, prendeu todos os simpatizantes do antigo sistema sem acusação, foram detidos ex-ministros (incluindo três primeiros-ministros), generais, policiais, senadores. Uma dúzia de pessoas, incluindo duas mulheres, a esposa do ex-ministro da Guerra V. A Suhomlinov e a dama de honra Vyrubova.

Para manter essas pessoas na prisão sem motivos formais, o Ministro da Justiça Kerensky disse: "Vou mantê-los sob custódia, não como um ministro da Justiça e sim pelos direitos de Marat".

O governo alegou que essas pessoas foram detidas apenas para depoimentos, mas os entrevistados foram aprisionados como criminosos condenados. O ex-ministro da Guerra V. A. Sukhomlinov esteve na fortaleza um ano antes da revolução e teve a oportunidade de comparar os antigos e os novos métodos prisionais. De acordo com ele, o antigo regime era rigoroso, porém mais humano do que a nova ordem, que era uma bagunça, desumana e puramente inquisitorial.

A guarda assumiu o comando dos visitantes e cobrava dinheiro para isso. Especialmente difícil foi a situação das mulheres. Vyroubova, à noite, por três vezes, foi ameaçada de estupro por soldados bêbados em sua cela. A situação dos suspeitos era terrível, mas ninguém se atrevia a reclamar por medo de represálias dos soldados. O médico da prisão parecia ter prazer no sofrimento dos reclusos. Mas, ao final de abril, ele foi removido e substituído por I. Manukhin. Manukhin era um erudito talentoso, ficou famoso por conseguir curar a tuberculose de Gorki. Tinham uma vasta gama de amigos entre os intelectuais de esquerda. No entanto, o mais importante é que Manukhin era um homem honesto e consciente. Quando ele se tornou ciente das iniquidades que prevaleciam na fortaleza, ofereceu-se para tomar posse como o médico da prisão.

De repente, no meio de agosto, os prisioneiros foram liberados, nada foi encontrado contra eles[404]. Até mesmo os tendenciosos investigadores do Governo Provisório não puderam condenar Sukhomlinov. A "prostituta" Vyrubova, acusada de ser amante do Imperador e Rasputin, teve sua virgindade constatada por

---

[404] FEDYUK, Vladimir Pavlovich, *op. cit.*

um exame médico. Apesar de sua comprovada inocência, como castigo foram condenados ao exílio no exterior[405].

A versão de que Protopopov liderou uma revolta, para posteriormente suprimi-la pela força das armas, era falsa. Esta versão está associada à lenda das "metralhadoras de Protopopov", a hipótese de que haviam instaladas nos telhados de Petrogrado metralhadoras para exterminar as manifestações de trabalhadores, era uma lenda. Em fevereiro, nenhuma demonstração de fogo de metralhadora foi lançada de cima dos telhados. As "metralhadoras de Protopopov" nunca existiram[406].

Na presidência dessa Comissão de inquérito estava um amigo de Kerensky, o socialista revolucionário Mouraviev. Um acontecimento que define bem esse homem foi sua atitude no julgamento do antigo ministro da Guerra, o general Bieliaev. Como nada foi encontrado contra ele, o magistrado relator optou pela sua inculpabilidade. Ouvindo isso Mouraviev estremeceu e vociferou: "Embora seja inocente, temos de fazê-lo apodrecer na prisão, para satisfazer a justa cólera do povo!". Não há dúvidas de que, com tal presidente e o seu grupo, nenhuma das vítimas encarceradas na fortaleza teria saído viva. Felizmente, entre os magistrados nomeados para essa Comissão, encontravam-se pessoas de bem, que cumpriram o seu dever, e que, embora tivessem sido por vezes muito fracas, impediram que a Comissão se transformasse em um matadouro[407].

18.1.4 Um cadáver no tribunal

Após a Revolução de Fevereiro, os vencedores criaram uma comissão especial de inquérito para apurar supostos crimes e abusos do antigo regime. A primeira atitude, é claro, foi investigar Rasputin, esse alvo parecia promissor. Nessa ocasião, Kerensky declarou: "Rasputin apareceu como pivô em torno de uma intriga, não só germanófila, mas com agentes alemães reais. Isto é bastante evidente". No entanto, a comissão não obteve a menor evidência, mesmo depois de entrevistar mais de 80 testemunhas.

Contudo, se Rasputin era inocente do crime de espionagem, o mesmo não poderia ser dito do próprio Kerensky, havia muitas questões não esclarecidas entre ele a Alemanha. Antes da guerra, Kerensky foi um consultor jurídico, que

---

[405] БУШКОВ, Александр Александрович. Распутин. Выстрелы из прошлого. Москва: Олма Медиа Групп, 2013.
BUSHKOV, Alexander Alexandrovich. *Rasputin. Tiros do passado*. Moscou: Grupo de Mídia Olma, 2013.
[406] KATKOV, Georgy Mikhailovich, *op. cit.*
[407] JACOBY, Jean, *O Czar Nicolau II e a Revolução*. Porto: Educação Nacional, 1933.

trabalhou na empresa alemã "Spahn & Cia". Isso não consistia, em si, em uma prova de acusação, mas subsequente, no dia 16, o então vice-ministro da Administração Interna informou que o advogado Kerensky recebia grandes somas de dinheiro de inimigos estrangeiros para a organização do movimento revolucionário dentro do Império.

Posteriormente, Rasputin foi acusado de tráfico de influência por nomear governadores em sua província natal, Tobolsk. Mas, para o desespero de seus acusadores, descobriu-se que não havia nenhuma indicação de interferência nos assuntos políticos.

Da mesma forma, a comissão não encontrou vestígios de um suborno de cem mil rublos, que um banqueiro europeu supostamente fez em nome das filhas de Rasputin. Ao mesmo tempo, descobriu-se que a alegação de que o rei pagava um salário mensal de cinco mil rublos para Rasputin era um disparate. A chancelaria do palácio apenas pagava o aluguel de seu apartamento e nada mais. Não encontraram qualquer conta bancária em nome de Rasputin ou seus parentes.

Durante a investigação, uma metamorfose notável ocorreu com um dos membros ativos da comissão, Rudnev:

> Eu levei a minha tarefa com um preconceito inconsciente quanto à influência de Rasputin, eu tinha lido folhetos, notas de jornal e rumores que circulam na comunidade, mas uma investigação completa e imparcial me fez ver como todos esses rumores e reportagens de jornais estavam longe de ser a verdade.

Descobriu-se que a reputação de Rasputin como "ladrão de cavalos" era falsa, fruto da especulação de panfletos, jornais e boatos. Não havia ladrões de cavalos na aldeia natal de Pokrovsky. Nas antigas aldeias russas, condenados ou apenas suspeitos de serem ladrões de cavalos eram linchados, muitas vezes, das formas mais brutais. O cavalo, para o camponês, tinha grande valor, era a base de sua riqueza. Então, um homem conhecido como o ladrão de cavalos teria vivido até o primeiro crepúsculo e não mais.

Rasputin também foi acusado de pertencer à seita de "chicotes", o consistório de Tobolsk conduziu uma investigação durante oito meses e deliberou que era uma completa calúnia. Em termos religiosos, Rasputin e toda a sua casa podem ser considerados exemplares. Nem uma única alma viva na aldeia confirmou a alegação de heresia ou qualquer outra calúnia.

No que diz respeito às supostas façanhas sexuais de Rasputin, o monge Heliodoro e a polícia, por mais que tentassem, não conseguiam citar sequer um único exemplo absolutamente convincente[408].

---

[408] BUSHKOV, Alexander Alexandrovich, *op. cit.*

18.1.5 Julgamento da Família Imperial

Kerensky, durante sua visita de inspeção ao Tsarskoye Selo exigiu que o Imperador Nicolau II, "em nome de se estabelecer a verdade", expusesse sua correspondência pessoal. O Imperador humildemente concordou em abrir seu escritório e mostrar onde tudo estava. Poucos dias depois, representantes do novo governo revistaram mesas e armários e roubaram objetos do palácio, inclusive muitos títulos. Todavia não encontraram nada que fosse incriminatório[409].

Trataram, pois, de aproveitar tudo que podiam recolher contra o soberano, até as últimas fofocas dos salões. Mas sobre o tzar, a malevolência emudecia. Porém, desforrava-se contra a tzarina, que acusavam das malfeitorias mais fantásticas: mantinha uma correspondência secreta com o Kaiser, por uma linha especial que ligava o palácio a Alemanha; possuía um mapa, no qual marcava com pequeninas bandeiras as posições dos exércitos. Armada com tais presunções, a Comissão começou a atuar. Debalde procuraram no palácio a famosa linha especial. Examinaram todos os papéis pessoais dos soberanos, que estes obsequiosamente puseram à disposição da Comissão; o que nele estava marcado no mapa eram as cidades em que a Imperatriz criara hospitais. Conforme as cartas dos soberanos eram lidas pelos inquiridores; à medida que o inquérito, a cada passo, revelava numerosos atos de caridade cuidadosamente conservados secretos pelos soberanos; conforme ia se manifestando o seu profundo patriotismo, o seu amor pelo povo, o seu sentimento de dever, a sua modéstia, o seu desinteresse, a sua piedade, a sua dedicação pelos filhos, manifestava-se uma profunda mudança no espírito dos mais honrados entre os investigadores[410].

Até o revolucionário socialista, o advogado de acusação de Mouraviev (Presidente da Comissão), depois de algumas semanas de trabalho com perplexidade afirmou: "o que eu faço, eu estou começando a amar o Rei". Sobre Rasputin escreveu: "Rasputin *não se comportou assim, no palácio e em nenhum outro lugar. Rasputin não era um bêbado. Lá ele falou de Deus e das necessidades das pessoas*"[411].

---

[409] БОХАНОВ. Александр Николаевич; Правда о Григории Распутине. Москва: Русский издательский центр, 2011.
[BOKHANOV. Alexander Nikolaevich, *A verdade sobre Grigory Rasputin*. Moscou: Centro de Publicações Russa, 2011].
[410] JACOBY, Jean, *op. cit.*
[411] Кобылин, Виктор Сергеевич; Анатомия измены. Император Николай II и Генерал-адъютант Алексеев. Санкт-Петербург.: Царское Дело, 2011.
[KOBYLIN, Victor Sergeevich, *Anatomia de uma traição. O Imperador Nicolau II e o general adjunto Alekseev*. São Petersburgo: Tsarskoe Delo, 2011].

O juiz no seu artigo "o Imperador Nicolau II e o seu governo" declara: "Não posso esconder que ao entrar na Comissão de inquérito, estava sob a influência do governo provisório. Mas afirmo categoricamente e com inteira convicção, que a inocência do tzar e da tzarina tinha sido rigorosamente estabelecida". Que fez Ministro da Justiça depois desta declaração? Libertou os prisioneiros, cuja inocência foi reconhecida? Não, deportou-os para a Sibéria. O que impressiona nessa revolução, que fora feita em nome dos grandes princípios do Direito e da Justiça, é o profundo desprezo dos detentores do novo poder por esses mesmos princípios. Todas as medidas tomadas contra os soberanos foram uma grosseira negação da Justiça. O tzar, legalmente inocente, não podia ser condenado. A decisão de deportação da Família Imperial foi tomada pelo Conselho de ministros, e não pelo poder judicial. Mas, por que o Governo tomou essa monstruosa resolução de deportar inocentes?

Supostamente por motivos de segurança, Kerensky tenta enviar o Imperador e sua família para a Inglaterra, visto que a guarda do palácio não era de confiança. Mas o governo inglês, mesmo sabendo de sua inocência, recusou-se a dar hospitalidade ao ex-tzar. Algo que não mudo o destino da Família Real, pois eles se recusavam a abandonar o país, sendo que tiveram uma chance real para isso. A senhora Lili von Dehn[412] comunicou o projeto de fugir para Itália, mas a Imperatriz lhe respondeu desta forma: "É preciso ser um miserável para abandonar a sua pátria num momento tão grave e penoso. Façam de nós o que quiserem, atirem-nos para a prisão, mas nunca deixaremos a Rússia".

No entanto, ainda havia possibilidade de mandar os soberanos para sua propriedade da Livádia, na Crimeia, para onde o Imperador desejava retirar-se. Todavia, não foi aceita pelo governo provisório.

A verdadeira razão da deportação da Família Imperial estava em produzir no imaginário popular a impressão de que o Imperador era culpado. Se para a Sibéria não se mandavam senão criminosos e se o Governo para lá deporta o tzar, é porque este tem culpa. Tal era a conclusão a que os chefes da Revolução queriam que o povo chegasse. Enganaram-se, porém, nos seus cálculos. O tzar engrandeceu-se aos olhos dos mujiques com todas as provações e injustiças que lhe fizeram sofrer, ao passo que quatro meses mais tarde, os que praticaram aquele ato de mesquinha vingança acabaram na lama, no ódio e no desprezo[413].

---

[412] Yulia Alexandrovna von Dehn, conhecida como Lili Dehn, ou Lili von Dehn, era esposa de um oficial da marinha russa e amiga da Imperatriz Alexandra.
[413] JACOBY, Jean, *op. cit.*

18.1.6 Prisão da Família Imperial

Após a Revolução de Fevereiro de 1917, iniciou-se um processo de redistribuição, não apenas do poder, mas também de riquezas. Os líderes intelectuais da Revolução de Fevereiro começaram a fomentar uma crescente onda de saques às propriedades dos simpatizantes do antigo sistema. Fato este que nos leva a desacreditar a teoria de que o governo provisório era uma república liberal.

Como se sabe, uma das principais preocupações dos liberais é ao direito inalienável à propriedade privada. Algo avesso a incipiente república russa que promovia o processo de redistribuição da riqueza na Rússia, incluindo, naturalmente, os membros da Família Imperial e as pessoas próximas a eles. Mas esses roubos não se limitavam ao âmbito político, até mesmo a casa da primeira bailarina do Teatro Mariinski foi saqueada. E esse não foi um caso isolado.

Em 5 de março de 1917, quando o Ministro da Guerra Guchkov e comandante do Distrito Militar de Petrogrado, General Kornilov, visitou o Palácio, onde a Imperatriz Alexandra Feodorovna estava com os filhos doentes[414].

Nessa ocasião, Kornilov e Guchkov tinham enormes laços vermelhos no peito. Kornilov estava na frente de todo o grupo e com uma voz alta e grosseira pediu para ver "a antiga rainha." Então os empregados disseram-lhe que Sua Majestade estava descansando, e que todas as crianças estavam doentes. "Agora não há tempo para dormir, — disse Kornilov – acorde-a".

A Imperatriz foi obrigada a ceder, pois havia uma delegação em sua sala. Logo que chegou ela disse: Você veio para me prender?

"Sim, senhor"—- disse Kornilov.

"Nada mais?" — perguntou a Imperatriz.

- "Nada" — disse Kornilov.

Sua Majestade, não lhe dando as mãos, virou e foi embora para seus aposentos. Esta cena fez com que todos os presentes, oficiais, os empregados do palácio e soldados tivessem uma impressão indescritivelmente dolorosa.

Por instrução de Kornilov, a Família Real não poderia se retirar do palácio e não seria permitida qualquer visita. Kornilov estabeleceu um regime prisional para o Imperador, a Família Real e todos os fiéis empregados do palácio.

Depois da missa, Kerensky forçou o soberano a se separar da Imperatriz, eles teriam de viver separadamente e podiam se ver apenas no almoço e jantar, tinham

---

[414] ЗИМИН, Игорь Викторович; Царские деньги. Доходы и расходы Дома Романовых. Повседневная жизнь. Москва: Центрполиграф, 2011.
[ZIMIN, Igor Viktorovich, *Dinheiro tzarista. Receitas e despesas da casa dos Romanov. Vida cotidiana*. Moscou: Tsentrpoligraf, 2011].

de conversar apenas em russo. Podiam beber chá juntos, mas com a presença de um oficial, uma vez que, neste momento, não havia nenhuma empregada[415].

Em 5 de março de 1917, o tenente-capitão P. P. Kotzebue foi nomeado como comandante do palácio. No entanto, pela lealdade demonstrada para a Família Real ele foi expulso do cargo e, em 21 março de 1917, foi substituído pelo coronel P. A. Korovichenko pessoalmente familiarizado com A. F. Kerensky[416].

---

[415] KOBYLIN, Victor Sergeevich, *op. cit.*
[416] ZIMIN, Igor Viktorovich, *op. cit.*

19 Destruição do Exército

19.1 Primeiros distúrbios

Em 2 de março de 1917, o trem imperial foi detido em Pskov, não por soldados e marinheiros revolucionários liderados pelo comissário bolchevique e sim por generais e líderes da Duma, que assumiram abertamente a prisão de Nicolau II. O general Ruza (comandante da Frente Norte) envia orientações sobre a conveniência da abdicação do Imperador e todos os comandantes da frente, por unanimidade, declararam a aprovação de sua renúncia. O primeiro dentre eles era o Grão-Duque Nikolai Nikolaevich (da Frente caucasiana). Ele não foi o único que traiu seu juramento. Lenin ainda estava na Suíça, quando, em 7 de março de 1917, o comandante do Distrito Militar de Petrogrado, o general Kornilov, levou um comando militar para prender a rainha. No mesmo dia, Nicolau II foi levado sob custódia por membros da Duma[417].

Logo que o Imperador foi retirado do cenário político, o "ministério responsável" iniciou o seu plano de se apoderar do dinheiro público. Houve um aumento incessante dos preços de todas as encomendas militares[418]. Estes aumentos de preços das ordens militares não se refletiram nem na qualidade nem na quan-

---

[417] СУГАКО, Леонид Александрович. Николай николаевич. Великий князь? Веснік Магілёва, Мінск, nº 18/1612, стр. 1, 29 февраля 2008 г.
[SUGAKO, Leonid Alexandrovich. "Grão-Duque Nikolay nikolaevich?" *Vesnik Magileva*, Minsk, nº 18/1612, pag 1, 29 de fevereiro de 2008].

[418] Кобылин, Виктор Сергеевич; Анатомия измены. Император Николай II и Генерал-адъютант Алексеев. Санкт-Петербург.: Царское Дело, 2011.
[KOBYLIN, Victor Sergeevich, *Anatomia de uma traição. O Imperador Nicolau II e o general adjunto Alekseev*. São Petersburgo: Tsarskoe Delo, 2011].

tidade do armamento. A revolução de fevereiro trouxe uma queda acentuada na produção militar. Se em 1916 as fabricas de armamento russas produziam 1.301.433 rifles, em 1917 a produção era de 1.022.423. Canhões de artilharia, em 1916, produziam 4209, já em 1917 era de 3599, armas pesadas em 1916 era 1001, já em 1917 era 402.

A queda acentuada foi observada em termos de indústria pesada. Em 1916, a Rússia produziu (milhões de libras): 232,0 de ferro gusa; fundição de ferro e aço 205,9; mineração de carvão 1954,7; petróleo 492,1; produção de cobre 1269. Em 1917, esses números foram, respectivamente: ferro de 190,5; ferro e aço de 155,6; carvão de 1746,9; petróleo de 422,6. Ou seja, o governo provisório gastava mais e produzia menos.

Mas, se a deposição de Nicolau II trouxe lucros aos empresários e entusiasmo nos altos escalões do exército, dentre os soldados foi um choque. As palavras de Krymov, de que "a notícia do golpe foi aceita de bom grado pelo exército" era uma mentira. As tropas ficaram atordoadas, durante a publicação do manifesto, não havia nem alegria nem tristeza, apenas um intenso silêncio. Os velhos soldados lacrimejavam. Não havia animosidade contra o Imperador e sua família. Pelo contrário, todos se interessavam pelo seu destino e temiam por sua vida.

O terceiro corpo de cavalaria não acreditava que o soberano havia abdicado voluntariamente. Todos queriam resgatar o Imperador de seu cativeiro.

Quase imediatamente após a queda do Império, o exército começou a se desintegrar. Sobre isso escreveu o general Wrangell:

> caiu a ideia de poder, no conceito do povo russo desapareceu tudo que pudesse uni-los". Segundo o general Kersnovsky: "Os soldados decidiram que desde que não havia rei não teriam obrigação de servir, logo a guerra chegou ao fim. Eles morreriam voluntariamente pelo o Rei, mas não queriam morrer por um 'Senhor'. O oficial, que pedisse a um soldado para defender a pátria, se tornaria suspeito. Com o tempo foi declarada a 'liberdade', ninguém tinha o direito de forçar um soldado a derramar sangue na fronte

Os soldados começaram a reunir-se, fora das trincheiras, para confraternizar com os alemães. A queda do Imperador foi um presente inesperado para os alemães. O general alemão Ludendorff escreveu: "No leste ocorreu uma grande mudança. Em março, ajudado pela Entente, a Revolução derrubou o tzar. As autoridades criaram um governo com uma forte conotação revolucionária. [...] A nossa situação geral melhorou consideravelmente. As próximas lutas no oeste *não me assustam*".

Um exemplo flagrante das consequências fatais da revolução de 1917 foi à ofensiva de verão das tropas russas, que perderam grande oportunidade criada durante o comando de Nicolau II, como já referido anteriormente no capítulo 11. A ofensiva começou em 18 de junho, com três dias de atraso, devido às constantes reuniões dos soldados, que tinham que ser convencidos a ir para a batalha. Mesmo com tantos empecilhos a poderosa artilharia russa varreu as posições inimigas. As tropas do General Kornilov romperam as defesas inimigas e capturaram 7.000 prisioneiros. No entanto, apesar de seu grande êxito, Kornilov não recebeu qualquer ajuda de outras tropas que convocavam assembleias o tempo todo.

O Comandante alemão Winkler não esperava o sucesso alcançado, os russos fugiam em massa. O embaixador britânico em Paris, F. Berti, escreveu em seu diário: "Não há mais Rússia. Ela quebrou-se e desapareceu no rosto do ídolo do Imperador e da religião, que ligava as diferentes nações por meio da fé ortodoxa"[419].

Ludendorff alegremente observou: "As tropas russas não são mais as mesmas". O general Alekseev, em uma exposição da situação, registrou:

a Revolução ferira terrivelmente o poder militar, o exército se decompõe rapidamente e o alto comando é impotente". "A Revolução russa fatalmente traz consigo uma diminuição do valor militar russo; enfraqueceu o entendimento com a França e dificultava a nossa pesada tarefa"; e acrescenta: "Em abril e em maio de 1917, a despeito da nossa vitória em Aísne e Champagne, foi a revolução russa que nos salvou.

A traição dos generais ocorreu exatamente quando o exército se fortalecia e enfrentaria um inimigo enfraquecido. Mas, agora tudo caía por terra. As notícias da frente eram desastrosas. Os soldados não queriam lutar, recusavam-se a escutar os seus líderes. Diziam-lhes: "Vós desobedecestes ao tzar, porque quereis que vos obedeçamos. Conta-me francamente o que dizem os soldados a propósito da Revolução?" pergunta o general Netchvolodov a sua ordenança.

— Pois bem, Excelência, dizem que os senhores destronaram o tzar, para tomar o lugar dele.

— E então?

— Então, os camaradas dizem: quem são esses senhores, que substituíram o Imperador?

Se não há tzar, para quem eles servem? Podemos dispensá-los. Derrubaram o tzar, então podemos derrubá-los. E o exército entra em dissolução: o que

---

[419] МУЛЬТАТУЛИ, Петр Валентинович. Господь да благословит решение·мое... Император Николай II во главе действующей армии и заговор генералов. Санкт-Петербурга: Сатисъ, 2002. [MULTATULI, Petr Valentinovich. *Deus abençoe minha decisão... Imperador Nicolau II, à frente do exército ativo e a conspiração dos generais*. São Petersburgo: Satis, 2002].

resta acantona-se nas suas posições e não as quer largar. Durante esse tempo, na retaguarda, a soldadesca assassina oficiais, saqueia as adegas, embriaga-se.

A fortaleza de Kronstadt declarou-se uma República independente: "metade dos oficiais são fuzilados, o resto encarcerado em Condições atrozes"[420]. [

19.1.1 A revolução devora seus filhos

O Grão-Duque Nicolau Mikhailovich acreditava que, em termos de revolução, ele desfrutava de grande popularidade. Supunha que no novo sistema os representantes da dinastia derrubada manteriam a sua influência e poder. Ele entrou em contato com as forças revolucionárias deixando clara sua simpatia ao movimento popular.

Acompanhado pelo Grão-Duque Andrei Vladimirovich, notou que em quase todas as estações as pessoas o conheciam, dentre eles muitos trabalhadores. Em Kharkov, o soviete de deputados operários apresenta ao Grão-Duque pão e sal (forma de demonstrar hospitalidade pelos russos). Em seu pronunciamento de posse do cargo de Supremo comandante, despertou no público gritos incessantes de "Hurrah". Todos cantavam a "Marseillaise" e carregavam bandeiras vermelhas.

No entanto, na capital a opinião pública foi muito mais radical. O primeiro-ministro do Governo Provisório acredita que, dada a atitude negativa para com a casa dos Romanov, o Grão-Duque não era uma boa escolha para o cargo[421].

Certamente Alekseev ficou satisfeito com a Revolução, mas como o revolucionário francês, Pierre Vergniaud sabiamente afirmava: "A revolução é como Cronos: ela sempre devora seus filhos". Por isso Alekseev não foi poupado da onda que varreu grande parte dos traidores do Império. Por iniciativa de Guchkov, foi realizado um expurgo em larga escala na composição do alto comando do exército. A partir de suas ordens foram removidos quatro dos cinco comandantes das frentes.

Mas o próprio Guchkov não conseguiu escapar da "lógica da revolução" e foi "devorado". O grupo formado por Kerensky, Tereshchenko e Nekrasov ganhou muita força e representavam o núcleo do governo. Assim, Kerensky teve uma enorme vantagem sobre os seus concorrentes na luta pelo poder e ele não deixou de aproveitar essa chance para derrotar Gutchkov.

---

[420] JACOBY, Jean, *O Czar Nicolau II e a Revolução*. Porto: Educação Nacional, 1933.
[421] КОЛОНИЦКИЙ, Борис Иванович; Трагическая эротика: Образы императорской семьи в годы Первой мировой войны.М.: Новое литературное обозрение, 2010.
[KOLONITSKY, Boris Ivanovich, *Tragédia erótica: Imagens da Família Imperial durante a Primeira Guerra Mundial*. Moscou: Nova Revisão Literária, 2010].

Guchkov tentou recuperar sua liderança, mas descobriu-se impotente. Primeiro de tudo, ele tentou abolir a "Ordem N° 1", uma lei absurda, que criaria o caos no exército russo. No dia da sua posse, Gutchkov enviou para todos os líderes das frentes de combate um telegrama afirmando que o governo interino não reconhecia a "Ordem N° 1". Ao mesmo tempo, a comissão do Ministério da Guerra, estabelecida pelo general Polivanov, com a ajuda de Kerensky, iniciaria uma revisão das normas militares. Quando foi indagado sobre a ingerência de Kerensky em assuntos militares, Gutchkov, em resposta, sorriu e disse que ele não tinha nada contra o Ministro da Justiça conhecer mais de perto questões do exército. Gutchkov era mestre em assuntos de conspiração e intrigas e podia ver claramente as intenções de Kerensky. No entanto, ele obviamente não considerou necessário dar-lhe importância. Talvez em outro momento fosse o comportamento correto. Mas na era da revolução, a situação muda com incrível rapidez. Passado pouco mais de um mês, Guchkov foi forçado a demitir-se do governo, dando o seu lugar a Kerensky[422].

19.1.2 A Ordem N° 1

O Governo de Kerensky foi desastroso em todos os aspectos, mas foram as suas reformas no exército que provocaram a catástrofe do país. O general Alekseev atribuiu a ele o vergonhoso título de "destruidor da Pátria". Em um comentário sobre Kerensky, o general Pyotr Krasnov atesta: "Eu nunca o tinha visto, muito menos lido seu discurso, mas eu era contrário a ele e sentia nojo, nojo". "Ele destruiu o exército, ultrajou a ciência militar, por isso eu o desprezava e odiava", declarou P. N. Krasnov.

O início dessa catástrofe se deu logo após a queda do Império, com a implantação da Ordem N° 1. Essa ordem foi lida em todo o exército, em 1° de março de 1917. Se observarmos a data de publicação do Despacho N° 1, podemos notar sua precocidade, pois Nicolau II foi deposto apenas no meio do dia 2 de março. A pressa dessa decisão estava em seu caráter polêmico, naquele período as atenções estavam voltadas para questões burocráticas, portanto a absurdidade do despacho não chamaria tanto a atenção do público. Seu texto foi publicado um dia antes de seu deferimento, na edição do jornal *Izvestia*.

A famosa Ordem N° 1 quebrou o exército russo em apenas algumas semanas. Esse despacho consistia nos seguintes princípios:

---

[422] ФЕДЮК, Владимир Павлович; Керенский. Москва: Молодая гвардия, 2009.
[FEDYUK, Vladimir Pavlovich, *Kerensky*. Moscou: Guarda Jovem, 2009].

• Em todas as companhias, batalhões, regimentos, baterias, esquadrões militares e da Marinha deveria ser implantada uma comissão de representantes eleitos de entre os escalões inferiores. Essas comissões estariam acima das ordens dos oficiais. Todos os desentendimentos entre oficiais e soldados deveriam ser comunicados e resolvidos pela comissão.

• Qualquer tipo de arma, tal como fuzis, metralhadoras, carros blindados etc., devem estar na posse e controle das comissões do batalhão, e em nenhum caso emitidas pelos oficiais. (Você pode imaginar como seria se oficiais não pudessem emitir armas em tempo de guerra!).

• Todas as penalidades que possam gerar um insulto à honra, dignidade e saúde de um soldado não seriam permitidas. Só os eleitos da comissão militar poderiam impor punições e controle em circunstâncias bem definidas. Só essas organizações tinham o direito de emitir ordens relativas a atividades militares, formação, educação e inspeções.

• Todas as unidades militares deveriam escolher os seus representantes no Conselho de Deputados Operários. As ordens da Comissão Militar da Duma de Estado deverão ser executadas apenas nos casos em que não contradigam as ordens e decretos do Conselho de Deputados Operários e Soldados. Ou seja, o governo não administra o seu próprio exército.

• Todos os discursos políticos das unidades militares devem se subordinar ao Conselho de Deputados Operários e Soldados e suas comissões.

• Os títulos seriam abolidos, "Sua Excelência, Excelência" etc., e substituído pelo tratamento de: o "Sr. General", "o senhor" etc. A saudação obrigatória, entre indivíduos da equipe, será cancelada.

• Cada soldado tem o direito de expressar abertamente de forma verbal, por escrito ou pela impressa sua opinião política, religiosa, social e outros pontos de vista. Sem exceção, todas as publicações devem ser facilmente transferidas aos seus destinatários. A partir de então qualquer partido político, incluindo os bolcheviques, poderiam professar qualquer persuasão política até o anarquismo. Nas unidades militares poderiam ser entregues livremente, sem exceção, quaisquer publicações, incluindo as anti-Estado. Foram distribuídos entre os soldados, nas trincheiras, jornais perniciosos, que compeliam à confraternização com os alemães.

Kerensky escreveu no posfácio da Declaração: "para provar que a liberdade em uma potência não é fraqueza, deixemos uma disciplina de ferro para forjar um novo compromisso, aumentando a força de combate do país". Palavras bonitas, mas, na prática, se o direito de punição pertence às comissões dos soldados e não aos oficiais, então a disciplina nunca seria alcançada.

Os resultados da Ordem N° 1 foram terríveis. O general russo Carl Gustaf Mannerheim relata as consequências dessas ações:

Imediatamente após a chegada na frente, percebi que em algumas semanas de minha ausência houve mudanças significativas. A revolução espalhou-se rapidamente. Os primeiros boatos conhecidos da ordem diziam respeito apenas à formação de conselhos na primeira guarnição, mas vigorou aqui, desde então a disciplina tem caído drasticamente. Os humores têm sido anárquicos, especialmente após o governo interino anunciar a liberdade de expressão, de imprensa e de reunião, bem como o direito à greve, que agora pode ser realizada até mesmo em unidades militares. O tribunal Militar e a pena de morte foram abolidas. Devido a isso as ordens dos militares mais experientes não eram seguidas pelos soldados, os comandos praticamente não eram observados, e os comandantes que procuravam manter as suas unidades, temiam por suas próprias vidas. Com as novas regras os soldados poderiam a qualquer momento tirar férias, ou, simplesmente fugir. Até o final de fevereiro os desertores eram mais de um milhão de pessoas. E os líderes militares não fizeram nada para contrariar os elementos revolucionários.

Segundo o general PyotrKrasnov:

Antes da revolução, e da famosa Ordem Nº 1, cada um de nós sabia o que precisava ser feito em tempos de paz e na guerra... não tinha tempo para descascar sementes. Após a Revolução, tudo ficou diferente. As Comissões começaram a interferir nas ordens dos superiores, reuniões começaram a ocorrer em pleno combate. [...] Os soldados justificavam suas ausências por esta ou aquela doutrina, que não se apresentavam porque estavam no comício.

Nas suas avaliações sobre os efeitos do decreto Nº 1, os generais eram unânimes, independentemente de suas crenças. A destruição da disciplina se espalhou rapidamente por todo o exército russo. Poucos dias depois o conteúdo da ordem sinistra era conhecido em todas as partes[423].

Os efeitos adversos da Ordem Nº 1 também podem ser encontrados no número de deserções. Na Primeira Guerra Mundial, no exército francês, 600 desertores foram fuzilados, no inglês 346 e no alemão 48. Em primeiro de setembro de 1917, cerca de 1 milhão de combatentes abandonaram o exército russo. Tais numerários díspares não significam que as forças armadas russas eram constituídas inteiramente de covardes e canalhas. Os alemães, britânicos e franceses também não gostavam de lutar nas trincheiras, mas no caso deles, sua traição seria seguida por um tiro.

---

[423] СТАРИКОВ, Николай Викторович. 1917: Революция или спецоперация, Москва: Яуза, 2007. [STARIKOV, Nikolay Viktorovich. *1917: Revolução ou operação especial*, Moscou: Yauza, 2007].

O mais incrível é que em vez de ser demitido, em seis semanas, Alexander Kerensky esperava por uma promoção. Ele foi nomeado ministro da guerra. Isso após ter emitido um documento que o general Alexeyev chamou de "o último empurrão para o caixão do exército russo.". O general Denikin escreveu que esse despacho "fatalmente comprometeu todas as fundações do antigo exército".

Apesar dos membros do governo e os generais do alto comando militar terem declarado publicamente, em reunião, sua atitude extremamente negativa para a decisão, a lei foi aprovada[424].

19.1.3 Uma tragédia chamada Kerensky

Em 1914, o rublo do Império Russo foi considerado uma das moedas mais sólidas e confiáveis. Após a reforma monetária de 1898, o rublo tinha lastro real em ouro e em 1914 as reservas de ouro ultrapassaram o montante da circulação de papel-moeda, de modo que, se necessário, o Estado poderia reimprimir mais de 300 milhões de rublos.

Entretanto, em 27 de julho de 1914, foi aprovada uma lei que suspendia a troca de papel-moeda por ouro. Naturalmente, o resultado da depreciação do dinheiro tornou-se em enorme inflação. Em 1915, ela ainda era de apenas 30%, mas em 1916 subiu para 100%. Em março de 1917, com o governo provisório chefiado pelo príncipe Lvov e, em seguida, por Kerensky, aconteceu algo fantástico.

Em apenas 8 meses, o governo provisório causou o colapso do exército, a anistia de criminosos e a destruição da polícia, liberando a emissão de 6412.4 milhões de rublos, sem contar uma pequena mudança nas notas de 95,8 milhões e a troca de tesouraria que aprovou 38,9 milhões.

Antes de 1917, a maior nota era de 500 rublos. Antes da Primeira Guerra Mundial era uma soma muito grande. Mas em 1917, o dinheiro é tão inútil que era o salário mensal de um trabalhador qualificado. Até o momento em que o governo provisório começou a emitir moeda, a situação tornou-se tão desastrosa que imediatamente começou a imprimir denominações de 250 e 1000 rublos. Mas isso não foi o suficiente, pois os preços subiam a alturas vertiginosas. O dinheiro mudou de nome diversas vezes, das formas mais fantásticas. Havia o famoso "kerenok", os rublos soviéticos, "sibirok", "Kolchak", "Denikin", sinos, pardais

---

[424] СТАРИКОВ, Николай Викторович. Кто финансирует развал России? От декабристов до моджахедов, Москва: Питер, 2010.
STARIKOV, Nikolay Viktorovich. *Quem está financiando o colapso da Rússia? Dos dezembristas aos Mujahideen*, Moscou: Peter, 2010.

e pombas. Havia a moeda ucraniana "gorpinok" e "libed-Yurchik", "Olonets" e um número infinito de outras moedas desde a guerra civil.

O "kerenok" foi uma tentativa desesperada de prolongar a agonia do governo provisório e estabelecer uma nova relação entre mercadoria-dinheiro. Mas esse foi o dinheiro mais inútil que a Rússia já teve. Eles eram impressos em papel comum, em qualquer gráfica dada a sua baixa dignidade. Eram produzidos em folhas inteiras, nem mesmo eram cortados. No entanto, para cortá-los não havia necessidade, pois devido à inflação, era mais fácil pagar com rolos inteiros. Os camponeses trocavam produtos comestíveis por roupas, porque o valor do dinheiro era inexistente. Mas muito em breve essa necessidade desapareceu, o Governo Provisório foi deposto e o dinheiro de Kerensky caiu. Na maioria das vezes, os proprietários dos rolos usaram-nos como papel de parede.

Em outubro de 1917, as autoridades bolcheviques herdaram um difícil legado, o estado estava à beira do colapso. Mas, para além da experiência política, os bolcheviques não tinham nenhuma prática de gestão. Dessa forma, foi introduzida a política econômica do comunismo de guerra.

Em março de 1921, os preços, em comparação com o período pré-guerra subiram para 30 mil. Como escreveu o general Krasnov:

> As pessoas perderam o hábito de trabalhar e não querem fazer nadar, as pessoas não se consideram obrigadas a obedecer às leis, pagar impostos e executar suas obrigações. Desenvolveram-se de forma extraordinária as especulações, as atividades de compra e venda, que se tornou uma espécie de ofício para inúmeros indivíduos, até mesmo pessoas inteligentes. Os comissários bolcheviques praticavam subornos, que se tornaram comuns e esse fenômeno foi institucionalizado. Em um país cheio de pão, carne, gordura e leite, iniciou-se a fome. Havia mercadorias, mas os moradores não queriam levar seus produtos para a cidade. Nas cidades, não havia moeda, elas foram substituídas por suplentes, cupons de empréstimo e outros valores extremamente danosos para o comércio[425].

---

[425] КУСТОВ, Максим Владимирович; Кто и когда купил Российскую империю. Москва: АСТ, 2013.
[KUSTOV, Maxim Vladimirovich, *Quem e quando compraram o Império Russo*. Moscou: AST, 2013].

III · GRANDE EPOPE

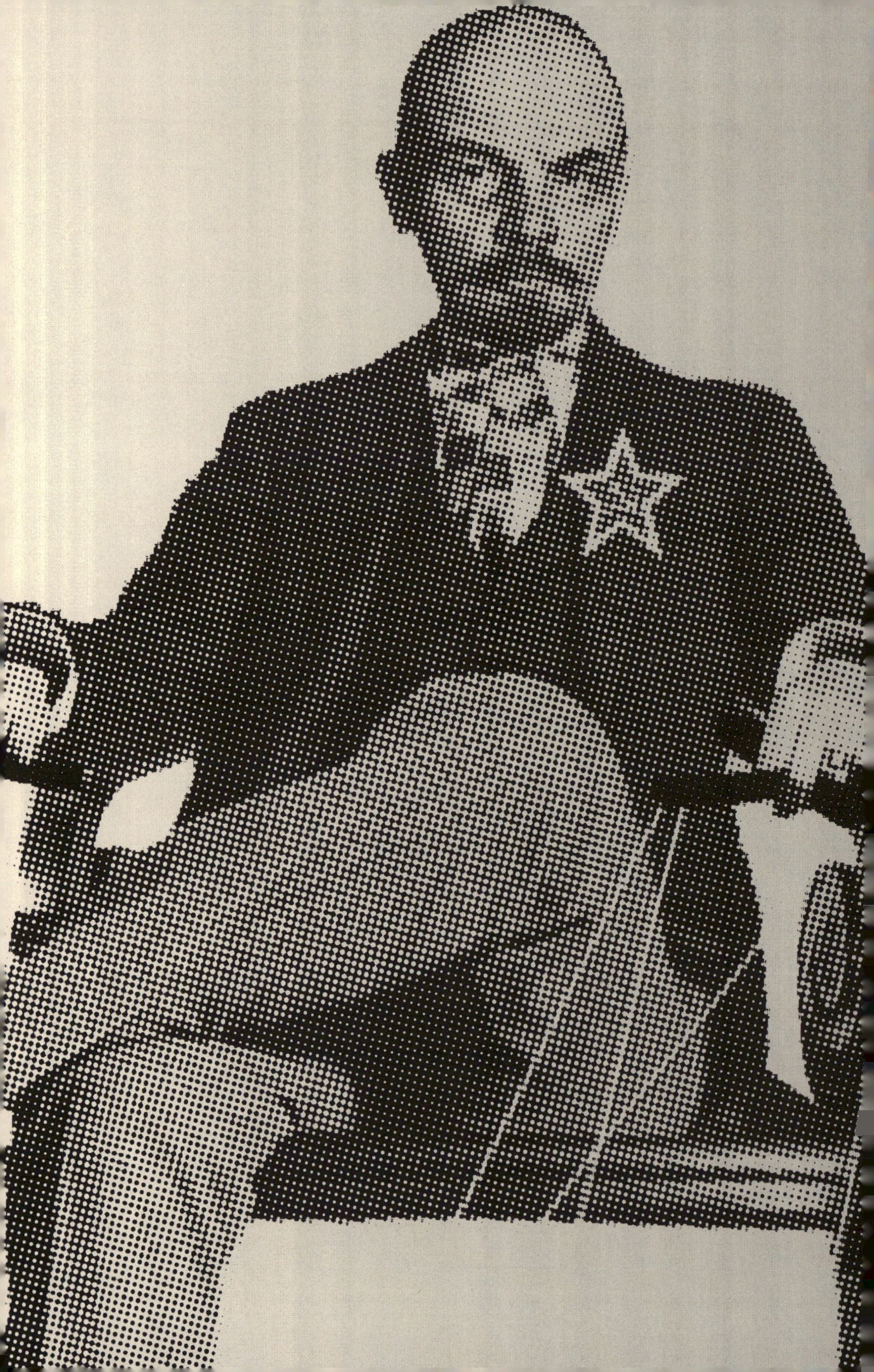

20. O TREM SELADO

20.1 O espião alemão

Em março de 1917, Lenin morava em Zurique, era líder de um pequeno grupo extremista, de um Partido revolucionário que teve pouco seguimento mesmo dentro da Rússia. Oito meses mais tarde, assumiria o comando de 160 milhões de pessoas e de um território que ocupava um sexto da superfície habitada do mundo. Como isso se deu? É fato de que sem a ajuda do Imperador alemão, Lenin nunca poderia ter conseguido realizar esse feito. Isso nos leva ao **MITO NÚMERO 75, o mito de que Lenin chegou ao poder graças às massas trabalhadoras.**

Na verdade, Lenin era um agente do governo alemão. Ele nunca buscou os interesses das massas trabalhadoras, apenas servia aos propósitos capitalistas e imperialistas do Kaiser.

A história de como o ouro alemão promoveria a Revolução de Outubro começou na "Cidade Velha" de Zurique, onde Vladimir Ilyich Ulyanov, mais conhecido entre os revolucionários como Lenin, tinha uma vida tranquila e sem novidades, até que em 15 de março de 1917 foi surpreendido por uma inesperada notícia.

— "Você não ouviu a notícia?", exclamou sua esposa Nadya. "Há uma revolução na Rússia!"

Esse anúncio foi dado por Bronski, e foi tão inesperado para Lenin, que ficou chocado e permaneceu confuso e em silêncio por algum tempo. Perplexo, como Nadya posteriormente descreveria no jornal *Pravda*.

Lenin mantinha contato com os alemães por meio de Von Bergen desde 1903, era assim que se mantinha no exílio. Sua função era contrabandear literatura bolchevique para a Finlândia com a ajuda dos alemães.

Em março de 1917, o principal contato alemão com Lenin e seu partido, que até então eram estabelecidos por Parvus, ganhou uma dimensão muito maior. Demorou alguns dias para que a notícia da Revolução fosse analisada pelo Alto Comando Alemão. Com a ajuda de Parvus e do conde Ulrich Von Brockdorff--Rantzau, foi criado um plano político para tirar a Rússia da guerra. O objetivo alemão era criar o maior grau possível de caos na Rússia, lançando apoio alemão intensivo por trás do movimento revolucionário extremista, dirigido por Lenin. Enquanto isso, não haveria ataques alemães na Frente Oriental, pois isso poderia provocar um clima indesejável de patriotismo. Não haveria ofensivas pelo menos por três meses, momento em que os agentes bolcheviques, patrocinados pelos alemães, deveriam causar a desintegração moral da nação.

Em 5 de abril, em conformidade com esta política, o Tesouro pagou mais de 5.000.000 de marcos de ouro para fins políticos na Rússia e essa era apenas uma fração do investimento previsto.

Em 23 de março, o Barão Gisbert Von Romberg recebeu um telegrama do representante alemão em Berne, que informava de forma não oficial que "os principais revolucionários desejavam regressar à Rússia pela Alemanha (…) Por favor envie instruções para a aplicação dos planos".

Dentro de três dias, o Kaiser e seus generais aprovaram um projeto detalhado de como um trem selado seria disponibilizado para Lenin e seus correligionários. Esse trem sairia de Zurique e cruzaria a Alemanha sob escolta militar. Posteriormente atravessaria a Suécia e a Finlândia rumo a São Petersburgo. Além de seus tripulantes, o comboio transportava barras de ouro destinadas à propaganda revolucionária de Lenin.

Em 26 de março, Romberg foi informado em Berna que seria disponibilizado um "trem especial, que estaria sob escolta militar".

Os alemães tinham muita pressa em executar o seu plano, estavam prestes a perder a guerra, com poucos recursos e grandes perdas militares. Para piorar a situação, no Capitólio em Washington, o Presidente Woodrow Wilson pediria ao Congresso formalmente o *status* de país beligerante. Por isso, os revolucionários russos deveriam atravessar a Alemanha o mais rápido possível. Portanto, assim que recebeu os planos, Romberg telefonou para Paul Levi, um jornalista alemão que conhecia Lenin. Levi forneceu instruções a Lenin sobre o seu transporte até a Rússia.

Os bolcheviques saíram de Zurique, em 9 de abril de 1917. Ao chegarem à estação fronteiriça alemã Gottmadingen, foram transferidos para o chamado trem selado, que era acompanhado por dois oficiais do Estado Maior alemão - o Capitão Von Planetz e o Tenente Von Buring.

Na estação de Zurique a despedida dos agentes bolcheviques foi "bastante tormentosa", comentou causticamente uma testemunha. Do lado de fora do trem uma multidão gritava: "Provocadores! Espiões! Porcos! Traidores!", "O Kaiser está pagando pela jornada". "Eles vão te pendurar... Espiões alemães". Um passageiro de um trem de Genebra gritou: "Traidor!". "É o que você é?... Eu sei que você ganha duzentos francos por mês no consulado alemão". Os manifestantes batiam no lado do vagão com bastões, gritando e assobiando o tempo todo. Em um ponto D. B. Ryazanov, amigo íntimo de Trotsky, correu para a plataforma e viu Zinoviev. Na janela, ele implorou dizendo: "Lenin se deixou levar! Ele não percebe que a situação é perigosa. Diga a Vladimir Ilyich que pare com essa loucura".

20.1.1 Parvus

Como já era de se imaginar, um trem é algo muito difícil de se esconder, ainda mais se este estiver cruzando países beligerantes com uma escolta militar. Por isso, não é de se estranhar que a chegada do comboio de Lenin e sua preciosa carga de barras de ouro não passariam despercebidas.

O governo provisório teve à disposição muitas evidências das relações leninistas com os alemães. Em junho, o capitão da contraespionagem francesa, Pierre Laurent, entregou as autoridades russas dezenas de cópias de telegramas entre Estocolmo e São Petersburgo, trocadas entre Hanecki, Kozlovsky, Lenin e outros bolcheviques.

Prisioneiros de guerra relataram que foram lançados espiões alemães na Rússia, para a realização de propaganda contra a guerra. Além disso, de acordo com dois oficiais alemães, Lenin e seus partidários obtiveram dinheiro do Kaiser para a sua propaganda antimilitarista, ou seja, eles são agentes do governo alemão.

Em Londres, a viagem de Lenin foi levada ao conhecimento de Arthur Balfour, o ministro das Relações Exteriores britânico. Em 5 de abril, dois telegramas chegaram ao escritório relatando o ocorrido. De Berna, o embaixador britânico Sir Horace Rumbold informou que havia negociações entre o governo alemão para obter a

> condução segura através da Alemanha para a Rússia de socialistas russos e anarquistas residentes na Suíça. Como eles eram a favor da paz imediata com a Alemanha, eles seriam comissionados para fazer uma propaganda agressiva entre as classes trabalhadoras na Rússia e entre as tropas.

Naquela noite, o Ministério das Relações Exteriores transmitiu a notícia a George Buchanan, embaixador britânico em Petersburgo, perguntando-lhe "para saber se o governo russo pretendia tomar alguma atitude para combater esse perigo".

A passagem de Lenin pela Rússia também foi relatada pelo coronel B. V. Nikitin, nomeado chefe de contraespionagem. Ele descobriu a traição dos bolcheviques por meio de provas do Major Alley da embaixada britânica. O major trouxe a notícia de que Lenin e um grupo de trinta "internacionalistas" estavam viajando pela Alemanha em um trem a caminho da Rússia, até forneceu-lhe uma lista com os passageiros. Nikitin convocou o general Lavr Kornilov, comandante das tropas de Petersburgo e exigiu que ele impedisse a entrada de Lenin na fronteira. Kornilov, como todos os representantes do governo provisório, ignoraram o alerta[426].

Além de não tomar nenhuma medida contra Lenin, o governo provisório adotou atitudes favoráveis a ele. Os ministros liderados pelo primeiro-ministro Príncipe Lvov, Nekrasov e Tereshchenko impediram a conclusão do inquérito, sobre a traição de Lenin.

Os grandes jornais foram proibidos pelo Governo Provisório de publicar documentos sobre a relação dos bolcheviques com a inteligência alemã. O único jornal que não obedeceu a ordem foi o tabloide *Palavra Viva*, que em 5 de julho publicou um artigo sobre a intriga dos bolcheviques.

A benevolência com os bolcheviques não foi por apego à democracia, pois o governo provisório promoveu uma repressão impiedosa contra os monarquistas[427].

Na verdade, o Governo Provisório estava em uma posição muito desconfortável ao acusar Lenin e outros de espionagem e colaboração com as autoridades alemãs. Afinal, para os ministros do Governo Provisório não foi fácil admitir que a Revolução de Fevereiro 1917, que os levou ao poder, foi igualmente desejável, do ponto de vista alemão. O fato de que os alemães interviram de várias maneiras na Revolução de Fevereiro poderia expor a "causa sagrada da revolução a difamação". E esse pensamento não era infundado. O casamento entre revolução e o dinheiro alemão eram antigas. Já em 1914, em Petrogrado, foram mencionados estranhos ataques de trabalhadores em greve, eles corriam em meio à multidão nas ruas, feriam os policiais, quebravam bondes e postes de luz. As razões para esta desordem não eram claras. Quando os grevistas capturados foram questionados sobre o motivo da confusão eles responderam:

— "Nós não sabemos, deram-me uma nota de três rublos e disseram-me: Destrua os bondes e os policiais."

Muitos afirmaram que a origem da nota de três rublos era alemã, mas nada foi provado[428]. Já a relação de Lenin com a Alemanha é algo comprovado.

---

[426] PEARSON, Michael, *The sealed train*. New York: Putnam, 1975.
[427] ФЕДЮК, Владимир Павлович; Керенский. Москва: Молодая гвардия, 2009.
[FEDYUK, Vladimir Pavlovich; Kerensky. Moscou: Guarda Jovem, 2009].
[428] СТАРИКОВ, Николай Викторович. 1917: Революция или спецоперация, Москва: Яуза, 2007.
[STARIKOV, Nikolay Viktorovich, *1917: Revolução ou operação especial*, Moscou: Yauza, 2007].

Depois de um quarto de século, no final da Segunda Guerra Mundial, o Exército dos EUA na Alemanha encontrou nas montanhas Harz os arquivos do Ministério dos Negócios Estrangeiros alemão; eles foram parcialmente analisados pelos americanos e os britânicos. Na ocasião, foram encontrados muitos documentos relativos à aliança alemã-bolchevique entre 1915 e 1918. Alguns desses documentos foram publicados em 1958 em Londres sob o título: "A Alemanha e a Revolução na Rússia 1915-1918".

O iniciador deste empreendimento grande e complexo era Parvus-Gelfand, que em março de 1915 apresentou um memorando ao governo alemão, com um plano detalhado para a organização dos movimentos revolucionários em várias partes do Império Russo. Para implementar essa ideia seria necessário, é claro, dinheiro. O plano foi aprovado e milhões de marcos fluíram para as organizações terroristas e separatistas. De março de 1915 a dezembro de 1917, Parvus desempenhou importante papel de mediador na relação entre o governo alemão e os bolcheviques. Ele, uma vez exilado pela polícia prussiana, tornou-se uma pessoa muito especial, "desejável", recebeu a cidadania alemã (por seus "serviços"), e com um passaporte alemão viajava para os Balcãs, a Suíça e a Escandinávia[429].

Ao longo dos anos, Parvus tornou-se muito rico e respeitável, tinha residência em Berlim, em Berna, em Estocolmo e em uma vila nos Alpes suíços. Tinha participação em quatro bancos, um escritório de importação e exportação em Copenhague e participações em empresas de ferrovias e transporte empresarial[430].

Parvus retornou à Alemanha. E não de mãos vazias. Ele apresentou às autoridades alemãs um memorando de 20 páginas, indicando os futuros possíveis centros da revolução. A ideia principal deste documento pode ser resumida pelo último parágrafo: "O exército unido e o movimento revolucionário na Rússia esmagarão a centralização colossal representada pelo Império tzarista, que continuará sendo uma ameaça à paz no mundo enquanto existir. Assim, a principal força da reação política na Europa cairá".

Além disso, até o final do ano, o Kaiser Wilhelm II e seus associados apoiaram a ideia da revolução como um instrumento capaz de romper a aliança entre a Rússia e o Ocidente. Um dos implementadores dessa ideia foi o embaixador alemão na Dinamarca, Ulrich Von Brokdorf-Rantzau. Em dezembro de 1915, ele escreveu: "A Alemanha é mortalmente ameaçada pelo colosso russo, o pesadelo do Império moscovita semi-asiático. Não temos alternativa senão

---

[429] ПУШКАРЕВ, Сергей Германович; "Ленин и Россия". Франкфурт-на-Майне,1993. Disponível em: <http://Lenin-rus.narod.ru/index.htm> Acesso em: 3 jan. 2014.
[PUSHKAREV, Sergey Germanovich, "Lenin e Rússia". *Frankfurt am Main*, 1993. Disponível em: <http://Lenin-rus.narod.ru/index.htm> Acesso em: 3 jan. 2014].
[430] БУНИЧ, Игорь Львович; Золото партии. Историческая хроника. Москва: Эксмо, 2005.
[BUNICH, Igor Lvovich, "Partido do ouro". *Crônica histórica*. Moscou: Eksmo, 2005].

tentar usar os revolucionários, nossa existência como uma grande potência está em jogo"[431].

Um dos postos-chaves do plano de Parvus estava centrado em Lenin. O dinheiro alemão deveria ser investido em sua rede de experientes profissionais. Parvus viu-se como um deus criador, o poder de trás de um trono que Lenin iria ocupar.

Eles concordaram com sua proposta de organizar uma greve nacional na Rússia. Os alemães ficaram profundamente impressionados e investiram no empreendimento a soma inicial de 1.000.000 de marcos de ouro para financiá-lo.

Em janeiro de 1916, 55 mil trabalhadores pararam de trabalhar em várias fábricas em São Petersburgo[432]. Com o êxito do projeto, os alemães investiram ainda mais recursos na revolução. Sabe-se que cerca de 70 milhões de marcos alemães foram disponibilizados na campanha de Lenin[433].

Em fevereiro de 1917, parte desses milhões foi distribuída pelas ruas, cada manifestante ganhou 25 rublos. Em 25 de fevereiro a greve atingiu 240 mil pessoas[434].

20.1.2 "Pão, Paz e Terra".

Em 16 de abril, Lenin chegou à Petrogrado, atual São Petersburgo, e foi recebido com música e flores. Sua posição era precária no extremo. A revelação do trem selado, presenciada por milhares de pessoas, ofereceu uma prova incontestável de que Lenin aceitou a ajuda dos alemães. Seus discursos também atestavam sua ligação com a Alemanha, ele queria o fim da guerra e exigiu a confraternização entre as tropas.

Lenin estava confiante no êxito de suas respostas às críticas. Mas as declarações feitas por Lenin quase não tiveram efeito contra o clima de raiva que imperava contra ele, tanto na imprensa como nas ruas. O slogan "Pão, Paz, Terra" nunca conquistou apoio entre a população. A realidade era bem diferente, os jornais atacavam Lenin por sua viagem com a ajuda do Kaiser e, até mesmo, com

---

[431] Шама, Олег. Гибридная война кайзера. Как Германия с помощью большевиков организовала революцию в России. Журнала Новое Время, Киев, №4, 6 февраля 2015 года.
[SHAMA, Oleg. "A Guerra Híbrida do Kaiser. Como a Alemanha, com a ajuda dos bolcheviques, organizou a revolução na Rússia". *Revista Novoye Vremya*, Kiev, nº 4, 6 de fevereiro de 2015].
[432] PEARSON, Michael, *op. cit.*
[433] Кобылин, Виктор Сергеевич; Анатомия измены. Император Николай II и Генерал-адъютант Алексеев. Санкт-Петербург.: Царское Дело, 2011.
[KOBYLIN, Victor Sergeevich, *Anatomia de uma traição. O Imperador Nicolau II e o general adjunto Alekseev*. São Petersburgo: Tsarskoe Delo, 2011].
[434] СТАРИКОВ, Николай Викторович. Кто убил Российскую Империю?, Москва: Яуза, 2006.
[STARIKOV, Nikolay Viktorovich. *Quem matou o Império Russo?*, Moscou: Yauza, 2006].

20. O TREM SELADO

toda razão, pela vida de luxo no palácio de Kczesinska. Muitos desfilaram pela cidade levando cartazes exigindo sua prisão. Grandes multidões reunidas no Parque Alexandrovsky, gritando, "Abaixo à Lenin, volte para a Alemanha!". Em vários regimentos, uma multidão exigia sua prisão. Os estudantes do ensino médio, em São Petersburgo, montaram suas próprias críticas amargas. A Comissão Executiva dos Soldados do Soviete de Moscou redigiu uma resolução pedindo providencias contra Lenin e sua propaganda. Frases como "Detenção de Lenin" e "Abaixo aos bolcheviques" foram ouvidas em cada esquina da rua.

Mesmo os marinheiros, os elementos mais revolucionários da Rússia, viraram-se contra Lenin. Os integrantes da Guarda de Honra naval ficaram consternados em saber sobre sua jornada pela Alemanha e emitiram uma declaração pública: "Tendo descoberto que o camarada Lenin voltou para nós, na Rússia, com o consentimento de Sua Majestade o Imperador alemão e Rei da Prússia, expressamos nosso profundo arrependimento por nossa participação em suas boas-vindas a Petersburgo".

Dia a dia, após o retorno de Lenin, a reação à sua campanha se tornou mais violenta e extremista. Segundo Podvoisky "Nenhum bolchevique pôde entrar no quartel sem o risco de prisão ou mesmo morte. Soldados que eram membros do partido foram espancados pelos camaradas".

Lenin tentou conter a onda de hostilidade no exército ao abordar a guerra com os soldados nas seções dos sovietes, mas naquela altura sua ação teve pouco impacto. "Vá e leve suas ideias para Alemanha", protestavam os soldados.

Por causa do perigo óbvio, Lenin recebeu guarda-costas, além de um motorista armado. Seu carro tinha uma escolta de treze trabalhadores que levavam rifles. Ao longo de seus artigos, ele acusou Milyukov e a burguesia de "mentirosos sem-vergonhas".

O anúncio de que Lenin faria um discurso no quartel foi recebido por gritos irritados da multidão. Lenin surgiu no palanque... Diante dos olhos de uma turba armada de 3.000 soldados... Quando Lenin terminou, houve um completo silêncio entre a multidão, mas de repente houve um grito unânime, a massa subiu em direção ao palanque. As tropas perseguiam seu carro, gritando e correndo, enquanto o motorista aumentava a velocidade.

No final de abril, a campanha contra Lenin cresceu intensamente. Todos os dias houve novas manifestações de estudantes, funcionários públicos e desfiles de regimentos, exigindo apoio ao Governo Provisório para prosseguir a guerra e prender Lenin, o agente alemão que pedia a paz. A multidão que gritava do lado de fora da Mansão Kczesinska tornou-se cada vez mais ameaçadora.

Por fim, no dia 30 de abril, duas semanas após a chegada de Lenin na Rússia, surgiu o clímax da campanha antileninista, uma denúncia grave de suas opiniões pacifistas sobre a guerra, trouxe milhares de feridos dos hospitais militares da cidade. Os soldados feridos desfilaram com curativos em muletas, homens em bandagens com rostos desfigurados e outros tão enfermos, que tinham que viajar em caminhões ou rastejavam lentamente ao longo da Avenida Nevsky, em direção ao Palácio Tauride. Eles carregavam banners com a inscrição "guerra até o fim", "abaixo à Lenin" e "nossas feridas exigem a vitória".

Alguns dos manifestantes entraram no Palácio Tauride para exigir a prisão de Lenin ou que ele fosse exilado "de volta à Alemanha". Outros se misturavam a multidão de feridos com discursos, em que Lenin era o principal alvo.

Os líderes soviéticos, especialmente os mencheviques, estavam cada vez mais preocupados com a perseguição. Os líderes mencheviques M. I. Skobelov e Irakli Tsereteli, saíram à praça em frente ao palácio para defender Lenin, queixavam-se que não estava sendo dada uma audiência justa para Lenin. Mas todos gritavam "Lenin é um espião e provocador".

Os líderes soviéticos não eram os únicos a se preocupar. Em Berlim, Arthur Zimmermann enviou uma mensagem para o ministro em Estocolmo, que de acordo com a agência telegráfica de Petersburgo houve uma manifestação de 50.000 feridos e mutilados, dirigidas contra Lenin[435].

20.1.3 Comprando adeptos

Para superar a crise em sua imagem, Lenin precisava de manifestações favoráveis a seus propósitos, mas encontrar pessoas dispostas a repetir os slogans "Pão, Paz e Terra" não seria fácil. Primeiramente, ninguém queria "paz", pois todos sabiam que a derrota da Alemanha era algo certo, perder os "louros da vitória" e ter que pagar indenizações era burrice. Oferecer "terras" também não era uma estratégia atrativa em áreas urbanas. E como já foi dito, os bolcheviques seriam expulsos de áreas rurais. Também não era algo carismático, falar de "pão", em um país no qual todo o seu estoque de grãos estava entulhado em armazéns por causa do cerco de guerra.

Porém, a pobreza dos discursos de Lenin poderia ser compensada por uma grande estratégia alemã. Em seus relatórios para Berlim, Hanecki escreveu: "Por um dia de greve devemos pagar, para um trabalhador gritar slogans em comícios, de 10 a 70 rublos, para tirar fotos, 140 rublos". E foi exatamente isso que os bolchevistas fizeram. É o que atesta os relatórios número 154, dos protocolos do interrogatório de Andrei Konstantinovich Rogov realizados nos dias 3 a 5 de julho, em São Petersburgo. Esses documentos são resultados de uma investigação sobre os discursos de Lenin.

---

[435] PEARSON, Michael, *op. cit.*

Segundo testemunhas, cerca das 3 horas da tarde, em 21 de abril, nos jardins de Nevsky, havia uma multidão de manifestantes com faixas e cartazes, com a inscrição: "Abaixo Miliokov", "Sim, o capitalismo vai desaparecer" etc. Os trabalhadores estavam armados com fuzis, pistolas e revólveres. O público, vendo as fileiras armadas de manifestantes, ficou assustado.

Após 4 horas, no mesmo dia, formou-se uma multidão heterogênea de trabalhadores, mulheres e meninos que simplesmente deixou a mansão Kczesinska, "a sede de Lenin". Dentre elas, algumas pessoas tiravam os chapéus e distribuíam algo à multidão. Eram os "leninistas" distribuindo dinheiro: notas de dez rublos, uma por pessoa. Um menino, de 13 a 14 anos de idade, recebeu uma nota de cinco rublos, colocou-a no bolso e correu uma segunda vez para a fila, gritando: "Tio, me dá, eu também vou gritar: 'Abaixo Miliokov'".

A distribuição dos 10 rublos durou muito tempo porque havia muita gente interessada em negociar com os "leninistas", uma quantidade significativa de dinheiro foi empregada. Depois de um tempo, a multidão que recebeu o dinheiro formou um núcleo de "manifestantes" com faixas que diziam: *"Abaixo o governo provisório", "Abaixo Miliokov", "Sim, o capitalismo vai desaparecer"*, etc. Os protestos chegaram à Nevsky. Um grupo que estava presente na Câmara Municipal parou alguns cadetes (8-10), o grupo, com a ajuda dos cadetes, tomou os cartazes e dispersaram toda a multidão sem dificuldades[436].

20.1.4 A história vai nos amaldiçoar

Um dos principais líderes da Revolução de Fevereiro, Miliokov, escreveu mais tarde:

> Você sabe que uma firme decisão de usar a guerra para a produção de um golpe foi aceito por nós logo após a eclosão da guerra, você sabe bem que o nosso exército deveria realizar uma ofensiva (Primavera de 1917), os resultados dessa ação iriam afastar radicalmente qualquer indício de descontentamento e haveria uma explosão de patriotismo e júbilo no país. Você entende agora por que eu hesitei no último minuto para dar o meu consentimento para a execução do golpe, como você sabe, agora você entende o meu estado de espírito no momento. A história vai amaldiçoar os líderes dos chamados proletários, e vai nos amaldiçoar, por ter causado uma tempestade[437].

---

[436] SHAMA, Oleg, *op. cit.*
[437] ЗЫКИН, Дмитрий Эндшпиль; Как оболгали великую историю нашей страны. Санкт-Петербург: Питер, 2014.

Os "líderes do proletariado" tinham certeza de que seriam condenados por roubar a vitória da Rússia; para eles seria uma surpresa agradável e inesperada ler um livro moderno e não encontrar nenhuma alusão a sua traição. Pelo contrário, o *slogan* "Pão, Paz e terra", criado pelos partidários do Kaiser, foi totalmente ressignificado.

A queda do tzar e a ordem número 1 trouxeram abatimento às tropas, mas não derrotas. Mesmo sob Kerensky, a linha inimiga quebrou em dois pontos. Dez mil prisioneiros alemães foram capturados. Os soldados estavam atacando o inimigo, apesar das investidas da imprensa leninista, que invocavam os soldados a lutar contra "o inimigo interno da classe".

Durante dois dias, o Sétimo Exército avançou, empurrando os alemães de volta para Berezhany. Três dias depois, mais ao sul, o exército russo empurrou as linhas austríacas, da antiga cidade de Halicz para Kalush.

Em Petersburgo, a notícia dos avanços foi recebida com êxtase. Mais uma vez, procissões marcharam na Avenida Nevsky, com *banners* chamando a nação para proteger "A Mãe Rússia". Oradores renovaram seus ataques a Lenin e sua aliança com os alemães[438].

Para melhorar a situação, os Estados Unidos entrariam na guerra. E os americanos tinham dois milhões e 800 mil soldados em setembro, até o final da guerra teria 4 milhões de homens.

O surgimento dos milhões de soldados extra não deixaria nenhuma chance aos alemães. A única salvação do Kaiser estava em seus espiões bolcheviques que prometiam destruir e pilhar a Rússia. E Berlim precisava da derrota e retirada rápida da Rússia da guerra, isso resolveria dois problemas:

— Poupar as tropas que seriam transferir todo o exército para Frente Ocidental;

— À custa dos saques à Rússia, os alemães conseguiriam gêneros alimentícios e outros materiais necessários.

A pressa dos alemães e bolcheviques deu origem às novas ideias expressas nas teses de abril, criadas por Lenin e publicadas em 20 de abril no *Pravda*. Segundo a "mitologia soviética" a introdução "das teses de abril" era considerada razoável e decorrente do marxismo. Mas, na época, causou espanto. Na sede do partido foi tratada com hostilidade. Nenhuma organização ou pessoa queria assiná-la

Segundo Trotsky: "As teses de Lenin foram publicadas por conta própria e somente em seu nome". Lenin tinha apresentado as suas ideias em esplêndido isolamento. Ele afirmava que a revolução deveria ser aprofundada e havia a necessidade de uma ditadura do proletariado. No entanto, seu radicalismo político não

---

[ZYKIN, Dmitry Endipil, *Como eles caluniaram a grande história do nosso país*. São Petersburgo: Peter, 2014].
[438] PEARSON, Michael, *op. cit.*

agradava. O país ainda estava se recuperando de uma revolução, seria dramático e desnecessário recorrer para a outra. A criação do Governo Provisório era considerada, por quase todos, como uma grande conquista, mas Lenin rejeitou cooperação e pedia a sua queda. Em vez de reconstruir o país e preparar novas eleições, o chefe dos bolcheviques evoca uma nova revolução. Em vez de unir todas as forças democráticas, Lenin propôs uma ditadura do proletariado.

Em uma reunião do Comitê Bolchevique de Petrogrado, Lenin e seu ponto de vista estavam em quase completo isolamento. As "Teses de Abril" foram ativamente discutidas e rejeitadas: contra elas foram 13 votos, a favor 2, abster-se 1.

No dia seguinte, no Palácio Tauride, Lenin vai à frente de todos os sociais-revolucionários e membros do soviete de Petrogrado. Lev Davidovich Trotsky nos fala sobre esse discurso Ilyich com ironia: "A maioria da plateia estava entre o escárnio e o embaraço. Os mais brandos encolheram os ombros. Este homem é claramente da lua: chega aqui após dez anos, desce na Estação da Finlândia e prega a tomada do poder pelo proletariado".

Mais tarde recorda Sr. Zenzinov: "A perspectiva de uma transição imediata para a ditadura do proletariado parecia muito inesperada, contrária às tradições, enfim, simplesmente incompreensível. Seu programa parecia a todos algo ridículo, absurdo e artificial".

B. O. Bogdanov, ao apoiar o orador, foi interrompido por gritos: "É absurdo, é o delírio de um louco! Como pode aplaudir essa bobagem, você está corrompendo-se! Marxistas!". O mesmo aconteceu com os bolchevistas Goldenberg e Steklov. A agitação era tal que até mesmo Lenin deixou o recinto. Mas não significava sua derrota. Com o dinheiro da Alemanha, Lenin foi capaz de se mover em direção à sua meta, como um aríete.

Lutando pela derrota

Nas mesmas "Teses de Abril", Lenin assinalou a necessidade de reforçar a promoção da confraternização. Você sabe o que é isso? Isto é, quando os soldados do conflito entre as partes nas trincheiras, em vez de disparar contra o inimigo, oferece a eles tabaco.

Imagine, no outono de 1941, as tropas soviéticas perto de Moscou confraternizando com os nazistas. Como esses soldados seriam chamados? Traidores, todos seriam fuzilados. Sim, a família seria deportada para a Sibéria. E se na mesma época a mídia impressa pedisse para confraternizar com o inimigo? Todos os editores, com digitadores e produtores, seriam mortos.

Mas em 1917, com os bolcheviques, foi bem diferente. Eles pregavam que os soldados abandonassem suas unidades e fugissem para suas aldeias, enquanto os soldados alemães permaneciam na batalha e "a grande democracia" do Governo Provisório não fez nada[439].

Para Lenin, a confraternização era uma maneira prática de cessar imediata as hostilidades, e "o caminho para a paz", a trégua real.

A propaganda derrotista de Lenin e seus capangas era amplamente distribuída por todo o país e vigorosamente direcionada para a fronte, onde os leninistas transferiram centenas de agitadores e enviaram centenas de milhares de exemplares de jornais, publicados especificamente para os soldados.

Vamos olhar agora para os documentos emitidos, em 1º de abril de 1917, pelo Ministério das Relações Exteriores em Berlim. Esse apelava ao Ministério das Finanças alemão para o desvio de 5.000.000 marcos para despesas "com fins políticos" na Rússia. Em 3 de julho, o secretário de Estado Zimmermann telegrafa ao embaixador alemão em Berna afirmando que a interrupção dos ataques russos se deve "à propaganda pacifista de Lenin, que vem se tornando mais forte com seu jornal 'Pravda', que já imprimiu 300.000 cópias".

Em 8 de novembro de 1917, o embaixador alemão em Estocolmo telegrafou para o Ministério dos Negócios Estrangeiros pedindo: "Por favor, envie o montante de 2 milhões de empréstimo militar para determinado fim". Em 9 de novembro, o secretário de Estado Kuhlmann escreveu ao Secretário de Estado do Ministério das Finanças: "Eu tenho a honra de solicitar à Vossa Excelência a liberação da soma de 15 milhões de marcos para o Ministério das Relações Exteriores sobre o assunto de propaganda política na Rússia"[440].

Em 16 de novembro, um total de 20 divisões russas firmou trégua com as tropas alemãs, e a maioria das 125 divisões russas aderiu a um acordo de cessar-fogo.

No entanto, se do lado russo o fenômeno de confraternização é visto como algo espontâneo, do lado das forças alemãs e austro-húngaras as negociações de paz e confraternização eram regulamentadas pelo "departamento de propaganda" e seus enviados especiais. A confraternização espontânea com o inimigo nos exércitos alemães e austro-húngaros foi expressamente proibida e quem ousasse transgredir seria severamente punido.

20.1.6 Uma revolução discreta

Em outubro de 1917, a única autoridade legítima na Rússia era o Governo Provisório. Seu único objetivo era convocar uma Assembleia Constituinte, que decidiria a estrutura do país. O Governo Provisório foi apenas uma força de

---

[439] STARIKOV, Nikolay Viktorovich, *op. cit.*
[440] PUSHKAREV, Sergey Germanovich, *op. cit.*

orientação, destinado a levar o país às eleições. Após a derrubada do governo de Kerensky pelos bolcheviques, a única autoridade legítima que permaneceu foi a Assembleia Constituinte. Foram eleitos 715 deputados. Entre eles havia 175 bolcheviques. Esses números indicam que Lenin não teria hegemonia e não teria poder de sair da guerra. Por isso, os bolcheviques teriam que agir antes da escolha de um novo líder. E de fato teve pouco tempo para isso:

—Votação na Assembleia Constituinte - 12 de novembro.

— Grande Revolução Socialista de Outubro - 25 de outubro.

Podemos verificar que Lenin conseguiu tomar o poder antes das eleições, com quase duas semanas de tempo livre[441].

Como em toda revolução, o papel da elite do exército foi muito importante. O vice-ministro da Guerra, o General Verhovsky e o General A. A. Manikovsky, também faziam parte da trama. O comandante-chefe da Frente Norte, V. A Cheremisov, já em setembro, roubou centenas de equipamentos de combate e escondeu em aldeias. O General Krasnov escreveu em suas memórias que isso era uma preparação para o 25 de Outubro. Cheremisov também patrocinou a impressão bolchevique na fronte.

Em 24 de outubro, o comandante do batalhão, perto de Petrogrado, recusou-se a obedecer à ordem de Kerensky, de enviar à capital dois regimentos de cossacos e artilharia. Além disso, todos os regimentos foram retirados da capital.

O General Krasnov recordou mais tarde, "fiquei chocado quando vi, através dos binóculos, oficiais com dragonas sobre os ombros dos comandantes bolcheviques"[442].

Como um pretexto para invadir a sede do governo em Petrogrado, Lenin criou um boato de que ao norte, a ofensiva alemã poderia colocar em perigo a capital. O próprio Lenin inventou o rumor difamatório de que Kerensky queria entregar a capital aos alemães "para esmagar a revolução" e pediu para começar uma rebelião "para a defesa de Petrogrado", dos alemães e de Kerensky. Em suas cartas para as autoridades centrais do Partido Bolchevique entre Setembro e Outubro, Lenin persistentemente desenvolveu em detalhes o seu plano de uma insurreição imediata: "Kerensky quer entregar Petrogrado aos alemães, isso é claro como o dia".

Sob pressão do Comitê Central Bolchevique de Lenin, em uma resolução adotada, em 10 de outubro, admitiu que a situação política e militar atual, em particular, a "decisão indubitável da burguesia russa e Kerensky de entregar Pe-

---

[441] STARIKOV, Nikolay Viktorovich, *op. cit.*
[442] ЕЛИСЕЕВ; Александр Владимирович; Русские в СССР. Потерпевшие или победители? Москва: Яуза, 2010.
[ELISEEV; Aleksandr Vladimirovich, *Russos na URSS. Vítimas ou vencedores?* Moscou: Yauza, 2010].

trogrado aos alemães coloca em pauta a rebelião armada". Neste sentido, decidiu-se formar um "quartel-general revolucionário para a defesa de Petrogrado", que se chamaria "defesa nacional". A Comissão foi obrigada a "desenvolver um plano de trabalho para a defesa de Petrogrado".

Kerensky perdeu a sua popularidade e foi atacado pelos partidos de esquerda e direita. À direita: os oficiais, os cossacos e a burguesia, acusaram-no de favorecer a demagogia e os bolcheviques. À esquerda: acusou-o de vender a Rússia aos latifundiários, capitalistas e imperialistas ocidentais, e "entregar Petrogrado aos alemães".

Quando houve o levante bolchevique, Kerensky apelou para o apoio do Parlamento, este último, depois de muita conversa e debate, aprovou uma resolução, que era muito mais crítica ao Governo Provisório do que uma garantia de apoio na luta contra os bolcheviques: "a derrota militar do movimento bolchevique levaria ao triunfo das forças obscuras reacionárias."

Em 25 de outubro, as forças militares que protegiam o Palácio de Inverno eram insignificantes: 130 mulheres soldados, do batalhão feminino, 40 soldados inválidos e um pequeno destacamento de cossacos; mas quando os cossacos perceberam que no palácio havia apenas enfermos e "mulheres", eles logo se retiraram. As "forças militares" que defendiam o palácio eram uma bagunça, próximas ao caos. As portas traseiras do palácio permaneceram abertas.

Já nos arredores tudo estava em perfeita paz. A vida na cidade transcorria normalmente, sem quaisquer sinais ou qualquer outro tipo de revolução social. As fábricas funcionavam, como de costume. A grande maioria dos soldados permanecia em seus quartéis e nas escolas as aulas eram regulares. Todas as lojas estavam abertas, os bondes funcionavam, e, como sempre, cinemas e teatros realizavam as suas apresentações. Apenas ocasionalmente nas ruas, atraindo olhares curiosos do público, chegavam caminhões com soldados bolcheviques.

Informações sobre a insignificância das baixas foram confirmadas. No palácio morreram cinco marinheiros e um soldado.

Na noite de 26 de outubro, o Palácio de Inverno foi tomado e os ministros foram presos. No entanto, a cidade dormia pacificamente na noite de 26 de outubro[443].

20.1.7 O fim de Kerensky

Será difícil descobrir qual o grau de ligação entre Lenin e Kerensky. Sabemos que seus pais eram amigos, que estudavam na mesma faculdade e ambos

---
[443] PUSHKAREV, Sergey Germanovich, *op. cit.*

participavam de grupos terroristas na juventude. Também sabemos que Kerensky foi leniente com os bolcheviques. Ignorou o trajeto de Lenin pela Alemanha e desconsiderou todas as provas de sua traição. Não permitiu que os jornais divulgassem tal traição. Permitiu a propaganda derrotista e confraternização nas tropas. Ofereceu pouca resistência na tomada do palácio. No entanto, apesar de tantas evidências, não existem documentos que demonstrem qualquer grau de cumplicidade entre os dois.

Caso tenha ocorrido por amizade ou por incompetência, a verdade é que Kerensky deixou o caminho aberto para os planos de Lenin. Por isso, ele não tinha motivos para temer a fúria dos bolchevistas. Portanto, todos os comentários relacionados a uma grande fuga de Kerensky são mentirosos. Principalmente a lenda de que Kerensky correu para fora do Palácio de Inverno, na noite de 25 de outubro, em um vestido.

Com efeito, ele saiu do Palácio de Inverno oficialmente, em carro aberto, e em seu uniforme militar. Foi dito que em alguns lugares os guardas vermelhos deram-lhe honras.

Em seu último discurso, ele falou colocando a mão direita sobre a jaqueta. Bem, como Bonaparte! Na verdade, ele teve uma fratura no osso da mão e queria esconder a bandagem. Não queria parecer doente[444].

Ele pôde deixar o país com toda a calma, seus documentos estavam em perfeita ordem. Tinha um visto britânico, que recebeu em Moscou no consulado inglês. Com este visto ele partiu da Rússia em um cruzador britânico. Kerensky não viajou em um cargueiro, partiu em um navio trazido especialmente para ele.

Ele partiu para a Inglaterra, depois viveu na França até 1940 e, em seus últimos anos, morou nos EUA. De 1922 a 1932 editou o jornal *Days*, onde escrevia artigos e dava palestras antissoviéticas. Mas, em 1941, Kerensky congratulou publicamente o ataque da Alemanha nazista sobre a União Soviética. Em 1951, um período de acentuada deterioração das relações entre os EUA e União Soviética, previu uma nova guerra mundial em que os Estados Unidos, como ele esperava, ganharia. Declarações que além de deixar evidente seu desprezo pelo próprio povo, ainda demonstra claramente sua má índole.

Sua falta de caráter também é demonstrada ao abandonar sua família na Rússia. Ele poderia levá-los, pois tinha um excelente salvo-conduto, mas deixou sua esposa Olga e dois filhos se defenderem sozinhos. Kerensky morreu de câncer em Nova Iorque, no ano de 1970[445].

---

[444] МЕДИНСКИЙ, Владимир Ростиславович; О русской грязи и вековой технической отсталости. Москва: Олма Медиа Групп, 2015.
[MEDINSKY, Vladimir Rostislavovich, *Sobre a imundície e o atraso técnico da Rússia antiga*. Moscou: Grupo Olma Media, 2015].

[445] STARIKOV, Nikolay Viktorovich, *op. cit.*

21 Mito do russo malvado

21.1 Predestinado a sofrer?

Em 1º de setembro de 1917, a Rússia adotou como forma de governo a república e, em 23 de setembro de 1917, foi regulamentada a eleição para a Assembleia Constituinte. Pela primeira vez, não só na Rússia, mas também em toda a história mundial, o direito de voto seria concedido aos homens e às mulheres que atingissem a idade de 20 anos, bem como militares. Assim, em março e outubro de 1917, a Rússia foi o país mais democrático do mundo. Essa eleição universal e direta foi proclamada a tarefa mais importante do Governo Provisório.

Sabendo que não conseguiriam ter hegemonia em um governo democrático, em julho de 1917, os bolcheviques trouxeram manifestantes armados que exigiam a transferência de todo o poder aos soviets[446]. O governo provisório não se atreveu a abafar a rebelião. Os líderes bolcheviques conseguiram adiar a votação para novembro e, assim, assinou sua própria sentença de morte.

A assembleia Constituinte foi inaugurada em 5 de janeiro de 1918, seu presidente foi V. M. Chernov e era apoiado por 244 deputados. Na verdade, a Assembleia Constituinte durou doze horas e 40 minutos. Quando o comandante bolchevique da guarda do Palácio Tauride, Anatoly Zheleznyakov cumpriu sua tarefa e dispersou a reunião dos deputados.

Em 5 de janeiro de 1918, houve uma manifestação pacífica de intelectuais, funcionários públicos, estudantes, soldados e trabalhadores em apoio aos

---

[446] Órgãos de autogoverno operário surgidos durante a Primeira Revolução Russa de 1905-1907, recriados após o início da Revolução de fevereiro de 1917 e durante a Revolução de outubro de 1917, que se tornaram órgãos representativos do poder na URSS.

deputados. Sem aviso, os Guardas Vermelhos abriram fogo. O tiroteio continuou até a multidão se dispersar.

Na noite de 6 de janeiro, os deputados encontraram as portas do Palácio Tauride trancadas com uma fechadura. Na entrada havia guardas com metralhadoras e duas peças leves de artilharia. Os guardas disseram que não haveria reunião. Em 9 de janeiro, foi publicado o decreto do Comitê Executivo Central de Toda a Rússia sobre a dissolução da Assembleia Constituinte. Qual foi o destino do primeiro corpo legislativo eleito por voto direto e universal? Quase todos os seus membros foram mortos. Alguns deputados foram executados durante o subsequente terror bolchevique; na mesma noite no hospital foram mortos os Cadetes F. F. Kokoshkin e A. I. Shingaryov. Outra parte foi assassinada durante a Guerra Civil. Finalmente, aqueles 20 a 24% dos bolcheviques, que foram eleitos para a Assembleia Constituinte, foram exterminados durante o grande terror stalinista.

O partido de Lenin cometeu um golpe antidemocrático e daria início a um governo sangrento e tirânico. Como os historiadores marxistas justificariam esse episódio? Seria o marxismo uma teoria inapta à realidade social e econômica?

A resposta dada pela maioria dos meios de comunicação e acadêmicos foi simples, a história da Rússia é uma série de ditaduras sangrentas e no comando do país, na melhor das hipóteses, teria um déspota, na pior, um sangrento tirano, por isso Lenin teve que se adaptar a índole do povo corrompendo o socialismo.

Por incrível que pareça, esse determinismo histórico, regado a xenofobia, convenceu a todos. Não só nos meios marxistas, mas é possível encontrar esse discurso até entre os grupos monarquistas. Isso nos leva ao **MITO NÚMERO 76, o mito de que a Rússia jamais havia conhecido formas democráticas de governo, por isso jamais seria democrática.**

É possível encontrar esse mesmo argumento até nos meios de comunicação de massa. Certa vez, em um telejornal, o apresentador afirmou que "os russos tinham escolhido um líder autoritário como Putin, porque a Rússia sempre teve líderes autoritários".

Mesmo que isso fosse verdade, sempre ter um governante tirano não exclui a possibilidade de um futuro promissor. O povo russo não está predestinado a sofrer. E convenhamos, esse não é o caso, pois o Império Russo sempre foi um governo popular. Os elementos de autogoverno e democracia sempre existiram. Os russos de todas as classes sempre preferiram os autogovernos regionais a uma burocracia centralizadora.

Neste sentido, foi introduzido o Zemsky Sobor, que, por sua vez, era ainda mais democrática do que os órgãos representativos dos britânicos e franceses. Os *zemstvos* mostraram que os governos locais, no Império Russo, eram capazes de se emancipar. Ao nível das províncias e cidades eram como parlamentos locais. O trabalho da Duma Estatal, com as quatro convocações de eleições, mostrou que o país estava pronto para o parlamentarismo.

Talvez o problema da Rússia em se adaptar ao comunismo fosse exatamente esse. Uma estrutura democrática, que tirava a hegemonia do governo central, dando um imenso poder às aldeias e cidades. Essa seria uma razão palpável do país deslizar gradualmente à loucura após o outubro 1917.

21.1.1 Eleições para Imperador

No período da Idade Média, centros urbanos como Novgorod, Pskov, Kiev e em dezenas de outras cidades, havia direitos especiais. Elas poderiam ter uma câmara em cada um dos seus bairros, e uma grande reunião de moradores da região resolviam seus problemas locais. Já a Câmara urbana de Novgorod não resolvia só os problemas de uma cidade, mas de toda região.

Ou seja, a câmara de Novgorod era o órgão legislativo da região, com duas advertências. Primeiramente não eram os deputados eleitos que participavam da reunião, mas todos os cidadãos que quisessem. Em segundo lugar, a região de Novgorod não era igual a atual, uma pequena unidade da Federação, e sim um estado enorme, do tamanho da França moderna. Este estilo de gestão é muito diferente dos direitos urbanos das outras cidades europeias, mas semelhante ao sistema político grego de Aristóteles.

O poder hereditário do príncipe não violava o sistema democrático de Novgorod, mas complementava-o. Se o príncipe desejasse viver em paz, ele deveria concordar com a Assembleia Popular. Diversos escritos atestam que, muitas vezes, os príncipes de Novgorod eram banidos. O mesmo foi relatado em Pskov, Pinsk, Smolensk, Lviv e na Galiza. Mesmo em Kiev, sem a coletividade o príncipe não era ninguém. Quanto aos boiardos[447], cada um tinha suas próprias terras ancestrais, eles não eram dependentes do príncipe. Cada um deles não hesitou em desafiar as ordens reais no conselho militar e na Duma Boiarda.

De acordo com as crônicas do levante, que condenou à morte o príncipe Igor no ano de 945, o soberano foi acusado de ser ganancioso, por isso foi punido: "Se o lobo tem os maus hábitos para com as ovelhas, todo o rebanho vai intervir até sua morte; e isso, se não o matar, vai destruir a todos nós". Foram derrubadas duas árvores, elas foram amarradas em cada perna do príncipe Igor, quando as árvores caíram, o príncipe foi dividido em dois.

---

[447] Boiardo era o título atribuído aos membros da aristocracia russa do século X ao XVII.

Do ponto de vista da Europa Ocidental, França ou Reino Unido, não havia democracia no ambiente feudal. Em cada trono sentou o filho mais velho do rei anterior. Qualquer interrupção na sucessão natural seria um anátema.

Yaroslav I, o Sábio, foi três vezes Grão-Príncipe de Novgorod e Grão-Príncipe de Kiev, ele deu a Carta de liberdade a Novgorod. De acordo com este documento, a cidade firma um contrato que define as condições do reinado do monarca e os deveres da cidade. Se o governante quebrasse o contrato, teria que abandonar a cidade. Por vários séculos, os príncipes prometeram não quebrar as liberdades dadas por Yaroslav, em um juramento com a mão sobre o documento.

Podemos ressaltar que, em toda a Rússia, o sistema político era "uma combinação de dois princípios": o monárquico na figura do príncipe e o democrático representado pela Câmara. No século XI, o príncipe recebeu o poder por herança ou legado, a diferença é que o novo príncipe de Novgorod, após a tomada da posse, teria que obedecer a carta de Yaroslav e não violar as liberdades de Novgorod, protegida pelas leis e costumes. Os costumes no período da Idade Média, como regra geral, eram ainda mais fortes do que a lei.

De 1095 até 1304, o país teve um total de 58 príncipes. Surpreendentemente, verifica-se uma média de cerca de um a cada 4 anos, semelhante aos dias de hoje.

Desde o início do século XIV, Novgorod reconhece a primazia dos príncipes de Moscou, que geralmente não viviam em Novgorod e enviavam seus adjuntos. Estes governadores também prometeram respeitar a carta de Yaroslav.

O sistema político de cidades comerciais e artesanais europeias, como Veneza, Florença e Gênova, é muitas vezes chamado democracia. Mas esta democracia é diferente de Atenas. A elite governante da cidade era pequena, apenas algumas centenas de homens adultos. As principais decisões eram tomadas pelas autoridades de gestão escolhidas pela cidade.

Já o processo eleitoral em Novgorod eram reuniões na Catedral de São Nicolau, onde compareciam de 400 a 500 pessoas. No entanto, isso só se aplica a principal cidade. Ainda existiam as Câmaras regionais que elegiam seus representantes para participar das reuniões públicas de nível superior.

O Zemsky Sobor seria o parlamento russo. Em algumas obras é dito que o Zemsky Sobor não legislava, portanto, não podem ser comparados com os parlamentos europeus. Isto não é verdade, porque muitos conselhos foram dedicados exclusivamente para a legislação. Em 1648, foi convocado para desenvolver o código de leis de 1649, um dos mais completos conjuntos de leis da Europa. Também foram criados importantes documentos como as leis de 1550, a primeira milícia em 1611, o Código universal de 1649 e "A ação do Conselho" sobre a abolição do paroquialismo, em 1682.

Os poderes do Zemsky Sobor não foram menores do que os Estados Gerais na França. E menos dependente do monarca, do que o Parlamento Inglês. De fato, apenas no início do século XVII, depois de cinco séculos após seu aparecimento, o Parlamento britânico se tornou um elemento importante no sistema de governança. Somente no século XVII, o legislador desafiou a autoridade do rei e tentou controlar diretamente o poder executivo.

Em Moscou, já em 1549, o Zemsky Sobor delineou importantes reformas judiciais e financeiras. Em 1551, realizou as reformas religiosas e administrativas. Em 1566, condenou a Guerra da Livonia e mesmo Ivan, o Terrível, não começou as hostilidades sem a aprovação formal do Conselho.

Em Moscou, os representantes do Zemsky Sobor foram eleitos por aproximadamente 15 a 16% da população. Isto é substancialmente mais do que na Grã-Bretanha. No século XVII, apenas 2% dos britânicos tinham "sufrágio", ou seja, o direito de escolher os seus representantes no Parlamento. Estima-se que, na França, antes de 1849, o direito ao voto era de 2% da população, na Espanha, em 1854, ligeiramente superior a 0,2% e no Japão, onde as primeiras eleições foram realizadas em 1891, o direito de voto pertencia a 1% da população.

O Zemsky Sobor só acabou após as reformas de Pedro I, em 1689. Essa centralização do poder ocorreu na ânsia de imitar modelos estrangeiros. O mesmo ocorreu em 1917, quando o governante abandonou os costumes de seu povo e deixou se levar por abstrações de teóricos alemães. Ou seja, o autoritarismo russo não está na alma de seu povo, mas na imprudência de importar modelos ocidentais.

Outro engano relacionado ao mesmo tema é o de que a monarquia não é democrática porque a dinastia não foi eleita pelo povo. Em 1584 e 1598, respectivamente, o Zemsky Sobor se reuniu para eleger novos reis como é o caso de Fedor Ivanovich e Boris Godunov. Em 1606, escolheu o Imperador Basil Shuisky, que em 1610 foi privado de seu trono. Em 1612, a linhagem direta da dinastia foi interrompida. O país estava com seus princípios monárquicos enfraquecidos, no entanto, não queriam uma república, e procurou-se então eleger uma nova dinastia. Aristóteles acreditava que os reis eleitos eram a forma de governo mais adequada. Era uma expressão monárquica da vontade do povo!

Dessa mesma forma, os Romanov subiram ao trono escolhidos pelo povo. No entanto, os historiadores nunca deram a este fato a devida atenção, especialmente os historiadores na URSS.

Em 1613, iniciou-se a campanha eleitoral real, na Rússia. Houve muitos pretendentes ao trono, um total de 30 candidatos. Os eleitores foram selecionados dentre os mais de 600 representantes, inclusive pessoas da cidade e camponeses. A escolha recaiu sobre Mikhail Romanov.

Quando ascendeu ao trono, Mikhail Fedorovich assinou um documento com todas as suas promessas de governo[448].

21.1.2 Existe um povo cruel?

Outro mito com base em pressupostos xenófobos é o **MITO NÚMERO 77, o mito de que o marxismo não teve êxito porque os russos são cruéis.**

Primeiramente, não existe um povo cruel, o que há são atos de crueldade. A violência, a intolerância e o ódio fazem parte do ser humano, por isso estão presentes em todas as sociedades. Os russos não estariam isentos desse fenômeno, no entanto, não são os monstros descritos pela mídia e no cinema.

Observando a vida cotidiana europeia podemos constatar o contrário, os russos, de modo geral, agiam com empatia ao sofrimento do próximo.

Um exemplo disso é o comportamento da Rússia e do Ocidente em sua relação com as execuções. As execuções públicas na Idade Média eram uma espécie de atividade de lazer. Na Europa Ocidental, a pena de morte foi um espetáculo de entretenimento; as pessoas se reuniam como para uma *performance* teatral, levavam com eles suas esposas e filhos. Na Inglaterra era possível pendurar um menino de oito anos, por roubar um celeiro, e a multidão ria e cantava enquanto observava-o cair.

Desde a infância, todos estavam habituados não só a olhar calmamente para as atrocidades, mas interagir com elas. Para os britânicos, se o bebê tocasse a corda de um enforcado, traria felicidade. Cordas de forca eram usadas como remédio para dor de dente.

Na Alemanha, havia uma crença de que a corda de um enforcado poderia trazer felicidade para dentro da casa. Em Flandres, a mão de um homem pendurado poderia ajudar a torná-lo invisível.

Na Grã-Bretanha, em 1788, houve um caso em que a multidão correu em direção ao pendurado e literalmente rasgou o cadáver ainda quente para recolher uma "lembrança". Particularmente, um habitante local, conseguiu pegar a cabeça e a mostrava nos bares por um longo tempo, atraindo o público até a cabeça apodrecer.

Na Inglaterra, no século XIX, era costume dos cavalheiros da alta sociedade levar as senhoras as prisões, onde às sextas-feiras ou sábados eram açoitadas as

---

[448] МЕДИНСКИЙ, Владимир Ростиславович; О русском рабстве, грязи и "тюрьме народов". Москва: Олма, 2008.
[MEDINSKY, Vladimir Rostislavovich, *Sobre a escravidão russa, a sujeira e a "prisão dos povos"*. Moscou: Olma, 2008].

prostitutas. *Gentlemen* pagavam antecipadamente por seus lugares. Para pegar os bons lugares teriam que pagar extra e chegar cedo.

As execuções públicas, na Place de Greve, em Paris, causavam uma onda de emoções, a multidão gritava, divertia-se, cantava, regozijava-se.

Quando a forca foi substituída pela guilhotina, na Revolução Francesa, o povo a chamou carinhosamente de *Lisette*. Após a introdução da guilhotina, as pessoas se queixaram de que nada podia ser visto, e exigiram a devolução da forca. Depois de Napoleão e da Restauração, em 1815, os criminosos voltaram a ser enforcados.

No entanto, na Rússia, assassinos convencionais e assaltantes foram enviados para a prisão. E o mais importante, as execuções não eram um entretenimento para a multidão. Na Rússia, o comportamento das pessoas que presenciavam a esse suplício era diferente do comportamento da multidão parisiense.

Em uma evidência preservada de holandeses, que presenciaram a execução de Stepan Razin, em 1671: "Enquanto o carrasco cortava seus membros, o povo se manteve em silêncio, podia se ouvir apenas o soluço das mulheres. E imediatamente, sem esperar pela morte do "Gulev Ataman", o povo começou a se dispersar em silêncio".

Assim fizeram os russos que vieram para a execução de Pugachev em 1775. O cientista russo do século XVIII, Andrei Bolotov, escreveu em suas memórias: "As pessoas deprimidas começaram a se dispersar imediatamente após a execução, não querendo olhar para as chicotadas nos cúmplices dos rebeldes".

Devemos lembrar que os ingleses não tinham muito com que se alegrar com as execuções, pois a maioria das pessoas condenadas era inocente. Não fizeram nada para merecer aquele horrível destino. Quando Henrique VIII criou uma lei para tirar as terras comunais, pastagens e florestas dos camponeses e substituí-las por pastagens de ovinos, 72 mil camponeses foram despejados à força de suas terras. O resultado foi uma multidão de mendigos e vagabundos. Os camponeses arruinados tornaram-se lúmpen sem meios de subsistência.

Para acabar com o problema, Henrique VIII cria uma lei condenando a "vadiagem", todas as pessoas "indesejáveis" seriam enforcadas. Foram exterminados 2/3 da população londrina, 100 mil pessoas

Outro aspecto positivo dos russos era seu convívio religioso. Embora a Ortodoxia fosse a religião oficial, outros credos eram aceitos. Como vimos anteriormente, protestantes, islâmicos, budistas e até mesmo xamanistas poderiam ocupar autos cargos no exército e no governo. Inclusive, os generais protestantes se mantiveram fiéis ao Imperador até seu fim.

Em outros países europeus, a realidade não era a mesma, temos os tristes exemplos da Inquisição e das terríveis lutas religiosas. O número de "hereges", exterminados durante o reinado de Elizabeth foi de 89 milhões de pessoas. A rainha Inglesa em um ano executou mais pessoas do que todas as Inquisições Católicas em três séculos!

Não se sabe ao certo o número de pessoas que atravessaram o oceano para fugir das perseguições religiosas, mas os historiadores creem que seja por volta de 100 a 300 mil.

Na França, a situação não era melhor. Em 24 de agosto de 1572, no dia do casamento de Catherine de Médici com Carlos IX, aconteceu a infame noite de São Bartolomeu, onde 30 mil huguenotes foram massacrados. Em 1610, o governo francês determina o exílio em massa dos huguenotes, centenas de milhares de calvinistas foram para a Holanda, Alemanha, Dinamarca, Canadá e África do Sul.

Também devemos lembrar que os russos eram mais generosos com suas posses. Quanto a isso, temos o exemplo de Oliver Cromwell, que tomou as melhores terras da Irlanda, para dar aos seus protegidos. De acordo com estimativas dos historiadores irlandeses, foram mortos um a cada sete Irlandeses, dentre eles mulheres, crianças e idosos. No seu relatório ao Parlamento Oliver Cromwell disse abertamente: "Eu ordenei aos soldados para matar todos eles... cerca de 1000 pessoas foram mortas na igreja. Eu acredito que todos os monges"[449].

No século XVII, metade da população da Alemanha morreu em conflitos internos. O Papa autorizou, ainda que temporariamente, a poligamia, a fim de restaurar a população[450].

De certo, houve conflitos sangrentos entre os povos nativos do Alasca e os caçadores russos, mas nada comparado ao Ocidente. No Sul da América Central foram exterminados 2 milhões de índios. No século XVI, os espanhóis destruíram completamente a população de todas as ilhas do Caribe, cerca de 100 mil pessoas.

Nos Estados Unidos, em 1700, onde vivia meio milhão de índios, em 1900, restavam 100 mil. Na África do Sul, os colonos destruíram as tribos dos bosquímanos. Os índios foram caçados como animais selvagens; matavam até bebês nas mãos das mães e mulheres grávidas. Dos 100 mil "selvagens" manteve-se, no máximo, 10 mil. Na Nova Zelândia, os polinésios locais, tribos Maori, foram reduzidos, em cerca de 8 vezes.

Na Austrália, os aborígenes desapareceram na maior parte do continente. Restaram apenas 20 mil dos cerca de 500 mil.

---

[449] МЕДИНСКИЙ, Владимир Ростиславович; О русской грязи и вековой технической отсталости. Москва: Олма Медиа Групп, 2015.
[MEDINSKY, Vladimir Rostislavovich, *Sobre a imundície e o atraso técnico da Rússia antiga*. Moscou: Grupo Olma Media, 2015].
[450] ГОРЯНИН, Александр Борисович; Мифы о России и дух нации. Москва: Pentagraphic, 2001.
[GORYANIN, Alexander Borisovich, *Mitos sobre a Rússia e o espírito da nação*. Moscou: Pentagraphic, 2001].

No século XIX, a França ocupou a Argélia, com crueldade monstruosa suprimiu a rebelião de tribos berberes. Os franceses reduziram a população da ilha de Madagascar a um terço.

Durante o século XVII ao XVIII, o comércio de escravos da África capturou cerca de 15 milhões de escravos. De acordo com cientistas, dos 15 milhões pelo menos 5 milhões de pessoas morreram no caminho.

De acordo com os números mais otimistas, para cada capturado e entregue para a costa oeste da África, mais de 5 morriam, cerca de 75 milhões. De acordo com cientistas africanos, a África perdeu pelo menos 100 milhões habitantes. Os ingleses capturaram quatro vezes mais escravos do que todos os outros países juntos[451].

21.1.3 O verdadeiro marxismo

No total, os regimes marxistas, de 1917 a 1987, assassinaram aproximadamente 110 milhões de pessoas. Para se ter uma perspectiva deste número de vidas humanas exterminadas, vale observar que todas as guerras domésticas e estrangeiras durante o século XX mataram aproximadamente 85 milhões de civis. Ou seja, quando os marxistas controlam Estados, são mais letais do que todas as guerras do século XX combinadas, inclusive a Primeira e a Segunda Guerra Mundial e as Guerras da Coreia e do Vietnã.

Tal cifra é praticamente incompreensível, é como se a população inteira do Leste Europeu fosse aniquilada. O fato de que mais 35 milhões de pessoas fugiram de países comunistas como refugiados representa um inquestionável voto contra as pretensões da utopia marxista. Tal número equivale a todo mundo fugindo do estado de São Paulo, esvaziando-o de todos os seres humanos[452].

Embora esses números indiquem a inviabilidade de qualquer nova tentativa de implantação de um governo comunista, os defensores das teorias marxistas tentam se eximir afirmando que as experiências soviéticas e dos demais países comunistas não foi de um "marxismo autêntico", já que as teorias de Marx por si mesmas são filantrópicas. O comunismo marxista é um ideal nobre, mas que foi tragicamente pervertido por figuras como Stalin e agora podem ser implantadas de forma adequada. Isso nos conduz ao **MITO NÚMERO 78, o mito de que o marxismo é bom em teoria, mas foi pervertido na prática.**

Na realidade, nenhum dos horrores cometidos na União Soviética, China, Camboja ou quaisquer outros regimes marxistas é equiparável à genuína

---

[451] MEDINSKY, Vladimir Rostislavovich, *idem*, 2008.
[452] RUMMEL, Rudolph Joseph, *Death by Government*. New Brunswick; Transaction Publishers, 1994.

monstruosidade contida no "ideal" comunista de Marx. Ou seja, a teoria é ainda pior do que a prática.

Quando um ativista propõe fuzilar pessoas boas e jogá-las em uma cova, não tenha dúvida de que ele só está seguindo a cartilha de Marx. Podemos comprovar isso nos seguintes fragmentos da *Gazeta Renana*, em obras conjuntas de Marx e Engels, mas antes devemos frisar que Marx era o redator-chefe do jornal, assim assumindo toda a responsabilidade pelas publicações:

> Os massacres sem sentido perpetrados desde os eventos de junho e outubro, a oferta tediosa de sacrifícios desde fevereiro e março, o canibalismo da contrarrevolução convencerá as nações de que há apenas uma maneira em que as agonias da morte da *velha sociedade assassina e o nascimento sangrento de uma nova sociedade* pode ser encurtado, simplificado e concentrado, e assim é o *terror revolucionário. Não temos compaixão* e não pedimos compaixão de vocês. Quando chegar a nossa vez, não daremos desculpas para o terror (grifos nossos)[453].

Também podemos sustentar que o genocídio de Pol Pot, que matou mais de um terço da população do seu país, o Camboja, foi uma versão amena do "verdadeiro marxismo", pois Marx previa o extermínio de nações inteiras:

> Todas as outras grandes e pequenas nacionalidades e *povos estão destinados a morrer em breve na tempestade revolucionária mundial*. Pela razão de eles serem agora contrarrevolucionários.
>
> Não há nenhum país na Europa que não tenha em algum canto um fragmento de povos em ruínas, o remanescente de uma população anterior que foi suprimida e mantida em cativeiro pela nação que mais tarde se tornou o principal veículo do desenvolvimento histórico. Essas relíquias de uma nação impiedosamente pisoteadas no curso da história, como diz Hegel, esses fragmentos residuais dos povos sempre se tornam fanáticos porta-estandartes da contrarrevolução e permanecem assim até a *completa extinção ou perda de seu caráter nacional*, assim como *toda a sua existência em geral é em si um protesto contra uma grande revolução histórica*.
>
> Tais, na Escócia, são os Gauleses, os partidários dos Stuarts de 1640 a 1745.
> Tais, na França, são os bretões, os defensores dos Bourbons de 1792 a 1800.
> Tal, na Espanha, são os bascos, os partidários de Don Carlos.
> Tais, na Áustria, os eslavos do pan-eslavismo meridional, que *nada mais são do que lixos dos povos*, resultante de uma confusão milenar em seu desenvolvimento".

---

[453] MARX, Karl; ENGELS, Friedrich. "Suppression of the Neue *Rheinische Zeitung*", *Neue Rheinische Zeitung*, nº 301. Köln; 18 de maio de 1849.

Os magiares ainda não foram derrotados. Mas se eles caírem, eles cairão gloriosamente, como os últimos heróis da revolução de 1848, e apenas por um curto período. Então, por algum tempo, a contrarrevolução eslava vai varrer a monarquia austríaca com toda a sua barbárie, e a camarilha verá que tipo de aliados ela tem. Mas no primeiro levante vitorioso do proletariado francês, que Luís Napoleão está lutando com toda a força para conjurar, os alemães e magiares austríacos serão libertados e farão uma sangrenta vingança contra os bárbaros eslavos. A guerra geral que então eclodirá esmagará os eslavos Sonderbund e acabará com todas essas nações insignificantes, até seus próprios nomes.

A próxima guerra mundial resultará no desaparecimento da face da terra não apenas de classes e dinastias reacionárias, mas também fará com que todos os povos reacionários desapareçam do solo. E isso também é progresso[454] (grifos nossos).

Além da *Gazeta Renana*, ainda existe o seguinte artigo do *NewYork Tribune*, de 22 de março de 1853, sobre a imigração de Irlandeses e escoceses na Inglaterra:

As classes e as raças, fracas demais para dominar as novas condições de vida, devem dar lugar. Mas pode haver algo mais pueril, mais míope, que os pontos de vista dos economistas que acreditam sinceramente que este lamentável estado transitório não significa nada[455].

Em uma carta de 4 de fevereiro de 1852, de Marx para Engels, ele desdenha as revoluções pacíficas: "Que o diabo leve os movimentos populares, especialmente quando são pacíficos"[456].

Em seus escritos Marx deixou passagens que demonstram seu ódio mortal aos discordantes, mas mesmo que Marx ocultasse isso em seus textos, poderíamos perceber a potencialidade maléfica de suas teorias em sua dialética. A dialética marxista enaltece o "anjo da morte" como o único redentor da humanidade.

Afinal o que é para ele a luta de classe? Para ele seria o motor da História, a geradora das mudanças sociais. Na prática, essa teoria não é tão bonita. Simplificando, um grupo de pessoas mata e expolia outro grupo de pessoas, desses dois crimes surge "algo melhor" e a civilização evolui. Posteriormente esse algo melhor também terá que ser roubado e exterminado, assim sucessivamente até que de todo essa mortandade e saques nasçam a

---

[454] MARX, Karl; ENGELS, Friedrich. "Der magyarische Kampf". *Neue Rheinische Zeitung*, n° 194. Köln; 13 de janeiro de 1849.
[455] MARX, Karl, *Karl Marx and Frederick Engels on Britain*. Michigan; Foreign Languages Publishing House, 1953.
[456] MARX, Karl; ENGELS, Friedrich. *Karl Marx and Friedrich Engels Correspondence, 1846-1895: A Selection with Commentary and Notes*. London: publicado por Martin Lawrence, 1934.

última e derradeira fase histórica, o comunismo. A história é como um deus asteca, que precisa de sangue para se fortalecer. Ou seja, o motor da história é o extermínio e o roubo.

Além das falhas morais, a dialética marxista é falsa, pois a luta de classe não é o motor da História. Não foram as revoltas de escravos que geraram a Idade Média e não foram as insurreições camponesas que derrubaram os senhores feudais. A burguesia não era inimiga da nobreza. Os burgueses queriam comprar títulos de nobreza e os nobres queriam participar do comércio, ambos viravam empresários e ninguém teve que morrer para isso.

É claro que houve guerras, rebeliões e motins, o "anjo da morte" fez muita bagunça, mas pouca transformação.

Poucas pessoas conseguem ver o obvio, a ciência e a consciência são os verdadeiros motores da história. Se a máquina a vapor, criada por Heron de Alexandria, no século I, tivesse êxito o trabalho escravo teria caído. Porém, como a siderurgia era rudimentar e não oferecia metais adequados para a alta pressão, sua invasão não teve continuidade. Sem esse avanço tecnológico a escravatura prosseguiu. Até que novas técnicas e ideais filantrópicos trouxessem luz à humanidade.

21.1.5 A morte da Internacional[457]

Em relação às contradições entre prática e teoria, o que mais gera desconforto é os comunistas odiarem a classe média e pequenos burgueses, no entanto idolatram banqueiros e megaempresários. Vejamos Marx, era grande amigo de Gustav von Mevissen, sócio em companhias marítimas, tecelagens, indústria pesada, presidente da Companhia Ferroviária Renana, fundou vários bancos, incluindo o Darmstädter Bank e companhias de seguros. Mevissen, com seu amigo Ludolf Camphausen, banqueiro e político renano, patrocinavam a *Gazeta Renana*, onde Marx era editor-chefe. Ele também era parceiro de Engels, um rico empresário[458].

Lenin chamava de explorador um camponês que tivesse uma vaca, mas escolheu como seu tesoureiro e amigo o diretor da Siemens. E favorecia e bajula-

---

[457] A Primeira Internacional, foi uma organização internacional fundada em setembro de 1864. Reunindo membros de todos os países da Europa e também dos Estados Unidos. A organização reuniu trabalhadores das mais diversas correntes ideológicas de esquerda: comunistas marxistas, anarquistas bakuninistas e proudhonianos, sindicalistas, reformistas, blanquistas, owenistas, lassalianos, republicanos e democratas radicais e cooperativistas.)

[458] GABEL, Gernot, *Gustav von Mevissen*. Köln: Druckhaus Wienand, 1999.

va os executivos da Du Pont[459]. Até Trotsky, pai do terror vermelho, era muito dedicado aos interesses da Thyssen Krupp e da GE[460].

Só podemos compreender tamanha incoerência ao saber a verdadeira história da Internacional. Essa história começou há muito tempo, quando o movimento operário era constituído por operários e as reinvindicações trabalhistas eram realizadas por trabalhadores. Nessa época, os empresários tinham grandes problemas com greves e boicotes. As greves ainda poderiam ser remediadas com a ajuda da violência policial e a própria necessidade dos trabalhadores os obrigava a retornar as suas funções. No entanto, os sabotadores eram um desastre, funcionários descontentes com os péssimos salários quebravam, às escondidas, máquinas caríssimas. Isso era algo preocupante, mas a solução era simples, infiltrar membros alinhados com a elite empresarial na Associação Internacional dos Trabalhadores.

Essa associação tinha integrantes realmente empenhados, como era o caso de Ernest Édouard Fribourg, líder operário francês e membro dirigente da Federação Parisiense e junto a Henri Tolain, ambos tinham admirável atuação na solução dos problemas sociais dos bronzeiros parisienses. A Internacional estava bem encaminhada em seus propósitos até a aparição de Karl Marx, a partir desse momento, a causa dos trabalhadores foi perdida.

Marx não tentou de imediato se apoderar do movimento, pelo contrário, na reunião no Hall de São Martinho, em 28 de setembro de 1864, quando a Internacional ainda não foi definitivamente fundada, ele não participou, mas estava presente, como escreveu Engels, apenas como um personagem mudo na plataforma. Mas ele foi nomeado como um membro do subcomitê, os outros membros foram o secretário Mazzini, Wilhelm Wolff, Le Lubez, Cremer e Weston. Na primeira reunião Wolff propõe como novas bases da associação; alterações de Le Lubez sugeridas por Marx. Assim Marx tinha realizado o seu jogo, em poucas semanas, ele havia conseguido estabelecer a sua autoridade.

Os estatutos provisórios da Internacional, assim alterados por Marx, foram enviados de Londres para Paris e aceitos pelos membros da associação.

Em todas estas manobras, Marx tinha novamente mostrado seu talento em fazer uso das ideias dos outros para servir seus propósitos. Assim como ele havia conseguido se apropriar das teorias socialistas e fazê-las passar como sua própria invenção, então ele agora havia inventado a reputação de fundador da Internacional.

---

[459] ШАМБАРОВ, Валерий Евгеньевич; Нашествие чужих. Заговор против империи. Москва: Алгоритм, Эксмо, 2007.
[SHAMBAROV, Valery Evgenievich, *Invasão de estrageia. Conspiração contra o Império*. Moscou: Algoritmo, Eksmo, 2007].
[460] SUTTON, Antony. *Wall street y los bolcheviques: los capitalistas del comunismo. La financiación capitalista de la Revolución Bolchevique*. Buenos Aires: La Editorial Virtual, 2007.

Segundo um membro da associação suíça:

Não é verdade que a Internacional foi criada por Karl Marx. Ele permaneceu completamente fora da preparação dos trabalhos que teve lugar em 1862 a 1864. Juntou-se a Internacional quando a iniciativa dos operários ingleses e franceses tinha acabado. Como o cuco, ele veio e colocou seus ovos em um ninho que não era seu. Seu plano, desde o primeiro dia, foi fazer o grande trabalho de inserir na Internacional as suas opiniões pessoais.

Nesse momento a Internacional foi invadida pelos filhos de empresários e banqueiros. Esses milionários travestidos de operários não queriam ter seus investimentos e maquinários destruídos, por isso, logo mudaram o rumo da conversa. A partir de agora ninguém mais pediria aumentos de salários ou cogitaria de jogar um tamanco em um motor, os "playboys da revolução" tinham novas questões a debater. Algo sem a menor relevância como a política antirreligiosa. Em 1865, em nome do Congresso de estudantes da internacional, declarou Fontaine: "O que nós desejamos, nós revolucionários e socialistas, é o desenvolvimento físico, moral e intelectual da raça humana. Desejamos, na ordem moral, pelo fim de todos os preconceitos da religião e da Igreja, para chegar à negação de Deus e ao livre exame".

E Lafargue, depois de cantar louvores a Proudhon, no Congresso de Bruxelas, terminou com o grito: "Guerra a Deus! Ódio contra Deus! Isso é progresso! Devemos quebrar o Céu como um cofre de papel!".

Assim a Internacional estava permeada de academicismos e divagações inúteis. Numa reunião da associação, Garibaldi falou sobre a religião da Razão, a adoração da deusa da Razão, como era praticado na Revolução Francesa.

O representante de Londres era um milionário excêntrico chamado Sir John Stepney Cowell, um comunista entusiasta e membro do Conselho Geral.

A Associação Internacional dos Trabalhadores tornou-se uma farsa. Os operários de Paris tinham motivos reais para protestar no Primeiro Congresso em Genebra contra a invasão de suas fileiras de homens que não eram trabalhadores manuais, declarando que o Congresso dos trabalhadores "era composto em grande parte por economistas, jornalistas, advogados e empregadores, isso era ridículo e aniquilaria a Associação". Tolain e Fribourg invocaram o princípio de que só trabalhadores manuais poderiam representar a instituição. O movimento dos operários franceses foi derrotado.

Marx não se esforçava para esconder os planos de seus ricos patrocinadores e os expõe abertamente: "Os homens de trabalho foram ensinados a olhar para mudanças mais nobres do que um aumento nos salários, uma diminuição nas horas de trabalho uma mudança nos direitos trabalhistas".

Ele também não escondeu seu desprezo pelos criadores da Internacional, desdenhava os bronzeiros de Paris, dizendo que suas lutas trabalhistas não tinham relevância diante dos ideais "revolucionários".

Tolain e Fribourg, verdadeiros fundadores da Internacional, foram buscar ajuda de seus irmãos ingleses. Eles foram bem recebidos, mas os operários ingleses não tinham dinheiro para dar.

A greve dos alfaiates de Paris, chefiada por eles, entrou em crise, alguns de seus participantes queriam ouvir os termos do Governo, estavam ansiosos para a greve terminar. Os mestres timidamente convocaram uma reunião em Menilmontant para comparar opiniões sobre a paralização, e ver se um arranjo poderia ser feito. A greve acabou e Fribourg declarou: "eles falharam por falta de recursos materiais e apoio moral".

Todas essas cortesias e serviços entre o governo francês e a Internacional despertaram os gritos de "intriguistas de Bonaparte", "agentes de Napoleão". Tolaix e Fribourg, cheios de sonhos e planos, não estavam satisfeitos com seu sucesso na criação da Associação Internacional. Com Odger todos os fundadores da Internacional caíram; Tolain, Fribourg, todos os homens de paz e estudo. Tolain se aposentou, assim como Fribourg. A velha sociedade de homens zelosos de trabalho foi encerrada; uma nova sociedade de médicos, jornalistas e professores tinham usurpado o seu nome e lugar. Novos homens, novos métodos e novos propósitos que aterrorizavam o mundo. Os homens de estudo venceram os homens de luta. Alguns nomes foram mantidos, mas a liderança não estava com eles. As Cooperativas afundaram membros da Liga da Paz e Liberdade, cujo emblema era o ramo de oliveira e o lema era boa vontade para com os homens, foram corrompidos, induzidos a derrubar as regras existentes e toda ordem do mundo! Com essa mudança de atores chegou uma mudança de cenário. O movimento que nasceu em Paris mudou-se para Genebra.

Em Londres, não houve nenhuma simpatia para com as ideias introduzidas por Becker e Bakunin. Lucraft não quis saber de barricadas. As reuniões não eram mais na cervejaria Quatre Saisons, mas no Hotel de Ville, em Genebra. Um templo digno de seu culto foi procurado e encontrado. Em Londres os membros se reuniam na sala dos fundos de uma loja miserável, em Paris eles poderiam se reunir para rodadas de estudo em bancadas, mas em Genebra havia um edifício em estilo grego. Para tanto, a proveniência dos fundos não era conhecida. Nas mesas de jantar sempre havia iguarias, as mais finas de Genebra e sempre havia espumante gelada. Mas um inquérito trouxe luz a um fato curioso. O Príncipe Napoleão emprestou uma bela soma para a construção do fabuloso prédio da Internacional.

Qual foi o papel de Marx no Internacionalismo? A fim de realizar sua perfídia completa, violou os estatutos que impediam a admissão de não-trabalhadores na associação.

A verdade é que Marx nunca havia acreditado na fraternidade universal mais do que ele tinha acreditado na ditadura do proletariado, estes *slogans* deveriam ser usados, mas não realizados na prática[461].

21.1.6 Mito do Marx "pobrezinho"

Para esconder as relações de Marx com ricos banqueiros e empresários e também para dar uma aura de "mártir da revolução", foi criada a imagem de um Marx miserável, que sacrificou sua vida pelo proletariado e por isso acabou na miséria.

Karl Marx, o autoproclamado filósofo, economista e teórico social do proletariado industrial do século XIX, era o filho burguês de um pai burguês. Nascido em Trier, na Prússia, seu pai Heinrich Marx era um advogado de sucesso.

Quando ele estudou na Universidade de Bonn e em Berlim, gastou uma quantidade impressionante de dinheiro paternal. Como é de praxe entre os estudantes de esquerda, Marx foi financiado por muito tempo pelo pai. Ele passava a maior parte de seu tempo no Clube de Professores e encontrava-se com frequência nos cafés, hábito que o impossibilitou de ser aprovado nas universidades que estudou. Em 1841, Marx se formou na Universidade de Jena, embora ele nunca tenha frequentado essa Universidade, o sistema que existia nesta instituição permitia receber um diploma científico submetendo-se a apenas uma dissertação.

O pai desesperado e moribundo não teve escolha a não ser recorrer ao sarcasmo e às censuras sobre a capacidade do filho de gastar dinheiro: "Como se fôssemos fabulosamente ricos, meu filho, ao contrário de todos os acordos, gastou quase 700 thaler em apenas um ano, enquanto os filhos dos pais mais ricos gastam menos de 500".

Em março de 1843, Marx não tinha emprego, mas em junho casou-se, e não com alguma virgem proletária, mas com Jenny von Westfalen, sua amante, filha de um oficial prussiano de alta patente e autoridade. Sua longa lua-de-mel foi em uma turnê na Suíça, onde, como Jenny contou mais tarde, eles estavam simplesmente distribuindo dinheiro. A mãe de Jenny deixou ao jovem casal uma pequena herança para esta viagem. No final de 1843, ele e sua jovem esposa foram para Paris. A vida de Marx, naquela época, lembrava pouco a existência do filósofo proletário, meio morto de fome.

Segundo os dados da situação financeira de Marx, no período de 1844 a 1848, ele viveu em grande pompa. Se somarmos sua renda total temos o montante

---
[461] YORKE, Onslow. *Secret History Of The International Working Men'S Association*. Toronto: Bastian Books, 2008.

de 16.800 francos. Isso era muito dinheiro se considerar que um tecelão da Silésia, trabalhando 14 a 16 horas por dia, recebia 1000 francos em três anos.

Como Arnold Ruge em uma de suas cartas sarcasticamente observou em 1844: "Minha esposa deu a Marx um chicote de equitação por 100 francos, mas ele, coitado, não só não sabe cavalgar, nem sequer tem cavalo. Tem tudo no mundo, uma carruagem, roupas da moda, um jardim de flores, móveis novos de exposição, exceto a lua".

Foi graças ao período londrino de sua vida (1848-1861) que Marx ganhou a reputação de ser uma pessoa pobre e sofredora. É impossível negar o fato de que naqueles anos a família Marx vivia em terrível pobreza. Mas os livros didáticos de história raramente mencionam que a razão disso foi sua indisposição em trabalhar.

Mas a situação mudou quando em 1861 recebeu uma herança de sua mãe. Marx ficava muito feliz ao receber heranças e podemos perceber isso em alguns telegramas descritos no livro *Unknown Karl Marx* de Payne[462]: "8 de março de 1858: um evento muito feliz. Ontem fomos informados sobre a morte do tio de 90 anos da minha esposa. Minha esposa receberá cerca de cem libras; poderia ter sido mais se o cachorro velho não tivesse deixado dinheiro para a governanta".

Sobre a sua mãe: "Um telegrama veio há duas horas, dizendo que minha mãe morreu. Tive o prazer de ver um membro da minha família ser levado. Eu já tinha uma perna no túmulo, mas nestas circunstâncias, eu preciso mais do que a velha". Marx recebeu 160 libras esterlinas de herança e gastou parte desse valor em uma turnê pela Europa. Finalmente, em 1863, Engels coletou 125 libras de várias fontes para ajudar Marx.

No final de 1863, ele recebeu uma enxurrada de doações. Os rendimentos recebidos pela família Marx em 1863 permitem atribuí-los a 5% das pessoas mais ricas da Inglaterra! Tal foi o montante enviado por Engels *para* "aliviar pelo menos um pouco as dificuldades financeiras que assolavam Marx". No ano seguinte (1864), sua renda foi vinte vezes maior do que a renda do trabalhador médio inglês.

Em 1865, ele estava novamente na pobreza, perdeu tudo em investimentos na Bolsa de Valores. Marx, o criador da doutrina econômica, que tinha o objetivo de tornar toda a classe trabalhadora feliz, era um financista inútil.

No entanto, ele logo recupera seu *status*, em 1867. De acordo com o Prof. Bowley, a renda de Marx foi cinco vezes maior do que a renda dos 10% mais bem pagos dos trabalhadores britânicos. Conforme os dados fornecidos por R. Bakster, a renda da família Marx estava entre as 120 mil famílias mais ricas da Inglaterra e do País de Gales. A pensão, que Engels começou a pagar anualmente

---

[462] PAYNE, Robert. Unknown Karl Marx, 1972.

a Marx, em 1869, geralmente torna possível inseri-lo aos 2% da população da Grã-Bretanha que estava no topo da pirâmide patrimonial. Em suma, Marx excedia a renda de 98% da população da britânica.

Em 1875, quando se mudou para uma luxuosa casa, em Maitland Park, o modo de vida escolhido por Marx, sem dúvida, confirma a observação feita uma vez por Logan Pierce Smith: "Todos os reformadores, não importa o quão alto eles declarem a justiça social, invariavelmente vivem em casas luxuosas".

Karl Marx marcou o começo da atual geração de intelectuais burgueses bem alimentados e bem pagos. Julgava-se o expoente autoproclamado dos interesses da classe trabalhadora, mas não passou sequer uma hora de sua vida em trabalhos manuais.

Se não fosse a Revolução de Outubro de 1917, encabeçada por Lenin, o nome de Marx seria agora conhecido apenas por um grupo restrito de especialistas na filosofia hegeliana do século XIX.

Até 1917, a influência do marxismo permaneceu muito limitada, especialmente nos Estados Unidos. Se não fosse por Lenin e suas notas de rodapé dedicadas a Marx, ele não seria lembrado. No entanto, a Europa ficou surpreendida com o sucesso da revolução liderada por Lenin e por isso o marxismo, carro chefe do movimento, se imortalizou. Isso nos conduz ao **MITO NÚMERO 79, o mito de que Marx é o pai do comunismo.**

O marxismo é uma doutrina que imita uma ciência. Mas não foi uma ciência desde o início, foi um resumo dos pensamentos de outros autores da época[463].

O *Manifesto Comunista* possui trechos emprestados dos *Princípios do Socialismo* de francês Victor Consierand, filósofo pouco conhecido, publicado em 1843. Foram imitados de Considerand até a estrutura e os títulos dos capítulos[464].

Marx utilizava epigramas e aforismos de forma brilhante, embora muitos não tivessem sido inventados por ele. Marat criou as frases: "Os trabalhadores não possuem uma pátria" e "Os proletários não têm nada a perder a não ser suas correntes". Deve-se a Heine, "A religião é o ópio do povo". Louis Blanc inventou: "De cada um, segundo sua capacidade, para cada um, segundo sua necessidade". De Karl Schapper, tirou: "Trabalhadores de todo o mundo, uni-vos!" e de Blanqui: "A ditadura do proletariado"[465].

---

[463] НОРТ, Гэри. Денежный капитал Маркса / Г. Норт // Мир денег. - 2008. - № 5. - С. [NORT, Gary. "Capital monetário de Marx", *Mundo do dinheiro*, nº 5, 2008].

[464] САТТОН, Энтони. Власть доллара. Москва: ФЭРИ-В, 2004. [SATTON, Anthony. *O poder do dólar*. Moscou: FERI-V, 2004].

[465] JOHNSON, Paul. Os Intelectuais.

21.1.7 Em busca de patrocínio

Mesmo entre os liberais existe a crença de que os marxistas são pessoas boas que desejam o fim da pobreza e o bem dos trabalhadores, mas por falhas em seu sistema teórico, erro ou ausência de cálculos econômicos, se transformam em monstros genocidas.

Como acabamos de constatar, Marx nunca quis o bem do proletariado; era amigo de empresários e banqueiros e se infiltrou na Internacional para mudar o foco das lutas trabalhistas para divagações inúteis de acadêmicos ricos, assim resguardando o interesse de seus patrocinadores.

Outro exemplo é Lenin, que queria agradar seu contratante, o Kaiser. Para isso, fez com que a Rússia abandonasse a guerra e doou navios lotados de mantimentos à Alemanha. Nunca pensou no povo e sempre afirmou não ter pátria.

O comunismo nunca trouxe conquistas ao proletariado, muito pelo contrário, trouxe escravidão. O comunismo de guerra, criado por Lenin, onde os operários trabalhavam por comida e qualquer desentendimento era punido com a morte, não é uma deturpação do comunismo, mas está previsto nas obras de Marx. No *Manifesto do partido comunista* (1848), ao final do segundo capítulo, ele inclusive fornece as 10 medidas necessárias para tornar um país comunista. Na oitava medida ele afirma: "Trabalho obrigatório para todos. Criação de exércitos industriais, em especial para a agricultura".

No Brasil, o comunismo também não trouxe benefícios aos trabalhadores. As leis trabalhistas brasileiras não têm influência socialista, foram criadas por Getúlio Vargas, baseada na Carta Del Lavoro, de Mussolini. Getúlio proibiu Partidos Comunistas como o PCB e o PCdoB. O crédito educativo foi criado pelo governo federal em 1976 para ajudar alunos pobres.

22. Amigo da Onça

22.1 Aliados às vezes são inimigos

Em 1907, foi concluído um acordo anglo-russo que marcou o início de um bloco político-militar conhecido como Entente. Segundo este tratado, ambos os países eram aliados na Primeira Guerra Mundial contra as Potências Centrais. Essa união foi estabelecida visando a interesses comuns e não afinidades. O fato de os países da Entente temerem a hegemonia alemã não os tornava amigos.

Embora a situação diplomática entre a Rússia, a França, a Inglaterra e os Estados Unidos aparentasse ser harmoniosa, antigas rivalidades e novos interesses eram mais fortes do que qualquer tratado formal, ou seja, os países da entente eram aliados, mas não eram amigos.

Disputas por novos mercados, monopólios, matérias-primas e rotas comerciais não se apagaram durante e depois da primeira guerra. E, nesse contexto, os interesses expansionistas russos o faziam entrar em conflitos com muitas nações, supostamente aliadas. Esse é o caso da França, o ministro do Exterior Sergey Sazonov apontou que as mais sérias diferenças diplomáticas estavam no Oriente Médio, onde "o governo francês para salvaguardar os interesses de seus súditos, que investiram grandes quantias de capital em várias empresas financeiras em Constantinopla e na Ásia Menor". Além das vantagens materiais, a França também tinha interesses espirituais, que são expressos no patrocínio da Igreja Católica Romana na região. "Entre os ortodoxos e instituições religiosas católicas romanas no Oriente Médio, especialmente na Palestina por um longo tempo, houve rivalidade e confrontos abertos, às vezes que se seguiram à embaixada".

O Reino Unido, o mais forte estado do Velho Mundo, adversário geopolítico tradicional da Rússia, considerava o novo "aliado" como a principal ameaça de seus interesses.

Os dois países têm se enfrentado no Oriente Médio, na Pérsia, no Afeganistão e no Pacífico. Sem dúvida, a Inglaterra era um dos principais incitadores das contradições entre a Rússia e o Japão, por estarem insatisfeitos com a influência russa na costa do Extremo Oriente, na China e na península coreana. Durante a guerra russo-japonesa, a Inglaterra e a Alemanha, estavam exclusivamente do lado de Tóquio. Mas os piores conflitos russo-britânico foram sobre o estreito do Mar Negro.

> Eu sabia que a relutância dos britânicos para impedir o estabelecimento do poder russo sobre o estreito turco viera não só do medo da transição de um importante ponto estratégico nas mãos de um Estado, a que a opinião pública da Inglaterra está acostumada a considerar hostil aos projetos contra suas posses na Índia, – nota Sazonov – mas também à crença de que não devemos ter acesso global ao mar, porque em determinadas circunstâncias isso pode fechar o acesso para navios da marinha britânica[466].

O Reino Unido considera a Rússia como grande desafio global para seu Império, mesmo sendo um aliado, temia seus êxitos na guerra.

A partir de 17 de maio, a Rússia planejava uma ofensiva estratégica para capturar Istambul. O sucesso dos futuros generais na campanha seria absolutamente certo. Com a vitória na guerra, os russos teriam como prêmio partes estratégicas do Império Otomano, assim estabelecendo a hegemonia russa na Europa Oriental.

Por isso os "aliados" ocidentais categoricamente não queriam ver a Rússia entre os vencedores, paradoxalmente, eles também tinham interesse em interromper o ataque russo na frente oriental. A derrota da Rússia também traria benefícios econômicos, em suas memórias, o ex-ministro militar britânico Lloyd George dá um relatório que as empresas britânicas Vickers, fabricante de armas, não disponibilizaram as encomendas prometidas ao exército russo, assim se o governo tzarista permanecesse, teriam que devolver o dinheiro.

O governo americano também tinha imensas dívidas com a Rússia. Entre 1908 e 1913, a Rússia, com a intenção de criar um sistema monetário internacional, enviou pelo menos 10 navios com ouro aos Estados Unidos. Se o tzarismo caísse os soviéticos não poderiam exigir o ouro de volta, mesmo após o estabelecimento das relações diplomáticas normais com os Estados Unidos. O mesmo destino teve a parte das reservas de ouro do tzar, que os Ianques roubaram durante a Guerra Civil.

---

[466] НИКОНОВ, Вячеслав Алексеевич ;Крушение России. 1917. Москва: Астрель, 2011.
[NIKONOV, Vyacheslav Alekseevich, *O colapso da Rússia. 1917*. Moscou: Astrel, 2011].

Outra razão pela qual os Estados Unidos estavam interessados na derrota russa era a concorrência no setor petrolífero, o Império Russo foi o maior fornecedor dessa matéria-prima e outros produtos derivados para o mercado mundial. Isso por que o petróleo russo era de 4 a 5 vezes mais barato do que o americano[467].

22.1.1 O melhor pedaço

Em 5 de setembro de 1914, os representantes da Rússia, Grã-Bretanha e França assinaram um acordo segundo o qual os aliados assumiram a obrigação de não concluir uma paz separada com o inimigo e não deixar a guerra sem consentimento mútuo. Assim, a Entente tornou-se uma aliança militar formal.

No entanto, uma luta diplomática aguda se desenrolou no campo da Entente, especialmente nos primeiros anos da guerra. Essa guerra foi sobre os "prêmios" que cada um dos países receberia após o final bem-sucedido das hostilidades. O mais saboroso bocado dos Aliados era o Império Otomano, cujas posses naqueles anos se estendiam a quase todo o mundo árabe. Pela primeira vez, a questão do destino desse país foi levantada imediatamente após o início da guerra pelo ministro britânico das Relações Exteriores, que destacou que se a Turquia se unisse à Alemanha, ela deveria deixar de existir. Um pouco mais tarde, os britânicos, extremamente interessados na revitalização do exército russo na Frente Oriental, disseram que após a vitória sobre a Alemanha, o destino de Constantinopla e do estreito do Bósforo, um ponto estratégico para o comércio marítimo. seria decidido de acordo com os interesses da Rússia.

O destino de Istambul e outras possessões da Turquia foi um dos principais tópicos nas relações entre os "aliados", especialmente depois de 25 de fevereiro de 1915, quando navios de guerra britânicos dispararam contra um forte otomano na entrada dos Dardanelos e lançaram uma operação no local. Acreditando que esta operação terminaria com rápido sucesso, os gregos expressaram seu desejo de participar, o que causou uma reação extremamente negativa em São Petersburgo. Os russos temiam que Atenas exigisse Constantinopla como recompensa. Em caso de sucesso da operação planejada, os estreitos, de qualquer modo, passaram sob o controle da Grã-Bretanha e da França, o que forçou a Rússia a exigir de seus aliados garantias oficiais da transferência dos estreitos para ela depois da guerra. Nessa ocasião houve ameaças diretas do ministro das Relações Exteriores da Rússia, Sazonov. A ameaça funcionou, e, em 12 de março de 1915, em Londres, uma nota oficial garantiu a transferência de Istambul para a Rússia,

---

[467] КУНГУРОВ, Алексей Анатольевич; Как делать революцию. Москва: Самиздат,2011. [KUNGUROV, Alexey Anatolyevich, *Como fazer uma revolução*. Moscou: Samizdat, 2011].

a cidade com as áreas vizinhas, que incluiu a costa oeste do Bósforo e o Mar de Mármara, Península de Gallipoli e sul da Trácia. Além disso, a costa leste do Bósforo e o Mar de Mármara e todas as ilhas do Mar de Mármara, bem como as ilhas de Imbros e Tenedos no mar Egeu. Em compensação, os britânicos exigiram que a zona neutra persa se unisse à esfera de influência britânica como pagamento, o que lhes permitiu apreender os vastos campos de petróleo.

Os acordos do Bósforo foram, naturalmente, uma grande vitória para a diplomacia russa, mas já naquela época muitos se perguntavam: será que realmente a Inglaterra estava disposta a entregar um território tão estratégico?[468]

A resposta é não. Se esse território fosse entregue aos russos, os ingleses perderiam a autonomia no Canal de Suez e teriam uma rota comercial seriamente comprometida. Mas para que pudessem não cumprir o contrato seria necessário que a Rússia declinasse da primeira cláusula, concluindo uma paz separada com o inimigo. No entanto, isso seria impossível, visto que os russos estavam ganhando na guerra, e apenas uma intervenção furtiva poderia tirar a Rússia da guerra. Porém, esse papel foi desempenhado por Jorge Buchanan, embaixador da Inglaterra. Ninguém colocava em dúvida que a embaixada da Inglaterra fosse um dos centros da conspiração, talvez o centro mais importante. Rodzianko, Paleólogo e o historiador James Navor são da mesma opinião. Até o próprio Pedro Gilliard reconhece em suas *Memórias* que o embaixador "se deixou induzir em erro". A princesa Paley, viúva do grão-duque Paulo da Rússia, acusa formalmente Sir Jorge de traição para com os soberanos, junto de quem tinha as suas credenciais. Em vão o embaixador trata de se desculpar nas suas *Memórias*, publicadas em uma grande revista; é forçado a convir que "esta acusação pesava sobre ele, sem que conseguisse desfazê-la". De resto, devemos dizer que Buchanan não escondia, de forma alguma, sua simpatia pela revolução; recebia em sua casa os conjurados, discutia com eles sobre o futuro, concluía pactos. Milioukov, Goutchkov e Rodzianko não tinham segredos para com ele, indo até preveni-lo da data do golpe de estado em preparação.

Vyrubova escreveu: "O Imperador disse-me que sabia por fonte direta, que o embaixador britânico, Sir Buchanan toma parte ativa nas intrigas contra Suas Majestades e que ele tinha encontros com o Grão-Duque na embaixada".

O Imperador acrescentou que pretendia enviar um telegrama ao rei George V, da Inglaterra, primo de Nicolau II, pedindo para proibir o embaixador britânico de interferir-se na política interna da Rússia.

---

[468] УТКИН, Анатолий Иванович. Забытая трагедия. Россия в первой мировой войне. Смоленск: Русич, 2000.
[Utkin, Anatoly Ivanovich. *Tragédia esquecida. Rússia na Primeira Guerra Mundial*. Smolensk: Rusich, 2000].

22. AMIGO DA ONÇA

Sobre isso o Grão-duque Alexander disse: "O Imperador Alexander III teria jogado tal diplomata para fora da Rússia sem nem mesmo devolver-lhes suas cartas credenciais"[469].

O Major-General do palácio lembra-se de sua impressão do encontro com os embaixadores britânico e francês durante a recepção de Ano Novo em 1917, no Tsarskoye Selo:

> Na recepção, Buchanan e Paleólogo eram inseparáveis. Sobre a questão da duração provável da guerra, eu respondi que, em minha opinião, o estado do exército se levantou e melhorou, de modo que, se nada de imprevisto acontecer, no início das operações militares poder-se-ia esperar um desfecho rápido e bem-sucedido da campanha. Eles não responderam, mas trocaram olhares, o que me deixou uma impressão desagradável[470].

Buchanan, não satisfeito de que a Rússia finalizaria sua campanha de guerra, trabalhou ativamente na preparação do golpe de Estado, estava envolvido em atividades supostamente hospitalares, para os feridos, na embaixada britânica. Nessas organizações fazia abertamente campanha onde era inoculado o veneno da raiva e do ódio contra o sistema existente entre os soldados. Além disso, quando os britânicos da embaixada vieram para frente, eles espalharam vários boatos caluniosos sobre a Família Real, os ministros e assim por diante.

Quando ocorreu a Revolução de Fevereiro Sir George Buchanan na varanda de sua casa, diante da multidão, por meio de um intérprete, expressou sua satisfação de ver o povo russo liberto do "despotismo tzarista" e saudou a Revolução como em nome de seu povo e em seu próprio nome.

Quando, em abril de 1917, o governo provisório aceitou exilar a Família Real e solicitou a assistência dos ingleses, Sir George Buchanan se recusou, dizendo: "Será melhor não pensar nisso! Agora, todos estão ocupados com coisas muito mais sérias. E, além disso, eu não quero sobrecarregar meu soberano e meu governo com complicações desnecessárias"[471]. Essa alegação nos leva ao **MITO NÚMERO 80, o mito de que os ingleses tentaram salvar a vida da Família Real, mas não conseguiram.**

---

[469] КОБЫЛИН, Виктор Сергеевич; Анатомия измены. Император Николай II и Генерал-адъютант Алексеев. Санкт-Петербург: Царское Дело, 2011.
[KOBYLIN, Victor Sergeevich, *Anatomia de uma traição. O Imperador Nicolau II e o general adjunto Alekseev*. São Petersburgo: Tsarskoe Delo, 2011].
[470] СТАРИКОВ, Николай Викторович. 1917: Революция или спецоперация, Москва: Яуза, 2007.
[STARIKOV, Nikolay Viktorovich. *1917: Revolução ou operação especial*, Moscou: Yauza, 2007].
[471] ГРАФ, Гаральд Карлович; Революция и флот. Балтийский флот в 1917–1918 гг. Москва: Вече, 2011.
[GRAF, Harald Karlovich, *Revolução e marinha. Frota do Báltico em 1917-1918*. Moscou: Veche, 2011].

O governo interino assumiu a responsabilidade pela segurança pessoal do rei e sua família enviando-os à Inglaterra. A. F. Kerensky disse que iria acompanhar pessoalmente a Família Imperial até Murmansk. Em 9 de março de 1917, as autoridades informaram sobre a expulsão do tzar para a Inglaterra como um fato consumado. Não havia motivos para a prisão ou execução, visto que a Família Imperial foi inocentada de todas as acusações.

No entanto, a imprensa inglesa estava do lado esquerdo da Câmara dos Comuns e começaram a fazer campanha para o abandono da família de Nicolau II. Como resultado, em 10 de abril de 1917, George V ordenou, referindo-se a atitude negativa da opinião pública, que o primeiro-ministro informasse o Governo Provisório que o governo inglês voltaria atrás em sua proposta.

A fórmula que a "a Inglaterra não tem nem amigos nem inimigos permanentes, tem apenas interesses permanentes", continuava a operar, mesmo que seja incompatível com a moralidade humana comum. Embora não exista moralidade na política... um exemplo disso é a carta de 22 setembro 1918, escrita pelo Rei George V, primo de Nicolau II, a Marquesa Vitória de Milford, irmã de Alexandra, nessa carta podemos presenciar todo o cinismo e deboche da mais alta autoridade inglesa:

> Simpatizo profundamente com você no trágico fim de sua irmã e seus filhos inocentes. Mas, talvez, por si mesma, quem sabe seja melhor o que aconteceu, porque após a morte do querido Nicky é improvável que ela quisesse viver. Uma linda menina, talvez ainda mais para evitar o destino pior que a morte nas mãos destas bestas monstruosas[472].

O embaixador francês na Rússia, Paleologos, também odiava os russos, além de espalhar fofocas sobre o Imperador e tramar junto a Buchanan também se mostrou extremamente ingrato e russófobo. Quando os russos salvaram a capital francesa, que estava a poucos quilômetros de ser invadida pelos alemães, por meio do envio de 300.000 soldados na frente ocidental, Paleologos não agradeceu, muito pelo contrário, ele afirmava que isso não havia sido nada, pois a vida dos russos valia pouco, pois para ele franceses e russos não estão no mesmo nível. Em suas palavras:

> A Rússia era um dos países mais atrasados do mundo. Compare essa massa ignorante e inconsciente com o nosso exército: todos os nossos soldados formam a

---

[472] ЗИМИН, Игорь Викторович; Царские деньги. Доходы и расходы Дома Романовых. Повседневная жизнь. Москва: Центрполиграф, 2011.
[ZIMIN, Igor Viktorovich, *Dinheiro tzarista. Receitas e despesas da casa dos Romanov. Vida cotidiana.* Moscou: Tsentrpoligraf, 2011].

jovem vanguarda das forças de combate, provaram-se nas artes, ciência, pessoas talentosas e refinadas; a nata da humanidade... A partir deste ponto de vista, as nossas perdas serão mais sensíveis que as perdas russas[473].

Lamentáveis as palavras de Paleologos, algo carregado ingratidão e xenófobas, o que não era condizente com sua posição de embaixador.

Até mesmo os inimigos tiveram mais misericórdia, o comando alemão em um texto simples declarou que não iria interferir, por mar, no transporte da família para a Inglaterra: *"Nenhuma unidade de combate da marinha alemã atacará qualquer navio que transporte o Imperador e sua família"*. Mas, então, o rei inglês mudou de ideia, ele que teoricamente deveria ser um homem de palavra. E pior ele voltou atrás por causa de uma solicitação do "Partido Trabalhista"[474].

No dia seguinte a Família Imperial foi presa. Desde que a notícia se espalhou, tornou-se evidente que a vida dos soberanos estava em perigo, em meio à soldadesca desenfreada. Todavia, neste momento, nem os monarquistas nem os Aliados tinham feito qualquer coisa para salvaguardar a existência do Imperador e da sua família. Os "aliados", que deviam a salvação de seus países à inabalável fidelidade de Nicolau II e aos sangrentos sacrifícios do exército russo, nem sequer fizeram qualquer gesto de delicadeza. O embaixador da Rússia em Portugal, Botkine, irmão do médico que acompanhou o tzar para o exílio e que morreu com ele, relata nas suas *Memórias* que os grandes esforços que empregou, para interessar os Aliados pela sorte do tzar, foram inúteis. Botkine dirigiu-se por várias vezes aos membros do Governo francês, pedindo-lhes que interviessem a favor do seu antigo aliado: as numerosas cartas que mandou, entre os meses de julho de 1917 a 1918, ficaram sem resposta. Na sua última carta, dirigida a Pichon, Botkine escreve estas linhas cheias de amargura: "Registro com infinito pesar que, até hoje, todos os meus esforços foram vãos, que todas as minhas diligências ficaram infrutuosas, e que, como resposta, não tenho senão os avisos de recepção, provando que as minhas cartas chegaram ao seu destino". A fidelidade de Botkine ao seu soberano representa um caso excepcional, entre os diplomatas russos. A maior parte deles, agarrando-se à sua situação, declararam-se servidores do novo regime. Alguns deram até provas de grande zelo de neófitos, perseguindo os agentes

---

[473] МУЛЬТАТУЛИ, Петр Валентинович. Господь да благословит решение мое... Император Николай II во главе действующей армии и заговор генералов.Санкт-Петербурга: Сатисъ, 2002. [MULTATULI, Petr Valentinovich. *Deus abençoe minha decisão... O Imperador Nicolau II, à frente do exército e a conspiração dos generais* São Petersburgo: Satis, 2002].

[474] БУШКОВ, Александр Александрович. Распутин. Выстрелы из прошлого. Москва: Олма Медиа Групп, 2013.
[BUSHKOV, Alexander Alexandrovich. *Rasputin. Tiros do passado*. Moscou: Grupo Mídia Olma, 2013].

diplomáticos no estrangeiro que não aderiram à Revolução. Entre os chefes de Estado, só um testemunhou interesse pela sorte dos prisioneiros. E, contudo, esse soberano nada devia ao Tzar; os seus exércitos não tinham combatido ao lado dos russos. Esse amigo inesperado era Sua Majestade Afonso XIII, rei de Espanha. No entanto, Nicolau II não estava disposto a abandonar sua pátria[475].

22.1.2 Fatiando um amigo

Agentes franceses de inteligência, que operam em Petrogrado, nos seus relatórios à sua pátria mostraram conhecimento dos planos britânicos.

O General Janin informou que os britânicos levaram a oposição ao poder para obter grandes concessões na Rússia: as florestas do norte, petróleo e outros[476]. E em pouco tempo todos os outros "amigos" da Rússia não tardariam em tentar negociar com o novo governo.

O primeiro a reconhecer formalmente o Governo Provisório foram os Estados Unidos da América em 9 março 1917. Dois dias depois, 11 de março, foi a França, a Grã-Bretanha e a Itália. Logo a eles se juntaram a Bélgica, a Sérvia, o Japão, a Romênia e Portugal.

Os britânicos e franceses nem sequer pensaram o que seria da monarquia russa, Nicolau Romanov, que tanto se empenhou na guerra, foi jogado no lixo da história. Após a abdicação, nem uma palavra de apoio, uma única frase em sua defesa.

Em 3 de março, o embaixador francês Maurice Paleologos demonstrou sua posição política ao declarar: "O jovem Kerensky criou para si a reputação de um advogado de processos políticos, é o mais ativo e mais decidido dos organizadores do novo regime.". Um membro da missão da Cruz Vermelha, na Rússia, o coronel americano Robins descreve Kerensky como: "Um homem com caráter e coragem, orador excepcional, um homem de uma energia indomável, forças física e espiritual tangíveis"[477].

Lloyd George, ao tomar conhecimento da abdicação, fez uma importante revelação: "Um dos objetivos da guerra é agora alcançado". Já o embaixador dos EUA, Francis, descreveu o golpe de Estado na Rússia como "a mais incrível revolução mundial", um chamado "para acolher a derrubada do rei com alegria e a chegada ao poder do Governo Provisório".

Em uma audiência, Buchanan, referindo-se ao Governo Provisório, felicitou "o povo russo" pela Revolução. Ele enfatizou que a principal conquista da

---

[475] JACOBY, Jean, *O Czar Nicolau II e a Revolução*. Porto: Educação Nacional, 1933.
[476] BUSHKOV, Alexander Alexandrovich, *op. cit.*
[477] STARIKOV, Nikolay Viktorovich, *op. cit.*

Rússia era "se livrar do inimigo". O "inimigo" era ninguém menos que Nicolau II, aquele que apenas alguns meses atrás foi condecorado com a maior Ordem britânica e introduzido no posto de marechal de campo do exército britânico "como um sinal de amizade sincera e de amor!".

Mas esse fascínio pelo Governo Provisório duraria apenas até este exigir o cumprimento de todos os tratados e acordos concluídos com o Império. Nessa ocasião, Buchanan escreveu sobre Miliukov: "Ele acredita que a aquisição de Constantinopla é uma questão de grande importância para a Rússia". Em 3 de maio, Miliukov fez um discurso sobre os objetivos da guerra, onde sustentava que uma de suas tarefas seria a libertação da Armênia "que deve começar depois de vencer sob a proteção russa".

A entente novamente seria capaz de lutar com força total para quebrar seu novo inimigo. Os frutos da vitória seriam divididos de forma segura sem a Rússia[478].

Com o surgimento da guerra civil, seus "aliados" depararam-se com a grande oportunidade de enfraquecer a Rússia, transformando o maior Império contínuo em pequenas e inofensivas nações.

Os Estados Unidos, por exemplo, queriam dividir a Rússia em cinco partes. Em outubro de 1918, o governo de Wilson, para resolver a "questão russa", propôs dividir a Rússia em "áreas independentes", sujeitas aos Estados Unidos. Os governantes norte-americanos declararam que a Rússia estava "extinta" e exigiu não só a libertação da Polônia, Finlândia, Lituânia, Letônia e Estônia, mas também a separação da Ucrânia, Sibéria, Cáucaso e outros territórios.

Um bom exemplo dos planos americanos para a destruição da Rússia é o mapa elaborado pelo Departamento de Estado Americano, trazido para Conferência à Paz de Paris e intitulado "Fronteiras Propostas na Rússia". O anexo a este mapa dizia: "Toda a Rússia deveria ser dividida em grandes áreas naturais, cada uma com sua própria vida econômica. Ao mesmo tempo, nenhuma região deveria ser tão independente a ponto de formar um estado forte".

Em paralelo, o assessor presidencial, Coronel House, desenvolveu planos para o desmembramento da Rússia, considerando a Sibéria como um patrimônio americano, cuja anexação aos Estados Unidos seria apenas uma questão de tempo. Ele enfatizou porque a Rússia "é muito grande e muito homogênea para nossa segurança. Eu gostaria de ver a Sibéria como um estado separado e a Rússia europeia desmembrada em três partes"[479].

---

[478] ШАМБАРОВ, Валерий Евгеньевич; Нашествие чужих. Заговор против империи. Москва: Алгоритм, Эксмо, 2007.
[SHAMBAROV, Valery Evgenievich, *Invasão de estrangeira. Conspiração contra o Império*. Moscou: Algoritmo, Eksmo, 2007].
[479] ШИРОКОРАД, Александр Борисович; Соединенные Штаты Америки. Противостояние и сдерживание. Москва: Veche, 2011

As lideranças britânicas não pensavam de outra maneira e isso era expresso abertamente. Em uma das reuniões da Câmara dos Comuns, no início de 1920, Lloyd George mencionou o slogan: "A Rússia forte não é algo adequado para o Reino Unido"[480].

De fato, o Ocidente não tem a intenção de manter a monarquia, nem tão pouco de combater os bolchevistas, Wilson deixa isso bem claro no seguinte argumento: "Qualquer tentativa de intervir na Rússia sem o consentimento do governo soviético se tornará um movimento para a derrubada do governo soviético e para a restauração do tzarismo. Nenhum de nós tem qualquer desejo de restaurar o governo tzarista na Rússia".

Lloyd George declarou abertamente no Parlamento britânico:

> A viabilidade de promover o almirante o Kolchak e o general Denikin é uma questão muito controversa, porque eles estão lutando por uma Rússia unida. Eu não indico este slogan político para os britânicos. Um dos nossos grandes colaboradores, Lord Beaconsfield, viu em uma enorme, poderosa e grande Rússia, como uma geleira rolando em direção a Pérsia, o Afeganistão e a Índia, a mais formidável ameaça ao Império Britânico.

Em 18 de outubro de 1918, em pleno Terror Vermelho, o Departamento de Estado americano aprovou um plano de cooperação econômico com a Rússia Soviética. Já os franceses queriam simplesmente dividir a Rússia. Os britânicos acreditavam que os próprios bolcheviques se encarregariam em "separar sua Rússia" e as suas políticas trariam independência aos Estados bálticos, a Ucrânia, a Polônia e Sibéria. A França apoiou a expansão do território da Polônia e da Romênia.

Por isso, todos os protestos da delegação do Exército Voluntário, atualmente conhecido como Exército Branco, contra os planos de desmembramento da Rússia foram ignorados pelos governos ocidentais. Em 19 de janeiro, Lloyd George fez uma proposta súbita e inesperada, referente à Kolchak, Denikin e Tchaikovsky: "Abster-se de mais agressões, hostilidades e repressões, e sentar-se à mesa de negociações com os bolcheviques".

Os representantes da Entente que mediavam à negociação da cessação da guerra civil davam prioridade aos movimentos separatistas, desprezando a tese da Rússia "una e indivisível" defendida por Kolchak e Denikin. E a imprensa ocidental colocava opinião pública contra os brancos, apoiando os soviéticos. Segundo a mídia,

---

[SHIROKORAD, Alexander Borisovich, *Estados Unidos da America. Confronto e controle*. Moscou: Veche, 2011].
[480] GRAF, Harald Karlovich, *op. cit.*

os soviéticos pareciam mais humanos e pacíficos e os brancos eram tidos como os responsáveis pela continuação da guerra civil, rejeitando um acordo político. Os intelectuais ocidentais, em grande parte, têm simpatia às ideias socialistas[481].

22.1.3 Duas caras

Outro clichê conhecido é de que os "aliados" queriam destruir o Estado soviético, o que nos remete ao **MITO NÚMERO 81, o mito de que a Entente queria destruir o Poder Soviético**. Para esclarecer a situação, voltamos direto às fontes:

> Se ao longo de três anos, os ingleses, os franceses e os japoneses, em nosso território, fossem contrários ao exército russo. Não há dúvidas, de que a mais insignificante resistência das três potências seria suficiente para em poucos meses, se não semanas, nos derrotar.

Esta frase foi formulada por Lenin. É difícil argumentar que ele não tinha razão. Em poucas semanas, se quisessem, os britânicos e os franceses estrangulariam a revolução bolchevique. Provavelmente, se isso acontecesse, não haveria guerra civil, milhões de russos permaneceriam vivos e o país voltaria a ser grande uno e indivisível. Porém esse não era o objetivo da inteligência britânica.

A Entente, além de não ajudar o Exército Branco, muitas vezes atrapalhou, vendendo armas avariadas, destruindo navios russos, ajudando o inimigo, não cumprindo acordos e saqueando o território.

O general Denikin relatou: "De nossos aliados, apesar da opinião estabelecida não recebemos um centavo".

Em agosto de 1918, os mais de 10 mil soldados da Entente, enviados para o norte do território poderiam "estrangular" a jovem república soviética. No entanto, as tropas britânicas, conhecidas por sua incrível agilidade, durante dois meses só avançaram 40 km. Moviam-se em ritmo de caracol, apesar da falta de resistência por parte do exército vermelho. O General Marushevsky, o último chefe do exército russo sob o governo provisório, um dos líderes dos brancos no Norte, explicou a situação: "o comando militar russo foi privado de independência e executava o seu destino conforme a sede dos aliados. Todas as minhas referências à necessidade de avançar, especialmente em Dvina e a frente de Murmansk, foram rejeitadas pelos Aliados". A lentidão das ações iniciais do comando britânico permitiu que o comando soviético reunisse força suficiente para proteger os territórios do norte.

---
[481] SHAMBAROV, Valery Evgenievich, *op. cit.*

Além dos entraves as operações militares, os aliados também estabeleciam suas ambições. Após o envio de parte das reservas russas, o governo francês anunciou um ultimato ao general Denikin: "seremos forçados a parar de enviar suprimentos militares" se "não assumir a obrigação de fornecer a quantidade adequada de trigo". Isso no meio da luta! Sobre isso o General Denikin escreveu em suas memórias, falando da França: "Como resultado, nós não recebemos nenhuma ajuda real, nem apoio diplomático firme..., sem crédito, sem alimentação"[482].

A massa de soldados franceses mantinha-se imóvel em Odessa, ociosa e em bebedeiras. A situação na Crimeia era a mesma, havia apenas um fraco governo local em Sevastopol, mas assim como em Odessa foram proibidos de se mobilizar. O general Denikin, com um pequeno regimento, repetidamente apelava aos franceses, recordando as promessas e acordos anteriores. Quatro vezes ele escreveu para o comandante na Romênia e em Odessa, todos os pedidos ficaram sem resposta.

Quando o Exército Branco estava em um momento adequado para atacar Petrogrado, dispunham de 6,5 mil soldados, possuíam armas, munições, suprimentos de comida e as estradas estavam abertas. O Comando Branco solicitou aos britânicos o envio de navios de guerra para destruir as fortalezas rebeldes próximas ao mar, mas os pedidos não foram atendidos, as esquadras britânicas em Tallinn e Helsinki não se moveram e todos os sucessos do exército de Rodzyanko foram perdidos.

Os ingleses desviaram todos os recursos para a causa separatista da Estônia. Não havia dinheiro para os russos, os soldos não foram emitidos e os soldados russos em farrapos morriam de fome. Enquanto isso os estonianos ostentavam roupas e sapatos ingleses. Os britânicos prometeram que também iriam enviar suprimentos aos Brancos, mas não enviou e a ofensiva perdeu força. A partir de Petrogrado, os Brancos recuaram.

Os separatistas da Polônia também tiveram apoio ativo dos franceses e ingleses.

Se alguma vez os estrangeiros ajudaram os Brancos foi por simpatia pessoal, sem o conhecimento de seus governos, o General Holman amigo e colega de Denikin e o almirante americano McKelly arriscou sua vida para salvar os refugiados de Odessa. Esta foi a posição pessoal de muitos estrangeiros. Mas por trás, no cenário político, tudo funcionava no sentido oposto. O fornecimento de armas, munições e equipamentos para os brancos eram escassos, embora os poderes da Entente pudessem fornecer armas sem nenhum prejuízo, porque as enormes sobras de guerra seriam destruídas por causa dos elevados custos de armazenamento. Mesmo assim, a entente queria se aproveitar da fragilidade do antigo aliado e vender essas sobras ao governo branco.

---

[482] STARIKOV, Nikolay Viktorovich, *op. cit*.

Para o envio de dois ou três navios com carga militar, exigiam o pagamento de matérias-primas russas, produtos agrícolas e a promessa de certas concessões. O governo Kolchak forneceu ouro, que foi enviado para São Francisco em agosto de 1919. Isto é, o fornecimento de armas em troca de ouro. As armas fornecidas foram superfaturadas e em vez das metralhadoras Colt encomendadas, os americanos enviaram a Saint Etienne, lixo da Guerra do México, que tinha um tripé frágil e desajeitado, não era útil no campo de batalha. Parte da encomenda paga não foi enviada.

Durante a guerra civil, os aliados saquearam da Rússia muitas riquezas. No Norte, por exemplo, saquearam lojas, armazéns, peles valiosas e madeira. Em seguida, os norte-americanos e britânicos discutiam e lutavam pelo saque. O embaixador dos EUA, Francis, denunciou que "os soldados britânicos têm agido como colonizadores, portanto, não demonstraram respeito pelos sentimentos dos russos." Enfatiza: "O comportamento das autoridades militares e civis britânicos em Murmansk Anhangelske indica um desejo de garantir para si o privilégio exclusivo desses portos", "há uma pressa excepcional do inglês em celebrar um acordo com os russos, fornecendo-lhes os benefícios" e propôs para contrariar esta situação. No entanto, Lloyd George e Balfour chegaram à conclusão: "Os norte-americanos estão interessados no governo fraco da Rússia e em sua necessidade de ajuda externa" e o objetivo é "evitar a hegemonia dos Estados Unidos".

No final do verão 1919, em Arkhangelsk e Murmansk, foi declarada a evacuação das tropas estrangeiras. Nos armazéns ainda havia uma enorme quantidade de material de guerra, importado pelo Governo Provisório, pago com o ouro russo. Mas os britânicos, em vez de transferi-los para o Exército Branco, começaram a destruir tudo. Armazéns queimados e jogados ao mar, e os Brancos recuperaram suas próprias granadas de artilharia com mergulhadores. No entanto, os americanos provaram ser mais práticos, não destruíram seus armazéns, ao invés disso revenderam aos bolcheviques, por meio de sua missão da Cruz Vermelha. Foram vendidos a crédito, com o pagamento de futuras entregas de matérias-primas.

No norte Ocidental, o exército Yudenich, no verão de 1919, começou a preparar uma segunda ofensiva contra Petrogrado. Ao mesmo tempo as negociações foram conduzidas por Carl Gustaf Emil Mannerheim, na Finlândia, que tinha um exército muito forte, o que lhe dava grandes chances de sucesso. Mas o chefe da missão aliada interveio no Báltico, o general britânico Goff. Como escreveu o General Marushevsky sobre os ingleses: "fizeram tudo para que os finlandeses não entrassem na guerra ao lado dos brancos".

O representante britânico no Conselho Supremo de Economia enviou um memorando a Entente sobre os "Aspectos econômicos da política britânica em relação Rússia", onde foi apontado que "a continuação da guerra civil e o bloqueio da Rússia corta um enorme fluxo de alimentos e matérias-primas para o resto do mundo e é uma das principais razões para os elevados preços do petróleo". Em 7 de janeiro o secretário de Relações Exteriores Britânico, Lord Curzon distribui esse memorando para os membros do gabinete britânico e uma semana depois Lloyd George traz esta questão em discussão no Conselho Supremo da Entente. Em 16 de janeiro foi decidido "permitir a troca de mercadorias com base na reciprocidade entre o povo russo e os países aliados e neutros"[483].

22.1.4 Destruição da frota do Mar Negro

Um dos requisitos alemães para iniciar as negociações de paz com a Rússia era a destruição da frota do Mar Negro. Lenin e Trotsky, como resultado dele, assinaram um documento exigindo a destruição imediata de todos os navios.

No último dia do prazo os oficiais não queriam afundar os navios e decidiram se retirar para Sevastopol.

Quando chegaram ao porto tiveram uma desagradável surpresa, os franceses e ingleses também exigiam a destruição da frota. Em vão os russos tentaram explicar aos "aliados" que o afundamento de embarcações é uma provocação alemã e os bolcheviques faziam a mesma exigência. Mas a ordem dos estrangeiros não tinha caráter estratégico, era apenas uma forma de neutralizar o poderio naval russo no Mar Negro.

Por ordem do almirante inglês todos os navios foram distribuídos entre os aliados: britânicos, franceses, gregos e italianos. Estes navios foram deslocados para junto da guarda britânica.

Apesar do fato de que o exército voluntário logo começou a sentir uma grande necessidade de alguns destróieres e canhoneiras fluviais, eles não puderam obtê-los pois os aliados se recusaram. Aliás, em relação aos navios de guerra foram informados de que eles estão nas mãos dos franceses e destinavam-se a ação contra os bolcheviques. Mas um mês depois foram entregues aos bolcheviques, com abundante quantidade de munição e outros materiais.

A ajuda inglesa no norte era extremamente lenta e desorganizada. Quando forneciam algo para as tropas russas era sempre com grande atrito e atraso. Na verdade, os britânicos só pensavam em saquear as reservas de Arkhangelsk. Roubaram cânhamo, alcatrão, madeira e assim por diante, explicando que isso era o reembolso pela dívida russa. Os britânicos também roubaram o famoso gado Kholmogory.

No início de 1919, os britânicos fugiram de Shenkursk, abandonando um importante ponto estratégico. Durante a evacuação, em vez de transferir seus

---

[483] SHAMBAROV, Valery Evgenievich, *op. cit.*

explosivos e equipamentos ao exército russo, destruíram tudo o que eles não podiam tirar, tudo foi queimado.

O comportamento traiçoeiro dos aliados não pode ser ignorado. O almirante Kolchak foi morto unicamente apor causa da traição do general francês Maurice Janin[484].

22.1.5 Primeiros campos de concentração

Em 11 de novembro de 1917, o cruzador americano "Brooklyn" chegou a Vladivostok transportando 10.100 toneladas de armamento. Em 19 de novembro de 1917, o embaixador americano na Rússia apelou ao povo russo para preservar a "prudência" e [...] entregar a Ferrovia Transiberiana aos Estados Unidos.

E em 6 de julho de 1918, o governo dos Estados Unidos decidiu pela participação direta de suas tropas a ocupação da Sibéria. Em 16 de agosto, uma força expedicionária americana com um total de 9.000 homens desembarcou em Vladivostok.

Os invasores saquearam o porto de Vladivostok, as companhias de navegação do Extremo Oriente, Amur, Baikal e Lenskoe, muitas ferrovias, alimentos, depósitos militares e outros, várias instituições e empresas, e arruinaram as ferrovias. Nos portos do Extremo Oriente sobre o oceano estavam navios com mercadorias roubadas. Em apenas três meses os intervencionistas retiraram mais de 3 milhões em peles valiosas, em 1919, 14 milhões de libras em arenque. Desde 1918, grande quantidade de florestas foi removida.

Os americanos tratavam os civis russos da mesma forma que os peles-vermelhas eram tratados no "Oeste Selvagem".

Nos arquivos e publicações de jornais da época, há evidências de que os americanos deixaram traços sangrentos nos destinos do povo russo. Os moradores que não se submetessem aos invasores estrangeiros seriam barbaramente torturados e assassinados. Assim foi o caso dos camponeses Gonevchuk, Gorshkov, Oparin e Murashko. Eles foram capturados pelos americanos e enterrados vivos por causa de seu relacionamento com os militantes locais. E a esposa do miliciano E. Boychuk teve seu corpo perfurado por baionetas e posteriormente afogada em uma fossa. Bochkarev, um camponês, foi desfigurado com baionetas e facas: "o nariz, os lábios, as orelhas foram decepados, a mandíbula foi quebrada, o rosto e os olhos foram perfurados com baionetas, todo o corpo foi cortado". Sviyagin foi torturado da mesma forma brutal, segundo relatos de testemunhas oculares: "cortou primeiro as orelhas, depois o nariz, braços, pernas, picou-o vivo".

---

[484] GRAF, Harald Karlovich, op. cit.

Na primavera de 1919, uma expedição punitiva dos intervencionistas apareceu na aldeia, visando os suspeitos de simpatizarem com os milicianos", disse A. Khortov, morador da vila de Kharitonovka, distrito de Shkotovsky: "prenderam muitos camponeses como reféns e exigiram a extradição dos guerrilheiros, ameaçando-os de morte (...). Os executores intervencionistas também massacraram habitantes locais e usavam camponeses inocentes como reféns. Entre eles estava meu velho pai, Felipe Khortov. Ele foi levado para casa totalmente ensanguentado. Ele ainda sobreviveu por vários dias, repetindo o tempo todo: "Por que eu fui torturado, malditos animais?!". Meu pai morreu, deixando cinco órfãos.

Diversas vezes soldados americanos apareceram em nossa aldeia e, a cada vez, faziam prisões de moradores, roubos e assassinatos. No verão de 1919, soldados americanos e japoneses flagelavam em público com varetas e chicotes os camponeses." Disse Pavel Kuzikov. "O oficial americano não comissionado estava por perto e, sorrindo, tirava fotos na sua câmera. Ivan Kravchuk e mais três rapazes de Vladivostok foram suspeitos de conexão com os milicianos, eles foram torturados por vários dias. Chutaram seus dentes, cortaram suas línguas.

O próprio General Graves, comandante do corpo expedicionário americano, admitiu mais tarde: "nas áreas onde as tropas americanas estavam estacionadas, recebemos relatos de assassinatos e torturas de homens, mulheres, crianças...".

Não menos franco em suas memórias, o coronel americano Morrow queixava-se de que seus pobres soldados (...) "não podiam dormir sem matar alguém naquele dia (...) Quando nossos soldados levaram os prisioneiros russos, eles os levaram para a estação Andrianovka onde desembarcaram dos vagões, os prisioneiros foram levados a buracos enormes, nos quais foram fuzilados com metralhadoras". "O mais memorável" para o Coronel Morrow foi o dia "em que 1600 pessoas foram levadas em 53 vagões".

Uma patrulha americana atacou Ivan Bogdashevsky, "ele pegou o dinheiro dele, despiu-o, espancou-o e jogou-o em um buraco. Dois dias depois ele morreu. Em 1 de maio de 1919, dois soldados americanos bêbados atacaram S. Komarovsky com o propósito de roubá-lo, mas ele conseguiu escapar dos ladrões.

Uma cidadã de 23 anos de idade, K., foi brutalmente violentada por um grupo de soldados americanos em Sedanka. A violência contra mulheres e meninas por parte do exército americano foram repetidamente registradas em outras partes de Vladivostok e Primorye.

Segundo testemunhos preservados, os americanos, em um estado de embriaguez, divertiam-se disparando indiscriminadamente nas ruas apinhadas, para ver as pessoas correndo e tentando se esconder. O jornal *Voz da Pátria*, de 12 de janeiro de 1922, deu um nome bem específico: "Os selvagens americanos se divertem".

22. AMIGO DA ONÇA

Os invasores ingleses trouxeram a gripe espanhola para o norte da Rússia. Entre a população civil, surgem epidemias em massa, que também afetaram os americanos, mais de 70 soldados morreram da gripe.

Com a população local os americanos eram extremamente cruéis, ao invadirem a aldeia de Rovdino, ordenaram aos camponeses que fornecessem pão, carne, legumes, cavalos para os intervencionistas. O camponês Popov se recusou, por isso o fizeram percorrer 14 quilômetros a pé com um saco de areia nas costas. Ele foi brutalmente torturado e depois enterrado vivo.

Os invasores no norte da Rússia criaram mais de onze campos de concentração e prisões, por meio das quais passaram 52 mil pessoas. Assim, um quinto dos habitantes dessa área esparsamente povoada visitou a prisão. Essa triste constatação nos leva ao **MITO NÚMERO 82, o mito de que foram os comunistas que introduziram os campos de concentração na Rússia.**

Na verdade, os campos de concentração construídos pelos ingleses e americanos foram os primeiros da história da Rússia. Os bolcheviques começaram a criá-los somente depois de 1920.

Haviam 1.200 prisioneiros no campo de Iokangi, apenas 20 pessoas pertenciam ao Partido Comunista, o restante era apartidário. Milhares de pessoas foram mortas na prisão de forma completamente injusta. Destas 1.200 pessoas, 23 foram baleadas, 310 morreram de escorbuto e tifo, apenas 100 permaneceram vivas. Iokanga terminou sua existência em 20 de fevereiro de 1920.

Em Volzhsky até os porões de navios eram usados como prisões. Campos de concentração foram construídos em Kegostrov, em Bikin, em Bakaritsa. A fama mais sombria foi conquistada pelo campo de trabalhos forçados na ilha de Mudyug e na baía de Iokanga, são as páginas mais aterrorizantes e vergonhosas da história da intervenção anglo-americana e francesa no norte. E como os campos de Pechenga, Murmansk, Kemi, Arkhangelsk estavam superlotados, em 23 de agosto de 1918 eles abriram uma prisão de condenados na ilha deserta de Mudyug, localizada na Baía Dvinskaya do Mar Branco, a 60 quilômetros de Arkhangelsk. Esse foi o primeiro campo de trabalho forçado.

O primeiro grupo de condenados chegou à ilha em 23 de agosto de 1918. Eles tinham de construir e equipar a prisão com suas próprias mãos, em primeiro lugar, abrigos de celas de castigo. No local uma morte dolorosa era inevitável. Quem era mandado a Mudyugera era um cadáver vivo, não voltava à vida.

Os enclausurados eram forçados a trabalhar 18 horas por dia. O doutor Marshavin testemunhou que trabalhavam das 5 da manhã às 11 da noite. Pausas para descanso não existiam.

Torturas selvagens foram usadas na prisão. Eles queimavam com ferro quente e pessoas eram enterradas vivas. Algemas de ferro também foram amplamente usadas. Os prisioneiros que tentassem fugir eram fuzilados.

Com base na propaganda dos EUA, que criticou o gulag por décadas, é difícil de acreditar que campos como Mudyug foram criados por tão "bem-intencionadas" pessoas[485]. Mas a crueldade dos "aliados" não se limitava a traições, massacre de civis ou campos de concentração. Eles seriam pivô do maior roubo já registrado na história.

---

[485] SHIROKORAD, Alexander Borisovich, *op. cit.*

23. Guerra civil ou invasão estrangeira?

23.1 Guerra civil: inimigos do "regime imperial" contra traidores do "regime imperial"

Quando pensamos no Exército Branco, logo nos vem à cabeça um exército aristocrático, mas isso não é verdade. Por exemplo, o General Alekseev era filho de um soldado, o general Denikin era neto de um servo, o General L. G. Kornilov era filho de um cossaco e muitos, muitos outros comandantes brancos não tinham "sangue azul". Na parte superior do corpo de oficiais apenas 7% eram nobres hereditários[486].

No entanto, o fato mais surpreendente sobre o Exército Branco é que ele não tinha esse nome. Quando eles dizem "Exército Branco", "guarda branca", "movimento branco", referem-se a formações antibolcheviques, que operavam na Rússia entre 1918 e 1921. No entanto, essas forças, em primeiro lugar, eram muito diferentes em seu componente ideológico e, em segundo lugar, não se chamavam "brancos" e não se consideravam assim. Além disso, consideravam o nome, "Guarda Branca", algo ofensivo. O termo "Brancos" surgiu com Trotsky e então esta expressão caiu firmemente na história. Trotsky extraiu o conceito, segundo ele pejorativo, de Exército Branco da revolução francesa. Foi nessa ocasião que o termo aparece pela primeira vez. Esse exército era constituído de

---
[486] СИРОТКИН, Владлен Георгиевич; Зарубежные клондайки России. Москва:Эксмо, 2003. [SIROTKIN, Vladlen Georgievich, *Estrangeiros em Klondikes na Rússia*. Moscou: Eksmo, 2003].

camponeses e aristocratas monarquistas que se rebelaram contra a república. Os rebeldes estabeleceram o objetivo de restaurar a monarquia, e sua bandeira era um tecido branco com a inscrição "Deus e o Rei".

A intenção de Trotsky era associar o exército voluntário ao antigo regime e aos ideais monarquistas e elitistas.

Mas, de fato, nenhuma força antibolchevique se chamava de branca. Aqueles que são considerados "brancos" são chamados de "voluntários", "kornilovitas", "drozdistas" e "markovitas". Somente na emigração, os participantes da luta antibolchevique começaram a se chamar de "brancos", a fim de se separarem dos "vermelhos", "makhnovistas", "independentes" e "verdes". No entanto, já durante a Guerra Civil, toda propaganda bolchevique chamou seus inimigos de "guardas brancos" ou "brancos". O objetivo que ele estava perseguindo era claro: consolidar a relação dos "guardas brancos" com a monarquia e a restauração da "velha ordem". No entanto, os regimes antibolcheviques de Kolchak nunca foram monarquistas. O que nos leva ao **MITO NÚMERO 83, o mito de que o "Exército Branco" era monarquista.**

Em fevereiro de 1917, ocorreu um golpe de Estado, o Imperador Nicolau II foi destronado e preso e grande parte do topo dos generais fazia parte do golpe. É suficiente dizer que entre os cinco principais organizadores e líderes da traição estavam os "brancos" (Alekseev, Kornilov, Kolchak, Denikin e Wrangel), apenas Wrangel não estava envolvido na derrubada do Imperador Nicolau II. O restante estava, em um grau ou outro.

Para Alexeyev, Brusilov, Ruzsky, Kolchak e Kornilov, a lealdade ao tzar significava atuar como coadjuvante nos galardões da vitória. Os generais entrariam em Berlim como ajudantes do verdadeiro vencedor, o Imperador Nicolau II. Para Kutuzov ou Barclay de Tolly, esta seria a maior recompensa e a mais alta glória para seus descendentes. Mas para Alekseev, Brusilov, Kolchak, Kornilov isso não era o suficiente. Eles próprios queriam ser os vencedores. Eles próprios queriam participar na divisão da Europa, e depois na gestão da Rússia. E isso foi prometido a eles pelos organizadores do golpe na Duma.

Ao mesmo tempo, é impossível não se surpreender com o grau de maldade e traição a que esses antigos generais impingiram ao rei. O General Alekseev, além de seu papel decisivo no bloqueio do comboio do Soberano e na fabricação da chamada "abdicação", anunciou pessoalmente a Nicolau II que ele foi preso. O General Kornilov, com um laço vermelho em seu uniforme, prendeu a Imperatriz Alexandra Fyodorovna e as crianças. E o general Ruzsky, em uma entrevista, gabava-se de sua participação na derrubada do Imperador.

Esses generais não queriam derrubar os bolcheviques para libertar o povo da opressão. Kolchak e Kornilov entenderam que sob os bolcheviques eles não seriam nem "ditadores" nem "governantes supremos". No entanto, Manikovsky e Bonch-Bruyevich, por sua vez, entenderam que no caso da vitória de Kolchak e da Entente, estariam ameaçados não só pelo fim de suas carreiras militares e políticas, mas também por possíveis represálias físicas.

Assim, a Guerra Civil na Rússia, no início de 1918, foi uma guerra de alguns generais contra outros. E esses generais, tanto "brancos" quanto "vermelhos", eram participantes diretos ou simpatizavam com a Revolução de Fevereiro.

Há casos em que Denikin proibiu a *performance* de "Deus salve o Tsar!". Pela execução do antigo hino russo, oficiais do exército de Denikin foram aprisionados na guarita.

De acordo com as memórias de V. V. Shulgin, a contrainteligência de Denikin levou a uma verdadeira perseguição aos oficiais monarquistas.

Quando Alekseev, Brusilov, Kornilov, Denikin, Krymov, Bonch-Bruevich, Manikovsky, Koltchak derrubaram o czar e se engajaram em jogos políticos, outros generais permaneceram fiéis ao espírito e à palavra do juramento que lhes foi dado e recusaram qualquer cooperação com "vermelho" e com "branco". Muitos deles pagaram por isso com suas vidas. O comandante do III Corpo de Cavalaria, o General F. A. Keller se recusou a reconhecer a abdicação do Soberano, jurar lealdade ao Governo Provisório e servi-lo. Em 5 de abril de 1917, Keller foi removido do comando por ser monarquista. Em 1918, Alekseev e Denikin pediram, em vão, ao conde Keller para se juntar ao Exército Voluntário. Keller falou francamente sobre Kornilov:

> Kornilov é um general revolucionário. Eu só posso liderar o exército com Deus em meu coração e o Rei em minha alma. Somente a fé em Deus e o poder do tzar podem nos salvar, somente o antigo exército e o arrependimento nacional podem salvar a Rússia, e não um exército democrático e pessoas 'livres'. Nós vemos onde a liberdade nos levou: a vergonha e a humilhação sem precedentes ... Nada sairá do empreendimento de Kornilov, lembre-se da minha palavra [...] Ele terminará na ruína. Vidas inocentes vão perecer.

Keller estava pronto para lutar apenas nas fileiras do exército que visava restaurar a monarquia legítima na Rússia. Em essência, o General Keller pode ser chamado de o único "general branco" de verdade. Quando, no final de 1918, o conde concordou em começar a formar um exército monarquista, cruzes brancas foram costuradas em seus uniformes, símbolos do autêntico Exército Branco. O conde Keller foi morto em 21 de dezembro de 1918, em Kiev. Até o último suspiro, o general Keller permaneceu fiel ao juramento real e suas convicções monárquicas.

Por ser fiel ao Império, o general Rennenkampf, em fevereiro de 1917, foi preso como um monarquista perigoso e colocado na Fortaleza de Pedro e

Paulo. Em outubro de 1917, os bolcheviques o libertaram. Provavelmente, eles esperavam que o "alemão" fosse grato, eles ofereceram a Rennenkampf nada menos do que se juntar à liderança do Exército Vermelho, caso contrário, seria morte. O general tinha boas razões para concordar com as propostas bolcheviques, mas ele recusou. Por ordem pessoal de Antonov-Ovseenky, ele foi brutalmente assassinado na noite de 1 de abril de 1918. O sobrinho-neto do general, que vive hoje na França, falou sobre os últimos minutos de seu ancestral. De acordo com esta história, os soldados russos recusaram-se a atirar no velho general, por isso ele foi entregue aos circassianos para que fosse despedaçado.

O general Hussein Ali Khan de Nakhichevan, um muçulmano, recusou-se a jurar lealdade ao Governo Provisório e enviou um telegrama ao Imperador Nicolau II, expressando sua lealdade e prontidão em socorrê-lo. Por ordem do general Brusilov, Ali Khan foi demitido por ser monarquista. Após o golpe bolchevique, Khan Nakhichevan foi preso e encarcerado na fortaleza de Pedro e Paulo. Presumivelmente, em 29 de janeiro de 1919, ele foi baleado pelos bolcheviques como refém. Seu túmulo ainda não foi encontrado.

Outro engano sobre o Exército Voluntário, que conhecemos erroneamente como guarda branca, é que ele era constituído apenas por russos, enquanto o vermelho possuía sólido contingente de chineses e alemães. Porém, este não é o caso. Por exemplo, o chamado Exército Komuch não seria capaz de fazer nada se não fosse pelas ações do Corpo Checoslovaco e os destacamentos de Ataman Semyonov ou do Barão Ungern eram vitalmente dependentes da ajuda japonesa ou mongol. E não se trata do general cossaco Krasnov, que tinha um batalhão completamente formado por alemães.

Também devemos destacar que Alekseev, Kornilov e Denikin não disseram uma palavra de arrependimento pelo que fizeram contra a Rússia e o Imperador. Em vez disso, pronunciaram os velhos discursos sobre "a nova Rússia livre". O regimento de Kornilov, quando partiam para lutar com os bolcheviques, cantavam: "Nós não lamentamos o passado, o czar não é nosso *ídolo*...". Mas naquele momento, o soberano e sua família ainda estavam vivos e presos em Tobolsk. E o chamado "Exército Branco" já declarou que não tem pena do czar! Assim, os "brancos" aceitaram moralmente a atrocidade de Yekaterinburg.

Eles também não vestiam roupas brancas, como é comumente retratado no cinema. Não é claro que tipo de uniforme militar vestia o exército de Kolchak, que era uma mistura de uniformes russos, ingleses e checos.

Além disso, o Exército Voluntário não era "bonzinho" como relatam os artigos da emigração. O que nos leva ao **MITO NÚMERO 84, o mito de que o "Exército Branco" era "bonzinho" e o Vermelho era cruel.**

O Exército Voluntário tinha uma formação heterogênea, pois, além de russos, era formado por indivíduos marginais e estrangeiros. Como vimos no capítulo anterior, os estrangeiros nem sempre tinham empatia pelos moradores locais. Os tchecos desempenharam papel importante no apoio a Kolchak. Tudo isso levou ao fato de que muitas vezes "brancos" estupraram e roubaram tanto quanto os "vermelhos". O associado de Kolchak, Barão A. Budberg, escreveu sobre isso em 1919: "Um ano atrás, a população nos via como libertários do cativeiro pesado de comissários, e agora nos odeia tanto quanto odiavam os comissários, se não mais; e ainda pior que o ódio, já não acredita em nós, não esperam nada de bom de nós".

23.1.1 Tropas internacionalistas

TABELA 14

\multicolumn{2}{c}{Deserções no Exército Vermelho em 1919}
Mês	Homem
Fevereiro	26.115
Março	54.696
Abril	28.236
Maio	78.876
Junho	146.453
Julho	270.737
Agosto	299.839
Setembro	228.850
Outubro	190.801
Novembro	263.671
Dezembro	172.831
Total	1.761.105

O Exército Vermelho foi organizado e criado por Leon Trotsky. No entanto, a única coisa que Trotsky poderia fazer bem era falar nas reuniões e matar pessoas inocentes. Todos os outros "talentos" de Trotsky são, em grande medida, fruto da criação de mitos e da imaginação de seus admiradores, variando de Raskolnikov até Mlechin[487].

---

[487] МУЛЬТАТУЛИ, Петр Валентинович. ПОЧЕМУ ПРОИГРАЛИ БЕЛЫЕ?. Екатеринбургская Инициатива. 18 ноября 2008 г. На сайте Православие. ру. Disponível em: http://www.pravoslavie.ru/37054.html/> Acesso em: 4 março 2019.
[MULTATULI, Petr Valentinovich. "POR QUE OS BRANCOS PERDERAM?", Iniciativa de Ecaterimburgo. 18 de novembro de 2008 *Ortodoxia*. Disponível em: http://www.pravoslavie.ru/37054.html/> Acesso em: 4 de março de 2019]

Na verdade, as grandes vitórias do Exército Vermelho são frutos da experiência dos ex-oficiais tzaristas, o que nos remete ao **MITO NÚMERO 85, o mito de que a Guarda Vermelha era um exército de operários e camponeses.**

Em 1918, três quartos (76%) dos oficiais do Exército Vermelho vieram do Exército Imperial e os cargos de liderança eram compostos quase que exclusividade por ex-oficiais. Em 1920, as principais fontes de recrutamento do Exército Vermelho eram suboficiais do antigo exército[488].

Quanto aos operários e camponeses, por causa de políticas como a do comunismo de guerra e do monopólio dos cereais, tornaram-se inimigos dos bolcheviques. Também não gostavam da Guarda Vermelha, pois eram eles que requisitavam as colheitas e reprimiam as greves. Os soldados russos também não gostavam de causar sofrimento aos seus conterrâneos, por isso havia muitos casos de deserção entre os vermelhos. A deserção era em média 20%, em algumas regiões, chegando até 90%. Somente nas florestas províncias centrais percorriam 250.000 desertores armados, que se revoltaram ao serem forçados a torturar e roubar seu próprio povo. Uma brigada de infantaria, composto por camponeses de Tula, juntaram-se com os rebeldes, fundando a República Popular, "sem Comunistas, tiroteios e roubos". Em julho de 1920, parte do comandando do Exército Vermelho levantou uma rebelião contra próprio governo.

Como os russos tinham grande resistência em oprimir seu próprio povo, a solução para acabar com as revoltas e as greves foi o exército internacionalista, tropas de mercenários estrangeiros.

Quem são esses "internacionalistas valentes", que a ferro e fogo marcharam pelas províncias do interior da Rússia, onde nem mesmo os tártaros invasores puseram os pés em tantas cinzas no rico celeiro que era a Rússia? A história de sua criação começa em março de 1917, quando o comando alemão decidiu fornecer assistência militar imediata para estabilizar o poder bolchevista. Para esta finalidade, em abril de 1917, com um passaporte falso, chegou a Petrogrado, o general alemão Heinrich Von Ruppert e trouxe uma ordem secreta para utilizar os prisioneiros de guerra alemães e austríacos, armando-os para socorrer os bolcheviques. Estas ordens foram assinadas pelos Chefes de Estado Maior da Alemanha e Áustria-Hungria. Esses documentos foram encontrados pelos norte-americanos nos arquivos alemães após a Segunda Guerra. Mas com certeza eles podem ser encontrados nos arquivos do Comitê Central.

---

[488] КАВТАРАДЗЕ, Александр Георгиевич; Военные специалисты на службе республики советов 1917–1920 гг. Москва:Наука, 1988.
[KAVTARADZE, Alexander Georgievich, *Especialistas militares ao serviço da República dos Sovietes 1917-1920*. Moscou: Nauka, 1988].

23. GUERRA CIVIL OU INVASÃO ESTRANGEIRA?

Como os alemães se sentiam desconfortáveis com os fuzis russos e outras armas, um navio bolchevique foi para Friedrichshafen, onde foram entregues 12.000 rifles e milhões de cartuchos de munição alemã. Além de rifles, foram trazidos dois mil marinheiros.

Em 29 de outubro, Lenin decidiu realizar um desfile de batalhões alemães. De acordo com o plano do líder do proletariado mundial, os internacionalistas tiveram que passar por uma cerimônia militar para tomar consciência que estavam sobre o comando de Lenin. Na ocasião, os prisioneiros de guerra gritavam em uníssono: "Viva o mundo da Revolução". Em alemão, é claro, idioma que Lenin e sua comitiva sabiam muito bem, até melhor do que o russo. Mas isso os deixava embaraçados. Os soldados que passavam pelos líderes revolucionários gritavam em uníssono: "Viva Kaiser Wilhelm", demonstrando assim o grande abismo ideológico.

O Tratado de Brest-Litovsk previa a repatriação de prisioneiros de guerra, mas foi seguido por uma ordem secreta do general von Ludendorff e do comando Austro-Húngaro, para formar tropas em apoio ao governo bolchevique.

Os membros da missão alemã de armistício, o General Hoffmann e o Coronel Ruppert, visitaram vários campos de prisioneiros de guerra, explicando-lhes a tarefa. A oportunidade de servir a pátria e saquear em solo estrangeiro tem inspirado muitos.

Os líderes bolcheviques, que sofriam com o colapso total de outras estruturas militares, entusiasmaram-se com a ideia de receber um exército bem treinado e organizado, mais de trezentas mil pessoas. Por isso ninguém poderia fazer qualquer coisa para contrariar esta força militar.

As chamadas forças "internacionais" se revelaram muito confiáveis, realizavam prisões em massa nas cidades, supressão de revoltas de camponeses e greves de trabalhadores. Eles formavam as famosas "forças especiais", destacamentos para conter deserções do Exército Vermelho e motins da Cheka.

Ninguém se preocupava com esse grande contingente de estrangeiros no exército do país, nem com questões de soberania nacional. Naqueles anos, nada disso era segredo. Soldados alemães e oficiais de folga andavam por Petrogrado e Moscou e jornais oficiais alemães eram publicados. O General alemão Kirchbach, dando uma entrevista a um jornal recebeu a seguinte pergunta: "É possível a ocupação alemã de Petrogrado e Moscou?" - com toda a franqueza ele respondeu: "Sim, se houver uma ameaça ao regime bolchevique".

Os soldados internacionalistas, numericamente, extrapolaram as forças estipuladas pelo Tratado de Brest-Litovsk. Eram aproximadamente 280.000 pessoas, agrupados em 43 pelotões de infantaria e cavalaria sete divisões de artilharia com 108 canhões pesados. 2.000 marinheiros tiveram de assumir o controle da ex-Marinha russa, o Almirante Shchastny liderou a frota de Helsingfors até Kronstadt, colocando Lenin em uma posição completamente submissa aos seus senhores.

A região de Odessa e as zonas circundantes eram controladas pelo general Austro-Húngaro, Böhm Ermolit. Os Exércitos de "Kiev" estavam sob o comando do General Linzingena e do Marechal Eichhorn, que assumiu, em seguida, o comando geral de todas as forças de ocupação, em uma grande área que abrangia toda a Ucrânia, Crimeia, região dos Cossacos do Don, parte do sul da Bielorrússia e costa da Geórgia. O grupo de Kiev ocupou seis edifícios e implantando sedes de ocupação em Gomel, Novograd Volyn, Kiev, Kharkov, Simferopol e Taganrog. Ao norte tinham sede em Minsk, Dvinsk, Riga, Revel e Vyborg. Em 25 de maio, de 1918, os alemães trouxeram três mil tropas e, em 10 de junho, essas tropas alemãs entraram em Tiflis[489].

23.1.2 Fazendo o trabalho sujo

Assim que Lenin assumiu o poder, ele começou a realizar o terror político de tal forma que nem uma única pessoa tinha certeza de que ele não seria preso. Invadiram apartamentos, revistavam, levavam objetos de valor, conduziam pessoas para prisões e para os porões da Cheka, onde aconteciam seções de espancamentos e eram usadoss métodos de tortura terríveis.

Logo, não apenas contrarrevolucionários, mas também revolucionários e anarquistas, que anteriormente colaboraram com os bolcheviques, perceberam que ao invés de liberdade, Lenin e seu partidários trouxeram à Rússia a ditadura, a escuridão e o horror existentes na ideologia marxista.

Nas aldeias havia requisições sem qualquer pagamento para o pão, gado etc. A insatisfação com os bolcheviques assumiu proporções ainda maiores na primavera de 1918, quando a escassez de alimentos começou a ser sentida de forma particularmente aguda, e logo protestos verbais e escritos se transformaram em levantes armados nas aldeias e nas cidades, incluindo Petrogrado e Moscou.

Essas insurreições foram reprimidas não tanto pelos bolcheviques russos, mas principalmente pela força estrangeira: os fuzileiros vermelhos da Letônia, os internacionalistas húngaros e austríacos e os mercenários chineses[490]. Sob um

---

[489] БУНИЧ, Игорь Львович; Золото партии. Историческая хроника. Москва: Эксмо, 2005.
[BUNICH, Igor Lvovich, *Partido do ouro. Crônica histórica*. Moscou: Eksmo, 2005].
[490] НЕФЕДОВ, Николай Александрович; Латышские стрелки. Журнал История Освободительной Борьбы. Москва: Вече, № 4, 5 и 6, 1982 год.
[NEFEDOV, Nikolay Alexandrovich, "Mercenários letões". Jornal da história da luta de libertação. Moscou: Veche, n° 4, 5 e 6, 1982].

cordão de proteção das baionetas alemãs, foi dada a Lenin a liberdade de ações nos territórios insurgentes.

Após a supressão da primeira grande revolta camponesa na província de Yaroslavl, os alemães aumentaram seu comando em todas as províncias da Rússia Soviética.

A guerra continuou a assolar a Rússia ditando suas táticas de requisição. As guarnições internacionais começaram a fazer incursões nas aldeias, saques e matavam camponeses a seu exclusivo critério. Roubavam as colheitas, queimavam as aldeias, assassinavam pessoas. Em resposta, os camponeses organizaram comitês de defesa, dizimando destacamentos de requisição.

Os estrangeiros internacionalistas eram responsáveis pela maioria de todas as execuções que assolavam Sevastopol, Yalta, Kerch e Balaclava. Em Sevastopol, a primeira ação foi executar mais de 500 trabalhadores portuários porque eles trabalharam no carregamento do transporte do general Wrangel. Em 28 de novembro, em Sevastopol, foi publicada a primeira lista de execuções, essa lista continha 1.634 pessoas, incluindo 278 mulheres. Em 30 de novembro a segunda lista foi publicada, havia 1.202 pessoas, incluindo 88 mulheres. Em apenas uma semana, em Sevastopol, foi publicada uma lista com 8.364 execuções.

Além de tiroteios, havia execuções em massa por enforcamento. Na rua Nahimovskiy, havia cadáveres de oficiais, soldados e civis pendurados; eles foram presos e imediatamente executados sem julgamento. Para os enforcamentos foram usados pilares, árvores, até mesmo monumentos. O histórico Bulevar estava repleto de cadáveres balançando no ar. Foi a mesma coisa na Avenida Nakhimov até o Mar. Esses cenários foram criados pelos "internacionalistas", comandado por Boehmer, um ex-oficial do exército do Kaiser.

Boehmer assinou ordens para execução de 23 enfermeiros e 18 funcionários da Cruz Vermelha Internacional, por abrigar oficiais inimigos.

No entanto, o trabalho sujo dos alemães não era gratuito. A violência do exército internacionalista tinha um alto preço. Até 31 de julho de 1918, os alemães tomaram das áreas ocupadas £ 60.000.000 de grãos e seus derivados, forragem e de sementes oleaginosas, 500 milhões de ovos, 2,75 milhões de quilos de bovinos vivos, meio milhão de quilo de batatas e legumes. Além disso, driblando o bloqueio inglês ao Reich, foram enviados 3,5 milhões de toneladas de minério de ferro, 42 milhões de toneladas de minério de manganês e 300 vagões mensais de madeira. Foram exportados até mesmo trapos e sucata.

Por causa do bloqueio de guerra, a exportação de alimentos foi fortemente cortada. O comércio exterior russo sofreu um terrível golpe, as exportações caíram 98%. Os produtos destinados à exportação foram acumulados em armazéns durante três anos. Agora esses armazéns foram capturados pelos alemães e os bolcheviques.

O que era aprendido no território, fluía para a Alemanha. No porto de Petrogrado se aproximaram navios mercantes alemães, suecos e noruegueses, que navegavam sob as falsas bandeiras da Dinamarca, EUA e Argentina. Ou disfarçados de navios-hospitais sob a bandeira da Cruz Vermelha Suíça.

Sem problemas operacionais, as ferrovias ligavam a Rússia com a Alemanha, na captura da Polônia, Bielorrússia e dos Estados Bálticos pelas tropas alemãs.

Para garantir o funcionamento ininterrupto das ferrovias, os alemães foram forçados a ceder 50 mil toneladas de carvão aos bolcheviques.

No entanto, as ações tomaram tão grandes dimensões que o governo perdeu o controle. Alimentos ocasionalmente não eram contabilizados. Muitas vezes estragavam por não estarem bem armazenados e sob proteção rigorosa. Os produtos estragados eram depositados em aterros, onde derramavam cal por cima, para que ninguém pudesse usá-los. Algo na estrada, é claro, foi saqueado e apareceu no mercado negro. Foi vendida comida podre, evidentemente e os especuladores foram acusados de promover esse caos.

Mesmo assim, os armazéns continuaram sendo descarregados e enviados para a Alemanha. Em novembro de 1918, foi desviado 2 milhões de toneladas de açúcar, 9132 vagões de pão, 841 vagões de madeira, £ 2.000.000 de linho, 1.218 vagões de carne, 294 vagões de peles etc.

Em agradecimento, os alemães abriram o caminho para um exército internacional no Don, para o extermínio dos cossacos da região. Terror e brutalidade provocaram resistência e uma rebelião cossaca eclodiu em Kuban. Na Sibéria, foram criadas diversas organizações clandestinas nas cidades. Mas essas revoltas foram suprimidas, rapidamente, por meio de uma violência brutal. Durante a supressão de apenas uma das revoltas em Kuban foram mortas 770 pessoas.

Em Omsk, os trabalhadores se revoltaram e entraram em greve. Logo foram pacificados pelos internacionalistas. Os manifestantes foram punidos junto à suas famílias. Primeiro submetidos à flagelação pública e depois condenados a tiros. Conforme o relato do cônsul britânico Elliott Curzon, dentre os executados estavam "moças jovens, mulheres de idade e mulheres grávidas".

E quando os alemães foram para a Ucrânia, organizou-se um verdadeiro genocídio. Já os circassianos, para estabelecer o poder soviético, de acordo com seus contemporâneos, "cortaram pessoas como gado"; foi encontrada uma pilha de entranhas humanas. A comissão punitiva de Kalmyks destruiu e profanou um templo budista, exterminaram a população. Cortaram as orelhas, arrancaram os olhos e castraram adolescentes. Mutilaram e estupraram mulheres.

23.1.3 Não procure o carrasco, procure o letão

Como pudemos constatar anteriormente, os soldados russos não eram de confiança para o novo Estado, por isso a espinha dorsal do novo exército se tornou os estrangeiros. Trotsky, por meio de grandes quantias em ouro, criou um grande exército mercenário, constituído por estrangeiros. Foram formados 16 regimentos de atiradores letões. Na Rússia, havia 40.000 mercenários chineses. No governo tzarista, os chineses foram trazidos para executar subempregos, agora serviam no Exército Vermelho. Na Rússia, 2 milhões de prisioneiros alemães, austríacos, húngaros e croatas serviram os bolcheviques. Os ex-prisioneiros eram responsáveis por 19% do Exército Vermelho.

A Cheka, "Comitê de Emergência", criada em 20 de dezembro de 1917 por Vladimir Lenin, que tinha como função reprimir e liquidar com amplos poderes e quase sem qualquer limite legal qualquer ato contrarrevolucionário, também foi invadida por estrangeiros. Em grande parte, era composta por alemães, austríacos e húngaros. Para o aparelho Central da Cheka trouxeram 2 milhões de pessoas, dos quais 75% eram letões[491].

Mas quem eram esses letões? Um ditado popular muito corrente durante a revolução responde com uma frase simples: "Não procure o carrasco, mas procure o letão".

No começo eles foram chamados de Guarda de Ferro de Outubro, mas quando o socialismo caiu na Rússia, descobriu-se que havia centenas de milhares de vítimas inocentes na conta dos fuzileiros letões. Eles marcaram o início da ditadura bolchevique e, em seguida, afogaram regularmente o país em sangue.

Segundo o general Lukirsky: "Quando os fuzileiros letões ingressaram, eles corromperam todo o exército e agora o conduzem atrás deles".

As autoridades chekistas também eram predominantemente formadas de letões. E o primeiro entre eles era Janis Peters, vice-presidente da Cheka. Aqui estão apenas algumas citações de seus discursos públicos relativos aos anos de 1918-1919:

"Declaro que qualquer tentativa da burguesia russa de mais uma vez erguer a cabeça enfrentará tal resistência e tal represália, diante das quais tudo o que se entende por terror vermelho ficará pálido ...".

"A vacina anti-infecciosa foi produzida, isto é, o terror vermelho... Esta vacina foi feita para toda a Rússia..." (trata-se do assassinato de centenas de reféns depois da tentativa de assassinato de Lenin e do assassinato de Uritzky em 1918).

---

[491] ШАМБАРОВ, Валерий Евгеньевич; Нашествие чужих. Заговор против империи. Москва: Алгоритм, Эксмо, 2007.
[SHAMBAROV, Valery Evgenievich, *Invasão de estrangeiros. Conspiração contra o Império*. Moscou: Algoritmo, Eksmo, 2007].

"Pois a cabeça e a vida de um dos nossos líderes exigem que deve voar fora a cabeça de centenas de chefes da burguesia e todos os seus asseclas...".

Depois que as unidades do Exército Vermelho derrotaram os Denikinists de Rostov-on-Don, o correspondente da *Rússia Revolucionária* escreveu:

"As incursões, lideradas por Peters, ganharam. Muitas vezes, ele esteve presente em execuções cossacos locais... Os soldados dizem que Peters sempre ia as execuções acompanhado por seu filho, um menino de 8-9 anos".

Outro oficial de segurança proeminente era o chefe da Cheka ucraniana, Latis, também deixou frases memoráveis.

> Estamos exterminando a burguesia como classe. Não olhe para a investigação de materiais ou provas de que o acusado agiu contra as autoridades soviéticas. A primeira pergunta que você deve oferecer a ele é: qual é seu histórico, educação, formação ou profissão. Essas questões devem determinar o destino do acusado...

Não se deve esquecer que, na primeira metade de 1918, embora os bolcheviques tenham chegado ao poder, eles não tinham um exército. Apenas a Divisão de Rifles da Letônia estava armada e disciplinada. A divisão soviética de fuzis letões tornou-se a primeira formação regular do Exército Vermelho e começaram a servir no Kremlin, engajados em operações de guarda e punição.

Quando o Exército Vermelho começou a ser criado, Lenin ordenou a manutenção de todos os regimentos da Letônia, enquanto os regimentos russos estavam sendo desmantelados. O historiador americano Stanley Page, em seu livro sobre os estados bálticos, escreve: "Depois da Revolução de Novembro, oito regimentos letões, quase como uma pessoa, foram até os bolcheviques para se tornarem a Guarda Vermelha e serviram realmente como base para o Exército Vermelho".

Segundo as estatísticas, em somente 20 províncias da Rússia Central, em 1918, houve 245 importantes revoltas contrarrevolucionárias e em sua supressão foram utilizadas as tropas letãs. Eles participaram da pacificação de insurreições em Kaluga, Saratov, Nizhny Novgorod, Novgorod, Ostashkov, Staraya e outras cidades e vilas de Kaluga, Moscou, Penza, Tambov e Saratov.

Em 6 e 7 de julho de 1918, os fuzileiros letões foram decisivos em reprimir o motim da esquerda social-revolucionária em Moscou. Além disso, eles participaram na eliminação de revoltas antissoviéticas em Yaroslavl, Rybinsk, Murom e outras cidades.

Em geral, no primeiro semestre de 1918 os fuzileiros letões suprimiram cerca de vinte levantes armados e rebeliões anarquistas, social-revolucionários de esquerda, camponeses, oficiais rebeldes, a União de Defesa da Pátria e Liberdade, e assim por diante.

23. GUERRA CIVIL OU INVASÃO ESTRANGEIRA?

No início de janeiro de 1918, na Bielorrússia, "inimigos do poder soviético" foram presos e executados sem julgamento por um dos regimentos letões enviados para liquidar a insurgência do corpo polonês do general Dovbor-Musnitsky.

E a divisão letã, criada em abril de 1918, sob o comando de Vatsetis, transformou-se em uma espécie de forças especiais russas e suas unidades participaram da derrota de quase todos os principais discursos contra o governo bolchevique.

Em 11 e 12 de abril de 1918, o 6º Regimento de Tukums eliminou a intervenção armada dos anarquistas em Petrogrado e ao mesmo tempo, o 2º Regimento de Riga, com os chekistas, derrotaram a sede dos anarquistas em Moscou. Em 6 de julho de 1918, foi a vez dos sociais-revolucionários de esquerda, que planejavam uma revolta contra os bolcheviques.

Em 18 de agosto, houve um ataque rápido dos habitantes de Izhevsk. Mas antes que o comandante do batalhão letão tivesse tempo de lançar seus fuzileiros no ataque a Izhevsk, um novo inimigo apareceu na retaguarda de seu grupo de soldados. Trabalhadores da cidade vizinha de Sarapul prenderam todo o Conselho de Sarapulsky e os oficiais de segurança locais e formaram um destacamento antissoviético. Ao mesmo tempo, os trabalhadores da cidade vizinha de Votkinsk também se rebelaram, os quais, sob o comando do capitão Yuriev, atingiram o flanco do batalhão letão de Ufa e forçaram a ele e a outras unidades de Karsnoarmeysky a se retirarem para o oeste. Mas infelizmente, em 24 de setembro, o 7º regimento foi enviado para liquidar a revolta de Izhevsk e os trabalhadores do Votkin. Quando chegou a notícia de que os fuzileiros letões chegaram, os camponeses deixaram as aldeias e fugiram para a floresta, pois o boato de suas represálias contra os rebeldes Yaroslavl chegaram a lugares remotos.

Em 7 de novembro, começa o ataque a Izhevsk. Na cidade, soou o alarme. Toda a população se levantou para defender sua cidade natal. Os trabalhadores de Izhevsk correram para o contra-ataque, mas na primeira batalha houve 800 baixas.

A batalha durou três dias, mas o povo de Izhevsk não pôde repelir os regimentos vermelhos abundantemente equipados com metralhadoras e artilharia. Em 9 de novembro, a própria Ásia, em um carro blindado, correu para romper a defesa, derrubando os defensores da cidade com metralhadoras. Em 10 de novembro, durante a noite, os destacamentos de trabalhadores, com parte da população, deixaram a cidade.

De manhã, o comandante da divisão V. Azin iniciou o massacre da população restante. Parentes de trabalhadores recalcitrantes, incluindo homens e mulheres idosos, foram baleados logo no primeiro dia. O sangrento banho de Yaroslavl foi repetido.

Pela captura de Izhevsk, V. Azin foi premiado com a Ordem da Bandeira Vermelha. Enquanto isso, os regimentos e as brigadas vermelhas da Letônia lutavam nas frentes orientais e meridionais, engajados em combater as revoltas camponesas.

A razão dessas revoltas locais foi principalmente às requisições de pão e gado, que na verdade eram um assalto direto, porque tudo era tomado de graça e muitas vezes limpavam todas as reservas dos camponeses. Protestos e reclamações não eram levados em conta.

Na primeira quinzena de agosto, na província de Novgorod, a 60 km ao sul de Novgorod, camponeses armados destruíram o esquadrão de alimentos enviado, capturaram a aldeia de Medved, mataram membros do comitê executivo local e desarmaram a Guarda Vermelha local.

Em 13 de agosto, o destacamento revolucionário letão, com uma bateria de artilharia e um pelotão de cavalaria, foi enviado para reprimir a revolta. A cidade foi bombardeada, casas de madeira queimavam como tochas. Os rebeldes, que tentavam sair da cidade, começaram a abrir caminho entre as correntes dos fuzileiros letões, mas a maior parte deles foi atingida pelo fogo de uma metralhadora bem posicionada. Cerca de 200 rebeldes foram capturados. As autoridades soviéticas não relataram seu futuro, mas dificilmente se pode duvidar de que todos eles foram mortos.

Imediatamente, o mesmo destacamento revolucionário letão de Bologoyev foi enviado para pacificar a aldeia de Gorzhenka. Ocorreu uma batalha, durante a qual os rebeldes camponeses infligiram muitas baixas aos bem armados letões, mas foram finalmente derrotados e dispersos pelas florestas. Durante duas semanas, os letões vasculharam as aldeias, procurando os rebeldes, mas não ousaram se mostrar nas florestas.

Em 1919, um trem punitivo, com um destacamento de letões e marinheiros navegava diariamente na linha férrea entre Cherepovets e Vologda. Segundo uma testemunha ocular: "O trem parou em alguma estação e o destacamento, a seu critério ou denúncia, começou a procurar, requisitar, prender e executar... Na língua oficial, isso foi chamado de 'a sessão de visita do Departamento Especial da Cheka'".

Esse "trabalho" provocou numerosas revoltas camponesas na região de Tambov. Em resposta a ordem dos letões era: "Realizar o implacável terror vermelho para as famílias dos rebeldes... Prender todos, a partir dos 18 anos, independentemente do sexo, e se os bandidos continuarem seus discursos, atire neles...".

O número de "inimigos da revolução" e os reféns mortos nas aldeias da região de Tambov foram milhares.

E no distrito de Shatsk, pistoleiros punitivos derrubaram uma multidão de fiéis. Pois, os moradores locais organizaram uma procissão religiosa, tentando proteger-se da epidemia de gripe espanhola, com a ajuda do ícone da Mãe de Deus. Mas os cruéis letões, vendo subversão nesta ação, prenderam o pop e o ícone. Quando os camponeses, mulheres, crianças, idosos tentaram salvar seu santuário, foram friamente alvejados com metralhadoras.

Uma terrível lembrança foi deixada pelos letões na Crimeia. Todos aqueles que não conseguiam convencer de sua origem proletária, tiveram cruéis represálias. Pessoas foram baleadas, afogadas no mar, jogadas de penhascos. Em Sevastopol, todas as árvores, todos os postes do centro da cidade foram "decorados" com os cadáveres de "inimigos do poder soviético", dentre eles engenheiros, estudantes do ensino médio, médicos etc. Não é de surpreender que depois de tais "eventos", a Crimeia tenha sido chamada de "cemitério de toda a Rússia", mais de 100 mil pessoas foram executadas na península.

Mais tarde, Lenin admitiu abertamente que, "sem os fuzileiros letões, os bolcheviques não poderiam ter vencido"[492].

23.1.4 O Exército Verde

O chamado Exército Verde, também conhecido como "a Terceira Força", era uma espécie de organização militar camponesa e tornou-se o núcleo das revoltas rurais contra o governo. Foi uma espécie de grupos de autodefesa em aldeias e muitas vezes tinham a sua própria organização bastante rigorosa e centralizada. Era amplamente constituído de desertores dos exércitos Vermelho e Branco.

O governo soviético não conseguiu encontrar uma linguagem comum para descrever os "verdes", que lutavam contra os Exércitos Branco e Vermelho. Na Guerra Civil eles refletiam uma séria ameaça ao poder soviético, não só por seu poder bélico, mas também pelo seu prestígio popular.

Em junho de 1919 foram enviados um destacamento de quatro mil soldados com metralhadoras contra os rebeldes. Depois de uma curta batalha essa tropa fugiu, deixando para os rebeldes duas metralhadoras.

No verão de 1919, foi informado que desertores tomaram armas e farinha, que foram imediatamente divididas entre a população local. Os verdes não saqueavam os camponeses, por isso tinham seu total apoio.

Agitadores bolcheviques estavam abertamente engajados no recrutamento de membros do Exército Verde, prometendo-lhes, no caso de entrega voluntária, isenção de pena. No entanto. todos sabiam que essa promessa era falsa, na melhor das hipóteses os desertores seriam mandados para campos de concentração.

---

[492] NEFEDOV, Nikolay Alexandrovich, *op. cit.*

Para combater os Verdes, o Exército Vermelho usou até mesmo a artilharia para intimidar a população. Por exemplo, os distritos de Kostroma e Varnavinsky foram bombardeados e duas aldeias queimadas. O bombardeio das aldeias não criou adeptos dos soviéticos, em vez disso aumentou as fileiras do Exército Verde com camponeses amargurados e desempossados.

A campanha contra a guerra e a tirania das tropas do Exército Vermelho chegou à província de Smolensk. Os rebeldes mobilizaram cinco cidades e repetidamente derrotaram as unidades do Exército Vermelho, por meio de pequenas escaramuças. Mas após o anúncio da lei marcial nos municípios em litígio, os rebeldes foram incapazes de resistir às grandes forças enviadas pelo governo central e dezenas de participantes foram presos e executados sem julgamento.

Uma das mais famosas performances do Exército Verde, com o apoio dos camponeses, ocorreu em Kuzminskaya e Vyshnevolotsk. Nessas regiões, os comunistas dos conselhos locais impunham requisições arbitrárias. Quando a paróquia começou a acumular desertores, o comitê executivo não fornecia alimentos aos parentes dos fugitivos de suas unidades do Exército Vermelho. Em 19 de junho de 1919, com o apoio de desertores, a população se recusou a conceder sal ao governo. Os comunistas locais foram severamente espancados e três membros do comitê executivo da paróquia foram mortos durante a noite, o comissário militar e seus assistentes foram desarmados e queimaram as listas de "não confiáveis". Os Verdes convocaram um Conselho eleito, que estabeleceu a proteção das aldeias e campos. Após uma breve batalha contra os amotinados, o Exército Vermelho entregou as armas e se rendeu. Mas à noite chegaram reforços, unidades de artilharia e cavalaria. Após longas horas, a batalha não terminou em favor do "verde", eles recuaram. Na paróquia muitos foram presos e houve flagelações em massa. Quinze pessoas foram condenadas à morte.

O Movimento Verde foi completamente esmagado após o fim da Guerra Civil, mas deixaram um exemplo de coragem e heroísmo.

24. Terror Vermelho

24.1 Triste fim de um patriota

Em 22 de maio de 1918, a casa do engenheiro Ipatiev, em Jekaterinburg, tornou-se a última moradia da Família Imperial. Nessa ocasião estavam na casa Nicolau Romanov, com sua esposa Alexandra Feodorovna, as princesas Olga, Tatyana, Anastásia, Maria e o príncipe Alexei. Com eles habitava o médico da família Yevgeny Botkin e os empregados, Anna Demidova, Ivan Kharitonov e Aloisy.

Até o começo de julho, os prisioneiros estavam sob a proteção de soldados do Exército Vermelho de duas partes diferentes: a guarda externa, que nunca entrava na casa, e a guarda interna, que consistia em trabalhadores de uma fábrica local. No início de julho, foram substituídos por funcionários da Comissão de Emergência, principalmente letões e estonianos. Quanto à fama desses estrangeiros, fiéis guarda-costas dos bolchevistas, citamos no capítulo anterior. E essa reputação é confirmada por Gilliard em suas notas de diário: "4/17 de março. A audácia dos soldados ultrapassa toda a imaginação. Aqueles que saíram foram substituídos por jovens de aparência repugnante". Os soldados interferiam até nas brincadeiras das crianças, certa vez decidiram destruir o *iceberg* que foi construído para o entretenimento dos príncipes.

Sua Majestade, apesar da tristeza, ainda tinha esperanças de que havia várias pessoas tentando libertá-lo. Contudo, em 3 de março, o otimismo dá espaço a uma profunda mágoa. Após o almoço, ele descobre que o tratado de Brest-Litovsk acabara de ser assinado e o Imperador fica incrivelmente desapontado.

"É uma vergonha para a Rússia", disse ele, "*é uma vergonha*". "*É equivalente ao suicídio. Eu nunca teria acreditado que o* Imperador William e o governo alemão poderiam inclinar-se para apertar as mãos desses bastardos, que traíram seu país".

No mesmo dia o Imperador descobriu que vazaram informações sobre um documento, em que os alemães exigiam que a Família Real fosse entregue à Alemanha ilesa. Desapontado ele comentou: "Se isto não é uma manobra para desacreditar-me, então, de qualquer forma, aplicaram-me um insulto!".

E a Imperatriz acrescentou em voz baixa: "Depois do que eles fizeram para o Imperador, eu prefiro morrer na Rússia a ser resgatada pelos alemães!"[493]

A indignação de Nicolau II quando ao tratado de Brest-Litovsk nos leva ao **MITO NÚMERO 86, o mito de que a revolução aconteceu porque o povo culpava Nicolau II pela derrota na guerra.**

Seria impossível o povo culpar o tzar pela derrota, pois, na época, a Rússia estava ganhando na guerra. Enquanto o país era uma monarquia, os alemães nem sequer puderam encostar em solo russo. A derrota surgiu quando o espião alemão, de nome Vladimir Ilyich Ulyanov, junto a um exército estrangeiro de mercenários, usurpou o poder legítimo para assinar um acordo vergonhoso junto aos seus patrocinadores alemães. Nessa ocasião, o soberano estava em prisão domiciliar em Jekaterinburg, ou seja, não tinha a menor influência diplomática.

Voltando à tragédia da família Romanov, a uma hora do dia 17 de julho de 1918, o tzar russo Nicolau II, a Tzarina Alexandra Feodorovna, seus cinco filhos e quatro empregados, incluindo o médico, foram levados ao porão da casa, onde foram mantidos sob custódia e brutalmente baleados pelos bolcheviques. Tendo completado seu trabalho, roubaram os cadáveres, os colocaram em um caminhão, que parou ao longo da estrada. A fim de confundir aqueles que estão determinados a encontrá-los, foi derramado ácido e gasolina sobre os corpos, que foram queimados e depois enterrados.

Porém, a notícia da morte da Família Real não acabou com as esperanças dos camponeses de que o Tzar poderia ainda retornar ao trono e os livrar do pesado julgo das requisições bolcheviques. A notícia do assassinato encheu de consternação o país. Mas o crime não destruiria todas as esperanças de uma restauração próxima. Existiam diversos boatos com base não em fatos, mas nas aspirações, esperanças e desejos do povo. Nas ruas podia se ouvir: "Dizem que o Tzar foi assassinado. Será verdade? Não será apenas mais uma nova mentira dos bolcheviques a acrescentar a tantas e tantas outras? Não, o crime não foi cometido... O Tzar deve estar vivo... Está vivo... Foi salvo com a família... Até já o viram... Voltará em breve. E o velho mujique, que Béraud vai visitar, aponta-lhe um retrato do Tzar, no meio dos ícones, e diz-lhe: 'Silêncio, ele não está morto'".

---

[493] КОБЫЛИН, Виктор Сергеевич; Анатомия измены. Император Николай II и Генерал-адъютант Алексеев. Санкт-Петербург: Царское Дело, 2011.
[KOBYLIN, Victor Sergeevich, *Anatomia de uma traição. O Imperador Nicolau II e o general adjunto Alekseev*. São Petersburgo: Tsarskoe Delo, 2011].

O comandante Lasies, adido da missão militar francesa na Sibéria e conhecido pelas suas simpatias bolchevistas, no livro *A Tragédia siberiana* fez eco desses rumores e lhes deu crédito. Depois de ter visitado, em 15 de maio de 1919, o lugar do crime, Lasies escreve no seu diário de viagem: "A Família Imperial *não foi assassinada aqui, nem da forma como nos referiram. Quando muito, o Tzar foi executado*". Das margens do Antártico ao mar Negro, de Petrogrado a Vladivostock, as lendas se espalham e nutrem as vagas esperanças populares. Esses boatos crescem e se enriquece de pormenores[494].

24.1.1 Luta de classe, a teoria da morte

Muitos críticos de Lenin afirmam que este, por se deparar com um país de "estrutura feudal", não pôde colocar em prática as teorias de Marx, por isso seu governo não teve o resultado esperado. Esse argumento falacioso nos leva ao **MITO NÚMERO 87, o mito de que Lenin, em sua prática de governo, não seguia a teoria marxista.**

Como já vimos em capítulos anteriores, se não fosse Lenin, Marx seria um escritor desconhecido do grande público. Mas a Revolução Russa não foi apenas um difusor do marxismo, também foi um grande laboratório para suas teorias. Esse experimento, além de matar milhões de cobaias humanas, nos deixou a certeza de que não devemos colocar em prática as abstrações marxistas.

No final do segundo capítulo do *Manifesto do Partido Comunista* é fornecida as 10 medidas necessárias para tornar um país comunista. É afirmado no oitavo tópico: "Trabalho obrigatório para todos. Criação de exércitos industriais, em especial para a agricultura". Esse tópico foi colocado em prática na Rússia por meio do "comunismo de guerra" e do "monopólio dos cereais".

Na mesma obra também temos o seguinte fragmento: "Já o comunismo quer abolir as verdades eternas, abolir todas as religiões e toda a moralidade, em vez de apenas tentar configurá-las de novo. Consequentemente, o comunismo age em contradição a toda a experiência histórica passada". Lenin conseguiu parafrasear essa sentença de Marx, com maestria, ao comentar sobre a grande fome em Tambov:

> tem que ter coragem para declarar abertamente que a fome tem várias consequências positivas, entre elas a aparição de um proletariado industrial, esse coveiro da ordem burguesa. [...] A fome, ao destruir a economia camponesa atrasada, explicava ele, nos aproxima de nosso objetivo final, o socialismo, etapa imediata-

---

[494] JACOBY, Jean, *O Czar Nicolau II e a Revolução*. Porto: Educação Nacional, 1933.

mente posterior ao capitalismo. Além disso, a fome não somente destruiu a fé no Tzar, como também a fé em Deus.

Outra premissa marxista, seguida à risca pelos bolcheviques, foi a seguinte: "Os operários não têm pátria". Lenin com outras palavras faz a mesma assertiva: "Com a Rússia, eu não me importo, porque eu sou bolchevique".

Lenin também não visava uma nação grande, mas priorizava a pureza ideológica: "Suponhamos que 90% do povo russo vai morrer, basta que apenas 10% sobrevivam para a revolução mundial".

Ele não só exortava sua falta de patriotismo como colocava esse conceito em prática. Primeiramente, trazendo uma vergonhosa derrota à Rússia por meio do tratado de Brest-Litovsk. Posteriormente, utilizando-se de prisioneiros de guerra e mercenários para oprimir o próprio povo e enviar recursos preciosos para seus patronos alemães. Também enviou o ouro russo, por meio de bancos suecos, para o ocidente. Durante a grande fome de 1920 a 1921, enquanto em seu país era praticado canibalismo, Lenin fez grandes demonstrações de seu internacionalismo ao exportar trigo para os EUA e enviar dinheiro para a "revolução mundial". Em novembro 1921, o Partido Comunista Alemão recebeu 5.000.000 de marcos, ao mesmo tempo um milhão de rublos em ouro foi enviado para Kemal Pasha, na Turquia. No mesmo ano foi alocado 600 mil rublos para o partido comunista da Coreia, 13 mil para o partido comunista da Letônia e 15 mil para o partido comunista da Estônia.

Marx via a tradição e os costumes como uma ferramenta de dominação da burguesia. O apego aos costumes e respeito ao passado servia meramente para distrair o proletariado, atrasando sua busca por emancipação e supremacia. "Na sociedade burguesa", escreveu Marx, "o passado domina o presente; na sociedade comunista, o presente domina o passado". Lenin também levou isso em consideração e tratou de demolir prédios e monumentos históricos, ele vendeu obras de arte e objetos históricos em feiras na Suécia, Inglaterra e Itália[495].

Mas nenhuma das abstrações de Marx foi tão habilmente posta em prática como a teoria da luta de classes. Segundo o próprio autor, em uma correspondência para Joseph Weydemeyer (5 de março de 1852):

> Muito antes de mim, historiadores burgueses haviam descrito o desenvolvimento histórico dessa luta entre as classes, assim como economistas burgueses haviam descrito sua anatomia econômica. Minha própria contribuição foi mostrar que a existência das classes está simplesmente ligada a determinadas fases históricas do desenvolvimento da produção; que a luta de classes conduz necessariamente à

[495] MARX, Karl; ENGELS, Friedrich. *Manifesto do Partido Comunista*. 9. ed. Rio de Janeiro: Vozes, 1999.

ditadura do proletariado; que esta ditadura, em si, não constitui mais que uma transição para a abolição de todas as classes e a uma sociedade sem classes[496].

Em nome dessa mesma luta de classes, Lenin causou grandes tormentos ao seu país. Segundo as estimativas mais superficiais, para uma população total que não ultrapassava os três milhões de habitantes, entre 300 e 500 mil pessoas foram mortas ou deportadas em 1919 e 1920. Essas operações repressivas manifestavam os massacres de presos e de reféns encarcerados unicamente por pertencerem a uma "classe inimiga" ou "socialmente estranha". Esses massacres estavam associados a mesma lógica do Terror Vermelho da segunda metade de 1918, mas em uma escala ainda mais ampla. Essa torrente de chacinas "de acordo com a classe" era permanentemente justificada pelo fato de que um mundo novo estava nascendo.

Na província de Tambov, em 22 de março de 1919, no relatório de Smirnov, o instrutor da Cheka, Dzerjinski, verificou que as instruções foram aplicadas de maneira caótica. Setenta e cinco pessoas foram interrogadas sob tortura, mas é impossível ler o que quer que seja das confissões transcritas. Cinco pessoas foram fuziladas. Quando foi solicitado ao responsável local que se explicasse, ele me respondeu: "Nunca temos tempo de escrever os autos. De todo modo, para que serviriam, já que estamos exterminando kulaks e burgueses enquanto uma classe?".

O chefe da Cheka ucraniana, Latis, era da mesma opinião: "Estamos exterminando a burguesia como classe. Não olhe para a investigação de materiais ou provas de que o acusado agiu contra as autoridades soviéticas. A primeira pergunta que você deve oferecer a ele é: qual é seu histórico, educação, formação ou profissão. Essas questões devem determinar o destino do acusado...".

O rancor e ódio presentes na "dialética marxista" não eram atos clandestinos, muito pelo contrário, o governo fazia questão de divulgar e estimular essas teorias por meio da mídia. O jornal Izvestia, de 23 de agosto de 1918, divulgou o seguinte texto:

> A guerra capitalista tem suas leis escritas [...] mas a guerra civil tem suas próprias leis [...]. É necessário não somente destruir as forças ativas do inimigo, mas também demonstrar que qualquer um que erga a espada contra a ordem de classes existente perecerá pela espada. Tais são as regras que a burguesia sempre observou nas guerras civis perpetradas contra o proletariado. [...] Nós ainda não assimilamos essas regras suficientemente. Os nossos estão sendo mortos às centenas e aos milhares. Nós executamos os deles um a um, após longas deliberações e diante de comissões e tribunais. Na guerra civil, não há tribunais para o inimigo.

---

[496] ENGELS, Friedrich, *Collected Works*, v. 39 (International Publishers: New Iorque, 1983), pp. 62-65.

Já o jornal *Pravda*, em 31 de agosto de 1918, escreveu:

> Trabalhadores, é chegada a hora de aniquilar a burguesia, senão vocês serão aniquilados por ela. As cidades devem ser impecavelmente limpas de toda putrefação burguesa. Todos esses senhores serão fichados, e aqueles que representem qualquer perigo para a causa revolucionária, exterminados. [...] O hino da classe operária será um canto de ódio e de vingança!.

No dia 4 de setembro, em uma publicação de instrução enviada por N. Petrovski, comissário do povo, Petrovski queixava-se do fato de que, apesar da "repressão em massa" o terror tardava a se fazer perceber:

> É chegada a hora de colocar um ponto final a toda essa moleza e a esse sentimentalismo. Todos os socialistas revolucionários de direita devem ser imediatamente detidos. Um grande número de reféns deve ser tomado entre a burguesia e os oficiais. Ao menor sinal de resistência, é necessário recorrer às execuções em massa. Os Comitês executivos das províncias devem dar o exemplo de iniciativa nesse terreno.

Portanto, é falso afirmar que o comunismo seja universalista, seu projeto não tem uma vocação mundial, como no caso do nazismo, uma parte da humanidade é declarada indigna de existir neste mundo; a diferença é que o socialismo exclui por estratos (classes) substituindo o recorte racial e territorial dos nazistas. Ambas as teorias se utilizam do terror com o objetivo de exterminar um grupo designado como inimigo, que, na verdade, constitui-se somente como uma fração da sociedade, mas que é atingido enquanto tal por uma lógica de genocídio. Assim, os mecanismos de segregação e de exclusão são os mesmos do nazismo.

24.1.2 Mito de que Lenin era bonzinho

Em seu relatório em Nuremberg, François de Menthon, procurador-geral francês, já destacava a dimensão ideológica dos massacres ocorridos durante a guerra e criava o conceito de "crimes contra a humanidade". Em 23 de julho de 1992, é definido que crime contra a humanidade é:

> a deportação, a escravidão, ou a prática maciça e sistemática de execuções sumárias, de sequestro de pessoas seguido de sua desaparição, da tortura ou de atos inumanos, inspirados por motivos políticos, filosóficos, raciais ou religiosos, e organizados em execução de um plano que atinja um grupo de população civil.

Todas essas definições aplicam-se aos numerosos crimes cometidos no período de Lenin. Isso porque os regimes comunistas trabalharam "em nome de uma política de hegemonia ideológica". É exatamente em nome dessa doutrina que foram massacrados dezenas de milhões de inocentes, a menos que se reconheça que era criminoso ser nobre, burguês, kulak, ucraniano, ou mesmo membro de um outro partido. A intolerância fazia parte do programa e era posto em prática. E foi assim em Tomski, o grande líder dos sindicatos soviéticos declarou, em 13 de novembro de 1927, aos trabalhadores. "Em nosso país, outros partidos também podem existir. Mas eis o princípio fundamental que nos distingue do Ocidente; a situação imaginável é a seguinte: um partido reina, todos os outros estão na prisão."

Essa interpretação de crimes contra a humanidade nos leva ao **MITO NÚMERO 88, o mito de que Lenin era bonzinho e foi Stalin que deturpou a revolução.**

Desde o início, Lenin e seus camaradas declararam a "guerra de classes" sem perdão, na qual o adversário político, ideológico ou mesmo a população recalcitrante, eram considerados inimigos e deveriam ser exterminados. Os bolcheviques decidiram eliminar legalmente e fisicamente toda oposição ou toda resistência, mesmo a mais passiva ao seu poder hegemônico, não somente quando esta era formada por grupos de adversários políticos, mas também por grupos sociais como a nobreza, a burguesia, os intelectuais, a Igreja etc., conferindo, por vezes, uma dimensão de genocídio a esses atos. Desde 1919, a "descossaquização", ou seja, o extermínio dos cossacos corresponde abertamente à definição de genocídio que é: o extermínio de um conjunto de uma população com implantação territorial fortemente determinada. Os homens eram fuzilados, as mulheres, as crianças e os idosos deportados. Seus povoados eram destruídos ou entregues a novos habitantes.

Em uma resolução secreta do Comitê Central do Partido Bolchevique, datada de 24 de janeiro de 1919: "Em vista da experiência da guerra civil contra os cossacos, é necessário reconhecer como única medida politicamente correta, uma luta sem perdão, um terror em massa contra os ricos cossacos, que deverão ser exterminados fisicamente e liquidados até o último homem".

Já em junho de 1919, "nós temos a tendência a aplicar uma política de extermínio em massa dos cossacos, sem a menor distinção". Em poucas semanas, de meados de fevereiro a meados de março de 1919, os destacamentos bolcheviques já haviam executado mais de oito mil cossacos. Os tribunais revolucionários procediam, em poucos minutos, a julgamentos sumários de listas de suspeitos, nos quais todos eram invariavelmente condenados à pena capital por "comportamento contrarrevolucionário".

Outro sistema muito utilizado para acabar com dissidências era a "arma da fome"; o regime controlava a totalidade do estoque de comida disponível e, por um sistema de racionamento por vezes bastante sofisticado, eram distribuídos os alimentos segundo o "mérito" e o "demérito" de uns e de outros. Este procedimento pode mesmo provocar gigantescas situações de indigência. Lembremo-nos de que, no período posterior a 1918, somente os países comunistas sofreram essa grande fome, que levou à morte centenas de milhares, ou quem sabe até de milhões de pessoas.

A loucura planificadora e a mania estatística não diziam respeito somente à economia; elas também se aplicavam ao domínio do terror. Desde o fim dos anos 20, a GPU (novo nome da Cheka) inaugurou o método das quotas: cada região e cada distrito deveriam deter, deportar ou fuzilar determinada porcentagem de pessoas das camadas sociais "inimigas". Essas porcentagens eram definidas centralmente pela direção do Partido.

Desde 1920, com a vitória do Exército Vermelho sobre o Exército Branco na Crimeia, surgiram métodos estatísticos e mesmo sociológicos para o genocídio: as vítimas são selecionadas segundo critérios precisos, estabelecidos com a ajuda de questionários aos quais ninguém poderia deixar de responder.

O número de pessoas internadas nos campos de trabalho ou de concentração teve um aumento constante no decorrer dos anos 1919-1921, passando de aproximadamente 16 mil em maio de 1919 a mais de 60 mil em setembro de 1921.

Esses cálculos não levam em conta o número de campos instalados nas regiões rebeladas contra o poder soviético: assim, por exemplo, na província de Tambov, contavam-se, no verão de 1921, pelo menos 50 mil prisioneiros e membros das famílias dos insurgentes tomados como reféns e levando aos sete campos de concentração abertos pelas autoridades encarregadas da repressão ao levante camponês[497].

24.1.3 Monopólio dos cereais

Assegurar o poder absoluto em condições tão adversas não seria algo simples, portanto, a principal tarefa do líder "do proletariado mundial" não era apenas roubar os trabalhadores, mas privá-los completamente de sua independência, transformando-os em escravos, em um mecanismo obediente para realizar sua vontade. Lenin não hesitou em ensinar aos seus cúmplices como realizar seu ambicioso plano: "A introdução do **monopólio dos cereais** e cadernetas de racionamento de pão garantem o trabalho nas mãos do Estado proletário, nas mãos do soberano, diga-se, é o mais poderoso dos meios de contabilidade e controle. Este meio de controle é uma forma de coerção mais forte do que as leis convencionais e a guilhotina".

Mais claro do que isso não poderia ser dito. O país estava em uma situação precária e para manter-se no poder era preciso concentrar nas mãos todas as ri-

---
[497] COURTOIS, Stéphane. *O Livro Negro do Comunismo - Crimes, Terror e Repressão*, Rio de Janeiro: Bertrand Brasil, 1999.

quezas, pão, cereais, roupas, alojamento e os produtos necessários à sobrevivência. Em seguida, distribuí-lo de modo que apenas quem possuía cartões de racionamento não passaria fome; assim os trabalhadores, impelidos pela fome, voltariam ao trabalho e cumpririam todas as ordens.

Essa "ditadura dos alimentos", muito mais eficiente do que a guilhotina, que transforma trabalhadores em escravos. A essência do plano de Lenin não era criar uma sociedade livre, mas garantir a todo custo o "monopólio dos cereais", porque sem ele seria impossível transformar uma população de dois centésimos de milionésimo em escravos. Mas esse audacioso plano foi recebido com espanto até mesmo pelos seus seguidores:

"O que será deixado da Rússia?", Murmurou aterrorizado Bonch-Bruevich – "Afinal de contas, isto significa a destruição completa da Rússia na forma em que existiu por 1000 anos".

Em um movimento brusco, Lenin coloca seus polegares no colete, balança a jaqueta abertas, e responde de forma hostil:

"Lembre-se, meu amigo", diz Lenin, referindo-se ao Bonch-Bruevich, mas de modo que todos ouvissem: "Com a Rússia, eu não me importo, porque eu sou bolchevique". Esta era uma das expressões favoritas de Lenin e tornou-se o lema de seus cúmplices.

Nesse instante foi demolida décadas de infraestrutura urbana, todo o comércio foi congelado, todo o setor de serviços deixou de existir[498].

A simples ameaça de confisco de grãos a preços fixos levou à ocultação dos estoques, em seguida, a redução da safra. Os fazendeiros retiravam do campo, tanto quanto era necessário para alimentar a família. O estabelecimento da ditadura dos alimentos e a eliminação do livre mercado desanimavam os agricultores. "Eu fiz o pão, eu trabalhei nele, o pão está em minhas mãos, e eu não tenho o direito de vendê-los" –indignado argumentava um camponês. Vale ressaltar que a principal reivindicação das revoltas camponesas foi a abolição do monopólio dos cereais. Essa exigência foi unânime entre os agricultores e trabalhadores de fábrica que avançavam em suas greves.

O governo era o único encarregado de distribuir os alimentos, mas não tinha estrutura para isso. A desorganização da máquina estatal gerou o caos. Os departamentos de alimentação e transporte não davam conta das demandas da população. Em 1920, o governo recebeu grande número de denúncias a respeito de desordens nos armazéns de grãos, que estragavam diante de seus olhos. Em janeiro de 1920, em Tambov: "No caso do pão apreendido, não menos de um milhão de libras está condenado a queimar". Na estrada de ferro de Ryazan-Ural:

---

[498] БУНИЧ, Игорь Львович; Золото партии. Историческая хроника. Москва: Эксмо, 2005. [BUNICH, Igor Lvovich, *Partido do ouro. Crônica histórica*. Moscou: Eksmo, 2005].

"Na linha ferroviária, ao ar livre, na neve, apodrecem centenas de milhares de quilos de trigo". São conhecidos 42 relatórios que citam tais perdas colossais de estoques de alimentos.

Foi criando um "congestionamento" na distribuição de recursos, o que gerou corrupção por parte dos funcionários públicos. De acordo com o Censo de 1920, a cidade tinha 12,3 milhões de habitantes e de acordo com os relatórios do Comissariado do Povo haveria fornecimento para 21,9 milhões de civis. O que significa que mais de 40% dos alimentos distribuídos por cartões seria desviado para mecanismos desconhecidos. A ineficiência da distribuição estatal estimulava subornos e o mercado negro.

Muitos funcionários públicos recebiam recursos de forma irregular, e eram obrigados a procurar os serviços de especuladores.

Com efeito, no período em análise, o Estado fez de tudo para garantir a transferência de bens do produtor ao consumidor, sem intermediários, mercados e bazares. Mas, por causa da desordem estatal, a "fome de bens" chegou a limites extremos. Em algumas áreas, as pessoas usavam camisas feitas de sacos usados. Boa parte dos trabalhadores não tinham sapatos. Até mesmo os funcionários das comissões, os "kozhanok", e do Conselho de Defesa, não tinham esses itens. Chegaram a emitir um decreto de apreensão obrigatória de todos os itens de couro da população e em troca prometeram dar "alguma coisa quente". O grande Estado soviético era incapaz de alimentar e vestir até mesmo seus agentes.

Apesar das invertidas dos propagandistas soviéticos, o comércio ilegal prosperou. Podemos dizer que as operações clandestinas em certa medida até mesmo estimularam a produção de bens de consumo. Isso explica a notável discrepância entre a realidade comunista, com suas prateleiras vazias, e as vigorosas feiras clandestinas.

A última e mais radical tentativa de "comunismo de guerra" ocorreu na primavera de 1921. As ações políticas rumo à eliminação total do mercado tiveram consequências terríveis. Em agosto de 1920, em particular, o Soviete de Petrogrado proibiu todo o comércio nos bazares e lojas. Em uma carta de um petrogradense é possível ler: "Em Petrogrado a vida tornou-se impossível. Todas as lojas estão fechadas, bazares, também, os comerciantes foram dispersos. Se alguém vendesse só um pouquinho, receberia um ano de prisão". Nesta época aumentou acentuadamente o controle do Estado bolchevique nas atividades dos cidadãos. Foram criados comitês a fim de forçar os camponeses a trabalhar, formar um exército de trabalho, aumentar a censura e assim por diante[499].

---

[499] ДАВЫДОВ, Александр Юрьевич; Нелегальное снабжение российского населения и власть: 1917-1921 гг. Москва: Наука, 2002.

O assassinato de Volodarski foi seguido de uma violenta onda de prisões sem precedentes. Durante um pouco menos de cinco anos, do início de 1923 ao final de 1927, houve uma pausa nos confrontos entre o regime e a sociedade. Essa trégua aconteceu por causa das lutas pela sucessão de Lenin, morto em 24 de janeiro de 1924, mas completamente afastado da política desde março de 1923. Após seu terceiro derrame cerebral, grande parte das atividades políticas foi realizada pelos dirigentes bolcheviques. Durante esses poucos anos, a sociedade tratou de suas feridas. No decorrer dessa trégua, a população camponesa tentou reatar as relações comerciais, negociar os frutos de seu trabalho e viver de acordo com seus costumes. Em suma, a única contribuição de Lenin para a felicidade e liberdade do povo russo foi sua morte.

24.1.4 A grande fome, de 1921 a 1922

O caos criado pelas abstrações filosóficas de Lenin e a loucura planificadora do socialismo transformaram-se em matéria-prima para uma inevitável catástrofe.

Se os planos de requisições de 1920-1921 fossem seguidos à risca, como admitiu Antonov Ovseenko, os camponeses seriam inexoravelmente condenados à morte. Em média, eles receberiam 16 quilos de grãos e 24 quilos de batatas por pessoa durante um ano, ou seja, uma porção de 10 a 12 vezes menor do que o mínimo vital.

Apesar da má colheita de 1920, dez milhões de puas haviam sido requisitadas nesse ano. Todas as reservas, inclusive as sementes para as futuras colheitas, foram apreendidas. A partir de janeiro de 1921, vários camponeses não tinham mais nada para comer nem sementes para plantar. Esse cenário caótico, criado por uma política econômica desastrosa, pressagiavam uma grande fome.

No entanto, o criador do lema "Paz, Pão e Terra" não queria assumir a culpa desse terrível desastre humanitário, que assolaria a Rússia em 1921 a 1922. Foi nesses termos que o jornal *Pravda* mencionou pela primeira vez, em 2 de julho de 1921, na última página e num pequeno excerto, a existência de "um problema alimentar". Dez dias mais tarde, Mikhail Kalinin, presidente do Comitê Executivo Central dos Sovietes, reconhecia, em um "Apelo a todos os cidadãos do país", publicado no *Pravda*, em 12 de julho de 1921, que explicava uma resolução do Comitê Central datada de 21 de julho:

[DAVYDOV, Alexander Yurievich, *Fornecimento ilegal da população e poder na Rússia: 1917-1921*. Moscou: Ciência, 2002].

a seca deste ano destruiu a colheita de cereais em vários distritos". "Essa calamidade, não resulta somente da seca. Ela decorre e procede de toda a história passada, do atraso de nossa agricultura, da ausência de organização, do baixo nível de conhecimento em agronomia, técnicas indigentes e das formas caducas de rotação de culturas[500].

Essa mentira espalhada pelos bolchevistas nos leva ao **MITO NÚMERO 89, o mito de que a fome de 1921 foi causada por motivos climáticos ou pela causada pelo atraso agrícola.** Quanto à afirmação de que a fome foi provocada por uma agricultura obsoleta, podemos excluir de pronto. Em 1913, a colheita de cereais foi 1/3 maior do que os outros três principais países agrícolas, a Argentina, Canadá e Estados Unidos juntos. A Rússia produzia um quarto da produção mundial de pão e foi a primeira do mundo em termos de volume total de produtos agrícolas. Portanto, tal prodígio não poderia ter sido realizado por uma agricultura atrasada, desorganizada e com técnicas indigentes.

Quanto a questões climáticas devemos lembrar que nem todas as regiões da Rússia tiveram uma má colheita. Havia excedentes de alimentos que foram recolhidos na forma de um imposto em espécie. No entanto, esse excedente foi exportado para o exterior. Algo muito estranho para um país que vivia uma crise humanitária. Até mesmo um dos deputados, Mikhail Kalinin, estranhou essa atitude e indagou: "Por que não podemos dar aos que estão morrendo de fome, as £ 10.000.000 de alimentos que estão na província de Moscou?".

Essa pergunta feita por ocasião de um pedido a Lenin recebeu uma resposta inusitada: "temos que manter os preços do grão russo no mercado europeu. Isto é, os grãos que se encontram na província de Moscou são destinados à venda no exterior".

Mas por que Lenin se preocuparia com o mercado internacional diante de tamanha tragédia? A fome varria a região do Volga, Ucrânia, Crimeia e a área Central dos Urais. Doze províncias transformaram-se em zonas de desastres permanente. As pessoas comiam cães, gatos, roíam a casca das árvores, comiam carniça e pegavam ratos. Vieram a falecer 28.000.000 habitantes só na região do Volga e da Ucrânia.

Além disso, o governo ainda contava com uma grande reserva de ouro, riqueza essa que poderia facilmente resolver a crise de abastecimento. Mas o Estado soviético tinha outros planos para o seu tesouro. Enquanto milhares de pessoas morriam de fome, foram gastos 10 milhões de rublos em ouro, em aeronaves. Em outubro 1921, foram gastos 12 milhões de rublos em fuzis e metralhadoras alemãs.

[500] COURTOIS, Stéphane, *op. cit.*

Além disso, Trotsky exigiu a liberação de mais 500 mil de rublos em ouro para "necessidades especiais de emergência do comissariado".

Essas compras são injustificadas, enquanto milhares de pessoas morriam de fome e, enquanto o exército foi reduzido, as ordens militares cresceram!

Sem mencionar que as fábricas russas de armas em Tula, São Petersburgo e nos Urais, tinham enormes estoques de armas. Mas em uma atitude inexplicável, o governo soviético doou esses estoques ao governo turco de Kemal Pasha. Ou seja, as armas foram dadas aos turcos e compradas em ouro dos alemães.

Também houve envio de o ouro russo, por meio de bancos suecos, para o ocidente. Em novembro de 1921, o partido comunista alemão recebeu 5.000.000 de marcos, ao mesmo tempo um milhão de rublos em ouro foi enviado para Kemal Pasha na Turquia. No mesmo ano foi alocado 600 mil rublos para o partido comunista da Coreia, 13 mil para o partido comunista da Letônia e 15 mil para o partido comunista da Estônia.

Porém, havia problemas mais importantes do que questões publicitárias. De acordo com várias estimativas, a fome de 1921-1922 aniquilou 56.000.000 pessoas.

Mesmo nas áreas não afetadas pela seca havia fome. E em todo o país houve um padrão geral, nas cidades, onde até recentemente reinavam a abundância, começou a escassez. Em Kiev, uma mulher adulta soviética pesava, em média, 39 kg.

Ao mesmo tempo, continuavam sendo enviados trens e navios com grãos russos para o ocidente. Em Moscou, uma delegação comercial britânica firmava acordos sobre novas compras de matérias-primas e alimentos russos. Para salvar as áreas afetadas não foi tomada nenhuma medida. Em vez de ajudar os famintos na área de Kalinin foi enviado um funcionário com a tarefa de persuadir os camponeses a fugir. Mas os governantes bolcheviques começaram a se preocupar com o risco de um êxodo em massa sobre a capital, causando distúrbios e motins. Ou fugindo para o estrangeiro. Por isso, em 1º de junho de 1921, o Conselho de Defesa emitiu um decreto "sobre a suspensão do deslocamento indiscriminado de refugiados", segundo o documento: "é estritamente proibido em todos os órgãos estatais emitir passes de viagem aos refugiados para Moscou e banda ocidental sem a supervisão do Comitê Central de evacuação da Cheka e todas as suas autoridades locais".

Na verdade, os famintos eram prisioneiros em seus campos, abandonados à própria sorte, destinados à extinção. Destacamentos bloqueavam as estradas, enquanto multidões de pessoas enfraquecidas pela fome andavam sem rumo, como fantasmas, na esperança de encontrar algo comestível. Uma testemunha estrangeira escreveu:

Pessoas horríveis: bochechas afundadas, pele amarelada, olhos fundos e uma terrível magreza do corpo. Especialmente terríveis eram as crianças, pareciam mortos vivos... em todas as estradas eram visíveis grupos e famílias em mal estado, as pessoas que marchavam eram semimortos. Vestidos de trapos.

Na União Soviética foram organizadas unidades especiais para impedir a multidão de famintos, de se mudar para Moscou. Esses destacamentos chegaram a ter 50 mil homens que obrigavam os famintos a voltar às áreas devastadas, assustando-os com tiros. A situação agravou-se, as pessoas chegaram a praticar canibalismo. Em Saratov, província de Samara, cavavam sepulturas frescas e comiam os mortos. Autoridades tiveram que ficar de guarda no cemitério. Cadáveres eram profanados pelos próprios familiares. Mas não apenas os mortos serviam de alimento, a fome impulsionava um ambiente brutal, as pessoas matavam e comiam seus parentes. Viajantes eram atraídos para as cabanas para serem devorados. Em Moscou, havia manuais sobre como lidar com canibais. O governo se absteve de instruções oficiais para manter a calma. Mas essa calma, por parte dos dirigentes soviéticos, apenas demonstravam os verdadeiros planos de Lenin.

Demos muitas provas de que a crise de abastecimento de 1920 a 1921 não foi uma fatalidade, mas uma fome artificial, causada e não socorrida pelo governo. Na verdade, foi um plano estatal para exterminar populações de regiões dissidentes e acabar com revoltas. E de fato esse método provou sua eficácia. A fome ajudou a extinguir as insurgências na Crimeia, no Don e no Volga. Na Bielorrússia não havia fome, mas os governantes inventaram um novo castigo, deportar os rebeldes para as áreas atingidas pela catástrofe. E essa ameaça teve mais efeito do que as ameaças de execução.

A grande fome na Rússia também foi vantajosa para os americanos. Em momento algum se utilizaram da ocasião para minar o governo soviético ou questionar a viabilidade das utopias marxistas. Muito pelo contrário, por meio da mídia confirmavam as versões falaciosas sobre uma catástrofe climática. A intensão do governo americano nunca foi destruir o comunismo, mas se aproveitar da dependência econômica e tecnológica deixada por ele.

Sob o pretexto de aliviar a fome na Rússia, os americanos, por meio de várias associações, organizações sectárias e filantrópicas chefiadas pelo secretário de Comércio dos EUA, Mr. Hoover, e o diretor europeu Charles Brown, começaram a negociar com o governo soviético. Os funcionários americanos e homens de negócios vieram em grande número à Rússia. Sob a proteção de "extraterritorialidade", eles montaram escritórios para cuidar de seus próprios assuntos, que eram a compra de joias e obras de arte ou para explorar concessões lucrativas.

Segundo dados oficiais, os americanos trouxeram para a Rússia £28.000.000 em alimentos. Essa ajuda foi importante, mas não foi o suficiente para o alívio de mais de 36 milhões de pessoas⁵⁰¹. Os americanos insistiram que seus especialistas seriam capazes de controlar a distribuição desses alimentos, pois já havia rumores de que os bolcheviques apelaram para a ajuda externa a fim de obter suprimentos e imediatamente revendê-lo de volta para o Ocidente. Se esses rumores procediam é difícil dizer, mas Lenin ficou furioso ao saber que não teria acesso aos recursos. Imediatamente anunciou que os estrangeiros eram "espiões da comissão" e que Hoover e Brown eram "mentirosos insolentes". Argumentou que as organizações filantrópicas se dedicavam a espionagem militar e tinham como única tarefa derrubar o regime bolchevique. Os americanos foram impedidos de trabalhar nas áreas mais afetadas pela fome⁵⁰².

Outra lenda criada durante a grande fome de 1921 é o bizarro **MITO NÚMERO 90, o mito de que comunistas comem criancinhas.**

Os comunistas na verdade comiam muito, seus opositores é que eram forçados a cometer atos bárbaros impulsionados pelo desespero e a fome. As aldeias onde havia casos de canibalismo eram opositoras ao regime, por isso sofreram tais retaliações. Ainda por todo o verão e o outono de 1921, enquanto seu povo atravessava uma fome em massa, a elite "revolucionária" comprava para si alimentos importados e itens de luxo, como a 30 milhões de rublos tzarista em chocolate, 63 milhões de rublos em frutas, tabaco e ópio da Pérsia. Com produtos perecíveis, como arenque sueco (40.000 toneladas), peixe salgado finlandês (250 toneladas), bacon alemão (7.000 toneladas), como George Salomão recordou mais tarde, as elites soviéticas consumiam iguarias como "trufas, abacaxi, tangerina, banana, frutas secas, sardinhas e Deus sabe o que mais", enquanto no resto da Rússia o povo estava morrendo de fome⁵⁰³.

24.1.5 Mito de que Trotsky era bonzinho

Outro mito relacionado à suposta "origem de ouro" é a de que Lev Davidovich Trotsky (Bronstein) era um altruísta, mas as ambições de Stalin macularam os verdadeiros ideais marxistas. Alguns afirmam que se Trotsky tivesse assumido o lugar de Lenin, as utopias socialistas teriam um desfecho grandioso. Essa

---

⁵⁰¹ ШАМБАРОВ, Валерий Евгеньевич; Нашествие чужих. Заговор против империи. Москва: Алгоритм, Эксмо, 2007.
[SHAMBAROV, Valery Evgenievich, *Invasão de estrangeiros. Conspiração contra o Império*. Moscou: Algoritmo, Eksmo, 2007].
⁵⁰² BUNICH, Igor Lvovich *op. cit.*
⁵⁰³ MCMEEKIN, Sean, *History's greatest heist: the looting of Russia by the Bolsheviks*. Michigan: New Haven and London, 2009.

ilusão nos leva ao **MITO NÚMERO 91**, o mito de que Trotsky era bonzinho e foi Stalin quem "deturpou" a Revolução.

Levi Bronstein nasceu em 1879, na família de um fazendeiro muito rico. Centenas de empregados trabalhavam nas terras de seu pai, sua mãe era de uma família de grandes empresários. Trotsky não foi um estranho entre os multimilionários americanos, teve um casamento bem-sucedido com a filha de um rico banqueiro.

Com o patrocínio de Victor Adler, um político austríaco, Trotsky foi enviado com todas as comodidades para Londres. Hospedou-se em um apartamento alugado por Lenin e trabalhou no jornal *Iskra*. Em 1904, recebeu um convite de Parvus para trabalhar em Munique. Lá ele se estabeleceu em uma mansão e vivia por conta de Parvus.

Segundo arquivos da polícia, Trotsky havia trabalhado no departamento de inteligência do Estado Maior do Império Austro-húngaro, que estava sob o comando do coronel Nuh-Bek Tarkovsky[504].

Em 1916, um ano antes da Revolução Russa, foi expulso da França e levado pela polícia até a fronteira espanhola. Lá, ele também não permaneceu por muito tempo, alguns dias depois foi preso em Madrid e colocado a bordo de um navio. Em janeiro de 1917, desembarcou em Nova Iorque.

Apenas em Nova Iorque exerceu a profissão de um revolucionário, aparentemente, esta profissão na América capitalista foi altamente valorizada. Após o golpe de fevereiro, havia grandes expectativas em negociar com o novo governo. Trotsky informou o cônsul russo em Nova Iorque sobre a sua partida para a Rússia, foi então que ele e sua família receberam todos os documentos necessários. Em 27 de março, Trotsky e sua família partiram de Nova Iorque. Mas, no Canadá, Lev Davidovich e vários de seus companheiros foram retirados do navio e colocados em um campo de prisioneiros de guerra alemães.

O grupo de revolucionários foi removido do navio, de acordo com as instruções recebidas pelo oficial naval, por telegrama de Londres, que deveriam deter Trotsky e seu grupo. "A razão para isso foi: "são socialistas russos, com destino à Rússia para começar uma revolução contra o atual governo, para o qual Trotsky foi enviado com 10 mil dólares, fornecido pelos alemães".

A Embaixada Britânica em Petrogrado deu à imprensa, em 14 de abril, o seguinte comunicado oficial: "Os cidadãos russos a bordo do Kristianiafiord foram detidos em Halifax, devido a denúncias do governo britânico de que tinham ligações com um plano subsidiado pelo governo germânico para derrubar o Governo Provisório Russo".

---

[504] SHAMBAROV, Valery Evgenievich, *op. cit.*

Parece incrível, mas Miliukov, Ministro dos Negócios Estrangeiros, apelou ao governo britânico, por meio do embaixador russo Nabokov, para a libertação de Trotsky e autorizou sua entrada na Rússia. Nabokov e o governo britânico ficaram perplexos com o pedido de Miliukov[505].

Logo que Trotsky chegou ao poder, assumiu o papel de uma nova "nobreza". O pai do terror vermelho não dispensava o luxo. O governo assumiu o controle das grandes lojas de alimentos e nem é preciso dizer que não foram distribuídos aos pobres. A nova aristocracia comunista se apossou de tudo e ainda tirava o pouco que restava do povo. Trotsky escreveu em suas memórias que ele comia muito caviar vermelho, e "estes ovos pintados não são a memória dos meus primeiros anos de revolução". Todos os membros do governo receberam uma área de 45 cômodos nos aposentos do palácio do Kremlin.

O nepotismo também era uma das marcas do novo governo; a família e os amigos de Sverdlov foram indicados para cargos públicos. Nomeou esposa para o secretariado do Comitê Central, e seu primo Berry (Yehudi) para o conselho de administração da Cheka. A esposa de Kamenev fez parte do Comitê Executivo Central e a esposa de Trotsky assumiu uma importante posição no Comissariado do Povo. Zinoviev cercou-se de parentes e amigos. Sverdlov realizava compras para o governo, mas fornecia parte dos produtos a sua família, parentes e amigos. Certa vez deu um jantar para 1012 pessoas. Em 1935, ele mostrou um cofre com enorme quantidade de ouro e joias, mas o próprio Trotsky se apossou dos bens pessoais de Arkhangelsk e vários magnatas[506].

Porém, o ponto mais sombrio de Trotsky não foi apenas à corrupção e o nepotismo, sua crueldade era ímpar entre os revolucionários. Foi um dos maiores idealizador e promotor do terror vermelho e extermínio dos cossacos. Só no mês de outubro de 1920, Trotsky condenou à morte mais de seis mil pessoas, que foram imediatamente executadas.

Uma das prioridades do regime na primavera de 1921 era a retomada da produção industrial que fora reduzida a um décimo da sua capacidade em 1913. Para isso, foi criada a militarização do trabalho. Na grande região industrial e mineira do Don, que produzia mais de 80% do carvão e do aço do país, é revelada, de modo mais explícito, os métodos ditatoriais empregados pelos bolcheviques.

No fim de 1920, Piatakov, um dos principais dirigentes próximos de Trotsky, havia sido nomeado para a Direção Central da Indústria Carvoeira. Em um ano, ele conseguiu quintuplicar a produção de carvão, mas a custo de uma

---

[505] СТАРИКОВ, Николай Викторович. 1917: Революция или спецоперация, Москва: Яуза, 2007. [STARIKOV, Nikolay Viktorovich, *1917: Revolução ou operação especial*, Moscou: Yauza, 2007].
[506] SHAMBAROV, Valery Evgenievich, *op. cit.*

política de exploração e de repressão da classe operária sem precedentes, que se baseava na militarização do trabalho dos 120 mil mineiros que realizavam esses serviços, Piatakov impôs uma disciplina rigorosa: toda ausência era qualificada como "ato de sabotagem" e sancionada com penas em campo de concentração, ou até mesmo com a pena de morte; 18 mineiros foram executados em 1921 por "grave parasitismo". Para obter dos operários um aumento de produtividade, ele introduziu um aumento das horas de trabalho (por meio, principalmente, do trabalho aos domingos) e generalizou a chantagem com o cartão de racionamento. Todas essas medidas foram tomadas quando os operários recebiam o pagamento de um terço e a metade de todo o pão necessário à sua sobrevivência; além do mais, eles ainda eram obrigados, no final de sua jornada de trabalho, a emprestar o único par de sapatos aos colegas que assumiam seus postos.

A Direção da Indústria Carvoeira apontou entre as razões do grande número de ausentes dos operários, além das epidemias, "a fome permanente" e "a falta quase que total de roupas, calças e sapatos". Para reduzir o número de bocas a serem alimentadas, já que a fome era ameaçadora, Piatakov ordenou, em 24 de junho de 1921, que fossem expulsas das cidades mineiras todas as pessoas que não trabalhassem nas minas, pois elas representavam necessariamente um "peso morto". Os cartões de racionamento foram retirados dos membros das famílias dos funcionários.

As normas de racionamento foram estritamente alinhadas às performances individuais de cada um, sendo introduzida uma forma primitiva de salário, por quantidade produzida[507].

24.1.6 Catástrofe demográfica

Mendeleev, em uma de suas obras do início do século XX, fez uma previsão de como seria a população do Império Russo e dos Estados Unidos. De acordo com suas estimativas, em 1950, a Rússia teria 282,7 milhões de habitantes e em 2000 haveria 594.300.000. Já os Estados Unidos, em meados do século XX, teriam uma população de quase 180 milhões de pessoas. As previsões de Mendeleev, quanto à população americana, tornou-se realidade com alta precisão. Em 1959, nos Estados Unidos, havia 179 milhões de habitantes, porém, no caso da Rússia, o erro foi grande. Neste sentido, surge a pergunta: Se Mendeleev usou os mesmos cálculos para os dois países, por que as previsões da Rússia saíram tão distorcidas? Em 1959, a URSS (sem contar a Polônia e a Finlândia) deveria ter

---

[507] COURTOIS, Stéphane, op. cit.

292,5 milhões de habitantes, mas na ocasião do recenseamento de 1959 tinha 208.8 milhões, ou seja, o déficit demográfico foi de 83,7 milhões[508].

Mendeleev, como um demógrafo, estava certo, menos pelo que diz respeito à Revolução, ao terrorismo, à emigração, à fome em larga escala, às epidemias causadas pela desnutrição, a diminuição da fertilidade, guerras e eventos semelhantes que ocorreram após a sua morte. Mendeleev jamais poderia prever o caos e as atrocidades cometidas pelo comunismo. Para descrever essa catástrofe demográfica russa, o historiador B. Isupov usou o termo "catástrofe demográfica".

Uma das causas dessa catástrofe foi a guerra civil. Estimou-se que as baixas entre os soldados do Exército Vermelho chegaram a 981 mil e as perdas do lado oposto foram de 2,5 milhões de pessoas. Além disso, as mortes resultantes da fome e das epidemias foram muito elevadas, por isso deve entrar no cálculo das vítimas diretas daquele período. Em três anos da Guerra Civil (1918-1920), as mortes por desnutrição e por doenças infecciosas agudas excederam 2 milhões. Por quatro anos, de 1918 a 1922, as epidemia e doenças parasitárias como tifo, febre tifoide, varíola, difteria, cólera, malária, disenteria, sarampo, escarlatina e coqueluche resultaram em aproximadamente 9 milhões de mortes.

Outra causa do colapso demográfico foram as ondas de repressão, deportações, coletivização e o aumento das requisições de grãos.

Como o governo soviético era dependente de tecnologia ocidental e máquinas, foi introduzida uma política pública de exportação de grãos. Para isso foram cometidos abusos nas requisições de produtos agrícolas. Nas áreas produtoras de grãos, como na Ucrânia e no Cáucaso do Norte, nos anos 1931 a 1932 foram confiscadas quase a metade da colheita. Apesar do fato de que em 1931 diversas áreas foram atingidas pela seca, a exportação de grãos no exterior aumentou de 48,4 milhões de quintais em 1930 para 51,8 milhões de quintais em 1931. Esses fatores ocasionaram grande fome. Os camponeses famintos não receberam ajuda e ainda foram impedidos de procurar refúgio nas regiões mais prósperas.

Com base nas estatísticas, o número de mortes nos anos de 1932 a 1933 elevou-se a 7,9 milhões. O resultado da seca em 1946 foi provavelmente superior aos parâmetros climáticos da seca de 1921. Mas os pesquisadores acreditam que a fome poderia ter sido evitada se não fosse a política de Stalin, que, para garantir o poder militar, aumentou o preço dos grãos por meio de reservas estratégicas de alimentos. A grande maioria dos recursos disponíveis no país, como no passado, foram investidos na indústria pesada e no complexo militar industrial.

---

[508] ЗЫКИН, Дмитрий Эндшпиль; Как оболгали великую историю нашей страны. Санкт-Петербург: Питер, 2014.
[ZYKIN, Dmitry Endipil, *Como eles caluniaram a grande história do nosso país*. São Petersburgo: Peter, 2014].

Outro surto de fome começou em dezembro de 1946 e durou até a colheita de 1947. Algumas pessoas tiveram seus cartões de pão reduzidos. O resultado foi a desnutrição em massa, um aumento de doenças infecciosas e gastrointestinais, e, é claro, o aumento da mortalidade.

A segunda principal fonte de queda demográfica nos anos de 1927 a 1953 foi a repressão política em massa. Por exemplo, no final de julho 1937, foi emitida uma ordem, a NKVD (nº 00.447, de 30 de julho), "A operação de repressão dos antigos kulaks, criminosos e outros elementos antissoviéticos", que foi uma lista distribuída em todos os distritos, impondo um número predeterminado de execuções e reclusões (2000, 4000, etc.). O número total a ser preso era 259.450 pessoas e quase um quarto deles, 72.950 pessoas, seriam fuziladas. Essas ordens deveriam ser cumpridas em cinco dias.

Não houve resistência por parta dos líderes locais, muito pelo contrário, pediam permissão para criar outras listas. Desde o final de agosto, o Politburo estava literalmente inundado com pedidos de aumento das quotas.

De 1930 a 1953, foram condenadas 4,1 milhões de pessoas, cerca de 800 mil foram condenadas à morte, mais de 2,6 milhões à prisão e campos de concentração, e, ainda, cerca de 400 mil foram exiladas.

Com a finalidade de digerir o grande número de pessoas condenadas a várias formas de privação ou restrição da liberdade, o sistema Gulag foi estabelecido, por meio do qual passou muitos milhões, se não dezenas de milhões. Seu número exato não é conhecido, pois as estimativas disponíveis deixam espaço para a ambiguidade e alguns deles são muito exagerados. O número total de detentos entre 1929 a 1953 é de aproximadamente 18 milhões.

O gulag não condenava apenas os presos políticos, também havia criminosos comuns. Após a Segunda Guerra, a repressão intensificou-se novamente e não parou até 1953.

As políticas repressivas do regime stalinista não se limitaram ao uso do sistema judicial e dos campos de prisioneiros. Outro método de repressão foram as deportações em massa desferido contra grupos sociais ou étnicos. Neste período, houve 130 operações de deportações.

O resultado da guerra civil, da fome, das deportações e da repressão dos anos de 1918 até 1953 soma um total de 40 milhões de vítimas.

Apesar da importância de tais avaliações, sem a qual é impossível entender o mecanismo de catástrofe demográfica, elas não respondem a todas as perguntas, pois não nos permitem calcular as perdas causadas pelo declínio na fertilidade ou levas de emigração[509].

---

[509] ВИШНЕВСКИЙ, Анатолий Григорьевич. Демографическая модернизация России, 1900-2000, Москва: Новое издательство, 2006.

25. A MAIOR PILHAGEM DA HISTÓRIA

25.1 A profecia do príncipe Zhevakhov

Quando a Rússia entrou na 1ª Guerra mundial, todos estavam animados com a provável vitória, mas o príncipe Nikolai Davidovich Zhevakhov não se entusiasmava com esse conflito. Ele era totalmente contrário à guerra. Certa vez, em um jantar com as lideranças militares, foi questionado por um ex-colega: "Sim, você é um famoso pró-alemão" – e o príncipe Zhevakhov respondeu:

A guerra com a Alemanha é loucura para ambos os lados. Cada um dos lados beligerantes, a rigor, está contra si mesmo... A vitória ou a derrota da Alemanha será a vitória ou a derrota da Rússia". (...) A Rússia e a Alemanha são as únicas monarquias europeias, não só pelo nome, mas pela estrutura e, essencialmente, o único baluarte dos princípios monárquicos, a única barreira contra o ataque da revolução... Imagine as consequências, o que seria se a Rússia ganhasse da Alemanha ou se a Alemanha danificasse a Rússia? A Inglaterra vai transformar a Rússia em uma colônia, como aconteceu com o Egito. Eu ainda estava no colégio quando descobri, na 3ª série, que a Inglaterra é um falcão predador, vivendo dos espólios de outra pessoa, que o famoso Museu Britânico consiste de tesouros saqueados de outras pessoas ... É por isso que eu sou um germanófilo, porque tenho a clara consciência do papel histórico desempenhado pela Ingla-

[VISHNEVSKY, Anatoly Grigorievich, *Modernização demográfica da Rússia, 1900-2000*, Moscou: Nova editora, 2006].

terra contra a Rússia e a Alemanha, um papel nefasto, mesmo porque a desvantajosa derrota da Rússia; é rentável para a Inglaterra... Tanto a França como a Inglaterra tem medo do poder da Rússia e da Alemanha. (...) A guerra com os alemães é sem sentido... Destruir a Alemanha como os cadetes sonham é impossível... Não é uma lâmpada, que pode ser jogado no chão e quebrada ... É um povo de cultura milenar, conscientes de sua grandeza, que não podem morrer ...Esse patrimônio cultural pertence a todas as nações, não aos indivíduos, e não pode impunemente ser invadida[510].

E assim a profecia do príncipe Zhevakhov foi cumprida. Da mesma forma que no Egito, os tesouros históricos da Rússia foram saqueados. A famosa tiara de diamantes da Imperatriz Alexandra foi parar na cabeça da rainha britânica Elizabeth II. Assim como os faraós egípcios muitas vezes tiveram seus túmulos saqueados por ocidentais, os túmulos dos Imperadores russos, em 1926, também foram profanados para que seus pertences fossem roubados e vendidos no exterior.

Do mesmo modo que o Egito, a Rússia se tornou uma colônia, um mercado cativo monopolizado por grandes empresários, como Armand Hammer. A carência tecnológica resultante do modo de produção comunista fez que o país se rastejasse às nações ocidentais.

Para que o "Falcão Predador" pudesse saquear tanto a Rússia como a Alemanha, o mecanismo era simples. Os bolcheviques tinham de pagar seus patrocinadores alemães e os alemães tinham de pagar pesadas indenizações de guerra à Inglaterra, França e EUA. Assim os tesouros históricos da Rússia fluíam da Alemanha para as nações ocidentais.

Com o resultado da guerra, a Inglaterra e os EUA ganharam o título de guardiões da democracia e da moralidade. Também ganharam a primazia de escrever a história, e, para justificar a maior pilhagem da história, rebaixaram a Alemanha e, por meio da mídia e do cinema, inventaram uma série de mentiras sobre a Rússia. Por meio da mídia e do cinema era divulgado que a Revolução na Rússia foi boa, o tzar era sanguinário, o país medieval, os governantes eram libertinos e praticavam bacanais. Tudo isso para justificar moralmente a receptação e o roubo do patrimônio histórico russo.

Fortunas foram criadas por meio da destruição de um dos maiores Impérios da História, que se estendia por três continentes. Como Armand Hammer gostava de repetir, tornar-se um milionário não é difícil: "Apenas espere pela revolução na Rússia".

---

[510] ЖЕВАХОВ, Николай Давидович; Воспоминания. Том I. Москва: "Родник", 1993. [ZHEVAKHOV, Nikolay Davidovich, *Memórias*. Volume I. Moscou: "Rodnik", 1993].

25. A MAIOR PILHAGEM DA HISTÓRIA

> No entanto, os roubos na Rússia não se limitariam apenas a objetos preciosos e históricos, também se camuflou em concessões. Por meio de concessionárias dadas aos estrangeiros, foram levadas lucrativas reservas minerais, empresas, terras e até mesmo mão de obra escrava[511]. Portanto, os saques na Rússia não foram algo caótico, como mostram os filmes sobre a Revolução Russa. Nunca houve uma turba enraivecida que destruía o luxuoso palácio dos tzares. O povo nunca participou dos roubos, eram apenas mais uma vítima dele. A pilhagem na Rússia foi algo organizado e sistemático, apenas a elite bolchevique, banqueiros e empresários internacionais poderiam participar. O que nos leva ao **MITO NÚMERO 92, o mito de que uma turba enraivecida saqueou a residência imperial.**

25.1.1 Coisa de profissional

O assalto ao Palácio de Inverno pelos bolcheviques, na noite entre 25 e 26 de outubro de 1917, deu origem a muitos mitos. Um dos mais notáveis foi o mito da pilhagem do Palácio de Inverno por marinheiros e soldados.

Na verdade, pequenos furtos no Palácio de Inverno começaram depois de 11 de julho de 1917, quando Kerensky decidiu transformar o Palácio em sua residência. Desapareceram apenas pequenas coisas.

Também não podemos culpar o bombardeio do Palácio de Inverno. A maioria das balas era de estilhaços. Além disso, os artilheiros sabiam que nas salas do Palácio havia um hospital, onde havia 100 feridos. O bombardeio só danificou o gesso e a pintura no salão principal. Estilhaços quebraram algumas janelas.

Rumores de saques do Palácio de Inverno pelos bolcheviques são infundados, o jornalista norte-americano John Reed, que presenciou o exato momento da invasão, relata que assim que o assalto começou alguém gritou: "Camaradas! Não toquem em nada! Não tome qualquer coisa! Este tesouro é nacional!". "Pare! Coloque tudo de volta! Não tome isso! São tesouros!". Além disso, foram fotografados vários aposentos do palácio como prova de que nada foi avariado.

John Reed afirmou que, após os bolcheviques chegarem ao Palácio de Inverno, todas as entradas foram bloqueadas pela guarda, ninguém poderia entrar. Posteriormente a comissão nomeou como curador-chefe do Hermitage o

---
[511] ШАМБАРОВ, Валерий Евгеньевич; Нашествие чужих. Заговор против империи. Москва: Алгоритм, Эксмо, 2007.
[SHAMBAROV, Valery Evgenievich, *Invasão de estrangeiros. Conspiração contra o Império*. Moscou: Algoritmo, Eksmo, 2007].

acadêmico Smirnov. Uma das suas principais tarefas era determinar o grau de importância de preservação das joias da coroa. A operação era concentrar os valores dos palácios nas mãos do comissário civil, do Kremlin P. P. Malinowski. Em meados de novembro de 1918, em Moscou, no Palácio do Kremlin, reuniu-se uma quantidade considerável de diversos espólios imperiais. Até a primavera de 1922, havia oito caixas de tesouros da coroa em segurança no Palácio do Arsenal do Kremlin, também estava repleto de outras caixas.

Em 14 de janeiro de 1922, foi tomada a decisão de contabilizar os valores armazenados no Palácio do Arsenal. Como resultado do exame foram descritas 471 joias. Segundo os peritos, o tesouro continha: 25.300 quilates de diamantes, 1.000 quilates de esmeraldas, 1.700 quilates de safiras, 6.000 quilates de pérolas, bem como muitos rubis, topázio, turmalina, alexandrita, água marinha, crisoprásio, berilo, turquesa, ametista, ágata, almandina, e assim por diante[512].

25.1.2 O tesoureiro de Lenin

O personagem mais importante da Revolução Russa foi Leonid Krasin, sem ele o socialismo seria apenas mais uma utopia. Leonid Borisovich Krasin era diretor da Siemens russa e vice-diretor da Siemens alemã, também era o tesoureiro do partido de Lenin. Nas palavras de Lenin, era o "ministro das Finanças" da Revolução. Durante a guerra, ainda no Império, foi um dos líderes da indústria de defesa da Rússia e era muito influente. Já em 1918, era ao mesmo tempo ministro da indústria e comércio exterior e em 1919 ministro dos transportes, função incomum para o diretor de uma empresa de transportes. Também foi o vice-comissário do Povo de Assuntos Internos[513].

Krasin era o verdadeiro "pai da revolução", sem cujas habilidades e contatos os bolcheviques nunca poderia ter triunfado. Documentos oficiais de inteligência alemã, em um relatório de Moscou, em junho de 1919, Krasin foi descrito como: "mais poderoso que Lenin". Além de ser um conceituado executivo de uma poderosa multinacional, Leonid, também era prestimoso com atos terroristas. Em 1905, desenvolveu uma rede de contrabando de dinamite e armas da Finlândia para a Rússia. Usava empresas químicas e lojas para ocultar a fabricação de bombas, granadas e outros projéteis de mão. Posteriormente construiria fá-

---

[512] ЗИМИН, Игорь Викторович; Царские деньги. Доходы и расходы Дома Романовых. Повседневная жизнь. Москва: Центрполиграф, 2011.
[ZIMIN, Igor Viktorovich, *Dinheiro tzarista. Receitas e despesas da casa dos Romanov*. Vida cotidiana. Moscou: Tsentrpoligraf, 2011].
[513] СТАРИКОВ, Николай Викторович. 1917: Революция или спецоперация, Москва: Яуза, 2007.
[STARIKOV, Nikolay Viktorovich, *1917: Revolução ou operação especial*, Moscou: Yauza, 2007].

bricas ilegais de armas para fornecer os explosivos e armas usadas por ladrões de banco bolcheviques[514].

É claro que as aspirações revolucionárias desse excêntrico magnata não passaram despercebidas. Mesmo antes da revolução de março de 1917, o governo tzarista tentou limitar a influência das empresas alemãs na economia russa. Assim, a Comissão decidiu, no início de 1917, que todas as empresas russas da Siemens seriam coordenadas por uma companhia estatal russa.

Mas é claro que após tomar o poder, Lenin não abandonaria seu fiel tesoureiro, nem permitiria que Krasin amargasse tamanho prejuízo. Mesmo antes de 1918, o governo soviético concordou com os pedidos de indenização da Siemens, as reivindicações totalizaram 83.100.100 rublos. Porém, essa grande amizade foi ainda mais longe, os lucrativos interesses de ambos seriam sintetizados em um *slogan*: "O século da energia elétrica é o século do socialismo". Assim Krasin entraria com a energia e Lenin com o socialismo.

Para justificar sua parceria com Krasin também havia componentes ideológicos. Em 1920 Lenin afirmou: "A idade do vapor é a idade da burguesia, a idade da eletricidade é a do socialismo. Para ter uma nova estrutura econômica precisamos de uma nova base técnica. Esta nova base técnica é a eletricidade. Com base nisso, vamos construir tudo".

Em fevereiro de 1920, foi fundada, por iniciativa de Lenin, a Comissão Estadual de Eletrificação da Rússia. Lenin defendeu fervorosamente a Comissão de Planejamento contra os críticos internos do partido. Krasin (diretor de uma empresa que vendia componentes elétricos) assumiu a liderança do Departamento do Conselho Econômico Supremo de Engenharia Elétrica e foi, portanto, responsável por toda a eletrificação do país. Forneceria tudo que era necessário ao governo soviético: capital de investimento, máquinas e mão de obra qualificada para a construção da indústria elétrica. A expressão "Porta Giratória" (*revolvingdoor*) é usada para descrever situações em que políticos ou servidores públicos assumem postos como lobistas ou consultores na área de sua atividade anterior, foi exatamente essa a situação da campanha de eletrificação soviética.

Em 23 de maio de 1918, Krasin reuniu vários representantes da Siemens em Berlim para discutir o futuro dos negócios russos. Em uma nova reunião, no dia 11 de junho de 1918, Krasin e os atuais diretores da Siemens discutiram abordagens específicas, tais como o modo pelo qual a Siemens poderia estar envolvida no comércio com a Rússia Soviética, como, por exemplo, por meio da criação de uma empresa de exportação comercial.

---

[514] MCMEEKIN, Sean. *History's greatest heist: the looting of Russia by the Bolsheviks*. Michigan: New Haven and London, 2009.

Por causa das reservas financeiras limitadas, o governo soviético poderia pagar em dinheiro apenas uma parte dos bens importados necessários para a eletrificação, a fim de cumprir essa tarefa, em termos financeiros, eram necessários 11.200.000.000 rublos em ouro. Como não poderia cobrir toda essa soma com os fundos de ouro, as despesas foram pagas por concessões.

O programa de eletrificação formou a base da estratégia econômica geral do Gosplan para implementar o plano de dependência econômica externa com empresas estrangeiras.

Logo após a conclusão do acordo provisório alemão-soviético, teve lugar em Berlim, no Hotel Excelsior, uma reunião sobre o início das relações econômicas com a Rússia. Nesta reunião, havia a presença do Chefe da missão comercial soviética em Berlim, Leonid Krasin, Boris Stomonjakov e líderes de empresas têxteis alemãs. Também participavam o diretor da AEG alemã, o diretor da Krupp e o diretor da Fehrmanns de Stinnes. Todos os presentes eram favoráveis à criação de um sindicato internacional para financiar e programar a reconstrução econômica da Rússia. Esta união tinha como função financiar os bens adquiridos pelo governo soviético no exterior, devido à falta de dinheiro na Rússia. Krasin fez uma proposta de privilegiar a compra de concessões por parte de empresas alemãs. Por causa do alto risco do negócio o sindicato foi chamado de "tráfico internacional de aquisição de concessões". Além das discussões econômicas, a reunião também incluiu um componente político implícito. Todos os presentes apoiavam a vitória dos bolcheviques na guerra civil para a estabilização da situação política na Rússia Soviética.

Em novembro de 1920, as negociações internacionais da delegação comercial russa liderada por Krasin, em Londres, junto a outras empresas eletrotécnicas, teve a oportunidade de criar uma estratégia para negociar com o governo soviético. Participantes, em particular dos EUA, Suécia e França discutiram uma série de propostas de negócios com a Rússia, como o estabelecimento de uma empresa de comércio internacional, a celebração de contratos de arrendamento e concessão, bem como as questões de proteção de patentes[515].

Na última semana de julho de 1919, o Dr. Julius Brendel, um engenheiro que tinha representado a Krupp na ocupação alemã da Ucrânia, pediu permissão para liderar uma nova missão comercial em Moscou, em nome da Krupp, junto à Mannesmann, um consórcio de empresas de aço de Dusseldorf, e a Huckauf e Bulle. Em agosto, dois representantes da empresa Ackerbau-Gesellschaft de máquinas agrícolas foram autorizados a fazer uma proposta de vendas para os bolcheviques por meio de Estocolmo, onde iriam conseguir um financiamento.

---

[515] LUTZ, Martin. *Siemens und die Sowjetunion nach dem Ersten Weltkrieg.* Geschäftsbeziehungen. Konstanz: Universität Konstanz, 2013.

Como oficialmente o comércio com a Rússia estava bloqueado, o risco era grande, o que deu margem a muitos especuladores. Krasin mais tarde admitiu que a compensação dos riscos envolvidos em driblar o bloqueio estava custando aos bolcheviques mais de 15% em cada transação, e às vezes até 25%. Mas Krasin insistiu que era melhor assinar contratos de importação de forma rápida, não importando o custo, de modo a manter fornecedores felizes e atrair outros empresários ocidentais ansiosos para lucrar com os bolcheviques.

Lloyd George, primeiro-ministro inglês, também se envolveu nesse arriscado negócio, promoveu uma série de reuniões quase semanais com Krasin. Em maio a junho de 1920, antes da Primavera, o primeiro-ministro convenceu o parlamento britânico e o público que Krasin e sua equipe não faziam parte do regime bolchevique, uma afirmação que Lloyd George sabia ser patentemente falsa.

Em 27 de maio de 1920, em Londres, funcionários da Standard Oil queriam concessões de petróleo no Mar Cáspio. Essas negociações foram de grande importância, escreveu Krasin aos seus colegas do Politburo, tendo em vista o desejo claro da Standard Oil para constranger a Inglaterra nesta matéria. Se uma empresa tão proeminente como a Standard Oil estava disposta a desconsiderar a proibição britânica sobre o ouro Soviético, o bloqueio parecia "cair de maduro". Embora Krasin negociasse com o imperialismo britânico, apenas em junho foi lançado um memorando formal para Lloyd George sobre a restauração das relações pacíficas e a retomada rápida das relações comerciais.

25.1.3 Maksim Gorki, a arte do roubo

Como vimos, Leonid Krasin precisava de muito dinheiro para o seu ambicioso plano de eletrificação. Porém, revirar todos os cantos do país, em busca de algo de valor para roubar, não seria uma tarefa fácil. Para isso krasin contou com uma ajuda de peso: o famoso romancista Maksim Gorki (Aleksei Maksimovich Peshkov) e sua esposa, a atriz e ladra de renome Maria Feodorovna Andreeva. Gorki e Andreeva ofereceram uma pátina de glamour para a nova campanha da comissão que pretendia saquear qualquer artigo de valor, tanto em museus como nas casas. Era Krasin quem liderava a equipe, que cresceu rapidamente para oitenta funcionários em tempo integral. Juntos, os membros da equipe de Gorki vasculharam os apartamentos, casas, casas de penhores e livrarias em busca de obras de arte, livros antigos, joias e outras antiguidades e artefatos. Gorki e Andreeva afirmavam que os objetos confiscados foram destinados para exibição em museus proletários, mas isso não era verdade, já que a operação de Gorki era subordinada ao Comissariado de Comércio Exterior e tinha como única função separar as obras de arte e antiguidades mais vendáveis para a exportação. Aí é onde Krasin entra, pois ele tinha um formidável leque de contatos no exterior. Os bolcheviques capitalizaram grandes acordos comerciais e empréstimos estrangeiros, dando como garantia valiosas obras de arte, antiguidades, joias e metais preciosos. A comissão de Gorki parecia ser um veículo perfeito para a racionalização do roubo das coleções de artefatos mais vendáveis da Rússia, e, por isso, não é surpreendente que em 1919 Krasin começou a supervisionar o projeto.

Ao contrário da campanha de saques informais de 1918, a campanha de 1919 produziu relatos escritos que nos permite ter uma ideia da operação. Os arquivos listam com precisão as antiguidades. Assim, em uma busca, em uma casa em São Petersburgoo, realizada por uma equipe liderada por Andreeva, em 5 de outubro de 1919, os bolcheviques registram os seguintes itens: "uma corrente de prata, uma moldura de prata, relógios na caixa de bronze, luvas, uma garrafa de vinho, relógios de bronze e prata, quatro medalhas de bronze e uma de prata, um anel de ouro fino, com uma pedra vermelha e cinco diamantes. Tecido vermelho e uma coleção de moedas". Insatisfeitos com o total insignificante de itens desta primeira visita, a equipe de Andreeva voltou para o mesmo apartamento nove dias depois e registrou mais: "Um saleiro, cinco colheres de prata, dez garfos de prata, oito facas, isqueiro de prata, uma taça de prata, dois pequenos copos, uma lente de aumento de vidro, relógios de ouro, um frasco de perfume, três colheres de chá, piteira de prata de uma mulher, um leque, uma faca, um cinzeiro de prata, relógio de ouro de mulher com pedras, relógios masculinos com correntes e bijuterias, um porta-cigarros feminino com joias em uma caixa , rendas, doze facas com monograma de prata, garfos e colheres com alças de prata, vinte e quatro colheres e vinte e quatro garfos.

Até o final do ano, Gorki, Andreeva e Krasin haviam registrado e avaliado 36 milhões de rublos de ouro só em São Petersburgoo. Foram roubadas pinturas de antigos mestres europeus, ícones ortodoxos, móveis, prataria, porcelana, objetos de cristais, artefatos de prata e bronze, com "curiosidades arqueológicas" nativas da Rússia antiga.

Como o próprio Maksim Gorki confessou: "Roubam e vendem igrejas e museus, eles vendem canhões e rifles, eles furtam armazéns do exército, eles roubam os palácios de ex-grão-duques; tudo o que pode ser saqueado é saqueado, tudo o que pode ser vendido é vendido"[516].

---

[516] MCMEEKIN, Sean, op. cit.

25.1.4 Brutalidade zoológica

Maksim Gorki, graças aos seus escritos pré-revolucionários, desfrutou de uma reputação de amigo dos pobres, um combatente pela justiça social. Certo livro didático tece elogios ao escritor, em um artigo intitulado "Gorki, traduzindo a Rússia". Isso nos leva ao **MITO NÚMERO 93, o mito de que Maksim Gorki era amigo dos pobres e um defensor da justiça social.**

Com efeito, os textos sentimentais de Gorki eram apenas uma dissimulação para conquistar a simpatia popular e chegar ao poder. Logo que alcançou seu objetivo ele demonstrou o que realmente pensava das pessoas humildes da Rússia. Sua simpatia pelos pobres é difundida em suas obras pós-revolucionárias, com os argumentos de que toda a vida russa é uma contínua "abominação de chumbo", que a alma russa, por sua própria natureza, é "covarde" e de um "mal doloroso". Ele escreveu sobre a "crueldade sádica inerente ao povo russo" (no posfácio ao livro de Guseva-Orenburg, de 1923). Na linguagem marcante dos artigos pós-revolucionários desse "escritor humanista", as pessoas simples são constantemente comparadas a *moscas, vermes, parasitas, seres subumanos e degenerados*. Segundo ele: "A massa de trabalhadores da União Soviética é composta por traidores, desleais e espiões... É natural que o governo dos trabalhadores e camponeses trate seus inimigos como um piolho". Talvez nenhum escritor narrou com tanto desgosto sobre qualquer nação, exceto Hitler sobre os judeus.

Em 1906, Gorki foi à América, lá reuniu cerca de 10 mil dólares em dinheiro para os bolcheviques. Nessa ocasião, os jornais publicaram seu apelo "Não dê dinheiro para o governo russo," os Estados Unidos se recusaram a dar à Rússia um empréstimo de meio bilhão de dólares. Gorki agradeceu a América, descrevendo sua pátria como o "país do diabo amarelo.".

Embora Gorki soubesse que "os comissários tratam a Rússia como um material para uma experiência" e que "o bolchevismo é uma calamidade nacional", ele continuou bajulando o novo governo e seu líder, cujo ensaio "Vladimir Ilitch Lenin" (1920) equipara Lenin aos santos.

A partir de 1921 a 1931, Gorki viveu no exterior, principalmente na Itália. Mesmo no estrangeiro, o escritor proletário santificava as sentenças de morte proferidas pelas autoridades soviéticas com acusações absurdas. De volta à URSS, ele envolveu-se vigorosamente em uma caçada aos "inimigos" imaginários e "espiões". De 1929 a 1931 publicou diversos artigos no *Pravda*, que mais tarde formaram a coleção "Em guarda!", onde pede aos leitores para vigiar as pragas que querem transformar secretamente a causa do comunismo. O mais famoso desses artigos é: "Se o inimigo não se render, ele será destruído" (1930); seu título tornou-se uma espécie de lema de toda a política soviética. Neste texto, Gorki defende que a polícia secreta não precisa de qualquer prova para punir o "inimigo". Em sua opinião, os piores inimigos são aqueles contra os quais não há provas.

No artigo "Humanismo Proletário", ele tece elogios ao "sábio Stalin, tão simples e acessível". Na "Carta aos delegados do Congresso de Coletivização da Agricultura" Gorki ressalta que o poder dos camponeses é socialmente prejudicial e Stalin deve "apagar da mente do homem a sua força", porque esta força é expressa "nas formas de brutalidade zoológica".

Na peça *Somov e outros* (1930), os engenheiros são descritos como "pragas que inibem as pessoas de produzir". No final da peça ele fala sobre a "justa retribuição" dos agentes governamentais que puniram não só os engenheiros, mas também um ex-professor de canto, pelo terrível crime de "envenenar" a juventude soviética por meio de músicas antigas. No artigo "Trabalhadores e camponeses" e "Humanistas" Gorki faz uma acusação igualmente absurda contra o professor Ryazanov e seus "cúmplices", que foram baleados por "organizar a fome de alimentos".

Em 1929, Gorki visitou o campo de concentração de Solovki. Um dos jovens presos, vendo-o como um defensor dos oprimidos, se atreveu a dizer-lhe sobre as terríveis condições de vida no campo. Mas logo após a conversa com o rapaz ele escreveu no Livro de Visitas: "No campo de Solovki os prisioneiros fazem elogios entusiásticos".

Em 1934, sob a direção de Gorki, foi publicado o livro *Mar Branco-Báltico Canal de Stalin*. O livro oferece suporte a todas as acusações delirantes daqueles anos: por exemplo, os trabalhadores envenenados por arsênico em cantinas e secretamente quebrando máquinas. No entanto, o campo de concentração é retratado como um farol de progresso; é afirmado que ninguém morreu durante as obras (na realidade, a construção do canal matou pelo menos 100 mil presos). Conversando com os construtores do canal, no dia 25 de agosto de 1933, Gorki afirmou estar admirado de "como o campo reeducava as pessoas", e com lágrimas de emoção falou sobre a excessiva modéstia dos oficiais de segurança. De acordo com Aleksandr Solzhenitsyn (1918-2008), é a primeira vez, na literatura russa, que um livro glorifica o trabalho escravo[517].

Ao ler o livro, é possível se deparar com as mais absurdas divagações e comentários. Como são muitos os disparates do livro, apenas um trecho em que o escritor declarava que os detentos trabalhavam 48 horas seguidas, sem se alimentar ou dormir, por vontade própria vale a pena ser destacado:

---

[517] ВОЛКОВ, Сергей Владимирович; Черная книга имен, которым не место на карте России. Москва: Посев, 2004.
[VOLKOV, Sergey Vladimirovich, *O livro negro de nomes que não têm lugar no mapa da Rússia*. Moscou: Posev, 2004].

21 de abril os construtores permaneceram em suas duas horas habituais, além do estabelecido diariamente aos trabalhadores. E estas duas horas ao longo de toda a frente da Divisão do canal se transformaram em um contínuo de 48 horas. 48 horas sem dormir nem comer. Os cavalos caíam aos seus pés, *mas todos estavam alegres*. Máquinas atolavam na lama, os carros aqueciam, mas os motoristas e carregadores inabaláveis. Tudo isso é surpreendente também porque aqui todas as trinta mil pessoas reunidas no canal, não dormiram durante 48 horas.

Não dormia voluntariamente, por vontade própria. As oficinas foram abandonadas, os quartéis estavam vazios, cozinhas, hospitais, todos estava no trabalho, todo mundo esperava a conclusão da tarefa.

— Ninguém ficava para trás!

Trinta mil pessoas trabalhando continuamente durante 48 horas. Afinal de contas existem pessoas extremamente diferentes aqui: fracas e saudáveis, e nem por isso nenhum dos dois parou. Mas ambos se apoiavam. Quando alguém cochilava, desmaiava ou, adormecia, depois de cinco minutos acordava sozinho. Ele tomava um gole de água, esfregava seus olhos inchados e novamente continuava seu trabalho (grifos nossos)[518].

Esse fragmento seria cômico se não fosse trágico. Na realidade, o trabalho de construção do canal foi realizado sem o envolvimento de tecnologia, quase à mão, com pá, machado e picareta, e os materiais de construção eram areia, pedra e madeira. Durante todo o período de construção, mais de 250 mil prisioneiros foram enviados para o Campo de Trabalho Forçado do Mar Branco-Báltico, dos quais, de acordo com dados oficiais, cerca de 13 mil pessoas morreram. Não havia caixões para os mortos, os corpos não eram entregues a familiares e nem eram especificados nos documentos os locais de sepultamento. É suposto que haja sepulturas por todos os lugares ao longo da rota do canal

Em 1997 foram descobertas sepulturas em massa nos 12 km de Medvezhyegorsk no desfiladeiro de Sandarmokh. Nesta área, mais de 9.500 pessoas foram fuziladas e enterradas, a maioria prisioneiros do gulag. Um total de 236 sepulturas foram encontradas.

---

[518] ГОРЬКИЙ, Максим; АВЕРБАХ, Леопольд Леонидович; ФИРИН, Семён Григорьевич; Беломорско-Балтийский канал имени Сталина: История строительства, 1931—1934 гг. Москва:ОГИЗ, 1934.
[GORKI, Maxim; AVERBACH, Leopold Leonidovich; FIRIN, Semyon Grigorievich; *Canal do Mar Báltico e Branco de Stalin: História da Construção*, 1931-1934 Moscou: OGIZ, 1934].

25.1.5 O partido do diabo amarelo

O grande saque bolchevista inundou os mercados mundiais de ouro, chegando a provocar uma forte queda nos preços do metal. O Partido Bolchevique tomou decisões nefastas e agora poderia ser chamado de "o partido do diabo amarelo", como afirmava o jornal inglês *The Guardian* em março de 1923. O jornal *Time* escreveu:

> os socialistas de esquerda compraram dois prédios de seis andares, no centro de Londres em um leilão pelo preço de £ 6 milhões, gastaram quatro milhões de libras para a instalação de um grandioso monumento para Karl Marx, em seu lugar de sepultamento. Dizem que os bolcheviques em Moscou, para gastar tanto dinheiro, confiscam ostensivamente a Igreja. Apenas agora estamos começando a entender por que um país rico, como a Rússia foi destruído.

Mesmo os 200 anos de invasão mongol não teria qualquer comparação com o que aconteceu na Rússia após sete anos de governo de Lenin. A esmagadora maioria dos intelectuais russos desapareceu, morreu ou fugiu do terror no país. Muitos milhões de pessoas abandonaram suas casas destruídas pelo caos; a guerra e a fome foram espalhadas por todo o país. O proletariado pré-revolucionário foi completamente destruído. Os líderes agrários foram mortos ou fugiram. A economia entrou em colapso. A mais poderosa frota fluvial do mundo foi perdida. O orgulho russo, suas ferrovias, foram destruídas. As igrejas, demolidas, elevaram-se entre suas cinzas, como um monumento a uma civilização perdida.

A Rússia tornou-se um campo coberto de ossos; não havia protestos ou indignação. Todos cansados do menosprezo e da repressão calavam-se. E o mais importante, tudo foi saqueado e pilhado. Todos tinham seus bolsos revirados, vivos e mortos. A grande farsa da "revolução mundial" foi praticamente concluída. Não há números que poderiam de alguma forma trazer o resultado financeiro deste "evento". Todo tesouro nacional de um enorme e rico país chamado Rússia foi transformado em um lingote gigante para o "partido do ouro". No entanto, este não foi o fim. Nuvens negras à frente ainda indicavam um futuro mais terrível. Em dezembro de 1922, houve uma pequena surpresa desagradável, os banqueiros suíços pediam mais garantias. A NEP transformou a revolução mundial em um enorme "mercado de pulgas"! Os "velhos bolcheviques" agora estavam atolados em luxo, estavam interessados nos títulos imobiliários e de ações nos países capitalistas.

Em outubro de 1920, Lenin assinou um decreto legalizando a venda de antiguidades no exterior. Em Paris, Londres e Florença foram organizados os primeiros leilões, isso causou um terrível escândalo, pois muitos sabiam quais

25. A MAIOR PILHAGEM DA HISTÓRIA

eram os verdadeiros proprietários dos itens leiloados. Também sabiam que seus antigos proprietários foram roubados. No entanto, ninguém poderia redigir documento nenhum para provar a ilegalidade da venda de tais antiguidades. Graças aos preços baixos e a singularidade dos objetos expostos, os leilões tiveram grande sucesso e prometiam lucros fantásticos.

Centenas de empresas se apressaram em ofertar cooperação no assalto de Lenin. Por esta altura, o número de bens confiscados era de milhares de toneladas. O que imediatamente chamou a atenção para todos os envolvidos nas transações é o fato de que o dinheiro proveniente dos leilões vinha de contas em bancos na Europa e América. O comércio russo de antiguidades tomou uma escala mundial. Por esta altura, o leninismo mostrou imediatamente sua imoralidade sem limites e ganância. Membros do governo, próximos a Lenin, viviam geralmente em antigos casarões, mostrando dolorosa fraqueza para móveis caros, salas de jantar de ouro e prata, conjuntos preciosos e tapetes, bem como pinturas dos velhos mestres em molduras de ouro maciço. Em suas mansões mantinham a sua antiga equipe de empregados, mordomos e cozinheiros. A mansão suburbana de Yusupov, onde Trotsky morava, todo o luxo foi preservado[519].

Em 1917, as joias da coroa foram transferidas para o Kremlin, onde permaneceram imperturbáveis pelos bolcheviques, que não sabiam onde estavam até março de 1922. O mais irônico, na pilhagem da Rússia czarista pelos bolcheviques, é que o prêmio mais brilhante de todos permaneceu fora de seu alcance por anos. Mesmo depois de serem localizadas, as joias da coroa eram inviáveis para a venda, embora eles tentassem. Por ser um patrimônio nacional, os compradores tinham medo de que os bolcheviques caíssem e o novo governo pedisse o ressarcimento do item roubado, assim, ninguém queria arriscar tanto dinheiro em um bem ilícito.

Outros bens da família não tiveram tanta sorte, até seus túmulos foram profanados, como foi o caso de Catarina, a Grande. Também temos o seguinte relato de uma testemunha da profanação de um túmulo imperial:

> Quando os ladrões chegaram ao túmulo de Pedro, o Grande, no entanto, mesmo esses bolcheviques cruéis, foram levados a acreditar, ficaram surpresos com a magnitude do crime por eles cometido. O corpo do Imperador foi embalsamado com muito cuidado e estava praticamente intacto. A aparência do tzar, que estava deitado no caixão durante 200 anos, parecia a de quem tinha acabado de ser colocado lá; os trabalhadores ficaram violentamente chocados e insistiram que o caixão deveria ser fechado imediatamente, não deixaram que nada fosse retirado de seu corpo.

---

[519] БУНИЧ, Игорь Львович; Золото партии. Историческая хроника. Москва: Эксмо, 2005. [BUNICH, Igor Lvovich, *Partido do ouro. Crônica histórica*. Moscou: Eksmo, 2005].

Tesouros de mil anos da história russa, raros ícones, bíblias com iluminuras e manuscritos também foram confiscados em enorme quantidade durante a campanha de pilhagem de 1922. Embora nenhuma contagem exata pareça ter sido mantida, milhares desses exemplares únicos da arte russa foram derramados em bazares de rua, onde muitos foram arrematados por estrangeiros, por uma pechincha. Olof Aschberg comprou nada menos que 277 ícones, que datavam do século XV ao XIX. Aschberg, em um relato sobre suas experiências entre Moscou e o mercado em Smolenskaia, com seus amigos suecos, em 1923 a 1924, descreve:

> Uma coisa que nos divertia era ir para o equivalente russo do mercado da Caledônia, onde tudo que se possa imaginar poderia ser comprado ...Foi lá que eu comprei meus primeiros ícones. Eles vieram, em parte, de famílias privadas e em parte de igrejas e conventos, a partir do qual, presumivelmente, eles tinham sido roubados. A maioria dos ícones e outras preciosidades da igreja foram enviados, em 1922, para Gokhranf aonde foram sistematicamente desmantelados como sucata. Ícones bordados com pérolas, por exemplo, foram mandados para várias salas, onde as mulheres arrancaram estas pérolas, uma por uma, lavavam e classificavam em sequências de acordo com o tamanho. Outros ícones foram dobrados de duas a quatro vezes, simplesmente para caberem dentro das caixas, e antes disso seus bordados foram recolhidos à parte.

Dessa forma, Max Laserson, depois de ser contratado em 1923 pela Gokhran, relatou:

> centenas de ícones foram irremediavelmente e implacavelmente destruídos. Muitos que datavam do século XVIII e até mesmo do século XVII. A história era a mesma com manuscritos de antiquário e cadernos de serviços religiosos, que tinham suas capas arrancadas para adquirir prata. Assim, também, acontecia com os paramentos e casulas, báculos, mitras, cruzes e taças. Eram derretidos por causa da prata, que foi então vendida por peso.

Quantas riquezas os bolcheviques roubaram da igreja em 1922? Um relatório publicado em setembro gabou-se de que o governo já havia vendido 6,6 bilhões de rublos em saques da igreja. Só o comércio britânico em Moscou comprou meia tonelada de ouro e 550 toneladas de prata roubadas da igreja.

Em 1928, ocorreu as primeiras grandes vendas soviéticas de pinturas e esculturas de antigos mestres europeus, catálogos de leilão foram distribuídos em Londres, Paris, Viena e Nova York. O primeiro grande leilão de mestres antigos incluía 450 pinturas de artistas italianos, holandeses e franceses, das escolas dos séculos XV e XVIII, entre eles obras de Rembrandt, Rubens, Van Dyck, Jordaens,

Greuze, Tintoretto, Bassano e Natoire, com alguns bons exemplos de móveis franceses e uma coleção de caixas de rapé com joias trazido do palácio dos Romanov. Embora as vendas trouxessem ações judiciais por imigrantes russos em Berlim, a importância do leilão foi grande.

O comissário soviético para o comércio exterior Anastas Mikoyan abriu o mercado de leilões em Viena, oferecendo em pequena escala para as casas de penhores austríacas e galerias. Também fez negócios com os antiquários de tapetes vienenses, em particular com um ambicioso Bernhard Altmann, que usou uma fábrica de malhas Moscovo para encobertar a remessa de raras tapeçarias de estilo persa, capturadas pelo Exército Vermelho, para Viena, A empresa de Altmann exportou nada menos que vinte e três malas cheias de antiguidades, em 1928.

Até o final da década de 1920, as galerias, antiquários e leilões de Berlim, Viena e Estocolmo foram coniventes com o saque russo, de diamantes, rubis, bronze, artefatos de madeira e quase todo o resto. Mesmo as relíquias judaicas, pilhadas durante a guerra civil, foram despejadas, em sua maioria, em Viena. Em seguida, milhares de ícones foram expropriados por Trotsky na campanha de 1922, pelo menos os que sobreviveram as depredações dos classificadores de prata da Gokhran. Desfilaram diante de potenciais compradores europeus. Muitos dos ícones mais sagrados da fé ortodoxa, foram penhorados por colecionadores não crentes. A mais imponente coleção de ícones, 277 ao todo, pertencem a Olof Aschberg e agora a maior parte dessa coleção está no Museu Nacional de Estocolmo.

Lloyd George, sem reservas, deu o direito aos agentes soviéticos para vender os tesouros saqueados em território britânico. O governo britânico negou as reivindicações da Princesa Olga Paley contra o sequestro e roubo de bens vendidos por agentes soviéticos. Christie nem sequer precisou pedir permissão do governo, antes de anunciar um leilão, em 16 março de 1927. No leilão havia um conjunto de joias magníficas, muitas datadas do século XVIII, que fazia parte da coleção de tesouros do Estado russo. Dentre elas as joias de núpcias da Imperatriz Alexandra: os colares de diamantes, tiaras, pingentes, pulseiras e brincos. Eles foram vendidos por £ 61.000, o equivalente a mais de 2 milhões dólares atuais.

Com tal atitude de *laissez-faire* para com as vendas da pilhagem bolchevique, não é de se estranhar que o próprio governo britânico comprou o único e mais famoso artigo roubado, uma Bíblia do século IV, comprada pelo Museu Britânico, em 1931, por £ 100,000.

Anastas Mikoyan também tinha projetos para as casas de leilões de Paris. Germain Seligman foi convidado por Mikoyan, em 1927, a inspecionar itens de valor, os bolcheviques pretendiam vender em Paris os armazéns da Gokhran,

Seligman recordou mais tarde a impressão que teve: "Tinha sido conduzido a "uma grande caverna dourada de bronze, com estalactites e estalagmites de ouro e cristal. Pendurados no teto... Era incrível a variedade de lustres e candelabros".

Embora impressionado com o grande volume de objetos dourados em exibição, Seligman informou a Mikoyan que ele era um negociante de arte e não um ladrão de joias, ele se recusou a praticar tal ato vil.

Os bolcheviques também venderam seus despojos nos Estados Unidos, apesar do fato de a União Soviética não ser oficialmente reconhecida por Washington até 1933. Em parte, isso tinha uma razão óbvia, os colecionadores americanos eram mais ricos do que os seus homólogos europeus. Em 1930, Armand Hammer organizou seus famosos leilões em lojas de departamentos, não havia escassez de mulheres ricas interessadas. Alguns dos itens exibidos por Hammer, com certeza, eram falsificações, mas esse não era o caso dos Fabergé e ovos de Páscoa imperiais, a maioria dos quais estão agora em exposição em museus norte-americanos.

Em 1930 e 1931, Andrew Mellon, o magnata do aço, comprou sozinho 6,6 milhões de dólares em pinturas de antigos mestres do Hermitage, fez uma coleção que incluía uma infinidade de grandes nomes como: Rembrandt, Van Dycks, Botticellis, Rubens, Rafael e Ticiano. Em uma curiosa e sinistra ironia do destino, Mellon, que foi secretário do Tesouro responsável por fazer cumprir as leis *anti-dumping* norte-americanas contra a União Soviética, longe de lamentar esta exposição impressionante de hipocrisia, comprou pilhagem soviética com deduções de imposto de renda. Essa foi uma das ironias mais grotescas do comunismo. O capitalista Ocidental, Mellon, herdou a maior parte do patrimônio da Rússia, enquanto o proletariado russo recebeu apenas chicotadas. É difícil imaginar um melhor modo de destruir um país. Por meio do envio de suas riquezas para fora do país, o povo russo foi roubado, não só seu passado cultural, mas seu futuro econômico[520].

25.1.6 Justificando o injustificável

> **MITO 94**
>
> Buscando justificar toda a sua crueldade, intolerância, ódio, ambição e desrespeito pela história, os comunistas declaram que seus roubos, perseguições e assassinados contra a Igreja foi por causas políticas, pois essa instituição apoiava o tzarismo. Assim, tentando justificar o injustificável, visto que não é correto matar ou roubar um ser humano por discordâncias teóricas, essa barbárie leva ao **MITO NÚMERO 94, o mito de que a Igreja apoiava o Tzar.**

[520] MCMEEKIN, Sean, *op. cit.*

Vergonhosamente, a Igreja não era aliada do Imperador e muitas vezes era aliada, ou conivente, aos traidores do Império.

A rixa entre corpo governante e Igreja começou em 25 de janeiro de 1721. Desde então, embora com razoável grau de independência, muitas questões internas da Igreja seriam controladas por um oficial secular, o promotor-chefe nomeado pelo Imperador. Assim sempre houve descontentamento com as reformas de Pedro. Mas, antes do início do século XX, esta insatisfação não era claramente expressa. Só depois de 1905, quando todos falavam sobre as reformas "necessárias" para a Rússia, o clero, especialmente da alta hierarquia, começou a questionar o Estado.

Em 1905, os bispos escreveram um levantamento sobre a questão das reformas, quase todo o artigo mostrava insatisfação. Os conselhos locais queriam criar um patriarcado. Caracteristicamente, em todas as interações entre Igreja-Estado, proposta pelos bispos da Rússia, praticamente não há lugar para um ungido de Deus, o Imperador. O episcopado via o Imperador como um governante, mas não como uma figura sagrada.

O soberano percebeu que era necessário realizar uma reforma na Igreja, mas discordava de algumas questões. Como era o caso da introdução do patriarcado que levava a questão da divisão dos poderes: onde começa o poder do Imperador e onde termina o poder do patriarca? Como eles vão coexistir? Nicolau II temia que o patriarca, no caso de sua transição para a oposição seria praticamente incontrolável. Basta lembrar, do século XVII, no caso de Alexei Mikhailovich e Nikon. Em geral, o patriarcado poderia ameaçar o Império, ou colocá-lo em grandes dificuldades políticas[521].

E, realmente, as suspeitas do Imperador não eram infundadas, membros do clero se envolviam em assuntos políticos e o que é pior, muitos estavam se juntando aos revolucionários. Em 1916, todos os 46 deputados do clero escreveram uma petição para a restauração da administração interna da Igreja, o Estado "clero ortodoxo não deve mais ser usado como um instrumento da política interna".

Dentre os líderes dos socialistas-revolucionários, 9,4% eram sacerdotes, entre os bolcheviques, a porcentagem era de 3,7%. Não é de se estranhar que dois seminaristas, Joseph Stalin e Anastas Mikoyan, se tornaram membros proeminentes no novo governo. O pico da influência dos clérigos no impacto revolucionário foi alcançado em 1870, quando integrava 22% dos insurgentes[522].

Como já foi descrito, os acontecimentos revolucionários começaram a se desdobrar em 23 de fevereiro. Naqueles dias, o Sínodo não tomou quaisquer

---

[521] ГРИГОРЬЕВИЧ, Церковь и революция. Эксперт, Москва, №10 (793), 12 марта 2012. [GRIGORIEVICH, "Igreja e revolução". *Expert*, Moscou, nº 10 (793), 12 de março de 2012].
[522] НИКОНОВ, Вячеслав Алексеевич; Крушение России. 1917. Москва: Астрель, 2011. [NIKONOV, Vyacheslav Alekseevich, *O colapso da Rússia*. 1917. Moscou: Astrel, 2011].

medidas para tranquilizar as pessoas e apoiar a monarquia. No ano do 90° aniversário da Revolução de Fevereiro, Solzhenitsyn escreveu: *"Nos dias da maior catástrofe, a Igreja russa não tentou salvar o país e trazê-lo à razão".* Na verdade, em 26 de fevereiro, os dignitários reais, o chefe procurador do Sínodo, Rayev e seu vice, o Príncipe Zhevakhov, dirigiram-se aos clérigos para enviar uma mensagem de apoio à monarquia, mas o Metropolitano Vladimir de Kiev (Epifânio) recusou-se a fazê-lo.

Nicolau II foi deposto em 3 de março, na mesma tarde. No apartamento do Metropolitano de Moscou foi realizada uma reunião privada dos membros do Sínodo, onde foi decidido apoiar o governo provisório. Essa situação é mais complicada se levarmos em consideração que o Grão-Duque Mikhail Alexandrovich ainda não tinha renunciado ao trono. E antes mesmo da Proclamação da República, a Igreja pediu que todos os cidadãos obedecessem ao Governo Provisório.

A primeira reunião do Santo Sínodo com o novo governo foi realizada em 4 de março. Nessa reunião foi decidido um acordo entre o Sínodo e o novo governo. O governo interino prometeu não interferir nos assuntos da Igreja, em troca, o Sínodo prometeu tomar medidas para acalmar a população e criar uma imagem de legalidade ao novo poder.

Em 18 de março (a Rússia ainda era legalmente monarquia) nos ritos litúrgicos, em vez da Oração de juramento pela Casa Reinante, foi realizada uma petição pelo Governo Provisório. Antes da revolução, em um dos tropários, soou uma evocação para a Mãe de Deus: "salvar o nosso Beato Imperador, ele também ordena a verdade", a após 7 de março: "salvar o nosso patrono Governo Provisório, ele também ordena a verdade".

Dois dias depois, em 9 de março, o Sínodo enviou uma mensagem "Para os filhos fiéis da Igreja Ortodoxa Russa sobre os acontecimentos vividos". A mensagem dizia: "Essa é a vontade de Deus. A Rússia embarcou em um novo estado de vida. Que Deus abençoe o nosso grande patrono, felicidade e glória ao seu novo caminho". Assim, o órgão supremo da administração da Igreja, na verdade, reconheceu o golpe de estado e classificou os acontecimentos revolucionários como a consumada "vontade de Deus."

Durante a Revolução de Outubro, a Igreja não se tornou defensora do Governo Provisório, embora, em março de 1917, tenham o anunciado como seu "patrono" e levaram o povo a jurar por ele.

O rei e sua família, em 8 de março de 1917, foram presos por ordem do Governo Provisório. Nesse momento, o clero o destinou ao esquecimento, em primeiro lugar, em suas orações públicas. No Arquivo do Estado da Federação Russa, há centenas de cartas enviadas aos prisioneiros reais de representantes de diferentes setores da sociedade. É surpreendente que não existe uma única carta enviada pelo clero, embora no mesmo arquivo seja armazenado miríade de cartas e telegramas de felicitações do clero ao Governo Provisório, a Duma, ao Soviete de Petrogrado e seus representantes.

Quando o governo provisório enviou a Família Real para Tobolsk, nomeou para sua proteção três companhias de fuzileiros, 330 soldados e sete oficiais, muitos deles eram os Cavaleiros de São George. Eles receberam a promessa de um pagamento mensal e melhores refeições. Mas, no final de outubro, o poder mudou. A manutenção da guarda de proteção era incerta, pois o Imperador não teria como pagar o salário prometido. Assim, tornou-se conhecido dos monarquistas, que imediatamente recolheram dinheiro e entregaram para o Bispo Hermógenes. Mas com o tempo a situação mudou, pois, na Igreja, foi eleito o patriarca. O novo patriarca ordenou para não gastar dinheiro com a Família Real e direcionar os recursos para as necessidades da Igreja. Em 9 de abril 1918, cento e cinquenta soldados do Exército Vermelho, liderados pelo comissário do Comitê Executivo Central, entregou um salário de seis meses para a guarda de proteção da família de Nicolau II. Como resultado a Família Imperial foi comprada e levada da capital para seu calvário[523].

25.1.7 Intolerância religiosa

Outra mentira criada pelos comunistas, para justificar seus atos bárbaros contra a Igreja e seus fiéis, é a de que a Igreja tramava intrigas contra o governo soviético.

Na verdade, o que irritou os bolcheviques não foi uma atitude subversiva, mas um ato de caridade. Durante a grande fome de 1921, a Igreja não suportou tal calamidade, vendo que o "governo dos trabalhadores e camponeses", como Nero, olhava a extinção de seu povo com indiferença, tentou fazer algo para atenuar a situação.

O patriarca Tikhon enviou uma carta a Lenin, em que propunha transferir as propriedades da Igreja para a compra de grãos para combater a fome. Nessa ocasião o patriarca foi muito ingênuo ao acreditar que o governo, mesmo tendo este auxílio, usaria os recursos para os necessitados.

Lenin tomou a carta do Patriarca, como um ultraje feito pela igreja. A mente pervertida do líder não conseguiu compreender os impulsos nobres e de sacrifício. Qualquer ação para ele era avaliada apenas em termos de uma luta política implacável. O desafio era óbvio. O governo está inativo e, portanto, a Igreja, "para nos humilhar, para enfatizar a sua influência, propôs tais ofertas. É

---

[523] GRIGORIEVICH, *op. cit.*

como se nos controlasse e repreendesse. Não terá êxito as intrigas dos sacerdotes! Não vai funcionar! Faremos de outra forma!".

Lenin apressadamente reuniu o *Politburo*, leu a mensagem do Patriarca e disse "é hora de dar um fim aos clérigos. Devemos culpar a igreja, foi sua falta de vontade de desistir de sua riqueza para ajudar os famintos, que forçou o governo soviético a confiscar todos os objetos de valor da igreja".

O *Politburo* ficou encantado. Além disso, Lenin sublinhou que o objetivo era a reconstituição do fundo partidário com enormes quantias "de algumas centenas de milhões de rublos de ouro e talvez alguns bilhões".

Enquanto o Patriarca Tikhon esperava uma resposta do governo soviético à sua oferta generosa, Lenin assinou o decreto de "23 de fevereiro de 1922, sobre apreensão de propriedade da igreja a favor das pessoas que estão morrendo de fome".

Como havia cerca de 80 mil igrejas cristãs, as tropas da GPU (como a Cheka foi chamado) se precipitaram aos portões dos templos e mosteiros. Crentes se apressaram em tentar proteger os corpos dos santos e suas relíquias preciosas. Os atacantes sem qualquer hesitação abriram fogo. Objetos preciosos foram roubados, ícones dos séculos XV-XVII dobrados em caixas e sacos. Incêndios destruíam ícones antigos, queimavam manuscritos, Bíblias do século XIII, derrubava altares.

Igrejas foram saqueadas, como ordenado por Lenin, "com impiedosa determinação", assassinaram 40 mil sacerdotes, diáconos e religiosos, bem como cerca de 100 mil crentes.

Em maio de 1922, o Patriarca Tikhon foi preso com todos os membros do Santo Sínodo. Metropolitanos e arcebispos foram baleados. O metropolitano Vladimir de Kiev, que se recusou a apoiar o Imperador, foi mutilado, castrado, fuzilado e jogado nu em um rio. O metropolitano Veniamin de São Petersburgo, que deveria substituir o Patriarca em caso de sua morte, foi jogado na água gelada e depois afogado. O bispo Hermógenes, que se juntou aos conspiradores para caluniar a Família Imperial, foi amarrado a um navio e morreu afogado.

Quando falamos sobre a morte de 40 mil sacerdotes, não devemos pensar apenas em números, mas em seres humanos, pais de família com esposas e filhos, que tiveram suas liberdades e vidas roubadas[524].

---

[524] BUNICH, Igor Lvovich, *op. cit.*

26. COMUNISTAS E BANQUEIROS

26.1 A Revolução financeira global

Muitos adolescentes, recém-introduzidos ao socialismo, esbravejam contra o sistema financeiro internacional. Afirmam, com toda convicção, que o comunismo é o único sistema capaz de combater esses cruéis especuladores, que causam toda a miséria da América Latina, por meio de instituições como o FMI. Mal sabem eles que o comunismo não é inimigo do mercado financeiro global, na verdade ele é o "pai da criança". Isso mesmo, a primeira revolução comunista foi a criadora e sistematizadora das grandes transações financeiras internacionais. Isso nos leva ao **MITO NÚMERO 95, o mito de que os comunistas lutavam pela abolição do capital global.**

Na prática, antes da "grande revolução proletária", não havia qualquer Fundo Monetário Internacional. Os bancos suíços, em contraste com os nossos tempos, ainda não eram ligados à economia mundial, funcionavam, grosso modo, apenas sob a perspectiva da usura. A interação entre banqueiros americanos e suíços era complicada, as leis dos EUA não permitiam grandes depósitos, somente se houvesse um intenso comércio e relações com empresas norte-americanas, aprovadas pelo governo[525].

Mas com o nascimento da URSS tudo muda. Em 1914, a Rússia havia acumulado a maior reserva estratégica de ouro da Europa, cerca de 1.200 toneladas. Todo esse dinheiro não poderia ser escoado para toda a Europa, Japão e EUA se utilizando apenas do arcaico sistema bancário da época. Para se adaptar a tama-

---
[525] БУНИЧ, Игорь Львович; Золото партии. Историческая хроника. Москва: Эксмо, 2005. [BUNICH, Igor Lvovich, *Partido do ouro. Crônica histórica*. Moscou: Eksmo, 2005].

nho fluxo de capital, o sistema financeiro foi obrigado a se reinventar, criar artérias, trabalhar na obscuridade, tolerar transações anônimas, não checar à proveniência de seus fundos, não consultar as autoridades locais, agir como se o mundo não tivesse fronteiras, como não se houvesse leis. Essa criança feia, porém, forte e saudável, acabava de nascer, e vive até hoje.

O mais impressionante de tudo foi verificar que muitos dos principais estrangeiros "financiadores do genocídio" dos bolcheviques não foram criminalizados pela história. Algo estranho, se considerarmos as insistentes reprimendas, aplicadas aos bancos suíços por sua participação na lavagem de "ouro nazista". Muitos desses especuladores, escondendo-se atrás de leis de sigilo bancário, descreveram suas atividades de forma aberta e com orgulho, mesmo em situações extraordinárias, como sob um hostil interrogatório policial.

As circunstâncias que tornaram Lenin o "pai do sistema bancário internacional" foram cinco:

1. **Dinheiro para financiar a Revolução**: quando o Kaiser deu dinheiro para que os bolcheviques assumissem o poder e fizessem uma paz em separado, foi necessário transferir esses fundos por meio de complexas transações bancárias entre Alemanha, Suécia e Rússia.

2. **Tratado de Brest-Litovsk**: após o êxito da revolução, a Alemanha queria o retorno de seu investimento, o que tornou o sistema financeiro no Báltico ainda mais complexo.

3. **Inépcia do comunismo:** por causa da inviabilidade das utopias marxistas, o país se tornou improdutivo e atrasado. O 4° maior parque industrial do mundo foi abandonado. O país, que era o maior produtor de alimentos do mundo, agora tinha seus campos devastados. Isso obrigou os comunistas a usarem as enormes reservas estratégicas de ouro para a importação de produtos básicos, armas e tecnologia. Essa enorme evasão de divisas criou transações financeiras a nível mundial.

4. **Evasão de capital e matérias-primas:** roubar as reservas nacionais, sequestrar as contas bancárias do povo e pilhar o país não foram o suficiente para arcar com a falência do comunismo. Portanto, foi necessário disponibilizar concessões para os estrangeiros. Os recursos naturais e financeiros retirados da URSS deram um grande estímulo para operações bancárias internacionais.

5. **Corrupção da elite bolchevista:** Os principais mentores da revolução não tinham convicção da duração de seu projeto de Estado. Por isso, para se precaver, abriram contas pessoais na Suíça e EUA. Grandes nomes, como Lenin, Molotov e Trotsky, tinham aplicações em bancos suíços e americanos.

26.1.1 O ouro do Kaiser

> "Os líderes de guerra alemães (...) voltaram-se para a Rússia, a mais medonha de todas as armas. Eles transportaram Lenin, da Suíça para a Rússia, em um trem selado como um bacilo da peste" (Winston S. Churchill).

O plano de infiltrar Lenin no governo da Rússia foi genial, porém não seria algo fácil deslocar dinheiro alemão até os fundos bolcheviques. Era uma operação extremamente complexa, se considerarmos que na época essas duas nações estavam em guerra e todas as fronteiras foram bloqueadas. O encarregado dessa árdua função foi o banqueiro sueco Olof Aschberg.

Apesar de gozar de boa reputação nas comunidades financeiras, Aschberg foi o mentor de todas as operações entre o Kaiser e os bolcheviques. Em 3 de dezembro de 1917, ele escreveu em um relatório confidencial:

> Os bolcheviques receberam de nós um fluxo constante de recursos por meio de vários canais e sob diferentes rótulos, por isso eles foram capazes de construir o seu principal órgão de imprensa, o *Pravda*, para realizar propaganda enérgica e estender sensivelmente a base originariamente estreita de seu partido.

Embora a Suécia permanecesse neutra, a opinião pública sueca foi cerca de 90% pró-alemã na 1ª guerra mundial, de acordo com o banqueiro de Estocolmo Olof Aschberg: "os bolcheviques encontraram uma recepção muito mais quente na Suécia do que teriam em um país mais solidário à Entente". O Governo sueco permitiu Vorovsky publicar o *Pravda*, um órgão de propaganda bolchevique, por meio da imprensa sueca. A neutralidade sueca na Primeira Guerra Mundial era enganosa, pois esse país tinha conquistado um grande mercado sobre o comércio ilícito de guerra entre as potências beligerantes, lucrando enormemente com a guerra. Incentivar uma paz em separado entre a Alemanha e a Rússia era uma política oficial do governo sueco, se julgarmos por sua campanha de imprensa bem orquestrada em Estocolmo, após a Revolução de Outubro. Em 4 de dezembro de 1917, Aftonbladet publicou nos editoriais da maioria dos principais jornais suecos:

Se uma paz em separado não for seguida por uma paz geral, a Entente se tornará hostil para a Rússia, em seguida, o mercado russo permanecerá aberto apenas para os Estados neutros. Neste caso, a Suécia estará em uma posição favorável, devido à sua proximidade, seu contato com as ferrovias russas, e da interrupção das relações comerciais normais por causa da guerra. Todos os dias devem ser explorados e fortalecidos os laços comerciais com a Rússia, de modo que no período pós-guerra a Suécia será capaz de competir com as grandes potências como a Alemanha, Inglaterra, Japão e América.

Se Olof Aschberg era a personificação perfeita da neutralidade sueca, o Nya Banken de Aschberg já foi advertido pela Entente por causa das transferências bancárias suspeitas, em 1917, a São Petersburgo, incluindo a remessa de 750.000 rublos para a Sibéria.

O Ministério da Justiça de Kerensky também obteve uma cópia do: "Alemão Imperial Bank Despacho nº 7.433, datada de 2 de março de 1917, que autoriza o pagamento de dinheiro... para propaganda de paz na Rússia", que foi transferido para o Nya Banken de Estocolmo. Este arquivo foi posteriormente confiscado pelos bolcheviques e destruído por ordem de Trotsky, mas não antes de Kerensky relatar seu conteúdo à inteligência da Entente. Por causa das operações financeiras em curso com agentes bolcheviques em Estocolmo, o Nya Banken, em 1918, foi colocado em uma lista negra da Entente e seus ativos britânicos e americanos foram congelados. Aschberg vendeu suas ações e formou um novo banco com seu capital pessoal em um bairro próximo de Estocolmo, o chamado Svenska Ekonomie Aktiebolaget ou "Companhia Sueca das Finanças", onde continuou seus negócios com os bolcheviques[526].

Grande quantidade de dinheiro, de origem duvidosa, que circulava por meio do "Nya Banken" também foi denunciada pelo chefe do departamento de inteligência russa, o coronel Nikitin, que alertou repetidamente o Governo Provisório, porém não houve resposta. Não houve, por parte do governo de Kerensky, qualquer tentativa de intervir no financiamento dos bancos estrangeiros ao partido leninista. A comunicação entre os bolcheviques e os banqueiros nesta história é evidente. O representante do Nya Banken na Rússia foi um colaborador próximo à Lenin Jacob Hanecki. Curiosamente, os membros do conselho do banco eram proeminentes socialistas suecos: Dahl, Rosling, Magnusson. Aschberg também tinha parceria de longa data com Leonid Krasin, o "ministro das Finanças" da revolução e mantinha relações de amizade com Maxim Litvinov, o vice-comissário do Povo em Assuntos Internos, e mais tarde

---

[526] MCMEEKIN, Sean. *History's greatest heist: the looting of Russia by the Bolsheviks*. Michigan: New Haven and London, 2009.

Ministro dos Negócios Estrangeiros da URSS, que sempre foi considerado liberal e pró-ocidental.

Os serviços de Aschberg foram generosamente recompensados após a revolução pelo novo governo. Aschberg liderou o primeiro banco internacional soviético, conhecido agora como "VTB" (então chamado de "Ruskombank"). É interessante observar que entre os gestores do banco havia os ex-banqueiros imperiais, Schlesinger, ex-chefe do Banco Mercantil de Moscou, Kalashkin, e Ternovski do Banco Siberiano, por meio do qual os bolcheviques obtiveram fundos estrangeiros[527].

26.1.2 Quitando as dívidas com a Alemanha

Em 14 de dezembro de 1917, os bolcheviques proclamaram, em um dos mais infames de seus decretos, a abolição de todos os bancos privados. Além disso, reivindicaram todos os depósitos bancários da Rússia, com exceção de pequenas contas de poupança. Todos os titulares de cofre teriam que entregar suas chaves, as moedas de ouro seriam confiscadas e transferidas para a reserva nacional de ouro.

Nessa ocasião Lenin não tinha a menor intenção de parodiar Robin Hood e o dinheiro apreendido não tinha como destino os pobres. O que nos leva ao **MITO NÚMERO 96, o mito de que os comunistas tiravam dos ricos para dar aos pobres.**

Antes de fazer qualquer justiça social, Lenin promoveu uma justiça pessoal, ele imediatamente abriu uma conta em seu nome e transferiu dos ativos bancários cinco milhões de rublos em ouro[528].

Depois, o resto do dinheiro, não só dos bancos, mas da reserva de ouro nacional e de todas as pilhagens já citadas, tinham destino certo, pagar a dívida com seus patrocinadores alemães. E do contrário do que muitos dizem, os comunistas eram honrados pagadores, pagaram tudo o que deviam e muito mais. Os débitos com seus patronos alemães seriam quitados por transferência de 245,64 toneladas de ouro puro, e esse pagamento deveria ser realizado em 5 parcelas. A primeira parcela com peso de 43,86 toneladas de ouro puro foi enviada, o mais tardar, em 10 de setembro de 1918. As quatro seguintes parcelas até 30 de setembro, 31 de outubro, 30 de novembro e 31 de dezembro de 1918; Cada uma delas incluía 50,675 toneladas de ouro puro.

---

[527] КУНГУРОВ, Алексей Анатольевич; Как делать революцию. Москва: Самиздат,2011. [KUNGUROV, Alexey Anatolyevich, *Como fazer uma revolução*. Moscou: Samizdat, 2011].
[528] BUNICH, Igor Lvovich, *op. cit.*

Estes montantes não contaram para as negociações sobre as questões da Ucrânia e Finlândia, pois essas questões seriam definidas em um acordo futuro, redigido em setembro de 1918, que estipulava um adicional de quase 100 toneladas de ouro puro. Esse protocolo adicional foi assinado, e o mais revoltante é que os bolcheviques sabiam que esse seria um dos últimos meses da Primeira Guerra Mundial, portanto, não precisariam de um tratado de paz.

Enquanto isso, a preocupação do governo russo era cumprir o "cronograma" de envio de ouro. A primeira remessa de ouro deveria partir para Berlim, em 10 de setembro de 1918. Os bolcheviques, é claro, tiveram que realizar essa tarefa em muito pouco tempo, de setembro até dezembro de 1918, um trabalho gigantesco: coletar, carregar e enviar para a Alemanha quatro remessas de ouro puro.

Em 3 de setembro, uma comissão do governo e funcionários do Banco Popular trabalharam ininterruptamente para empacotar o ouro em caixas e carregar em caminhões, depois de três dias, na noite de 6 de setembro, um longo comboio de caminhões dirigiam-se à estação ferroviária de São Petersburgo, onde havia um trem com duas locomotivas, 120 agentes de segurança e policiais que arrastavam 2.400 caixas de ouro para os vagões. Na madrugada de 7 de setembro, ocorreu o primeiro carregamento de ouro para Moscou. Segundo a memória dos participantes, o trem estava tão pesado que até mesmo as duas locomotivas não conseguiam movê-lo de seu ponto.

Em 9 de setembro, o segundo carregamento de ouro foi enviado exatamente da mesma maneira, com outras 2.400 caixas. Ninguém, é claro, disse "aos veteranos da guarda leninista" para onde esse ouro estava indo. Assim, até a sua morte, eles tinham certeza de que o ouro estava indo apenas para Moscou.

Ambos os trens em Moscou pararam, na estação ferroviária Bryansk, na Bielorrússia, via Orsha para Berlim. Em 15 de setembro, o jornal *Izvestiya* colocou uma pequena mensagem na última página: "O primeiro lote de ouro a ser pago à Alemanha, de acordo com o acordo adicional russo-alemão, chegou a Orsha e foi aceito pelos representantes do Banco Imperial Alemão".

Em 11 de novembro de 1918, na floresta Compiegne, perto de Paris, a Alemanha se rendeu, assinando uma trégua militar com a Entente; os alemães não tinham esse dinheiro então logo recorreram aos seus "escravos russos". Dois dias depois, em 13 de novembro, o Comitê Executivo Central da Federação Russa fez novos acordos suplementares, estipulando a remessa de 94,53 toneladas de ouro puro e 203 milhões de rublos Romanov[529].

---

[529] ВЛАДЛЕН, Георгиевич Сироткин; Зарубежное золото России. Москва: Олма-Пресс, 1999. [VLADLEN, Georgievich Sirotkin, *Ouro Russo no exterior*. Moscou: Olma-Press, 1999].

26.1.3 Olof Aschberg e seus amigos

Olof Aschberg lembrou com certo carinho que estava "cheio de pessoas de todo o mundo que queriam fazer negócio com os russos". Eles eram principalmente intermediários e aventureiros, mas havia também representantes de conceituadas empresas, como a Guaranty Trust Company de JP Morgan e Comptoir Lyon-Alemand, uma casa francesa compradora de ouro e pedras preciosas. O comércio de metais preciosos entre Lyon-Alemand e os bolcheviques foi realizado com a conivência do general Johan Lidere, o herói da guerra de independência da Estônia, contra a Rússia Soviética, que era agora presidente do Harju Bank. As transações funcionavam assim: potenciais compradores fariam seus pedidos de ouro Soviético por meio do banco de Aschberg, ou de outras instituições ligadas aos bolcheviques, como a G. Scheeland Company. Isidor Gukovsky, Comissário das Finanças, traria em seguida o ouro Soviético (ou outras mercadorias preciosas) para Aschberg ou outro intermediário, que cobrariam uma taxa pelo transporte dos metais através do Báltico. Aschberg geralmente usava o navio cargueiro estoniano Kalewipoeg. Ele descreve uma viagem da seguinte forma:

> Uma remessa de ouro representava muitos milhões de coroas. Em Estocolmo, o ouro foi, então, derretido para remover as antigas insígnias tzaristas e substituí-las pelas suecas. O ouro com o selo sueco poderia ser vendido a um grande lucro, principalmente para os EUA. Todo mundo envolvido nessas transações ficou feliz.

Foi uma corrida extraordinária. O *boom* da lavagem de ouro, em Estocolmo, começou em maio de 1920. Os bolcheviques exportaram mais de 500 toneladas de ouro no mercado de câmbio. Para isso eles tinham recebido centenas de motores de locomotivas e material circulante; dezenas de milhões de botas, sobretudos e uniformes de lã para o Exército Vermelho; rifles, artilharia, munição e centenas de milhões de metralhadoras, metais ferrosos e maquinário para as fábricas de armas; unidades de reposição para veículos militares e para carros de luxo dirigidos por funcionários do alto escalão do partido; toda uma frota de aviões blindados; peixe escandinavo, iguarias europeias, frutas da Pérsia, tabaco e ópio, para satisfazer os gostos das elites bolcheviques; e não menos importante, enormes volumes de papel e tinta para manter os tambores de propaganda comunista.

O regime bolchevique também estava em posição privilegiada para negociar com Berlim, por meio de Estocolmo. Aschberg montou uma filial em Berlim, em 1918, localizada do outro lado da rua da embaixada soviética. Seu gerente em Berlim tinha sido funcionário do Deutsche Bank. Outro funcionário-chave em Berlim era Isaac Steinberg, o mesmo que ficou famoso por contribuir com a lavagem de fundos do Ministério do Exterior alemão para os bolcheviques. Em 1917, os amigos mais próximos de Aschberg na Alemanha eram Emil Wittenberg, um ex-diretor do National bank für Deutschland, os co-diretores de Wittenberg, Jacob Goldschmidt e Hjalmar Schacht, também estavam comprometidos com a abertura do mercado russo, embora não pelas mesmas razões. Goldschmidt e Schacht eram ambos anticomunistas, Schacht mais tarde se tornaria o famoso "banqueiro de Hitler", mas por ambição participaram das concessões russas. Aschberg e Wittenberg, pelo contrário, simpatizavam com o regime soviético, acreditando que o bloqueio da Entente destruiria a economia da Rússia e que o país merecia generosos créditos externos. Aschberg também estava intimamente familiarizado com Ulrich Graf von Brockdorff-Rantzau, o ex-embaixador alemão na Dinamarca, que tinha colaborado para estreitar as ligações com os bolcheviques em Copenhague por meio de Parvus. Em 1917, Brockdorff-Rantzau foi um dos mais proeminentes no Ministério das Relações Exteriores e favorecia diplomacia com os Soviéticos.

Em agosto de 1921, Lenin deu pessoalmente a Aschberg o direito exclusivo de dirigir as operações financeiras do governo soviético na Escandinávia e na Alemanha com os títulos (dado por Krasin) de diretor do comércio de matérias-primas e as reservas de petróleo, no exterior. Como indicação da confiança de Lenin, foi dado a ele 50 toneladas de ouro para financiar as importações provenientes da Romênia.

Quando o banco de Aschberg estava disposto a vender 38 toneladas de ouro soviético, para créditos de importação, este aproveitou a chance para acumular ouro, cada vez mais escasso, devido a inflação na Alemanha. Em troca, os alemães deram crédito à Rússia soviética, para que essa fizesse novas encomendas com a indústria alemã. O general Hans von Seeckt estava disposto a usar os bolcheviques para ajudar a Alemanha a se rearmar.

Aschberg, pessoalmente, vendeu US$ 50 milhões dos tesouros da Gokhran entre 1921 e 1924, elevando o equivalente cambial de 5 bilhões de dólares atuais com seu papel de liderança no comércio de fundição de ouro em Estocolmo, em 1920 a 1921, que rendeu 35.000 milhões dólares em termos de hoje. O trabalho de Aschberg equivale a uma conquista sem precedentes históricos. Em matéria de lavagem de dinheiro, a soma que ele levantou sozinho foi de aproximadamente US$ 20 bilhões em valor comparável ao atual. Muito mais do que a produção combinada de todos os banqueiros da Suíça no processamento do saque do ouro nazista durante a Segunda Guerra Mundial[530].

---

[530] MCMEEKIN, Sean, *op. cit.*

26.1.4 Ludwig Carl Martens e os ianques

Em setembro de 1918, o cônsul americano em Moscou, D. Poole, protestou oficialmente contra a matança em massa de pessoas inocentes, suas denúncias foram apoiadas por representantes de vários países neutros. Lenin, por meio de Chicherin, respondeu que esses protestos "Constituem uma ingerência inaceitável nos assuntos internos da Rússia". Em outubro de 1918, Lenin enviou ao presidente Wilson uma nota sobre grandes "negócios" para a aliança entre os povos. Quase imediatamente após esta nota ridícula, o presidente Wilson enviou uma mensagem lisonjeira. Wilson assegurou que "O chamado 'Terror Vermelho' foi mais ou menos exagerado e não compreendido no exterior". A nota destacou que "os trabalhadores e camponeses da Rússia querem nada mais que sua própria felicidade e fraternidade internacional, não representando ameaça para outras nações".

Em março de 1919, o diplomata americano William Bullitt chega a Moscou, onde permaneceu por uma semana bebendo Martini e comendo o "excelente chocolate russo". Bullitt teve "longas e agradáveis conversas" com Lenin, Chicherin e Litvinov e considerou que eram "pessoas inteligentes e civilizadas no melhor sentido da palavra". E assim, em seu relatório para o Departamento de Estado: "Afirmou que o Partido Comunista é forte, politicamente e moralmente. Em Petrogrado e Moscou, a ordem não é completa. Não há terror. Sobre a fome até parece engraçado. Em matéria de educação alcançou grande sucesso".

O primeiro contato comercial com os EUA ocorreu por meio Ludwig Carl Martens, que em março de 1919 fundou, nos Estados Unidos, o Departamento do Governo Soviético Russo, uma embaixada informal da Rússia Soviética. Martin escreveu um memorando às autoridades americanas informando que: "A população da Rússia tem todos os direitos políticos e civis diretamente envolvidos na gestão da sociedade". Ele também declara abertamente o verdadeiro propósito de sua aparição nos Estados Unidos: "O governo russo está disposto a colocar imediatamente no Bank of America ouro avaliado em US$ 200 milhões para cobrir o custo de suas primeiras aquisições".

Ludwig Carl Martens, mesmo antes da revolução, foi duas vezes preso e deportado para a Alemanha por organizar motins em fábricas russas, mas apesar de seu *status* ilegal, Martens começa uma extensa negociação com os bancos e empresas norte-americanas, com depósitos de aproximadamente US$ 8 bilhões.

Enquanto o ouro continuava a fluir em segredo entre as duas fronteiras, ambos os lados estavam fazendo todo o possível para não expor suas organizações em um vazamento na imprensa ocidental, mas nem sempre isso era possível. O jornal *New York Times*, em sua edição de 23 agosto de 1921 escreveu:

O Banco Kun, Leeb K que custeou por meio de suas subsidiárias alemãs a revolução na Rússia, em 1917, não foi nada grata com seus clientes. No primeiro semestre deste ano, o banco recebeu dos soviéticos ouro no valor de 102,29 milhões de dólares. Os líderes da revolução continuam aumentando as contribuições para as suas contas em bancos norte-americanos. Assim, apenas Trotsky tem conta em dois bancos norte-americanos e recentemente aumentou para US$80 milhões. Quanto ao próprio Lenin, ele teimosamente continua a manter a sua "Poupança" em banco suíço, apesar dos maiores rendimentos anuais livres em nosso continente.

Os recursos extraídos das cinzas de uma Rússia destruída asseguraram os anos de *boom* econômico do "New Deal" do presidente Roosevelt. Ainda não foi escrita a história financeira do mundo por causa das leis de sigilo, ao contrário dos fatos políticos e militares, que não são abundantemente divulgados. Ao longo da história, esse tema tornar-se-á cada vez ainda mais impenetrável[531].

Posteriormente, Martens estabeleceu contatos comerciais (formalmente ilegais, uma vez que os EUA boicotaram a Rússia Soviética na época) com mais de mil empresas americanas, incluindo a Morgan Guaranty Trust Company, do JP Morgan. Ele negociou um empréstimo com o então emissário irlandês nos Estados Unidos, Harry Boland, usando joias russas como garantia. Em junho de 1919, sua a agência foi revistada pela polícia e depois prestou audiências no senado dos Estados Unidos e no Departamento de Trabalho americano. Martens foi finalmente deportado para a Rússia Soviética em janeiro de 1921[532].

Outra negociação extra entre a Rússia e banqueiros americanos ocorreu em 1 de junho de 1920. O embaixador americano em Londres, William H. Combs, disse que a embaixada dos EUA em Londres propôs ao governo soviético que seu agente financeiro na América, representado pela empresa Morgan "Guaranty Trust", discutiu com lideranças bolcheviques negócios com os EUA. Esse trâmite ocorreria por meio do "Estibanka" (o maior banco da Estônia) "com vista à plena integração futura, dos soviéticos aos círculos financeiros americanos". E o interesse do Ocidente nas negociações foi tão grande que eles levaram para Londres um *destroyer*. Vatslav Vorovsky chegou à Itália para a assinatura dos acordos de comércio.

Em julho, Wrangel levou dois navios de grãos para a Itália e eles cruzaram o Bósforo, que é controlada pelos franceses. No entanto, o principal "produto", que passou para o Ocidente não foram os grãos e sim o ouro. Em 3 de agosto de

---

[531] BUNICH, Igor Lvovich, *op. cit.*
[532] ЕВГЕНЬЕВ, Георгий Евгеньевич; ШАПИК, Борис Семенович. Революционер, дипломат, ученый (о Л.К. Мартенсе)Москва; Госполитиздат, 1960.
[EVGENIEV, Georgy Evgenievich; SHAPIK, Boris Semenovich. *Revolucionário, diplomata e cientista* (sobre L.K. Martens). Moscou; Gospolitizdat, 1960].

1920, o Federal Bureau of Investigation (futuro FBI) interceptou uma carta do correio soviética para Nova Iorque: "De acordo com a proposta de agosto, foram despachadas em moedas e barras de ouro a quantia de US$ 39 milhões, vindos da Rússia por intermédio do banco "Den Norske Handelsbank". Ao mesmo tempo, houve um relatório da vinda de 3 navios de Tallinn (Estônia), com ouro destinado aos Estados Unidos. O Navio "Gautod" transportava 216 caixas acompanhadas pelo próprio Yuri Lomonosov. Em outros dois navios haviam mais 216 caixas, cada caixa continha 3 libras de ouro. Em seguida, foram transferidas para o navio "Wheeling Mould". O ouro foi exportado da Rússia sob o pretexto do pagamento de um pedido de locomotivas, mas, na verdade, o alvo principal foi a empresa "Kuhn e Loeb", de Jacob Schiff, um patrocinador da Revolução. Nesta ocasião, ele realizou uma extensa correspondência com a Companhia "Kuhn e Loeb", que apelou para o Departamento de Estado, oferecendo mecanismo de introdução do ouro nos Estados Unidos. O Departamento de Estado, em resposta, deu certeza de que não haveria restrições à importação de ouro. E o logo superintendente do escritório de Nova Iorque informou o Departamento do Tesouro que tinha 7000 mil dólares em ouro sem identificação e havia derretido os lingotes na Casa da Moeda dos Estados Unidos.

No entanto, outro banqueiro, Morgan, teve alguns problemas em novembro. O Ministério das Finanças apontou que seu banco comprou ouro na França e na Holanda, de origem soviética. O Ministério das Finanças também considerou questionável a grande compra de ouro realizada pela Guaranty Trust. Nos Países Baixos havia grandes evidências de que o ouro era soviético, mas o Departamento de Estado interveio, atestando ignorância da empresa norte-americana quanto à origem soviética dos valores importados. E todos os obstáculos foram formalmente removidos[533].

26.1.5 As locomotivas suecas

Muitos artigos acadêmicos informam que um dos fatores que desencadeou a revolução russa foi a corrupção. É claro que se isso fosse verdade os brasileiros já teriam se "levantado em armas" há muito tempo. A corrupção é uma doença quase inerente aos sistemas totalitários. Ceausescu, ditador da Romênia, tinha torneiras de ouro nos banheiros. A filha mais velha de Hugo Chávez, de apenas 38

---

[533] ШАМБАРОВ, Валерий Евгеньевич; Нашествие чужих. Заговор против империи. Москва: Алгоритм, Эксмо, 2007.
[SHAMBAROV, Valery Evgenievich, *Invasão de estrangeiros. Conspiração contra o Império*. Moscou: Algoritmo, Eksmo, 2007].

anos, Maria Gabriela Chávez, é a mulher mais rica do país, com uma fortuna estimada em 3,5 mil milhões de euros, espalhados em contas na Europa. Isabel dos Santos, filha do ditador angolano José Eduardo dos Santos, é a mulher mais rica da África. Com 41 anos de idade, Isabel é dona de 25% da Unitel e tem um ativo de cerca de 1,3 bilhão de dólares. E devemos destacar que mesmo diante de uma corrupção explícita esses países não tiveram uma revolução.

Não poderia ser diferente com os "pais da revolução". Um dos escândalos mais berrantes e precoces de corrupção da URSS foi o orquestrado pelo camarada Trotsky. No início dos anos 20, ele dirigiu o Comissariado do Povo das Comunicações. Foi sob sua liderança que esta organização contratou a empresa sueca Nydkvist e Holm para uma compra maciça de locomotivas a vapor.

Tudo sobre este negócio é interessante. Em primeiro lugar, a quantidade, 1.000 locomotivas, e, em segundo lugar, o preço 200 milhões de rublos de ouro. Os outros detalhes não são menos curiosos. Não é nenhum segredo que a Suécia não estava longe de ser líder mundial na produção de locomotivas. Em toda a história da empresa, a Nydkvist e Holm nunca produziu mais de 40 locomotivas por ano. Mesmo assim prometeu que seria capaz de fabricar 1.000 em 1921. Portanto, os dois lados concordaram em uma transação ao abrigo deste regime, a Rússia pagaria adiantado, os suecos, então, construiriam as fábricas, e depois disso enviariam as locomotivas. O pedido seria distribuído uniformemente ao longo de cinco anos, durante os quais os suecos usariam o próprio dinheiro russo para construir a fábrica.

Também não era necessário investir em encomendas estrangeiras, já que a capacidade da indústria doméstica era grande. Em 1906, a Rússia produziu 1.270 locomotivas, antes da Primeira Guerra Mundial a capacidade anual máxima era de 1800 unidades. Em 1919, o Comissariado do Povo acreditava que as fábricas russas poderiam alcançar 1800 locomotivas ao ano. Claro, para isso seria necessário reparações de equipamentos e mesmo assim o investimento seria menor do que o enviado ao exterior.

Em maio de 1920, a empresa recebeu um adiantamento de 7 milhões de coroas suecas e um empréstimo sem juros de 10 milhões de coroas "para a construção de um galpão de máquinas e sala de aquecimento". De acordo com o contrato do empréstimo, este seria reembolsado no momento da entrega das 500 locomotivas. Se a ordem soviética tivesse sido reduzida, os suecos poderiam facilmente ter mantido o dinheiro. Por exemplo, o lado sueco poderia atrasar a entrega, pois o documento não previa nenhum caso em que o contrato com a empresa sueca poderia ser rescindido. No final de dezembro de 1920, o banco sueco "Nordisk Handelsbanken" havia recebido 20 toneladas de ouro soviético e ainda havia a previsão de mais uma remeça de 10 toneladas.

Mas isso não é tudo. As locomotivas foram encomendadas por muito mais do que o preço de mercado. Foi algo escandaloso: preço excessivo, pagamento adiantado, nenhuma mercadoria. E quando é que eles chegam? Quem sabe? Qualquer inspetor fiscal ou auditor que visse algo assim começaria a desconfiar. O negócio cheirava a um grande escândalo para quem quisesse descobrir uma fraude.

Assim, no início de 1920, os EUA ofereceram ao governo soviético 200 locomotivas, tipo "Decapod", em condições muito vantajosas de pagamento. Poderiam começar a pagar depois de 3 anos, quando a economia devastada pela guerra começasse a se recuperar. As locomotivas americanas estavam prontas para a entrega. No entanto, outra opção foi escolhida.

A revista soviética *Economist* escreveu sobre o estranho negócio de 1922. O artigo expressa perplexidade sobre uma forma tão estranha de se fazer negócios. Além disso, Frolov, o autor, fez uma pergunta lógica: por que era necessário encomendar as locomotivas da Suécia? Não seria melhor desenvolver a indústria nacional? A empresa Putilov, em São Petersburgo, produziu 250 locomotivas por ano antes da guerra. Por que não lhe dar um empréstimo? Uma tal soma enorme de dinheiro poderia "melhorar todas as suas fábricas de locomotivas e alimentar seus trabalhadores".

Se essa gestão ímpar do camarada Trotsky te surpreendeu, você ficaria ainda mais surpreso com a reação de Lenin, ao ler o artigo do *Economist*: "Estes são claramente todos contrarrevolucionários, capangas da Entente, organizados por funcionários e espiões que tentam influenciar a nossa juventude. Capturar constantemente e sistematicamente esses espiões militares e enviá-los de volta", o líder do proletariado escreveu. Ele então ordenou que Felix Dzerzhinsky, chefe da polícia secreta, fechasse a revista.

Mas voltando ao preço deste negócio que era tão rentável, a ponto de ser proibido de receber críticas: 200 milhões de rublos em ouro, que não é apenas uma soma colossal de dinheiro. Era um quarto das reservas de ouro do país no momento.

Assim, este comportamento estranho de Lenin e Trotsky significava que as dívidas deveriam ser pagas e todo o dinheiro gasto com o colapso da Rússia deveria ser devolvido. Este foi um dos acordos entre os representantes dos governos ocidentais e os bolcheviques. Por que Lenin permaneceu no poder por tanto tempo? Simplesmente, ele sabia honrar suas dívidas.

Até maio 1922, chegaram à Rússia apenas 36 locomotivas suecas e ainda assim seu nível técnico foi muito insuficiente[534].

---

[534] ИГОЛКИН, Александр Алексеевич; Ленинский нарком (У истоков советской коррупции). Новый исторический вестник, Москва: Ипполитова, № 1 (10), 2004.
[IGOLKIN, Alexander Alekseevich, "Comissário do Povo de Lenin (Nas origens da corrupção soviética)". *Novo Boletim Histórico*, Moscou: Ippolitova, No. 1 (10), 2004].

26.1.6 Fundo dos diamantes

Outro tema que envolve corrupção e banqueiros internacionais é o polêmico "fundo dos diamantes" criado por Lenin. Essa foi a real causa da disputa entre Trotsky e Stalin, após a morte de Lenin, isso nos transporta ao **MITO NÚMERO 97, o mito de que a disputa entre Trotsky e Stalin, após a morte de Lenin, foi por causa da expansão ou não da revolução mundial.**

No ocidente dizem que a luta entre os dois líderes foi porque Stalin não concordava com uma revolução mundial, já na URSS é porque Trotsky se aliou aos alemães e posteriormente aos nazistas. Ambas as teorias são falsas e foram criadas para esconder uma verdade incômoda para ambos os lados beligerantes.

Tudo começou quando, em 1919, Lenin criou o "fundo dos diamantes", onde partes das riquezas nacionais seriam distribuídas entre os membros do *Politburo*. Esse fundo foi criado para o caso de uma catástrofe militar contra o *Politburo*, em caso de uma contrarrevolução, eles teriam as suas quotas e poderiam trilhar o seu caminho no exterior.

A situação na época era imprevisível, agressividade e resistência da população, atitudes hostis das autoridades locais e similares. Ninguém tinha certeza se a revolução iria vingar, de fato, a maioria dos políticos achava que o país não suportaria tamanho caos. Afinal de contas, não era somente na Europa Ocidental ou nos Estados Unidos que eles poderiam escapar, abrigando-se em um país exótico, como a Argentina, da forma que pretendia Bukharin.

O fundo teve esse nome porque descobriram que o ouro era um material muito pesado para ser transportado, mas o diamante bruto e polido poderia dar mais dinheiro e ocupar pouco espaço. Portanto, era mais fácil de remover gradualmente para bancos no Ocidente.

No primeiro semestre do mesmo ano, o banco recebeu dos soviéticos em ouro a quantia de 102,29 milhões de dólares. Os líderes da revolução continuaram a aumentar as contribuições para as suas contas bancárias norte-americanas. Assim, Trotsky tinha conta em dois bancos norte-americanos, nos últimos anos ele tinha US$ 80 milhões.

Para facilitar uma possível fuga, em 18 de novembro de 1921, Lenin envia uma ordem à Cheka: "A fim de concentrar em um só lugar todos os valores armazenados, todas as agências governamentais teriam que, em três dias, a partir do momento do recebimento da ordem, entregar a Gokhran todos os objetos de valor".

O Comitê Central da Cheka trouxe denúncias de roubo, que causaram uma reação violenta de Lenin. Os denunciantes foram imediatamente presos.

Nesta mesma época houve uma terrível fome que varreu grandes áreas da região do Volga e Ucrânia. Cerca de mais de 20 milhões de pessoas, incluindo crianças ameaçadas pela fome. Não houve nenhuma ajuda do governo, alegavam falta de dinheiro. No entanto, os bolcheviques preferiram manter suas riquezas em bancos da Europa e dos EUA.

Até o jornal *New York Times* descreveu tal situação:

> A propósito os líderes dos trabalhadores da Rússia bolchevique, aparentemente, tem um desejo maníaco de se tornar o segundo Harunal-Rashid, a única diferença é que o lendário califa manteve seus tesouros nos cofres do palácio, que lhe pertence em Bagdá, enquanto os Bolcheviques, ao contrário, preferem manter sua riqueza em bancos na Europa e na América.

Durante esses anos os líderes bolcheviques receberam (apenas o que foi descoberto):

Trotsky - US$ 11 milhões nos EUA e 90 milhões de francos suíços em banco Suíço;
Zinoviev - 80 milhões de francos suíços, em banco suíço;
Uritskogo - 85 milhões de francos suíços, em banco suíço;
Dzerzhinsky - 80 milhões de francos suíços, em banco suíço;
Ganetsky - 60 milhões de francos suíços, em banco suíço. US$ 10 milhões nos EUA;
Lenin - 75 milhões de francos, em banco suíço.

Parece que a "revolução mundial" mais corretamente deveria se chamar de "revolução financeira global", que tem como ideia coletar em contas pessoais de duas dúzias de pessoas todo o dinheiro do mundo. Em outras palavras, a disputa entre stalinistas e internacionalistas, era a disputa daqueles que queriam ficar, levando sua parte, e daqueles que queriam correr.

Stalin queria ficar. Desde 1922, ele tentou investigar as enormes somas desviadas do tesouro nacional da Rússia. Mas o aparelho do antigo KGB ainda não estava em suas mãos. A investigação é conduzida em segredo e cautelosamente, sem realmente trazer nenhum resultado. As pistas encontradas são quebradas rapidamente no labirinto fantástico dos bancos internacionais. Parecia impossível encontrar o canal que sugou o ouro russo e, em seguida, o canal que jogou o ouro no mercado mundial. E não há uma única pessoa que podia entender os movimentos de milhares de tentáculos bancários varrendo o mundo. Enquanto em Moscou batiam os tambores do proletariado mundial, em silêncio houve uma revolução financeira global.

Entre as pessoas que tomaram o poder na Rússia em outubro de 1917 estava Stalin, mas ele não sabia de nada, e sentiu que algo estava errado. No entanto, o poder de Lenin ainda era muito forte e ele teve que se calar.

O dinheiro em contas pessoais permaneceu intacto, até que Lenin teve um derrame. Dificilmente ele se recuperaria, apesar dos protestos de médicos e familiares, ordens que ele foi levado para o Kremlin, o que garantiu que todos os seus piores medos foram confirmados. Uma busca minuciosa feita em seu escritório encontrou, em um cofre, todos os documentos secretos, incluindo garantias de bancos, talões de cheques e toda uma coleção de passaportes.

Após a morte de Lenin, Stalin queria se manter no poder, e, para isso, precisava de dinheiro para reconstruir o país e sair do caos deixado por seus antecessores. Ele precisava recuperar o "fundo dos diamantes".

Até o momento do exílio de Trotsky, o chefe da OGPU apresentou as inúmeras contas pessoais, de todos aqueles que se beneficiaram com um roubo sem precedentes na história. Stalin torturou os membros do esquema para que dissessem onde estavam suas contas. Stalin espremeu cada último centavo. Cuspindo sangue pelos pulmões, cuspindo dentes quebrados, todos eles, antes de levar uma bala na cabeça, contaram sobre o dinheiro transferido a bancos ocidentais, Zinoviev, Kamenev, Bukharin, Menzhinsky Hanecki, Unshlikht, Boki, nem todos contaram, mas Stalin não se esqueceu de ninguém. Mesmo Lenin, Stalin foi até sua viúva Nadejda Konstantinovna Krupskai e preveniu, se você não tirar o dinheiro do proletariado do banco suíço, muito em breve todo mundo vai esquecer quem foi a esposa de Lenin.

E assim, todos os "internacionalistas" foram espancados por três dias, até o último centavo ser devolvido. Ocorreu isso com todos os "internacionalistas" que tinham a ilusão de sentar-se no exterior, gastando todo o dinheiro destinado para o mundo da revolução. Apenas alguns americanos conseguiram escapar.

No entanto, o dinheiro reunido em Moscou, infelizmente, era apenas de contas pessoais. E foi uma gota no oceano. Não foi o suficiente para os planos de grandeza de Stalin, para um novo Império tinha que ser muito mais.

Posteriormente, a Gestapo também forçou os banqueiros a dizer onde estava o "fundo dos diamantes", mas não encontrou nada. Para onde foi? O que aconteceu? Difícil dizer com certeza, mas alguns pesquisadores acreditam que o "fundo dos diamantes" tirou os Estados Unidos de uma profunda crise econômica na década de 20.

A verdadeira razão dos expurgos não poderia ser dita por Stalin, pois profanar a memória de Lenin abalaria as estruturas ideológicas do poder soviético e seu próprio poder entraria em descredito. O ocidente também não poderia colocar tal história em seus livros, além de assumir cumplicidade em um roubo teria que devolver o dinheiro furtado. Por isso a teoria da Revolução é bem aceita e vai continuar hegemônica nos livros didáticos[535].

---

[535] BUNICH, Igor Lvovich, *op. cit.*

27. O MAIOR TROFÉU MILITAR QUE O MUNDO JÁ CONHECEU!

27.1 A luta entre duas águias

Os resultados da guerra para a Rússia e Alemanha chama à mente uma imagem da luta mortal entre duas águias, que se agarram no ar. Ao redor delas, em antecipação do fim da batalha, pairam muitos corvos. Os bicos das águias desferem golpes e, um após o outro, causam terríveis feridas. No calor da batalha, as águias não ouvem os gritos ameaçadores dos corvos, que por si próprios prenunciam o fim da luta. Apenas quando as águias se precipitam em terra, elas percebem seu estúpido ato suicida, mas já é tarde demais. Elas estão esgotadas e não podem resistir. Triunfalmente se lança sobre elas os corvos, desmembrando e puxando em pedaços o poderoso corpo das águias.

Fosse o que fosse, mas a meta estabelecida no início da guerra pelos "aliados" foi alcançada. A Alemanha foi derrotada e a "ameaça russa" foi eliminada. Os princípios humanitários solenemente proclamados por Woodrow Wilson, em seus notórios 14 pontos, soou como uma zombaria cruel. Eles foram utilizados apenas para os benefícios dos vencedores, e o tratado de paz estava cheio de duras exigências aos vencidos. Eles foram privados de seus exércitos e da marinha, foi infligido um golpe terrível para toda a indústria e para o bem-estar dos países, o orgulho das pessoas foi atropelado. A escala de justiça da entente estava fortemente restrita à sua ganância.

Movidos por um ódio implacável das potências centrais, foi assinado pela Entente uma paz que nutria um profundo rancor. Suas exigências excessivas engendramram nos perdedores o desejo de uma futura vingança, fortalecendo e preparando o risco de uma nova guerra.

No entanto, no tratado de paz não estava entre os vencedores o triunfante nome da Rússia. Todos os vencedores exigiram compensação para si, apenas a Rússia não poderia ter nenhuma pretensão. Pelo contrário, aproveitando-se da sua fraqueza temporária, os "aliados" começaram a sistematicamente tentar desmembrá-la. A Rússia só recebeu ingratidão de seus antigos aliados, que não reembolsaram todos os seus incontáveis sacrifícios durante a guerra[536].

De acordo com os relatórios dos diplomatas, nos círculos dirigentes da Inglaterra, a Revolução foi saudada com alegria. Lloyd George, tendo tomado conhecimento da deposição do Imperador, disse: "Um dos objetivos da guerra é agora alcançado".

Thompson em seu memorando a Lloyd George, escreveu: "A Rússia logo se tornará o maior troféu militar, que o mundo já conheceu"[537]. E esse troféu veio em forma de concessões.

O aparecimento de concessões no Estado soviético tinha como tarefa mais importante a cessação de confrontos armados com os inimigos externos. Um exemplo típico de prestação de contratos de concessão em troca de um acordo de paz foi a "Convenção sobre os princípios básicos das relações entre a União Soviética e Japão". Ele incluiu a retirada de tropas japonesas do norte de Sakhalin, para 15 de maio de 1925. O lado soviético seria obrigado a fornecer às empresas japonesas a exploração e extração de minério de carvão.

Com a entente foi do mesmo modo. Como já foi informado, a Inglaterra, a França e o EUA tinham dívidas com a Rússia, pois não entregaram as armas prometidas. No entanto, esses países, além de se recusarem a quitar seus débitos, ainda exigiram que os bolcheviques pagassem sua dívida externa, oriundas dos governos tzaristas e provisório. A inadimplência traria resultados em um muito graves para a Rússia, como bloqueio econômico, oposição armada e o completo isolamento do governo soviético. O recém-formado Estado soviético não suportaria um conflito armado com três potências, portanto, Lenin só tinha duas opções: entregar seu posto ou entregar o país, assim, ele optou pela segunda opção.

Litvinov, em uma carta ao *Politburo* de março 1922, disse:

---

[536] ГРАФ, Гаральд Карлович; Революция и флот. Балтийский флот в 1917–1918 гг. Москва: Вече, 2011.
[GRAF, Harald Karlovich, *Revolução e marinha. Frota do Báltico em 1917-1918*. Moscou: Veche, 2011].
[537] ШАМБАРОВ, Валерий Евгеньевич; Нашествие чужих. Заговор против империи. Москва: Алгоритм, Эксмо, 2007.
[SHAMBAROV, Valery Evgenievich, *Invasão de estrangeiros. Conspiração contra o Império*. Moscou: Algoritmo, Eksmo, 2007].

o governo soviético vai honrar suas obrigações e acordos, isso é sagrado e inviolável, o capital estrangeiro e a propriedade serão invioláveis". A carta afirmou ainda que: "para satisfazer os desejos da burguesia, o governo está pronto para fornecer, a todos os ex-proprietários de empresas, o direito de operar em regime de concessão. A delegação russa está interessada na restauração da paz e da vida econômica de toda a Europa, devastada por muitos anos de guerra e pós-guerra. A delegação não quer promover os seus próprios pontos de vistas teóricos. Seu principal objetivo é unir as relações comerciais com governos e comércio, a indústria de todos os países com base na reciprocidade, na igualdade e no pleno reconhecimento incondicional. A fim de atender às necessidades da economia mundial e do desenvolvimento de suas forças produtivas, a delegação afirma que consciente e voluntariamente está pronta para abrir suas fronteiras para as rotas de trânsito internacionais e fornecer milhões de dízimos de terras russas, ricas em carvão, floresta e concessões de minérios, especialmente na Sibéria, bem como uma série de outras concessões ao longo da RSFSR (República Socialista Federativa Soviética da Rússia)[538].

27.1.1 O comunismo vale ouro

O uso de concessões foi sugerido em dezembro de 1917, no primeiro Congresso russo dos Conselhos de Economia Nacional. Após um extenso debate ficou acordado que as concessões eram desejáveis para a restauração da economia russa. Em 1920, quando as condições políticas foram estabilizadas, Lenin publicou um decreto permitindo que as concessões poderiam ser outorgadas. Em 1925, o governo soviético realizou 200 assinaturas, em 1936 cerca de 1.000, em 1927 cerca de 8.000 e em 1928 mais de 12.000[539].

As mais lucrativas e cobiçadas eram as concessões de mineração e não há dúvida que o governo soviético não protestou em conceder a estrangeiros as riquezas do subsolo.

A Lena Goldfields foi a maior empresa de mineração de ouro da Rússia, mas no regime bolchevique todas as minas de ouro do rio Lena foram estatizadas. No entanto, em 14 de novembro de 1925, o governo soviético envia uma conces-

---

[538] РАССКАЗОВ, Олег Леонидович;Юридические лица в сфере предпринимательской (хозяйственной) деятельности в Российском государстве: теоретический и историко-правовой анализ.Краснодар: ФГОУВПО, 2009.
[RASSKAZOV, Oleg Leonidovich, *Entidades jurídicas no campo das atividades empresariais (econômicas) no estado russo: análise teórica, histórica e jurídica*. Krasnodar: FGOUVPO, 2009].
[539] SUTTON, Antony Cyril, *Western Technology and Soviet Economic Development 1930 to 1968*. Stanford: Press, Stanford University,1973.

são para o desenvolvimento dos garimpos da Lena. Quem você acha que ganhou? A mesma empresa, "Lena Goldfields"! Da mesma Lena Goldfields associada com a casa bancária americana "Kun Leeb", que de acordo com o contrato tinha o direito de receber a produção de ouro por mais de trinta anos. Esse conglomerado de banqueiros foi acusado, por muitos historiadores de financiar a revolução bolchevique e lavar o dinheiro (barras de ouro) dos revolucionários.

Os interesses econômicos da empresa foram muito além do ouro. Agora é prata, cobre, chumbo e ferro. Segundo o acordo com o governo soviético, foi entregue a Lena Goldfields um conjunto de empresas russas de mineração e metalurgia: a Revdinsky, fundições, a Bisertsky Seversky e Degtyarskoye Zyuzelskoe de cobre, minas de ferro e minas de carvão.

Quanto mais fundo você começar a explorar a gloriosa história da mineração de ouro na jovem república soviética, mais se tornará um cínico. Acontece que, de acordo com o contrato de partilha de produção, a proporção de Lena Goldfields foi de 93%.

Os soviéticos assinaram um acordo extremamente desfavorável. E mais importante, por quê? Será que nenhuma empresa queria explorar ouro? Ninguém poderia oferecer condições mais favoráveis? Ninguém, exceto a Lena Goldfields? E ela, não podia fazê-lo por menos do que 93%? Por que a revolução socialista foi feita, se os mesmos banqueiros de Londres e Nova York continuam captando os recursos da Rússia? Após a eliminação da monarquia na Rússia, o lucro das empresas estrangeiras apenas aumentou.

Outro fato importante foi que esta empresa estrangeira liderada pelo inglês Herbert Guedalom se comportou de maneira extremamente atrevida. Na conclusão do contrato de concessão prometeu investir, mas não empregou no desenvolvimento das minas e das empresas um único rublo. Pelo contrário, exigiu subsídios governamentais para si e evitou, de todas as formas, pagar taxas e impostos[540].

Em 1932, a fábrica produziu 4.578 toneladas de zinco, ou quase 34% da produção soviética. Em 1927, tinham obtido mais de seis milhões de toneladas de minério de cobre. A Lena Goldfields possuía as minas de platina em Nikolopavdinsky, os depósitos de cobre, chumbo e zinco no rio Irtish, as minas de carvão em Kuznetsk, as minas de antracito de Yegoshin, nos Urais, as minas de ouro no rio Lena, na Sibéria, as fundições de cobre e ferro em Sissert e Revdinsky, as minas de cobre em Degtiarinsky e a fundição de cobre em Gumeshevsky.

---

[540] МАЙСКИЙ, Иван Михайлович; Воспоминания советского дипломата, 1925-1945 гг. Москва: Наука, 1971.
[MAYSKY, Ivan Mikhailovich, *Memórias de um diplomata soviético, 1925-1945* Moscou: Nauka, 1971].

A Lena Goldfields assinou um acordo para produzir 6,5 toneladas de ouro por ano, no entanto, excedeu muitas vezes a produção acordada. Entre 1925 e 1928, a Lena produzia um terço da produção soviética de ouro. Sua média anual foi de 8 toneladas de ouro, entre 1925 e 1928.

Mas a Lena Goldfields não foi a única empresa britânica a entrar na onda revolucionária. No início de 1925, uma concessão de prospecção de ouro e mineração foi concedido a Ayan Corporation Ltda. A empresa adquiriu o direito de prospecção de ouro em Uyezd Okhotsk e Kamchatka e organizou lojas de alimentos em que os trabalhadores eram obrigados a comprar nelas. Estima-se que, em 1928, cerca de 40% do ouro soviético era produzido por concessões estrangeiras.

Em 1923, a Rusplatina usou a empresa química inglesa Johnson, Mathey e companhia como agente de distribuição mundial, embora em raros intervalos a platina também foi enviada por meio da francesa Compagnie de laPlatme.

A russo-americana Compressed Gas Company (ou Ragaz) era uma concessão de propriedade conjunta e produzia gás em Baku.

A Aluminum Company of America (ALCOA) assinou, em abril de 1926, um acordo com a URSS, que dava direito à exploração de bauxita, a matéria-prima do alumínio.

Os maiores depósitos de mica da URSS foram dados em contrato, em 1924, para uma subsidiária da Mica Company International Inc., dos Estados Unidos. A concessionária concordou em produzir 35 toneladas de mica, no primeiro ano, aumentando a quantidade gradualmente para 175 toneladas no quinto ano[541].

As minas de chumbo de Urquhart foram dadas às concessões britânicas e produziram 60% do chumbo na Rússia.

O contrabando de diamantes realizado por estrangeiros foi tão grande que a pedra se tornou de 30 a 40% mais barata no mercado mundial[542].

27.1.2 O ouro negro

O Império Russo era o líder na produção e processamento de petróleo e foi o maior fornecedor dessa matéria-prima e produtos derivados para o mercado mundial. Isso foi facilitado pelo fato de que o petróleo russo era de 4 a 5 vezes mais barato do que o petróleo americano. Mas para a alegria dos americanos, houve uma revolução comunista na Rússia, o que fez com que eles perdessem um poderoso concorrente e ganhassem uma colônia de mineração.

---

[541] SUTTON, Antony Cyril, *op. cit.*
[542] ВЛАДЛЕН, Георгиевич Сироткин; Зарубежное золото России. Москва: Олма-Пресс, 1999. [VLADLEN, Georgievich Sirotkin, *Ouro Russo no exterior*. Moscou: Olma-Press, 1999].

Quando os bolcheviques retomaram o controle de Baku, para estabelecer o funcionamento normal da indústria de combustível, eles já não eram capazes, as operações de perfuração foram executadas ao nível de 1% do requerido. Até que em 1921, eles atraíram empresas americanas para cooperar com o governo[543].

Em 1923 foi assinado um acordo com a Gouria Petroleum Corporation Ltda., do Reino Unido, a concessão foi estipulada em 40 anos. Outra fábrica inglesa, a Oil Stemschneider também ganhou uma concessão e extraiu 3.600.000 toneladas de petróleo por ano. Logo, Royal Dutch Shell também se interessou em comprar 170.000 toneladas de petróleo. A estimativa soviética de derivados de petróleo disponíveis para exportação, em 1923, foi de 430.000. Essa cifra foi seguida pela formação de um acordo holandês-soviético para a exportação de petróleo, ao abrigo de um acordo assinado, em 11 de maio de 1923, entre a Royal Dutch Shell com a participação da URSS. A sede era em Londres e a empresa vendeu petróleo soviético no exterior, por meio de concessionárias exclusivas.

A Standard Oil Company lidou com os mercados próximos do Extremo Oriente, e a Blue Bird Motor Company, britânica, importou para o Reino Unido querosene soviético refinado nos Estados Unidos. Refinarias foram construídas para manufaturar o petróleo soviético. A Turquia e a Espanha compraram grandes quantidades (532 mil toneladas em 1928) para distribuição por meio de uma rede de monopólios.

Na Suécia, a Nordiska Bensin Aktiebolaget estabeleceu um contrato de distribuição com os soviéticos e prontamente levou os preços para baixo de 30 por cento para ganhar a entrada no mercado. A Standard Oil, empresa de Nova Iorque, em 1927, produziu na Rússia, 150 mil toneladas de querosene. Em Batumi, a empresa carregou navios com querosene para envio aos mercados do Oriente Médio e Extremo Oriente.

27.1.3 Fome de recursos

A fome de recursos dos estrangeiros não ignorou a indústria alimentícia. A Union Company Cold Storage, do Reino Unido, tinha vários arranjos de concessão com a URSS, o primeiro foi assinado em maio de 1923, com o Departamento de Comércio. A União Cold Storage prestaria assistência em relação à produção e exportação de produtos de origem animal.

A G. H. Trussand Company, também do Reino Unido, teve um acordo semelhante relativo à exportação de bacon e cedeu equipamentos e assistência

---

[543] КУНГУРОВ, Алексей Анатольевич; Как делать революцию. Москва: Самиздат,2011.
[KUNGUROV, Alexey Anatolyevich, *Como fazer uma revolução?* Moscou: Samizdat, 2011].

técnica para construir duas fábricas de bacon para produção e exportação. Estes foram fornecidos numa base de crédito.

Em 1924, também foram concluídos mais dois contratos de concessão com a Union Cold Storage. O primeiro, relativo à exportação de aves. Junto a isso teriam que prestar assistência técnica para o desenvolvimento e cultivo de aves domésticas, com vista à posterior exportação de aves. O segundo contrato foi concernente à criação de suínos. Em 1922, havia apenas vinte fazendas de criação de porcos preservadas na União Soviética, com um total de 843 animais de raça, isso em comparação com uma população de suínos total de mais de 19 milhões de animais em 1916. A empresa concordou em facilitar a exportação de carne suína para a Inglaterra. A concessão de produção de manteiga também foi celebrada com a Cold Storage, em 1924, para exportação de manteiga para os Estados Unidos. Este último concederia créditos financeiros e máquinas. A Union Cold Storage estava lidando quase que totalmente com as exportações russas de manteiga e ovos, exceto por uma pequena quantidade manipulada por Truss, outra concessão britânica e a IVA, uma concessão alemã.

A Arcos, empresa de armazenamento a frio, retomou suas relações comerciais em 1928. A empresa concordou em aplicar um crédito de US$ 2,5 milhões em troca do direito de lidar com todas as importações soviéticas e produtos lácteos para o mercado do Reino Unido.

Em 1923, na União Soviética, a única variedade de peixes enlatados foi o salmão, dos quais cerca de £ 30.000.000 foram fabricados anualmente e quase todos exportados. Das vinte fábricas de conservas da Sibéria, quinze eram de propriedade e operada por japoneses, duas por russos, duas por americanos e uma por britânicos.

Havia também dezoito fábricas de conservas de caranguejo, dos quais quinze eram de propriedade japonesa e três eram russas. Toda a indústria de pesca siberiana, em 1923, empregava cerca de 34.000 pessoas, das quais 29.000 eram japonesas.

A restauração da Indústria Madeireira da Rússia foi realizada por empresas britânicas e norueguesas. Foi registrada, em 7 de fevereiro de 1922, com um capital nominal de £ 150.000. O objetivo era explorar, pelo período de vinte anos, os recursos florestais do Norte de Dvina e as áreas do Rio Vichegoda na região de Arcanjo. As operações começaram, em agosto de 1922, e nos primeiros três meses foi acumulado o estoque de 2.500 de dormentes de madeira para a estrada de ferro. Esses dormentes foram exportados para o Reino Unido e Holanda.

A Bay Company, do Reino Unido e a Hudson, do Canadá, concluíram um acordo de concessão em Vneshtorg, em abril de 1923, em que a empresa poderia comprar peles na península. As peles deveriam ser exportadas para Londres.

27.1.4 Medo do que?

Outro engano muito comum é de que os capitalistas temiam que a Rússia comunista se armasse. Na verdade, os capitalistas adoravam lucrar com esse produto e, como bons homens de negócios, não se importavam com o fato de no mesmo período os russos estarem passando por uma terrível fome. Afinal, o cliente tem sempre razão.

O Tratado de Versalhes proibiu a Alemanha de produzir quaisquer armamentos. Mas com a cooperação militar russo-alemão, em 1920 a 1930, houve uma transferência militar, que incluía a reconstrução da indústria bélica russa.

Em abril de 1921 (época da grande fome), o menchevique Victor Kopp informou a Trotsky a respeito de sua viagem à Alemanha. Kopp havia visitado as fábricas de armamentos da Krupp, Blohmund Voss, e Albatross Werke e encontrou parceiros para o fornecimento de equipamentos e assistência técnica para a fabricação de materiais de guerra. A produção puramente militar era colocada sob o controle da Gefu, a produção incluiu a reabertura da fábrica de aviões Junkers em Fill, desenvolvendo as fábricas de gás venenoso, fábricas para a produção de artilharia e munições, tanques e submarinos. Além disso, os soviéticos tinham muitas fábricas bélicas bem equipadas, obras de período tzaristas, como a Putilovets, Koppel, Lessner, Phoenix, Atlas, e fábricas pneumáticas. O acordo militar de reabertura das fábricas pré-revolucionárias de aviões aconteceu em meados de 1923. Máquinas foram obtidas e nas usinas da época tzarista foram feitos motores cv RB-150 para o Ilya Mourometz. Na gestão Junkers, a fábrica construía motores Mercedes-Benz, sob licença, e aeronaves do modelo Junkers.

No início de 1920, a Scott Motor Company vendeu um grande lote de equipamentos aeronáuticos para a Companhia Vimalert, de Nova Jersey, e essa vendeu para a União Soviética.

A segunda cláusula do acordo militar russo-alemão sedia instrutores navais alemães para treinar a Marinha Vermelha. Em meados de 1923, um telegrama interceptado de Moscou a Berlim pediu uma delegação de 1.200 instrutores navais alemães. A terceira grande tarefa da Gefu era a supervisão de fábricas em Tula, Leningrado e Schlesselburg para a produção de bombas de artilharia, à taxa de 300.000 projetes por ano. Em 1927, foi relatado que dezessete fábricas para a construção de artilharia estavam sendo construídas pela Krupp na Ásia Central. A fabricação de submarinos era realizada pela Krupp em Leningrado.

Em 1929, o exército soviético era composto de 1,2 milhão de homens e foi largamente equipado com armas pré-guerra ou estrangeiras. O fuzil padrão eram os de 1891, complementado por pistolas automáticas Browning e uma mistura de rifles e granadas, russos, franceses, alemães e britânicos. As armas utilizadas em regimentos de infantaria eram da MacLean ou marcas alemãs. As Metralhadoras pesadas eram Maxim ou Colt. As metralhadoras leves eram Browning, Chaucgat ou Lewis. Artilharia era composta por armas russas de 1902, o obus inglês de 4,5 polegadas e os modelos russos de 1909. O equipamento básico antiaéreo foram os modelos russos de 1916, de 76 milímetros, e os Vickers de 40 milímetros. Os tanques eram da Renault e uma cópia de fabricação russa do britânico Mark IV. Alguns tanques Fiat haviam sido comprados da Itália[544].

27.1.5 Doando as fábricas nacionais aos estrangeiros

Em termos de produção de eletricidade, em 1913, a Rússia ficou em quarto lugar (2,5 bilhões de kWh) depois dos Estados Unidos, Alemanha e Grã-Bretanha. Durante o período de 1888 a 1914, o número de usinas de valor urbano aumentou de um para cento e trinta. O *boom* econômico de 1910 a 1914 aumentou o número de empresas do setor de energia elétrica de 12 para 22, e seu capital em 71%[545]. Na Rússia, esse setor passava por grandes avanços até o golpe que derrubou a monarquia.

Em 1921, o governo convidou uma série de especialistas estrangeiros e empresas para URSS, o primeiro relatório de engenheiros ocidentais pintou um quadro caótico. Algumas fábricas foram fechadas e aquelas que permaneceram abertas executavam apenas de 5 a 10 por cento do nível pré-guerra. Muitos trabalhadores qualificados tinham entrado no serviço militar para conseguir comida e abrigo. É interessante notar que a Rússia tinha uma boa indústria elétrica antes da guerra, de modo que, em 1913, mais da metade da maquinaria elétrica usada na Rússia era nacional. Da indústria elétrica pré-revolucionária ainda sobraram trinta e duas fábricas, das quais vinte e seis estavam em condições de funcionamento e seis completamente ociosas, ou seja, em condições de trabalho, mas não operacional. As vinte e seis empresas elétricas estavam trabalhando de forma muito intermitente.

Em março de 1922, Maurice A. Oudin, Presidente da General Electric Company, informou ao Departamento americano que "a sua empresa sente que é o momento certo de se aproximar para iniciar conversas com Krasin".

Nessa ocasião, foram concedidas a grandes trustes, como a General Electric Company, ASEA (sueco Geral Elétrica) e Siemens, os prédios das fábricas russas estatizadas pelos soviéticos.

---

[544] SUTTON, Antony Cyril, *op. cit.*
[545] ПЛАЧКОВА, Светлана Григорьевна; Познание и опыт - путь к современной энергетике. Москва: ИД «Энергия», 2011.
[PLACHKOVA, Svetlana Grigorievna, *Conhecimento e experiência é o caminho para a energia moderna*. Moscou: Editora "Energia", 2011].

Esse não foi o único caso em que o patrimônio do proletariado é concedido a grandes capitalistas estrangeiros. A Putilov, que havia sido a maior, a mais antiga e mais famosa empresa tzarista foi fundada em São Petersburgo, em 1801, e apenas 100 anos depois foi considerada a maior fábrica da Rússia e a maior da Europa, além da Krupp na Alemanha e da Armstrong no Reino Unido.

Em 1917 a 1922, seus equipamentos estavam intactos, apesar de 60% desgastados. Mais tarde, alguns emigrantes de Detroit foram enviados para Putilov e, em 1926, a empresa símbolo do modo de produção capitalista, a Ford Motor Company, usou as estruturas e os equipamentos da Putilov. Entre 1922 e 1926, a Ford vendeu 20.000 tratores para a URSS, cada um com seu próprio conjunto de substituição de peças. Em 1927, mais de 85% de todos os caminhões e tratores usados na URSS eram construídos pela Ford a partir de Detroit.

No início de 1929, as negociações começaram com a Dupont, sua tarefa era a venda de seu processo de oxidação da amônia e tecnologia de ácido nítrico. A Dupont havia gastado mais de 827 milhões no desenvolvimento do processo. A primeira fábrica de ácido nítrico da Dupont foi construída no Chernorechenski, perto de Gorki. A capacidade de produção era de 115.000 toneladas de superfosfatos, incluído a fabricação de amino fosfatos, cálcio, carboneto, cianeto, ácidos nítricos e sulfúricos.

Muito singular os conceitos de riqueza dos comunistas, um cidadão russo que tivesse uma vaca ou um cavalo era kulak, no entanto, a Siemens, a Ford e a Dupont eram chamadas de camaradas.

27.1.6 Como Lenin distribuiu terras aos camponeses

Outro mito muito frequente é o **MITO NÚMERO 98, o mito de que os bolcheviques distribuíram terras aos camponeses russos.** De fato, eles distribuíram as terras, mas não aos camponeses; os comunistas deram as terras russas aos magnatas e megacorporações internacionais. Sob o pretexto de remover os inimigos de classe, o governo tirou o lar dos russos e deu a colonos estrangeiros.

Uma das maiores provas do ódio dos governantes pelo seu próprio povo foram as grandes concessões agrícolas distribuídas para simpatizantes estrangeiros. Em 1928, o Comissariado do Povo para a Agricultura elaborou uma proposta estabelecendo grandes fazendas de grãos, para isso foram enviados, em grande escala, colonos dos Estados Unidos, Canadá e Austrália. Foram estabelecidas quinze grandes fazendas de grãos, com uma área total de 150 mil hectares nas regiões do Norte do Cáucaso e do Volga, a ser cultivada por 635 tratores.

A concessão da Manytsch foi parcialmente financiada por empresas do Reino Unido. Foi instituído um imposto especial, equivalente a 17,5 por cento da colheita total anual. Vale lembrar que os camponeses russos tinham quase metade de suas colheitas confiscadas.

Outro grupo de trabalhadores emigrantes repatriados foi usado, em sua maioria, na indústria de metal e têxteis e se estabeleceram no sul da Rússia. As comunas foram organizadas de acordo com a cidade de origem, nos Estados Unidos, teve membros predominantemente de Boston; Harold (na criação de gado leiteiro) de Chicago (operários), de Cleveland; (agrícola), e assim por diante[546].

Em 30 de dezembro de 1921, B. S. Stomonyakov, representante comercial da RSFSR na Alemanha, em telegrama a V. I. Lenin, relatou que o megaempresário Gustav Krupp von Bohlen und Halbach, do conglomerado Thyssen A. G., havia feito uma proposta para organizar uma concessão agrícola e pediu para "telegrafar urgentemente um acordo de princípio, especificando a área sob concessão". V. L. Lenin acreditava que era necessário aceitar as propostas de Gustav Krupp von Bohlen und Halbach, especialmente antes da Conferência de Gênova, porque ele ajudou a resolver várias questões. Para retribuir os favores de seu amigo burguês, em janeiro, o Comissariado da Agricultura Popular enviou um telegrama criptografado ao Departamento de Administração Territorial da Província de Rostov-on-Don, com uma área de 50 mil habitantes. Representantes de Gustav Krupp von Bohlen und Halbach - P. Klette, Fulte e Tseghau partiram para Rostov-on-Don para inspecionar o local fornecido pela concessão. A delegação da empresa "Gustav Krupp von Bohlen und Halbach" ficou satisfeita com as terras pesquisadas e até perguntou sobre a possibilidade de manter uma linha férrea para a área de concessão. A resposta das autoridades soviéticas, é claro, foi positiva. Em 23 de março de 1922, em Moscou, foi assinado um contrato de concessão entre o Governo da RSFSR e a empresa de "Gustav Krupp von Bohlen und Halbach" por um período de 24 anos. A parcela de contribuição era de 10%[547].

Porém, o caso mais berrante ocorreu em 1921, na colônia industrial americana (AIK "Kuzbass") fundada em 1921. Para compor o quadro de funcionários de alto escalão chegaram do exterior 753 pessoas (635 adultos, outras crianças), dentre eles, povos de mais de 30 nacionalidades: finlandeses, americano, alemães, holandeses, tchecos. Os estrangeiros ocupavam cargos de engenharia ou eram trabalhadores altamente qualificados, trabalhadores russos nativos na colônia

---

[546] SUTTON, Antony Cyril, *op. cit.*
[547] ЕРОХИНА, Ольга Викторовна. Германские сельскохозяйственные концессии Северо-Кавказского края в первые десятилетия советской власти. Экономическая история. Москва: Ежегодник. 2012.
[EROKHINA, Olga Viktorovna, *Concessões agrícolas alemãs na região norte do Cáucaso nas primeiras décadas do poder soviético. História econômica.* Moscou: Anuário. 2012].

eram cerca de cinco mil e teriam que, servilmente, obedecer aos estrangeiros em sua própria terra. O que nos leva ao **MITO NÚMERO 99, o mito de que os líderes comunistas não gostavam dos americanos.**

Na verdade, o papel dos EUA na industrialização soviética foi muito apreciado por Stalin: "Os americanos nos ajudaram muito. Deve ser admitido". Ele confessou ao embaixador americano A. Harriman que cerca de dois terços de todas as grandes indústrias da URSS foram construídas com a ajuda ou com a assistência técnica dos Estados Unidos. A maioria das empresas soviéticas trabalhava com equipamentos elétricos da International General Electric, a usina eletromecânica de Kharkov construída por ela era mais poderosa do que a Schenectady. Em outras palavras, o comunismo na Rússia Soviética foi erguido pelo capitalismo americano.

Yu Olesha, romancista russo, refletiu sobre o paradoxo da industrialização soviética:

> Eu li em um jornal: uma empresa americana construirá Magnitostroy. Todo o poder pertence ao engenheiro-chefe. Um gigante da indústria socialista está sendo construído por um engenheiro americano, um burguês e, além disso, um norte-americano?! Eu gostaria de poder ver esse cavalheiro... Como assim e? O homem capitalista está construindo uma estrutura socialista...

Na década de 1920 foi espalhado o slogan: "Aprenda com os americanos"[548].

Mas se a Rússia seria recolonizada, qual a função dos nativos serem escravos dos estrangeiros? A grande maioria dos estrangeiros na Rússia não era de trabalhadores, mas gestores políticos, comissários, basicamente designados para gerenciar propriedades com base nos caprichos bolcheviques. Esse foi o caso das concessões agrícolas dadas ao americano Harold Maskell, na aldeia de Toikino, em Perm. Em suas terras (que na verdade não eram dele, mas do povo russo) os gerentes americanos tratavam os trabalhadores russos da mesma forma que os negros eram tratados em seu país. Muitas vezes os russos eram maltratados, vistos com desconfiança e xenofobia. Os russos eram escravizados e forçados a dormir no chão de terra. Mas as informações sobre crimes de Maskell, em Toikino, foram completamente escondidas da opinião pública, os escândalos de roubo e estupro permaneceram como segredos internos.

---

[548] ЭДУААРД, Алексаандрович Иванян; Энциклопедия российско-американских отношений. XVIII-XX века. Москва: Международные отношения, 2001.
[EDUAARD, Aleksaandrovich Ivanyan, *Enciclopédia de Relações Russo-Americanas. Séculos XVIII-XX*. Moscou: Relações Internacionais, 2001].

O próprio Lenin, feliz com seus cruéis capatazes americanos, escreveu a Harold Maskell, elogiando seus nobres trabalhos em nome da reputação do povo russo.

No ano seguinte, em 1923, as autoridades soviéticas estavam ansiosas para expandir a experiência de Toikino. O Comissariado Popular da Agricultura ofereceu uma grande extensão de terras férteis na região de Kuban, ao norte do Mar Negro, exatamente onde os cossacos foram exterminados e suas famílias foram retiradas em trens de carga. Esse solo, bem fertilizado com o sangue e os ossos e malhares de cossacos, receberia uma fazenda segundo o modelo americano-comunista. Da mesma forma que as outras experiências de Maskell, os trabalhadores viviam em condições insalubres. Na região dos Urais havia rumores sobre a "aterrorização" dos trabalhadores da pesca, pelos americanos em Astrakhan. No entanto, Maskell nunca foi responsabilizado por nenhum de seus crimes[549].

---

[549] MCMEEKIN, Sean; *The red millionaire: a political biography of Willi Münzenberg, Moscow's secret propaganda tsar in the West*. New Haven: Yale University Press, 2003.

28. Considerações Finais

28.1 Diferenças entre capitalismo e socialismo

Antes de nos aprofundarmos sobre os conflitos entre socialismo e capitalismo, seria melhor definirmos o que são.

Primeiramente, o capitalismo não é um sistema, uma teoria, nem uma política de governo. O capitalismo é uma relação de troca espontânea de mercadorias, ideias e serviços. O capitalismo não foi criado por uma pessoa ou instituição, nem está associado a algum ciclo econômico. Ele surgiu quando duas pessoas trocaram uma mercadoria. Como não é uma ideologia, mas algo natural e espontâneo, não tem compromisso social. No entanto, pode ajudar as pessoas na medida em que proporciona a oportunidade de todos tirarem alguma vantagem de seus talentos e esforços.

Já o socialismo é uma teoria, uma abstração filosófica, um sistema político. Surgiu de um apanhado de ideias de alguns filósofos do século XIX. Atualmente, o socialismo é quase sinônimo de marxismo, mas nem sempre foi assim. O socialismo não é algo natural, mas é imposto por governantes que ditam como as pessoas devem interagir. Essa interação social é algo idealizado, que desconsidera a pluralidade do ser humano e bate de frentes com os vícios e virtudes das pessoas, assim criando conflitos.

O socialismo não tem vida própria, precisa do capitalismo para manter sua existência, definir seus preços e salários. Assim sendo, um estado socialista necessariamente dependerá de empresas capitalistas que comprem as suas mercadorias, forneçam-lhe os bens de que carece e abram-lhe crédito para cobrir os déficits. Por isso apenas na teoria os socialistas buscam hegemonia nacional.

Como pudemos perceber nos últimos capítulos, megaempresários e banqueiros foram os que permitiram que o socialismo saísse dos livros e tomasse corpo. Mas isso não significa que todos os capitalistas são favoráveis e patrocinadores do socialismo. Por exemplo, os liberais abominam todas as formas de controle estatal, inclusive manipular a economia de países concorrentes, financiando a instabilidade social e política por meio de movimentos socialistas. Um autêntico liberal só deseja enriquecer por meio de sua honestidade, inventividade e empreendedorismo. Não busca privilégios especiais, subsídios ou tenta aliciar políticos. Não tem medo da concorrência, pois sabe que ela é um estímulo para o seu crescimento pessoal e um direito do consumidor. Portanto, as organizações que financiam o socialismo pertencem a um tipo muito específico de capitalismo, o supercapitalismo financeiro internacional. Trata-se de empresas com negócios em todas as partes do mundo, interessadas em monopólios, subsídios e barreiras políticas, que diminuem a competitividade no mercado internacional. Esses supercapitalistas são inimigos ferrenhos do capitalismo de mercado e sempre tentam destruí-lo. Para esses mal-intencionados executivos, o comunismo é um mercado cativo, uma presa fácil para sua ambição e rapina.

28.1.1 Comunismo, um mercado cativo

Como já vimos, nos últimos capítulos, a Revolução Russa não foi algo danoso às grandes potências ocidentais e ao sistema financeiro internacional, muito pelo contrário. Esse acontecimento fez um país exportador se transformar em um mercado cativo. Para os concorrentes econômicos e militares da Rússia, o que poderia ser mais conveniente do que trocar um inimigo poderoso e expansionista, em pleno desenvolvimento, por um pseudoinimigo comunista com uma economia estagnada e um Estado lento e burocrático?

Isso nos leva, finalmente, ao último **MITO, o NÚMERO 100, o mito de que as elites capitalistas e o comunismo lutavam pela hegemonia mundial.** Uma república comunista poderia garantir uma indústria ultrapassada, dependente de tecnologia e patentes estrangeiras, pouco competitiva e limitada por uma extraordinária burocracia. Seria um promissor mercado consumidor, pois com a extrema intolerância e quase extermínio dos agricultores, considerados classe antirrevolucionária e conservadora por natureza, seria indispensável importar o alimento. Haveria também a primazia da extração de minerais, pois para tamanha dependência de produtos estrangeiros seria necessário vender seus produtos a qualquer preço para conseguir dólares. Desse modo, tornando-se um monopólio de extração das grandes potências, essas novas repúblicas também seriam vítimas de trapaças comerciais que objetivam driblar a livre concorrência. Por meio de boatos como a "ameaça vermelha", haveria o pretexto aceitável para um bloqueio econômico, que seria naturalmente burlado pelos seus idealizadores, assim se livrando das inconvenientes licitações e definindo um preço muito maior do que o do mercado. Como consequência dessas artimanhas comerciais, o Estado socialista transforma-se em um mercado cativo.

Mas a História já comprovou que esses boatos escatológicos, tão em voga na Guerra Fria, são meras fantasias e a única coisa que o comunismo ameaçava era a sua própria economia, pois nunca haveria conflitos. Por razões lógicas, para um capitalista derrubar um sistema comunista seria puro prejuízo, porque perderia um comprador e ganharia um concorrente. A recíproca também é verdadeira, um país socialista jamais desejaria o fim do capitalismo, simplesmente porque este seria o seu fim. Como já vimos, o comunismo foi uma criação capitalista e, sem este, não tem vida própria. O socialismo não é autossustentável, é totalmente dependente de importações. Sua indústria artificial, que tem por bandeira destruir todo e qualquer lampejo de iniciativa e criatividade humana, o impede de acompanhar os avanços tecnológicos. Até mesmo o botão que apertaria a temida bomba H é comprado no ocidente e, se esse fosse apertado, todos se perguntariam o que comeriam no dia seguinte. Por mais que isso decepcione o leitor que passou os anos 60, 70 ou 80 com medo de uma guerra atômica, é necessário saber que esse antagonismo entre o capitalismo e o comunismo nunca passou de um ardil da plutocracia mundial para dissuadir o livre comércio, conquistar monopólios e mercados cativos.

Também era uma maneira de dominação entre os próprios países capitalistas, pois, por meio do pânico e insegurança global, os Estados Unidos criariam entre as nações mais fracas uma dependência econômica e o poder de interferir em sua política interna, visando seus próprios interesses. Doutrinas, como a Truman, eram capazes de interferir não só na soberania de países subdesenvolvidos, mas também colocar em risco a autonomia de potências como a Inglaterra a França e a Alemanha. Essa política também objetivava maior controle interno, pois fortaleceu o presidente, estimulou a reacionária política bipartidária, prejudicou a luta dos movimentos trabalhistas por melhores salários, deu margem à aprovação de leis antissindicalistas e criou uma atmosfera necessária para a aprovação de grandes orçamentos militares. A corrida armamentista faz com que os diversos estados registrem déficits públicos imensos e se endividem brutalmente com o sistema financeiro internacional.

Enfim, para transformar o lucrativo comunismo em uma terrível "ameaça atômica", a elite monopolista se utilizou da mídia. Assim, criou um fato histórico com base em um dualismo quase maniqueísta, em que a luta entre as forças do bem e as orlas do mal definem o futuro da humanidade. Essa história "romântica" e apocalíptica moldada por debates apaixonados entre bandidos e mocinhos é bem mais divertida que a realidade, por isso muito bem aceita. É bem mais cômodo e prazeroso crer que cada ato da humanidade é movido pelo desapegado ímpeto revolucionário e pela nobre busca da liberdade do que constatar que o dinheiro é o que distingue as mais nobres ideologias da loucura. É essa a única diferença entre Dom Quixote e D. Afonso I de Portugal, os dois possuíam os mesmos valores, mas o primeiro, para seu azar, não estava inserido nos meios de produção.

28.1.2 Por que tanta mentira?

Quando eu estava monitorando uma exposição sobre os "100 anos do martírio dos Romanovs" fui questionada do porquê não havia fotos de Rasputin. Quando eu respondi que Rasputin era uma personagem sem importância, minha interlocutora ficou indignada: "Como pode dizer isso!!! Um importante escritor americano disse que Rasputin é que controlava a Rússia". E é assim que muitos pensam: quem é você para contrariar um "famoso escritor americano"? Na verdade, nunca contestei a capacidade de tal escritor, mas duvido muito de suas intenções. Os EUA e a Inglaterra tinham muito a esconder sobre os Romanovs.

Durante a Primeira Guerra Mundial, foram ingratos com o aliado, não entregaram as armas vendidas e apoiaram os generais golpistas. Após a guerra, tentaram dividir o território russo em pedacinhos. Foram cúmplices, coniventes ou omissos com os crimes do comunismo. Lavaram dinheiro ilegal, contrabandearam ouro, receptavam objetos roubados e ostentavam relíquias históricas russas em seus museus.

Após tudo isso, como poderiam se retratar diante da história. Se dissessem a verdade, que o Imperador era uma pessoa honesta e amava seu povo, teriam de contar todos os pormenores do evento. Isso significaria confessar sua omissão e crimes. Devolver os lucros ilícitos da lavagem de dinheiro e os tesouros históricos roubados.

Por isso, a teoria de que a revolução foi criada por um bruxo malvado, que manipulava um aristocrata devasso é mais conveniente. As fábulas de bruxos e reis bobos são arquétipos perfeitos para contos infantis, mas que convencem os adultos. A falácia de autoridade do "famoso escritor americano" é o suficiente para dar veracidade a mais absurda narrativa. Um camponês siberiano enganou a todos. Ele é o responsável pela morte de 20 milhões de pessoas e "ponto final"!

Porém, para que o grande público engolisse tais absurdos seria necessário muito mais do que acadêmicos arrogantes. Fazia-se necessário algo que proporcionasse cor, movimento e emoção à narrativa. A solução estava em uma nova tecnologia, o cinema. E Hollywood não esperou para fazer sua mágica. Nem mesmo esperou a revolução bolchevique, em 5 de outubro de 1917, os americanos já destilavam seu veneno no filme "Rasputin, the Black Monk".

Nessa época a Rússia ainda estava em guerra, portanto, esse tipo de propaganda pejorativa seria prejudicial para a moral das tropas, despedaçaria o orgulho nacional e jogaria no lixo a dignidade de 300 anos da dinastia Romanov. E o mais triste é que nesse período, a Família Real ainda estava viva, fragilizada pelas traições, impotente para se defender de mentiras tão baixas e obscenas.

Vale lembrar que os produtores não poderiam alegar ignorância, visto que os Romanovs foram julgados por seus inimigos e inocentados. Ou seja, os cineastas sabiam que estavam mentindo.

Como toda pornografia vulgar, o filme fez sucesso e foi seguido por muitos outros, porém a mais cruel produção foi o desenho animado "Anastasia", de 1997. Nessa animação, uma bizarra teoria histórica seria inocentemente inserida na cabeça da juventude, assim impregnando seus subconscientes de arquétipos e estereótipos.

Foi assim, e de muitas outras formas, que o Ocidente falsificou a história, reputações foram manchadas impunemente. Nicolau II, que doou sua vida para o progresso da Rússia e a paz no mundo, morreu desamparado na pequena cidade de Ecaterimburgo. Ele e sua família foram abandonados pelos aliados, pelos parentes ingleses, pela alta sociedade russa e até pela igreja. Só não foram esquecidos pelas pessoas simples e os camponeses. No entanto, esses não poderiam salvar seu soberano, pois teriam de enfrentar seu próprio calvário.

ÍNDICE ONOMÁSTICO E REMISSIVO

Afeganistão, 85, 129, 372, 380
Alemanha, 24, 29, 36, 47, 55, 65, 69, 81, 82, 84, 86, 87, 91, 126, 140, 150, 189, 208, 209, 211, 216, 225, 226, 228, 236, 240, 250, 251, 258, 260, 261, 272, 285, 297, 320, 322, 338, 339, 340, 341, 342, 343, 344, 347, 351, 357, 359, 370, 372, 373, 394, 398, 406, 425, 426, 446, 447, 448, 449, 450, 452, 453, 461, 468, 469, 470, 471, 476
Alexandrovna, Olga, 224, 247
Argélia, 138, 360
Armênia, 224, 379
Austrália, 85, 88, 96, 97, 140, 359, 470
Áustria-Hungria, 29, 69, 88, 140, 206, 208, 209, 211, 228, 260, 272, 394

Baku, 25, 115, 123, 124, 195, 196, 253, 465, 466
Bakunin, Mikhail, 117, 154, 366
Bélgica, 56, 81, 82, 378

Berlim, 9, 10, 106, 123, 201, 206, 260, 298, 341, 344, 346, 348, 367, 390, 429, 430, 439, 450, 451, 468
Bielorrússia, 269, 297, 298, 396, 398, 401, 418, 450
Bolcheviques, 7, 9, 10, 68, 71, 123, 125, 137, 154, 155, 160, 171, 188, 189, 192, 196, 199, 200, 201, 202, 203, 250, 259, 263, 264, 278, 302, 309, 318, 331, 334, 338, 339, 340, 341, 343, 344, 346, 347, 349, 350, 351, 352, 353, 380, 383, 384, 387, 390, 392, 394, 395, 396, 397, 398, 399, 400, 401, 403, 406, 408, 411, 415, 417, 419, 421, 426, 427, 428, 430, 431, 432, 433, 436, 437, 438, 439, 440, 441, 443, 446, 447, 448, 469, 450, 451, 452, 454, 457, 459, 462, 466, 470, 472
Bósforo, 205, 218, 285, 298, 373, 374, 454
Bruxelas, 121, 122, 158, 365

Canadá, 30, 36, 79, 85, 88, 92, 96, 97, 140, 359, 416, 420, 467, 470
Canal de Suez, 285, 374
Cheka, 136, 192, 278, 395, 396, 399, 400, 402, 409, 412, 417, 421, 444, 458
China, 85, 129, 266, 360, 372
Churchill, Winston, 216, 234, 447
Cingapura, 96
Comunismo, 10, 32, 37, 54, 155, 266, 334, 354, 360, 363, 369, 370, 394, 407, 410, 414, 418, 423, 433, 440, 445, 446, 447, 463, 472, 475, 476, 477

Dinamarca, 86, 105, 341, 359, 398, 452
Domingo Sangrento, 7, 127, 135, 150, 158, 160, 162, 163, 164, 165, 167, 169, 263
Duma, 10, 34, 35, 36, 37, 52, 126, 137, 154, 198, 205, 210, 215, 220, 231, 232, 233, 235, 236, 238, 241, 246, 249, 250, 254, 261, 262, 263, 267, 279, 280, 288, 289, 290, 291, 292, 298, 300, 302, 306, 310, 313, 314, 316, 317, 326, 331, 354, 390, 443

Engels, Friedrich, 361, 362, 363, 364, 368
Escócia, 47, 285, 361
Estados Unidos; EUA, 21, 22, 24, 25, 28, 29, 30, 36, 38, 54, 69, 79, 81, 82, 85, 88, 86, 92, 96, 104, 108, 110, 134, 137, 140, 156, 189, 204, 225, 226, 276, 278, 287, 341, 351, 346, 351, 359, 369, 371, 372, 373, 378, 379, 383, 385, 388, 398, 408, 416, 418, 422, 426, 430, 433, 440, 445, 446, 451, 453, 454, 455, 457, 458, 459, 460, 462, 465, 466, 467, 469, 470, 471, 472, 476, 477
Estocolmo, 123, 339, 341, 344, 348, 430, 439, 447, 448, 451, 452
Etiópia, 85, 97
Exército Branco, 380, 381, 382, 383, 389, 390, 391, 392, 412
Exército Verde, 403, 404
Exército Vermelho, 190, 381, 392, 393, 394, 395, 399, 400, 404, 405, 412, 423, 439, 443, 451

Finlândia, 84, 127, 242, 318, 337, 338, 347, 379, 383, 422, 428, 450
Ford; Hnery Ford, 111, 112, 154, 470
Francisco Fernando, 206, 207, 275

Genebra, 121, 123, 128, 168, 188, 339, 365, 366
Geórgia, 127, 139, 253, 396
Gestapo, 460
Gorki, Maximo, 126, 188, 200, 201, 202, 203, 276, 319, 431, 432, 433, 434, 470
Guerra da Crimeia, 129
Guerra Fria, 8, 81, 476

Hitler, Adolf, 159, 433, 452
Holanda, 84, 133, 359, 455, 467
Holodomor, 78

Igreja Ortodoxa, 442
Império Russo, 9, 27, 28, 35, 52, 55, 62, 63, 67, 69, 71, 76, 80, 81, 84, 94, 97, 123, 127, 129, 139,

141, 150, 162, 206, 220, 227, 263, 268, 290, 333, 341, 353, 373, 422, 465, 485

Índia, 56, 68, 84, 91, 138, 286, 372, 380

Inglaterra, 21, 22, 23, 24, 25, 34, 36, 38, 47, 52, 65, 66, 69, 82, 84, 86, 91, 105, 134, 137, 139, 140, 216, 225, 226, 228, 271, 285, 286, 323, 351, 357, 362, 368, 371, 372, 374, 376, 377, 408, 425, 426, 431, 448, 462, 467, 476, 477

Irã, 91

Istambul, 372, 373

Itália, 24, 29, 38, 46, 56, 65, 84, 87, 91, 135, 225, 226, 228, 323, 378, 433, 454

Japão, 28, 29, 85, 126, 128, 129, 130, 131, 158, 307, 356, 372, 378, 445, 448, 462

Kerensky, 259, 284, 312, 313, 314, 315, 316, 317, 318, 319, 320, 321, 322, 323, 324, 329, 330, 331, 333, 334, 346, 349, 350, 351, 376, 378, 427, 448

KGB, 136n, 459

Kiev, 49, 55, 152, 155, 222, 224, 248, 253, 256, 260, 354, 355, 391, 396, 417, 442, 444

Kremlin, 127, 247, 400, 421, 428, 437, 460

Krupp, 364, 430, 468, 470, 471

Lenin, 10, 13, 37, 53, 68, 117, 120, 121, 123, 127, 128, 134, 138, 153, 156, 167, 168, 188, 190, 193, 245, 250, 259, 264, 276, 278, 292, 302, 312, 326, 337, 338, 339, 340, 342, 343, 344, 345, 346, 347, 348, 349, 350, 351, 353, 363, 369, 370, 381, 384, 395, 396, 397, 399, 400, 403, 407, 408, 409, 410, 411, 412, 413, 415, 416, 418, 419, 420, 428, 429, 433, 436, 437, 443, 444, 446, 447, 449, 452, 453, 454, 457, 458, 459, 460, 462, 463, 470, 471, 473

Leningrado, 292, 297, 298, 468

Letônia, 379, 396, 400, 401, 408, 417

Lituânia, 84, 139, 379

Marx, Karl, 118, 138, 145, 188, 360, 361, 362, 363, 364, 365, 366, 367, 368, 369, 370, 407, 408, 436

Marxismo, 26, 54, 346, 353, 357, 360, 361, 369, 407, 474

Nazismo; nacional-socialismo, 64, 159, 410

Nepal, 85

Nicolau I, 51, 59, 113, 135, 208, 218, 272

Nova Zelândia, 85, 359

"Mãe Rússia", 346

Mencheviques, 147, 468

México, 56, 91, 383

Odessa, 63, 172, 175, 181, 182, 183, 184, 185, 189, 382, 396

Ovos de Fabergé, 109, 110

Owen, Robert, 53

Pareto, Vilfredo, 90, 91, 93

Paris, 10, 26, 66, 106, 121, 123, 135, 138, 158, 159, 195, 227, 298, 328, 358, 364, 365, 366, 367, 379, 436, 438, 439, 450

Petrogrado, 161, 232, 245, 291, 292, 293, 294, 300, 302, 303, 304, 305, 309, 314, 315, 316, 317, 320, 324, 326, 340, 342, 347, 349, 350, 378, 382, 383, 394, 395, 396, 398, 401, 407, 414, 420, 443, 453

Pipes, Richard, 38

Polônia, 51, 128, 209, 211, 296, 297, 318, 379, 380, 382, 398, 422

Portugal, 47, 56, 103, 377, 378, 477

Potemkin, 128, 171, 172, 173, 174, 175, 185,

Primeira Guerra Mundial, 8, 10, 25, 26, 30, 39, 54, 68, 69, 79, 88, 93, 94, 95, 106, 107, 140, 209, 226, 230, 237, 246, 297, 332, 333, 371, 447, 450, 456, 477

Rasputin, 10, 213, 239, 249, 252, 254, 255, 256, 257, 258, 259, 260, 261, 262, 263, 264, 265, 266, 267, 268, 269, 270, 272, 273, 274, 275, 276, 277, 278, 279, 281, 282, 283, 284, 285, 286, 319, 320, 321, 322, 477

Reino Unido, 69, 86, 226, 355, 371, 372, 380, 466, 467, 470, 471

Revolução de Fevereiro de 1917, 324, 352n

Revolução de Outubro de 1917, 352n, 369

Romanov, Nicolau; Nicolau II, 7, 30, 34, 38, 52, 53, 60, 62, 63, 65, 67, 68, 79, 89, 93, 95, 102, 105, 106, 107, 110, 115, 120, 131, 135, 137, 149, 155, 163, 164, 205, 206, 208, 209, 211, 216, 217, 218, 219, 220, 221, 222, 223, 224, 234, 236, 237, 239, 241, 244, 246, 251, 253, 256, 258, 260, 261, 263, 264, 272, 280, 283, 284, 289, 292, 296, 300, 301, 302, 304, 305, 306, 307, 308, 309, 312, 314, 318, 319, 322, 326, 327, 328, 330, 374, 376, 377, 378, 379, 390, 392, 405, 406, 441, 442, 443, 478

Romênia, 172, 185, 186, 187, 378, 380, 382, 452, 455

São Petersburgo, 7, 9, 10, 26, 43, 47, 55, 56, 61, 63, 64, 66, 73, 74, 81, 89, 113, 117, 119, 123, 131, 137, 140, 145, 147, 148, 150, 162, 163, 164, 165, 166, 167, 188, 194, 195, 213, 221, 229, 253, 256, 257, 259, 262, 264, 269, 271, 272, 277, 279, 284, 285, 288, 338, 339, 342, 343, 344, 373, 417, 444, 448, 450, 457, 470

Segunda Guerra Mundial, 68, 228, 297, 298, 341, 360, 452

Sérvia, 206, 207, 208, 273, 378

Sibéria, 30, 38, 39, 46, 68, 84, 114, 135, 139, 142, 255, 264, 269, 275, 276, 323, 347, 379, 380, 385, 398, 407, 448, 463, 464, 467

Socialismo, 32, 71, 92, 136, 149, 150, 193, 353, 399, 407, 410, 415, 428, 429, 445, 474, 475, 476

Stalin, 8, 20, 53, 67, 78, 132, 245, 360, 411, 419, 420, 423, 434, 441, 458, 459, 460, 472

Suíça, 13, 91, 113, 143, 168, 187, 250, 326, 339, 341, 367, 398, 446, 447, 452

Timor Leste, 85
Tratado de Brest-Litovsk, 95, 395, 406, 408, 446
Trotsky, 54, 55, 58, 61, 77, 78, 120, 121, 190, 198, 245, 339, 346, 347, 364, 384, 389, 390, 393, 399, 417, 419, 420, 421, 437, 439, 446, 448, 454, 456, 457, 458, 459, 460, 468
Tuck, William, 47
Turquia, 150, 205, 209, 224, 228, 232, 273, 296, 373, 408, 417, 466

Ucrânia, 77, 139, 297, 298, 379, 380, 396, 398, 400, 416, 423, 430, 450, 458
União Soviética, 8, 15, 20, 81, 88, 129, 278, 292, 351, 360, 418, 433, 440, 462, 467, 468

Volga (rio), 78, 136, 274, 297, 298, 416, 418, 458, 470

Wilson, Woodrow, 338, 461

Zurique, 157, 337, 338,

OS LIVROS SÃO ESPELHOS DA ALMA.
VIRGINIA WOOLF

Esta obra foi composta pela Spress
em Perpetua (texto) título Barlow e Beograd
e impressa em papel pólen soft 80g/m² no miolo
e cartão supremo 250g/m² na capa
pela gráfica Eskenazi para a Linotipo Digital
editora e livraria ltda, no outono de 2024.
Terceira tiragem.